М. ГОРЬКИЙ

高尔基文集

* 16 *

我的大学
阿尔塔莫诺夫家的事业
苏联记游

1923
|
1928

人民文学出版社

М. Горький

马克西姆·高尔基

目　　次

我的大学 …………………………………………… 1
阿尔塔莫诺夫家的事业 …………………………… 149
苏联记游 …………………………………………… 461

我的大学

陆 风 译

《我的大学》是高尔基自传体小说三部曲中的最后一部。

作品记述了高尔基在喀山时期的生活。十六岁那年,他离乡背井,到喀山去上大学。这个幻想破灭后,他不得不为生存而劳碌奔波。住"大杂院",卖苦力,同流浪汉接触,和形形色色的小市民、知识界与思想界人士交往,进了一所天地广阔的"社会大学"。在这所大学里,他经历了精神发展的复杂道路,经受住多方面的生活考验,对人生的意义、对世界的复杂性进行了最初的探索。

《我的大学》于一九二二年初动笔,至翌年春完稿,并陆续发表在一九二三年《红色处女地》杂志第二至第四期。中译本译自《高尔基三十卷集》第十三卷,一九五六年曾在我社出版,收入本《文集》时,又据同一原本进行了校订。

于是,我就去喀山大学学习了①,起码也是这样。

引起我上大学这个念头的,是中学生尼古拉·叶夫列伊诺夫。这个青年很讨人喜欢,也长得很漂亮,有一对像女人般温柔可爱的眼睛。当时他住在我们那一幢房子的阁楼上,因为常见我手里拿着书,他对我注意起来,于是我们彼此认识了。过不多久,叶夫列伊诺夫竟然硬说我有"研究科学的特殊才能"。

"您天生是为科学服务的!"他潇洒地甩动着他那马鬣一样的长头发,对我说。

当时我还不懂得,就是一个家兔也可以为科学服务。可是叶夫列伊诺夫很热情地向我说明:各大学里正需要我这样的青年人。自然,也提起米哈伊尔·罗蒙诺索夫②的故事来了。叶夫列伊诺夫还说,我去喀山以后,可以寄住在他的家里,过一个秋季和冬季,读完中学的课程,"随便"去应几场考试(他说的是"随便"!)我就可以领到助学金上大学,再过这么五年工夫,我就变成一位"学者"啦。照他说来一切全很简单,因为叶夫列伊诺夫当时才不过十九岁,又有着一副好心肠。

他在中学期考完毕,就离开这儿回家去。过两星期,我跟着也动身了。

我的老外祖母给我送行时,劝我说:

"你,别再跟人发脾气了!你老是发脾气,学得又厉害,又高傲!这全是跟你外祖父学坏了的!你没见你外祖父落了个啥下场?苦命的老头子,活呀活的,活成个老傻瓜啦!你要记住:上帝不议论人的是非,魔鬼才爱干这种事呢!再见吧!唉……"

---

① 时间大概是在一八八四年夏末或秋天。
② 罗蒙诺索夫(1711—1765),俄罗斯第一个大学者,著名诗人。

她擦掉她那松弛的老脸皮上几滴可怜的泪珠,又对我说:

"咱们再也不能见面啦!你这跑野了心的孩子呀,远走高飞了,我可是个活不久的人了!……"

近几年来,我经常离开我这个好心的老外祖母,甚至很少跟她见面。我一想到这个骨肉相连、热情照顾我的亲人,当真要和我永别了,心里十分难过。

我站在轮船的船尾一直向她望着,她站在码头边缘,一手画十字,一手拿破肩巾角儿擦她的脸,擦她那一双总是对人闪烁着无限慈爱光芒的黑眼睛。

于是我就来到这个半鞑靼式的城市,住在一座平房内的一间小屋里。这座小平房孤零零地坐落在一条僻陋小街尽头的土岗上。平房的山墙临近一片火烧场,火烧场上长起了密密层层的野草;在苦艾、牛蒡、马蓼的杂草丛和接骨木的灌木林里,隆起一堆倒塌了的砖瓦建筑物的废墟,废墟下面是个大地窖。无家可归的野狗就住在这里,死在这里。这个大地窖我终生难忘,这是我所上的几所大学中的第一所大学。

叶夫列伊诺夫的家里,一个妈妈带着两个儿子,靠一点可怜的抚恤金维持生活。我到他们家里来的头几天,常看见这个脸色苍白、个子矮小的寡妇从市场回来,把买来的东西放在橱桌上,怀着何等悲痛的忧伤,思量着怎样解决眼前的难题:即使不把她自个儿算在内,又怎能用这么小小一块瘦肉来给三个健壮的大孩子做出一顿丰盛的美餐呢?

她是一个很沉静的女人,两只灰色眼睛里含着无可奈何的温良的顽强劲头儿,好像是一匹累得筋疲力尽的母马在拉车上坡,自个儿明知拉不动了,可是依然得拼命地往上拉!

我来到她家的第四天早晨,当她的孩子们还没有睡醒的时候,我就到厨房里帮着她洗菜。她小心翼翼地轻声问我说:

"您上这儿来打算干什么?"

"念书,来上大学。"

她把两道眉毛往上一扬,跟着脑门上的黄肉皮也往上一皱,菜刀

切破了她的手指头,她忙用嘴吮着伤口的血,全身跌落到椅子里,马上又跳了起来,叫道:

"噢唷!见鬼……"

她用手绢裹好切伤的手指以后,夸奖我说:

"您倒挺会削土豆的!"

哼!这还能不会!我顺便跟她说了我先前曾经在轮船上做过帮厨的事。她又问:

"您想,您凭这点儿就能上大学了吗?"

当时我还不懂什么叫做挖苦人。我把她的问话当真了,就一五一十地对她讲出我计划好了的行动步骤,还说,经过这么一努力,科学殿堂的大门就会向我敞开。

她叹息了一声,叫道:

"嗳!尼古拉!尼古拉……"

正当这时候,尼古拉走进厨房来洗脸了。他睡眼惺忪,乱发蓬松,照例是高高兴兴的。

"妈妈!包一顿肉馅饺子吃多好啊!"

"嗯,好吧。"妈妈顺从地回答。

为了想趁机会炫耀一下我的烹饪知识,我说,要是包饺子的话,那点儿肉可太瘦,也太少啦。

这下可惹得瓦尔瓦拉·伊凡诺夫娜生气了。她狠狠地抢白了我几句,羞得我满脸通红,耳朵发胀。她把手里的几根胡萝卜丢到橱桌上,一扭身就走出去了。尼古拉向我递眼色,解释妈妈的行动说:

"不高兴啦!……"

他在板凳上坐下来,继续对我说:女人都比男人爱生气。这是她们的天性,关于这一点,好像有位瑞士的大学者作出过铁一般的论证,英国人约翰·斯图尔特·穆勒[①]也谈起过这个问题。

[①] 约翰·斯图尔特·穆勒(1806—1873),英国经济学家和哲学家。

尼古拉很喜欢教我,每逢适当机会,他就来给我灌输一些生活必需的知识。我对他的话,总是洗耳恭听。后来,我竟把佛克、拉罗士佛克和拉罗士查克林①这三位古人混成了一个人。我也弄不清是谁砍了谁的头:是拉瓦锡②砍了杜模力③的头呢,还是反过来杜模力砍了拉瓦锡的头?这位青年好汉,真诚无私地想"把我教导成人",他也蛮有把握地答应要这样做。可惜他没有时间,更没有条件来认真地好好教我。他那种青年人的轻佻浮躁和只顾自个儿的作风,也使他看不见可怜的妈妈是怎样终日操劳、煞费苦心地支撑家务。他的弟弟是一个又迟钝又沉闷的中学生,就更觉察不出这一点了。我倒是早已乖觉地看出了这个主妇的那一套复杂的厨房经济和化学戏法。我清楚地看见她的手法多么巧妙:天天总得想法儿喂饱自家的两个孩子,另外还要养活我这个其貌不扬、举止粗野的流浪儿。自然,分给我的每一片面包,就跟一块石头一样沉重地压在我的心上。我开始想去找点什么工作干。为了免得在她家里吃闲饭,我每天一清早就跑出去,遇上刮风下雨,就暂时躲到那片火烧场的荒芜的大地窖里,闷坐在里面听着大雨滂沱和狂风吼叫,闻饱了死猫死狗的臭味,我这才觉悟到:上大学——不过是一个梦想罢了,要是当初我去波斯,也许比到这儿来还好些吧。于是我就把自己幻想成一个白胡子的老法师,能叫每粒谷子长成苹果那样大,能叫每个土豆长到一普特④重,总之,我为了这大地,为了这不光我一个人穷苦得走投无路的大地,幻想出了不少为民造福的好事情。

我已经学会了幻想许多奇异的冒险和伟大的英雄事业。在生活困难的日子里,这些幻想对我很有帮助。可是苦难的日子真不少啊!所以我就变得更会幻想了。我并不期待别人的救助和偶然的幸运,我

---

① 佛克(1819—1868),法国物理学家。拉罗士佛克(1613—1680),法国作家。拉罗士查克林(1772—1794),法国大革命时期保皇派的首领。
② 拉瓦锡(1743—1794),法国化学家。法国大革命中被反革命派杀害。
③ 杜模力(1739—1823),法国大革命时期的将军,保皇派。
④ 一普特合16.38公斤。

的意志逐渐磨炼得顽强起来;生活条件越是困难,我就觉得自己越发坚强,甚至越发聪明了。我很小的时候就已经懂得,人是在对周围环境的不断反抗中成长起来的。

为了不致挨饿,我常跑到伏尔加河的码头上去。在那儿还容易挣得十五到二十戈比的工钱;在那儿,我混入那些装卸工、流浪人和无赖汉们中间,觉得自个儿好像是一块生铁投进了烧红的炉火里一样,每天都给我留下许多又强烈又深刻的印象。我看见那些狂热露骨、生性粗野的人,在我面前旋风般地转来转去。我欢喜他们对现实生活敢于憎恨、对世界的一切敢于敌视嘲笑、对自己又满不在乎的乐观态度。由于我过去的生活经历,使我很容易跟他们接近起来,愿意加入到他们那个厉害泼辣的圈子里去。想到我曾经读过的勃来特·哈特①的作品和许多"低级趣味的"小说,就更加激起我对这些人的同情。

有一个职业小偷巴什金,原先是师范学校的学生,现在是一个受尽折磨并且患了肺病的人,他很乖巧地劝我说:

"你为什么老像个姑娘那样畏畏缩缩的呢?难道是害怕人家骂你不老实吗?对姑娘说来,老实永远是她的美德。然而,对你——不过是一条锁链罢了。公牛倒挺老实,那是因为它吃饱了干草!"

巴什金的头发是棕黄色的,像戏子似的脸刮得光光的,矮小的身体像猫似的轻快机灵。他以教师和保护人的态度对待我,我看出了他确是诚心诚意盼望我将来能够有点成就并且获得幸福。他很聪明,读过不少好书,尤其爱读《基度山伯爵》②。

"这本书中有目的,有激情。"他这样说。

他很欢喜女人,一谈起女人真是津津有味,兴趣横生,从他那极度衰弱的身体内部发出一种痉挛;这种病态的痉挛使我直感到恶心。不过我仍然聚精会神地听他谈,因为我觉得他的话很优美动听。

"女人,女人!"他声调抑扬地说,黄色面皮上泛起了红晕,两只黑

---

① 勃来特·哈特(1839—1902),美国小说家。
② 《基度山伯爵》是法国作家大仲马(1802—1870)的作品。

黑的眼睛闪着赞赏的光芒,"为了女人,我什么事都肯去干。女人跟妖魔一样,从来不晓得什么叫罪孽!再没有比跟女人恋爱更甜美的事啦!"

他很会讲故事,毫不费力地就为妓女们编出一些歌唱不幸的爱情的哀婉动人的小调。他所编的小调唱遍了伏尔加河两岸的各个城市。下面这一段极流行的小调也是出自他的手笔:

奴家生活寒苦,脸儿不漂亮,
浑身上下没有一件好衣裳。
为了这个呀,姑娘!
谁也不来跟你拜花堂……

有一个形迹诡秘的人,叫特鲁索夫,他待我也很好,这人仪表端庄,穿着阔绰,有音乐演奏家一样纤巧的手指。他在城郊造船厂区开一间小店铺,门面上挂着"钟表匠"的招牌,暗地里却买卖盗窃来的黑货。

"彼什科夫,你可不要学偷东西这玩意儿!"他对我说,一面很庄重地抚摩他那斑白的胡须,眯起那双狡猾的、藐视一切的眼睛,"依我看,你不会走这条路,你是个重精神生活的人。"

"什么叫重精神生活?"

"啊,重精神生活的人没有羡慕心,只有好奇心……"

这样说我是不确切的,因为我对好多人和好多事都羡慕过,像巴什金那种用奇特的诗歌般的声调、出人意外的比喻和表达方法讲话的本领,就使我羡慕。我记得他讲一件恋爱故事的时候是这样开头的:

"漆黑的夜晚,我像缩在树洞里的猫头鹰一样,枯坐在斯维亚日斯克这个僻陋城镇的客店里。正当十月天,细雨绵绵,秋风瑟瑟,就像一个受了委屈的鞑靼人拖长着嗓门哼唱哀歌似的,老也没个完:噢—噢—噢—呜—呜—呜……

"……恰在这时候,她来啦,她是那么轻盈,鲜艳,宛如旭日东升时的彩云,而天真纯洁的眼神却是假装的。她用恳切的声调说:'亲爱的,我没有对不起你吧!'我明知她在说谎,却相信这是真话!我凭理智看得清清楚楚,可是情感上总不相信她是说谎!"

他讲话的时候,全身有节奏地摇摆,眼睛眯缝着,有时候还轻轻地用手摸一摸自己的心坎。

他的声音虽然低哑,但每一句话都很清晰动听,有点像夜莺歌唱。

我也羡慕过特鲁索夫,他有声有色地讲述西伯利亚、希瓦、布哈拉等地的故事,尖刻地嘲笑大主教们的生活。有一次他悄悄地讲到沙皇亚历山大三世:

"这位沙皇当皇帝真是个能手!"

在小说里常有一种"坏人",这种"坏人"每到小说末尾,竟出乎读者意料之外,突然变成胸襟宽大的英雄人物了。我觉得特鲁索夫很像这类"坏人"。

一遇到闷热的夜晚,人们就渡过喀山河去,坐在对岸草地上的矮树林里,一面吃着,喝着,一面交谈着各人的心事。多半是讲生活的复杂啦,奇怪的人事纠葛啦,特别爱谈的是女人问题。他们一谈起女人来,就那么怨恨、悲伤,有时又很动人,而且总是带有向黑暗窥视的心情,在那黑暗中充满了令人毛骨悚然的意想不到的事情。在星光惨淡的黑夜,我曾经跟他们一块儿躺在长满河柳树的闷热洼地里度过了两三个夜晚。因为这儿临近伏尔加河,夜气更显得潮湿,船上的桅灯好像一个个金蜘蛛在黑夜里向四方爬动,在那黑魆魆的岩石河岸上闪现着一簇簇火球和火网,这是富庶的乌斯隆村里的酒店和村民住宅的窗户发着光亮。轮船的蹼轮隆隆地击着河水。水手们在一排驳船中间像狼嚎似的拼命喊叫,什么地方有人用锤子敲着铁板,拖长凄凉的音调在唱歌,排遣着不绝如缕的忧思,给人们的心头添上一点淡淡的哀愁。

更令人哀愁的是听着这些人的轻声漫语,他们思考着生活,谈着各人的心事,可几乎谁也顾不得听谁的。他们在矮树林里或是坐着,或是躺着,吸着卷烟,偶尔喝上一杯伏特加或啤酒,接着就回忆许多往事。

"啊,我遇见过这样一件事,"在黑暗中紧趴在地面上的一个人说。

听完了他的故事,人们都一致表示:

"常见这类的事啊,都是常见的……"

"见过","这是常见的","见过不少遍啦",——听着这些话,我觉得今天夜里人们已经活到了生活的尽头,好像一切都已经见过,以后再不会有什么新鲜事了!

这种感觉使我跟巴什金和特鲁索夫疏远起来,不过,我仍然很喜欢他们。根据我的经历来讲,如果我走上他们的路子,那也是十分自然的。当我想向上爬和进大学念书的幻想碰壁以后,我就更想去跟他们接近了。遇到饿肚子、受气和苦闷的时候,我觉得自己有本领去侵犯"神圣的私有制"或者去干其他种种罪行;可是青年人的浪漫主义不许我脱离我应走的道路。我在那个时候除了人道主义的勃来特·哈特的书和一些低级趣味的小说以外,还读过不少很正派的好书,这些书鼓励我去追求那种虽然还不十分明确、但却比我已经见过的一切具有更重大意义的事物。

这时期我又认识了几个新朋友,获得了一些新观感。有许多中学生常到叶夫列伊诺夫住宅旁边的空场上来玩击木①游戏。他们中间的一个名叫古里·普列特尼奥夫的学生引起了我的注意。这个学生面皮微黑,头发略带蓝色,像个日本人,满脸雀斑,好像皮肤里擦进了火药末似的。他老是那么快快乐乐,玩起来很灵巧,谈起话来很俏皮,他身上真像是包藏着多种天才的幼芽。他跟一般有天才的俄罗斯人一样,光靠这点生来的天才过日子,再不想努力去发展和提高。他有锐敏的听觉,对音乐有极高的鉴赏力,也很爱好音乐,能够像艺人一样很优美地弹古丝理琴,弹三弦琴,拉手风琴,却不想进一步去精通更高级和更困难的乐器。他很穷,穿得很坏,可是他那揉皱了的破汗衫、满是

---

① 俄罗斯人常玩的一种游戏,画地为城,把几根短木棍竖立方城内,用木棍远远打去,以打出城外的短木棍多少决胜负。

补丁的裤子和磨透了底的皮靴,倒也很适合于他那种豪放的性格、挺拔身材的敏捷动作和大手大脚的粗率作风。

他好像是一个长期卧病刚刚爬起来的人,又像是一个昨天才从监狱里释放出来的囚犯。生活中的一切,对他都是新鲜的、舒适的,使他感到极大的欢快,他简直像满地飞窜的花炮似的跳来跳去。

他听说我生活困难,处境险恶,就劝我去跟他住在一起,并且劝我准备去做乡村小学教师。于是,我就到这个有趣的怪地方——"马鲁索夫卡"大杂院里来住了,可能有多少代的喀山大学生全很熟悉这个大杂院。这是雷布诺里亚德街上一所破旧的大房屋,这真好像是那群饿着肚子的大学生、妓女和受尽折磨而失掉人形的穷鬼们,直接从房主手里夺过来的大房屋。古里住在从走廊通到阁楼去的楼梯底下,那儿放着他的一张木板床,走廊尽头的窗子旁边摆着一张桌子,一把椅子,这就是他的全部陈设了。走廊通着三个房间,两间住着妓女,第三间里住的是一个患肺病的神学院大学生,数学家,个子又高又瘦,样子怪可怕的,满头满脸生着红色的硬毛,用肮脏的衣片勉强遮着身子。从衣服的破绽里裸露出挺可怕的青虚虚的皮肤和瘦棱棱的肋骨。

他好像只是靠着吃自个儿的指甲过日子,把手指头啃得快要出血了。他黑间白日地画呀,算呀,还不断低声吭吭喀喀地咳嗽。妓女们都怕他,说他是疯子,可是又可怜他,常在他的门口偷偷丢下一些面包、茶叶和砂糖,他就把这一包包的东西从地上捡回去,好像一匹累坏了的马一样呼哧呼哧地喘着气。如果妓女们忘记了或因什么缘故不能给他送礼物来,他就打开房门,沙着嗓子向走廊里喊:

"面包!"

在他那陷进黑眼窝去的眼珠子里,闪耀着一种自命不凡的狂人的高傲神气。偶尔有一个罗锅儿的小怪物来看他,这人拖着一条瘸腿,肥肿的鼻子上架着一副深度的眼镜,头发斑白,在他那阉割派教徒[①]的

[①] 又译作"修心派",该派产生于俄国十八世纪末,主张摆脱"世俗生活",教徒必须实行阉割手术以绝欲。

黄脸上浮着狡猾的微笑。他俩紧紧关起房门,怪安静地一连默坐上几个钟头,只有一次在深夜里,这位数学家沙声的怒吼把我吓醒了:

"依我说——这是监狱!几何学——是鸟笼,哼!是老鼠笼子,哼!监狱!"

瘸腿的罗锅儿尖着声儿吃吃地笑,反复不断地说着一句什么挺难懂的话,可是数学家突然高声叫道:

"王八蛋!滚!"

这位客人被赶到走廊上,气得呼呼的,一面尖声地叫骂,一面用宽大的破斗篷裹起身体。这时候细高个儿的数学家站在门口,样子凶狠,把手指头往乱蓬蓬的头发里一插,沙着嗓子喊叫:

"殴几里得①是个大傻瓜!大傻—瓜……我敢说,上帝比这个希腊人更聪明!"

他猛然把房门一关,震得他屋里的什么东西"咯啦"一声掉了下来。

这以后不久,我听说他原打算从数学上来证明上帝的存在,可是没等他完成这件事,就先死了。

古里在一个印刷厂里做报纸的夜班校对员,每夜挣十一戈比的工资。如果我来不及出去做工挣钱,我俩一天就只能吃上四俄斤②的面包、两戈比的茶和三戈比的糖。我是没有很多时间去做工的,因为我要学习。我正在硬着头皮钻研各门学科,那些挺拘谨死板的语法格式尤其使我苦恼,我简直不会把生动的、劳动人民俏皮巧妙的现代俄语嵌进僵死的语法格式里去。好在不久我已经明白,学习这些东西对我未免"过早"了。即令我当真取得了当乡村教师的资格,由于我年纪太小,也绝不会得到教师职位的。

古里跟我睡在一张木板床上,我黑夜睡,他白天睡。当他干了一整夜的活儿,清早脸色变得更加乌黑,红着两眼回来的时候,我赶快跑

---

① 欧几里得(公元前315—前255),古希腊的几何学家。
② 一俄斤合0.41公斤。

到小饭馆里去买开水(当然,我们自己是没有茶炊的)。随后,我俩就靠窗边坐下来啃着面包喝茶。古里讲报纸上的新闻给我听,朗读那位笔名"红色多米诺"的酒鬼小品文作家的滑稽打油诗。我很惊奇古里那种游戏人生的态度,我看他对现实生活的态度,正跟他对待那个倒卖女人旧花衣兼替人拉皮条的胖婆娘加尔金娜的态度完全一样。

他是从胖婆娘那儿租来这个楼梯下的小屋角的,可是由于付不出房租,就给她说笑话,拉手风琴,唱些动听的歌曲;每当他用男高音唱起歌来,两只眼睛就闪出讥笑的光芒。胖婆娘加尔金娜年轻时做过歌剧班的合唱演员,她很能领会歌词的意义。她常常感动得一串串泪水从那老不害羞的眼睛里直淌到她这个酒鬼和馋鬼的青肿的脸颊上来,她用胖手指头抹掉脸颊上的泪水,然后再拿出一条肮脏的小手绢仔细地擦她的手指头。

"哟!我的好古里呀,"她赞叹地说,"您真是个艺术家哟!要是您的脸子再漂亮点——我会给您找点好福气的!我介绍过不少年轻小伙子去给守空房的娘儿们解闷!"

在我们头顶上的阁楼里就住着这样一个"年轻小伙子",他是个大学生,毛皮匠的儿子,中等身材,宽胸阔背,胯骨奇瘦,全身看来好像一个倒立的三角形,只是下面的锐角被折断了一点儿。这大学生有一双跟女人一样的小脚,脑袋也显得很小,快缩进肩膀里面去了。脑袋上盖着一层马鬃般的红头发,苍白贫血的脸上无精打采地瞪着两只凸出的绿眼睛。

这个大学生违抗父亲的意旨,像丧家狗一样忍饥挨饿,好不容易才从中学毕业升入了大学。以后他发觉自己有一副好嗓子,能发深沉、柔和的男低音,又想去学唱歌了。

正为着这一点,加尔金娜才寻到他的头上来,并且把他介绍给一位富商的太太,这位太太四十来岁,她有一个儿子在大学三年级,女儿也快要中学毕业了。商人太太是个干巴女人,瞧她那平板板的胸脯,直挺挺的姿势活像一个兵士,脸儿冷冷的又像一个绝欲的老修女。她那两只灰溜溜的大眼睛陷在黑眼窝里。她身穿一件黑色连衫裙,戴着老式丝绸头巾,耳朵下面耷拉着两只镶宝石的耳环,颜色是贼绿贼绿的。

她时常在黑夜或大清早来找她的这位大学生。我有好几次看见商人太太一纵身跳进大门口,就坚定地往院子里走来。她的脸色非常可怕,嘴唇往里抿得几乎看不见了,眼珠子全瞪了出来,带着受苦受难的神情朝前望着,那副模样活像一个瞪眼瞎子。虽然不能说她是个畸形女人,可是你很明显地感觉到,好像她那股紧张劲儿把身子拉长了,面孔绷得发痛,整个人变得怪模怪样。

"看呀!"古里说,"真是一个疯婆子啊!"

大学生很讨厌这位商人太太,总是躲着她。商人太太就像是一个残酷的讨债人,又像是暗探一样死死地追踪着他。

"我是个上不得大场面的人啦,"大学生在喝了酒的时候,自己后悔说,"唉!我为什么偏要学唱歌呢?就凭我这副嘴脸和身段,人们也不会让我上舞台去表演,绝不会的!"

"你跟那婆子的事,赶快一刀两断吧!"古里劝他说。

"你说得对。只是我心里可怜她。我真受不了,但是又——可怜她。如果你们晓得她是怎么样的跟我……唉呀!……"

我们早已经晓得了,因为有一天夜里,我们听到商人太太站在楼梯上,用颤抖的细声向他哀求:

"看上帝的面吧……我亲爱的小心肝儿!哎——看上帝的面吧!"

这位商人太太是某某大工厂的股东,拥有不少房产,车马,也为产科学校捐过几千卢布的巨款,可是她竟像叫花子似的乞讨男人的抚爱。

古里喝过早茶就睡觉,我便到外面去做零工,等天黑回来,古里又该去印刷厂了。如果我能买回面包、香肠或是煮牛杂,就分出一半让他带走。

剩下我一个人闲来没事的时候,我就在"马鲁索夫卡"大杂院的走廊各处溜达,想看看我的新邻居们是怎样生活的。这里人们住得真是拥挤不堪,活像一窝蚂蚁。到处散发着腥酸刺鼻的臭气,两个角落里都阴森森的,令人害怕。从清早到深夜总是乱糟糟的:缝纫机轧轧响个不停;小歌剧班的歌女们在练嗓子;大学生低声呜呜咿咿地哼着音阶;中了酒毒、半疯半癫的男戏子,指手画脚地大声念道白;酒意昏迷的妓女们在大惊小怪地狂叫;看了这一切,使我不禁发生一个难以解答的疑问:

"人们这样活着是为了什么呢?"

有一个秃脑顶周围长着红头发、高颧骨、大腹便便的人,长着两条细腿,又大又厚的嘴唇里包着满口大马牙。为了这口牙齿,人们就给他起了个绰号叫"红毛马"。这个人常在那些吃不饱饭的青年中间胡扯乱谈。他跟他的亲戚——辛比尔斯克的商人,已经打了三年官司,见人就说:

"我拼死也要把他们搞得倾家荡产!叫他们去挨门讨饭,过上三年叫花子生活,然后,我就把打官司赢过来的财产全部归还给他们,再向他们说一声:'狗东西们,怎么样?现在晓得我的厉害了吧!'"

"'红毛马'!这就是你的生活目的吗?"人们问他。

"我这辈子,一心一意就为着这个目的,别的什么事也不干!"

他天天跑到地方法院、高等法院或到自己委托的律师那儿去,常常在夜晚坐马车载着许多纸袋、蒲包、酒瓶回来。在他那间天花板已经坠落、地板也坍陷了的肮脏房间里,把大学生们、缝衣妇们——凡是愿意吃一顿饱饭、喝两口美酒的人都邀请了过来,举行热闹的宴会。"红毛马"自个儿只喝甜酒,这种甜酒一旦溅落到桌布、衣服,甚至地板上,就会留下洗也洗不掉的紫褐色污点。他喝醉了酒便喊道:

"你们这些小鸟呀!我真喜欢,你们全是老实人呀!我却是一个坏蛋,是吃人的鳄——鳄鱼。我想吃掉我的亲戚,我一定吃掉他们!真的!我拼死也要吃掉……"

"红毛马"好像受了什么委屈似的眨巴着眼睛,在那挺难看的高颧骨的脸上淌着醉汉的眼泪；他用手掌把眼泪擦下来，往膝盖上乱抹。他那宽大的裤腿上面总是涂满斑斑点点的油渍。

"你们这是怎样生活的呀？"他大声喊，"挨饿，受冻，破衣烂衫——难道这就是国法吗？这样活下去有什么出息呢？唉！要是让沙皇知道了你们这种生活呀……"

接着，他从衣袋里掏出一把各种颜色的钞票，向大家叫：

"喂！兄弟们！谁需要钱？请拿去吧！"

歌女和缝衣妇们都急着向他那毛茸茸的手里来抢钱，他却哈哈大笑说：

"这可不是给你们的！是送给大学生的。"

可是那些大学生不来拿。

"把你的钱丢进茅坑里去吧！"毛皮匠的儿子生气地叫起来。

有一天，他自个儿也喝醉了酒，将一把揉成硬纸团的十卢布钞票带到古里住处来，往桌上一抛，说道：

"这钱，你要不要？我不要了……"

他往我们的木板床上一躺，大吼大叫，呜呜咽咽地哭起来，我们不得不朝他头上浇冷水，往他嘴里灌水，给他解酒。等他睡着的时候，古里想把钞票一张一张地舒展开，可是真没办法，这些钞票卷得紧极了，必须先用水润湿才能把它们一张张揭开。

他那房间的窗口紧对着邻舍的石墙，房间里烟雾弥漫，十分肮脏，又狭窄又闷气，大家吵闹得令人厌烦。"红毛马"叫得比谁都响。我问他说：

"你为什么不去住大旅馆，偏来这儿住呢？"

"我的好兄弟！就为的是心里痛快啊！跟你们一块儿住我感到心上温暖……"

毛皮匠的儿子马上表示赞成：

"'红毛马'说得不错！我也这样感觉。要是我换到别处去住，也许早给毁啦！……"

"红毛马"向古里要求说：

"弹起琴来！唱歌吧……"

古里坐下来把古丝理琴放在膝上，边弹边唱：

红太阳啊，

你快出来吧！快快出来……

他的歌声轻柔婉转，扣人心弦。

房间里慢慢静下来了，大家都沉思地听着哀怨的歌声和琴弦的细语。

"唱得真好啊！小鬼！"那个给商人太太姘居解闷的倒霉的大学生叫道。

在这个古老大杂院里的许多奇奇怪怪的人中间，古里最机灵，很会制造快乐的气氛，真像神话故事里的喜神一样。他的心里充满着青春的美，他的嘴上会讲绝妙的笑话，会唱动听的歌曲，敢于讽刺人世间的旧风俗和坏习气，敢于揭穿生活中最大的谎言，使人们的生活豁然闪出一线光亮。他刚满二十岁，看上去也不过是个孩子，可是住在这个大杂院里的人们，都把他当成困难时候英明的顾问、可靠的助手。好人喜爱他，坏人害怕他，甚至那个老警察尼基福雷奇也常常装出狡猾的笑脸向他打招呼。

"马鲁索夫卡"大杂院，是上山去的"必经之路"，它把雷布诺里亚德和老戈尔舍奇纳两条街联结起来。尼基福雷奇住的小哨舍离我们这大杂院的大门口不远，怪幽静地坐落在老戈尔舍奇纳街的拐角处。

他是我们这一段街道的警长，一个胸前挂满奖章的瘦高个老头，面孔看起来还聪明，笑得也蛮亲切，眼睛可挺狡猾。

他对于这个人鬼杂居、闹哄哄的大杂院，是非常注意的；他全身装束得像刀削出的一般整整齐齐，每天一定要来这里巡查几遍，他巡查的时候不慌不忙,好像动物园里的看守员在检查铁笼里的野兽似的,看一看这个窗口,又望一望那个窗口。今年冬天①,他从一个房间里逮捕了一只手的退伍军官斯米尔诺夫和兵士穆拉托夫。他俩全得过圣乔治十字勋章,曾经参加过斯科别列夫②率领的阿哈尔-帖金远征军。被逮捕的还有佐布宁、奥夫相金、格里戈里耶夫、克雷洛夫和别的一些人。据说他们企图组织秘密印刷厂,穆拉托夫和斯米尔诺夫两人在礼拜天到城内大街上克柳奇尼科夫印刷所偷铅字,就为这事他们被逮捕了。又有一天夜里,在"马鲁索夫卡"住着的一个愁眉苦脸的高个子,我曾给他起个绰号叫"活钟楼"的,也被宪兵们抓去了。第二天早晨,古里听到这个消息,气愤地乱搔着他的黑头发对我说:

"马克西莫维奇!真他妈的糟糕!赶快去!老弟,快点……"

他指示我该往哪里跑去,又补充说:

"千万小心!提防那里有暗探……"

接受这个秘密的任务使我非常高兴,我就像风雨中的燕子似的一溜烟飞到了船厂区,走进一家昏暗的铜器铺里,看见一个鬈头发、蓝眼睛的青年人,正在镀一口带耳子的平底锅,模样不大像是工人。屋角的老虎钳旁边有一个矮老头,用皮带儿把他的白头发拢起来,正在忙着磨制一个什么铜活塞。

我问这个铜匠:

"你们这儿有工作吗?"

矮老头怒气冲冲地回答:

"我们自家都有工作,只是没有给你的工作!"

那个青年向我瞟了一眼,又低下头去镀他的平底锅。我用脚轻轻碰了碰他的脚,他的蓝眼睛半惊半怒地盯住了我,一手抓住平底锅的耳子,好像要冲我摔过来似的。可是看见我在向他递眼色,就又平静

---

① 据史料记载,此事发生在一八八六年一二月间。
② 斯科别列夫(1843—1882),俄国将军,一八八〇至一八八一年曾在土耳克斯坦指挥阿哈尔-帖金远征军。

下来说：

"去吧！去吧！……"

我再暗暗向他丢个眼色，才转身退出门来，站在街上；鬈发的青年伸直了身子也跟着走出门来，一声不响地盯住我，燃起一根纸烟吸着。我问：

"你是吉洪吗？"

"嗯，是的！"

"彼得被捕了。"

他愤怒地皱紧眉头，用眼光打量我。

"你说的是哪个彼得呀？"

"高个子，像教堂的助祭。"

"嗯？"

"说完了。"

"彼得，教堂助祭，跟我什么相干？"铜匠问。这种问话的口气，使我越发相信他不是铜器铺里的工人。我跑回大杂院的时候觉得很得意，因为我已经完成了任务。这是我第一次参加"地下"活动。

古里·普列特尼奥夫和一些革命者很接近，我请求他介绍我加入他们的集团，可是他回答：

"老弟，你年纪还小哩！应该先好好学习……"

有一次，叶夫列伊诺夫介绍我跟一个神秘的人物①见面。这次见面，事先布置得十分周密，使我预感到一种非常严重的气氛。叶夫列伊诺夫带我到城外阿尔斯科耶波列②去，一路上警告我千万小心，关于这次见面的事要严守秘密。随后，他指着在远远的空旷野地上漫步的一个小小灰色人影，环顾一下四周，对我低声说：

"这就是他！跟着去吧！等他一停住，你就上前去说一声：'我是

---

① 这人是别列津(1864年生)，一九〇七年任第二届国家杜马副主席；十月革命后，在合作保险协会任职。
② 阿尔斯科耶波列是喀山城外的大平原地带。

新来的……'"

秘密活动总该是愉快的。可是这一回却令我感到有点好笑:在火辣辣的阳光照耀下,一个孤零零的人像根灰色的草茎在野地里摇动着,再没有别的什么了。直到那个坟场的进口,我才追上了他,原来他是一个年轻人,干巴巴的小脸儿,瞪着一双严峻的小鸟似的圆眼睛,身穿一件中学生的灰大衣,原来的灰色衣扣已经脱落,补缀上几个黑骨扣,破旧的学生帽还残留着帽徽的痕迹。整个看来,他有几分稚气,可是却尽力装成大人的样子。

我们在坟场中间的灌木林荫里坐下来。这个人说话枯燥,一本正经,他整个人没有一点儿叫我喜欢的。他板着面孔问我读过什么书,提出要我加入他所创立的一个小组,我表示同意之后,我们就分手了。他先走几步,老是向着空无一人的野地战战兢兢地东察西看。

参加这个小组的还有三四个青年,我是其中最小的,完全没学过约翰·斯图尔特·穆勒的著作和车尔尼雪夫斯基[①]给它作的评注。小组会是在一个师范学院的大学生米洛夫斯基的家里召开的。这个大学生后来曾用笔名叶列翁斯基[②]发表了一些短篇小说,等他写了五本书以后,竟然自杀了。像这样随意结束自己生命的人我见过的真不少啊!

这个师范学院的大学生沉默寡言,思想并不开朗,说话十分谨慎,住在一所很脏的楼房的地下室里。他为了保持"身心平衡",每天要做一点细木工劳动。跟他在一起,我感到没有什么趣味。穆勒的书也没有什么吸引力,因为不久我发觉我对这些经济学的基本原理早就熟悉,凭我亲身的生活经验就可以直接领会了,而且可以说是已经刻骨铭心。我以为这些道理,凡是为"别人"的幸福和安乐而耗过力气的人

[①] 车尔尼雪夫斯基(1828—1889),俄国革命民主主义者。他对穆勒的政治经济学理论写过批评文字。
[②] 米洛夫斯基(1861—1911),当时是神学院的学生,喀山小组的领导人之一;后来成了作家,笔名是叶列翁斯基。

都十分明白,完全不必再用艰深难懂的文字来写成厚厚一本大书。我在这个充满臭鳔胶气味的地下室里,眼瞅着小甲虫在肮脏的墙上爬来爬去,这样连续坐上两三个钟头,真是一件非常吃力的事啊。

有一次,小组的教师迟到了,我们以为他一定不会来啦,就买了一瓶伏特加和一些面包、黄瓜,摆了一桌小小的酒宴。突然,我们教师的灰裤腿从地下室的窗口那儿闪过去了;我们刚把酒瓶藏到桌子底下,教师就进来了,开始讲解车尔尼雪夫斯基的深奥的结论。我们个个变成了木头人,一动不动地坐着,心里担心可别叫谁一伸腿把酒瓶碰倒。结果正好是教师把酒瓶碰倒了,他只是往桌子底下望了一眼,并没有说什么话。哎咦!要是他痛骂一顿,我们也许比这更好受些哩!

他那种沉默、严峻的面容,那种气恼得眯缝起来的眼睛,使我难过极了。我偷偷看了看同志们,个个面孔羞得紫红。虽然并不是由我提议去买伏特加的,可是在这位教师面前我总觉得自己是个有罪的人,对他深感抱歉。

在这儿听他讲课是很枯燥的,我直想跑到城关的鞑靼区去,因为那儿的人过着很别致的"清真"生活。他们又善良又殷勤,讲一口好笑的不大正确的俄罗斯话。每天傍晚,清真寺的尖塔上都有执事僧用奇怪的声调召唤人们去做晚祷。我想,鞑靼人过的是另一种生活,不像我所常见的那种令人不快的生活。

我向往着伏尔加河上那种劳动生活的音乐;那种音乐直到现在还使我心神陶醉。我还清楚地记得我初次体验到了富有诗意的英勇劳动的那一天。

一艘满载波斯货物的大拖船,在喀山附近触礁,船底碰破搁浅了。码头搬运组的工人带我一同去卸货。时间正是九月,从上游吹来了大风,银灰色的河面上怒涛汹涌,狂风吹卷着浪花,头上落着冷雨。搬运组有五十来个工人,身上披裹着草席或帆布,都阴沉着脸儿蹲在空船的甲板上;一艘小火轮拖着这个空船前进,小火轮喘着气,在狂风冷雨中喷出一团团红色的火花。

天晚了。铅色的潮湿的天空黑下来,低垂在河面上。搬运工人们又喊又骂,骂风骂雨,骂生活,在甲板上懒懒地爬来爬去,企图躲避寒风和冷雨。我觉得这些半睡不醒的人是没法干活、不能抢救那快要沉没的一船货物的。

到深更半夜时分才驶到货船触礁的地方,人们把空拖船和触礁搁浅的货船甲板靠甲板地系牢在一起。搬运组的组长是个很难看的老头儿,他满脸麻子,生着一双鹰眼和一只鹰鼻子,挺狡猾,嘴里不干不净。他从秃脑袋上摘下湿透了的便帽,用女人一样的尖声喊叫着:

"伙计们!开始祷告吧!"

在昏暗里,甲板上的搬运工人们聚成了一个黑团团,好像一群狗熊,呜呜乱叫了起来。老组长首先做完了祷告,又尖声喊:

"喂!点灯!伙计们,露一手吧!小伙子们卖点力!上帝保佑,这就干吧!"

于是这些愁眉苦脸、无精打采、淋得湿漉漉的人们开始"露一手"了。他们像上火线作战一样,纵身跳到那艘快要沉没的货船的甲板上,跳进船舱,——乱叫乱喊,大声嚷嚷,说着俏皮话。在我的身前身后,身左身右,只见一袋袋的大米,一包包的葡萄干,一捆捆的皮革和羔羊毛皮,好像一个个鸭绒枕头那样轻飘飘地飞过;粗壮的人影跑来跑去,用咆哮、呼哨、狠命的叱骂互相督促,鼓励。真难相信,这些刚才还在颓丧地抱怨生活、抱怨风雨寒天的愁眉苦脸的人们,居然会这样轻松愉快、欢蹦乱跳地干起活儿来。这时候雨下得更大,天气变得更冷,风也吹得更凶,吹开人们的贴身衣衫,衣襟翻卷到头上去,下面露出肚皮来了。在这湿淋淋的黑夜里,六盏灯笼发着微弱的光亮,一个个黑色的人影窜来窜去,脚在拖船的甲板上踏得通通响。那种狂热劲头儿,真像是他们渴望劳动,早就盼望来享受这种传递四普特重的米袋和扛着货包赛跑的乐事了。他们像儿童迷恋游戏似的,干得那么愉快、陶醉,就像除了跟女人拥抱再没有比这更甜美的事了。

一个满脸胡髭的高个子,穿一件哥萨克式紧腰外衣,浑身湿漉漉

的,看样子一定是货船的主家或是主家的代理人。他忽然带着鼓动意味大声喊叫:

"好小子们!我赏你们喝一桶!我的小强盗们!两桶也成!快干吧!"

在黑暗里,从不同的角落发出几个人的粗哑声音:

"来三桶吧!"

"三桶就三桶!你们尽管加油干吧!"

于是工作的狂流越发来得汹涌了。

我也去抱起米袋来,背着走,抛下去,又重新跑回来抱。我觉得我和周围的人是在跳狂欢舞,好像人们可以这样快快活活、不知苦不知累地整月整年继续不停地干下去,好像他们能够抓起城里的一个个钟楼和高塔,把整个喀山城想搬到哪里就搬到哪里去。

这一夜,我过得真是空前的痛快。心里很愿意一辈子就这样半疯半癫、痛痛快快地劳动下去。船舷外面波浪翻滚,甲板上大雨哗哗地落,河面上狂风咆哮,在黎明的薄雾里,这群水鸡儿似的半裸体的人们,一个劲儿地跑来跑去,喊着,笑着,夸耀着自己的力气和劳动。这当儿风已经吹开浓重的乌云,从一小块蔚蓝的天空上露出了红色的阳光,这群快活的猴儿们抖动着笑脸上湿淋淋的胡髭,向太阳齐声狂叫起来。这些可爱的两只脚的猿猴,干起活儿来是多么聪明灵巧,是怎样忘我地陶醉,真叫人想跟他们拥抱,亲吻。

好像无论什么东西也抵挡不住那股快活奋发的强大力量,它能够在大地上创造出奇迹,能够像神话故事里所讲的那样,一夜工夫就遍地建起美丽的宫殿和城市。太阳对人们的劳动才照耀了一两分钟,又被浓密的乌云遮住,就像一个小孩坠入大海一样,完全湮没到深厚的云层里了。倾盆的大雨漫天泼了下来。

"停吧!"不知谁这样叫了一声,马上就听到许多激怒的抗议:

"我看你敢停!"

这群半裸体的人冒着倾盆的暴雨和呼呼的狂风,没有休息地拼命工作,直到下午两点终于把全船货物搬卸完,使我不能不钦佩人类的世界充满着如此强大的力量!

后来,人们回到小火轮上来,一个个都跟醉鬼似的睡着了。等火轮驶到喀山码头的时候,他们便像灰色泥流一样涌上沙岸,直奔小酒馆去喝他们的三桶伏特加了。

在小酒馆里我又遇见了小偷巴什金,他走过来从头到脚看了我一阵儿,问道:

"他们叫您干什么去啦?"

我狂喜地把这次劳动的情形讲给他听。他听完,叹息一声,露出看不起的神气说:

"傻瓜!你比傻瓜还要傻,你是——白痴!"

他嘴里吹着口哨,像鱼在水里游泳一样摆动着身子,穿过一排排的酒桌溜走了。这时,码头搬运工们正围着酒桌热热闹闹地大吃大喝起来。屋角里有人用男高音唱起了猥亵的小调:

　　嗳咦,正当深更半夜里,
　　老爷家的太太呀,
　　上小花园里去寻欢喜,嗳咦!

十几个喉咙同时发出震耳的吼声,并用手掌在桌沿上打着拍子。

　　那个打更的巡逻到这里,
　　他看见呀,太太仰卧在地……

小酒馆里闹哄哄的,有人哈哈大笑,有人吹口哨,大家不顾脸皮七嘴八舌地胡乱说着人间少有的粗野话。

有人介绍我认识了开杂货铺的安德烈·杰连科夫。他的铺子躲在一条僻陋小街的尽头、堆满了垃圾的沟道旁边。

杰连科夫是一只胳膊患麻痹症的残废人，他面容挺温和，银灰胡髭，眼睛里透着聪明。他有一个全城最好的图书室，里面收藏着一些禁书和珍本书。喀山许多学校的大学生和各种抱有革命情绪的人们，都来向他借书阅读。

杰连科夫的小杂货铺是一所矮平房，紧连着一个兑换金钱、放债吃息的阉割派教徒的住宅。店铺里有一扇门通入一个大房间，这房间只靠一面向天井开的窗户透进来微弱的光亮。由大房间穿过去是小厨房。过了小厨房，在通阉割派教徒住宅的阴暗走廊拐角处，隐着一个仓房，仓房里面就是那个十分秘密的图书室了。图书室里的一部分书籍是用钢笔抄录在厚厚的练习簿上的，例如拉夫罗夫的《历史性的书信》①，车尔尼雪夫斯基的《怎么办？》，皮萨列夫②的论文集，还有《沙皇就是饥饿》③，《巧妙的圈套》④，——这些手抄本全已读破或揉坏了。

我第一次来到小杂货铺时，杰连科夫正在招待顾客们，他朝通向大房间的门对我点头示意，我走进去一看：昏暗的屋角里，跪着一个像谢拉菲姆·萨罗夫斯基⑤模样的小老头，正在虔诚地祷告。我一见这个小老头，心里就感到有点别扭和不舒服。

因为人们对我说杰连科夫是民粹派，我当时意想中的民粹派该是革命家，而革命家就不应该信仰上帝。我觉得这位向上帝祷告的小老头在这间房屋里是多余的。

他做完了祷告，小心翼翼地用手抚一抚他的白头发和白胡须，细瞧着我说：

---

① 拉夫罗夫（1823—1900），民粹派，他在一八六八至一八六九年以笔名米尔托夫发表这本著作。
② 皮萨列夫（1840—1868），俄国革命民主主义者。
③ 苏联生物化学家阿列克谢·尼古拉耶维奇·巴赫（1857—1946）在一八八三年参加民粹派时所写的一本书。
④ 俄国工业统计学奠基人瓦尔扎尔（1851—1940）写的一本小册子。
⑤ 谢拉菲姆·萨罗夫斯基（1760—1833），唐波夫省萨罗夫修道院的修士；二十世纪初被东正教会尊为圣徒。

"我是安德烈的爸爸。你是谁？唔，原来是你啊！我只当是一个化了装的大学生哩。"

"为什么大学生要化装呢？"我问。

"嗯，不错！"老头轻声回答，"不管他们怎样化装，上帝终会认出来的！"

他走进厨房里去了。我坐在窗边自己思量，突然听到一声叫喊：

"哟，他是这样的呀！"

靠厨房门口站着一个穿白衣的姑娘，黄头发剪得短短的，苍白浮肿的脸上两只蓝蓝的眼睛闪着微笑。她的模样很像廉价石印画上的小天使。

"您干吗要这样大惊小怪呢？难道我是那样可怕的吗？"她用细弱颤抖的声音说着，手扶住墙小心地慢慢向我移动，好像脚下踩的不是稳固的地板，而是悬空摇晃不定的绳缆似的。这种不习惯走路的样子，使她更加不像是个平常人了。她全身颤抖着，像是有多少颗针扎进了她的脚掌，又像是墙壁上有火烫痛了她那婴儿般浮肿的手。手指头直僵僵的一点儿也不灵活。

我一声不响地呆立在她面前，心里感到十分的狼狈和渗骨的凄凉。在这间昏暗的屋子里一切都是挺奇怪的。

姑娘坐在椅子上，战兢兢的，好像害怕椅子会从她身下飞走。她非常天真地告诉我，她开始走动才只有四五天，过去三个来月一直躺在床上不能动弹，她的手和脚都麻痹了。

"这是一种神经麻痹症。"她微笑着说。

记得我当时很希望还有别的理由解释她身体的病态；对于这样一个姑娘，住在这样一个奇怪的房屋里，只说得了神经麻痹症，未免太简单了。她的房间里每件东西都胆怯地紧紧偎倚着墙壁，屋角圣像前面有点儿过分明亮地燃着一盏小神灯，在大饭桌的白桌布上，莫名其妙地爬着神灯铜吊链的黑影子。

"我听过好些人谈论你，就很想瞧瞧你长得什么样儿，"她说话的声音听来细弱得跟小孩子一样。

这姑娘用那么令人难堪的眼光仔细看我,在她那双蓝眼睛里透着一种望穿一切的犀利光芒。跟这样的姑娘我不能、也不会说什么话,只是默不作声地望着墙上挂的赫尔岑、达尔文、加里波的[①]等人的画像。

从杂货铺突然冲进来一个跟我年纪相仿的小伙子,浅黄头发,瞪着不懂礼貌的眼睛,用沙哑的声音喊道:

"你怎么爬出来啦?玛丽亚!"

说完,马上又钻进厨房去了。

"这是我的弟弟,阿列克谢!"姑娘说,"我——在产科学校学习,偏偏病倒啦!您为什么老是不说话?您——觉得拘束吗?"

杰连科夫进来了,他把一只残废的手插在怀里,沉默不语地用另一只手抚摩着妹妹细软的头发,把她的头发揉得蓬乱,并问我要找什么工作。

接着又进来一个红色鬈发、身材匀称的姑娘,她用微带绿色的眼睛严厉地瞟了我一下,拉着穿白衣的姑娘的手说:

"够了,玛丽亚!"

于是她把她搀走了。

一个小姑娘竟叫这种成年女人的名字,听着真有点刺耳。

我也走出了杂货铺,心里很激动,第二天晚上我又来到这里,打算看一看他们是怎样生活的,这种生活真奇怪。

那个善良和气的老头斯捷潘·伊凡诺维奇脸色苍白得像块透明的玻璃,坐在屋角里微笑地望着,翕动着黝黑的嘴唇,好像在恳求说:

"谁也别来碰我!"

他跟小兔子一样成天提心吊胆的,害怕有什么大祸临头——我已经看透了他这种心情。

---

① 加里波的(1807—1882),意大利资产阶级革命家。

一只手残废的安德烈穿着件灰短褂,胸前沾满油污和硬得成了老树皮的面粉嘎巴。他像一个做了什么坏事刚被饶恕的顽皮孩子,负疚地微笑着,在屋子里侧着身子踱来踱去。弟弟阿列克谢在铺子里帮他的忙,是个又懒又笨的年轻人。他的三弟叫伊凡,在师范学院念书,平日住在学生宿舍里,只有假日才回家来。这位三弟是矮个子,衣服穿得干净利落,头发梳得光溜溜的,颇有点儿衙门里的老官吏派头。害病的玛丽亚住在阁楼上,很少下来。她一下来我就觉得不舒服,全身像被一种无形的绳索给捆住了一样。

杰连科夫的家务,是靠跟那位阉割派教徒房东同居的一个女人来料理的。这女人又高又瘦,面孔很像个木偶,瞪着一对凶狠的修女们特有的冷酷眼睛。她有一个红头发的女儿,名叫娜斯佳,娜斯佳也常在这儿转来转去;每当她那双绿眼睛看男人的时候,她那尖鼻子的鼻孔就弗弗地翕动起来。

不过,杰连科夫家里的真正主人却是喀山大学、神学院和兽医学院的大学生。这一群爱吵嚷的人们,天天关怀着俄国人民,担心俄国的前途。每当看到报纸上的什么文章,读到书里的某些意见,听到城里或大学里发生了什么事件,他们就当晚从喀山城的各条街跑到杰连科夫的小杂货铺里来,开始热烈地争辩或分头去窃窃私语。他们常常带来厚厚的书本,用手指头戳着书页子面对面喊叫,各说各人喜爱的真理。

自然,我是不大明白这些争论的,在这种滔滔不绝的空话里,真理已经变得像穷人家菜汤里的油星一样稀少了。我觉得有几个大学生,跟伏尔加河沿岸分离派教徒中那些咬文嚼字的老头子一样迂阔,可是我也明白眼前的这些大学生,原是打算把生活变好的,尽管他们的真意被滔滔的空话冲淡了,然而还不曾被淹没。他们所要解决的问题,我是明白的,我自己也很希望能够很好地解决这些问题。我常常觉得,在大学生们的谈话里,有着我没有能够说出来的思想,而我对这些人的喜欢几乎到了发狂的程度,就像一个被允诺给予自由的囚徒感觉的那样。

他们看我,就像木匠看一块可以做出一件不平凡的器具的木料似的。

"一个天才!"他们常常这样把我介绍给对方,还带着一种骄傲,就像跑街孩子把在路上捡到的一枚五戈比小铜钱拿给别人看似的。我很不喜欢人家叫我"天才"和"人民的骄子",我倒觉得我是生活的弃儿。有时候,那些来指导我学习的大学生,竟使我感受到一种痛苦的压抑。比方说,我在书店的橱窗里看见一本题名《格言与箴言》①的书,我不懂得这个书名的意义,非常想读一读这本书,就向一个神学院的大学生去借阅。

"嚆,真有您的!"这位头脸生得像黑种人、鬈发、厚嘴唇的未来的大主教却尖刻地奚落我说,"老弟! 你真是瞎胡闹! 给你什么你就读什么,别再伸爪子乱往别处抓!"

这位教师的粗暴声调刺伤了我。当然,我后来终于把这本书买到手了。钱,一部分是在码头上做工赚的,一部分是从杰连科夫那儿借来的。这是我买的第一本像样的大书,这本书直到现在我还保存着。

总而言之,人们对待我的态度是十分严格的;有一次,我读一本《社会科学入门》②,觉得作者过分夸大了游牧部落对创造人类文化生活的作用,而把富有创造精神的流浪人和猎人贬得太低了。我把我的怀疑跟一个文科大学生讲了,他在他那娘儿们似的脸上装出一副威严的样子,对我大谈起"批评权"问题来,整整谈了一个钟头。

"为了取得批评权,就必须先信奉一种真理,可是你信奉了什么真理呢?"他这样质问我。

他是个哪怕在街上走路时也要读书的人,把书本遮住脸在人行道上走,常常碰撞了别的行人。当他患了斑疹伤寒,躺在他那个小阁楼

---

① 这本书的作者是亚瑟·叔本华。
② 这本书的作者是俄国社会学家贝尔维(1829—1918)。

上的时候,还在大声喊叫:

"道德应该是自由因素跟强制因素的调和一致,——调和,调—调—调……"

这个柔弱书生,因为长时期吃不饱饭而病病歪歪,再加上执拗地追求永恒的真理,就更加弄得疲惫不堪。读书是他惟一的乐趣。当他自以为已经把两种矛盾的强有力的社会思想调和一致的时候,他那温柔的黑眼睛就会像孩子般幸福地微笑起来。在离开喀山十年之后,我在哈尔科夫城又遇见了他;当时他已经在凯姆服满五年流放刑期,回来重新入大学读书了。我看他整天抱着一堆矛盾思想过日子,甚至他被肺结核病折磨得快要死了的时候,还在尽力设法调和尼采[①]主义跟马克思主义。有一回,他用又冷又黏的手指头捏住我的手,嘴里咯着血,喉咙里打着呼噜说:

"要是矛盾得不到统一,就无法生活!"

后来,他到大学去上课的时候,竟死在电车里了。

我见过不少这样为理智殉难的人,他们在我的记忆里是神圣的。

大约有二十个这样的人,常到杰连科夫的小铺里来开会,他们中间甚至有一个神学院的大学生,叫佐藤·潘捷雷蒙[②]的日本人。偶尔还来一位高个子、宽胸脯、生着浓密的络腮胡子、剃着鞑靼式光头的人[③],这人穿一件灰色紧身哥萨克短外衣,衣扣直扣到下巴底下。他总爱坐在屋角里,嘴上衔着一根短烟斗,用静观默察的灰色眼睛望着大家。他的眼光时常注视我的脸,使我觉得这个严肃的人在暗暗打量我,不知怎么我心里就害怕起来了。他那派沉默的样子令我很奇怪;周围的人们都在滔滔不绝地、大胆地高声说话,他们越说得激烈,我就越发欢喜。我过了好久才看透,原来在激烈的言词里面常常隐藏着可

[①] 尼采(1844—1900),德国反动唯心主义哲学家,崇拜个人,蔑视人民群众。
[②] 潘捷雷蒙是西方基督教的著名殉教士,这个日本人的名字是化名。
[③] 他就是本书中的主要人物罗马斯(1859—1920),是革命民粹派。一八八〇至一八八四年被流放到西伯利亚东部,一八八五年被送往喀山。

怜的虚伪思想。可是这位络腮胡子的大个子心里在默想些什么呢?

人们都叫他"霍霍尔"①,好像除了杰连科夫以外,谁也不知道他的真实姓名。不久我听说,这个人原是流刑犯,在雅库特省过了十年流放生活,最近才转回来。这更增加了我对他的兴趣,可是还不能鼓起我去跟他认识的勇气。我并不是害羞或怕见生人,恰恰相反,我常被热烈的好奇心所驱使,渴望着尽快地探知一切,这种性格害得我终生不能仔细认真地钻研一件东西。

当他们谈到人民的时候,我很惊讶而且不敢自信,为什么我对这个问题的想法会跟他们不同。在他们看来,人民是智慧、美德和善良的化身,是包容一切高尚、正直、伟大的开端的、近乎神圣的统一体。我可是没有见到过这样的人民。我见过的有木匠,有码头装卸工,有泥瓦匠,我还见过雅科夫,奥西普,格里戈里②。然而在这儿他们所说的却是作为统一体的人民,他们把自己看得比人民低贱得多,甘愿服从人民的意志。而我觉得倒是他们这些人才体现了美妙而伟大的思想,才集中地表现出了一种热望依照新的博爱精神去自由建设生活的善良意志。

以前,在跟我一起生活过的那些人们中间,我从来没看到过什么博爱,可是在这里,每一句话都说的是博爱,每一道目光里都闪耀着博爱。

这些人民崇拜者的话,像清新的雨露落在我的心上,还有描写乡村黑暗生活和描写农民苦难的那些极朴实的文学作品,也给了我很多启示。我觉得只有对人类的最强烈的爱,才能激发出一种必要的力量来探求和领会生活的意义。从此以后我不再为自己着想,开始更多地去关心别人了。

---

① 帝俄时代俄罗斯人对乌克兰人的卑称。"霍霍尔"原文意思是头上留的一撮毛,是乌克兰人的发型。
② 都是高尔基第二部自传小说《在人间》里的人物,雅科夫是轮船上的司炉,奥西普是木匠,格里戈里是泥水匠。

杰连科夫信任地告诉我说,他开杂货铺赚的一点钱,全用来帮助了这些相信"人民的幸福高于一切"的人们。真像是一个虔诚的助祭在侍候大主教做弥撒一样,他在这些读书人中间转来转去,对这群爱读书的人的聪明才智表示非常高兴;他常常幸福地微笑着把残废的手往怀里一揣,用另一只手向左右捋着柔软的小胡须,问我道:

"你看好不好?对啊,就是好嘛!"

可是有一位兽医拉夫罗夫,他说话的怪声音跟鹅叫一样,当他标新立异地反对这些民粹派大学生的时候,杰连科夫就吃惊地垂下眼睛,咕咕哝哝说:

"真是个捣乱鬼!"

他对待民粹派的态度跟我一样,不过这些大学生对待他,却好像老爷们对仆役或堂倌那样粗暴无礼,但他自己并没有注意到这一点。当他送走客人以后,常常留我在他的杂货铺里过夜,我们把屋子打扫干净,就往地板上铺一块毛毡子睡下来。在这黑暗的夜里,在神像前那盏长明灯的一星光亮照耀下,我们喊喊喳喳地谈个没完。他带着一种虔诚信徒暗自喜悦的心情对我说:

"将来凑上几百几千个这类的好人,把俄国的各个重要职位都接过来,一下子就能把生活来个大翻个啦!"

他比我大十岁,我看出他很喜欢那个红头发的姑娘娜斯佳,在人们面前,他以主人下命令似的冷酷声音跟她说话,并尽力不去看她那生气的眼睛,只待她转身去后才用爱慕的眼光瞟着她。而每当他俩单独在一起谈话时,他就显得挺狼狈,怯生生地微笑着,老是捋着小胡须。

他的小妹妹也常站在屋角里听大家争论;她紧张地注意听着,那孩子气的脸可笑地绷着,眼睛睁得大大的,每听到特别激烈的话,她就像被冰冷的水泼了一下似的,出声地抽一口气。有一个红头发的医学系大学生,像只大公鸡在她身边转来转去,小声神秘地跟她说着什么,并且挺神气地皱着眉头。这一切,看来是非常有趣的。

可是秋天来了,我没有一个固定"营生"是不行的。眼前发生的这一切事情把我迷住了,所以我的活儿干得越来越少,只得靠别人的面包来糊口,不过这种面包真不好下咽啊。自己必须找个过冬的"营生"。于是我进了瓦西里·谢苗诺夫的面包作坊。

在我所写的几个短篇小说《老板》、《科诺瓦洛夫》、《二十六个和一个》里面,曾描述过这个时期的生活。这是一个很痛苦的时期!然而也是很有教育意义的时期。

身体上的痛苦就不用说了,更痛苦的是精神上的。

我一进了面包作坊的地下室,就跟我以前天天要听他们讲话、天天要跟他们见面的那些人,隔起了一道"忘却的高墙"。他们谁也不到作坊里来看我,我却因一昼夜干十四小时的工作,更不能常到杰连科夫那儿去了。休假日不是睡觉,就是跟面包作坊里的伙伴们一块儿厮混。有些伙伴一开头就把我看成滑稽小丑,有几个伙伴对我的态度就跟天真的孩子对会讲有趣故事的人一样。鬼知道我对他们讲了些什么,不过,所讲的当然都是一些能够引起他们向往另一种更轻快、更有意义的生活的故事。有时候我讲得很成功,使他们那浮肿的脸上现出人的悲伤,眼睛里冒着怨恨和愤怒的火花。我感到挺高兴,并且自豪地想:我在做"群众工作"和"教育"人民了。

自然,我也常常感到自己软弱无力,知识不足,甚至连极简单的日常生活问题都不能解答。这时候就觉得自己是被抛到一个黑暗的地窖里,在这地窖里的人们跟蛆虫一样蠕蠕爬动,他们尽量不去想现实的生活,常跑到小酒馆里,甚至钻到妓女冷冰冰的怀抱里来消愁。

他们每到月终领了工钱,必定要去逛妓院;在这个幸福日子的前七八天,就开始谈论那种寻欢取乐的美梦了。宿娼回来以后,大家好久好久地讲着那种甜蜜的享受,毫无廉耻地夸耀性交的本领和怎样凶恶地玩弄妓女,他们一边谈着妓女,一边轻蔑地吐着唾沫。

真叫人纳闷!我听到这些话,就好像听到了悲伤和耻辱。我看见在"烟花巷"里,一个卢布可以买一个女人陪一整夜,我的伙伴们像犯罪一样感到惶惑不安，我觉得这也是可以理解的。然而竟有一些伙伴过分放纵自己，肆无忌惮，我感到他们是故意的矫揉造作。我对两性的关系非常好奇，因而对这种事情也就观察得特别锐利。我自己还不曾受过女人的抚爱，这使我处于很不愉快的地位：妓女跟伙伴们都狠狠地奚落我。后来他们就不再邀我去逛"烟花巷"了，并且直率地对我说：

"老弟！你别再跟我们去啦。"

"为什么？"

"没什么！跟你在一块儿不痛快。"

我紧紧地抓住了这句话，觉得这句话对于我很重要，可是我没有能够问得更清楚些。

"你瞧你！告你说——别去啦！跟你在一块儿真扫兴……"

只有阿尔乔姆微微冷笑地对我说：

"好像跟一个牧师，或者跟一个神父在一块儿似的。"

最初妓女们只笑我太拘谨。后来就生气地问：

"你是嫌我们吧？"

有一个四十岁的"姑娘"捷列扎·博鲁塔，是个胖胖的漂亮的波兰女人，是这里的"领家婆"。她用她那良种母狗般的聪明眼睛看着我说：

"我的姑娘们呀，别逗他啦！他一定是有情人了，对吧？这样壮实的小伙子，定是被情人缠住啦，一定是的！"

她是个酒鬼，喜欢倾杯暴饮，醉酒后真是丑态百出，可是在酒醒时，她那对待人们深思熟虑的态度，冷静地观察、探索人们做事的动机，又令我感到惊奇。

"顶顶莫名其妙的，就是那些神学院的大学生，"她对我的伙伴们说，"他们跟姑娘们这样瞎胡闹：先吩咐往地板上涂满肥皂，再让一个脱光的姑娘手脚朝下，放在四只瓷盘上，随后他们照姑娘的屁股猛力一推，看她在地板上能滑多么远？这个姑娘完了，又换第二个。你看，为什么要这样呢?"

"你扯谎!"我说。

"哎哟,这可不是扯谎呀!"捷列扎叫了一声,并没有生气,态度仍是那么平和。不过那种平和是有点令人难堪的。

"这是你胡编的!"

"一个做姑娘的怎能编出这种事来呢?难道我是个疯子?"她瞪着眼睛这样问。

人们全竖起耳朵来听我们的争论,捷列扎仍然用冷静的声调讲述嫖客们的鬼把戏,她只是想弄明白:他们为什么要这样呢?

听的人都厌恶地吐着唾沫,狠狠地痛骂大学生。我看出捷列扎是在故意逗引这些人来怨恨我所偏爱的那些大学生,我就说,大学生是爱人民、盼望人民变好的。

"不错,你那是说沃斯克列先斯卡娅街上那所大学里的大学生,可是我说的却是打城外阿尔斯科耶波列来的神学院的大学生呀!他们全是教会里的,全是些孤儿。孤儿长大了一定是小偷,是赖皮,是坏蛋!他们没情没义,这些孤儿!"

"领家婆"心平气和的讲述,妓女们对大学生、对官吏以及对那些"圣洁嫖客"的恼恨和抱怨,不仅在我的伙伴们心里引起了憎恶和气愤,而且引起了喜悦,他们说:

"敢情那些受过教育的人比咱们更坏!"

我听了这种话,心里感到沉痛。我望着这些人汇集到这昏暗的小屋里面来,正像城市里的垃圾污水汇流到垃圾坑里一样,在这乌烟弥漫的烈火中烧得滚沸起来,带着满肚子的怨气和仇恨,又各自流散到城市里。我看到人们由于性欲和生活的苦闷钻到这个穴窟里面来,用荒唐可笑的词句唱着担惊受苦的动人心弦的情歌,谈论着那些"受过教育的人们"的丑事奇闻,敌视和嘲笑那不可理解的事物。我觉得,这个"烟花巷"也像是一所大学,从这所大学里,我的伙伴们得到了人间极恶毒的知识。

我看到，那些"卖笑的姑娘们"怎样在肮脏的地板上来来去去，无精打采地、沙沙地拖着脚步；怎样在手风琴呜呜呀呀的哀鸣或破钢琴恼人的颤音里，挺难受地扭摆着纤弱的身体。我望着她们，不禁产生一种模糊不安的思想。周围的一切都令人感到苦闷，一种想离开这儿而又无能为力的感觉，使我的心情变得十分恶劣。

回到面包作坊里，我一提起有些人正在大公无私地设法为人民谋取自由和幸福，马上就遭到反驳：

"可是，姑娘们说那些人并不是这样的呀！"

于是他们毫不留情，对我凶狠地嘲笑开了。而我像一条倔强的小狗，觉得自己并不比大狗愚蠢，而是比大狗更勇敢一些，所以我也大发脾气了。我开始体会到思考生活和生活本身是同样痛苦的。我有时候突然对这些有顽强耐性的伙伴们产生了憎恨，他们甘心受着醉汉老板狂暴的凌辱，这种顺从和忍辱精神尤其使我愤慨。

可是正在这样痛苦的时期，偏偏又听到了一种新奇的思想，尽管这种思想本质上是和我敌对的，但依然深深扰乱了我的心。

在一个风雪交加的黑夜，狂风怒吼，像是要把苍天撕成碎片撒落下来，大地上盖满了厚厚的雪沙，又像是世界末日来临，太阳沉没下去再不会升起来了。就在这样的一个谢肉节[①]的夜里，我从杰连科夫那儿回面包作坊来。我眯起眼睛，顶着大风，穿过乱纷纷的飞雪，一步一步地往前走，突然——我绊倒了，扑到一个横躺在人行道上的人身上。我们两人互相叫骂起来，我说俄国话，他说的是法国话：

"噢咦！魔鬼……"

这下倒引起了我的好奇心，我扶他站起来，这人是矮个子，身体很轻。他推开我，怒叫道：

"我的帽子呢？妈的！快给我帽子！我要冻死啦！"

我从雪地里找出了帽子，抖一抖雪沙，戴到他那毛发竖立的头上；

[①] 谢肉节是基督教节日，在四旬斋前的一星期。

可是,他又把帽子摘下来,摇着,用俄法两种话叫骂,赶我走开:

"滚!滚!"

他猛然往前奔走,消失在翻滚的雪团里了。走着走着,我又看见了他:他抱住已经被风吹熄了路灯的灯杆子,不走了,坚决地说:

"列娜!我要死啦!……嗳,我的列娜……"

显然,他是喝醉了,要是我把他丢在街上不管,那么,他多半会冻死的,我问他住在什么地方。

"这是哪一条街呀?"他带着哭泣的声音叫道,"我不知道该往哪儿走呀!"

我搂住他的腰,带他往前走,一面问他住在什么地方。

"在布拉克区,"他冻得发抖地嘟哝说,"在布拉克……澡堂那儿……是家……"

他东倒西歪,左摇右摆,弄得我也挺不好走;我听到他的牙齿在打战:

"Si tu savais,"①他一面推撞着我,一面嘟哝说。

"你说什么?"

他停了下来,举起一只手,嘴里说得很清楚了,我觉得他的声音有点骄傲:

"Si tu savais où je to mene……"②

他把手指放进自己的嘴里呵气,摇摇摆摆,几乎要跌倒了。我蹲下身,把他背了起来,继续往前走,他的下巴贴在我的脑壳上,嘟嘟哝哝地埋怨说:

"Si tu savais……我快要冻死啦!哎呀呀,上帝……"

到了布拉克区,我好容易才问清楚他在哪一所住房。最后,我们爬进了一间厢房的穿堂,这间厢房是隐没在院子深处飞雪的旋涡里面的。他摸索着房门,小心地敲了一下,对我低声警告:

---

① 法语:"如果你晓得。"
② 法语:"如果你晓得我要把你带到哪儿去……"

"嘘！轻一点……"

一个穿着红色长寝衣的女人来开门，她端着燃亮的蜡烛灯台；让我们进门以后，她就默默地退到一旁，不知从哪里掏出来一个长柄眼镜，仔细地向我察看。

我告诉她，这个男人的两只手冻僵了，该让他脱掉衣服，睡到床上去。

"真的吗？"她用女孩子般清脆的声音问。

"应该把他的两只手泡在冷水里……"

她没有答话，只用长柄眼镜往屋角指了一指，屋角的画架上是一幅绘着一条小河跟几棵树木的风景画。我惊奇地望了望那女人的脸，她毫无表情地转身向屋角的桌边走去，桌上燃着一盏带粉红色灯罩的灯。她在桌边坐下来，从桌上拿起一张"红心 J"扑克牌开始观察起来。

"您有伏特加酒吗？"我大声问道。她专心往桌上摊纸牌，仍是一声不响。我背回来的那个男人坐在椅子上，耷拉着脑袋，红红的两只手贴挂在身边。我把他抱到躺椅上，替他解开衣服。我自己也不明白为什么要这样做，真像是在梦里似的。我对面躺椅后边的墙上，挂满了相片，在这些相片中间模糊地闪现着一个带白丝绦蝴蝶结的金花圈，白丝绦的末端印着一行金字：

献给绝代佳人吉尔达①

"见你的鬼啦——轻一点！"我开始按摩他的手时，他呻吟着说。

女人还在摆弄扑克牌，像有什么心事似的沉思不语，尖尖的鼻子向前伸着，好像鸟嘴一样，瞪着两只大眼睛。现在她举起她那少女般的两只手，搔着蓬松得像假发一样的灰色头发，用又轻柔又响亮的声

---

① 吉尔达是威尔第的歌剧《利格莱托》（又译《弄臣》）中的女主人公。

音问：

"乔治！你看见米沙了吗？"

这个乔治把我推开，赶忙坐起来回答道：

"他不是到基辅去了吗？……"

"是的，到基辅去啦，"女人重复一句，眼睛仍然在望着扑克牌。我觉得她说话的声音既单调又冷淡。

"他快回来了……"

"真的吗？"

"啊，真的！快啦。"

"真的吗？"女人又问了一声。

半裸体的乔治从躺椅上跳下来，蹿到女人脚边，跪着说了几句法国话。

"我全不在乎，"女人用俄国话回答。

"您要知道——我是迷了路啊，冰天雪地、彻骨的大风，我以为我会冻死的，"乔治慌张地说，同时抚摩着女人垂在膝上的一只手。他的年纪已经四十来岁，在那生着黑胡须和红色厚嘴唇的面孔上，现出诚惶诚恐的表情，使劲搔着圆脑壳上灰鬃一样的头发，说话也渐渐清醒了。

"我们明天就去基辅，"女人这样说，像发问，又像是在宣布自己的决心。

"好，明天就去！可是你现在该休息了。为什么还不上床去？已经半夜啦……"

"米沙今夜不会回来吗？"

"啊！不会的！这样大风雪天……我送你去睡吧……"

他拿起桌上的灯盏，把女人搀进书橱背后的小门里面去了。我一个人枯坐在外屋，好久好久，心里毫无所思地听着他那略带沙哑的低语声。大风雪像毛蓬蓬的爪子搔着窗玻璃。地板上，在融化了的雪水洼里羞怯地反射着蜡烛的火焰。屋子里被家具塞得满满的，奇异地洋

39

溢着暖融融的气息，使人沉沉欲睡。

乔治终于出来了，他摇摇摆摆，两手捧着灯盏，灯罩也被摇晃得直碰灯泡子。

"她睡下啦。"

他把灯盏放回桌上，若有所思地站在外屋的中心，眼睛不望着我说：

"唔，该说什么呢？要是没有你，我大概已经死了吧……谢谢！你这人是干什么的？"

他侧耳倾听着内室里发出的窸窸窣窣的响声，全身颤抖着。

"那是您的妻子吗？"我轻声问。

"是妻子，是一切，是命根子！"他眼睛望着地板，用不大响亮但十分清晰的声音说，接着又开始狠狠地用手搔起脑袋来。

"啊，你喝点茶吧？"

他心不在焉地往门口走去，又突然停住，因为他想起他的女用人因为吃鱼过多，撑坏肚子，已经送医院了。

我提议我自己去烧茶炊，他点头表示同意。他显然已忘记他是半裸体的，光着脚板啪嚓啪嚓地在潮湿的地板上走着，把我引进了一间小厨房里。他背靠着火炉，又对我说：

"要不是你，我早已冻死啦！谢谢你！"

突然，他全身哆嗦了一下，惊恐地张大了眼睛盯着我。

"要是我真的死了，她会变成怎样的呀？我的天啊！……"

他望着那黑暗的内室门口，加快地小声说：

"你瞧，她是个有病的女人，她有一个儿子，音乐家，在莫斯科自杀了；可是她还在盼望着他回来，直盼了两年……"

后来等到我们一同喝茶的时候，他前言不搭后语地说了一些十分稀罕的话，他说这女人是个地主；他自己本是历史教员，给这女人的儿子做家庭补习教师，竟爱上了她，后来她就离开了她的丈夫（一个德国人，男爵），到歌剧院里演戏，尽管她的前夫用了种种手段来破坏，可是他俩的同居生活还是过得很快乐的。

  他继续谈下去,眯缝起眼睛,一个劲儿地瞥着那肮脏的厨房昏暗角落里的什么东西,瞥着那火炉旁边的地板已经烂出洞口的地方。他喝着茶,被热茶烫得脸皮皱缩起来,圆眼睛惊慌地眨巴着。

  "你是干什么的?"他又问我,"唔,烤面包的,工人。奇怪,不像。这是怎么一回事?"

  他说话的声音显出不安,用一种像受了害似的疑惧眼光望着我。

  我便简略地谈了谈自己的情况。

  "原来如此!"他悄悄惊叹一声,"唔,原来如此!……"

  他突然活泼起来,问道:

  "你知道《丑小鸭》①的故事吗?读过吧?"

  他歪撇起嘴脸,开始用尖锐得令人吃惊的破哑嗓音愤愤地说:

  "这个故事是挺诱惑人的!我像你这样年纪时也曾想过:我会不会变成一只天鹅?可是你瞧……我本来该进神学院的,却进了大学。我的父亲是个神父,他跟我断绝了父子关系。我在巴黎研究人类不幸的历史——进化史。不错,我也写过文章。唉!怎么就落成这样……"

  他猛一下跳起身,坐到椅子上,小心地听一听周围的动静,又接着说:

  "进化,这是人们自欺自慰的名词!生活是无理性、无意义的。要是没有奴隶制度就不会有进化。没有少数人来统治多数人,就不会有进步。我们要是想改善生活,减轻劳动,结果只会使生活更困难,劳动更沉重。工厂和机器还不是为了生产机器,再生产机器吗?这真是天大的蠢事!工人越来越增多了,可是只有生产粮食的农民才是不可缺少的。粮食——这是需用劳动向自然界索取的一切。谁需要的越小,他的幸福就越大;谁希望的越多,他的自由就越少。"

---

  ① 《丑小鸭》是安徒生的一篇童话。写的是小鸭群里有一只小天鹅,别的小鸭嘲笑它丑陋,但后来它长成为一只美丽的天鹅。

也许，这不是他的原话，但是，完全是这样令人吃惊的思想，而且说得那么尖锐，那么露骨，我还是初次听到。他兴奋得尖叫一声，马上用怯懦的眼光盯着通内室的门，听了一会儿，里面没有动静，又怒气冲冲地小声说：

"要知道，每个人需要的并不多：一块面包和一个女人……"

他用一种神秘的语气，用我从未听说过的名词和从未读过的诗句谈起女人来，他突然变得很有点像小偷巴什金了。

"贝亚德①、霏娅米塔②、劳拉③、妮农④，"他悄悄说出一大串我不熟悉的名字，讲了一些国王和诗人们的恋爱故事，读了一些法国诗句，读诗的时候还用他那瘦弱的、裸出半截胳膊的手打着拍子。

"爱情和饥饿统治着世界。"我听了他狂热的低吟，想起这是曾印在一本革命小册子《沙皇就是饥饿》的书名下面的题词⑤。这使我感到他的话具有重大的意义。

"人们寻求的是忘忧和安慰，并不是知识！"

这种思想使我大吃一惊。

早晨，我从厨房里出来时，小壁钟才六点零几分。我在灰暗的晨雾里踏上积雪的道路，听着风雪的吼声，回想起那个受尽折磨的教师的激怒的尖叫，我觉得他的话像鲠在我的喉咙里似的，憋得我十分难过。我不愿意回面包作坊去，不愿意再看见什么人，就披着厚厚一身白雪沿着鞑靼区的街道徘徊，一直走到天蒙蒙亮，在飞雪里开始浮现

---

① 贝亚德是十三世纪意大利大诗人但丁所钟情的女人，但丁曾在自己的《新生》和《神曲》等作品里描写过她。
② 霏娅米塔是十四世纪意大利那不勒斯王的公主，意大利小说家薄迦丘所钟情的女人。
③ 劳拉是十四世纪意大利诗人彼特拉克所钟情的女人，彼特拉克曾为她写了著名的十四行诗。
④ 妮农·德·兰克洛(1620—1705)是十七世纪法国巴黎的贵族妇女，和法国大作家伏尔泰、莫里哀、封德奈尔等人有交往。
⑤ "爱情和饥饿统治着世界"是席勒的《世界的智慧》(1795)中的诗句。《沙皇就是饥饿》的题词是采用涅克拉索夫的《铁路》中诗句："世界上有一个沙皇：这个沙皇是残酷的，他的名字叫饥饿。"

出行人的身影的时候。

此后我再没有遇见过这位历史教师,也不希望再遇见他了。可是我不只一次听人说生活没有意义,劳动也没有好处,说这种话的有目不识丁的行脚僧,有无家可归的流浪汉,有所谓托尔斯泰主义[①]者以及其他有着高等文化教养的人们,有做教堂司祭的神学士,制造炸药的化学家,新活力论[②]的生物学家等等许多人。不过,他们的这些思想已经不再像初次听说时那样使我目瞪口呆了。

大约是两年以前,也就是在我听过历史教师那次谈话之后三十多年的时候,我竟从一个熟识的老工人嘴里,突然又听到了几乎用相同的词句说出同样的思想。

有一天,我跟这位老工人在一起随便"谈心",他苦笑着自讽为"政治上的老油子",他用俄国人特有的直率口吻对我说:

"亲爱的阿列克谢·马克西姆,我什么也不需要,什么研究院啦,科学啦,飞机啦,所有这些东西都是多余的!我只需要一个幽静的角落,再有一个女人,我可以在高兴时就和她亲吻,她的心灵和肉体对我忠实服帖——这就够了!您是喜欢照知识分子的方式想问题的,您已经不是我们的人了,您——中了毒啦,您把思想看得比活人还高贵,您是不是也像犹太人那样想:人是为安息日设立的呢?"[③]

"犹太人并不这样想……"

"鬼才知道他们怎样想,这个莫名其妙的民族!"他回答道,随手把纸烟头往河里一丢,眼望着烟头落下水去。

我们坐在涅瓦河岸的花岗石长凳上,这是一个月明星稀的秋夜,我们两人都是白天过着无谓的紧张生活,本来很想做点对人有益的

---

① 托尔斯泰主义主张"勿以暴力抗恶",宣扬所谓"道德自我完善"。
② 新活力论是十九世纪末叶出现的一种唯心主义的生物学说,认为生物的机能是由一种活力而不是由物质所产生。
③ 出自《新约·马可福音》第二章第二十三至二十八节。耶稣的门徒在安息日做了事,法利赛人认为不应该,耶稣回答:"安息日是为人设立的,人不是为安息日设立的。"

事,而终于白费力气,到这时已经累得全身疲惫不堪了。

"您跟我们在一道,可是跟我们不一家,这就是我要说的,"他继续沉静地思索着说,"知识分子都不喜欢过安静日子,他们老早就爱结党乱闹。正像耶稣基督那个梦想家,为着让人们上天堂他就乱闹起来一样,这些知识分子也都是为着乌托邦瞎胡闹的。只要有一个梦想家闹了起来,那么,所有的废物、坏蛋和流氓就跟他勾结在一起,这些人心怀不满,因为他们看到在生活里没有他们的地位。工人们要起来暴动却是为了革命,他们要争得劳动工具和劳动生产品的合理分配。一旦他们夺取了全部政权以后,您想他们会赞成建立国家吗?决不会的!到那时节就要各自分散,各自去找个人的安静角落了……

"您说到机器吗?机器会把我们的脖索拉得更紧,把我们的手脚捆缚得更牢些。哼!人们需要的不是机器,是免除不必要的劳动。人都希望过安静日子,工厂和科学技术不能带给人们安静。一个人所需要的东西并不多。要是我仅仅需要住一间小房子,为什么偏偏去建筑一座大城市呢?城市里人们住得太挤,又是自来水,又是下水道,又是电气设备。您试试看,如果不要这些,生活该多么轻松啊!哼!我们这里有许多没用的东西,这全是知识分子闹出来的。所以我说,知识分子才真是害群之马。"

我曾说过,世界上还没有谁能像我们俄国人这样彻底否定生活的意义。

"俄国人在精神上是最自由的,"这个工人笑了一笑,继续说,"不过请您别生气,我敢断定,我们有千百万人都在这样想,只是他们不会说出来……生活应该弄得简单点,那样才使人们觉得更舒服些……"

我清楚地知道这个工人先前的思想情况,他并不是"托尔斯泰主义者",也没有倾向过无政府主义。

在跟他谈话以后,我不由地想:难道千百万俄国人真是仅仅为了减轻劳动,追求安逸,才甘愿受尽艰难困苦来参加革命斗争的吗?花最少的劳动——享最大的欢乐,这句话和那些超现实的幻想,各种美丽的乌托邦一样,倒是挺有诱惑力的呀!

于是我记起了亨利·易卜生①的一段诗:

> 我是保守主义者吗?啊,不!
> 我,还是过去的我,丝毫没有变;
> 我不喜欢一步步地将棋子拨转,
> 我要把整个棋盘全推翻。
>
> 记得只有一次革命,
> 那次革命比哪一次都聪明,
> 我指的是泛滥地上的大洪水②,
> 那次洪水本来可以把一切全冲毁。
>
> 可是,那一回魔王还是受了骗,
> 您知道,挪亚又做了独裁者!
> 啊! 如果您做得光明正大,
> 我可以答应帮您一把力。
> 您快引来冲毁地面的大洪水,
> 我很乐意往方舟下放鱼雷!

杰连科夫那个小杂货铺的收入很少,可是需要物质帮助的人和"事"却越来越多。

"要想点办法才行,"杰连科夫忧虑地捻着小胡子说,他抱歉地微笑着,深深地叹口气。

---

① 易卜生(1828—1906),挪威戏剧家和诗人。这里是引他所写的诗《给我的朋友,革命演说家》。
② 出自《旧约·创世记》第六至九章。上帝看见地上的人们罪恶很大,要用洪水毁灭世界,并告诉义人挪亚造一个方舟,带他全家人和地上的生物雌雄各一对进入方舟避难,等洪水退了以后,上帝命令挪亚统驭地上的万物。

我觉得他把自己当作判了无期徒刑、来给人们做苦役的人,尽管他甘心受这种刑罚,有时候却也感到很吃力。

我曾几次用不同的话来问他:

"您为什么要这样做呢?"

看来他没听懂我的问话,在回答"为什么"这个问题时,他用文绉绉、挺不容易理解的词句,讲到人民生活的苦难,必须给他们教育和知识。

"啊,你说人们想得到知识,寻求知识吗?"

"嗯,是的!当然!您不是也想得到知识吗?"

不错,我想得到。但我又想起了那位历史教师的话:

"人们寻求的是忘忧和安慰,并不是知识!"

像这样尖锐辛辣的思想,是不宜于向刚满十七岁的人谈的,谈了几次以后,这种思想就变得迟钝无力,而听的人也得不到什么益处。

我渐渐发现,人总是爱听有趣的故事,因为听故事能使他们暂时忘掉眼前沉重的、然而习以为常的生活。越是"虚构"的故事,人们就越爱听。那种充满了美丽的"虚构"情节的书,才是顶顶有趣的好书。总之,我像是坠入五里雾中,真有点莫名其妙。

杰连科夫要开一个面包店①。记得当时曾经十分仔细地计算过,估量着干这种营生,每一卢布可以赚得三十五戈比的利钱。他要我担任面包师的"助手",以"亲信"的资格,去监视店里的面包师,使他不敢偷面粉、鸡蛋、牛油和烤熟的面包。

于是我从那个肮脏的大地下室,转移到这个小而比较干净的地下室里来了,打扫店铺也是我的责任。这儿已经不是四十个人的大班子了,我眼前只有一个人。这个人鬓角斑白,尖尖的一撮小胡子,枯瘦焦黄的脸儿,两只黑溜溜的狡猾眼睛和一张奇形怪状的嘴:那么小小的,像个鲈鱼嘴,厚嘴唇嘬得紧紧的,就跟想要和谁接吻似的。在他的眼

---

① 这个面包店开设于一八八六年夏季,当时想用这个店的收益来支持喀山小组的活动和贫困的大学生。

睛深处还闪着一种嘲弄人的神气。

他当然也偷东西,在开始工作的头一夜,就把十个鸡蛋、大约三俄斤面粉和一大块牛油偷偷放到另外的地方。

"你这是干吗用的?"

"这是留给一个小姑娘的,"他和和气气地说,又皱着鼻梁补充了一句:"一个挺——挺好看的小姑娘!"

我试着劝他说,偷东西是犯罪的行为。不知道是我的口舌太笨呢,还是由于我自己也不能完全相信我所说的理由,反正我的话没有发生效力。

面包师躺在装生面团的柜子上,眼睛望着窗外的星星,用惊讶的口气嘟哝着:

"他竟然教训我!刚一见面,就要训人!论年纪我比他大三倍呢。真好笑!……"

他眼望着星星,问我道:

"我好像在什么地方见过你,你先前在哪家做活?在谢苗诺夫家吗?就是闹过暴动的那一家吗?[①] 噢,是了。那就是说,我在梦里见过你……"

几天之后,我发现这个人很能睡觉,不管什么姿势,甚至站在那里扶着铁铲子也能睡着。当他睡着的时候就微微扬起眉毛,脸上做着怪相,现出一种嘲讽意味的惊奇表情。他最喜欢讲发现财宝和做梦的故事。他很自信地说:

"我能看穿这个大地,它就像一张大馅饼,里面装满了财宝:一罐一罐的钱,一箱一箱的好东西,到处都是铁。我好几次做梦看见我去过的熟地方,有一回梦见了澡堂子,在澡堂子的墙脚下埋着一箱银盘银碗。我睡醒后就趁黑夜去挖,挖了一尺半[②]深,我一瞅,原来是煤渣子和死狗的头骨!你看,我竟找到了这种怪东西!……突然哗啦一

---

① 发生的时间是一八八六年春,高尔基曾参与此事。
② 指俄尺,一俄尺合 0.711 米。

声,把窗子上的玻璃也碰碎了。一个女人疯狂地尖声大喊起来:'有贼啦,快捉贼呀!'当然,我逃跑了,再慢一点儿就会遭一顿毒打。真好笑!"

我常常听他说:"真好笑!"可是伊凡·科兹米奇·卢托宁说这话的时候自己并不笑出来,他只是含着笑意眯着眼睛,皱着鼻梁,张大鼻孔罢了。

他的梦,全没有什么稀奇的,跟眼前的现实生活一样枯燥和荒谬。我真不明白为什么他竟津津有味地讲述他的梦,而对于他周围的真人真事,却一句也不愿意提起。[1]

一件新闻轰动了全城:一个富茶商的女儿因被迫出嫁,刚过门就用枪自杀了[2]。成群结伙的青年,有好几千人,跟在她的灵柩后面为她送葬。大学生们在她的墓前发表演讲,警察把他们赶散了。在我们面包作坊隔壁的小店里,人们都大声谈论这个悲剧。店铺里面的一个房间聚满了大学生。我们在地下室里也可以听到愤怒的叫声和激烈的讲话。

"这个姑娘,是因为小时候打得不够啊!"卢托宁这样说,紧跟着他又对我讲道:

"我仿佛正在池塘里捉一条鲫鱼,突然警察过来喊道:'别动!你好大胆!'我没处逃跑,急得往水里一钻,就醒了……"

卢托宁虽然是不大注意现实生活的人,可是他不久也感觉到这家面包店有点不大正常:在店铺里照管买卖的是两个很外行又挺爱读书的年轻姑娘——一个是面包店老板的妹妹,另一个是老板妹妹的女朋友,高高的,红脸膛儿,有两只温柔可爱的眼睛。常来面包店的尽是些大学生,他们在店铺后面的房间中坐得很久很久,有时放声喊叫,有时窃窃私语。店老板不常到店里来,而我这个做"助手"的,倒很像是这

---

[1] 九十年代末,我看见一本考古学杂志上登载:卢托宁-科罗维亚科夫曾在奇斯托波尔县的某个地方发现地下财宝——一罐阿拉伯钱。——作者注

[2] 时间是在一八八五年一月。

面包店的经理。

"你是老板的亲戚吗?"卢托宁问我,"也许他想招你做妹夫吧?不对吗?真好笑!那些大学生们干吗净来这儿胡缠呢?是来看姑娘的吧?……嗯,也许是的……不过,那两个姑娘并不太标致,没有什么好看的……我想,这伙子大学生啊,来吃面包的劲头比看姑娘的劲头还大哩……"

差不多每天清早五六点钟的时候,总有一个短腿的姑娘出现在面包作坊临街的窗口;她全身是由各种大小不同的半圆球拼凑起来的,很像一个装满西瓜的布袋子。她的两只光脚一落进我们地下室窗前的坑道时,就打着呵欠叫起来:

"瓦尼亚瓦①!"

她戴着一块花头巾,头巾下面露出淡黄色鬈发,那鬈发就像一个个小圆环儿披挂在她那红红的、圆绷绷的脸上和扁平的前额上,遮盖住她那睡意惺忪的眼睛。她懒懒地用两只小手从脸上把头发撩开,她的手指好像新生婴儿那样可笑地伸张着。真有意思——跟这么一个小丫头有什么可谈的。我把面包师唤醒了,他问她说:

"来了吗?"

"你瞧嘛!"

"睡得好吧?"

"嗯,干吗不好哇?"

"梦见什么啦?"

"记不得了……"

这时候全城还是静悄悄的。只听到清道夫在什么地方扫地的声音,刚刚睡醒的小麻雀在唧唧喳喳地啾叫,地下室的窗玻璃上照射着初升太阳温暖的光线。我很喜欢这样沉静的早晨。面包师从窗口伸出毛茸茸的手去抚摸姑娘光光的两脚,姑娘满不在乎地依从着他的探

---

① 尼亚是伊凡的爱称。

摸,没有一丝笑容地眨巴着两只绵羊般柔顺的眼睛。

"彼什科夫!快把甜面包取出来吧,烤好啦!"

我把烘面包的铁笸子从炉子里抽了出来,面包师从铁笸子上抓起十来个小甜饼、面包卷和白面包,一股脑儿抛进姑娘张起的裙襟里。姑娘把炙热的小甜饼从这只手移到那只手,送上嘴边,用黄色的羊牙齿咬着,烫痛了,气得她哼哟哼哟地叫起来。

面包师迷恋地瞧着她说:

"快把裙襟放下去吧,你这不害臊的妮子!"

等姑娘走了以后,他向我夸耀道:

"你看见了吗?像一只小绵羊,满头的鬈发。老弟!我还是个素性好洁的男人哩,不跟婆娘们同居,只跟小姑娘们要好。这是我的第十三个啦,是尼基福雷奇的教女。"

我听着他这些得意的话,自己暗暗地想:

"难道我也要这样生活吗?"

我从炉子里取出论斤卖的白面包,捡了十一二块大面包放进一个长长的托盘里,赶快送到杰连科夫的店铺去,转回来又把白面包和奶油面包装满盛两普特的篮子,跑着送到神学院去,好供大学生们吃早点。我来到神学院,站在大饭厅的门口,把面包卖给大学生们,有的"记账"有的收"现钱",一面站在那里听他们关于托尔斯泰的争论;那里一位神学院教授名叫古谢夫,是列夫·托尔斯泰的死对头。有时在我的面包篮子底下藏着几本小册子,我必须把它们秘密地塞到某一个大学生的手里。有时大学生们也把书本或便条暗暗掖进我的篮子里面来。

我每星期有一天要跑更远的路,到"疯人院"里去,在那儿,精神病学家别赫捷列夫利用病人做实例,给大学生们讲课。有一次,他给大学生看一个患夸大狂的病人:这个人来到教室门口,高高的个子,穿一身白色的病号服,头上戴着长袜形的圆筒尖顶帽,我一见他那样子,不禁嘿嘿笑了一声,可是他走到我身旁的时候停了一下,冲着我的脸瞪了一眼,我吓得直往回缩,仿佛他那乌黑的、锋利火辣的眼光刺穿了我的心似的。当别赫捷列夫捋着胡子很郑重地跟病人谈话的时候,我一直在偷偷抚摸我那像被热灰烫伤了的脸。

病人说话的声音低沉,他似乎想要什么东西,从白色病号服的袖子里可怕地伸出一只细长的手,指头也是长长的。我觉得他的全身都在奇怪地伸长着,越伸越长。他那灰暗色的手,好像无须移动位置就能伸到我的眼前,掐住我的喉咙似的。从他那瘦瘦的脸上陷下去的两个黑黝黝的眼窝里,一对黑眼睛又威严又凶恶地闪射出刺骨的光芒。二十来个大学生仔细望着这个戴圆筒尖顶帽的疯子,有几个大学生在微笑,多数的大学生却在悲愁地凝神思索,他们的眼睛跟这个疯子火辣辣的眼睛相比,就显得太平凡了。疯子的模样是可怕的,他身上有一种说不出的威严,可真是威严啊!

在大学生们像一群不会说话的鱼似的沉默气氛中,精神病学教授讲话的声音显得特别清晰。教授每提出一个问题,都遭到那个低沉声音的严厉呵斥,这种低沉声音,听来好像是从地板下面,又像是从教室那不透风的白墙后面发出来的,疯子的举止,像大主教似的稳重而庄严。

这天夜里,我写了一首描述疯子的诗,把那个疯子叫做"万王之王,上帝的贵宾和顾问"。他那副尊容久久地留在我的心里,搅得我坐卧不安。

我每天晚上从六点钟开始工作,一直到第二天中午,午后我要睡觉。所以只有在工作的空隙,就是当一团面粉刚刚揉好,另一团面粉还没有发酵,或面包已经上炉烘烤的时候,才能读点书。面包师看我渐渐摸到做面包的门径,他就工作得越来越少了。他用亲切的惊讶腔调"教导"我说:

"你是能干的,再熬上这么一两年,你就可以当面包师了,真好笑。你还太年轻呀,所以人家不听你的,也不尊重你……"

他不赞成我埋头读书:

"你顶好别读书了,去睡一睡吧!"他常常这么关怀地劝我,可是从来也不问我读的是什么书。

各式各样的梦,幻想地下的宝藏,还有那个圆鼓鼓的短腿姑娘,这就是他整天念念不忘的几件东西。短腿姑娘常常在黑夜里来,那时候他就把姑娘带到堆着面粉袋的门洞里去,碰上冷天,他就皱着鼻梁对我说:

"你先出去半个钟头吧!"

我一边往门外走,一边想:"他们这种恋爱法,跟书上所描写的真是大不一样啊!……"

在店铺后面的小房间里,住着老板的妹妹,我常常替她烧茶炊,但尽量避免跟她见面,因为跟她见面的时候我感到局促不安。她那孩子般的眼睛老是那么令人难堪地望着我,就跟最初几次见面的时候一样,我觉得她眼睛里含着一种微笑,而且像是嘲弄我的微笑。

由于我的力气大,动作显得笨拙,面包师一面看着我搬运五普特重的面袋,一面遗憾地对我说:

"你的力气能抵三个人,可是谈到灵巧,那就一点儿也没有了,尽管你个子高,终究是一条笨牛……"

虽然我读了不少的书,喜欢读诗,而且我也开始写诗,可是,我仍然用"自己的话"来写。我觉得自己的话说得粗犷,而且锐利,我认为只有用这些字眼才能表达出我心里那种极其纷乱的思想。有时为了抗议那些使我愤激难忍的事情,我就故意把话说得十分粗野。

有一位曾经给我做过教师的数学系大学生批评我说:

"鬼才知道你是怎样说话的,简直不是话,而是秤砣……"

一般说来,我也不喜欢我自己,这是十五六岁的青年男女常有的情形;总是觉得自己又粗鲁又好笑,一副像卡尔梅克人①似的颧骨凸出的脸,说起话来,嗓音常常不听使唤。

---

① 卡尔梅克人是俄国境内的蒙古系游牧民族。

可是老板的妹妹一举一动却像凌空的小燕一般轻快、灵巧,我甚至觉得她那轻盈的动作,跟她那圆圆的软软的身体不大协调。她那步态和姿势,有点虚伪,有点做作。她说起话来,声调是愉快的,常常大笑,我听到这种响亮的笑声就想:她是要我忘记第一次跟她见面时她的样子吧?可是我不愿意忘掉这个,我很珍视一切不寻常的事物。很希望知道那些可能发生和实际已经发生了的不寻常的事物。

她偶尔问我:

"您现在读什么书啊?"

我简单回答了一声,就想反问她:

"您打听这个干什么呢?"

有一天黑夜,面包师要抚爱他的那个短腿姑娘了,就用陶醉的声调对我说:

"你先出去一会儿吧!嗳!你最好到老板妹妹那儿去,为什么要错过良宵呵?要知道,那些大学生……"

我宣称要是他不住口,再说这种话,我将用秤砣砸碎他的脑袋,然后我便往堆面粉袋的门洞里去了。从关闭得不严密的门缝里,听到卢托宁的声音:

"我干吗要跟他生气呢?他整天啃书本,像疯子一样生活……"

门洞里的老鼠在吱吱地乱叫乱闹,面包作坊里姑娘在哼哼哟哟地呻吟。我躲到院子里去,院子里正缓缓无声地落着牛毛细雨。我依然感到憋闷得很,不知道是哪里的树林着火了,满院飘来一股焦臭气。时间已经到后半夜了。面包房对面屋子的窗户还敞开着,有几个房间透出暗淡的灯光,里面有人在哼唱:

> 这位呀圣瓦尔拉米[①],
> 他头上闪着金色的光轮,

[①] 圣瓦尔拉米是基督教的圣徒。这是当时流行在喀山神学院学生中间的一首歌,歌名叫《从早到晚》。

从天上望着她们，
也禁不住呀笑开了嘴唇……

我设想玛丽亚·杰连科娃会躺在我的两膝上，就跟面包师的那个姑娘躺在他的两膝上一样，可是我彻头彻尾地感觉到这完全是不可能的，甚至是可怕的。

从天黑直到天明，
他整夜酒杯伴着歌声，
而且他——喔唷！
也干呀干了那种事情……

在歌声里特别激越地唱出了这个深沉的低音"喔唷！"我两手支在膝盖上，探着身子朝一个窗户里面望去；透过镂空花边窗帘，我看到一个四四方方的斗室。斗室的灰色墙壁，被一盏有蓝色灯罩的小灯照亮了。小灯底下，一个姑娘面对窗户坐着在写信。现在她抬起头来了，用红笔杆把垂到鬓角的一绺头发撩上去。两只眼睛眯缝着，面庞堆起笑窝儿。她慢慢把写好的信叠起来，装入信封里，用舌尖沿着封口的胶边一舔，就封上了，然后将信封抛在桌面上，伸出她那比我的小指还要小的食指朝信封恶狠狠地点了点，又重新捡起信封，皱着眉头把它扯开，又读了一遍，再装进另外一个信封里，粘好，伏到桌上写好地址，把信封高高举起，像摇一面小白旗一样晃了晃。她旋舞着，拍着手向放床铺的屋角走去，随后又从那里出来，脱掉小衫子，露出圆得像酥油面包似的肩膀，她从桌子上拿起灯，又隐没到屋角里去了。在观察人们独自一人活动时，你会觉得他像一个疯子。我在院子里踱着步想：这个姑娘孤身在自个儿的小屋里过的生活是多么奇怪啊！

然而，当那个火红头发的大学生来看她，并且用压低得像耳语一样的声音跟她说话的时候，她全身缩作一团，样子显得更小了。她羞怯地望着他,两只手藏在背后或是垂到桌子下面。我却不喜欢这个火红头发的大学生,十分地不喜欢。

短腿姑娘包扎着头巾,摇摇晃晃地走出来了,对我咕哝着说:

"快进作坊里面去吧!"

面包师一边从柜子里往外掏面团,一边对我叙说他这个情人是多么令人舒服痛快,叫人百看不厌。而我却在自己暗想:

"这样下去,要把我闹成什么样子呢?"

我觉得在我身边某个角落里,正要飞来一场意外的灾祸。

面包店的生意很兴隆,杰连科夫甚至在寻找一处比较宽大的面包作坊,并且决定添雇一个助手。这是很好的,因为我的工作太多了,每天直累得头昏眼花。

"到了新作坊,你该升大帮灶啦。"面包师向我许愿说,"我去讲一讲,应当把你的工资提到每月十个卢布才是。"

我很明白,把我提升为大帮灶对面包师是有利的,因为他不爱干活儿,我却情愿干活儿,疲劳对我有好处,这能消除我心上的不安,抑制强烈的性本能的冲动;可是书也就读不成了。

"你已经不再啃书本了,这太好了,让老鼠去啃它吧!"面包师说,"莫非你没有做过梦吗?也许你做过,只是不肯说出来罢了!真好笑。要知道,说梦绝不会惹出祸来的,用不着担惊害怕呀!……"

他对我态度很和蔼,似乎还有几分尊重。也许他猜想我是老板的耳目,不过这并没有影响他天天不露马脚地偷面包。

我的外祖母死了①。这个不幸的消息,我是在她葬殓以后七星期接到表兄弟的来信才知道的。在那封简短的、没有加标点的信里说:外祖母上教堂门口去讨施舍的时候,从门廊上跌下来摔断一条腿。到第八天,得疮毒病去世了。后来我还听说,我的两个表兄弟和一个表姐跟表姐的孩子,他们这些健康的年轻人都拖累着老太婆,靠她讨来

---

① 时间是一八八七年二月。

的施舍糊口。老太婆病了,他们也没设法请医生来看一看。

信里这样写着:

> 她埋在彼得罗巴甫洛夫坟场上我们全家给她送葬还有叫花子他们是爱她的大家都哭了。你外祖父也哭了他赶开我们自个儿一人留在墓旁我们打从矮树林子里看着他哭他也快要死咧。

我没有哭,只记得当时有一股砭骨冷风向我袭来。那天黑夜,我坐在院子里的劈柴堆上,心里感到万分憋闷。很想跟谁去讲一讲我的外祖母是多么善良和聪明,她是所有的人的妈妈。我久久地抱着这个痛苦的愿望,可是没有人听我讲,于是这个愿望就永远埋在心底,慢慢消沉了。

经过许多年以后,当我读到契诃夫描写一个马车夫的非常真实生动的短篇小说①时,我又想起了我那个时期的心情。在契诃夫的小说里,那个马车夫曾对着马诉说了自己儿子的死。遗憾的是在这个极悲哀的日子里,我身边既没有马,也没有狗,我更没有想到把悲哀去讲给老鼠听,老鼠在面包作坊里倒是很多的,我跟它们处得一团和气。

警察尼基福雷奇像老鹰一样开始在我的周围盘旋起来了。这个挺硬朗、身材匀称的老警察,留着一头银灰色短发,一把浓密的大胡子剪得整整齐齐。他津津有味地咂着嘴唇,用两只眼睛瞅着我,像瞅圣诞节前夕宰了的鹅那样。

"我听说你很欢喜读书,对吗?"他盘问我,"你欢喜读哪一类书啊?比方说,是使徒传呢,还是《圣经》呢?"

"我常读《圣经》,也常读使徒传。"——这一下,可使尼基福雷奇大吃一惊,显然把他弄糊涂了。

"真的吗?嗯,读书,是合法的好事情!可是,托尔斯泰伯爵的作品你也偶尔读一读吧?"

---

① 指《苦恼》。

我也读托尔斯泰的书,不过,看样子这并不是警察老爷们所注意的那些作品。

　　"这些跟别的作家写的一样,全是普普通通的东西。据说他有几本反对神父的书,倒可以看一看!"

　　有几本胶版印的①,我也读过,不过,我觉得这些书枯燥无味。我知道关于这类问题是无须跟警察去争辩的。

　　我们在大街上碰见,边走边谈过几次之后,这位老警察就开始邀我到他那里去做客了:

　　"请到我的小哨舍里来坐一坐,来喝杯茶吧!"

　　当然,我懂得他要我去的用意,不过我还是想到他那里去看看。跟一些明白人商量的结果,大家认为我要是回避警察这番意思,更会加深他对面包店的怀疑。

　　于是,我就到尼基福雷奇的小哨舍来做客了。在这个小屋里,俄式炉子占了三分之一的地方,另外三分之一放着一张挂着印花布幔帐的双人床,床上有好几个带大红斜纹布套的枕头。剩下的空地摆一个碗橱,一张桌子,两把椅子,窗下放一条长板凳。尼基福雷奇正坐在板凳上解制服扣子,他的身体把这个小屋里惟一的小窗口给遮住了。他老婆坐在我旁边,这个胸部丰满、二十来岁的小娘儿们,粉红的脸上两只狡猾凶狠的眼睛的颜色很奇特,灰蓝色的;她故意噘起鲜红的嘴唇,说话总是怨声怨气的。

　　"听人讲,"警察开始说,"我的教女谢克列捷娅常到你们面包作坊去,这放荡的下流婢子。我看世上的女人全是些贱骨头!"

　　"全是?"他的太太反问道。

　　"没有一个不是的!"尼基福雷奇坚决肯定地答道,他把胸前的奖章摇得直响,就跟一匹马摇响它身上的鞍辔一样。他端起碟子喝了一口茶以后,又津津乐道地说起来了:

---

① 指托尔斯泰的宗教哲学著作,当时为教会的检查机构所禁止,但却以秘密方式在流传。

57

"从顶下等的窑姐儿,……直到最高贵的女皇,没一个不骚不贱的!示巴女王①穿过两千俄里②的沙漠跑到所罗门王那里去,也是为的骚情。叶卡捷琳娜女皇虽然号称大帝,可是她也同样……"

接着,他便详详细细叙述了宫廷里一个锅炉工人的故事,这个锅炉工同女皇过了一夜,就步步高升起来,从军士一直升到将军。警察太太出神地听着,不断地用舌头舔舔嘴唇,并且在桌子下面用她的腿故意碰我的腿。尼基福雷奇的口齿非常流利,爱用一些风趣的字眼。可他不知怎么一下子就已经把话题转了:

"就说,那个一年级大学生普列特尼奥夫吧。"

他的太太叹一口气,插了一句:

"尽管他样子不怎么漂亮,可是人——挺好!"

"你说谁挺好?"

"普列特尼奥夫先生。"

"第一,他还不配称先生,要等到毕了业以后才能称先生。眼前,他只不过是成千上万个大学生里面的一个普普通通大学生罢了。第二,你说普列特尼奥夫挺好,我问你这是什么意思?"

"他快活,年轻。"

"第一,戏班子里的小丑也是挺快活的……"

"小丑们快活是为了赚钱。"

"住嘴!第二,别看不起老狗,老狗也是从小狗过来的……"

"小丑跟猢狲一样……"

"我再说一遍,叫你住嘴!你听见吗?"

"嗯,听见啦。"

"这就得了……"

尼基福雷奇压服了太太,就转过脸来劝我说:

---

① 出自《旧约·列王纪上》第十章。示巴女王听了所罗门王的名声,曾用骆驼驮着香料、宝石和金子来见所罗门王,把心里所有的话都对所罗门说了出来。

② 一俄里合1.067公里。

"喂！你该跟普列特尼奥夫去认识一下,他是个挺有趣的人哪！"

他一定是常常看见我跟普列特尼奥夫一块儿在街上走路的,所以我只好回答说:

"我们认识。"

"是吗？你认识……"

他话音里有点失望,随即猛然抖动着身子,胸前的奖章又碰得叮当乱响。这时候我却很担心,因为我知道普列特尼奥夫正在用胶版印什么传单。

他的老婆一面用腿碰我的腿,一面狡猾地用话激她的老头子。老头子像孔雀开屏似的卖弄着他的花言巧语。他老婆的恶作剧,搅得我不能专心听他说话。我稍不留意,他又变了腔调,说话的语气更低也更有力了:

"这是条看不见的线,你懂吗？"他这样问我,并且瞪圆两眼看着我的脸,好像有点害怕什么似的说,"你可以把沙皇陛下看作个大蜘蛛……"

"哎哟哟！你这是什么话呀！"老婆吃惊地叫出来。

"你——不许作声！蠢娘们！这样说是为的明白易懂,并不是有意诽谤。母狗！快收拾茶炊去吧……"

他皱起眉毛,眯缝着眼睛,认真地继续说下去:

"这条看不见的线儿,就跟蜘蛛网一样,以沙皇陛下亚历山大三世等人为中心,通过各部大臣,再从省长大人、各级官吏一直到我,甚至到下等兵士。这条线儿无所不通,无所不包,它像无形的堡垒维持着沙皇千秋万代的统治。可是那群被狡猾的英国女王收买的波兰人、犹太人和俄罗斯人,他们到处设法破坏这条线,好像他们是为了人民似的！"

他隔着桌子探过身来,用威胁的低声冲我问道:

"你明白吗？对啦。我为什么跟你说这话？因为你的面包师很夸奖你,说你聪明,老实,光杆一人。可是大学生们常到你们面包店里去鬼混,在杰连科娃的房间里整夜整夜地坐着。要是只有一个大学生去,那就很明白。可是,竟有那么多?嗯?我不敢说大学生们的坏话,他今天是大学生,明天也许会当副检察官。大学生全是好人,不过他们太爱出风头了,沙皇的敌人又在挑唆他们!你明白吗?我还要对你说……"

没等他说出口,房门忽然大开,进来了一个红鼻子的小老头。他的鬓发上束着一根小皮条,手里拿着一瓶伏特加,看样子已经喝醉了。

"咱们来杀盘棋吧?"他兴冲冲地问着,全身现出一种滑稽的神气。

"这是我的岳丈,内人的父亲,"尼基福雷奇沉着脸说,露出懊恼的样子。

过了几分钟,我就告辞了。那位调皮的少妇跟着我出来关门,用力拧了我一下,说道:

"多好看的云彩,跟火一样红!"

天上一片小小的金色云朵,慢慢地在消散。

我很不愿意惹我那些教师们生气,然而我还是要说:这个警察比我的那些教师们更透彻、更明白地为我讲解了当时的国家机构。上面坐着一只蜘蛛,从它那里伸出紧紧纠缠和束缚着全部生活的无数"看不见的线"。我很快就学会随处去觉察由这些线所结成的各种圈套了。

黑夜关闭店门以后,女少掌柜玛丽亚·杰连科娃把我叫到她的房间里去,认真地告诉我说:她受委托来了解警察对我说了些什么话。

"哎呀!我的上帝!"她听完我的详细报告以后,吃惊地叫了一声,接着像老鼠似的从这屋角窜到那屋角,急得连连地摇头说:"怎么,面包师没有向您打探什么事情吗?他的情人原是尼基福雷奇的亲戚呀!应该把他赶走!"

我靠着门框站在那里,皱紧眉头望着她。她把"情人"这个词儿未免说得太随便了,我听着很不顺耳,她决定赶走面包师也叫我不高兴。

"您要多加小心!"她说,和往常一样,她那种死盯住人的眼光,好

像在盘问我一种我不能理解的问题,使我感到狼狈。她忽然站在我的面前,倒背起两手:

"您为什么老是这样闷闷不乐呢?"

"最近,我的外祖母死了。"

这使她感到很有趣;她微笑着问道:

"您很爱她吗?"

"是的。您还需要了解什么吗?"

"不需要啦。"

我离开了她。当天夜里我写了一首诗,记得诗里有这样一行倔强的句子:

　　　　您呀,只不过是装腔作势!

这以后就决定要大学生们尽量少到面包店里来。我看不见大学生们,简直找不到人帮助解释读书时所碰到的问题了,只好把我感兴趣的问题记在笔记本上。可是有一天,我累得很,就伏在笔记本上睡着了。面包师偷看了我的笔记本,他把我唤醒来问道:

"你这是写的什么呀?'加里波第为何不赶走国王……'①加里波第是谁?难道国王可以赶走吗?"

他气愤地把笔记本往面粉柜上一丢,就转身钻下炉坑去烘面包了,他在那里嘟哝说:

"你说一说吧。——他应当赶走国王吗?真好笑!快把你这坏主意打消吧!你这个书呆子。五年前在萨拉托夫,宪兵们像捕老鼠似的抓你这样的书呆子,哼!就是没有这些,尼基福雷奇就已经注意上你

---

① 一八六〇年,意大利民族解放运动领袖加里波第率领千余名志愿军占领西西里,并在意大利南部登陆,随之占领那不勒斯,解放了波旁王朝统治下的那不勒斯王国。接着,在当地大部分居民表示愿意并入皮埃蒙特王国的情况下,加里波第将统一运动的领导权让给了皮埃蒙特国王爱麦虞限二世。

啦。你别再打算赶走国王了吧,国王可不像一只鸽子那么容易赶走。"

他满怀好意地对我劝说了一阵子,可是我却不能照我所想的那样来回答他,因为人们禁止我跟面包师谈这种"危险的问题"。

当时城里流传着一本轰动一时的小册子,读了小册子的人们都在纷纷议论。我请求兽医拉夫罗夫也给我找这本小册子,他却令人失望地说:

"咦!老弟,没有啦,别盼望了吧!不过,据说有一个地方在这几天要宣读这小册子了,到时候我可以带你去听一听……"

圣母升天节①的深夜里,我走在阿尔斯科耶波列昏黑的野地上,跟踪着拉夫罗夫的背影——他在离我约五十俄丈②远的前面走着。野地里空无一人,但是我仍旧要执行拉夫罗夫的忠告:"采取预防措施,"我一边走路,一边打口哨,哼着小曲,装扮成"半醉的工人"模样。在我头上缓缓地浮动着一片片的云朵,云朵之间滚动着金球般的月亮,云影掠过大地,有几处水坑闪着银灰色和蓝钢色的光亮。喀山城在我的背后呜呜地发着低沉的怒吼。

我的引路人走到神学院后面的果园栅栏旁边停住了。我急忙赶上了他。我们一声不响地爬过了栅栏,穿过杂草丛生的果园。一碰到果树枝,就有大滴的水珠落到身上来。我们到了一所房屋的墙脚下,轻轻敲一敲紧紧关住的窗板,一个生着大胡子的人把窗板打开了,在他背后是一片漆黑,也听不到丝毫声息。

"谁?"

"从雅科夫那里来的。"

"快爬进来!"

在这地狱般漆黑的屋子里,只觉得有很多人,听到衣服和鞋子的沙沙声,轻轻的咳嗽声,窃窃耳语声。不知是谁擦亮一根火柴,照了照我的脸,我看见靠墙脚的地板上有不少黑糊糊的人影子。

---

① 圣母升天节在八月十五日。
② 一俄丈合 2.134 米。

"到齐了吗?"

"齐了。"

"挂上窗帘吧,别让灯光透出窗缝去。"

一个气愤的声音很响地说:

"谁这么聪明,把我们召集到这间不住活人的屋里来?"

"肃静!"

屋角里点起了一盏小灯。屋内空空的,没有家具,只有两个木箱架着一条木板,在木板上坐着五个人,真像是五只寒鸦栖在篱笆墙上一样。那盏小灯也搁在一个侧立着的木箱上,在靠墙脚处有三个人席地而坐,另外在窗台上坐着一个长头发、脸又瘦又苍白的青年。除了他和络腮胡子以外,其余的人我全认识。络腮胡子低声说,他要给大家读一本脱离了民意党的普列汉诺夫所写的小册子《我们的意见分歧》①。

在昏暗屋子的地板上,有人吼了一声:

"早知道啦!"

这种神秘的场面使我感到兴奋和愉快;神秘的诗,是最高级的诗。我觉得自己是一个在礼拜堂里做早祷的教徒了,又不禁想起古罗马初期基督教徒的秘密地下祈祷室②。屋里充满嗡嗡的低音,可是说话的声音依然听得很清楚。

"胡说!"屋角里又有人吼了一声。

在那边黑暗的地方,奇怪地模模糊糊闪现着一个什么铜东西,就像是罗马武士戴的铜盔甲一样,我猜想这也许是火炉通气口上的铜活儿。

屋子里响着低沉的嘈杂声,其中掺和着激烈的言词,搅得一团糊涂,辨不清楚谁在说什么。在我头顶的窗台上有人嘲笑地大声问道:

---

① 民意党是民粹派里面的一个秘密团体。主张个人恐怖政策,曾两次谋杀沙皇。普列汉诺夫原来参加民意党,一八八〇年和民意党断绝了关系。《我们的意见分歧》一文,是他在一八八五年写成的,是批判民粹派观点的主要著作。

② 在古罗马时代,最初的基督教徒受罗马皇帝的迫害,不敢公开活动,就躲在秘密地下室里举行礼拜。

"咱们还读不读呀?"

说这话的是那个长头发、面色苍白的青年。于是又静下来,只剩下一个低音继续朗读。人们擦燃火柴,烟卷闪亮着红光,照出一副副沉思的面孔,有的眯着眼睛,有的瞪着眼睛。

读的时间实在太长了,虽然我很喜欢这种锋利而富有激情的词句,流畅而通俗地表达出具有说服力的思想,然而我还是听得疲倦了。

读小册子的声音突然中止了。屋里马上充满了愤怒的叫嚣:

"一个叛徒!"

"放空炮!……"

"这是向我们革命英雄的鲜血啐唾沫!"

"这是在格涅拉洛夫①和乌里扬诺夫②被处绞刑之后……"

坐在窗台上的那个青年又讲话了:

"先生们!能不能严肃认真地辩论,不谩骂呢?"

我不喜欢争辩,也不善于听别人争辩,要去听明白那些人忽东忽西、捉摸不定的激昂议论,在我觉得是很困难的。而且那些争辩者"自以为是"的露骨的傲慢态度,常常使我感到气愤。

那个青年从窗台上俯下身来问我:

"您是面包工人彼什科夫吗?我是费多谢耶夫③,我们该相互认识一下。老实说,在这儿什么也做不成,一争吵起来就要闹很久,吵不出什么结果来的。咱们走吧?"

我曾经听人讲起过费多谢耶夫,他是一个很重要的青年小组的领

---

① 格涅拉洛夫是彼得堡大学的学生,一八八七年三月一日参加民意党谋刺沙皇亚历山大三世未遂事件被捕,在彼得堡被处绞刑。时间是这年五月八日。
② 亚历山大·伊里奇·乌里扬诺夫是列宁的哥哥。他原来是彼得堡大学数理系学生,因参加民意党主持对沙皇亚历山大三世谋刺活动,被宪兵逮捕,在彼得堡被处绞刑。
③ 费多谢耶夫(1871—1898),俄国初期的一位马克思主义者,后来在喀山创立了马克思主义小组,列宁也参加了这一小组。他曾写过许多反对民粹派的马克思主义著作。高尔基在喀山期间,他还是一个八年级的中学生。费多谢耶夫的主要活动是在一八八八至一八八九年间,此时高尔基已不在喀山。

导人。我很喜欢他那神经质的苍白面容和那一对深沉的眼睛。

我俩在田野里同行时,他问我在工人中间有没有熟人?问我正在读什么书?空闲工夫多不多?他还对我讲道:

"我听说过你们这个面包店,奇怪的是您竟肯浪费时间干这种无谓的事情。您是为了什么呢?"

有些时候,我自己也觉得做这些事情是没有什么意思的,我把这种心情告诉了他。他很高兴,紧紧地握住我的手,挺豁朗地微笑起来。接着又告诉我说,他后天要离开这儿到别处去三个多星期,等他回来的时候再通知我用怎样的方法在什么地方跟他会面。

面包店的营业非常兴旺,可是我个人的事情却越来越糟糕。自从搬到新面包作坊以来,我的工作就更加繁重了。除了做面包作坊内部的杂活,还要把白面包按户送到私人住宅,送到神学院,送到"贵族女子寄宿中学"去。女学生们趁着从我的篮子里挑选奶油面包的时候,就偷偷塞给我一些小信笺,我常常在这些美丽的小信笺上面,惊讶地看到那用半孩子体的笔迹写着厚颜无耻的字句。我觉得非常奇怪,每当这一群快活、整洁、眉清目秀的贵族小姐们围住我的篮子,可笑地挤眉弄眼,用那粉红的小爪子翻捡着白面包时,我一边望着她们,一边尽力地猜想:究竟是哪几个姑娘写给我那些无耻的信笺的呢?难道她们真不懂得那种词句的可耻吗?我不由得联想到肮脏的"烟花巷"来:

"莫不是有'看不见的线'从那些'烟花巷'伸展到这个女学校里来了?"

一个高胸脯、黑头发、留着大黑辫子的女学生,在走廊上拦住我,慌张地小声说:

"我给你十戈比,请把这封信照上面的地址送出去!"

她那挺温情的黑眼睛里噙着泪花,直望着我,紧紧咬住嘴唇,脸庞跟耳朵变得通红了。我慷慨地拒绝了她的十个戈比,单单接过信笺,并把它送给了高等法院一位法官的儿子,他是个脸颊上带有肺病红晕的高个子大学生。他接了信笺,打算给我五十戈比,默默地数出一把小铜币,等他听到我说不要报酬的时候,就把小铜币放回他的裤袋里,可是没有放进去,零钱哗喇喇全撒落在地板上了。

他茫然地望着这些五戈比和七戈比的零碎钱往四下飞滚,使劲搓着两手,把手关节都搓响了,困难地喘着气嘟哝说:

"这可怎么办呢?——好,再见吧!我需要想一想……"

我不知道他后来想出了什么好办法,可是我觉得那位女学生很可怜。她不久就从贵族女中失踪了,直到十五年后,我再遇见她的时候,她正在克里米亚半岛上的一所中学里当教师,并且已经患了肺结核病,一谈起人世间的事情,就流露出愤世嫉俗的心情。

白天我把面包送完才去睡觉,到晚上再来作坊里帮助烤面包,准备半夜的时候把奶油面包烤好,送到面包店。面包店坐落在市立剧院旁边,散了夜戏,观众们顺便到我们店里来吃一顿热腾腾的面包卷。我准备好了夜里卖的面包以后,还要揉那论斤卖的大面包和法国式小面包的生面团,用两手去揉十五到二十普特的面粉,这可不是一件轻松好玩的事啊!

然后我再睡上两三个钟头,就又该去送白面包了。

就这样一天一天地过着日子。

可是这时期我已经满怀热望,很想对人们传播一些"合理的、善良的和永恒的东西"[①]。我是喜欢接近人的,也很会给人们讲故事。我的想象力是由自身的经历和读过的书籍激发起来的。我用不着怎么费力就能把日常的生活素材编成有趣的故事,在这故事里面变化万端地穿插上那种"看不见的线"。我认识克列斯托夫尼科夫和阿拉富佐夫工厂的工人们;跟我特别要好的是织布工人尼基塔·鲁布佐夫老头儿,他差不多在俄国所有的织布工厂里都做过工,他是一个心眼机灵、性情好动的人。

---

① 这是涅克拉索夫的《致传播者》(1876)中的诗句。

"我在人间混了五十七年啦,我的列克谢·马克西莫维奇①!我的小流浪人,我的崭新的小梭子啊!"他闷声闷气地说着,两只有毛病的灰眼睛在黑眼镜里微笑。这个老头儿的黑眼镜是他自个儿用铜丝联结起来的,所以在他的鼻梁上和耳根处都沾印了绿色的铜锈。他每次刮脸,总要像德国人似的,在上唇上留一撮唇髭,在下唇下留一把浓密的灰白胡子,所以纺织工人们都叫他"德国佬"。他中等身材,宽胸膛,在他那活泼欢快的性格中却充满了一种辛酸的意味。

"我最欢喜上马戏场里去,"他把那疙里疙瘩的秃脑袋往左肩上一歪就说起来,"马本是个畜生,你看,它是怎样训练出来的呢?真叫人高兴!我佩服地望着那些畜生,自己心里想:嗯,这样看来,人也可以训练得聪明起来。在马戏班里是用糖把畜生驯服了的,嗯,当然啦,我们可以到小杂货铺里去买糖。我们的灵魂需要糖,这糖就是善良!小伙子呀!这就是说,待人应当和蔼,不该像眼前这样,老想要动棍子打人,你说对吗?"

他自己待人也并不和蔼。跟人家说话总是半带轻视半带嘲笑,遇到争论问题时,爱说些简短粗暴的话,盛气凌人。我初次同他认识是在一个啤酒店里,当人们正来打他而且已经打了两下的时候,我走过去把他拖开了。

"把您打痛了吗?"在秋雨淅沥的夜晚,我一边同他在黑暗的路上走,一边问道。

"呸!这算得了打吗?"他满不在乎地回答,"慢着,你跟我说话干吗要这样客气地称呼'您'?"

从此以后我们就熟识了。起初,他常常又俏皮又尖刻地讥笑我,可是当我对他讲了"看不见的线"在我们生活里有多大作用的时候,他就沉思地惊叹说:

"你,不蠢,一点儿也不蠢!我说的对吧?……"于是他像个老爸

---

① 列克谢·马克西莫维奇是阿列克谢·马克西莫维奇的俗称。

爸似的对我温存起来,甚至唤我名字的时候也挺客气地加上了父称。

"我的列克谢·马克西莫维奇!我亲爱的小锥子呀!你的意见是对的。不过,谁都不会信你的话,没好处……"

"您信不信呢?"

"我是一个秃尾巴的丧家狗,而一般平民,则是些带锁链的看家狗,每条狗尾巴上都挂好多蒺藜:老婆、孩子、手风琴、套鞋、鸡毛蒜皮,沥沥拉拉的。每条狗都迷恋着自个儿的小狗窝。他们不会相信你的。我们在莫罗佐夫工厂闹斗争的时候就是这样,谁冲向前面去,谁就会被打破脑门子,脑门子不同屁股蛋,一打破了可就够你受的!"

可是,当他认识了克列斯托夫尼科夫工厂的钳工雅科夫·沙波什尼科夫以后,他谈起话来就和以前不一样了。雅科夫是一个患肺病的人,会弹吉他,也很懂《圣经》,但是他激烈地否定上帝。他常常往四下里吐着带血块的痰,并且坚决而狂热地证明说:

"第一,我绝不是'照上帝的形象'造出来的①。论智慧,我一无所知,论力量,我一无所能,而且我这人也不仁慈,一点也不仁慈!第二,上帝不知道我是多么困难,也许他知道而不能帮助,也许他能帮助而不愿意帮助。第三,上帝不是全知全能的,也不是慈悲的,上帝干脆就不存在!这一切,是人们捏造出来的,全是捏造。连我们的全部生活也是捏造的,这些都骗不过我!"

鲁布佐夫听了,骇得瞠目结舌,随后直气得脸色发青,破口大骂起来。可是雅科夫从《圣经》上引用了一句庄严的成语,把他说服了,逼得他哑口无言,沉思地蜷缩着身子。

雅科夫·沙波什尼科夫说起话来,简直令人可怕。他的脸又瘦又黑,漆黑的鬈发好像茨冈人的头发,发青的嘴唇里闪露着狼牙齿,他的黑眼珠死盯住对方的脸,那气势汹汹的眼光实在叫人受不了,我觉得这很像那个患夸大狂病的人的眼光。

---

① 出自《旧约·创世记》第一章第二十六节。

我们离开了雅科夫的时候,鲁布佐夫沉着脸对我说:

"没有人在我面前反对过上帝,我从来没有听说过这样的话。什么话全听说过,就是没有听说过这样的话!这个人在世上一定活不长了。真可怜呀!他已经把自个儿烧到白热化了……有意思!老弟,多么有意思啊!"

他很快就跟雅科夫搞得亲热了,他兴奋得浑身像开水一样沸腾起来,不断用手指擦一擦害病的眼睛。

"那——那么,"他嘻嘻地笑道,"就是说,把上帝罢免了吗?哼!我的小钉子呀!至于沙皇,依我说,他并不碍事。问题不在沙皇,是在老板身上。我看无论哪个沙皇,伊凡雷帝也好,请你坐下来统治吧!随你的便!只要许我去惩办老板,这就得了!叫我用一条金锁链把老板拴牢在皇帝的宝座上吧,我要像拜上帝一样朝拜你……"

当他读完《沙皇就是饥饿》这本书的时候说:

"书里面写的完全对呀!"

他头一次看见这个石印小册子时,向我问道:

"这是谁给你写的呀?写得清楚极啦!你去转告他一声:我在这儿谢谢他![1]"

鲁布佐夫对于知识是贪求无厌的。他常常十二分注意地听着沙波什尼科夫狠命亵渎上帝的话,一连几个钟头地听我讲关于书的故事,他高兴得仰着脖子哈哈大笑,并且赞不绝口地说:

"人的心眼真灵,嘿,真灵呀!"

他自己读书是困难的,因为那有病的眼睛看东西不方便。可是他知道的事情仍然很多,这常常令我感到惊奇。有一次他说:

"德国有一个聪明绝顶的木匠,连国王都常请他进宫献策。"

我仔细问下去,才知道他说的是倍倍尔[2]的故事。

---

[1] 谢谢阿列克谢·尼古拉耶维奇·巴赫!——作者注
[2] 倍倍尔(1840—1913),德国社会民主党和第二国际的领导人之一,做过旋工,一八六七年开始任议会议员。

"您怎么知道这件事的？"

"我就是知道嘛，"他这样简短地回答，一面用小手指头搔着他那疙里疙瘩的秃脑顶。

沙波什尼科夫不大关怀人们现实生活中的苦难，他一心想着消灭上帝，嘲笑神父。他特别憎恨那些修士们。

有一天，鲁布佐夫挺温和地问他：

"雅科夫！你怎么就只会大骂上帝呀？"

他竟然更加凶狠地喊叫起来：

"可是除了上帝，还有什么东西妨碍我呢？嗯？我差不多已经信了二十年上帝啦，在上帝面前战战兢兢地活着，服服帖帖地受苦受难。凡事不许争辩，一切都由上帝注定。活得真是不自由。等我仔细读了《圣经》，才看出来：这是捏造的！尼基塔！这全是捏造的呀！"

于是他挥着一只胳膊，像要把一条"看不见的线"扯断似的，说话声音几乎变成哭泣了：

"你看，就为了这个，我还没有老就快要死了！"

我还结识了几个很有趣的人，我常常顺便跑到谢苗诺夫面包作坊去看看我的老伙伴们。他们都很欢迎我，很乐意听我讲话。可是鲁布佐夫住在船厂区，沙波什尼科夫在卡班河对岸很远的鞑靼区，彼此相隔五俄里，我很少能看到他们。他们也不能来看我，因为我没有地方接待客人，而且新来的面包师是一个退伍兵士，跟宪兵们常有来往；宪兵司令部的后院紧邻着我们面包店的院子，气势汹汹的"蓝制服"们常常跳过短墙来替汉加尔特上校买白面包或是自己买黑面包。再说，已经有人劝告过我不要太"出风头"了，免得惹起人家对面包作坊的过分注意。

我看我的工作已经没有什么意义了。近来更常发生这样的事：人们不顾营业的好坏，随便从柜上拿钱，弄得有时候连买面粉的钱都没有了。杰连科夫揪住自己的小胡子苦笑着说：

"我们要破产了。"

他个人的生活也变得很坏。红头发的娜斯佳已经怀孕了,整天像一头凶猫那样粗声粗气,无论对什么事,对什么人,她都抱怨地瞪着两只绿眼睛。

她走路时直往安德烈的身上撞,好像看不见他的存在一样;安德烈·杰连科夫抱歉地微笑着给她闪开路,瞧着她叹一口气。

他有时候向我诉苦说:

"全这样随随便便,大家什么东西都乱拿,真不像话!我自个儿买了半打袜子,一天就给拿光了!"

关于袜子的故事是很可笑的,不过我并没有笑。我眼看这个谦逊无私的人怎样艰难地苦撑着,努力要做好有益的事业。然而他周围的人们对他的这种事业既不重视也不关心,甚至还加以破坏。杰连科夫虽然不期望得到他所服务的那些人的感谢,他却有权要求人们对他表示关怀和友好,而不是采取像现在这种态度。他的家庭很快也四分五裂了,父亲因为怕死后下地狱,患了一种精神郁闷症;小弟弟开始酗酒,跟姑娘们乱搞起来;妹妹也变得像陌生人一样,看情形,她同那个红头发的大学生谈恋爱的结果很不幸。我时常看见她两眼哭得肿肿的,我对那个大学生也就憎恨起来。

我觉得我很喜欢玛丽亚·杰连科娃。我也很喜欢我们面包店里的女店员娜杰日达·谢尔巴托娃,她是一个胖胖的红脸姑娘,红嘴唇上常现出妩媚的微笑。总之,我是在恋爱了。由于年龄、性格和乱糟糟的生活都使我要求跟女人去接近,在这方面与其说是太早,倒不如说是太晚了。我很需要女人的温情,即便仅仅是女人友谊般的关怀也是好的。我需要对人坦白地讲述自己的心事,需要有人帮助弄清楚我的零乱如麻的思想和许多杂乱无章的感受。

我还没有结交过真正的朋友。那些把我看作"待琢之璞"的人,都不能引起我的同情,也不能使我对他们去倾心吐腹。每当我开始讲到一件他们不感兴趣的事的时候,他们马上会阻止我说:

"算了吧,别讲啦!"

最近古里·普列特尼奥夫被捕①,并且被押解到彼得堡,关进"克列斯特"监狱里去了。这消息是那天早晨在街上碰见尼基福雷奇的时候,由他头一个告诉我的。他胸前挂着全副奖章,好像是刚刚从阅兵场回来似的,又庄严又阴沉地朝着我走过来,他把手往帽檐上举了举就默默地过去了。可是他马上又停住脚步,用气愤的声调冲我脖子后面说:

"昨天夜里古里·普列特尼奥夫被捕了……"

接着他把手一挥,往四外张望着,压低了声音补充一句:

"这个小青年完了!"

我好像看见在他那狡黠的眼睛里还闪烁着泪花。

我知道普列特尼奥夫是预料到自己会被捕的。他曾经警告过我,并且叫我和鲁布佐夫都不要去访他,他跟鲁布佐夫也像跟我一样是挺要好的。

尼基福雷奇低头望着自己的脚,怏怏不乐地问我:

"你为什么不来看我呀?……"

到晚上我去看他的时候,他刚才睡醒,偎坐在床铺上喝克瓦斯。他的老婆弯着背坐在小窗口替他补裤子。

"事情是这样的,"老警察开始说,用手搔着他那像狗熊一样生满长毛的胸脯,若有所思地望着我。"把他逮捕了。在他那里搜到一口小锅,他就是用它煮颜料,印反对沙皇的传单的。"

他往地板上吐了一口唾沫,然后对老婆怒气冲冲地喊:

"递给我裤子!"

"马上就好啦,"她头也不抬地回答。

"她可怜他,还在哭哩,"老头子望了望他的老婆说:"就是我也觉得他挺可怜。不过,一个大学生怎能反对沙皇陛下呢?"

他一边穿衣服,一边对老婆说:

---

① 时间是一八八八年二月。第二次被捕是一八八八年九月。

"我要出去一下……你快烧茶炊吧——你!"

她仍然一动不动地望着窗口外面,可是等到老头子走出小屋门口的时候,她很快地转过身来,握紧拳头向门口一伸,咬牙切齿狠狠地骂道:

"呸!老不死的畜生!"

她的脸已经哭肿了,左眼有很大一块青伤痕,几乎睁不开了。她跳起身,走到大壁炉跟前,弯下腰收拾茶炊,恶狠狠地说:

"我要骗他一下,骗得他咧嘴哭嗥!叫他像野狼一样地哀嗥。你可别信他!他没有一句实话!他要逮捕你了。他骗人,他谁也不会可怜。他像个捕鱼的。你的事情他全晓得了,他是靠干这行吃饭的。他的爱好就是捕人……"

她走过来紧紧依倚着我,用乞讨的声调恳求着:

"你亲一亲我,好吗,嗳?"

我本来不喜欢这个女人,可是她用那一只带着深愁巨痛的眼神直盯住我,使我不得不拥抱她,抚摩着她那散乱的油腻腻的头发。

"近来他在侦察谁?"

"是雷布诺里亚德街上旅馆里的一些什么人。"

"你不知道那些人的姓名吗?……"

她微笑着回答说:

"你看你,我要告诉他,你向我打听什么来着!啊!他回来啦……古罗奇卡①就是他侦察出来的……"

她忙跳回大炉子跟前去。

尼基福雷奇带回来一瓶伏特加酒、果子酱和面包。我们坐下来吃茶。马林娜和我并排坐下,她特别殷勤地招待我,用她那只没有受伤的眼睛望着我的脸,她的丈夫又对我说教了:

"这条看不见的线儿,就在人们的心里,在人们的骨髓里,哼!你

---

① 古罗奇卡是古里的爱称。

能把它扯断,你能把它拔除吗?沙皇就是人民的上帝!"

他突然问我:

"喂!你是读过很多书的人啦,福音书也读过吧?唔,怎么样?你看那上面说的全对吗?"

"不知道。"

"照我看,那上面有些话是没有用的,这类的话还不少呢。比方说到穷人吧,那上面说穷人是有福的①,可是他们怎么会有福呢?这真有点胡说。凡是关于穷人的话,很多是不可理解的。应当把生来穷的人跟中途变穷了的人分开来谈。生来穷的人自然是坏人!中途变穷了的人可能是不幸。我们要这样看问题才对。"

"为什么?"

他用探究的眼光默默地打量着我,随后,就郑重地明确说出他的意见,那显然是经过深思熟虑的:

"在福音书上有很多怜恤人的话,怜恤却是有害的东西。我是这样想的:怜恤就要把大量的开支花在没用的、甚至有害的人身上,办什么贫民收容所啦,养老院啦,监狱啦,疯人院啦。有钱应该好好帮助结实、健壮的人,使他们把力量用到有用的地方去。可是我们偏偏要帮助弱人,难道你能使弱人变得强壮起来吗?由于这种无谓的做法,强壮人也会失去力量,变弱了。弱人就骑在强壮人的脖子上。这真是一个值得研究的问题呀!有好多问题应当重新考虑。要明白:我们的生活和福音书已经相差太远了,生活在走自己的道路。你看吧,普列特尼奥夫为什么完蛋了呢?就是由于怜恤。我们怜恤穷人,而大学生却在遭殃。这叫做什么道理呀?"

虽然先前我也多次听人谈过这样的思想,但是用这么赤裸裸的方式,我还是头一次听到,而这种思想的生命力这么强,流传这么广,却出我意外。记得七年后我读尼采的书时,又很清楚地回忆起了这个喀

---

① 出自《新约·马太福音》第五章第三节。但原经文是:"虚心的人有福了,因为天国是他们的。"

山老警察的人生哲学。附带说一下:我从书本上读到的各种意见,很少是我先前在实际生活里没有听人说过的。

这个以"捕人"①为职业的老头子,滔滔不绝地直往下说,一面还用手指在茶盘边沿上为他的语调打着拍子。他那冷酷的脸皱得紧紧的,眼睛并不看我,只是望着那擦得像镜子一样明晃晃的铜茶炊。

"你该走啦!"他的老婆已经两次提醒他,他仍然不理睬,只是一句接一句地顺着自己的思想线索往下说。突然,他把话题不可捉摸地转到新的方向去了。

"你,小伙子不傻不呆,还读书识字,难道你就只配做一个面包师吗?要是你愿意替沙皇帝国做点事情,就会赚到更多的钱……"

我一边听他说话,一边琢磨着怎样去告诉住在雷布诺里亚德街上的那些不相识的人,使他们知道尼基福雷奇正在侦察他们。在那条街上的旅馆里住着一个不久前从亚卢托罗夫斯克流放地回来的人,名叫谢尔盖·索莫夫。我听人们讲过许多关于他的有趣的事。

"要像蜂房里的蜜蜂和土窝里的黄蜂那样,聪明人应当团结在一起。沙皇帝国……"

"你看,已经九点钟啦!"太太又催了。

"糟糕!"

尼基福雷奇站起身,扣着制服扣子。

"唔,不要紧,我坐马车去。老弟,再见!以后常来玩吧!不必客气……"

我离开警察的小哨舍的时候,自己下决心,以后再也不到尼基福雷奇家来"做客"了。尽管这个老头子怪有趣的,可是我总觉得他十分讨厌。他那些反对怜恤的话很生动,并且令人永远忘不了。我觉得这些话里面有几分道理。遗憾的是这些话竟从一个反动警察的嘴里说了出来。

---

① 出自《新约·马太福音》第四章第十九节。耶稣传道时,行经海边,遇到三个打鱼的,就对他们说:"来跟从我,我要叫你们得(捕)人如得(捕)鱼一样。"

时常有人争论起这类问题,其中有一个人的意见特别强烈地激动了我。

城里来了一个"托尔斯泰主义者",这种人我还是头一次遇见。他个子挺高,身体也很壮,紫红脸,黑山羊胡子,生着两片黑种人的厚嘴唇。他伛偻着身子望着地下,可是有时候也会猛然把秃脑袋往上一扬,湿漉漉的黑眼睛闪耀着热情,他那锋利的眼光似乎在仇视着什么东西一样。这次是在一个教授的家里举行谈话会,来了许多青年人,其中还有一位文质彬彬、举止优雅的小神父,是个神学硕士,穿着一件黑丝绸法衣;这件黑法衣很鲜明地衬托出他那苍白清秀的脸,脸上那两只寡情的灰眼睛闪着冷冷的微笑。

托尔斯泰主义者讲了很久很久的话,说明福音书上永恒不变的伟大真理;他的声音有点沙哑,词句简短、干脆,令人感到有一种虔诚的力量。他讲话的时候老是用毛茸茸的左手在空中一砍一砍的,而右手却老是缩在衣袋里。

"戏子!"在我身边的角落里人们小声说。

"不错,很像是演戏……"

我在这以前不久曾经读过一本书,好像作者是德雷波尔①,是关于天主教怎样反对科学的。我觉得这位托尔斯泰主义者正像那书里所说的天主教教士,他们相信爱的力量可以拯救世界,他们为了对人类慈爱,就打算把人全杀死并用火焚毁。

他穿着肥袖白衬衣,外面罩一件破旧的灰色长衫,这也显得他与众不同。他在说教的末尾提高嗓门喊道:

"那么,你们赞成基督呢,还是赞成达尔文?"

他像投石头一样投出了这个问题。这时候挤坐在屋角里的那些小伙子和姑娘们,惊讶地直望着他。显然,他的话打动了全场。人们垂下头默默思索着。他用火热的目光向四面打量了一下之后,又严厉

---

① 约翰·威廉·德雷波尔(1811—1882),美国哲学家及历史学家,著有《天主教与科学的关系史》。

地补充说：

"只有法利赛人①才想把这两种极端矛盾的原则调和起来，他们调和，真是卑鄙无耻，自欺欺人……"

小神父站了起来，慢条斯理地把法衣的袖子一挽，带着恶意的客气和谦虚的冷笑，从容不迫地说：

"看来，你们是赞成那种对法利赛人的庸俗看法了，那种看法不单是粗暴，简直是荒谬……"

真使我感到大吃一惊，他竟然说法利赛人是真正忠实地保持了犹太人遗训的，还说人民常常跟随法利赛人去反对自己的敌人。

"请去读一读约瑟福斯②的书吧！……"

托尔斯泰主义者跳起来，狠命地把手往空中一砍，好像要把约瑟福斯腰斩了似的，叫道：

"人民直到今天，还在跟随敌人来反对自己的朋友哩！人民的行动并不是自主的，他们是被驱使、被强迫的。我读你的约瑟福斯有什么用？"

小神父和另外的人把争论的主题扯得鸡零狗碎，发言已经失去了中心。

"真理——就是爱，"托尔斯泰主义者大声叫喊，闪着憎恨和轻蔑的眼光。

我觉得自己已经被这些发言弄得如醉如痴，总捉不住话里的真正意思，在争论的旋风中，连我脚下的地面也摇摇晃晃了。我常常绝望地想：在这世界上怕是再没有比我更愚蠢无能的笨虫了吧。

托尔斯泰主义者一面擦着紫红脸上的汗珠，一面狂怒地大叫：

"撇开福音书吧，忘掉福音书吧，这样才能不再造谣扯谎！把基督

---

① 法利赛人是古犹太的一个教派，这派人多半出身城市富裕阶层，认为自己维护了《旧约》传说的纯洁。《新约》的作者则认为他们是教条主义式解释《旧约》。由此法利赛人一词便有了伪善的含义。
② 约瑟福斯(约37—95)，古代犹太军事长官和历史学家，著有《犹太战争史》。

重新钉上十字架去吧,这样做才是真正虔诚!"

在我心里突然发生了一个大问题:怎么办呢?如果说生活就是为实现人间幸福而不断斗争,那么,仁慈和爱该只会妨碍斗争的胜利吧?

我已经打听出托尔斯泰主义者名叫克洛普斯基,又问明了他的住处,第二天晚上就去拜访他。他寄住在本城一个地主家里,正跟地主的两个姑娘坐在花园里一棵古老的大椴树树荫下的一张桌子旁边。他穿着白裤子和白衬衫,衬衫扣子敞开着,露出了毛茸茸的胸膛。他细高个子,颧骨凸出,脸儿瘦瘦的,真跟我想象中的行脚僧或传道士没有两样。

他用银匙子从盘子里舀取牛奶泡莓子,很香甜地吞咽着,用两片厚嘴唇咂摸着滋味,每吞下一口,就从他那稀疏的猫胡子上吹掉白色的牛奶沫。一个姑娘站在桌旁侍候他,另外一个姑娘靠在椴树干上,两手交抱在胸前,像幻想什么似的望着昏沉燥热的天空。两个姑娘全穿着紫丁香色的轻软外衫,她俩的装束、相貌简直就像是一个人。

他很和蔼愉快地对我讲述爱的创造力。他说,人应该在自己的灵魂里发扬那种惟一能够"使人具有世界精神"、也就是能够使人博爱人类的崇高感情。

"只有这种感情才能把人团结到一起!谁要是不会爱,谁就不能理解生活。有些人说:生活的法则是斗争,这些人是注定要灭亡的糊涂虫。用火不能灭火,同样,用邪恶的力量也不能铲除邪恶!"

可是当两个姑娘互相搂抱着走回花园深处的房屋去的时候,他一边用眯细的眼睛望着姑娘们的背影,一边问我:

"你是什么人呀?"

他听了我的答话,就用手指敲着桌子说,人无论到哪里都是人,所以人不需要去努力改变自己在生活中的地位,只需要努力提高爱人类的精神。

"人的地位越低,他就越接近现实生活的真理,越接近生活的最高智慧……"

我有点怀疑他自己也不一定懂得这种"最高智慧",可是我没有说出口,只是沉默着。我发觉他已经没有兴趣跟我谈话了,他用厌烦的眼光望着我,打了一个呵欠,两腿挺直,双手托着脖子伸了个懒腰,疲倦地垂下眼皮,像做梦似的嘟哝说:

"服从爱的力量……是生活的法则……"

他突然全身一哆嗦,两手往上一扬,像是从空中抓取什么东西,两眼吃惊地凝视着我:

"这是怎么回事呀? 我累了,请原谅!"

他又垂下眼皮,好像身上什么地方痛得他咬紧牙关,龇出牙齿,下嘴唇向下翻着,上嘴唇向上翘着,稀落落几根青虚虚的胡子也竖立起来了。

我和他告别了,心里对他感到憎恶,十分怀疑他究竟对人有没有诚意。

过了几天,我在清早送白面包到一位熟识的副教授——一位爱喝酒的单身汉家里去的时候,又遇见了克洛普斯基,他大概是夜里没有睡觉,脸上一层乌气,眼睛又红又肿,我猜想他也许是喝醉酒了。肥胖的副教授醉得眼泪巴嚓的,只穿着衬衣,两手抱着吉他坐在地板上,周围摆着些乱七八糟的家具、啤酒瓶子、脱掉的外衣;他东摇西晃地坐着,大声吼叫:

"仁——仁爱……"

克洛普斯基气愤地厉声喊叫:

"没有仁爱! 我们不是在爱中溺死,就是在夺取爱的斗争中灭亡,反正都一样,我们是注定要死的……"

他一把抓住我的肩膀,将我拉进屋里去,然后对副教授说:

"你来问他吧,他想要什么? 你问一问:他要人类的爱吗?"

副教授用满含泪水的眼睛望了我一下,笑起来:

"这是卖面包的! 我欠他面包钱。"

他晃了一下身子,伸手到衣袋里去,取出一把钥匙递给我说:

"喂！把所有的钱全拿去吧！"

可是，托尔斯泰主义者却先把钥匙接过去了，向我挥一挥手：

"去吧！回头再拿钱！"

他把从我这里拿去的白面包，抛到屋角的躺椅上。

他没有认出我是谁，这反而使我好受些。我走出门的时候，心里想着他那句在爱中溺死的话，更觉得这个人可憎。

不久，我听说，他曾经向他寄住的那家的一位姑娘求爱，可是在同一天，又向另外一位求爱。两姐妹把各自的高兴事交谈出来，她们恨死了这个"钟情的"人；就命令仆人通知这个多情的传教士马上滚出她们的家门。从此城里再也看不见他的影子了。

爱或仁爱在人们生活里究竟有什么意义？我早就感觉这是一个很复杂而难解决的问题，它起初只是模模糊糊在我心里非常矛盾地纠缠着，后来，我才把问题明确地提出：

"爱的作用到底是什么呢？"

我所读过的书里面，尽是写一些基督教思想、人道主义、对人们同情的哀叫，当时我所认识的优秀人士，他们也满腔热情、娓娓动听地谈论这类问题。

然而我亲眼看到的一切，几乎全不是对人们的同情。现实生活在我眼前所显示的是一连串的仇视和残忍，人们为着鸡毛蒜皮的小事就卑鄙龌龊地明争暗斗。我个人最需要的就是书籍，此外一切东西在我看来都没有什么意义。

只要你走到大街上或坐在大门口观察一会儿，你就可以看见：那些马车夫、清道夫、工人、官吏、商人，他们全不像我和我所敬爱的知识分子一样地生活，他们怀着另外的希望，走着另外的道路。我所尊敬和信仰的那些知识分子却是非常孤独、落落寡合的。在这社会的大多数人中间，在这像蚂蚁般的人群忙忙碌碌的、卑鄙狡诈的生活中间，他们是多余的。眼前这种生活，我感到极端愚蠢无聊，简直令人烦闷得要死。我常常发现人们所谓的仁爱或博爱只不过是口头上说说罢了，实际上连他们自己也不知不觉地屈从了社会生活的习惯。

我觉得生活真是难啊!

有一天,那个因水肿病变得满脸黄肿的兽医拉夫罗夫气喘吁吁地对我说:

"应该加强人的残暴性,强到使人们累得疲惫不堪,使每个人都厌恶它,就跟厌恶这个该死的秋天一样!"

那年的秋天来得较早,苦雨连绵,气候骤冷,发生了很多瘟疫和自杀事件。拉夫罗夫不愿意等着被水肿病窒死,也服氰化钾自杀了。

"治了一辈子牲口,到头来也跟牲口一样地死去了!"拉夫罗夫的房东梅德尼科夫在给他送葬的时候这样说。梅德尼科夫是个裁缝,面容消瘦,笃信宗教,他能背诵全部圣母的赞美诗;他常用三根皮条的鞭子打他的孩子——七岁的女孩和十一岁的男孩;用竹竿打老婆的腿肚子,还抱怨说:

"调解法官斥责我,说我是从中国人那里学来的这一套,可是我除了在广告和画片上,一辈子都没见过中国人。"

在他那裁缝铺的工人当中,有一个愁眉苦脸的罗圈腿儿,绰号叫顿卡老公,他谈起这位老板的时候说:

"我顶害怕那种信教的温和的人! 粗暴的人一见面就看得出,来得及防备。可是温和的人到你身边的时候常常不露形迹,就像草丛里阴险的蛇,冷不防地向你最坦白的心窝上咬一口。我真害怕温和的人! ……"

顿卡老公是一个既温和又狡猾、既会挑拨又会讨梅德尼科夫的欢心的人,可是他这话却是真实的。

有时候,我觉得温和的人像生长在岩石上的苔藓,能使生活中的岩石变得松软而容易滋生花果。可是在更多场下,我瞧见不少温和的人,他们那种同流合污的巧妙适应力,捉摸不定的变化无常和看风使舵的圆滑手腕,他们那种像蚊虫似的哀鸣,使我觉得自己像匹绊脚的马陷入一大群马蝇的包围中。

记得我从警察的小哨舍出来的时候,也曾经这样想过。

秋风喘息般地吹着,街灯在摇闪,灰暗的天空也在颤抖着,向大地洒下十月的毛毛雨。一个全身淋湿的妓女拖着一个醉汉在街上走,她搀扶着醉汉的胳膊往前推,醉汉嘟哝着,抽抽搭搭地哭着。妓女累得筋疲力尽,用喑哑的声音说:

"这是你的命运啊……"

"真的,"我想,"我也像是被什么人拖着,推向一个倒霉的角落里,使我看遍了种种丑恶、伤心的事件和奇形怪状的人们。我已经看够了。"

也许我当时所想的不是这样的话,然而在我头脑里确实出现过这种思想。就在这样悲哀的夜晚我第一次感到精神厌倦,心情极其颓唐。从这天起,我觉得自己糟糕得很,并且开始用旁观者的眼光,用过路人甚至用敌意的眼光来看待自己了。

我已经看出,几乎每个人身上都有一些尖锐错综的矛盾,这不仅表现在言语和行动上,而且表现在感情上,这种变幻无常的感情上的矛盾尤其使我苦恼。我发现这种矛盾也在捉弄我,于是令我更加烦恼。我对什么都感兴趣,忽而对女人和书籍,忽而对工人和快活的大学生,可是无论在哪一方面都不能成功,整天弄得"东奔西跑",好像有一只看不见的巨手拿着无形的鞭子,猛烈地抽挞我,使我像陀螺似的团团转。

听说雅科夫·沙波什尼科夫住医院了,我去看望他,可是医院里的一个歪嘴巴的胖女人,她戴一副眼镜,头上扎着白头巾,头巾下面垂着两只红得像煮过的耳朵,冷淡地说:

"他死啦。"

她见我呆呆地站在她面前,还不走开,就大发脾气地喊叫:

"喂!你还要干什么呀?"

我也气愤地说:

"你是个傻瓜!"

"尼古拉！快把他赶走！"

尼古拉正在拿破布片擦拭着什么铜棒。他大吼一声,随手就用铜棒照我的脊背打了一下。于是我上前抱住他,把他拖到了大街上医院门旁的水洼里。他倒也满不在乎,两眼冲我瞪着,一声不响地在水洼里坐了一会儿,然后站起身来说：

"呸！你这条狗！"

我走到杰尔查文花园①,坐在诗人纪念像旁边的石凳上。心里很想干一件调皮捣乱的坏事情,好惹得人们像一群蜂似的向我扑来,这样我就可以乘机打他们一顿。虽然今天是星期日,公园里仍旧是空落落的,左近没有一个人影,只有狂风吹赶着枯叶,路灯柱子上的广告纸在沙沙嘶鸣。

时间已过黄昏,公园上空清澈的蓝天逐渐昏暗下来,风变得更凉了。诗人巨大的青铜像耸立在我的面前,我注视着它,自己在想：雅科夫这个孤苦伶仃的光棍汉活在世上的时候,曾拼命地反对上帝,结果竟和普通人一样地死了,无声无息地死了！这真叫人难过,叫人觉得冤屈。

"尼古拉这个白痴,他本该和我厮打一顿,要不然,叫警察把我抓进警察局里去多好啊……"

我来到鲁布佐夫家里,他正坐在他那小屋里的桌旁,伴着一盏小灯缝补短上衣。

"雅科夫死了！"

这个老人举起拿着针线的手,看样子是想画十字,可是没能画成,手上的针线绊住什么东西,他轻轻骂了一声"妈的！"

接着就发起牢骚来：

"跟你说吧,咱们都要死啦。这是咱倒霉的命呀！老弟,他已经死了,这儿有一个光棍汉铜匠,也要报销了,上星期天被宪兵抓去了！原

---

① 杰尔查文(1743—1816),俄国诗人,他是喀山省人,他的纪念像坐落在大学的校园内。

是古里介绍我跟他认识的。一个聪明的铜匠！跟大学生有些牵连。你可听说,大学生在闹风潮,是真的吗？嗳！你来替我缝缝这件短褂吧！我的老眼不中用啦……"

他把他的破衣服连针带线递给我,便倒背起手来在小屋里踱来踱去,一面咳嗽,一面埋怨说：

"不是在这儿,就是在那儿,刚刚发出一点火光,魔鬼就把它扑灭了,往后又是昏昏沉沉！这真是个倒霉的城市。我趁伏尔加河还没上冻,轮船还能通行的时候,赶快离开这地方吧。"

他停住脚,搔着头皮自问自答：

"可又有什么地方好去呢？哪里都去过了。是啊,各地都走遍啦,到头来只是把自个儿累得要死。"

他吐了一口唾沫说：

"哼！这也算是生活？他妈的！活呀,活呀,可是无论身体和心灵都没有活出一点好处来……"

他默默地在门后呆立了一会儿,仿佛在倾听什么,随后大步走到我的跟前,坐在桌子旁边：

"我的列克谢·马克西莫维奇,我告诉你吧：雅科夫一生白费了很大心血去反对上帝。无论是上帝,或是沙皇,都不会变好的。如果我要反对他们,就该先叫老百姓们知道恨自个儿,打破自个儿眼前这种龌龊的生活,非得这样不成！唉！我老了,来不及啦,眼睛也快瞎啦,真叫人伤心啊！老弟！缝好了吗？谢谢……我们一道去小馆子里喝杯茶吧……"

在往小馆子去的路上,他用手搭在我的肩膀上,在黑夜里颠踬地走,一面低声叨念着说：

"请你记住我的话：老百姓再也不能忍受了,总有一天他们会大发雷霆,把世界全盘打毁,把他们这无味的生活也打得粉碎！老百姓已经受不了啦……"

我们没有走到小馆子,半路上遇见了一群水兵在围攻妓院,阿拉富佐夫纺织工厂的工人们保卫着妓院的大门。

"每逢假日,这里总有人打架!"鲁布佐夫带着称赞的意味说。他已经看清楚保卫妓院大门的原是他们工厂里的同伴们,于是摘下眼镜,前去参加了战斗,并且煽动地大声喊叫:

"工厂!要坚持到底呀!掐死这些蛤蟆们!消灭这些小鳟鱼!咿——呀哈!"

看来令人又惊奇又好笑,这个聪明老头儿多么狂热,机灵,他打进运输舰水兵的人堆里,抗击着水兵们的拳头,用肩膀把水兵撞得两脚朝天。他们似乎毫无恶意,简直是一场快活的搏斗,因为他们有的是勇气和多余的力量。黑压压一堆人蜂拥到大门前面来了,工人们被压挤到大门板上,把门板压得吱吱响,人们狂热地叫喊:

"打那个秃头的军官!"

有两个人爬到了屋顶上,他们在屋顶上活泼而有节奏地唱着:

  我们不是小偷,不是骗子,更不是劫路的,
  我们是船上的小伙子们,来捕鱼的!①

警笛嘟嘟嘟地叫起来,在黑暗中闪现着警察制服的铜扣子,脚底下扑哧扑哧地踏着泥水。从屋顶上又传来了歌声:

  我们的网儿向着两岸的旱地,
  向着殷实的商店、货栈和仓库撒下去……

"住手!不要打已经倒下的人……"

"老爷子!要当心啊!"

鲁布佐夫、我和另外五个人,有敌人也有朋友,都被逮起来带往警

---

① 这是俄罗斯民歌中的《窃贼歌》。

察分局去了。在这样秋天深沉的黑夜里，传来一阵活泼的歌声为我们送行：

啊哈，我们捕住了梭鱼四十尾，
正好缝件鱼皮衣！

"伏尔加河上的人们多么好啊！"鲁布佐夫赞美着说，他不断地擤鼻涕，吐唾沫，又向我小声指示："你逃跑吧！一有机会就快逃！你干吗要往警察局里钻呢？"

我一溜烟窜进一个小胡同里，还有那高个子水兵也跟着我，跳过一道又一道的短墙。可是从这一夜以后，我再也没有见到这个极可爱的聪明老头儿尼基塔·鲁布佐夫了。

我的周围变得越来越空虚。大学生们开始闹风潮了，可是我不理解风潮的意义，不明白闹风潮的动机。我只看到快活的奔忙，并没有感到那里斗争的悲剧。为了能够得到上大学的幸福，我甚至甘愿忍受任何拷打。假如有人向我提议："你去学习吧！不过每到星期天，为了你去学习，我们要在尼古拉耶夫广场上用棍棒打你一顿！"就是这种条件，我一定也会接受的。

有一天，我到谢苗诺夫面包作坊去，听说面包工人们打算到大学校里去殴打大学生。

"咱们拿秤砣去打！"面包工人恶狠狠地打趣说。

我跟他们争辩着吵骂起来，可是，我突然大吃一惊地感觉到我本来无心也无词来为大学生做辩护。

记得那天我像被打伤了的人一样，怀着一种难以排遣的、苦闷得要死的心情，从面包作坊的地下室走了出来。

夜里，我坐在卡班河岸上，一面往黑色的流水里投着小石头，一面在心中翻来覆去地想着这么一句话：

"我该怎么办呢？"

为了减轻苦闷,我开始学习拉提琴,每天黑夜在店里拉提琴,把更夫和老鼠都搅得不安宁。我很喜爱音乐,用狂热的心情来学习。不料有一天,我那位在戏院乐队里拉提琴的教师来教课,趁我有事出去的机会,竟偷偷打开我那没有上锁的钱柜。等我回来时,他已经把钱装满他的好几个衣袋子。一见我走进门口,他就把脖子一伸,送过来一张刚刮过的愁苦的脸,轻声说:

"嗳,请打吧!"

他的两片嘴唇颤抖着,从他那浅色的眼睛里滚出两行油亮油亮的泪水,泪珠儿大得出奇。

我很想揍这个琴师一顿;可是为了不做出这种事来,我坐到地板上把两只拳头压在大腿下面,命令他把钱放回钱柜去。他把几个口袋全倒空了,走到门口又停住,像白痴似的用大得惊人的声音说:

"给我十个卢布吧!"

我把钱给了他,可是学提琴的事就这样完结了。

这年十二月,我决心要自杀。① 我在短篇小说《马卡尔生活中的事变》中曾尝试描写自杀的原因。可是我没有写成功,小说写得拙劣、可恶而且缺乏内在真实性。我觉得这篇小说值得注意的也就在于它完全没有那种真实性。事情倒是真的,可是讲述这些事情的好像并不是我,这篇小说也不像是写我自己的事。如果撇开它的文学价值问题不谈,我倒也觉得这里面有使我惬意的一点:好像我已经能够做到控制自己了。

我在市场上买到一支军队里鼓手用的旧手枪,枪里面装有四颗子弹。我对着自己的胸膛打了一枪,本想打中心脏的,实际上只打穿了一个肺叶,过了一个月,我惭愧万分,觉得自己真是蠢极了,就又回到面包作坊去干活。

可是在这儿没有干多久。三月末的一个晚上,我从面包作坊到面

---

① 高尔基自杀的时间和地点是一八八七年十二月十二日在喀山河高岸旁的费奥多洛夫山冈上。

包店去的时候,在女店员的房间里看见了霍霍尔,他坐在靠窗户的椅子上,若有所思地吸着一支卷得很粗的纸烟,眼睛注意地望着面前腾起的烟云。

"您有空吗?"他没有寒暄就问我。

"有二十分钟。"

"请坐下来,咱们谈谈。"

霍霍尔跟往常一样,穿着扣得紧紧的"布皮"哥萨克上衣,宽宽的胸前蓬散着淡黄色的大胡须,倔强的脑门上是剪短的硬头发,脚下穿一双庄稼人的笨重靴子,靴皮发着一股强烈的臭胶味。

"喂!"他很沉静地低声说,"您愿不愿意到我那儿去?我住在红景村,沿伏尔加河下去有四十五俄里远的地方,我在那儿开了一个小杂货店,您可以帮我做买卖,这花不了您许多时间。① 我有一些好书,我可以帮助您学习,您同意吗?"

"好吧。"

"请您星期五早晨六点钟到库尔巴托夫码头去,打听由红景村来的舢板船——船主人叫瓦西里·潘科夫。其实也用不着打听,我要比您先到那里,会看到您的。再见吧!"

他站起来,向我伸出一只大手,用另一只手从怀里掏出一块笨重的银壳的凸蒙怀表,说:

"我们的谈话用了六分钟!唔,我的名字叫米哈伊洛·安东诺夫②,姓罗马斯。就这样吧。"

他头也不回地走出门去,轻松地拖着他那像武士般魁梧的身体,迈着稳健的步子走远了。

过了两天,我就搭船前往红景村。

---

① 罗马斯由民粹派地下小组资助开了一个小杂货铺,是为了掩护在农民中间进行的宣传工作的。
② 米哈伊洛·安东诺夫和后面的米哈伊尔·安东内奇全是米哈伊尔·安东诺维奇的俗称。

伏尔加河刚刚解冻,在浑浊的河面上漂滚着灰色易碎的冰块。舢板船穿过这些冰块的时候,擦碰得嚓啦嚓啦直响,冰块被碰得像针状结晶体似的散开了。从上游吹来一阵阵的风,把浪花从河心吹到河边去。太阳刺眼地照耀着,从淡蓝色玻璃般的冰块上反射出耀眼的白光。满载着沉重的木桶、布袋、箱子的舢板船,张起船帆乘风前进。掌舵的是一个叫潘科夫的年轻庄稼人,看来这人很爱打扮,穿一件硝过的羊皮短上衣,胸前用彩线绣着花纹。

他的面容挺安详,眼光是冷静的,沉默寡言,样子不大像庄稼人。潘科夫的雇工库库什金手握篙竿,笨拙地叉开两腿站在船头上。这是一个蓬头垢面的矮个儿庄稼人,穿着破旧的粗呢外衣,腰间系一条绳子,头上戴一顶揉皱的旧神父帽,满脸是乌青的伤痕。他用长篙拨开冰块,嘴里轻蔑地咒骂着:

"滚一边去……往哪儿钻……"

我同罗马斯并排坐在船帆下面的箱子上,他小声地对我说:

"庄稼人都不喜欢我,尤其是富农们!您到那里也会遭到仇视的。"

库库什金将长篙横放在船头上自己的脚跟前,转过满是伤痕的脸儿来说:

"特别是你,安东内奇,神父顶不喜欢你啦!"

"这是真的。"潘科夫证实着。

"神父这个杂毛狗,他觉得你是卡在他喉咙里的一块骨头!"

"不过我也有不少好朋友啊,您将来也会有的。"我听到霍霍尔这样说。

天气有点冷,三月的阳光还不大暖和。河岸上摇摆着光秃秃的黑树枝,在一些沟道里或岩石河岸上的灌木林底下,仍然堆着一片片天鹅绒似的白雪。河面上处处浮着冰块,宛如成群的白羊在蠕动。我觉得就像在梦境里一样。

库库什金一面装烟斗,一面发议论:

"虽说你不是他的老婆,可是他既然当了神父,就该遵照《圣经》

上的训诫,对什么人都爱才对呀。"

"是谁把你的脸打伤的?"罗马斯笑着问。

"这,谁知道是什么乌龟王八蛋,反正是那些恶棍呗,"库库什金轻蔑地说,接着又高傲地补充道:"不,有一回是炮兵把我打了,那次打得真凶!我也不明白,我怎么还能活到今天。"

"他们为什么要打你呀?"潘科夫问。

"你是问的昨天呢,还是问炮兵那次呢?"

"啊?昨天又是为什么呀?"

"嗯,难道我能够明白他们为什么要打我吗?我们这地方的人跟长着犄角的山羊一样,为着丁点小事,就顶起来!人们拿打架当饭吃!"

"我想,"罗马斯说,"是为了多嘴多舌才打你的,你说话太随便了⋯⋯"

"也许为这!我是个挺好奇的人,爱问长问短的。我一听到新鲜事儿,就心里快乐。"

船头猛然撞上了冰块,舷板擦得沙沙怪叫起来。库库什金踉跄了一下,赶快抓住篙竿。潘科夫责备他说:

"你要注意船啊,斯捷潘!"

"你别再跟我说话啦!"库库什金把冰块拨开,嘴里咕噜着说,"我可没法一边干活一边跟你说话⋯⋯"

他俩半开玩笑地争论起来,罗马斯转过头来对我说:

"这儿的土地不如我们乌克兰,可是人,却比乌克兰好。全很能干!"

我注意地听着,完全相信他的话。我喜欢他那种沉静的态度和流利的口齿,说话简明有力。我看他懂得好多事情,并且对人的看法有他自己的尺度。特别给我好感的,是他从不问我为什么要自杀。要是别人处在他的地位,也许早就问了。我是多么讨厌提起这个问题呀,这是令我很难答复的。鬼才知道我为什么要自杀。要是霍霍尔问我,我一定答得又啰唆又愚蠢。我真不愿意想到这件事。在伏尔加河上是多么美好,多么自由,多么愉快啊!

舢板船靠右岸划行,左岸的河面突然变得十分宽阔,河水漫到有草的沙岸上了。眼看水在高涨,水波飞溅,冲击着沿岸的灌木林,一股股清滢的春汛顺着许多沟渠和地面的裂缝喧嚣着滚窜到河流里面来。太阳是明媚的,几只黄嘴鸦在阳光里闪着黑钢般的羽毛,咕咕咕咕地叫着,在忙着搭新巢。在向阳的地方,从土里欣欣向荣地茁长出一片片绿茸茸的嫩草。人身上冷飕飕的,心里却感到美滋滋的,也在茁长出新的希望的幼芽。春天的大地实在太舒适了。

中午,我们的船到了红景村;在一座陡峭的高山上建有蓝色圆顶教堂。从教堂沿着山坡往下走,是一幢接一幢又漂亮又坚固的木房子。黄色的木板屋顶和锦缎似的草屋顶闪着光亮。看去非常朴素美丽。

我乘船路过这儿时,总要对这个村庄欣赏了又欣赏。

当我和库库什金开始搬卸舢板船上的货物时,罗马斯从船上把货袋递给我说:

"您还是挺有力气啊!"

接着,他眼睛不望着我问:

"胸膛还疼不疼?"

"一点儿也不。"

我对他这样委婉体贴的问话非常感激。因为我特别不愿意让农民们知道我曾经自杀过。

"你的劲,可以说是大得过头啦,"库库什金快嘴快舌地说,"小伙子,你是哪一省的?是下戈罗德①的?人家笑你们是靠水吃饭的。还有一句话:'嗳,你要瞧着水鸥今儿打哪儿飞。'②这也是说你们的。"

---

① 是下诺夫戈罗德的简称。
② 下诺夫戈罗德人多在伏尔加河上靠拉纤过活,拉纤时常根据水鸥飞的方向观测天气的变化。

从山上沿着山坡下来一个瘦高个子农民,他光着脚,只穿衬衫和衬裤,卷胡须,一头浓密厚实的红头发,在一条条银光闪烁的小溪中间,踏着松软的泥土,滑滑跌跌,大步流星地往下走。

他走近河岸的时候,很亲热地高声喊叫:

"欢迎你们!"

他向四下里看了看,弯身捡起一根粗木棍,又捡起一根,把两根木棍的一端搭到船舷上,轻轻一耸身跳上船来,便指挥我们说:

"用脚踏住木棍的一头,别让木棍滑下船舷去,再用手去接桶。小伙子,过来帮帮忙吧!"

他是一个很漂亮的男人,看样子也蛮有力气。红红的脸儿,挺端正的高鼻梁,两只蓝眼睛闪闪发亮。

"伊佐特!你小心别感冒了!"罗马斯说。

"我吗?不怕。"

伊佐特把煤油桶滚到岸上以后,用眼睛打量着我问道:

"是售货员吗?"

"你跟他打打看!"库库什金提议说。

"嘿!你的鬼脸又挂彩啦?"

"那有什么法子?"

"你这是跟谁打啦?"

"那些打人的家伙们呗……"

"唉,你呀!"伊佐特说着,叹了一口气,又转向罗马斯,"大车立刻会下来的。我打老远就望见你们啦,看见你们在划船,划得真快。安东内奇,你先回去吧!我在这守一会儿。"

看来,伊佐特对罗马斯很关怀,简直像是他的保护人一样,可是论年纪罗马斯比他要大十来岁呢。

半点钟以后,我已经坐在一所新造木房的清洁而舒适的房间里,四壁还散发着松香和麻屑的气味。一个目光锐利、手脚利落的女人正在摆桌子准备开饭。霍霍尔从手提箱里捡出几本书,插放到炕炉旁边的书架上。

"您的房间在阁楼上,"他说。

通过阁楼的窗子可以望见半面村庄,我们这所房子的对面是一条山沟,山沟里的灌木林中间露出一些澡堂式的房顶。山沟后面是一些果木园和黑土田野,高低起伏,绵亘不断地伸向高岗上蓝色的森林地带,直到遥远的天际。在一个澡堂式的房脊上坐着一个穿蓝衣服的农民,他一手拿斧头,一手遮在眼上向下面的伏尔加河张望。大车吱咂吱咂地响,牛累得哞哞叫,小溪哗哗地流。一个全身穿黑衣服的老太婆从一家小木房门口走出来,又回过头去对门口里面狠狠地说:

"你们这些该死的!"

有两个淘气的孩子,正在用石头和泥土煞有介事地给小溪打堰,听到老太婆的声音,赶快逃开了。老太婆从地上捡起一块木片,往上面吐了一口唾沫,又丢到小溪里。随后,用她那穿着男人靴子的脚踏坏了孩子们的工程,就一直往伏尔加河走下去。

"我要在这儿怎样生活呢?"

他们喊我去吃饭了。阁楼下面伊佐特坐在桌边,他伸着那脚底板变成紫红色的长腿,正在讲什么话,可是一看见我,就打住不讲了。

"你怎么不讲啦?"罗马斯皱起眉头问,"往下说吧!"

"实在没什么可讲啦,全都说完了,大伙儿是这样决定的:说我们要自己照顾好自己。你出门要带上手枪,不然就带一根粗点的棍子。在巴里诺夫面前说话得注意,他和库库什金的舌头像女人的舌头一样长。小伙子,你欢喜钓鱼吗?"

"不欢喜。"

罗马斯又谈到必须把那些种苹果的个体农民组织起来,使他们摆脱大收购商的把持。伊佐特注意地听完他的话以后说:

"地主富农们决不会让你好好过下去的!"

"我们走着瞧吧。"

"哼,决不会的!"

93

我望着伊佐特,自己心里想:

"卡罗宁①和兹拉托夫拉茨基②的短篇小说里大概写的就是这样的农民啊……"

莫非现在我已经参加了那种重大的活动,就要跟那些真正干革命的人们一同工作了吗?

吃过饭,伊佐特说:

"安东诺夫,你别性急,好事不会一早就办成的,要慢慢来!"

等他走了以后,罗马斯沉思地说:

"这个人又聪明,又忠实。可惜是个半文盲,看书很吃力。不过他在顽强地学习。您在这方面要多多帮助他!"

他让我熟悉各种货物的定价,这样直忙到夜晚,他对我说:

"我的货物定价,比本村另外两家小铺子便宜,这当然使他们不高兴。他们对我造谣中伤,还准备狠狠地打我一顿。我到这村里来住并不是为着个人舒服和做生意多赚钱,是为着别的原因。这意思就跟你们那个面包店一样……"

我告诉他说,我能够领会这一点。

"是啊……要教育人民破除愚昧对吗?"

这时候杂货铺已经关门,我们手里拿着灯在店铺里到处走走。门外面的街上也有人悄悄地在泥水里啪嚓啪嚓地走,时而有沉重的脚步偷偷踏到店铺的台阶上来。

"喂!您听到了吧?有人在走!这是米贡,一个穷光棍儿,一头野兽,他欢喜做坏事,就像个漂亮姑娘爱卖俏一样。您跟他说话可要多加小心!不光他,跟别人也一样啊……"

随后,他回到卧室,燃起烟斗,把宽宽的背脊靠着炕炉,眯缝着两

---

① 卡罗宁(1853—1892),俄国民粹派作家,因参加民粹运动遭受迫害。他的作品多半描写农村生活的变化。
② 兹拉托夫拉茨基(1845—1911),俄国民粹派作家。他的作品内容主要描写农民苦难的生活和农村阶级分化的情形。

眼,一缕缕的烟云穿过他的胡须。他慢慢地斟酌着语句,简单明了地说,他早已看到我把大好的青春都白白浪费了。

"您这人很有才能,天性顽强,看得出您也抱着美好的愿望。您应该努力学习,只是不要让书本把您和周围的人隔绝了。有一个什么教派的老头儿说得很对:'任何教训都是从人得来的。'人们教训你时常常是粗暴的,比看书要痛苦些,可是,他们的教训会使你牢牢记住,刻骨铭心。"

他又谈起我已经听说过的那些话,说首先应当唤醒农村。不过,从他那些熟悉的词句里,我却体会到了一些更深刻、更新颖的意思。

"你们城里的大学生们老是空谈爱人民,所以我要对他们说:不能爱人民!所谓爱人民,只是一句空话……"

他的胡须里透着微笑,眼睛很锐利地望着我,开始在屋里踱起步来,继续热烈动人地说:

"爱,就是赞同,迁就,不指摘,多原谅。对待女人才需要这样!难道我们对农民的愚昧无知能够不加指摘吗?对他们的糊涂思想能够赞同吗?对他们的卑鄙心理能够迁就吗?对他们的野蛮行为能够一味地原谅吗?不能吧?"

"不能。"

"您看!你们城里的人,都爱读爱唱涅克拉索夫①的诗,哼!单靠涅克拉索夫是不行的。应该唤醒农民说:'兄弟们!你们人虽然很好,可是你们的日子过得太糟,你们不会想法子把生活过得轻快、美好些。恐怕野兽也比你们更会照管自己,更会保卫自己呢。不过在你们中间也产生过各式各样的人,就像贵族,神父,学者,沙皇,他们从前也是农民呀。懂了吗?明白吗?唔,要学会生活,别让人家再作践你……'"

---

① 涅克拉索夫(1821—1877),俄国诗人和革命民主主义者。

他走进厨房,叫厨娘烧起茶炊,然后让我看看他的书,这些差不多全是科学类的:有巴克尔①、莱伊尔②、哈特波尔·勒启③、拉布克④、泰罗⑤、穆勒、斯宾塞⑥、达尔文等人的著作,俄国的有皮萨烈夫、杜勃罗留波夫⑦、车尔尼雪夫斯基、普希金、冈察洛夫⑧的《战船帕拉达号》和涅克拉索夫的作品。

他用他那宽大的手掌抚摩着这些书,就像抚摩着小猫一般亲切,很有点爱怜地喃喃说:

"全是好书啊!这本书是极珍贵的,是禁书。您要是想知道什么是国家,就读一读这本书吧!"

他递给我一本霍布斯⑨的《巨灵》。

"这本也是讲国家的,不过比较容易读,有趣味!"

这本有趣的书是马基雅弗利⑩的《君主论》。

在喝茶的时候,他简略地讲述了他的身世:他是切尔尼戈夫省一个铁匠的儿子,曾经在基辅车站做过列车加油工人,在那里认识了一些革命者。他组织过工人自学小组,因而被捕,坐了两年牢,后来又被充军到雅库特过了十年流放生活。

"当初,我同雅库特人住在一个乡里,自以为是毫无希望了。告诉你吧,那里的冬天真他妈的冷,把人的脑子都冻僵了。反正有脑子在那儿也没用。可是后来我突然发现了一个俄罗斯人,接着又是一个,

---

① 巴克尔(1821—1862),英国实证论历史学家。
② 莱伊尔(1797—1875),英国地质学家。
③ 哈特波尔·勒启(1838—1903),爱尔兰历史学家、政论家。
④ 拉布克(1834—1912),英国自然科学家、人种学家。
⑤ 泰罗(1832—1917),英国人种学家、社会学家。
⑥ 斯宾塞(1820—1903),英国哲学家。
⑦ 杜勃罗留波夫(1836—1861),俄国革命民主主义者、文艺批评家。
⑧ 冈察洛夫(1812—1891),俄国作家。
⑨ 霍布斯(1588—1679),英国哲学家和政治思想家,主张君主专制政体,将国家比做《旧约·约伯记》中所说的巨大而凶猛的河马和鳄鱼。
⑩ 马基雅弗利(1469—1527),意大利政治活动家、历史学家,主张君主专制。《君主论》写于一五一三年,发表于一五三二年。

碰见的虽然不多,总算是有俄罗斯人了!好像是为了不让这儿的俄罗斯人太孤单,不断补充一些新的来。他们全是好人。其中有一个大学生弗拉基米尔·柯罗连科①,现在也回来了。有一个时候我同他处得很和谐,以后就分道扬镳了。我们本来有许多方面彼此很相似,可是光靠相似并不能结成友谊。他这人又顽强又认真,多才多艺,甚至会画圣像,我可不喜欢这种玩意儿。听说他现在给杂志写稿子写得蛮好。"

罗马斯谈了很久,直到深夜。看来,他是很希望一下子把我变成和他一样的人。我第一次感觉到这样真正热情的友谊。自从自杀事件以后,我非常自卑,觉得自己十分渺小,像是对别人犯了罪过,没有脸再活下去。罗马斯准是了解我的心理,就很慈祥地、坦率地向我打开了自己生活的大门,使我重新挺起胸膛。这真是一个难忘的日子啊。

礼拜天,等村里做完弥撒后,我们的杂货铺一开门,就有许多农民开始聚到店铺门口来。头一个是马特维·巴里诺夫,他浑身肮脏,头发乱蓬蓬的,垂着两条像长臂猿似的长胳膊,悠闲地瞪着两只女人一样的俊俏眼睛。

"城里有什么消息吗?"他寒暄一声之后,这样问,不等回答,就又转向走来的库库什金喊叫:

"斯捷潘!你的那群猫又吃了一只大公鸡!"

接着他又讲省长从喀山到彼得堡去朝见沙皇,请沙皇下令把鞑靼人全迁到高加索和土耳克斯坦去的事。他夸赞省长说:

"聪明人!会办事……"

"这全是你自己编造的。"罗马斯平和地对他说。

"我?什么时候?"

"不知道……"

---

① 柯罗连科(1853—1921),俄国民主主义作家和社会活动家。

"安东内奇！你怎么能这样不相信人呢？"巴里诺夫用责问的口气说，很遗憾地摇着头，"不过，我倒挺可怜鞑靼人，到高加索去他们会住不惯的。"

这时蹑手蹑脚地走来一位瘦瘦的小个子，穿一件别人的哥萨克式破外衣；菜青色的脸奇怪地抽搐着，咧开黑嘴唇做出不自然的微笑；他那一只锐利的左眼老是一眨一眨的，眼上边被伤痕截断了的花白眉毛，不住地哆哆嗦嗦。

"向米贡先生致敬！"巴里诺夫嘲笑他说，"昨天夜间你偷了什么呀？"

"偷了你的钱，"米贡用响亮的高声回答，同时向罗马斯脱帽致意。

我们杂货铺的房东，也就是我们的邻居潘科夫，从院子里走了出来。他穿一件制服上衣，脖子上结着红围巾，脚下穿一双胶皮套鞋，胸前像马缰绳似的挂着一条长长的银锁链。他用含怒的眼光上下打量着米贡：

"老魔鬼！你要是再爬到我的菜园里来，我就用棍子打断你的腿！"

"又来这一套！"米贡不变声色地说，叹了一口气，补充道："你不打人，怎么能过日子呢？"

潘科夫开口骂他，他却继续说：

"我怎么能算老哇？才刚四十六岁……"

"可是去年圣诞节那阵儿，你已经五十三啦，"巴里诺夫突然尖叫起来，"你自个儿说过是五十三岁！干吗要撒谎？"

又来了一个气派庄重的大胡子老头儿苏斯洛夫[①]和渔人伊佐特。这样就凑了十来个人。霍霍尔坐在杂货铺的门廊下吸烟斗，默默听着农民们的谈话；他们有的坐在店铺门廊下的台阶上，有的坐在门两旁的长凳上。

[①] 我已经记不清楚这些农民的姓名，可能把他们的姓名写错或是张冠李戴。——作者注

天气清冷而且变化无常。在那被寒冬冻僵了的青天上，云彩在迅速地飘动，阳光和云影在小溪和水洼上晃来晃去，一会儿明光闪闪，耀眼欲眩，一会儿又变得天鹅绒般柔和，使人感到特别舒适。几个花枝招展的姑娘，像孔雀一样，经过这条街道往伏尔加河岸走去，姑娘们跳过水洼的时候就扯起裙子的下摆，露出笨重的皮靴。小孩子们捐着很长的钓竿从这儿跑过去了，一些老实的农民打这儿路过的时候，斜着眼望望店铺前这伙人，默默地掀一掀便帽或大毡帽。

米贡跟库库什金和和气气地分析着一个疑难问题：到底是什么人更狠些——是商人呢，还是贵族地主？库库什金说是商人，米贡说是地主。米贡那响亮的高音压住了库库什金结结巴巴的说话声。

"有一天，芬格罗夫先生的爸爸揪住了拿破仑大帝的胡子。芬格罗夫先生就跑来紧紧抓住两人脖颈后的羊皮领子把他们扯开，紧接着又把他俩的脑门子往一起咯嘣一碰，得！两人全完事大吉，一动不动地倒在地上了。"

"要是你那么一碰，也会倒下去的！"库库什金同意地说，接着又补充道："哼，可是商人比贵族地主更能吃啊……"

相貌堂堂的苏斯洛夫，坐在门廊下最高一级台阶上诉苦说：

"米哈伊洛·安东诺夫！农民在土地上是越来越站不稳咧。早先在地主老爷们跟前，谁也不许偷闲，每人都有指定的事情要干……"

"你还是上一份请愿书，请求恢复农奴法吧！"伊佐特回答说。罗马斯默默地看了他一眼，在台阶栏杆上磕了磕烟斗。

我直盼着罗马斯到时候能发言，一边注意听农民们东拉西扯，一边猜想罗马斯将要说些什么话。我觉得他已经错过了很多发言的好机会。可是他仍然冷漠地沉默着，和木头人一样呆坐不动，注视着风把坑洼里的水吹起皱纹，把天空的云片吹聚成浓厚的乌黑云团。伏尔加河上轮船在呜呜吼叫，伴着手风琴的演奏，从下面河边飘来姑娘们尖锐清脆的歌声。一个醉汉沿着街道往河边走去，他边打嗝边呼噜，挥手舞臂，两只脚不自然地蹒跚着，时时倒在水洼里。农民们说话的声音缓慢了,话声里显出情绪已经消沉,我也有点愁闷起来。因为寒冷的天空大有落雨的样子,我回想起城市里永不息止的喧闹和各种各样的声响,市街上匆匆走过的人们,他们那机灵而流利的谈吐和丰富而激动人心的语言。

晚上喝茶的时候,我问霍霍尔要等到什么时候才和农民们谈话。

"谈什么呀?"

"啊,"他注意地听完我的话,说,"你要知道,如果我跟他们谈这类问题,而且是在大街上谈,那我就会再被流放到雅库特去的……"

他装好烟斗,燃着,立刻被青烟笼罩起来,他开始沉静地令人难忘地谈到农民是多么胆小多疑,他们害怕自己,害怕邻居,尤其害怕外地人。他们得到自由①还不到三十年,每一个四十岁以上的农民,一生下来就是农奴,他们就记得这,很难理解什么叫自由。他们只简单地说,自由就是照我自个儿的意思去生活。可是到处都有官老爷,官老爷们却要干涉你的生活呀。是沙皇把农民从地主手里解放出来的,所以现在沙皇就是农民惟一的主人。如果你再问他们什么叫自由?他们会说,将来有一天沙皇会解释什么是自由的!农民非常相信沙皇,把他看作全国土地和财富的惟一主人。他既然能从地主手里解放农民,也就能够从大商人手里没收轮船和商店。农民是拥护沙皇的,他们认为老爷多了不好,老爷只有一个才好。他们指望有这么一天,沙皇将给他们解释什么是自由,到那时谁能拿什么就拿什么。大家都盼着这一天,每人都战战兢兢地、惶惶不安地活着,就怕错过这个实行大分配的重要日子。而且他们自个儿也在担忧:想要拿的东西太多,可是你怎样拿法呢?大家都垂涎地盯住那同一样东西。再说,到处还有无数的官老爷,他们对农民是仇视的,甚至连沙皇也仇视。可是这些官老爷又不可少,不然人们将会你争我夺,互相殴打起来。

风在怒号,伴着大点的春雨吹打着窗玻璃。街上满是灰色的雾

---

① 指自一八六一年二月十九日沙皇下令废除农奴法,农奴获得解放以后,至一八八八年,只不过二十八年。

气;我的心里也有点灰暗和烦闷。罗马斯思索着,平静地小声说:

"要去唤醒农民,使他们逐步地学会把沙皇的政权夺到自个儿手里来,要对他们说明,人民应该有权从自己人中间选举官长,选举区警察局局长,选省长,一直到选沙皇……"

"这还得一百年!"

"您想在三一节①前就革命成功吗?"霍霍尔严厉地问。

晚间霍霍尔出门到什么地方去了,大约十一点钟,我听到街上一声枪响,枪声是在附近的什么地方。我冒雨跳到漆黑的门外,看见米哈伊尔·安东诺维奇正向着店铺门口走来,这个又黑又大的人影,不慌不忙,小心地避开街上的流水走过来。

"您出来干吗?是我打了一枪……"

"冲什么人打的?"

"有几个人拿着棍子冲我奔过来。我喊:'站住,我要开枪了!'他们不听。好,我就向天空开了一枪,天是打不坏的……"

他站在门廊下脱去外衣,用手拧着湿淋淋的胡须,像马似的打着响鼻。

"我这双鬼靴子,已经破了!应当换一双了。您会擦手枪吗?请擦一擦,不然要生锈的。涂上一点儿煤油……"

他那副坚定沉着的神气,他那双灰眼睛里射出的顽强而宁静的光芒,真叫我佩服。他在卧室里一边对着镜子梳理胡须,一边警告我说:

"您在村子里走路要当心,特别是节日或礼拜天的晚上,他们一定也要打您的。可是您出门不要带棍子,这会刺激那些好斗的人,还可能使他们觉得您胆小害怕。用不着害怕!他们自己倒是些胆小鬼……"

我生活得很愉快,每天都有重要的和新鲜的事物。我专心地读着那些自然科学的书籍,罗马斯指导我说:

---

① 基督教节日,在每年耶稣复活节之后第五十天。

"马克西莫维奇,您最好先弄懂这个,这种科学里面有人类顶优秀的智慧。"

伊佐特每星期有三个晚上到这儿来,由我教他认字。起初他对我不大信任,时常露出微微的冷笑,直到我教了他几次功课之后,才和蔼地向我说:

"你讲得真好!小伙子,你蛮可以做正式的教师了……"

可是,他突然向我提议:

"看你好像挺有劲。喂!咱俩来拉棍儿比一比吧?"

我们从厨房里找来一根棍子,两人坐在地板上,脚掌抵住脚掌,都尽力要把对方从地板上拉起来,我们较量了很久,霍霍尔微笑着为我们喝彩助兴:

"啊——唷!加油!"

最后,伊佐特把我拉了起来。这样一来,他似乎更加跟我要好了。

"没关系,你真棒!"他安慰我说,"可惜你不欢喜打鱼,要不然,咱们就好一块儿到伏尔加河上去。那儿夜景,真是天堂!"

他学习很热心,进步也蛮快,甚至他自己也十分惊喜;有时正在上课,他突然站起来,从书架上抽出一本书,高高扬起眉毛,吃力地读完两三行,于是红着脸向我望一眼,狂喜地说:

"我能读啦!真他妈的怪!"

于是他闭起眼睛背诵道:

"宛如慈母哽咽在亡儿的坟墓旁,
一只山鸡哀鸣在凄凉的原野上……①

你看见了吧?"

有好几次他小心翼翼地低声问我:

---

① 这是俄国诗人涅克拉索夫的长诗《萨沙》中的诗句。

"老弟！你给我讲一讲，这倒是怎么闹的？人一瞧见这些黑道道，就变成一句句的话了。我也懂得这些话，是咱们自个儿常说的话！我是怎样弄懂的呢？谁也不曾在我耳边小声提示过呀。假如是一张图画，那么自然容易看懂啦。可是这儿好像把人们的思想都给印在纸上了，这是怎么搞的呀？"

我能够回答什么呢？他听了我说"不知道"，就苦恼起来。

"这简直是魔术！"他说，一边惊叹着，把书页子对着灯光仔细地看了又看。

他有点像孩子一般的纯洁、愉快和惊人的天真；我越看越觉得他很像许多书里面所描写的那种可爱的农民。他同所有的乡村渔人一样富有诗意，喜欢伏尔加河，喜欢静静的夜，喜欢孤独，喜欢静观生活。

他仰头望着星星问我：

"霍霍尔说过，可能在星星上面也住着跟咱们一样的人，你以为怎样？这会是真的吗？顶好给他们打个信号，问一问他们是怎样生活的，也许，他们比咱们要过得好，过得快乐一点儿吧……"

实际上他是满意自己的生活的。他本是个孤儿，没有一垄田地，不依赖任何人，全靠自己心爱的最平静的捕鱼营生过日子。可是他跟农民们处得很不好，他曾经警告我说：

"你别看他们那么亲热，这净是些奸猾的家伙，假仁假义的家伙，可别相信他们！他们今儿个跟你挺好，明儿个敢情又变了。他们每个人的眼睛只关照自个儿，把公共事情看作是服苦役。"

他本是一个软心肠的人，料不到一谈起乡村"土豪"来竟表现出那样的仇恨：

"为什么他们能够比别人富有呢？就因为他们比别人聪明点。所以你小子要是聪明的话，就该记住：农民们必得合群，结成一条心，那才有力量！可是他们把整个村子闹得四分五裂，活像一盘散沙。他们就是这样胡来！自个儿害了自个儿。这真是些恶作剧的人。你看霍霍尔为他们累得筋疲力尽了！……"

伊佐特是个美男子，身体健壮，女人们很喜欢他，并且把他搅得很烦恼。

"真的，我在这上面给娘儿们惯坏了，"他衷心地忏悔说，"这对那些丈夫是一种侮辱，如果我处在他们的地位也会生气的。可是对娘儿们又不能不同情，娘儿们好像是你的第二生命。她们活着没有欢乐，没有温暖，像牛马一样干活儿，除了干活儿还是干活儿。丈夫们都没工夫来爱她们，我却是个自由的人儿。有许多娘儿们在结婚后第一年就吃着丈夫的拳头。不错，我在这方面是有罪的，我跟她们乱搞。我只请求一件事：娘儿们，你们只要彼此别吃醋，我可以叫你们大伙儿全快乐！别再互相嫉妒吧，我看你们全一样，我觉得你们全是挺可怜的……"

于是他含羞地在胡子里面笑了笑，又接下去说：

"有一回，我几乎跟一位官太太勾搭上了。那天有一位太太打城里到乡村别墅来了，她人生得真标致，跟牛奶一样白润润的脸蛋，亚麻色的头发，一对淡蓝色的怪善良的眼睛。我把鱼卖给她，老是眼巴巴地望着她。'你想干什么？'她问。'您自个儿知道啊，'我说。'那么，好。'她说，'晚上我去找你，等着吧！'到时候她真的来了！可是蚊虫嗡嗡地叫得她挺难受，咬得她够呛，结果我们什么也没有闹成。她说：'受不了啊，咬得好厉害！'她简直要哭出来了。第二天，她的丈夫到啦，原来是个什么审判官。真的，这些官太太们就是这样，"他用伤心的责备口吻结束说，"一个蚊虫也能打乱她们的生活……"

伊佐特很称赞库库什金：

"你看，库库什金这个庄稼人的心肠多么好呀！谁要是不爱他，那才是不公正哩！当然，他有点多嘴多舌。可是哪一匹马儿身上没有点斑毛呢？"

库库什金是个无土地的农民，娶了一个好喝酒的女用人做老婆，这女人矮小机灵，又结实又凶狠。库库什金把房屋租给了一个铁匠，自己却搬进澡堂里去住，白天在潘科夫家里做雇工。他很欢喜讲新闻,要是没有新闻可讲的时候,他就自家编造各种奇闻,但主要意思总是老一套。

"米哈伊洛·安东诺夫!你听说没有?京科夫区的警官要辞职去当修士了。他说,我可再也不想干这打骂农民的事啦,干够了!"

霍霍尔严肃地说:

"要是都这么想,那么,全国的官吏该都走开了。"

库库什金一面用手捡掉他那乱蓬蓬的浅黄头发里的麦秸、干草和鸡毛,一面思索着说:

"不会全都走开,只是那些有良心的才走开。他们做官当然会难过。安东内奇,我看你是不相信良心的。可是人如果没良心,哪怕有天大的聪明也活不下去!现在我来讲一桩事给你听吧……"

于是他开始讲一个"最聪明的"女地主的故事:

"从前有个最坏的女人,连省长大人都不顾自己的官高位重来拜访她。省长对她说:'太太,您可要小心呵,您做的坏事都传到彼得堡去啦!'她当然是用甜酒款待了他,然后回答道:'上帝保佑您平安地回去吧!我不能改变我的癖性!'过了三年零一个月,她突然把农民都召集来,对他们说:'我把所有土地都送给你们,再见吧!请大家饶恕我,我就要……'"

"出家去当修女啦,"霍霍尔提示说。

库库什金盯住他望了望,肯定说:

"对,去当修道院的院长!看来,你也听说过她的事吗?"

"压根儿就没有听说过。"

"那你怎么知道的呢?"

"我是知道你的。"

这个幻想家摇着头嘟哝道:

"你一点儿也不相信人……"

库库什金所讲故事中的那些坏蛋和恶人,一到恶贯满盈,就"逃之夭夭,杳无踪影",而更常听到的是:库库什金把他们送进修道院里,就像把脏土倒进垃圾坑里一样。

他常有一些出人意料的奇怪思想,突然皱起眉头声明道:

"咱们可不该去压制鞑靼人,鞑靼人比咱们还强哩!"可是这时大家正谈组织苹果生产合作社的事,谁也没提鞑靼人。

正当罗马斯谈着西伯利亚和那里的富农的生活的时候,库库什金却突然若有所思地嘟囔说:

"假如人们隔两三年不去捕青鱼,那青鱼就能繁殖得使海水涨出海岸,淹没了人家。这真是一种生殖力顶强顶强的鱼呀!"

全村都认为库库什金是一块废料,他讲出来的故事和奇异的想法,惹得人家骂他,嘲笑他,但是他们总是极感兴趣地留心听他讲,好像期望从他杜撰的故事里能听到什么真理似的。

"撒谎大王,"有些老诚正派的人都这样称呼他,只有那个爱打扮的潘科夫很有意味地说:

"库库什金是一个猜不透的人……"

库库什金是干活儿的能手,他会箍桶、修炉子,懂得养蜂,教女人们饲养家禽,还做得一手好木匠活,他干起活儿来虽然懒洋洋、慢腾腾的,然而样样事都做得蛮好。他很喜爱猫,在他的澡堂里养着大大小小十来只这样肥壮的动物。他喂它们吃乌鸦,训练它们吃家禽,这使村庄上的人对他更加不满:他的猫经常咬死人家的小鸡和母鸡,女主人们就设法捉住库库什金的猫,狠命地毒打。在库库什金的澡堂附近,经常听到恼怒的女主人们暴跳着尖声叫骂,可是库库什金却毫不在乎地说:

"蠢娘儿们!猫嘛,本来就是抓活物的畜类,它比狗灵活。看吧,我训练它们抓鸟雀,叫它们再下几百只,卖掉的钱全归你们好啦,蠢娘儿们!"

库库什金本来也识字,可是全忘光了。他也不愿意再拾起来。他天资聪明,能比别人更快地听懂霍霍尔讲话的要点。

"对啦,对啦,"他像小孩子服了苦药似的,紧皱眉头道,"这就是说,伊凡雷帝对小百姓们并没有害处哇……"

他和伊佐特、潘科夫晚上时常到我们铺子来,一来就坐到半夜才散,他们听着霍霍尔讲世界的形势,讲外国人的生活情况,讲各国人民的革命运动。潘科夫最喜欢听法兰西大革命。

"这才真正叫做翻天覆地啊!"他赞叹地说。

潘科夫的爸爸是个富农,脖子底下生着大瘰疬,有一双鼓得可怕的眼睛。两年前潘科夫和父亲分开过了,靠"自由恋爱"娶了伊佐特的侄女——一个孤女。他对老婆管得很严,可是让她穿一身城市的服装。爸爸骂儿子太执拗任性,每次路过儿子的新屋的时候总要气愤地冲它吐一口唾沫。潘科夫把房屋租给罗马斯并且在旁边开了一爿小杂货铺,这惹得全村的富农们很不高兴,富农们都怀恨他。他表面上不理会他们,但一谈起富农就露出轻蔑的声调,粗暴地、嘲笑地对待他们。乡村的生活使他感到挺苦恼:

"我要是有一技之长,就搬到城里去住了……"

他的体格匀称,经常穿得干干净净,保持着很体面很自尊的神气;他是个多心眼、好猜疑的人。

"你为什么要干这种事?是出于感情呢?还是出于理智?"他常常这样问罗马斯。

"你看是出于什么呢?"

"不,还是请你先说吧!"

"照你的意见,怎样才好呢?"

"不知道!照你的意见该怎样呢?"

霍霍尔很顽强,最后还是逼着这个农民说话了。

"自然,最好是出于理智!不用理智是很难生活的。哪里用了理智,哪里的事情就搞得好。单凭感情会引我们走错路,我要是由着感情去做事情,那准糟糕!我心里满想去放火烧了神父的房子,好教训他别再乱管别人家的闲事!"

这村里的神父是个有一副田鼠嘴脸的凶恶老头儿,曾经干涉过潘科夫父子间的争吵,因此潘科夫对他很不满意。

最初潘科夫对我态度不大好,几乎有点仇视,甚至摆出一副主人的架子对我喝叫。他这种态度很快就改变了。不过我总觉得他对我暗含着疑心,实在说,我看了他也有点儿不舒服。

最使我难忘的是有几天晚上在一间圆木墙壁的干净小屋里的情景。窗板关得严严实实,屋角桌子上点着一盏灯,灯旁坐着个高额头、脑袋剃得光光的、留着大胡子的人,他正在讲话:

"生活的主要意义,就是使人们越来越脱离兽性……"

有三个农民在注意地听着,他们眉眼清秀,全挺聪明。伊佐特总是一动不动地坐着,就像在倾听着只有他一个人才能听得到的从远方传来的声音。库库什金却一个劲儿地扭动,好像有蚊虫在咬他。潘科夫用手捻着他那黄色小胡子,静静地在思考:

"那么说,还是需要把人分成几个阶级啰。"

潘科夫对他的雇工库库什金从来不说一句粗暴话,并且注意地听这位幻想家所杜撰的滑稽故事,这点使我很高兴。

谈话结束后,我就回到我的阁楼上去,坐在打开的窗户旁边,瞭望着沉睡的村庄和静寂如死的田野。星光穿透重重的夜雾,星星离地面越近,看起来就离我越远。我的心被夜的沉静压得紧缩起来,而思想却飞到无边无际的远方,我仿佛望见成千成万的村庄也和我们住的这个村庄一样,全一声不响地紧伏在辽阔的大地上。四下里毫无动静,毫无声息。

混沌的夜雾温暖地包围了我,我的心像被千万条看不见的水蛭吸吮着,渐渐感到全身困倦无力,感到一种模糊的忐忑不安。我在这大地上是多么渺小啊……

这样的乡村生活使我觉得很不愉快。我常听人们这样讲,看见书上也这样写着:乡里人比城里人更健康更诚实。可是我眼前的农民却终日忙着那做不完的苦重活儿;他们中间有好多人很不健康,被劳动累得精疲力尽,几乎没有一点儿欢乐。住在城市里的手艺匠和工人们,虽然活儿也不轻,可是过得比较快活,不像这些愁眉苦脸的人,整天厌烦地抱怨生活。我觉得农民的生活并不简单,他们需要辛勤地照管田地,需要有聪明机智来对付各种各样的人。眼前这种缺乏理性的生活是不称心的。我看这村的农民正像盲人似的整天瞎摸索着过活,都在担惊害怕,互相猜疑,有点像狼一样。

我很难理解,他们为什么这样死不喜欢霍霍尔,也不喜欢潘科夫,不喜欢想要把生活变得合理的"我们这伙人"。

我清楚地看出城市人民的优点,他们渴望幸福,大胆地追求理性,他们抱有各种目标和目的。在这样的夜间,我时常想起两个住在城里的市民:

弗·卡卢金和兹·涅别伊
钟表技师,代修各种机器,外科医疗用具,缝纫机,唱机等。

这块招牌悬挂在一家钟表铺的小门口上,门两旁是沾满灰尘的窗户,在一面窗子下坐着卡卢金,他那黄色秃头上生着一个肉瘤子,一只眼睛戴着放大镜;他很健壮,圆圆的脸上老是含着微笑,用小小的镊子拨弄钟表的机器,有时把那隐在两撇灰白胡子下面的嘴巴张得圆圆的,唱着歌儿。在另一面窗子下边坐的是兹·涅别伊,他满头鬈发,黑黑的脸上生着一个大钩鼻子,两只像李子样的大眼睛和一撮尖尖的小胡子;瘦得干巴巴的,真像一个魔鬼。他也在拆修一件精致的小机器,有时突然用男低音哼叫几声:

特拉—达—达姆,达姆!

在他们的背后,杂乱地堆积着一些留声机、各种机器、机轮、八音盒和地球仪,在货架上净是些各式各样的金属东西。在四面墙壁上,许多挂钟的钟摆来回摆动着。我真想整天地看着这两个人怎样工作,

可是我这高大的身体遮住了他们的光线,他们凶着脸向我看了看,挥手赶我走开。当我转身走开的时候,心里羡慕地想:

"一个人什么事都会做,该多么幸福啊!"

我很钦佩这些人,相信他们懂得各种机器和工具的窍门,并且能够修理世界上的一切东西。这才配叫做人啊!

可是我不大喜欢乡村,农民使我很难理解,女人们见面特别爱诉说自己的病苦,她们说什么"心里惶惶乱跳","胸口挺憋闷",而且经常是"小肚子疝痛"。每到节日她们坐在自家的小屋旁或坐在伏尔加河岸上,最爱谈这些病苦。她们都很容易发脾气,疯狂地对骂。为了一把十二戈比的破瓦壶,就惹得三家的人拿起棍棒大动干戈,打断了老婆婆的胳膊啦,打破了小伙子的脑壳啦。这类的斗殴事件几乎每星期都照例要发生。

有些年轻小伙子公然不要脸地找姑娘们胡闹,在田野里他们捉住几个姑娘,撩起她们的裙子包着她们的头,用椴树皮①牢牢扎住,这叫做"处女开花"。这些从腰部以下完全裸露的姑娘尖声号叫,咒骂。可是她们好像觉得这种玩耍也很舒服似的,你看她们在解开自己的裙子时故意慢腾腾的拖延时间。每当教堂里做彻夜祈祷的时候,小伙子们就用手去拧姑娘们的屁股蛋儿,好像他们只是为了这才到教堂里来的。到了礼拜天,神父就在宣教台上说:

"畜生!难道你们再没有别的地方去胡闹了吗?"

"乌克兰人对宗教,好像比这里的人要富有诗意些。"罗马斯说,"我看这里的人信上帝,只是由于恐惧和贪欲的低级本能。你知道,像那种对上帝的真诚的爱,对上帝的美德和权能的敬畏,在这里的人们心上却丝毫没有。这可能是好现象,因为这样人们就更容易从宗教中解放出来。我告诉您吧,宗教是一种极有害的偏见!"

这里的年轻小伙子好吹牛,可是他们全是胆小鬼。他们已经有三

---

① 椴树皮经水泡过,可以用来捆扎东西。

次夜里在街上遇见我,想打我,可是没有打成,只有一次用棍子打中了我的腿。我当然没有把这样的小冲突告诉罗马斯,不过他看见我走路有点跛,就猜透这是怎么一回事了。

"嗬,您终于收到一份礼物了吧?我早就告诉过您要当心!"

虽然他劝告过我不要黑夜出去散步,可是我有时还是穿过房后的菜园走到伏尔加河岸,坐在那里的柳树下,隔着透明的夜幕向河对岸的草原眺望。伏尔加河庄严地慢慢地流,凄凉的月亮反映着已经隐没了的太阳的光辉,把河水镀上厚厚一层金黄色。我不欢喜月亮,我觉得月亮有点阴险,引起我无限的悲愁,就像吠月的村犬一样,直想放声哭叫。后来我知道月亮本身并没有光,它原是苍冷的,在它上面没有也不可能有什么生命存在,我这才觉得很高兴。在这以前,我本来幻想月亮上面住的是些奇怪的铜人,身体是由三角铁①所组成,他们的两只长腿,走起路来像两脚规一跷一跷地,发着像大斋戒日教堂敲钟一般洪亮吓人的响声。在月亮上面一切都是铜的;无论植物、动物都不断嗡嗡地威胁着大地,企图对大地干些阴险的勾当。后来我听说月亮上面是空空的,这使我很愉快,不过我又总希望会有一个大流星落到月亮上面,碰得月亮发出火来,好用自己的光照亮大地。

我望着伏尔加河的流水摇动着一条如锦的光带,从黑暗中远远的什么地方流过来,又消逝到岩石河岸的黑影里,这时我觉得我的思想变得活泼敏锐了,心头很容易涌上一些难以用言语说明的、跟白天的感受迥然不同的思绪。伏尔加河里的巨流几乎静得毫无声息。在黑暗的大河道上徐徐滑动着一艘轮船,看上去好像一只浑身长着火翎毛的怪鸟,船尾发出潺潺的声音,疑是火鸟在抖动着沉重的翅膀。在河对面长满野草的土岸下面浮动着一片灯火,在那儿的水面上伸展着通红的刺眼的光芒。这是渔人利用篝火在捕鱼,然而却使人以为从天上无数流浪的繁星中陨落下来一颗星,落在水面上,像一朵巨大的火花

---

① 用钢条弯成三角形的打击乐器。

漂浮着。

过去从书本上所读到的东西,这时候在脑子里却变成了种种奇异的幻想,想象力不倦地编织着一幅幅美丽无比的图画,我好像跟随着河水在轻柔的夜空中漂流一样。

伊佐特来找我了,在黑夜里他显得更高大、更可爱了。

"你又到这儿来啦?"他问了我一句,就和我并肩坐下来,长时间不声不响地沉思着,眼睛望着河水和天空,用手抚摩着他那蚕丝一样金黄色的小胡须。

后来,他诉说自己的幻想了:

"我将来学好了,读了各式各样的书,我就要走遍一切江河,看清一切道理!就去教育别人!老弟,如果能够把心里想的事跟人去痛快地谈出来,该多么好呀!甚至有些乡下娘儿们,要是你跟她们谈出心里的话,她们也会懂的。不久以前,有一个娘儿们坐在我的渔船上问道:'我们死后会怎样呢?我不相信有地狱,也不信有天堂。'老弟!你看怎样?她们也是……"

他在寻思适当的字眼,沉默了一会儿,最后补充说:

"有头脑的活人呀……"

伊佐特是一个过惯夜生活的人,他有很锐敏的审美感。他像富于幻想的孩子一样,善于用平和的词句谈论美的事物。他信奉上帝,但不畏惧上帝,不过他是依照教堂里的画像,把上帝想象成为一个高大而美丽的老人,仁慈、智慧的创世主,上帝所以没有能够惩尽邪恶,只是因为"他忙不过来,世上的人繁殖得太多啦!其实,这也不要紧,上帝总会惩罚恶人的,你等着瞧吧!至于谈到耶稣基督,我一点儿也不明白!我看他没有什么用。嗯,有一个上帝也就够了。干吗这里又出来一个耶稣基督,说是上帝的儿子?儿子可算得了什么呢?我想上帝他不会死吧……"

伊佐特老是沉默地坐着想心事,只是偶尔叹口气说:

"唔,原来是这样啊……"

"你说什么?"

"没什么,我在跟自个儿说话呢……"

他望着朦胧的远景,又叹息着。

"生活多么好啊!"

我同意地回答:

"是呵,很好!"

像黑色丝绒长带一样的伏尔加河,雄浑有力地流动着。在流水的上空浮着一道弯弯的银色天河,几颗大明星如同金云雀似的闪耀着,对这生活的奥妙,心儿静悄悄地唱出了荒诞的思绪。

在远远的草原上,从粉红色云层中间透出了朝阳的金光,看啊,太阳在天上有如孔雀在开屏!

"太阳多么美妙啊!"伊佐特幸福地微笑着自言自语。

苹果树开花了,全村充满了粉红色的云雾和苦涩的香气,到处都闻到花香,它把油烟和大粪的气味也冲淡了。成百成千的苹果树像过节日似的穿着花瓣织成的粉红锦衣,行列整齐地从村里一直排到田野。每当月明之夜,春风荡漾,花枝摇曳着,微微发出簌簌声,金蓝色的巨浪仿佛把村庄淹没了。夜莺不知疲倦地尽情歌唱,一到白天,椋鸟狂热地啾叫,隐没在高空里的云雀不断向大地送出婉转嘹亮的歌声。

每逢节日的夜晚,姑娘们和媳妇们都上街游逛,像小鸟似的张着小嘴唱歌,懒洋洋迷人地微笑着。伊佐特像醉汉似的也在微笑,他瘦了,眼睛陷进黑眼窝里,面容更显得严峻、清秀,更像个圣徒了。他常常整天整天地睡觉,只是到傍晚才满怀心事、精神恍惚地在村庄的街上出现。库库什金粗鲁而温和地奚落他,他难为情地笑道:

"你别提啦! 这叫人有什么法子呢?"

接着又满心欢喜地说:

"啊! 生活真甜蜜! 你要知道,生活多么亲切有味,话儿说得多么称心如意! 有些话,叫你到死也忘不了,死后能复活的话,首先想起的就是这些话!"

"要当心!女人们的丈夫要打你啦!"霍霍尔也温和地笑着警告他。

"打,也是应该的,"伊佐特表示同意。

几乎天天一到黑夜,就有米贡的高亢而动人的歌声,伴着夜莺的啼啭,在果园、田野和伏尔加河岸上飘荡。他把许多美丽的歌曲唱得惊人地好听。甚至为着这点,农民们就原谅了他的许多坏事。

每到礼拜六晚上,在我们杂货铺门前总是聚拢一些人,像苏斯洛夫老头儿啦,巴里诺夫啦,铁匠克罗托夫啦,米贡啦,都是每周必到的。他们坐下来边思索边谈话。一些人刚走开,另一些人又补上来,这样一直谈到半夜才散。有时候也来几个醉汉大吵大闹,其中最常来的是退伍兵科斯京,他是个独眼龙,左手缺了两个指头。他挽起袖子,挥着拳头,像好斗的公鸡一样跳到杂货铺门前来,拼命嘎声嘎气地喊叫:

"霍霍尔!你这个混账民族!信土耳其人的教!我要问一问你——你为什么不到礼拜堂去做祈祷?唵?你这个邪教徒!捣蛋鬼!你说,你算是什么人呀?"

人们就向他嘲笑说:

"米什卡①!你为什么开枪打掉自个儿的手指头?是被土耳其兵吓昏了吧?"

他冲上来要打架,可是人们笑着揪住他,喊叫着把他推到山沟里去。他倒栽葱滚下山坡,一边拼死地尖声嗥叫:

"救命啊!杀人啦!……"

后来,他从山沟里爬上来,浑身全是泥土,他向霍霍尔讨钱买杯伏特加酒喝。

"为什么?"

"因为我给你们取乐啦。"科斯京回答,逗得农民们齐声哈哈大笑

---

① 米什卡是科斯京的名字米哈伊尔的爱称。

起来。

一个节日的早晨,厨娘把炉子里的木柴燃着以后就到院子里去了,我正在铺子里,这时厨房里突然"砰!"的一声,整个铺子震得颤抖了一下,盛糖果的洋铁盒子从货架上翻滚下来,震破的玻璃,唏里哗啦地响着,什么东西扑通扑通落到地板上。我赶忙向厨房奔去,团团的黑烟从厨房门口向卧室里滚去,在黑烟后面有东西在吱啦吱啦、噼噼啪啪地爆响,霍霍尔抓住我的肩膀说:

"您先别进去!……"

厨娘站在过道里号啕大哭。

"咦!蠢婆娘……"

罗马斯已经冲进烟雾里面去了,吭嘟一声撞倒了什么东西,他狠狠地骂了一句,就向门外喊道:

"别哭啦!水!"

厨房里的地板上,大块的劈柴在冒烟,有些小木片仍在燃着火苗,倒塌了几块炉砖,黑洞洞的炉膛里什么也没有了,像是打扫过的一样。我在弥漫的烟雾里摸到了水桶,把地板上的火泼灭,然后捡起劈柴投回炉膛里面去。

"当心!"霍霍尔对我说,他拉着厨娘把她推到卧室那边去,向她命令道:

"快去把店门关了!马克西莫维奇!要当心!说不定还要爆炸哩……"他蹲下来,仔细察看那些圆圆的松木劈柴,然后把我投进炉膛里的劈柴都抽了出来。

"您这是做什么?"

"喂!您瞧!"

他把那块被奇怪的爆炸炸裂的圆木递给我,我看见圆木里面用手摇钻旋成圆洞,并且熏得焦黑了。

"您明白了吧?这些鬼东西,在木柴里面装上了炸药。哼!混蛋!

115

一俄斤炸药能顶什么用?"

他把那块木柴放到一旁,一边洗手,一边说:

"幸好阿克西尼娅出去了,不然的话,她会受伤的……"

含有酸味的烟气已经消散了。开始看清楚,厨房里架子上的瓶瓶罐罐全都震碎,窗户玻璃也全破了。炉口的砖头也炸崩了。

我不喜欢霍霍尔在这时候的平静态度。他表现出来的样子,好像对眼前这种愚蠢的勾当丝毫也不感到愤慨。街上的孩子们却在乱跑乱叫:

"霍霍尔家失火啦!咱们村着起来啦!"

一个女人吓得大喊大哭,从屋里传来厨娘阿克西尼娅的惊呼声:

"米哈伊洛·安东内奇!人们闯进店铺里来啦!"

"嗳,嗳,小声点!"他一边说,一边用毛巾擦干他的湿胡子。

从卧室那边打开的窗口处,好多因恐怖和愤怒变得奇形怪状的毛脸,眨巴着被烟熏痛的眼睛向店铺里面张望,有人激昂地尖声嚷叫:

"把他们赶出村去!他们老是出乱子!我的上帝!这是些什么混账东西呀?"

一个小矮个、红头发的农民,翕动着嘴唇在胸前画了个十字,想爬进窗口里来,可是没有爬成功;他右手握一把斧头,左手颤抖抖地抓着窗台,滑跌下去了。

罗马斯手里拿着那块木柴,对他问:

"你往哪儿上?"

"老大爷,我来救火……"

"可是哪儿也没有起火呀……"

那个农民愕然地张大嘴巴,走开了。罗马斯却走出店铺门口,把那块木柴给群众看了看,然后说:

"这是你们谁把炸药装进了这根圆木,塞到我们柴堆里来。可是炸药太少啦,所以什么也没炸坏……"

我站在霍霍尔的背后,望着门前这一群人。听到那个手里拿着斧头的农民战战兢兢地说：

"他干吗偏偏把木柴冲着我摇晃呀？……"

已经喝醉酒的退伍兵科斯京喊叫起来：

"把他赶走！邪教徒！送法院去……"

可是大多数人都不吭声，眼巴巴地望着罗马斯，半信半疑地听他继续讲话：

"要炸毁这所房子，得用很多炸药，也许要一普特才成哪！好啦，好啦，大家散开吧……"

有人问：

"村长在哪儿？"

"应该找村警①去！"

人们慢腾腾地不想走开，好像有点儿遗憾似的。

我们坐下来喝茶时，厨娘阿克西尼娅显得比往常特别殷勤和亲热，很同情地望着罗马斯说：

"您不去告他们，所以他们才敢任意胡闹啊。"

"您对这种事不生气吗？"我问。

"我没工夫对每一件蠢事都生气。"

我心里想："如果人们都像他这样沉着镇定地干自己的工作，那该多好啊！"

他已经说起他不久要到喀山去，问我需要买些什么书来。

有时候我觉得在这个人的心里，定是装着一件什么机器，就像钟表一样，只需上一次弦，就可以永不停歇地走一辈子。我喜欢霍霍尔，非常敬重他。可是我真愿意他能够对我或是对别的什么人大发一次脾气，顿着脚痛骂一顿。然而他不能，或不想生气。每当他被愚蠢和卑劣无理的行为激怒时，他只是嘲笑地眯缝起一对灰眼睛，冷冷地说几句极普通的不客气的话就算了。

---

① 村警是旧俄时代帮助村长的治安人员。

例如有一次，他问苏斯洛夫说：

"像您这样上了年纪的人为什么还要昧良心呢？"

苏斯洛夫老头儿的黄脸连带脑门慢慢变成了紫红色，好像他那白胡须的须根也变成红的了。

"要明白，这样干对您没有一点好处，还会使您丧失威信。"

苏斯洛夫低下了头，表示同意：

"是啊，没有好处！"

后来苏斯洛夫对伊佐特说：

"他真是个知心的领导人！咱们能选这样人做官长就好了……"

……罗马斯用简短明了的话告诉我，他不在家里时，我应该做什么和怎样做，我觉得他已经像忘记曾经被苍蝇吮过他的皮肤一样，把人们用炸药威吓他的事全忘了。

潘科夫来了，他仔细察看过炉子，皱着眉头问：

"你们吓坏了吧？"

"哼，有什么可怕的?！"

"这是战争啊！"

"坐下来喝茶吧！"

"老婆还在家等我呢。"

"你从哪儿来？"

"从渔场。在伊佐特那儿。"

他走出去，经过厨房的时候又深思地重复了一句：

"这是战争啊！"

他对霍霍尔说话总是很简短，就像他们早已把各项重大复杂问题都详细交谈过了似的。我记得有一次，听完罗马斯讲伊凡雷帝朝代的故事以后，伊佐特说：

"这是个讨厌的沙皇！"

"是个刽子手！"库库什金补充着，而潘科夫却坚定明确地表示意见说：

"我真看不出他有什么特别聪明。哼！他杀了王公,可是出现了一些小贵族地主。① 还引来了外国人,这一着儿太不聪明了。小地主比大地主更难对付。苍蝇不像狼,用枪是打不死的,它们比狼更难办。"

库库什金提着一桶和好了的泥走过来,一面砌着从炉口爆炸下来的砖头,一面说:

"这些坏蛋们打的好主意！别看他们连自个儿身上的虱子都捉不干净,可是杀起人来,好,那您就瞧吧！喂,安东内奇！你可别一下子采办很多货物回来,顶好每次少运点,多运几次。要不然,你瞧,又要来放火烧你啦！现在,你正在办那件事情的时候,得当心意外的祸害！"

"那件事情"指的是组织苹果生产合作社,这事很惹起村里富农们的不满。霍霍尔依靠潘科夫、苏斯洛夫和其他两三个明白事理的农民的帮助,已经快要把事情办成功了。大多数农户对罗马斯的态度开始好转。来杂货铺买东西的人有了显著的增加,甚至像巴里诺夫和米贡这些"没出息"的农民,也来尽力帮助霍霍尔的事业了。

我很喜欢米贡,我爱听他那哀婉动人的歌唱。他唱歌时总是闭起眼睛,那张苦愁脸也不再抽搐了。他常常在月黑天、空中密布乌云的夜里歌唱。一到傍晚,他常常轻声向我打招呼说:

"到伏尔加河上来吧！"

在那里,他一个人独坐在小船的船尾上,两只污黑的罗圈腿耷拉到伏尔加河的黑水里,正在修理禁止使用的捕鲟鱼的刺网,他低声地说:

"地主老爷虐待我,好吧,我能够忍受。那个狗养的,他有地位,他比我见识多。可是咱们农民兄弟也来欺负我,我怎能受得了呢？我们之间有什么高低？他们袋子里装的是卢布,我只有几个戈比,就差这

---

① 伊凡四世(1547—1584年在位)为巩固专制政权,进行了限制世袭王公贵族的政治作用、转而提拔重用官职贵族的行政改革,并对前者进行残酷镇压。

119

点罢了！"

米贡的脸痛楚地抽搐起来，眉毛一跳一跳的；手指头迅速地颤动着检查刺网，用小锉把刺钩锉尖。接着气愤地小声说：

"人家说我是小偷，不错，我是有点儿小毛病！可是你要知道，人们全是像强盗一样地过活呀，你吃我，我咬你。真的，我们这样的人是上帝讨厌，魔鬼喜欢！"

黑色的河水从我们身边慢慢流过去，乌云在河面上空游动。在黑暗中已经看不见生着青草的河岸了。波浪慢慢拍打着河边的沙子，冲洗我的两只赤脚，好像要把我冲到那无边的浮动着的黑暗的地方。

"人要活，不对吗？"米贡叹一口气问。

山上有狗在凄凉地吠叫。我好像做梦似的在想：

"可是，为什么要像你米贡这样的活着呢？"

河面上很静，很黑，黑得可怕。而且这种温濡的黑暗无边无际。

"他们要打死霍霍尔。瞧着吧，你也会被打死的。"米贡喃喃地说。随后他突然轻声地唱起来：

> 想起了妈妈多么爱我呀，
> 　她曾跟我这样说：
> "嘿哟，宝贝！嘿哟，我的雅沙，
> 　你要安安静静地活在世上……"

他闭起眼睛，歌声越发有力、越发凄婉了，检查着刺网绳索的手指头动得更加缓慢了。

> 可是，我没有听妈妈的话，
> 　唉咳呀！我没有听妈妈……

我产生了一种奇怪的感觉：好像大地已经被这脚下滚滚的黑水所

冲翻，我也随着大地往下滑落，滑落，一直滑落到永远沉没太阳的那个黑暗的地方。

米贡和开始唱歌的时候一样，突然停止不唱了。他默默地把小船推下水，坐到船上，几乎是毫无声息地消失到黑暗里了。我望着他的后影，想道：

"这样的人活着是为什么呢？"

在我的朋友中还有巴里诺夫，他是个吊儿郎当、好吹牛皮、拨弄是非、偷懒贪闲、到哪儿也待不长的流浪汉，他先前在莫斯科住过，一提起莫斯科他就唾弃地说：

"这城市是个活地狱，乱七八糟，教堂有一万四千零六座，可是人们全是骗子！真的，他们全像癞皮马一样！无论商人、军人或市民都是一边走路一边搔痒。真的，那里有一个'大炮王'，炮筒粗极啦！这是彼得大帝亲手铸造、专用来轰打暴动的人的。有一个贵族女人为着爱情，起来反抗彼得大帝。因为彼得大帝跟她一天又一天地整整同居了七个年头，后来竟然把她连同三个孩子全丢下不管了。女人气极啦，就暴动起来。我的老弟呀！嘿！他的大炮'咚！'的一声，九千三百零八个人都送了命！连彼得大帝自个儿也吓坏了。他对大主教菲拉列特说：'不行，应该把这个鬼炮口堵住，免得再逗引别人去放它！'于是就给堵住了……"

我说他这全是胡扯，他生气了：

"我的天爷！你这人真讨厌！这故事是一个有学问的人详细讲给我听的，可是你竟敢……"

他常到基辅去"朝拜圣徒"，他说：

"那个城市跟我们的村庄一样，也在山上，也有一条河，我忘记叫什么河啦。跟伏尔加河比起来，那简直是一条小水沟！说实话，城里简直乱极了。街道都弯弯曲曲往山上爬。市民是乌克兰人，可不像米哈伊洛·安东诺夫这样，他们是半波兰半鞑靼的混血种。喜欢胡扯，不说正经话。肮肮脏脏，蓬头散发，爱吃蛤蟆，那里一个大蛤蟆就有十

121

俄斤重。他们走路骑牛，耕田也用牛。他们那里的牛大极了，顶小的也比我们这里的牛大四倍。重八十三普特。那里有五万七千个修道士，光主教就有二百七十三个……咦！怪人！你怎么能和我争论呢？这全是我亲眼看到的，你在那里住过吗？没有。唔，这就得了！老弟！我这人说话最喜欢准确……"

他喜欢数目字，曾经跟我学会了加法和乘法，可是再没有耐性去学除法了。他很热心地算着多位乘法，常常算错。他用木棍在沙地上画出长长一行数目字，惊奇地瞪着一对孩子般的大眼睛叹息说：

"这样长的数目谁也念不出来！"

他是一个极不整洁、蓬头乱发、衣衫褴褛的人。不过他的脸可以说是漂亮的，卷曲的滑稽的小胡子，两只碧蓝碧蓝的眼睛天真地微笑着。在他和库库什金身上似乎有一种共同的东西，大概是为了这个，他们两人才总是回避着不肯见面吧。

巴里诺夫曾经两次到里海去捕鱼，他念念不忘地说：

"我的老弟！哪里也比不了大海啊！你在它面前，简直是个小蚊虫！你一望见海，就忘掉自个儿啦！海上的生活真甜美。什么人都往海上跑，甚至有一个修道院的院长也到海上来了，他还不坏，也会干活儿！另有一个厨娘，她原来跟一个检察官轧姘头，你瞧，还有比这更好的事吗？可是她一想到海就忍不住啦，对检察官说：'检察官呀！你待我挺好。不过咱们还是分开吧！'因为无论谁只要是见过一次海，他就会老想着再到海上去。在海上跟在天上一样，宽敞自由，再没有人来挤你！我也要永远到海上去啦。因为我讨厌眼前这些人！我真想做个山林隐士，只是不晓得哪儿才有一片干净地方好去啊……"

他像丧家狗似的在村里奔来奔去，人们都看不起他，可是一听他讲故事，就像听米贡唱歌一样，人们都变得高兴起来。

"真会瞎编！多有趣啊！"

他那虚构的故事，有时候竟把潘科夫这样最重实际的人也给打动了。有一天，这个从来不轻信的农民对霍霍尔说：

"巴里诺夫讲,书上还没有把伊凡雷帝的事写全,有许多事被隐瞒了。他讲伊凡雷帝似乎会变形,常变成个老鹰,后来人们为了纪念他,就在钱币上面铸了一只鹰。"

我有多少次发现:凡是那些虚构的、有时显然编得很荒唐的故事,常常比那严肃地讲述生活真理的故事更受人们欢迎。

可是当我把这个发现告诉霍霍尔的时候,他微笑着说:

"这种情况要变的!只要人们学会了思想,就会想到真理。至于巴里诺夫、库库什金这些怪人,您应当了解他们。要知道,这是些艺术家,作家。大概基督当初也是这样的怪人吧。您会同意我这样说:有些东西他虚构得还不坏呀……"

使我奇怪的是所有这些人都很少谈到上帝,也不高兴谈上帝。只有苏斯洛夫老头儿才常常很自信地说:

"一切全是上帝的意旨!"

可是我时常从这句话里面听出一种无可奈何的情绪。我跟这些人在一起相处得很好,从他们每天晚上的谈话里学到了不少知识。我觉得罗马斯所提出的每一个问题,像是一棵大树,深深扎根到人们的生活土壤里,到了生活土壤深处又和另外一些古老大树的树根结合在一起,于是在大树的每条树枝上就鲜艳地开出了思想的花朵,茂盛地茁长出响亮的语言的叶子。我觉得我自己也在成长进步,由于饱汲了书籍里富有滋养的蜜汁,我说起话来也更有信心了。霍霍尔几次微笑着夸赞我说:

"马克西莫维奇!您干得很好啦!"

我是多么感谢他对我说出这样的话呀!

潘科夫有时候带着他的老婆一同来,这女人是小个子,温和的脸上有一对聪明伶俐的蓝眼睛,穿着城里时兴的衣服。她静静地坐在屋子的角落里,挺谦虚地闭拢着嘴唇。可是隔不多久她就会惊奇地张开嘴,吃惊地瞪起眼睛。偶尔她听到一句打中心坎的话,就用两手掩住脸羞怯地笑起来,潘科夫向罗马斯递个眼色说:

"看,她听懂啦!"

常有一些很小心机警的人①来找霍霍尔。霍霍尔带他们到我住的小阁楼上,在那里一坐就是几个钟头。

阿克西尼娅给他们送饭食和茶水,他们就在这阁楼上面睡觉休息。除了厨娘和我,谁也看不到他们。这个厨娘对罗马斯真是像犬马一样忠实,崇拜得五体投地。每次总是由伊佐特和潘科夫在黑夜里用小船把这批客人送到过往的轮船上或者洛贝什卡轮船码头上去。我从山上望着小船在黑色的河水里,有时候是在浴着月光的银色水面上时隐时现,为了引起轮船船长的注意,在小船上点起了灯笼。我一直望着,觉得自己也参加了这种伟大的秘密活动。

玛丽亚·杰连科娃从城里来了,可是从她的眼光里再也看不到那种使我难为情的表情。现在,我觉得她的眼睛已变成一个普通姑娘的眼睛,她因自己长得漂亮而感到幸福,因有一位大胡子高个男人追求她而感到愉快。那男人对她讲话的时候,跟对别人讲话一样平静并带点嘲笑的神气,只是用手捋胡子捋得更勤些,目光更温存些罢了。杰连科娃说话的柔细声音充满着快乐,她穿着天蓝色长衣,黄头发上系着天蓝色丝带。她那孩子般的两只手总也闲不住,像是要找个什么东西抓住才好。她合拢着嘴唇几乎不停地哼着什么小曲,用小手绢扇着她的粉红色的、简直要融化的脸儿。在她身上有一种东西,又激起了我对她的不快和气恼。我尽可能地少看见她。

七月中旬,伊佐特失踪了。传说是落水淹死的。两天以后查明:伏尔加河下游离村子七俄里的地方,发现他的小船冲到生满青草的河岸上,船底被戳破,船舷被碰碎。人们估计这次不幸事件的发生,多半是因为伊佐特在河上睡着了,他的小船被冲到离村庄五俄里的地方,撞在那里成排抛锚停泊的三只驳船上碰坏了。

发生这一不幸事件的那天,罗马斯在喀山还没有回来。当天晚

---

① 高尔基在其他文章中提到,当时宣传鼓动家维克多·阿列费耶夫和巴维尔·西特尼科夫常来找罗马斯。

上,库库什金跑到我们杂货铺里来,灰心丧气地坐在麻袋上,沉默了一会儿,吸着烟,向我问:

"霍霍尔什么时候能回来?"

"我不晓得。"

他开始用手掌使劲摩擦着他那带有伤痕的苦楚脸,用极肮脏的字眼小声地骂着,像是被骨头卡住喉咙似的吼叫。

"你怎么啦?"

他紧咬住嘴唇向我看了一眼。他的眼睛红了,下巴颏直颤抖。看样子他已经不会说话了,我不安地等待着悲惨的消息。最后,他向街上望了一眼,结结巴巴很吃力地说:

"我跟米贡去过了,看了看伊佐特的小船。船底是用斧头砍穿的,你懂吧?这是说,伊佐特是被人打死的!准是……"

他摇着头,接连不断地大骂,又焦急又痛苦地哑着嗓子哽咽,沉默了一会儿,又开始画着十字。这个农民很想恸哭一场,可是他不能,也不会。只是全身抖动,又恨又悲地喘着气,使人不忍看他。最后他跳起身来,摇着头走出去了。

第二天晚上,孩子们去河边洗澡,发现离村庄不远的岸边有一只搁浅了的破驳船,伊佐特就躺在这只破驳船下面。驳船的一半搭到岸边的岩石上,另一半浮在水里,伊佐特长长的尸体挂在这一半船下面的破舵板上,他脸朝下,脑壳空洞洞的,河水已经把脑浆冲去了。这个渔夫是被人从后面砍死的,他的后脑壳整整齐齐地劈掉了。流水冲得伊佐特的两条腿和两只胳膊向着岸边摆荡,好像他正在努力往岸上爬似的。

河岸上站着二十来个富农,他们阴沉着脸凝神望着,贫农们下地还没有回来。胆小怕事、老奸巨猾的村长挥着手杖在东奔西跑,吸溜着鼻子,用粉红色衬衫的袖子擦抹着鼻涕。矮胖的小杂货铺掌柜库兹明两脚叉得宽宽的,肚子挺得高高的,在那儿站着,一忽儿看看我,一忽儿看看库库什金。他凶恶地皱紧眉头,然而他那灰白的眼睛也在流泪,麻脸上也显得那么悲惨惨的。

"哎呀!真胡闹!"村长哀叫着,他那两条罗圈腿颠过来颠过去。"唉!这些农民,坏透啦!"

一个肥胖的年轻女人,是村长的儿媳妇,她坐在岩石上呆呆地望着河水,用发抖的手画十字;她的嘴唇翕动着,下嘴唇又厚又红,像狗嘴唇似的挺难看地往下垂着,露出黄色的大牙。小姑娘和男孩子们像一个个花球从山坡上往下飞奔,满身灰土的农民们也急急忙忙地赶了来。人们小声地叽咕议论说:

"是个好惹是非的男人。"

"怎么搞成这样啦?"

"看!就像那个库库什金,好惹是生非……"

"平白无故就把人给害死啦……"

"伊佐特原是挺老实的……"

"老实吗?"库库什金怒叫着朝农民们扑过来,"那,你们为什么要把他打死呢?你们这群坏蛋!啊?"

突然,有一个女人歇斯底里地大笑起来。这种疯狂的笑声,如同一条鞭子打在人们的身上,农民们开始叫喊,互相推挤着,骂着,吼着。库库什金跳到那个小杂货铺掌柜的身边,照着他那麻脸狠狠地打了一个嘴巴:

"找打,老畜生!"

他挥着两只拳头打开一条路,马上从乱哄哄的人丛里跳了出来,几乎是快乐地对我叫道:

"快走吧,他们要打架啦!"

人们打了他,他吐着被打破的嘴唇的血,但是脸上却显得很得意……

"看见没有?我给了库兹明一巴掌!"

巴里诺夫跑到我们跟前来,他胆怯地回头望着蜂拥在破驳船旁边的人群,从人群中传出村长的尖细的声音:

"呸！你说，我放纵了谁？你可说呀！"

"我该离开这儿啦！"巴里诺夫嘟哝着，往山坡上走去。

傍晚的天气很热，使人感到气闷。紫红的太阳已经降落到厚厚的蓝色云层里，红色的反光闪耀在灌木林的枝叶上；听到什么地方在打雷。

伊佐特的尸体在我面前微微漂动，破脑壳上的头发被河水冲得笔直，好像悚然竖立起来了。我回想起他那低哑的声音和他讲过的几句很好的话：

"每个人身上都有点孩子般天真的东西，我们应该看到这点，看到这种孩子般天真的东西！比方说霍霍尔吧，表面上看来他好像是一个铁人，可是他的心，却跟孩子一样天真！"

库库什金在和我并肩走的时候，气愤地说：

"他们要把咱们都搞成这样……天啊，多么愚蠢呀！"

过了两天，霍霍尔深夜里回来了。看样子他心里为了什么事很高兴，对人特别和蔼亲热。当我把他引进屋里来时，他拍着我的肩膀说：

"马克西莫维奇！你睡得太少了吧！"

"伊佐特被打死了。"

"什——么？"

他的颧骨忽然胀得跟肿瘤一样，胡须颤抖着，好像一股股的细流往胸脯上淌。他忘了脱帽子，站在卧室中间，眯缝着眼睛直摇头。

"那么，不知道是谁打的吗？唔，当然……"

他慢慢地走到窗子旁边，舒展一下腿脚，在那里坐下来。

"我早就警告过他……地方官来过吗？"

"昨天，县里的警官来过了。"

"唔，有什么结果吗？"他这样问了，马上又自己回答，"当然是不会有什么结果的！"

我告诉他说，县里的警官跟往常一样，在库兹明那里歇了脚，并且下令把库库什金押到拘留所去,因为他打了小杂货铺掌柜的嘴巴。

"是啊。嗯,这还有什么可说的?"

我到厨房里去烧茶炊。

喝茶的时候,罗马斯说:

"这些人真可怜!他们常常杀死自己的好人!可以这样看,他们是害怕好人的。正像这里常说的,他们跟好人'不投脾气!'记得我被押解到西伯利亚流放地去的时候,有一个犯人对我讲:他原是做贼的,他们一伙五个人。其中有一个人提议说:'兄弟们!咱们洗手别干啦!反正没有好处,这日子是活受罪!'为了这,他们趁他喝醉睡觉的时候把他勒死了。那犯人很称赞这个被勒死的同伴。他说:'后来我杀死过三个人,我并不怜惜他们,只是对这个伙伴我到今天还很怜惜。这是一个好伙伴,他聪明,快活,心地纯洁。'我问他:'那么,你为什么要杀死他呢?是怕他出卖吗?'他竟然生气地说:'不,他绝不会为了金钱或是别的什么东西出卖伙伴的!只因为我们跟他合不来,我们全有罪,可是他好像最正派。叫人不舒服。'"

霍霍尔站起身在卧室里踱来踱去,倒背起两手,嘴上衔着烟斗,穿一件长达脚面的鞑靼式白睡衣。两只光脚在地板上稳稳地踏着步子,沉思着小声说:

"我有好多次碰见这样害怕正派人、害死好人的例子。对这些正派人有两种态度:一种是先用巧妙的办法陷害他,然后千方百计地消灭他;另一种是像狗一样地仰望着他,对他崇拜得五体投地。后一种态度是较少见的。至于向好人学习怎样生活,效法好人的行动,则不能,也不会。也许是不愿意吧?"

他端起那一杯已经放冷了的茶,继续说:

"他们很可能是不愿意呀!您想一想吧:他们费了很大力气好容易才搞起一套生活,并且对它已经过惯了,突然有一个人起来造反说:你们这样生活不对!不对吗?可是我们把最宝贵的精力都投到这种生活里面了,滚你的吧!于是'啪!'照着这位教师——正派人打了一个嘴巴。你少来干涉我们！然而这些敢于说出'这样生活不对'的人，到底还是懂得生活真理的！他们是对的。把生活推向好的方面的就是这些人。"

他向书架挥挥手，补充说：

"特别是这些书！唉，如果我会写书多好啊！可是我干不了这一行，我的思想太迟钝，没有条理。"

他坐在桌子旁边，胳膊肘支在桌子上紧抱着头，说：

"伊佐特真可惜啊！……"

于是，很久很久沉默着。

"唔，咱们去睡觉吧！……"

我爬上我的阁楼去，坐在窗下。田野上突然打起闪来，照亮了半个天空；每当天上射出微红的闪光时，似乎月亮也被吓得战栗起来了。狗在凄凉地吠叫，如果没有狗的吠叫声，我真会以为我是住在荒无人烟的孤岛上。从远处传来隆隆的雷鸣，从窗口流进来一股闷人的热气。

伊佐特的尸体躺在我面前河边的柳丛里。发青的脸朝天仰着，可是他那玻璃般的眼睛却严峻地凝视着自己的内心。金黄的胡子末端黏成尖尖的团块，胡子里面隐藏着愕然张开的嘴。

"马克西莫维奇！最重要的是仁慈、亲热！我所以喜欢复活节，就因为这是个最亲热的节日！"

他那被伏尔加河水冲洗得干干净净的发青的腿上，紧裹着被炎热的太阳晒干了的蓝裤管。苍蝇在这个渔人的脸上嗡嗡乱飞，尸体发出一股使人头晕的、作呕的气味。

楼梯上响着沉重的脚步声；罗马斯一弯身钻进门来，他坐在我的木板床上，一只手握住大胡须：

"您知道吧，我要结婚了！"

"女人来这儿住，怕有困难吧……"

他注视着我，好像在等我再说下去。可是不知道说什么好。闪光闯进小阁楼里来,把室内照亮了。

"我要跟玛莎①·杰连科娃结婚了……"

我忍不住一笑,因为在这以前我从未想到会有人管这个姑娘叫玛莎,真有意思!我从来不记得她的爸爸或是哥哥、弟弟曾经这样亲昵地叫她玛莎。

"您笑什么?"

"没有什么。"

"您以为我配她太老了吧?"

"唔,不是!"

"她告诉我说,你也爱过她。"

"好像是这样。"

"那么现在呢?不爱了吧?"

"嗯,我想是的。"

他将握住大胡须的手松开来,轻声说:

"像你们这岁数的人,对这种事常常觉得好像是这样;可是到了我这把年纪,就再不是什么好像啦,简直把整个身心全给抓住了,什么也不能想,也无力去想了!"

于是,他露出整齐的牙齿,笑了笑,继续说:

"安东尼②在公元前三十一年的亚克兴会战中失败,次年自杀。在亚克兴海战的时候,被凯撒·屋大维打败,就是因为在克莉奥佩特拉吓得逃出了战斗时,他就抛掉自己的舰队,放弃了指挥,乘着自己的战船去追克莉奥佩特拉。您看!会有这种事!"

罗马斯站起来,挺一挺身子,好像是要反抗自己的意志似的,又重说一遍:

"不管怎样,我要结婚了!"

---

① 玛莎是玛丽亚的爱称。
② 马可·安东尼(公元前约83—前30年),古罗马统帅,凯撒被刺杀后的三头政治中的一员,后来依靠埃及女王克莉奥佩特拉的支持与屋大维·奥古斯都争夺政权。

"很快吗？"

"秋天，等收完了苹果。"

他走了，在经过门口的时候把脑袋弯得特别低。我躺下来睡觉，心里想，我要能到秋天离开这里就好了。他为什么说起安东尼来呢？我真不喜欢听这种事。

已经到摘早熟苹果的时候了。今年苹果丰收，苹果树枝被果子压得垂到地上。扑鼻的香气充满了果园，孩子们在那里唧唧哇哇地叫嚷，捡着生虫的和吹落的又黄又红的苹果。

八月初，罗马斯从喀山回来了，带着一船货物和许多装满东西的筐子。正是在那天早晨八点钟，霍霍尔刚刚洗过澡，换好衣服，准备喝茶时，愉快地说：

"夜里在河上行船真舒服呀……"

突然，他仰起鼻子嗅了嗅，很担心地问道：

"好像有焦臭气味？"

马上，从院子里传来了阿克西尼娅的哭叫声：

"起火了！"

我们奔出院子来，——靠菜园那边板棚的墙着火了，在板棚里存有煤油、柏油和食油。我们仓皇失措地望了几秒钟，望着那在强烈的阳光下褪了色的黄色火舌有条不紊地顺着墙壁直卷到房檐上面去了。阿克西尼娅提来一桶水，霍霍尔把水泼到燃着火苗的墙上，然后丢下水桶说：

"真糟糕！马克西莫维奇！您把油桶滚出来吧！阿克西尼娅快到店铺里去！"

我赶紧把一个盛着柏油的圆桶经过院子滚到街上，再回来搬煤油桶，可是当我将煤油桶一转动，发现桶塞子打开了，煤油流到地上来。我忙着找塞子，而火却不等人，尖长的火头已经烧穿板棚的木板门道，窜进板棚里面来了。房顶在毕毕剥剥发出一种嘲弄人的爆裂声。我把这个不满的油桶拖到街上去，看见从街道各处跑来了许多女人和孩

131

子。他们乱哭乱叫着。霍霍尔和阿克西尼娅由店铺里把货物搬出来放进山沟里去。有一个白发黑脸的老太婆站在街心,用拳头威吓着尖声喊叫:

"咦—咦—咦!你们这些坏蛋呀!……"

我又跑回板棚来,看见板棚已是一团浓烟,浓烟里发出噼噼啪啪的响声,从房顶垂下几条悬空飘动的红色火带,墙壁已经烧得变成白热的栅栏了。烟熏得我呼吸困难,睁不开眼睛。我勉强把油桶滚到板棚门口,可是油桶被门卡住了,从房顶上落下来一团团火星子,烧伤了我的皮肤。我喊人来帮忙,霍霍尔跑过来抓住我的一只胳膊,把我拖到院子里去。

"您快跑开!马上要爆炸了……"

他奔向过道,我跟在他后面奔上小阁楼,那里有我的许多书。我把书从窗口丢出以后,想把盛着帽子的箱子也从窗口往外丢,不料窗口太小,我正要用一个半普特重的秤砣打破窗框,突然,轰隆一声,房顶震得抖动了一下,我明白这是煤油桶爆炸了。我头上的房顶也燃烧起来,噼噼啪啪爆响着,红红的火苗在窗外翻滚,直冲进窗口里来了,我被火烤得十分难受。我向楼梯口跑去,一阵浓烟向我扑来,好多条紫色的火舌沿着楼梯往上爬,下面门道里好像有很多铁牙齿啃木头的声音。我不知怎样才好。眼睛被烟熏得睁不开,喉咙里喘不上气来,我呆立不动地站了几秒钟——好像无限长的几秒钟。这时在楼梯上天窗口里,闪出一个红胡须的黄脸,疯狂地扭动着,转眼又不见了,接着,无数血红的火矛刺穿了整个房顶。

我记得,好像我的头发噼啪噼啪地爆炸起来,此外再也听不到别的声音了。我明白我活不成了,两只脚变得非常沉重,虽然用手捂住了眼睛,而眼睛还是疼痛得要命。

我情急智生,找到惟一的出路:我抱起我的褥子、枕头和一大捆菩提树皮,用罗马斯的羊皮外套裹着脑袋,从楼窗跳了下去。

当我在山沟的沟口上恢复了知觉的时候,罗马斯正蹲在我的面前喊叫：

"好些了吗？"

我站起身来，痴呆呆地望着我们的木头房子变成一堆红色的刨花，慢慢烧光了。房子前面像有好多鲜红的狗舌头在舔着乌黑的地面。窗口冒着黑烟，房顶上好像生出了无数朵黄花在摆动着。

"嗳！好一些吗？"霍霍尔在喊叫。他那满是汗水、蒙着一层黑烟的脸上，哭得眼泪巴嚓的，两只眼睛担惊地眨巴着，在他那湿漉漉的胡须上乱粘着一些椴树皮。一股令人振奋的喜悦浪潮涌上我的心头，这是一股强大有力的感情啊！后来我觉得我的左脚很痛，就躺下去对霍霍尔说：

"这只脚脱臼了！"

他摸摸我的脚，猛然用力一拉，我像被抽了一皮鞭似的疼痛难忍。可是过了几分钟以后，我狂喜着一拐一拐地把从大火里抢救出来的东西搬到我们的澡堂那面去。罗马斯嘴上衔着烟斗，高兴地说：

"当油桶一爆炸，着火的煤油直喷上楼顶，我担心您准是烧死了。好一条火龙直往上钻，钻得高极啦，随后在天空形成蘑菇云，整所房子马上就埋在火里了。我想，这下子，马克西莫维奇完啦！"

他已经又跟往常一样的心平气和了，细心地把东西堆在一起。然后对满脸乌黑、一头乱发的阿克西尼娅说：

"您坐在这儿看守着，别让人偷了，我去救火……"

在山沟附近的烟雾里，飞舞着白色的纸片。

"唉！"罗马斯说，"可惜这些书啊！全是我心爱的好书……"

已经烧毁了四幢房子。这天平静无风，火焰不慌不忙地向左右伸出它那灵活的火挠钩，懒懒地钩住篱笆和屋顶。白热的梳子梳着屋顶上的茅草，弯弯曲曲的火手指像弹琴似的在篱笆上弹来弹去，火焰在烟雾弥漫的空中，幸灾乐祸地令人心烦意乱地狂热地歌唱，渐渐烧成灰烬的木头，发出低低的柔和的爆炸声。金色的"乌鸦"从烟雾里飞落到大街上，落到各家的院子里。那些农民和妇女们忙乱地奔来奔去，

每个人都担心着自家的财物,不断发出哭声和喊叫声:

"水——水!"

水源离这儿很远,在山坡下伏尔加河里。罗马斯抓住这个人的肩膀,拽住那个人的领子,推着他们,迅速地把农民们凑到一起,然后把他们分成两组,指挥他们拆除篱笆和火烧场两边的小房子。他们都顺从地听他指挥,开始同心合力与那正在吞噬整排房和整条街的熊熊大火展开了比较有效的斗争。可是他们仍然有些畏缩,好像他们在给别人干活,显得没有信心似的。

我的心情是愉快的,觉得从来没有像现在这么有劲。在街道尽头,我看见村长和库兹明带领着一些富农,站在那儿袖手旁观,只是挥着手杖,摇着胳膊叫喊。农民们从田里骑马奔回来了,颠得两肘跟耳朵一般高,女人向他们哭叫,孩子们在乱跑。

又有一家的杂用小房子烧着了,必须赶快拆除牲畜棚的一堵篱笆。这堵篱笆是用很粗的树枝编成的,而且已经点缀上鲜红的火焰绦带。农民们动手砍篱笆的木桩,火花和灰烬落到他们身上来,他们吓得跳开了,用两手拂落着炙得冒烟的衬衫。

"别害怕!"霍霍尔喊道。

他的喊叫没有起作用。于是他从一个人脑袋上扯下一顶帽子,扣到我的头上说:

"您快到那一头去砍,我从这头砍!"

我砍倒了一根又一根桩子,篱笆墙动摇了。于是我攀上篱笆去,抓住篱笆的高头,霍霍尔捉住我的两条腿往回用力一拉,整段篱笆倒下来了,差点没有扣到我的脑袋上。农民们合力把篱笆拖到街上去。

"烧伤了吗?"罗马斯问。

他的关怀更激发了我的力量和机智。我很愿意在我所敬爱的这个人面前显示一下身手。我拼命地干,就是为了得到他的称赞。在浓烟里,我那些书的页子像小白鸽似的仍然在飞舞。

在右面,火的延烧被切断了。可是左面的大火还在蜿蜒扩展,已经烧到第十家了。罗马斯留下一小部分农民监视着狡猾的火龙,催着大部分的人赶快到左面去;当我们跑过那群富农们身边的时候,我听到有人狠毒地叫着:

"这是他们放的火!"

小杂货铺掌柜接着说:

"该去搜查一下他们的澡堂!"

这些话很不愉快地落在我的心里。

大家晓得,一种鼓舞,尤其是快乐的鼓舞,会使人增强力量;我这时候也受到鼓舞,忘我地拼命干了起来,直到最后弄得精疲力尽。记得当时我背靠着一件滚热的东西坐在地上。罗马斯往我身上泼了一桶水。农民围住我们,带着敬意低声说:

"这孩子真棒!"

"他不会垮的……"

我把脑袋紧贴在罗马斯的腿上,不知羞地哭起来了。他抚摩着我那湿淋淋的脑袋说:

"休息一下吧!真够累了。"

库库什金和巴里诺夫两人都被烟火熏得像黑脸鬼一样,他们把我带到山沟里,安慰我说:

"老弟!不要紧!已经没事了。"

"你受惊了吧?"

我还没有来得及躺一会儿,没完全清醒过来的时候,看见向我们山沟里的澡堂这边走下来了十几个"财主",领头的是村长,最后面是两个甲长架着罗马斯的胳膊走。罗马斯光着脑袋,潮湿的衬衫袖子已经被扯断了,牙齿紧咬着烟斗,他的脸色冷森森的,阴沉得可怕。退伍兵科斯京挥着手杖疯狂地喊叫:

"把这个邪教徒抛进火里去!"

"把澡堂门打开!……"

"你们砸锁吧,钥匙丢掉了,"罗马斯大声说。

我跳起身来,从地上抓住一根棍子站到罗马斯身边去。两个甲长倒退了几步,而村长却战战兢兢地尖声说:

"咱正教的人,是不许砸锁的!"

库兹明指着我叫道:

"看,还有这家伙……他是干什么的?"

"冷静点!马克西莫维奇!"罗马斯说,"他们以为我把货物藏在澡堂里,然后自己放火烧了店铺。"

"是你们两个干的!"

"砸开锁吧!"

"信正教的人们……"

"咱们敢作敢当!"

"咱们负责……"

罗马斯小声说:

"您来和我背靠背站着!防备他们从后面打来……"

澡堂的门锁被砸开了,几个人一下拥进门里去,可是立刻又从澡堂里钻了出来。这时候,我把棍子塞到罗马斯手里去,自己又从地上捡了一根拿着。

"什么东西也没有啊……"

"什么也没有吗?"

"哈!这些鬼家伙!"

有谁用怯懦的声调说:

"你们闹错了……"

几个像醉汉一样粗暴的声音,同时反咬过来:

"什么叫闹错了?"

"把他们扔到火里去!"

"这些捣乱鬼……"

"他们阴谋组织合作社!"

"这些贼人!他们那一伙全是贼!"

"住嘴!"罗马斯大声叫道,"哼!你们看过了,我的澡堂里并没有藏着货物,你们还要什么?一切全烧光了,剩下的,就是这一点,你们看见了吧?我放火烧自己的财产会有什么好处呢?"

"他保了火险啦!"

于是又有十来个大喉咙狂暴地叫喊起来:

"还呆望着他们干什么?"

"好吧!我们已经忍耐够啦……"

我的两腿发抖,两眼发黑。透过微红的烟雾,我看见他们猖狂的丑脸,张着胡髭扎煞的大嘴,真恨不得把他们痛打一顿。这些人围住我们连跳带叫:

"啊—哈!还拿着棍子呐!"

"棍子?!"

"他们要上来拔我的胡须了!"霍霍尔说,我觉得他在冷笑,"马克西莫维奇!您也要遭殃啦。唉!不过,千万要冷静,冷静……"

"你们瞧呀!这小子还带着斧头哩!"

我的腰间确实插着一把砍木桩用的斧头,我把它忘记了。

"好像他们害怕啦,"罗马斯猜测着说,"万一他们上来……您的斧头可使不得!"

有一个我不熟识的矮个子拐腿农民,他滑稽地跳来跳去,疯狂地尖声叫喊:

"用砖头远远地砸他们!我来领头砸!"

他真的抓起半块砖头,一甩手向我的肚子抛来,没等我向他回手,库库什金像老鹰似的向他身上扑去,他俩扭抱着滚到山沟里去了。紧跟着库库什金后面,潘科夫,巴里诺夫,铁匠,还有十来个人都跑来了,库兹明马上假装正派地说:

"米哈伊洛·安东诺夫,你是个聪明人,应该晓得:火灾把庄户人都吓疯了……"

"马克西莫维奇,我们走,到河边小饭馆去,"罗马斯说着,把烟斗从嘴上取下来,往裤袋里猛力一塞。他拄着棍子,疲倦地蹒跚着走出山沟。这时候库兹明故意跟他并排走,嘴里还讲着什么话。罗马斯望也不望地对他说:

"滚开吧!蠢东西!"

在我们杂货铺那儿,还有一堆金黄色的炭火没有熄灭,中间是一个炉子,从那没有烧毁的烟囱里向炽热的空中冒着青烟。烧红了的铁床架子,像蜘蛛似的伸着腿。那些烧焦了的门柱子好像是站在野火旁边的黑衣卫兵,一个卫兵的头上还戴着红色炭帽,身上的火苗就像是公鸡的红翎毛一样。

"书全烧了!"霍霍尔叹一口气说,"真可惜!"

孩子们像赶小猪似的,把一块块烧焦的木头用棍子拨弄到街上的泥水洼里,木头发着咝咝的叫声就熄灭了,冒出怪难闻的白烟。一个约莫四五岁、浅黄头发、蓝眼睛的小孩,坐在温暖的黑水洼里,用棍子敲着被磕碰得凹凸不平的铁桶,聚精会神地欣赏铁桶的响声。遭受火灾的人们愁眉苦脸的走来走去,把残留下来的家具什物归集到一堆。女人们恸哭,叫骂,为着几块烧焦的木块吵架。火烧场后边果园里的苹果树一动也不动,很多树叶子被烤得枯黄,累累的红苹果看得更明显了。

我们下河洗过澡,就在河岸上的小饭馆里坐下,默默地喝茶。

"富农们在苹果上打的算盘,算是失败了!"罗马斯说。

潘科夫来了,他满怀心事,比平时更显得温和。

"老哥!怎么办?"霍霍尔问。

潘科夫耸了耸肩膀说:

"我这所房子是保过火险的。"

我们都沉默了。大家像从来不认识的人一样,惊奇地用探索的眼光你看看我,我看看你。

"米哈伊尔·安东内奇,现在你打算怎么办呢?"

"我要考虑考虑。"

"你得离开这里。"

"我看看再说。"

"我有一个计划,"潘科夫说,"我们到外面去谈一谈吧!"

他们出去了。潘科夫走到门口时,回头对我说:

"你倒是胆量不小!可以在这儿住下来,他们会怕你的……"

我也走到河岸上,在灌木林里躺下,望着河里的流水。

虽然日头快要落山,仍然很热。在这个村庄里所经历的一切,仿佛是用彩笔在河面上画的大幅画卷,展在我的眼前。我感到郁闷。可是不久,因为过分疲倦,就沉沉地入睡了。

"喂!醒一醒!"我迷迷糊糊地觉得有人在摇撼我,把我拉到什么地方去。"你死了,还是怎的?快醒一醒吧!"

河对岸的草原上空,已经升起了血红的月亮,像车轮那么大。巴里诺夫摇撼着我的肩膀。

"快走吧!霍霍尔在找你,很着急哩!"

他跟在我后面走,喃喃地抱怨说:

"你不该随便在哪儿就躺下来睡!在山坡上走路的人们,会踢下一块石头来砸着你;也许他们会故意向你丢石头的。我的好兄弟,我们这里的人可真厉害!他们最爱记仇,除了仇恨,什么都不懂。"

在河岸上的灌木林里,有人轻轻地走动,树枝摇晃起来了。

"找着了没有?"是米贡的洪亮声音在问。

"找来了。"巴里诺夫回答。

又走了十几步,巴里诺夫叹一口气说:

"他又去偷鱼了。米贡的生活也是不容易啊!"

罗马斯一见我,就生气地批评说:

"您为什么偏要去散步呢?想叫他们打您吗?"

当屋里只剩下我们两个人的时候,他愁苦着脸小声跟我说:

"潘科夫提议叫您留在他这里,他打算开一个杂货铺。我并不想劝您留下。至于我呢,已经将剩下的东西全卖给他了,我要到维亚特

139

卡去,过些时候我写信邀您到我那儿去。行吗?"

"让我考虑一下。"

"您考虑考虑吧!"

他在地板上躺下来,翻了几次身就不作声了。我坐在窗口向伏尔加河眺望。河水反射着月光,就像火灾时的火焰一样。沿着长满青草的河岸,有一只轮船隆隆地用轮片鼓着河水。三盏桅灯在黑暗中浮动,一忽儿桅灯擦着星光划过,一忽儿桅灯又把星光掩住了。

"您对这些农民生气了吗?"罗马斯像说梦话似的问,"不要生气。他们只是愚蠢罢了。凶狠也是愚蠢。"

他的话并不能给我安慰,也不能减轻我心中无法遏止的强烈的恼怒。我眼前又出现那些野兽般的、胡髭扎煞的大嘴发出凶狠的尖叫:

"用砖头远远地砸他们!"

这时候,我还没有养成把无用的东西丢到脑后的习惯。诚然,我也看出来,如果单论一个农民,在他身上并没有多少凶狠心肠,甚至完全没有。他们本来是善良的野人。你不难使任何一个农民像孩子般天真地笑起来。任何一个农民,都会带着孩子般的热诚来听你讲追求理智和幸福的故事,讲那些伟大人物的丰功伟绩。这些农民有一颗特别的心,凡是激发人们想望能够按照自己的心愿轻松地生活的一切,他们都觉得很珍贵。

可是一到他们参加村会,或是在伏尔加河岸的小馆子里挤成了灰溜溜的一团的时候,他们就把自己一切好的品质丢到九霄云外,他们像神父似的披起虚假和伪善的道袍,开始对有钱有势的人摆出狗一样溜舔逢迎的嘴脸,那时候看见他们真有点讨厌。也有时他们又突然露出一股野狼似的凶劲儿,背毛直竖,咬牙切齿,粗暴地互相叫骂,为了一点小事就准备厮打,或者真的打了起来。这时他们凶得可怕,甚至可以去捣毁教堂,尽管他们昨天晚上还像绵羊走进羊圈一样温顺地往教堂里去跪拜过。在这些农民中间也有诗人和讲故事的能手,可是谁都不喜爱他们,他们被全村嘲笑,得不到支持,受尽了凌辱。

我不会、也不能够在这些人中间生活下去。当我和罗马斯分别的那天,我把这些痛苦的想法统统对他说了。

"你这是过早的结论,"他用责难的口吻说。

"可是,我就得出了这种结论,那有什么办法呢?"

"这是不正确的结论!没有根据的。"

他好言好语地对我劝说了很久,证明我这种想法不对,是错误的。

"不要急于谴责人吧!谴责人是极容易的事,您不要专门去谴责。要冷静地观察一切,要记住:一切都会过去的,一切都会变好的。太慢了吗?然而很牢靠!请您到处去看一看,什么都体验体验,要有大无畏的精神,可是不要急于谴责人。好朋友,再见吧!"

这次所谓再见,却是十五年以后的事了。那时候罗马斯为了"民权派"①的案件又从雅库特区过完十年流放生活归来,我们是在塞德列茨会面的。

罗马斯离开红景村以后,我的心里像灌了铅似的沉闷,我跟丢了主人的小狗一样在村里走来走去,和巴里诺夫一起到各村给富农们去做活,打谷,挖土豆,收拾果园。晚上就住在巴里诺夫的澡堂里。

"列克谢·马克西莫维奇,你这个光杆司令,往后可怎么办呢?啊?"在一个下雨的夜里他这样问我,"咱们明天往海上去好吗?真的!待在这儿有啥意思?这儿都讨厌咱们这种人。再说,咱们不定哪天,会遭到那些醉鬼的毒手……"

巴里诺夫已经不是第一次提起这个了。他也因为什么事情很愁闷,两只长臂猿似的胳膊无力地耷拉着,像在大森林里迷了路的样子,愁苦地向四外张望。

雨点打着澡堂的窗户,雨水冲刷着澡堂的屋角,哗哗地顺着山沟向下流。这是今年最后一场暴雨了,淡白色的闪电虚弱地放着光。巴

---

① "民权派"是俄国的一个小资产阶级政党,一八九三年由地方知识分子和老民粹派分子组成,虽然号召社会主义革命,实际上和工人阶级毫无关系。一八九四年民权派主要分子被沙皇的警察全部逮捕。

里诺夫又低声问我：

"咱们明天就走吧？噢？"

我们真的出发了。

……秋夜在伏尔加河上航行，真有说不出的愉快。我坐在一只驳船船舵旁边，掌舵的是个毛茸茸的大头鬼，他一面掌舵，一面在甲板上踏着笨重的脚丫子，嘴里发出深沉的喘息：

"噢—呜啵！……噢—嘞嘞—呜……"

船后面，汩汩地流着像焦油一样浓稠、像绸缎一样光滑的一望无边的河水。河的上空滚动着团团乌黑的秋云。四面全是缓缓蠕动着的黑暗，黑暗拂去了河岸的界线，似乎整个大地，在黑暗里面融化成烟雾和液体，连绵不断地、永无休止地、整个地往下流，流向没有日月星辰、没有人烟、没有声息的什么地方。

前面黑暗的雾气里，看不见的拖轮，好像正在跟曳它的巨大拉力顽抗似的，十分艰难地喘息着前进。拖轮上有三盏灯，两盏好像浮在水面，一盏灯飘在半空；靠近我的这边，又有四盏金鱼样的灯光在乌云底下浮动，其中之一就是我们驳船上的桅灯。

我觉得我好像是被禁锢在一个冰冷的油泡里，油泡沿着一个斜面轻轻地往下滑落，我像小虫一样趴在油泡里。我感到油泡的滑动越来越慢，快要完全停止了，轮船不再发出嘟嘟的声音，蹼轮片也不再击打深深的河水，一切声响好像秋叶从树枝上吹落、粉笔字从黑板上擦掉一样的消失了，只有死一般的沉寂威严地包围着我。

在船舵旁边踏着脚的那个大个子，穿一件破羊皮袄，戴着毛茸茸的羊皮帽子，他现在已经像化石一样，呆立不动，也不再"噢嘞嘞—啵！噢—呜嘞嘞"地哼叫了……

我问他说：

"你叫什么名字？"

"你打听这个干吗？"他用低哑的声音回答。

那天傍晚,轮船从喀山启程的时候,我就注意到这个笨得像只狗熊的人,他那张脸毛茸茸的,小眼睛眯成一条缝。他站在船舵旁,把一瓶伏特加倒入木勺里,像喝水一样两口就喝光了,随后又啃苹果吃。等轮船刚一拖动驳船,他就抓住舵柄望了望红红的落日,把脑袋一振,严肃地说:

"上帝保佑吧!"

轮船从下诺夫戈罗德市场拖着四只驳船到阿斯特拉罕去,驳船满载着铁件、糖桶和一些重木箱,都是运往波斯的。巴里诺夫先用脚试着踢一踢木箱,又嗅一嗅,说:

"这准是步枪,伊热夫斯基厂出的……"

可是这个掌舵的人用拳头照他肚皮上一杵,问道:

"你管这干吗?"

"我是自个儿在想……"

"你想挨嘴巴了,是不是?"

我们没有钱买轮船的客票,多蒙"照顾"才坐上运货驳船,虽然我们和水手同样"轮流值班",可是驳船上的人们还是把我们当作乞丐。

"你老说人民,人民,"巴里诺夫对我抱怨说,"他们,倒挺简单:谁强,谁就骑在别人的脖颈上……"

夜是漆黑的,人眼望不见驳船,只能望见在黑色烟雾里被桅灯照亮的桅尖。烟雾发着煤油的气味。

这个掌舵人的那种阴郁沉闷的态度使我气恼。我是被水手长派来"值班",给这个野人做助手的。到了转弯的地方,他注视着前面灯光的动向,低声对我说:

"喂!掌稳了!"

我跳起来去转动舵杆。

"好啦!"他嘟哝着说。

我重新坐在甲板上。想跟这个人攀谈,却没有成功。他总是这样回答我的问话:

"你问这干吗？"

谁知道他脑子里在想些什么呢？当我们航行到了卡马河的黄水和伏尔加河青钢色的巨流相汇合的地方时，他望着河北面自言自语地喃喃说：

"混蛋！"

"你骂谁？"

他没有答话。

在茫茫无边的黑暗里，从远远什么地方传来狗的狂吠声。这使人想起那些尚未被黑暗压毙的残余生命在挣扎，听来十分渺茫而且多余。

"这儿的狗真脓包！"掌舵人突然说。

"这儿，是指什么地方？"

"什么地方都一样。我们那儿的狗可真凶……"

"你是哪儿人？"

"沃洛格达。"

于是像土豆从撑破的麻袋里往外滚一样，粗野无聊的话从他嘴里倒出来了：

"这个，跟你一起的是你的叔叔吧？我看，他是个傻瓜。我有个叔叔挺精，挺凶，挺有钱。他在辛比尔斯克管码头，在河岸上开饭馆子。"

他慢腾腾吃力地说了这些话之后，就把他那一条缝的小眼睛盯住了轮船桅杆上的灯光，看那个金蜘蛛似的东西怎样在黑暗的罗网里爬动。

"掌稳了！嗳！……你是吃过墨水的吧？你晓得法律是谁写的呀？"

他不等我答话，又继续说：

"各式各样的说法，有人说是沙皇，有人说是大主教，是元老院。要是我准知道是谁写的，我就去找他说：你应该把法律写得教我不单是不打人，就连手也抬不起来才成！法律应该是铁的，像铁锁那样，把我的心一锁,不就得了!那样我才能管保不犯法!可是现在,我可不能保!保不住!"

他用拳头敲打着舵杆,自言自语地咕噜个不停,声音越来越小,词句越来越不连贯了。

有人从轮船上用传话筒喊话,喑哑的喊声也和已经消失到夜的深渊中的狗叫声一样,全是那么多余。几盏灯火的反光像黄色油点,在轮船两舷附近黑黑的水面上漂浮着,融化着,微弱地照出一点什么东西。黏稠而浓重的乌云,如同河里的淤泥一样,在我们头上流动。我们越来越深地滑入沉静的黑暗里面去了。

这个掌舵的皱起眉头抱怨说:

"他们把我载到什么地方来了?我的心都不跳啦!……"

我感到十分冷漠,冷漠而忧愁。只想倒下来睡觉。

苍白阴暗的不见太阳的黎明,好容易透过乌云,悄悄地来临了。河水由漆黑变成了铅灰色,河岸上现出了灰黄色的矮树林,铁锈色的松树树干和暗绿色的枝叶,成排的木头农舍,像石雕像似的农民的身影。一只水鸥扑啦着翅膀从驳船上空飞过去了。

我和这个掌舵的都交了班,我就爬到帆布下面去睡觉了,可是好像很快就被急促的脚步声和喊叫声惊醒,我从帆布下面伸出头来,看见三个水手把这个掌舵的挤在"工作舱"的舱板上,用不同的声音喊叫:

"彼得鲁哈!快丢下!"

"上帝保佑你,不要紧!"

"你呀,得了吧!"

彼得鲁哈两手十字交叉着紧紧抱住自己的肩膀,静静地站着,一只脚踩着丢在甲板上的包袱,来回地看每一个人,嘎声嘎气地请求说:

"别让我去犯罪吧!"

他赤着两脚,光着脑袋,只穿件衬衫和短裤,一团乱蓬蓬的黑头发,盖住了他那固执的大脑门,在大脑门底下一对充血的、像田鼠般眯缝着的小眼睛,惊惶地、哀求地望着大家。

"你会淹死的!"人们对他说。

"我吗?决不会。老哥们!放开我吧!要是不放,我就会去打死他的!一到辛比尔斯克,我就会……"

"可别这么干!"

"唉!我的老哥们……"

他慢慢伸开两臂,跪下来,两臂贴住"工作舱"的舱板,好像被钉上十字架似的,再三地说:

"让我逃开,别去犯罪吧!"

在他声音里的极深处,有一种震撼人心的东西,他那伸开的像桨一样长的两只胳膊颤抖着,手心向着大家。他那长满了毛茸茸的络腮胡须的狗熊脸也在发抖,从那眯缝着的田鼠般的小眼睛里瞪出小小的黑眼珠。就好像一只看不见的大手掐住了他的喉咙,要把他掐死一样。

人们默默地给他闪开了一条路,他笨拙地站起来,提起包袱说:

"谢谢你们啦!"

他来到船舷边沿,用惊人的敏捷动作一下子跳进河水里去了。我也跑到舷旁,看见彼得鲁哈在水里像是戴了一顶大帽子似的顶着他的包袱,摇晃着脑袋,斜穿过水流向沙岸那边游去,岸上的矮树林被风吹弯了枝丫,向河水撒着黄灿灿的落叶,好像在招手欢迎他。

农民们说:

"他到底还是克制住自己啦!"

我问道:

"他,发疯了吗?"

"怎么是发疯呢?不,他是为着拯救灵魂啊……"

彼得鲁哈已经游到了浅水的地方,他在没到胸脯的水里站住,举起包袱在头上摇了摇。

水手们向他喊:

"再——见！"

有人提问说：

"他怎么没有身份证呢？"

一个红头发罗圈腿的水手，很乐意地告诉我：

"他在辛比尔斯克有一个叔叔，常常欺侮他，骗去了他的全部财产，所以他决心杀死他那个叔叔。可是他又自个儿怜惜起来，就逃开了这次罪行。这个农民很粗野，不过，他的心是善良的！他是个好人……"

这个好人已经沿着窄窄的一条沙滩，往上游的方向走去，走进矮树林里，不见了。

原来水手们全是挺善良的小伙子，是我的同乡，是世代的伏尔加河流域的居民；到傍晚时，我觉得我在他们之间已经算是自家人了。可是到了第二天，我发现他们都用阴沉的、怀疑的眼光望着我。我马上猜测出来，一定是魔鬼揪住了巴里诺夫的长舌头，使这个幻想家对水手们讲了什么话。

"你讲了没有？"

他那女人般柔和的眼睛微笑起来，狼狈地用手搔着后脑勺承认说：

"只讲了一点点！"

"哼！我不是请你不要讲吗？"

"我本来没有讲，可是这个故事太有趣啦。那时我们正要打牌，不料牌被那个掌舵的带走了。闷得要死！于是我就……"

经过我详细询问，原来是巴里诺夫为着要解闷，就编造了一个很有趣的故事，在故事的末尾，说霍霍尔和我，就像古代的海盗威京人①一样凶猛，拿着斧头跟大群的农民厮杀。

对巴里诺夫生气是没有用的，因为他看到的真理全是超现实的。

---

① 威京人是八至十一世纪出没于欧洲西海岸的北欧人，他们既经商又做海盗。

记得有一天,我跟他一道去找工作,同坐在山沟边的田地里休息,他很有信心又很亲热地劝我说:

"要去找最满意的真理!你瞧,山沟那边羊群在吃草,牧羊狗在跑,牧人走来走去。哼!这有什么可看的呀?我们的心灵从这能得到什么满足呢?好兄弟!你只要一睁眼,看到的就是凶狠的人,这就是真理!仁慈的人在哪儿?仁慈的人咱们还没想出来呐!"

船到了辛比尔斯克的时候,水手们很不客气地要我们离开驳船上岸去。

"你们跟我们不是一路人!"他们说。

于是用小船把我们送到辛比尔斯克码头,我们上了岸,晒干衣服,看看衣袋里的钱只剩下三十七戈比了。

两人一块儿到小馆子里去喝茶。

"我们该怎么办呢?"

巴里诺夫坚决地说:

"怎么办?应该往前走!"

我们做了一次"兔儿"①,搭上了客船来到萨马拉。在萨马拉碰见一只驳船雇我们去做帮工,过了七天七夜,便一帆风顺地到达了里海海岸;在卡尔梅克人的一个肮脏的卡班库尔—巴伊渔场上,我们在一个不大的渔民合作社找到了工作。

---

① 俄国人把无票偷乘火车或轮船的人叫做"兔儿"。

阿尔塔莫诺夫家的事业

汝 龙 译

《阿尔塔莫诺夫家的事业》是高尔基一部重要的长篇小说,写于一九二四年至一九二五年,最初由书籍出版社于一九二五年出版单行本。

作品描写了阿尔塔莫诺夫一家祖孙三代从事工商业活动的兴衰史。第一代伊利亚是创业者,处在俄国资本主义上升阶段。他原是一个贵族的家奴,一八六一年废除农奴制后,拿到了一笔赏金,创办了纺织厂。在他身上充分体现了开创者贪婪的本性和与之俱来的干劲。以彼得、阿列克谢为代表的第二代人处在俄国工业高潮时期,他们或是守业者,或是自由资产者,对财富的追逐变本加厉,但已经失去先辈创业时的精神和对事业的感情,开始花天酒地,追求生活享受,热衷于攫取政治上的权力,对工人表现出恐惧和施行残酷手段。到了第三代,阿尔塔莫诺夫家的事业每况愈下,开始瓦解,他们的精神道德也随之堕落下去。

作品以十月革命前近半个世纪为背景,深刻而形象地揭示了俄国资本主义的兴起、繁荣和衰亡的过程,刻画了不同时期资产阶级人物的典型形象。

本书初译稿据一九二八年伦敦 Cassel and Company 版 Veronica Scott-Catty 的英译本《Decadence》译出,一九四四年在重庆文化生活出版社初版。一九五六年本社出版的译本系译者根据《高尔基三十卷集》第十六卷,并参考一九四九年莫斯科外文出版社 Helen Altschuler 的英译本《The Artamonous》和上述英译本译出。收入本文集时再次根据《高尔基三十卷集》第十六卷校订重排。

献　给

罗曼·罗兰——人，诗人

一

  农奴解放①后大约过了两年,在基督变容节②那天,狄乔克的尼古拉教堂的教徒们正在做弥撒的时候,发现一个"外乡人"走进稠密的人群,不客气地推开身边的人,把几支大蜡烛插到德廖莫夫城中最受尊敬的圣像前面。这人是个身强力壮的男子,长一把颜色十分花白的卷毛大胡子,生一头密密层层、鬈曲得跟茨冈一样的淡黑色头发,鼻子很大,灰色而又发蓝的眼睛在竖起来的浓眉下面放肆地向外张望;当他放下胳膊的时候,可以看出他那一双大手掌碰到了膝头。

  他是跟本城显要的居民并排走到十字架跟前的;这就惹得他们格外不高兴。等到弥撒做完,德廖莫夫城一些最著名的人就在教堂门廊上站住,交谈彼此对这陌生人的看法。有人说他是牲口贩子,有人说他是田庄总管,可是市长叶夫谢伊·拜玛科夫,这个体质很坏然而心地厚道的好好先生,却轻轻咳嗽一声说:

  "他大概是哪个地主老爷的家奴,是个伺候老爷玩乐的猎手之类的人物。"

  呢绒商人波米亚洛夫,诨名叫"死了老婆的蟑螂",是个各处乱钻的好色之徒,长一脸麻子,相貌丑陋,爱说刻薄话,这时候挖苦道:

  "你们瞧见没有?他那双爪子多么长!瞧他走路的那个样儿,倒仿佛所有的钟楼都为他一个人敲钟似的!"

---

① 指一八六一年二月十九日沙皇亚历山大二世颁布的农奴解放令。
② 基督教节日,在每年八月六日,纪念耶稣在三个门徒面前改变容貌(见《新约·马太福音》第十七章第一、二节)。

那个宽肩膀、大鼻子的男人顺着街道稳重地走去,好像在自己的领地上一样。他穿一件上等呢料的蓝色上衣,脚上是一双很好的软皮靴,双手插在衣袋里,胳膊肘紧贴着身子。那些城里人委托烤圣饼的妇人叶尔丹斯卡娅去详细打听那人的来历后,就在钟声的伴奏下,各自走散,回去吃馅饼了;临行,波米亚洛夫请他们傍晚到他那栽着马林树的园子里去喝茶。

午饭过后,另外有些德廖莫夫城的人看见那个来历不明的人出现在河对岸拉特斯基公爵那片名叫"牛舌头"的岬角地尖端上。那个人在矮小的河柳丛中走着,迈开匀称的大步,仿佛在丈量那块岬角沙地。他抬起手来遮住阳光,眺望这座城,眺望奥卡河,眺望它那曲折交错的支流,那条夹在沼泽当中的小小的瓦塔拉克沙河。住在德廖莫夫城里的,都是些慎重的人,没有一个人敢对他喊一声,问一问他是什么人,他在干什么。不过他们还是派本城的滑稽大王和酒鬼,巡警玛什卡·斯图帕去打听;斯图帕就当众人的面,不顾有女人在场,一点也不害臊地脱掉制服裤,只是那顶揉皱的军帽仍旧戴在头上;他蹚水走过满是淤泥的瓦塔拉克沙河,醉醺醺地挺起大肚子,迈着鹅一样的滑稽步子向外乡人那边走去,为了壮壮声势,故意大声问道:

"你是什么人?"

外乡人回答他什么话,这边却听不见,不过斯图帕立刻回到自己人这边来,说:

"他问我:你为什么这么不像样子?他那双眼睛好凶,跟土匪一样。"

当天傍晚在波米亚洛夫的栽着马林树的园子里,烤圣饼的叶尔丹斯卡娅,那个患甲状腺肿大的女人,著名的算命家和女才子,睁大可怕的眼睛,对本城的上等人报告说:

"他名字叫伊利亚,姓阿尔塔莫诺夫。他说打算在我们这儿住下,经营自己的事业,不过究竟是什么事业,我就打听不出来了。他是从沃尔哥罗德那条路来的,下午三点钟,或者三点多钟,又顺原路回去了。"

因此,关于这个人,什么特别消息也没打听出来。这是不愉快的,仿佛晚上有个什么人来敲了一下窗子,随后就走了,一言不发地警告着灾祸要临头似的。

过了三个星期,那些城里人的记忆中的这道伤口差不多要愈合了,忽然这个阿尔塔莫诺夫带着三个孩子一直走到拜玛科夫家里,讲话像斧子砍下来一样:

"叶夫谢伊·米特里奇,这儿有几个新人要到你贤明的治理下来生活。请费心帮我在你的治下安居乐业,过上好日子。"

他又老练又简短地说明他原先是拉特斯基公爵家里的农奴,住在拉季河流域库尔斯克城附近的领地上。他做过格奥尔吉公爵的田庄总管,到农奴解放的时候,脱离了公爵,得到相当一笔酬劳金,他决意创办自己的事业,开一个麻布厂。他的妻子已经去世了。孩子的名字:年纪顶大的叫彼得,驼背的叫尼基塔,第三个叫阿廖什卡①,是外甥,不过已经过继给他伊利亚,做儿子了。

"我们的农民是不大种亚麻的,"拜玛科夫想了想说。

"那要叫他们多种。"

阿尔塔莫诺夫的声调又重又粗,说话像打一面大鼓。可是拜玛科夫一辈子为人处世十分慎重,说话细声细气,仿佛生怕惊醒什么可怕的人似的。他那忧郁的淡紫色眼睛是温和的,瞧着阿尔塔莫诺夫那些纹丝不动站在门边的孩子,眨个不停。他们彼此很不相像:大的一个长得像父亲,胸脯宽阔,两道眉毛连在一起,眼睛小得跟熊一样;尼基塔的眼睛却像姑娘,大大的,跟他的衬衫那么蓝;阿列克谢是个头发鬈曲、脸色红润的美男子,皮肤白净,眼神坦率而快活。

"你得送一个孩子去当兵吧?"拜玛科夫问。

"不,我自己需要这些孩子;我有免役证。"

---

① 阿列克谢的爱称。

然后,阿尔塔莫诺夫对孩子们摆一摆手,吩咐说:

"出去。"

等到他们一声不响,按照年纪大小,一个跟着一个依次走出门去,阿尔塔莫诺夫就伸出一只沉甸甸的手掌按在拜玛科夫的膝头上,说:

"叶夫谢伊·米特里奇,我顺便要向你求亲:把你的女儿嫁给我的大儿子吧。"

拜玛科夫简直吓了一跳,从凳子上跳起来,摇着胳膊。

"你说的是什么呀,我的天!我还是头一回跟你见面,你是什么人我还不知道,想不到你会提起这种事!我只有一个女儿,出嫁还嫌早,而且你也没见过她,不知道她是什么样儿。……你说的是什么呀?"

可是阿尔塔莫诺夫卷曲的胡子里露出点笑意,他说:

"关于我,你尽可以到县巡警局长那儿去打听;他对我的公爵是十分感激的,公爵给他写过信,嘱咐他在各方面帮我忙。你不会听到人家说我坏话的,哪,神圣的圣像可以作证。你的女儿呢,我也知道;这儿,你们这个城里,样样事情我都知道;我已经不露声色地来过四次,什么都打听清楚了。我的大儿子也来过,并且见过你的女儿,你放心吧!"

拜玛科夫觉得仿佛有一只熊扑到身上来了,就请求客人说:

"你等等再说吧……"

"稍微等等还可以,可是等久了,岁数就不相宜了,"那个坚强的人严厉地说,然后到窗口对院子里叫了一声:

"来,给主人行礼。"

等到他们告辞走了,拜玛科夫就战战兢兢地瞧着圣像,在胸前画了三回十字,喃喃地说:

"主啊,怜恤我们吧!这是个什么样的人啊?保佑我们别遭到灾难。"

他用手杖点着地,慢慢走进园子。他的妻子和女儿正在园子里椴树下熬果子酱。他的丰满漂亮的妻子问:

"刚才院子里站着的那些年轻人是什么人,米特里奇?"

"不知道。纳塔利娅上哪儿去了?"

"到堆房里取糖去了。"

"取糖去了,"拜玛科夫愁闷地跟着说了一遍,在草土墩上坐下来,"糖。嗯,人们说得对:农奴解放会给人添很多麻烦呢。"

妻子凝神瞅着他,担心地问:

"你怎么啦? 又不舒服啦?"

"我心里不好受。我觉得,这个人是来接替我在世界上的地位的。"

妻子开始安慰他。

"得了,得了! 如今从乡下到城里来的人多得很呢。"

"说得就是。他们都来了。我现在还不想跟你说什么,让我先想一想看……"

过了五天,拜玛科夫病倒在床上了,又过了十二天就死了。他的死亡给阿尔塔莫诺夫和他的孩子投下了更浓重的阴影。阿尔塔莫诺夫在市长病时来探望过两次,他俩单独在一起谈了很久;第二回谈话的时候,拜玛科夫把妻子叫来,疲倦地把两只手放在胸口上,说:

"哪,跟她去谈吧。看来,我已经管不了尘世的事了。就让我休息吧。"

"跟我走,乌里扬娜·伊凡诺夫娜,"阿尔塔莫诺夫吩咐道,也没看女主人是不是跟在他后面,就走出房外去了。

"去吧,乌里扬娜;这大概是天命,"市长看见妻子犹豫不定,没有跟客人一块儿出去,就轻声劝她。她是明白事理、很有个性的女人,遇事不先想好是不做的,可是这回不知怎么,却出了这样的事:她过了一个钟头回到丈夫这儿来,眨了眨美丽的长睫毛,挤掉泪珠,说:

"唉,米特里奇,这也真像是天命。你给女儿祝福吧。"

当天傍晚,她领着打扮得华丽的女儿走到丈夫床前;阿尔塔莫诺夫就把儿子推过去;小伙子跟那个姑娘彼此没看一眼就手拉着手,双双跪下去,低着头。拜玛科夫喘着气,把一个古老的、祖传的、镶珍珠的圣像举到他们头上。

"凭圣父和圣子的名……主啊,务必怜恤我的独生女儿!"

然后他对阿尔塔莫诺夫厉声说道:

"记住,你在上帝面前要对我的女儿负责!"

那一个鞠了一躬,手碰到了地板。

"我知道。"

他没有对未来的儿媳妇说一句好听的话,对她和他的儿子几乎都没正眼看一下,只是把头往门口那边摇了摇,说:

"你们出去。"

等到两个受过祝福的人出去了,他就在病人床边坐下,坚定地说:

"你放心,一切事情都会照规矩办的。我给我的公爵办了三十七年的事,没受过罚,可是人不是神,人心并不仁慈,要叫人满意是不容易的。你呢,亲家母乌里扬娜,将来会过得好的,我的孩子会把你看作母亲,我会吩咐他们尊敬你。"

拜玛科夫听着,默默地瞅着墙角,瞅着圣像,流泪了。乌里扬娜也哭了。那个人就烦恼地说:

"唉,叶夫谢伊·米特里奇,你去得太早,没有好好保重身体。眼前我多么需要你啊,正需要着呢!"

他用手把胡子摩挲得窸窸窣窣地响,大声叹气。

"我知道你的底细:你为人正直,头脑也十分清楚。要是你能跟我一块儿多活上五年,我们会办出多大的事业来啊。是啊……这也是上帝的旨意!"

乌里扬娜凄厉地嚷起来:

"你这个老鸦为什么呱呱地叫?你干吗吓唬我们?也许还能……"

可是阿尔塔莫诺夫站起来,对拜玛科夫弯下腰深深一鞠躬,好像对死尸行礼似的,说:

"谢谢你的信任。再见,我要到奥卡河边去了,装机器的船已经到那儿了。"

等他走后,拜玛科娃委屈地嚷道:

"乡巴佬,对订了婚的儿媳妇连一句好听的话都没说!"

丈夫拦住她:

"别怨了,别惹我心烦了。"

他想了一想又说:

"你呢,就跟定他吧:这个人大概比我们这儿的人强。"

全城的人和所有五个教堂的教士隆重地参加了拜玛科夫的葬礼。阿尔塔莫诺夫一家人在棺材后面跟着亡人的妻子和女儿走着。这惹得城里人不高兴。驼子尼基塔落在一家人后面,听见人群里有人嘟哝着:

"这么一个来历不明的人,一下子却爬上了顶高的位子。"

波米亚洛夫转动他那双橡子颜色的圆眼睛,悄悄说:

"亡人叶夫谢伊也好,乌里扬娜也好,都是慎重的人,他们不管做什么事都不会无缘无故。可见这里头有隐情,可见那只鹞鹰必是想法勾引他们上了圈套,要不然他们哪儿会跟他结亲?"

"是啊,这可是桩暧昧的事儿。"

"我也说这是桩暧昧的事儿。大概他们在造假钞票吧。可是要知道,拜玛科夫生前倒装得像个正人君子呢,不是吗?"

尼基塔听着,垂下头,拱起驼峰,好像等着挨打似的。那天有风,风从人群后面吹过来,几百双脚扬起的灰尘像烟云似的跟踪人们,在没戴帽子然而抹了油的头发上撒下厚厚的一层土。有人说:

"瞧啊,我们的尘土给阿尔塔莫诺夫撒了多少胡椒面啊,弄得这个茨冈变成灰不溜丢的……"

丈夫下葬以后过了十天,乌里扬娜·拜玛科娃就带着女儿到修道院去,把自己的房子租给阿尔塔莫诺夫住了。他和孩子们忙得像旋风一样,从早到晚在大家眼前晃来晃去,飞快地走过街道,路过教堂门口只匆匆地在胸前画个十字。父亲嗓门大,脾气暴;大儿子却阴沉,不爱说话,似乎胆小或者害臊。美男子阿廖什卡时常对小伙子们耍脾气,见着姑娘们却涎着脸挤眉弄眼。尼基塔呢,太阳一出来,就挺着尖尖的驼峰,蹚过小河,到"牛舌头"上去了。在那边,木工啦,砖瓦工啦,像白嘴鸦那样聚在一处,造起一座长方的砖厂房,又在厂房旁边,靠近奥卡河的地方,用十二俄寸①的圆木料盖起一座两层楼的大厦,它活像一个监狱。每到傍晚,德廖莫夫的居民就聚在瓦塔拉克沙河的岸上,嗑着南瓜子和葵花子,听锯子呼呼地响,吱吱地叫,听刨子沙沙地响,听尖斧刃劈碎木头的清脆声音,用讥诮的口吻述说巴别塔建筑工程②怎样毫无结果。波米亚洛夫还用安慰的口气预告那些外乡人会遭到种种不幸:

"到春天,河水会淹到这些不成样子的房屋里来。再说,也保不定会起火!木工抽烟,到处又都是刨花。"

害痨病的教士瓦西里给他帮腔:

"他们是在沙地上造房子呀。"

"工人们一来,什么酗酒啦、偷盗啦、淫乱啦,就都要兴出来了。"

个子大、满身油、胖得往四面八方鼓出去的面粉厂老板和饭铺掌柜卢卡·巴尔斯基,用嘎哑的男低音安慰大家说:

"人来得越多,我们的日子就越好过。没关系,让那些人尽管来做工好了。"

尼基塔·阿尔塔莫诺夫招得那些城里人直笑。他在一大块土地上把河柳丛砍倒,连根掘出来,又一连好几天挖出瓦塔拉克沙河里肥沃的淤泥,还把沼泽里的泥炭切开,然后拱起驼峰,用独轮车把泥炭运走,倒在沙地上,排成一个个小黑堆。

---

① 一俄寸约合中国 1.5 寸。
② 出自《旧约·创世记》第十一章第一至第九节。古人要造一座城和一座塔,塔要通到天上,后来因为耶和华使他们语言混乱,终于没有造成,那塔和城叫巴别,就是混乱的意思。

"他打算搞一个菜园子呐,"城里人纷纷揣测,"好一个傻瓜!难道沙地上能施肥吗?"

等到太阳下山,阿尔塔莫诺夫一家人就由父亲领头,一个跟着一个蹚水过河;淡绿的河水上映着他们的影子,波米亚洛夫指点着说:

"瞧啊,瞧啊,那驼背的影子多滑稽!"

大家看见排在第三的尼基塔的影子颤动得很特别,似乎比弟兄们的长影子显得吃力一些。有一天,下过一场大雨以后,河水涨起来;驼子被水草绊倒了,要不然就是失足落在陷坑里,全身沉到水底去了。岸上所有的看客都乐得哈哈大笑,只有奥莉古什卡①·奥尔洛娃,酒鬼钟表匠的十三岁的女儿,哀声嚷起来:

"哎呀,哎呀,他要淹死啦!"

人家在她脖子后面打了一巴掌。

"用不着瞎喊。"

殿后的阿列克谢钻进水里,揪住他哥哥,扶他站起来;等到他们,这两个浑身湿透、粘满污泥的人走到岸上,阿列克谢就照直向市民们闯过去,逼得他们只好给他让路,有人害怕地说:

"哎哟,这小畜生……"

"他们不喜欢我们,"彼得说。父亲一面走,一面回过脸来瞧着他,说:

"容我一点时间就是,他们会喜欢我们的。"

然后他骂尼基塔:

"你这个茅草人!瞧好脚底下,别招人家笑。我们不是靠人家的哄笑活着的,你这面大鼓!"

阿尔塔莫诺夫一家人单独生活着,跟谁也不来往。有一个全身穿黑衣服的胖老太婆掌管他们的家务,她头上包着一块黑头巾,头巾两头像犄角似的翘起来,说话有点大舌头,讲得又少又不容易让人听懂,

---

① 奥莉加的爱称。

倒好像不是俄国话似的;关于阿尔塔莫诺夫一家人的事,从她嘴里是什么也打听不出来的。

"他们装得像修士一样,这些土匪……"

有人发现父亲和大儿子常到附近乡下去劝农民种亚麻。在这种旅行中,有一回,有几个逃兵袭击伊利亚·阿尔塔莫诺夫;他就用拴在一根长皮带上的两磅重的流星锤打死一个逃兵,又打破了另一个的脑袋;第三个兵逃掉了。县巡警局长为这件事把阿尔塔莫诺夫夸奖了一番,可是穷苦的伊林斯基教区的年轻教士却因他打死人而给了他宗教的惩罚,要他站在教堂里祷告四十个夜晚。

到了秋天的傍晚,尼基塔常给父亲和弟兄念圣徒的生平、教堂神父们的布道辞,可是父亲常常打断他:

"这是高深的学问,我们的脑筋懂不了。我们是干粗活的人,我们不该想这些,我们生来是做普通事情的。去世的尤里公爵读过七千本书,在这类思想里钻得那么深,就连对上帝的信仰都丧失了。他走遍天下,受到许多国王的款待,成了有名的人!可是他办个呢绒厂,那事业却垮了。而且不管他干哪一行,都没本事。所以他一辈子都靠农民养活。"

他讲话咬字清楚,深思熟虑,听着自己说话的声音,然后他又开导孩子们:

"对你们来说,将来的生活会很困难。你们就是你们自己的法律和保护人。是啊,我过去并不是按着自己的本意,而是遵照别人的吩咐过活的。我明明看见有些事情不该那样,却又没法挽救,因为那不是我的事情,是老爷的事情。我不但不敢依照自己的心意办事,甚至不敢想一想,生怕自己的想法跟老爷的想法弄混。你在听吗,彼得?"

"在听。"

"这就对了。你得明白。一个人活着,可又好像没有他这么个人。当然,责任倒是小了,不是按自己的意思干,而是让人家来指挥你。没有责任,生活倒是轻松一点,不过也就没有什么意思了。"

有时候他一连讲一两个钟头,随时问孩子们是不是在听。他坐在炉台①上,两条腿耷拉下来,用手指头理着胡子梢,不慌不忙地锤出话语长链上的一个个环节。温暖的昏暗笼罩着干净的大厨房,风雪在窗外呼啸,像丝绸那样柔滑地抚摸着窗玻璃;或者在蓝色的冷空气里发出严寒天气中那种爆裂声。彼得靠桌子坐着,面前放着一支油烛;他把纸张翻得沙沙作响,轻轻拨弄算盘珠子,阿列克谢帮他的忙,尼基塔用树枝熟练地编筐子。

"现在,沙皇陛下把自由给了我们。不过应该弄明白:让我们自由是出于什么打算呢?没有打算,那是连羊都不会给放出羊圈来的;如今却是所有的老百姓,成千上万,都给放出来了。这是说,皇上明白从老爷们那儿拿不到多少东西,因为他们自己把什么都花光了。还在农奴解放以前,格奥尔吉公爵就已经看出来了,他对我说:强制劳动是无利可图的。瞧,现在,对自由劳动的信心,已经寄托在我们身上了。眼下就连大兵都用不着扛二十五年的枪杆。'去吧,劳动去吧!'现在大家都得显一显身手。贵族已经注定完蛋了,现在你们自己就是贵族,听见了吗?"

乌里扬娜·拜玛科娃在修道院里住了差不多三个月,可是她一回到家,第二天阿尔塔莫诺夫就问她:

"我们多咱办喜事?"

她生气了,眼睛愤愤地发亮。

"你在说什么呀,清醒点!她父亲去世还不满半年,你就……难道你不知道这是罪过吗?"

可是阿尔塔莫诺夫严厉地拦住她的话:

"亲家母,我看不出这有什么罪过。老爷们干的事比这糟得多,上帝尚且隐忍了呢。在我,这是迫不得已:彼得需要管家的主妇。"

随后他问她给多少钱②。她回答说:

---

① 俄国炉灶的炉台宽大,可以坐卧取暖。
② 指她给女儿的陪嫁钱。

"我至多给女儿五百卢布！"

"你该多给一点，"这个魁伟的男子沉住气，冷淡地说，直着眼睛瞧她。他们面对面坐在桌子那儿；阿尔塔莫诺夫把胳膊肘支在桌子上，两只手的手指头伸进浓密的胡须里，那个女人皱着眉头，提心吊胆地挺直身子。她早就过三十岁了，可是看上去她却年轻得多；在她那丰满红润的脸上，一双灵俐的淡灰色眼睛严峻地闪闪发亮。阿尔塔莫诺夫站起来，挺直身子。

"你真漂亮，乌里扬娜·伊凡诺夫娜。"

"你还要说什么？"她生气而讥诮地问。

"没有什么要说的了。"

他无精打采地走出去，脚沉重地擦着地。拜玛科娃瞧着他的背影，顺便让自己的眼睛滑过像冰一样的镜面，懊恼地小声说：

"这个大胡子鬼。净捣乱……"

她觉得自己跟这个人在一起很危险，就走上楼去找女儿，可是纳塔利娅不在那儿。她从窗子里望出去，看见女儿在外面大门口，彼得跟她并排站着。拜玛科娃就赶快跑下楼梯，站在门廊上喊叫：

"纳塔利娅，回来！"

彼得对她一鞠躬。

"好小子，没有母亲在场，跟闺女谈话是不合规矩的，希望以后不要这样！"

"她跟我是订了婚的，"彼得提醒她说。

"那也一样。我们有我们的规矩，"拜玛科娃说，可是她暗暗问自己：

"我为什么生气呢？他们年轻，怎么会不相亲相爱呢？这样可不好。倒好像我嫉妒女儿似的。"

到了房间里，她使劲揪女儿的辫子，仍旧不准她跟未婚夫单独在一起谈话。

"就算他跟你订了婚，可是以后会怎样，谁也保不准。天有不测风云,结婚不结婚还说不定呢。"她厉声说道。

一种阴暗的不安感搅扰她的思想。过了几天,她就去找叶尔丹斯卡娅算一算将来的时运。全城所有的女人都带着自己的罪恶、恐惧、苦恼,去找这个甲状腺肿大的、矮胖的、样子像一口钟的女巫。

"这没有什么可算的,"叶尔丹斯卡娅说,"宝贝儿,我要直截了当地说:你跟定这个人好了。我这个脑门子上不是白长着一双眼睛的:我会看人,我瞧得透他们,就跟摸熟了我这副纸牌一样。你看,他多走运,他办的整个事业像球一样地滚着。咱们这儿那些男人只因为嫉妒他才流着恶意的口涎。不,宝贝儿,你不用怕他。他不像狐狸,倒像一只熊。"

"正是这话,像一只熊,"寡妇同意了,叹口气,对算命人说:

"我害怕,从头一回他要我女儿跟他们攀亲的时候起,我就吓坏了。忽然间,仿佛从云端里掉下一个谁也不认识的人,一下子就做了我们的亲戚。难道这样的事是常见的吗?我还记得当时他怎样说话来着,我呢,瞧着他那双无所畏惧的眼睛,对他说的话都点头,都答应了,倒好像他掐住了我的喉咙似的。"

"这是说:他相信自己的力量,"那个见多识广的烤圣饼的女人解释说。

可是这些话没有安定拜玛科娃的心,临行,女巫从她那弥漫着闷人的药草气味的幽暗房间里把拜玛科娃送出来,对她说:

"记住:傻瓜只有在神话里,才走运……"

她使人起疑地大声称赞阿尔塔莫诺夫,声调那么高,讲得那么多,仿佛被他买通了似的。而那个身材高大、肤色发黑、干得像咸鲈鱼一样的玛特廖娜·巴尔斯卡娅,说法就大不相同了:

"全城都在为你唉声叹气哟,乌里扬娜;你怎么会不怕那些外来人?哎呀,你得当心!孩子是不会无缘无故驼背的;爹娘的罪孽一定不小,才会生下丑八怪来……"

寡妇拜玛科娃日子不好过,越来越经常痛打女儿,自己却又感到没有理由对她发脾气。她尽量少见房客的面,可是那些人反而越发常常在她眼前露面,使她的生活充满不安,变得暗淡。

冬天不知不觉地来到了。它突然带着怒号的风雪和刺骨的严寒袭击这座城,用白糖样的厚雪堆满街道和房屋,给椋鸟巢和教堂的圆顶戴上棉帽,用白色镣铐封锁河水和褐色沼泽。于是在奥卡河的冰面上,城里人和四乡的农民开始举行拳斗。每到假日,阿列克谢也总去参加,每次都挨打,气呼呼地回到家里。

"怎么了,阿廖沙①?"阿尔塔莫诺夫问。"看起来,这儿的拳斗家比我们那儿的高明吧?"

阿列克谢用铜钱或者冰块揉自己青肿的伤处,闷闷不乐地沉默着,一双大鹰般的眼睛闪闪发亮,可是有一回彼得说:

"阿列克谢斗得倒猛,打他的却是跟他一边的城里人。"

伊利亚·阿尔塔莫诺夫把拳头放在桌子上,问:

"那是为什么?"

"因为他们不喜欢他。"

"光是不喜欢他吗?"

"不,不喜欢我们大家。"

父亲一拳头捶在桌子上,震得油烛从烛台里跳出来,熄灭了。黑暗中发出了咆哮的声音:

"你为什么跟女孩子家似的老是跟我说什么喜欢不喜欢的?以后我不要听这种话!"

尼基塔点上油烛,轻声说:

"不该让阿廖沙去参加拳斗了。"

"这只会惹人家讥笑,说阿尔塔莫诺夫害怕了!你给我住嘴,教堂杂役!屠头。"

伊利亚把大家统统骂了一顿,可是没过上几天,在吃晚饭的时候,

---

① 阿列克谢的爱称。

又用带着怨气的亲切口吻说：

"孩子们，你们还是去猎熊的好，那是很好的娱乐呢！我常跟格奥尔吉公爵一块儿到梁赞森林里，用猎矛去擒那些在树林里称霸的家伙。很有意思！"

他兴致来了，把几次顺利的打猎情形讲了一遍。过了一个星期，他就带着彼得和阿列克谢到森林里去，打死一头挺大的老熊。后来弟兄们又去了，惊动一只雌熊，扯破阿列克谢的短皮袄，抓伤他的屁股，不过临了弟兄们还是把它降伏了，带着一对小熊回到城里，把那头打死的野兽丢在森林中给狼做了一顿晚饭。

"哦，你那儿的阿尔塔莫诺夫一家人过得怎么样？"城里人问拜玛科娃。

"没什么，挺好。"

"到冬天，猪就安分了，"波米亚洛夫说。

寡妇连自己也不相信，居然开始有了这一种感觉：不知从什么时候起，别人对阿尔塔莫诺夫一家人的敌视态度居然会使她气恼，别人对他们的憎恨居然会使得她也心里发凉了。她看出阿尔塔莫诺夫一家人过得清醒、和睦，他们顽强地办自己的事业，瞧不出他们有什么坏处。她虽然尖起眼睛盯着女儿和彼得，然而终于相信那个不爱说话的矮壮小伙子是很规矩的，而且规矩得不合乎他的年龄。他并没有竭力把纳塔利娅逼到黑暗的角落里去，呵她的痒，凑着她耳朵说下流话，像本城那些订了婚的青年那样。彼得对她女儿的态度是不易理解的，干巴巴，可又小心在意，甚至好像带点嫉妒，这就使得拜玛科娃有点担心了。

"日后，这个丈夫是不会温柔的，"她想。

不过有一回，她正走下楼梯，听到楼下前堂里有女儿的声音：

"你们又要去猎熊啦？"

"我们正准备去呢。怎么样？"

"那危险，阿廖沙就让一头野兽抓伤了。"

167

"那怪他自己不好,不该急躁。这是说:您在关心我吗?"

"我没有说到您。"

"真有你的,这个小滑头,"母亲微笑着暗想,叹了口气,"不过他也太缺心眼儿。"

伊利亚·阿尔塔莫诺夫越来越常催她说:

"赶快办喜事吧,要不然他们自己就要赶着办了。"

她看出确实应该赶快办了,她的闺女晚上睡得不安稳,而且没法掩盖那不断折磨她的生理上的苦闷。到复活节,她又带她上修道院去,过了一个月回到家来,却看见她那荒芜的园子整顿得很好,小路上拔尽了杂草,树上刮掉青苔,浆果树丛修剪了枝子,捆好了。一切都是由有经验的手做成的。她顺着小路走到河边,看见了尼基塔,驼子正在修理被春天潮水冲坏的篱笆。驼峰的骨头在长得过了膝头的麻布衬衫里可怜地挺起来,差不多盖过生着直直的淡黄色头发的大脑袋;为了不让头发披到脸上,尼基塔用桦树枝子把它扎住了。他夹在碧绿的树叶当中,显得灰扑扑的,像是一个隐居的、正在忘我地热中于工作的小老头。他抡起那把迎着太阳发出银光的斧子,熟练地把木桩劈尖,用姑娘家的细嗓音轻声哼着教堂里的歌。篱笆外面,河水像丝绸一样闪着淡绿的光;河面上,太阳的金色反光像一群鲫鱼似的抖动。

"求上帝帮助你,"那个女人用一种连自己都觉得意外的动情的口气说。尼基塔的蓝眼睛对她闪着柔和的光芒,亲切地回答说:

"求主保佑您。"

"是你把园子收拾好的吗?"

"是我。"

"收拾得真好。你喜欢园子吗?"

他跪在那儿,简略地讲到他从九岁起就由公爵老爷送到花匠那儿去学徒,现在他已经十九岁了。

"虽然驼背,可是心眼好像倒不坏,"女人想。

当天傍晚,她正在楼上自己房间里跟女儿一块儿喝茶,忽然尼基塔在门口出现了,手里拿着一捧花,他那发黄的、难看的、没有欢乐的脸上带着笑容。

"请您收下这束花。"

"这是为什么?"拜玛科娃惊奇地说,疑惑地打量着那束配得很美的花卉。尼基塔对她解释说:当初在老爷家里,他每天早晨都得把花送到公爵夫人那儿去。

"原来是这样,"拜玛科娃说,脸色微微红起来,骄傲地扬起头,"或许,我长得像公爵夫人吧?她多半是个美人儿吧?"

"不过,您也是的。"

拜玛科娃脸色越发红了,暗想:

"莫非是他爸爸教他说的?"

"好,谢谢你的过奖,"她说,可是没有请尼基塔坐下来喝茶。等他走后,她把自己的想法大声说出来:

"他的眼睛很好看;那对眼睛不像父亲,一定是从母亲那儿传下来的。"

随后她叹了口气。

"看起来,我们命中注定要跟他们一块儿过下去了。"

她没有十分劝阿尔塔莫诺夫把婚事推到秋天她丈夫去世满一周年以后再办。不过她坚决对亲家申明:

"只是你,先生,伊利亚·瓦西里耶维奇,别插手管这件事,让我照我们的风俗,照体面的排场,照老规矩办事。这对你也有好处,一下子就可以结识我们这儿所有的上等人,让大家都看见你。"

"哼,"阿尔塔莫诺夫骄傲地吼道,"就是不这样,他们也可以远远地把我瞧清楚了。"

他的自尊自大惹得她不痛快,她就说:

"这儿的人并不喜欢你。"

"哼,他们早晚会怕我。"

随后,他耸一耸肩膀,笑着说:

"还有那个彼得,也老是唱什么喜欢不喜欢的。你们都是些怪人……"

"而且,他们的厌恶分明也落到我身上来了。"

"亲家母,你不用担心!"

阿尔塔莫诺夫抬起一只长胳膊,捏紧拳头,把手指头都捏红了。

"我自会把这些人打垮,谁也别想在我的身旁闹腾多久。就是没有人喜欢我,我也照样活得下去……"

女人不言语了,带着战战兢兢的惊恐心情暗想:

"真是一头野兽。"

紧跟着,她那所舒适的房子里就挤满了女儿的朋友,本城上流人家的姑娘。她们打扮得花枝招展,穿着老式的锦缎长坎肩,配上白色薄纱和细麻布的泡泡袖子,肩上有袖孔和莫尔德瓦的彩色丝绣,袖口上滚着花边,脚上穿着山羊皮或精制山羊皮的靴子,姑娘们的长辫子上扎着丝带。新娘穿着沉重的银色锦缎衣服,压得她喘不过气来。那件长坎肩从领子直到底襟配着镀金的透花钮扣,肩上披着一件金色锦缎的短上衣,头上扎着白色和天蓝色的丝带。她坐在挂着圣像的墙角那儿,像融化的冰块似的用花边手绢擦她那流汗的脸,同时用响亮的声调唱哭嫁诗:

春天的大水啊,
灌满了碧绿的草场,
盖没了淡蓝的花朵。
啊呀,水是那么凉,
而又那么浑浊……

女伴们接住姑娘的怨诉的尾音,用嘹亮的声调合着唱下去:

他们打发我这个姑娘呀,

打发我这个姑娘去取水；
我光着两只脚，没有鞋穿，
啊呀，我赤身露体，没有衣衫……

阿列克谢夹在一大群姑娘当中，谁也看不见他。这时候他哈哈大笑，叫着：

"这真是个滑稽的歌！你们把这姑娘塞在一堆锦缎里面，就跟把火鸡塞在铁桶里似的，可又嚷着赤身露体，没有衣衫！"

尼基塔坐在新娘身边，他穿的那件蓝色新衣服，滑稽而难看地从驼峰耸到后脑壳上去。他那双蓝眼睛睁得大大的，那么古怪地瞧着纳塔利娅，仿佛生怕姑娘马上会溶化，会消失似的。门口站着玛特廖娜·巴尔斯卡娅，她的身子把门口堵得严严的，转动着眼珠，用深沉的男低音哇哇地叫：

"你们唱得还不够悲呐，姑娘们。"

她跨着马一样的大步子，走进屋来，严格地指导她们照老规矩应该怎样唱，姑娘在准备结婚的时候应当多么心惊胆战。

"俗话说得好：'嫁丈夫如同嫁石墙'；所以你们要知道：墙既是坚固的，你就凿不穿它；它又高，你就跳不过去。"

可是姑娘们不理睬她的话。房间里又挤又热，她们就推开这个老太婆，跑到外面，到园子里去了。阿列克谢穿着金黄色绸衬衫和棉绒的肥灯笼裤，跟花丛中的蜜蜂一样夹在她们当中，有说有笑，兴高采烈，仿佛喝醉了似的。

巴尔斯卡娅生气地噘着厚嘴唇，瞪起眼睛，把花缎裙子的前襟提得高高的，走上楼去，活像浓烟合成的一朵乌云。她找着乌里扬娜，预言似的说：

"你的女儿那么快活，这不成章法，不合规矩。开头快活，结局要倒霉的！"

拜玛科娃跪在一口包着铁皮的大箱子前面，正在操心地翻来翻去

171

找东西。这儿像是集市上的货摊,她四周的地板和床上乱放着一块块花缎、绢绸、莫斯科红斜纹布、羊毛披巾、丝带、绣花的面巾,一束宽宽的阳光落在鲜艳的织物上,那些东西发出五颜六色的反光,好比晚霞的彩云。

"这可不合规矩:结婚以前,未婚夫居然一直住在未婚妻家里。阿尔塔莫诺夫一家人早就该搬出去了……"

"这话应该早说才对,现在说已经迟了,"乌里扬娜嘟哝道,往箱子里弯下腰去,好掩藏她那烦恼的脸色。她听见那个男低音的声调说:

"我本来听说你是个明白人,我才没有多嘴。我心想你自己心里有数。其实这跟我有什么相干!我只不过是说实话罢了,就是人家不听,上帝也会报答我的。"

巴尔斯卡娅站在那儿像一尊石像,昂起头,一动也不动,仿佛她的头是一个杯子,盛满了智慧,满到了边上似的。她听不到答话,就走出门外去了。乌里扬娜跪在一片火似的杂色织物当中,忧愁而害怕地小声说:

"主啊,保佑我!不要让我做出糊涂事来。"

门口又有窸窸窣窣的声音,她连忙把头伸进箱子里,好掩藏她的眼泪。尼基塔在门口说:

"纳塔利娅·叶夫谢耶夫娜打发我来问一声,您要不要人帮忙做什么事。"

"谢谢,亲爱的……"

"奥莉古什卡·奥尔洛娃在厨房里把糖浆泼在身上了。"

"哦,真的吗?机灵的小姑娘,正好给你做新娘子呢……"

"谁肯嫁给我哟……"

园子里,椴树下,伊利亚·阿尔塔莫诺夫、新娘的教父加夫里拉·巴尔斯基、波米亚洛夫、眼神空洞的皮革商人日捷伊金、货车商人沃罗波诺夫,围着一张圆桌坐着,喝家酿的啤酒。彼得站在那儿靠着一棵椴树干,黑头发上擦了很多油,看上去那脑袋像是铁打的。他恭敬地听着长辈们谈话。

"你们的风俗又是一个样子,"父亲深思地说,可是波米亚洛夫夸口说:

"我们这儿的人才是地道的俄罗斯人呢。伟大的俄罗斯!"

"我们也不是外路人啊……"

"我们的风俗很古老……"

"倒很有点莫尔德瓦人和楚瓦什人的味道呢……"

姑娘们叫着笑着,推推搡搡,跑进园子里来围住圆桌,像颜色鲜艳的长坎肩编成的一个花环似的,开始唱婚礼歌:

> 啊,伟大的亲家,您大喜,
> 伊利亚·瓦西里耶维奇啊,您大喜。
> 您走上一层台阶,一条腿断了,
> 再走上一层台阶,另一条腿断了,
> 走上第三层台阶啊,脑袋也掉喽。

"瞧,她们骂得好凶啊!"阿尔塔莫诺夫转过身去对着儿子,惊奇地叫道;彼得谨慎地笑一笑,瞅着那些姑娘,揪揪自己的耳朵。

"你往下听吧!"巴尔斯基劝道,哈哈大笑。

> 我们的亲家,
> 拐跑姑娘的人啊,
> 这点颂词还嫌不够呐……

"这还不够吗?"阿尔塔莫诺夫急了,叫起来,大概有点窘,用手指头敲着桌子。

可是姑娘们激烈地唱下去:

> 我们齐声欢唱,

但愿你一个筋斗跌在钉耙上,
但愿你从山顶滚下来,摔在石头上,
免得你再欺骗我们,
免得你把遥远的异乡,
荒无人烟的村庄,
夸了又夸,尽说大话——
其实那边的土地播种了愁苦,
灌溉着泪珠。……

"这成什么话!"阿尔塔莫诺夫生气地叫起来,"喂,姑娘们,我不是要招你们生气,不过我还是要称赞我的家乡:我们的风俗要温和得多,人也客气得多。我们那儿甚至有这样几句谚语:'斯瓦帕和乌索扎甘愿流进谢伊姆河;光荣归于我们的主啊,偏不流进奥卡河!'"

"你等着吧,你还不了解我们呢,"巴尔斯基说,也不知道他是在夸耀,还是在威胁,"好,给姑娘们一点钱吧!"

"给她们多少?"

"你舍得给多少就给多少好了。"

可是等到阿尔塔莫诺夫给了姑娘们两个银卢布,波米亚洛夫却愤愤地说:

"你出手太松,你这是在摆阔!"

"哎,你们也真难伺候!"伊利亚也气愤地叫道。巴尔斯基发出了震耳欲聋的笑声。日捷伊金把一种又细又尖的笑声散布到空中。

姑娘们的晚会①到天亮才完,客人纷纷散去,屋里的人差不多都睡了。阿尔塔莫诺夫却跟彼得和尼基塔一块儿坐在园子里。他理着胡子,往园子里各处看看,瞧瞧天上粉红色的云,轻声说:

"这儿的人真难对付。他们是一帮不客气的人。你,彼得鲁哈②,

---

① 指结婚前一晚的庆祝活动,这时新娘要同女友们告别,她们也要将新娘的发辫拆开。
② 彼得的爱称。

凡是丈母娘吩咐你做的事，务必要照办，即使那是些婆婆妈妈的无聊事也得做！阿列克谢陪着姑娘们走了吗？姑娘们倒还喜欢他，小伙子可就不然了。巴尔斯基的儿子恶狠狠地瞅着他呢……嗯，对了！你，尼基塔，多和气一点，这是你办得到的。你得给你父亲做油灰，凡是我出了漏洞的地方，你就来填上。"

他用一只眼睛瞧了瞧大木桶里面，闷闷不乐地接着说：

"全都喝光了。他们喝酒跟马饮水一样。你在想什么，彼得？"

儿子用手摸着新娘送给他的丝织腰带，低声说：

"在乡下生活要简单得多，也安静得多。"

"哼……还有什么比整天睡觉更简单的……"

"他们要把婚礼拖下去。"

"忍一忍吧。"

那个对彼得来说又重大又困难的日子，终于来了。彼得坐在正房的挂着圣像的墙角里，知道自己的眉毛拧在一起，皱起来了；他自己也觉得这样不好，不会在新娘的眼里给自己增添漂亮，可是要想舒展开眉毛却办不到，倒好像他的眉毛已经用结实的线缝在一起了。他从皱起的眉毛下面瞧着客人，摇摇头发，于是忽布籽落下来，撒在桌子上和纳塔利娅的头纱上。她也低着头，疲倦地眯上眼睛，脸色苍白，像小孩那样害怕，羞得直抖。

"苦啊！①"那许多红通通、毛茸茸的丑脸，龇着牙，第二十次大喊道。

彼得没有弯下脖子，却像狼那样转过身去，撩起头纱，把自己的干嘴唇和鼻子戳到新娘的脸上，觉出她的皮肤冰凉，像缎子那样柔滑，她的肩膀害怕得发抖。他可怜纳塔利娅，自己也害臊，可是周围那一圈密密层层的带着醉意的人却嚷道：

"这小伙子不会亲嘴哟！"

---

① 按俄国习俗，参加婚礼的宾客喊"苦啊"是要求新婚夫妇接吻。

"得亲她的嘴!"

"哎,我来亲一个给你看好了……"

一个醉女人的声音尖声叫道:

"你来跟我亲嘴吧!"

"苦啊!"巴尔斯基哇哇地叫。

彼得抿紧嘴唇,凑到姑娘湿润的嘴唇上去;她的嘴唇发颤,她全身雪白,仿佛正在溶化,好比阳光照着的一朵云一样。他俩都饿了,从昨天起就没有人给他们吃过东西。彼得由于激动,也由于刺鼻的酒气,再加上喝过两杯冒气的齐姆良斯卡亚酒,觉着自己醉了,他担心新娘会看出来。四周的一切东西摇摇晃晃,一忽儿合成五颜六色的一堆,一忽儿往四下里散开,成为许多由难看的嘴脸化成的红气泡。儿子带着恳求而气愤的神情瞧着父亲。伊利亚·阿尔塔莫诺夫头发蓬松,神采焕发,瞅着拜玛科娃的红润的脸,嚷道:

"亲家母,我们来碰杯,干一杯蜜酒!你这个蜜酒啊,跟女主人一样的甜哟……"

她伸出圆滚滚的、白胖的胳臂,她那镶着彩色宝石的金镯子在阳光下面发亮,一串珍珠在高高的胸脯上闪闪放光。她也喝了酒,她那双灰色的眼睛现出娇慵的笑意,微微咧开的嘴唇迷人地颤动着。她碰了杯,喝干酒,就向亲家鞠一躬,他呢,摇着头发蓬乱的脑袋,兴高采烈地叫着:

"你很有点气派,亲家母!真的,有点公爵夫人的气派!"

彼得隐约感到父亲的举止不得当。在客人们醉醺醺的喊叫声中,他清楚地听出波米亚洛夫恶毒的叫声、巴尔斯基的低音的责备声、日捷伊金尖细的笑声。

"这不是婚礼,是审判,"他暗想,随后又听见人家说:

"你们瞧,他这个魔鬼怎样盯住乌里扬娜看啊;哎哟,哎哟!"

"还要举行一回婚礼呢,不过不会有教士出场喽[①]……"

[①] 按俄罗斯习俗,不合法的婚姻才没有教士出场。

一时间这些话涌进了他的耳朵。不过等到纳塔利娅的膝头或者胳膊肘碰到他,在他周身引起一种不安的瘫软感觉,他就立刻把那些话忘掉了。他极力不看她,让脑袋不动,可是他没法管住自己的眼睛,眼光一个劲儿地斜到她那边去。

"这快要完了吗?"他小声问;纳塔利娅也小声回答:

"不知道。"

"我害臊……"

"我也是的,"他听见她说。他高兴了,因为新娘跟他的感觉一样。

阿列克谢跟姑娘们混在一起,他们正在园子里宴乐。尼基塔跟高个子教士并排坐着,教士的麻脸上有一把湿漉漉的胡子和一对铜色的黄眼睛。院子里和街道上有些城里人从敞开的窗户往里看,好几十个脑袋在蓝色的空气里活动,随时互相变换位置。那些张着的嘴巴,有的小声说话,有的嘶嘶地叫,有的大声地嚷。窗子像是一个口袋,那些发出说笑声的脑袋似乎马上就会跟西瓜那样滚进房间里去。尼基塔特别注意到掘土工人吉洪·维亚洛夫的脸:高颧骨,脸上满是淡红色的茸毛,还有许多红斑,那双眼睛初看上去没有色彩,可是奇怪地一闪一闪,仿佛在眨眼,不过那只是瞳孔在眨,睫毛却不动。他那小嘴使劲抿紧,略略被鬈曲的唇髭遮盖着的薄嘴唇动也不动。他的耳朵难看地紧贴着脑壳。这个人把胸脯抵着窗台,既不喊叫,也不骂人,每逢人家打算挤开他,他总是不声不响,只把肩膀和胳膊肘微微一动,就把人家推开了。他的肩膀滚圆,高高耸起,脖子藏在肩窝里,脑袋像是直接从胸膛上长出来的。他好像也有点驼背,尼基塔觉得他的脸有点讨人喜欢,有点善良。

有个独眼的小伙子猛然咚的一声敲响铃鼓,随后手指头在鼓面上用力敲打;小鼓就哀叫起来,卜隆卜隆地响。有人打了个唿哨,把一个有两排琴键的手风琴放在膝头上,拉起来。马上,新娘的男傧相,头发鬈曲、身体稍胖的斯捷帕沙①·巴尔斯基,在房中央团团地转,用脚跺

---

① 斯捷帕沙和斯乔普卡都是斯捷潘的爱称。

地板,合着音乐的节拍连声嚷叫:

> 喂,姑娘们,你们这些冤家对头,
> 玩玩乐乐的领头人,跳圆圈舞的好手!
> 我满口袋的金钱叮当乱响,
> 怎么样,走出来跟我斗一斗!

他父亲把整个魁伟的身材挺直,雷鸣似的说:
"斯乔普卡①!别给本城的人丢脸,拿点本事出来给那些小鸡子看看!"

伊利亚·阿尔塔莫诺夫一下子跳起来,扬起像掸子那样蓬乱的头,满脸充血,鼻子如同烧着的煤炭那么红,对着巴尔斯基的脸喊叫:
"我们可不是你的小鸡子,我们是公鸡!讲到跳舞,那还说不定谁跳得过谁呢!阿廖沙!"

阿列克谢全身放光,仿佛涂了油漆一样,微微笑着,凝神看那德廖莫夫城的跳舞能手,忽然他脸色发白,飞快地跳起舞来,学着姑娘们那样尖声怪叫。

"他一句也唱不出来!"德廖莫夫城的人叫道;这时候立刻传来了阿尔塔莫诺夫的气急败坏的吼叫声:
"阿廖沙——我要宰了你!"

阿列克谢没有停住,脚底下清楚地踩出一片劈劈啪啪的声音,把两个手指头塞进嘴里,发出震耳欲聋的唿哨声,然后响亮地唱道:

> 当初莫凯依老爷,
> 手下有五个听差,
> 如今莫凯依老爷,

---

① 斯捷帕沙和斯乔普卡都是斯捷潘的爱称。

自己也当了听差!

"瞧哇!"阿尔塔莫诺夫得意地大叫一声。

"啊哟!"教士意味深长地叫道,举起一根手指头,摇着头。

"阿列克谢跳得比你们这儿的人强,"彼得对纳塔利娅说;她怯生生地回答说:

"他身子轻。"

两个父亲像斗鸡的人那样怂恿孩子们彼此较量。他们已经喝得半醉,并肩站着。这一个高大、笨重,像是一口袋燕麦,眉毛下面的两道又红又窄的细缝里流出一汪汪醺醉的、喜悦的眼泪;那一个全身紧张,仿佛预备跳起来似的,抡着长胳膊,不时摸一摸自己的屁股,他的眼神差不多跟疯了一样。彼得看见父亲脸上的胡子在两边颧骨上动,就暗想:

"他在咬牙……他马上就要打人了……"

"阿尔塔莫诺夫家的孩子跳得一塌糊涂!"传来了玛特廖娜·巴尔斯卡娅喇叭样的嗓音,"跳得不成样子!糟得很!"

伊利亚·阿尔塔莫诺夫对准她那像煎锅一样圆的黑脸,对准她的大鼻子,哈哈大笑,原来阿列克谢赢了。巴尔斯基夫妇的儿子脚步踉跄,正向门口走去。伊利亚就粗鲁地一把拉住拜玛科娃的胳膊,命令道:

"来,亲家母,出来跳舞!"

她脸色发白,摇着另一条能够活动的胳膊,又气又窘地挣脱着说:

"得了吧!难道我可以跳舞吗?这成什么话呀!"

客人们静下来,得意地微笑着。波米亚洛夫跟巴尔斯基互相瞧一眼,他的话像热油那样嘶嘶地响:

"哎,没什么!不妨顺顺他的意思,乌里扬娜,跳吧!上帝会饶恕你的……"

"有罪我担当!"阿尔塔莫诺夫叫道。

他的酒意好像醒了,皱起眉头仿佛要打架一样,他走出来好像不是出于本意似的。旁人把拜玛科娃往他那边推过去;这个带几分醉意的女人摇摇晃晃,跌跌撞撞,然后一下子挺直身子,把头一扬,绕着圈子跳起舞来。彼得听见惊讶的低语声:

"哎呀,天呐!丈夫躺在地下还没满一年呢,她就忙着嫁女儿,自己也跳起舞来了!"

彼得没有看妻子,可是知道她在为母亲害臊,就嘟哝道:

"爸爸不应该跳舞。"

"妈妈也不应该,"她伤心地轻声回答说,站在凳子上,从许多脑袋上望过去,看着那一圈稠密的人群;她身子晃了一晃,就用手抓住彼得的肩膀。

"站稳!"他亲切地说,托住她的胳膊肘。

晚霞的残辉从敞开的窗口,从看客们的头上照进来。那一男一女在这淡红的光辉里像瞎子似的旋转着。园子里,院子里,街道上,人们正在欢笑,喊叫;可是这个闷热的房间却越来越静了。铃鼓的绷紧的皮面有点沉闷地咚咚响着,手风琴呜呜地叫。那两个人裹在小伙子和姑娘们合成的密密层层的一圈人中间,仿佛给火烫着了似的,旋转得越来越有劲。小伙子和姑娘们一声不响地瞧着他们跳舞,神情严肃,倒好像瞧着什么不同寻常的重大事情似的。一部分老成持重的大人已经到院子里去了,剩下来的净是些迷迷糊糊、醉得不能动弹的人。

阿尔塔莫诺夫跺一跺脚,站住,说:

"唉,你把我打败了,乌里扬娜·伊凡诺夫娜!"

女人一惊,也猛然站住,仿佛撞着一堵墙似的。她向四周的人鞠躬,说:

"请不要见怪。"

她用手绢扇着自己的脸,立刻走出房间去了。紧跟着巴尔斯卡娅站在她原来站的地方,说:

"把新婚夫妇拆开!喂,彼得,上我这儿来。傧相们,搀住他的胳膊!"

父亲推开傧相,把又长又重的手放在儿子的肩膀上,说:

"好,去吧,求上帝赐给你幸福!让我们来拥抱一下!"

然后他推开儿子。傧相们就过来搀住彼得的胳膊。巴尔斯卡娅领头在前面走,一面往四下里吐唾沫,一面嘟嘟哝哝:

"啐,啐!灾病回避,痛苦回避,嫉妒回避,变心回避,啐!要火有火,要水有水,水火不成灾,造福一家人!"

彼得跟着她走进纳塔利娅的房间,那儿已经布置好一张漂亮的床。老太婆就在房中间一把椅子上沉重地坐下。

"听着,别忘记!"她庄严地说,"这儿给你两枚半卢布钱币,把它们放在你靴子里脚后跟底下。等一忽儿纳塔利娅进来以后,就会跪下,要给你脱靴子,你呢,不要让她脱……"

"这是为什么?"彼得闷闷不乐地问。

"这不干你的事。她请求三次,你都不要理她,可是到第四次,你就答应她。那时候她会吻你三次,你就把这两个钱给她,说:'赏给你,我的奴隶,我的命运!'你要记住!然后你脱掉衣服,躺下,用背对着她,可是她会求你:'留我过夜吧!'你呢,一声不响,务必要等到她第三次求你,再对她伸出手去,明白了吗?喏,然后……"

彼得惊讶地瞧着女指导的又黑又宽的脸,她张大鼻孔,舔着嘴唇,用手绢擦她的肥下巴和胖脖子,威严而清楚地说出粗俗无耻的话来,临行又再三地说:

"不要相信她的喊叫,也不要相信她的眼泪。"她摇摇晃晃地走出房外去了,身后留下一股酒气。彼得憋着一肚子的气,脱掉脚上的靴子,把它们往床底下一扔,很快脱掉衣服,像跳上马背那样跳上床去,咬紧牙齿,生怕那种闷得他透不过气来的、沉重的侮辱会逼他流下眼泪来。

"这些沼泽里的魔鬼……"

垫着鸭绒褥子的床很热。他跳下床来,走到窗口,推开窗子。园子里醉醺醺的嘈杂声、哄笑声、姑娘的尖叫声,迎着他的脸涌过来。在淡蓝色的昏暗中,在那些树木中间,有些黑色的人影荡来荡去。尼古拉教堂钟楼细长的尖顶像铜手指头一样直插天空,那上面的十字架已经不在,被人取下来镀金去了。在那些房屋的房顶后面,奥卡河忧郁地发亮,一轮明月挂在河的上空,仿佛在溶化。远处是一望无际的树林,如同乌黑的雪堆一样。他想起了另一块土地,辽阔的金黄色田地,叹了口气。这时候楼梯上传来脚步声和嬉笑声,他又跳上床去。门开了,丝带窸窸窣窣地响,皮鞋嘎吱嘎吱地响,有一个人在抽噎,哭泣。门钩咔地一响,扣进了门绊。彼得小心地抬起头来。在昏暗里,门边站着一个白色人影,有节奏地在胸前画着十字,然后弯下身子去,几乎挨到地。

"她在祷告呢。我却没有祷告。"

然而他并不想祈祷。

"纳塔利娅·叶夫谢耶夫娜,"他轻声说,"您别害怕了。我自己也害怕。我给折磨得苦极了。"

他用两只手理着脑袋上的头发,拉一拉耳朵,嘟哝道:

"什么脱靴啦等等的,全用不着。那是胡说八道。我的心都痛了,可是她净胡扯。您别哭了。"

她小心地侧着身子走到窗前,轻声说:

"他们还在玩呢。"

"可不是。"

他们不知害怕些什么,不敢彼此走近,两个人都累了,可又讲些不必要的话,讲了很久。天快亮了,楼梯嘎吱嘎吱地响起来,有人用手摸索着墙壁走过来,纳塔利娅走到门口去了。

"不要放巴尔斯卡娅进来,"彼得小声说。

"是妈来了,"纳塔利娅说,开了门。彼得在床上坐下,耷拉着腿,不满意自己,烦恼地想:

"我不行,没胆量,她一定会笑我。等一忽儿我要……"

门开了,纳塔利娅轻声说:

"妈妈叫你。"

她背靠着壁炉,衬着白色的瓷砖,差不多让人看不见了;彼得走出门外。在那儿,在黑地里,迎接他的是拜玛科娃的生气的、害怕的、热切的低语声:

"你这是怎么搞的,彼得·伊里奇,你想怎么着,要丢我的脸,丢我女儿的脸吗?要知道,天色就要大亮,人家马上就要来叫醒你们,那时候就得把姑娘的内衣给大家看了,好让大家都瞧见我女儿是清白的!"

她数说着,一只手抓住彼得的肩膀,另一只手推开他,愤愤不平地问:

"这到底是怎么回事?你没有气力吗?没有兴致吗?你不要吓唬我。别不说话呀!……"

彼得闷声闷气地说:

"我可怜她。我害怕。"

他看不见岳母的脸,可是好像听见那个女人发出了短促的笑声。

"不,你去吧,去吧,去尽做丈夫的本分吧!要向殉教徒赫里斯托福尔祷告。去吧。让我吻你一下……"

她紧紧搂住他的脖子,喷出温暖的酒气,用甜蜜的、黏湿的嘴唇吻他,他呢,没有来得及回报那一吻,他的嘴唇只对着空气嘬出清脆的吧的一响。他走进那小房间,扣上身后的门,坚决地伸出手去,姑娘就迎着他走过来,落进他的怀抱,用颤抖的声音说:

"她有点醉了……"

彼得等着另一样的话。他退到床边去,喃喃地说:

"你别怕。我长得不漂亮,可是心眼好……"

她更紧地贴近他的身子,小声说:

"我的脚站不住了……"

……德廖莫夫城的人喜欢宴乐,婚礼拖了五天五夜。他们从早晨一直游荡到半夜,成群结伙走遍所有的街道,从这家走到那家,酒气喷喷,头昏脑涨。巴尔斯基家摆下了特别丰盛而体面的酒宴,可是阿列克谢打了他们的儿子,因为他们的儿子调戏小姑娘奥莉加·奥尔洛娃。巴尔斯基家的爹娘就把阿列克谢告到阿尔塔莫诺夫那儿去,可是阿尔塔莫诺夫惊讶地说:

"哪儿见过年轻小伙子不打架的?"

他大大方方地拿缎带和糖果送给姑娘们,拿钱送给小伙子,请那些做爹娘的把酒喝得烂醉。他搂抱大家,摇晃他们:

"喂,人呐!咱们是活着呢,还是没活着?"

他的举止狂里狂气,喝了很多酒,仿佛要浇灭心里的火似的。他尽管喝,却不醉。他熬了这几天显然瘦下来了。他不理睬拜玛科娃,可是他的孩子看出他常用一种有所要求的、气愤的眼光瞧她。他很自负有力气,跟警备队的兵较量拔杠子,把一个消防队员和三个砖瓦工人打败了。这以后,掘土工人吉洪·维亚洛夫走到他面前,不是提议,而是要求说:

"现在该我了。"

阿尔塔莫诺夫听到他的口气,觉着奇怪,就把这个掘土工人的矮壮身材上上下下打量一番。

"你是个什么样的人:真有力气呢,还是吹牛皮?"

"我不知道,"那一个认真地回答。

他俩抓住彼此的腰带,站在一个地方,倒换着脚,相持了很久。伊利亚从维亚洛夫的肩膀上望出去,瞧着女人们,向她们老着脸皮挤眉弄眼。他比掘土工人高,可是比他瘦,身材比他匀称一点。维亚洛夫用肩膀顶住他的胸脯,打算把对手一下子举起来,扔到自己背后去。伊利亚心里明白,嚷道:

"你那点诡计耍不出来,老弟!耍不出来!"

忽然,一声吆喝,他反而把吉洪从自己头上扔过去了,而且用力那么猛,那一个跌在地上摔麻了。掘土工人坐在草地上,擦去脸上的汗,难为情地说:

"他有力气。"

"这我们已经看出来喽,"旁观的人讥诮地对他说。

"他结实,"维亚洛夫又说。

伊利亚向他伸出手去。

"搀你起来!"

掘土工人不要他搀,自己打算站起来,可是站不起来,就又伸直了腿,用奇怪的、感伤的眼睛瞧着人群的背影。尼基塔走到他面前,关心地问他:

"摔痛了吗?要我扶你吗?"

掘土工人苦笑。

"骨头痛。我比你爸爸力气大,可是没有他那么灵。嗯,那就跟着人家走吧,尼基塔·伊里奇,老实人!"

他亲热地挽着驼子的胳膊,跟他一块儿随在人群后面走去,顿着脚,大概希望这样可以消除痛苦。

新婚夫妇几夜睡不好,再加上劳累,已经筋疲力尽,可是为了要叫众人看见他们,只好不由自主地夹在闹哄哄、醉醺醺、形形色色的人群里在马路上逛荡;然后喝酒,吃东西,受窘,听下流的笑谑,极力谁也不看谁,挽着胳膊走来走去,永远并排坐着,却又谁也不理谁,跟陌生人一样。这使得玛特廖娜·巴尔斯卡娅很满意,她夸耀地问伊利亚和乌里扬娜:

"我把你儿子教得很好吧?好极了!你看,乌里扬娜,我把你女儿训练成什么样儿了!再说,你看你的女婿怎么样?他走来走去像只孔雀,仿佛在说:'我不是我,妻子也不是我的妻子!'"

可是彼得和纳塔利娅回到自己房间里去睡觉的时候,就把早先硬要他们承当、而他们也温顺地照着做的种种规矩,连同衣服,一齐甩掉了。他们谈着过去这一天的光景:

"嘿,你们这儿的人喝酒可真厉害!"彼得惊奇地说。

"那么你们那儿的人喝酒不多吗?"妻子问。

"农民哪儿能喝这么多!"

"你们并不像农民啊。"

"我们是在老爷庄园上做事的人,那就弄得我们也像老爷了。"

有时候他们互相搂着,坐在窗前,闻园子里的香气,都不说话。

"你为什么不说话?"妻子轻声问。丈夫也轻声回答:

"我不愿意说平淡的话。"

他想听见不平淡的话,可是纳塔利娅说不出那种话来。每逢他谈起金黄色草原那种无边的广阔空旷,她就问:

"那儿没有树林吗,什么也没有吗?哎呀,那一定多么可怕呀!"

"住在树林里才可怕,"彼得有点烦闷地说。"草原上怎么会可怕呢?那儿,有田地,有天空,有自己。"

可是有一回,他们正坐在窗前,默默地欣赏满天星斗的夜晚,却听见园子里浴室附近有响声,不知什么人在跑,撞着马林树丛的枝子,碰断了,然后听见低微而气愤的惊叫:

"你要干什么,魔鬼?"

纳塔利娅惊恐地跳起来。

"这是妈!"

彼得把身子探出窗外,于是他那宽阔的后背堵满了窗框。他看见父亲抱住岳母,把她挤到浴室墙边,想把她按在地下。她不住抡胳膊,打他的头,喘着气,用不高的声音悄悄说:

"放了我,我要喊啦!"

然后她嗓音变了,叫着:

"亲爱的,别碰我!可怜可怜我吧……"

彼得不出声地关上窗子,抱住妻子,把她放在自己的膝头上。

"不要去看。"

她在他的怀里挣扎着,叫道:

"这是怎么回事?是谁惹她?"

"是父亲,"彼得说,紧紧地抱住她。"你还不懂吗?……"

"哎呀,这是怎么回事?"她又羞又怕地小声说。丈夫就把她抱到床上,温顺地说:

"我们没有权利责备爹娘。"

纳塔利娅双手抱住头,摇晃着,哀叫:

"什么样的罪过哟!"

"这不能算是我们的罪过,"彼得说,想起了父亲的话:老爷们干的事比这还要糟得多。"这样倒好些!他就不会来缠你了。他们,那些老人,头脑简单;对他们来说,跟儿媳妇厮缠只能算是'麻雀那么小的罪'。别哭了。"

妻子含着泪说:

"还在他们跳舞的时候,我就想过了……要是他蛮干,那我们这儿会成什么样子?"

可是她兴奋得累了,很快就睡熟,衣服也没脱。彼得推开窗子,看看园子里一个人也没有,黎明前的微风吹拂着,树木在清香的黑暗里摇动。他让窗子开着,自己在妻子旁边躺下,没有闭上眼睛,想着刚才发生的事。要是能够跟纳塔利娅两个人到一个小小的田庄上去生活,那多好啊……

……纳塔利娅不久就醒了;她觉着她是因为可怜母亲,因为替她生气,才惊醒的。她光着脚,只穿一件衬衫,很快地走下楼去。母亲的房门平日晚上总是关着的,现在却微微开着,这越发使得这个女人害怕了,不过她看一眼放着母亲的床的墙角,就瞧见被单底下隆起一个白的身子,枕头上披散着黑头发。

"她睡着了。她哭够了,伤透了心……"

应当作点什么来安慰受了委屈的母亲才好。她就走进园子里。沾着露水的湿草凉酥酥的搔她的脚。太阳刚从树林后面升起来,它那斜射过来的阳光照花人的眼睛。这种阳光刚稍微有点暖意,纳塔利娅摘下一片沾着露水而显得银白的牛蒡叶子,把它先贴在这半边脸上,再贴在那半边脸上。她觉得神清气爽了,就动手采下一串串红醋栗,

放在那片叶子上,不带恶意地想起了公公。他常用沉重的手拍她的背,笑着问:

"怎么样,你活着吗?还在呼吸吗?好,那就活着吧!"

他好像没有别的话对她说。可是这种好意的拍打惹得她有点不痛快:只有对马表示好感才能这样。

"简直是个强盗,"她想,逼自己带着敌意想她的公公。

鸟雀歌唱,金翅雀啼叫,树木的叶子发出轻轻的、丝绸样的沙沙声。远处城边传来牧人的笛声。瓦塔拉克沙河的岸边上正在兴建工厂,那边的人声在明亮的肃静中慢慢飘来。有一个什么东西吧嗒一响。纳塔利娅哆嗦了一下,抬起头:原来在她上面,在苹果树的小枝子上挂着一个捕鸟器,一只金翅雀正在细枝子中间挣扎着。

"这是谁放在这儿捉鸟的?尼基塔吗?"

不知什么地方,一根干枝子咔嚓一响。

她回到房子里,看一眼母亲的房间,这时候母亲已经醒来了,躺在那儿,脸朝上,惊奇地竖起眉毛,一条胳膊垫在头底下。

"谁啊……你是谁啊?"她不安地问,用胳膊肘支起身子。

"没什么,哪,给你采了点醋栗来泡茶喝。"

床旁边的桌子上放着一大瓶克瓦斯①,瓶子里差不多已经空了,克瓦斯洒在桌布上,瓶塞掉在地板上。母亲的严峻而明亮的眼睛四周有淡蓝色阴影,然而并没有像纳塔利娅预料会看见的那样哭得肿起来,而且那双眼睛倒好像变黑了,更深了。平素带点高傲的眼光,今天也显得变了,一味瞧着远处,神情恍惚。

"蚊子搅得人睡不着,我以后要搬到谷仓去睡了,"母亲说,用被单盖上脖子。"蚊子把我叮得什么似的。你为什么这么早就起来了?为什么光着脚在露水里走?衣襟下摆都湿了。你会着凉的……"

母亲讲话不亲切,没兴致,只顾想自己的心思。女儿的忧虑就渐

---

① 俄罗斯的一种略带酸味的清凉饮料。

渐换成女性那种含着敌意的、尖刻的好奇心了。

"刚才我醒过来,想到了你……我梦见你了。"

"你想了些什么?"母亲追问,眼睛瞧着天花板。

"哪,你一个人睡着,没有我陪你……"

纳塔利娅觉着母亲的脸好像红起来,而且母亲笑着说"我不怕"的时候,那笑容也好像是假的。

"好,去吧,好孩子。你丈夫醒了,你听,他不是在走来走去吗?"母亲吩咐说,闭上了眼睛。

纳塔利娅慢慢走上楼去,带着挑剔的、差不多敌意的心情暗想:

"他是在她那里过夜的,克瓦斯就是他喝掉的。她脖子上的红斑不是蚊子叮的,是他吻她的时候咬出来的。这些事,我不告诉彼得。她现在倒想搬到谷仓去睡了,可是昨天晚上她还喊呢……"

"你上哪儿去了?"彼得问,尖起眼睛瞅着妻子的脸。她垂下眼帘,觉着自己仿佛有什么错处似的。

"我去采醋栗,到妈那儿去了一趟。"

"哦,她怎么样?"

"好像没什么……"

"哦,"彼得说,拉拉自己的耳朵,"原来这样!"

他微笑,用手擦着下巴上的深褐色胡子,叹口气说:

"看起来,那个蠢货巴尔斯卡娅说的倒是真话:不要相信喊叫,也不要相信眼泪。"

随后,他厉声问道:

"你看见尼基塔没有?"

"没有。"

"怎么,没有?哪,他在园子里捉鸟呐。"

"哎呀,"纳塔利娅惊慌地叫起来,"可是我就这个样子,只穿着一件衬衫,在那儿走来走去!"

"说的就是嘛……"

189

"那他什么时候睡觉呢?"

彼得在穿靴子,很响地咳了一声。妻子斜眼瞧他一下,微笑着说:

"他固然是驼子,可是人挺好,……比阿列克谢好……"

丈夫又咳一声,不过声音轻一点了。

……每天太阳初升,牧人一面把牲口集合起来,一面用白桦树皮做成的长笛吹出哀伤的音调,这时,河对岸就开始了斧子的劈砍声。城里人把奶牛和山羊赶到街上来,彼此讥诮地说:

"听,他们又砍起来了,天还没亮呢……"

"贪心,是安静生活的死敌。"

有时候,伊利亚·阿尔塔莫诺夫觉得自己好像已经征服了城里人懒洋洋的敌意。德廖莫夫城的人在他面前恭敬地脱下无边帽,专心地听他讲拉特斯基公爵的事,可是差不多总会有人不无骄傲地说:

"我们的老爷们比你们的简单得多,穷得多,可是也严厉得多!"

有一个节日的傍晚,他在奥卡河边巴尔斯基饭馆的茂盛优美的园子里坐着,对德廖莫夫城有势力的财主说:

"你们大家都会从我的事业上沾光的。"

"求上帝保佑,能够这样就好,"波米亚洛夫回答说,像狗一样短促地一笑。谁也弄不清这种笑容的意思:究竟是想殷勤地舔人呢,还是想咬人一口。他那张皱脸没有能够完全被他的大麻色胡子盖住,灰色的鼻子怀疑地闻着一切,橡子色的眼睛阴险地张望着。

"求上帝保佑,能够这样就好,"他又说一遍,"虽然以往没有你,我们也过得不坏,可是现在有了你,我们也许照样能过得挺好。"

阿尔塔莫诺夫皱起眉头说:

"你说话总是那么暧昧,不和气。"

巴尔斯基哈哈大笑,叫道:

"他呀,就是那个样子!"

巴尔斯基那块应当长着脸的地方,却乱七八糟堆上了几块紫红的肉。他的大脑袋、脖子、脸颊、胳膊,总之,周身上下,都长着熊一样浓密的粗毛;他的耳朵遮得看不见了,那双用不着的眼睛也被隆起的肥肉盖没了。

"我的全部力量都长成了油!"他说,哈哈大笑,张大满是板牙的嘴。

车商沃罗波诺夫的颜色很淡的眼睛瞅着阿尔塔莫诺夫,他用干巴巴的嗓音教训说:

"创办事业,这是应该的。不过,上帝的事业也不应该忘记。圣经上说得好:'马大,马大,你为许多的事,思虑烦扰。但是不可少的只有一件。'①"

沃罗波诺夫那双很淡的、仿佛空无所有的眼睛瞧着他,仿佛这个车商领悟了什么道理,马上就要说出不平凡的一鸣惊人的话来。有时候他好像要说出来了:

"当然,就连基督也吃面包,所以马大……"

"得了,得了,"皮革商人兼教堂主事日捷伊金拦住他的话,"你说到哪儿去了?"

沃罗波诺夫就不言语了,灰色的耳朵抽动着;伊利亚问皮革商人:

"你了解我的事业吗?"

"为什么要了解?"日捷伊金真心地觉着奇怪。"那事业是你的,应该由你去了解才对,怪人!你有你的事业,我有我的事业嘛。"

阿尔塔莫诺夫喝着浓啤酒,隔着树木瞧奥卡河那条颜色浑浊的长带。左边,从奥卡河分出一条瓦塔拉克沙河,像一条绿蛇似的从枞树林中,从沼泽中蜿蜒出去。那边,在那块岬角地上,在金色锦缎一样的沙地上,木屑和刨花像油一样发亮,砖头发红。在毁掉的河柳丛中,横陈着肉色的长厂房,像是一口没有盖子的棺材。库房在阳光下仿佛是在燃烧,上面盖着无光的、还没油饰过的铁皮。两层楼大厦的黄色骨架把那扎得很紧的金黄色梁木直插进炎热的天空,

---

① 见《新约·路加福音》第十章第三十八至四十二节。

像蜡似的在溶化。阿列克谢说得妙,远远看去那所房子像竖琴。阿列克谢就住在那儿,为的是跟城里那些小伙子和姑娘们离远一点。他是个难于相处的人——血气旺,脾气暴。彼得比他稳重。彼得有点迟钝,他还不懂一个勇敢的人能够做出多少事业来。

一道阴影掠过阿尔塔莫诺夫的脸。他微笑着,从浓眉下面看那些城里人:这是一伙没出息的人,工作方面的贪欲是薄弱的,真正的血性是没有的。

到晚上,满城的人都睡熟了,阿尔塔莫诺夫就像做贼那样顺着河边进了后院,溜进寡妇拜玛科娃的园子。蚊子在温暖的空气里嗡嗡地叫,仿佛那些黄瓜、苹果、茴香的好闻的香气就是由它们带到大地上来的一样。月亮在灰白的云堆里浮动,阴影抚摸着河面。阿尔塔莫诺夫翻过园子的篱墙,轻轻穿过小院,随后走进黑暗的谷仓,屋角就有一个提心吊胆的低语声迎接他。

"路上没让人看见吗?"

他脱掉衣服,生气地嘟哝道:

"这真叫我心烦——躲躲藏藏的!我是个淘气的孩子还是怎么的?"

"那你就不要有什么情人好了。"

"我倒愿意没有,可是上帝偏给我找来一个。"

"哎呀,你说的是什么呀,异教徒!我们干的事是违背上帝意思的……"

"哎,算了!这留到以后再说吧。唉,乌里扬娜,你们这儿的人……"

"你啊,得了,别烦了,"这女人小声说,然后带着强烈的热情极尽温存地安慰他很久。等到休息一阵,她就对他详细地讲到那些人:应该提防什么人,什么人头脑清楚,什么人不老实,什么人手里有闲钱。

"波米亚洛夫和沃罗波诺夫知道你需要很多木头,就打算把附近一带的树林买下来,跟你为难。"

"他们迟了,公爵已经答应把林子卖给我了。"

他们的四周和上面,弥漫着穿不透的漆黑。他们甚至看不见彼此的眼睛,悄悄谈着,声音不大。空中有干草和白桦枝编成的笤帚的气味,从地窖里冒出一种有点潮湿的、沁人心脾的凉气。寂静,沉重得像铅一样,灌满了那个小城。有时候有只老鼠跑过,一只小耗子吱吱地叫,每过一个钟头尼古拉教堂钟楼上那口破钟就把哀伤的、痛苦得发抖的声音抛进黑暗。

"你好胖!"阿尔塔莫诺夫抚摸着那个女人热烘烘的、丰满的身体,称赞说。"这么结实!那你为什么生得这样少呢?"

"除了纳塔利娅,我还生过两个,都弱,死了。"

"这是说你丈夫不行……"

"说起来你也不信,"她小声说,"在遇见你以前,我还一直不知道什么叫做爱情呢。女人们,我的女伴们,倒常说到爱情,可是我不相信,心想:她们是因为害臊而胡说!是啊,我跟丈夫在一块儿,除了害臊以外,什么也不知道;我躺在床上就跟躺在断头台上一样。我向上帝祷告:让他快睡着,不要碰我才好!他是个好人,文静,聪明,可是上帝就是没有赐给他热爱的本领……"

她的话使得阿尔塔莫诺夫兴奋,惊讶;他用力抚摸她那丰满的胸脯,嘟哝道:

"原来有这样的事,我可不知道,我还以为女人觉得每个男人都可爱呢。"

他觉得他跟这女人一块儿过活以后,变得更有力量,更聪明了。在白天,这个女人永远是一个稳重、安静、有条有理的家主妇,全城的人都因为她聪明多才而尊敬她。有一回,他被她那姑娘一样的爱抚所感动,就说:

"我知道你的心思。我们不该给孩子们办喜事,其实我们自己倒应该结婚呢……"

"你的孩子都好,他们就是知道了我们的事,也不要紧,可是倘若城里的人知道了……"

她周身打了个冷战。

"哎,没关系……"伊利亚小声说。

有一天,她好奇地问:

"你说说看:你是打死过人的,你梦见过他吗?"

伊利亚冷淡地理着胡子,回答说:

"没有,我睡得很香,从来不做梦。再说,为什么要梦见他呢?他长得是什么样子我都没有看清。他们打我,我差点摔倒,我就用铁锤打碎一个人的脑袋,后来又打死一个,第三个逃掉了。"

他叹口气,埋怨嘟哝道:

"那些傻瓜来找我的麻烦,而我倒要为他们对上帝负责……"

在沉默中过了几分钟。

"你睡着了吗?"

"没有。"

"走吧,天要亮了。你要到建筑工地去吗?唉,为了我,你都要累坏了……"

"不要担心。以前乏味的日子我都能过,现在的幸福日子我更能过了,"阿尔塔莫诺夫夸口说,穿上衣服。

他迎着冷空气,走进大清早那种珍珠母色的昏暗中。他在自己的土地上走着,双手插在背后的衣襟底下,长外衣的后襟就像公鸡尾巴似的翘起来。阿尔塔莫诺夫用沉重的脚踩着刨花和木屑,暗想:

"应当让阿廖沙玩玩,让他把泡沫都发散出来才对。这孩子难管,不过倒是个好孩子。"

他在沙地上或者刨花堆上躺下来,很快就睡着了。淡绿的天空中,朝霞温柔地发出红光。这时候太阳在大地上空夸耀地铺开了孔雀尾巴似的光芒,随后它自己也金光万丈地升上来。工人们醒来,看见这个摊开四肢的魁伟身体,就互相通知说:

"他在这儿呐!"

高颧骨的吉洪·维亚洛夫,肩膀上扛着铁锹,用他那一亮一亮的眼睛瞧着阿尔塔莫诺夫,好像要从他身上踩过去,而又下不了决心似的。

　　工人们那种像蚂蚁一样的忙碌和喊叫、敲打声,都没有惊醒这个仰面睡着的魁伟男人。他像钝锯子似的发出呼噜呼噜的声音。掘土工人走开,却不住地回头看,睐着眼睛,好像脑袋上给人打了一下似的。阿列克谢穿着白亚麻布衬衫和蓝裤子走出房子,脚步轻松,好比凌空走着一样。他去洗澡,一路上小心地绕过舅舅身旁,仿佛生怕脚底下踩碎刨花的轻微响声会惊醒他似的。尼基塔呢,天还没亮,就赶着车到树林里去了。他差不多每天都要从那儿运出两车夹着烂树叶子的肥土来,倒在已经清理出来预备培植园子的空地上。他已经种好桦树、枫树、山梨树、野樱树,如今在沙地上掘出深坑,用肥土、淤泥、黏土填进去;这是为了种果树用的。每逢假日,吉洪·维亚洛夫就帮他干。

　　"培植园子是没有害处的事情,"他说。

　　彼得·阿尔塔莫诺夫揪着自己的耳朵,走来监督工作。锯子发出沉酣的鼾声,咬进了木头。刨子沙沙地响,嘘嘘地叫。斧子清脆地砍着。石灰浆发出好听的吱吱声。磨石舔着斧刃呜呜地哭。木工抬起四楞的木头,唱着伏尔加纤夫的曲子,年轻的嗓音响亮地唱着:

　　　　教父扎哈里来找玛丽亚,
　　　　伸出拳头对准她的脸就打……

　　"他们唱得粗野,"彼得对掘土工人维亚洛夫说。那一个站在没膝的沙土中,回答说:

　　"唱什么都一样……"

　　"这是怎么讲呢?"

　　"字眼是没有灵魂的。"

"这是个叫人捉摸不透的农民,"彼得暗想,离开他走了。他想起有一回父亲向维亚洛夫提议,要他做监工,那个农民却瞧着父亲的脚底下,说:

"不行,这个差事我干不了,我不会管人。你收我做个扫院子的仆人吧……"

父亲狠狠地骂了他一顿。

……寒冷潮湿的秋天来了,园子里布满了铁锈的颜色,铁一样的黑树林也长出一块块褐色的铁锈。潮湿的风呼啸着,把白花花的、踩坏的刨花刮到河里去了。每天早晨总有载着亚麻的大车由鬃毛蓬松的马拉着,到库房来。彼得点收货物,注意检查,生怕那些大胡子的、阴沉的农民塞进了加重分量而浸过水的"出汗的亚麻",生怕按"长纤维亚麻"的价格买下普通的亚麻。对他来说,跟农民打交道是很苦的。没有耐性的阿列克谢总是跟农民激烈地相骂。父亲坐车到莫斯科去了。紧跟着,丈母娘也去了,装作是去朝圣的。每天傍晚,到喝茶时候,吃晚饭的时候,阿列克谢老是愤愤地抱怨:

"在这儿生活真没意思,我不喜欢本地人……"

他一说这话,彼得总是生气。

"你自己好!你跟所有的人都找碴儿打架。你专喜欢逞强。"

"总是有可以逞强的地方,我才逞强嘛。"

他摇着鬈发,舒开肩膀,挺出胸膛,满不在乎地眯起眼睛瞧两个哥哥和嫂子。纳塔利娅躲着他,好像对他有所畏惧似的;她跟他讲话的时候,总是冷冰冰的。

吃过午饭,每逢丈夫和阿列克谢又出外工作去了,她就走进尼基塔的像修道室一样的小房间,手里拿着活计,在窗子旁边一把安乐椅上坐下。那把椅子是驼子特为她用桦木精巧地做成的。驼子担任账房的职务,从早到晚写账、算账,可是纳塔利娅一来,他就放下工作,对她讲起公爵家里怎样生活,他们的花房里栽些什么花。他那女孩子气的高嗓音听起来紧张而温柔。他的蓝眼睛掠过那个女人的脸,瞧着窗外;她低下头刺绣,沉思着,就跟一个人独自坐着一样。他们照这样坐上一两个钟头,差不多谁也不看谁。可是有时候尼基塔小心地、仿佛不由自主地用那双温柔热烈的蓝眼睛盯住嫂子,他那狗一样的大耳朵明显地红起来。他瞟过去的眼光偶尔也使得那个女人抬起头来看一眼小叔子,仁慈地对他笑笑,这是一种奇怪的笑容。尼基塔有时候觉着她那笑容暗含着这样的意思:她已经隐约猜出他激动的原因了。有时候他觉着那笑容暗含着她受了侮辱,同时又在侮辱他的意思,尼基塔就自觉有罪地垂下了眼帘。

窗外,雨声嘈杂,哗哗地响,冲掉夏天那种暗淡的颜色。外边传来阿列克谢的嚷叫声和不久以前用链子拴在院子角落里的小熊的咆哮声。梳麻女工正在打碎亚麻。阿列克谢啪嗒啪嗒地走进来,浑身淋湿,粘满稀泥,帽子推到后脑壳上,仍旧使人联想到春天。他轻声笑着,说吉洪·维亚洛夫的一个手指头让斧子砍掉了。

"看起来好像是一时失手砍掉的,可是事情很明白:他怕征兵。我倒情愿去当兵,只要能离开这儿就好。"

随后,他皱起眉头,像小熊一样地咕噜着:

"我们跑到这个穷乡僻壤的鬼地方来了……"

随后他伸出一只手要钱:

"给我十五个戈比,我要进城去。"

"有什么事?"

"用不着你管。"

他一面走出去,一面唱着:

> 姑娘沿着小路奔跑,
> 带着烤饼去送给她的相好……

"唉,他会闹出乱子来的!"纳塔利娅说。"我的女伴常瞧见他跟奥莉加·奥尔洛娃在一块儿,可是她才十五岁,而且母亲已经去世,父亲是酒鬼……"

尼基塔不喜欢听她说这种话；他在她的话里听出了过分的悲哀和过分的忧虑，似乎还夹杂着嫉妒。

驼子沉默地瞧着窗外，松枝在潮湿的空气里摆动，从碧绿的松针上抖下一滴滴水银样的雨珠。松树是他种的；房子四周所有的树木都是他亲手种下的……

彼得走进来，阴沉而疲劳。

"到喝茶的时候了，纳塔利娅。"

"还早呢。"

"我说到时候了嘛！"他叫起来；等妻子走后，他就在她的位子上坐下，也嘟哝起来；他抱怨说：

"爸爸把这个事业全压在我肩膀上了。我像个轮子似的转动，可是究竟要转到哪儿去，我却不知道。要是我转得不合他的意，他还要骂我……"

尼基塔温和而小心地跟他谈起阿列克谢，谈起奥尔洛娃姑娘，可是哥哥挥挥手，分明听不进他那些话。

"我可没工夫去琢磨那些姑娘！我连自己的老婆也只有到了晚上做梦才看见她。白天，我总是什么也看不见，跟猫头鹰一样。你倒装了一脑子的糊涂心思……"

他拉着自己的耳朵，慎重地说：

"工厂这东西不应该成为我们的事业。我们最好住到草原上去，在那儿买块土地务农。那就会少嘈杂些，生活也会更有意思些……"

伊利亚·阿尔塔莫诺夫回家来了；他兴高采烈，显得年轻多了。他的胡子剪短了，肩膀越发展宽，眼睛越发明亮，他周身上下活像一把重新打过的犁。他像贵族似的往长沙发上一靠，说：

"我们的事业应当跟兵士一样步步前进。你们，你们的孩子，你们的孙子，都有充分的工作可做。足够做三百年的。我国工业的巨大成就应当由我们阿尔塔莫诺夫家做出来！"

他用眼睛打量一下儿媳妇,叫起来:

"你肚子大了,纳塔利娅?生个男孩子吧,我要好好送你一件礼物。"

傍晚,预备睡觉的时候,纳塔利娅对丈夫说:

"爸爸高兴的时候,脾气挺好。"

丈夫斜眼看她一下,不客气地回答:

"他答应送你礼物,那当然要觉着他好了。"

可是过了两三个星期,阿尔塔莫诺夫却消沉下来,显得心事重重了。纳塔利娅问尼基塔:

"爸爸为了什么事生气?"

"不知道。他是不容易理解的。"

当天傍晚喝茶的时候,阿列克谢忽然清楚而响亮地说:

"爸爸,让我去当兵吧。"

"什——什么?"伊利亚结结巴巴地问。

"我不愿意在这儿生活下去……"

"滚出去!"阿尔塔莫诺夫命令孩子们,可是等到阿列克谢走到门口,他又对他叫了一声:

"站住,阿廖沙!"

他对这小伙子凝神看了很久,把手抄在背后,眉毛不停地颤动,然后他说:

"我还一直以为我有一只鹰呢!"

"我在这儿住不惯。"

"胡说。你的地方就是这儿。你母亲把你交给我,就由我支配了。出去!"

阿列克谢仿佛给什么东西捆住了似的,磨磨蹭蹭地迈出步子,可是舅舅抓住他的肩膀:

"我不应该照这样跟你说话,我父亲是用拳头跟我说话的。出去!"

他又叫住他,郑重地补充说:

"你会成为大人物的,明白吗?以后我不要再听见你这种怨天怨地……"

屋里只剩下他一个人了,他就在窗前站了很久,用拳头攥住胡子,看潮湿的、灰白的雪落到地上。等到窗外黑得跟地窖一样,他就进城去了。拜玛科娃的大门已经锁上,他敲敲窗子,乌里扬娜自己就来给他开门,不满意地问:

"你怎么这时候才来?"

他走进房间,没有答话,也没有脱衣服,把帽子往地板上一丢,靠桌子坐下,胳膊肘支在桌子上,把手指头伸进胡子里,谈起了阿列克谢。

"他不是我家的人。我姐姐和一个老爷私通,生下了他,现在,那种老爷派头表现出来了。"

那个女人察看一下百叶窗关严没有,把蜡烛熄掉。墙角圣像前面有一盏小灯在银架子上闪着蓝色的亮光。

"赶快给他结婚吧,那就把他拴住了,"她说。

"对了,应该这么办。不过,问题还不止这一点。彼得也没有一点干劲,这才糟糕!没有干劲,那就谈不到建设,也谈不到破坏。他仿佛不是在干自己的事业,而是仍旧在为主人干活,仍旧在做农奴似的;他觉不出自己已经自由了,明白吗?关于尼基塔,我没有话可说:他残废,脑子里只有园子和花朵。我本来希望阿列克谢会一心扑到这个事业上去……"

拜玛科娃安慰他:

"你担心得太早了。你等一等吧,等到轮子转得快起来,就会抓紧大家,把他们都带动起来的。"

他们谈到半夜,在温暖安静的房间里并排坐着;墙角浮动着一片朦胧的、云雾样的淡蓝色亮光,胆怯的火苗摇摇闪闪,阿尔塔莫诺夫抱怨孩子缺乏工作热情的时候,也没有忘记那些城里人:

"他们是一班屌头。"

"他们不喜欢你,是因为你把事业办成功了。我们女人家是喜爱成功的,可是你们男人家,却把别人的成就看成眼中钉。"

乌里扬娜·拜玛科娃善于安慰他,善于使他宽心。可是有一回她对他说:

"哪,有一件事我怕得要命,你可别让我生出孩子来……"

阿尔塔莫诺夫只是不满意地嗽了一下喉咙。

"在莫斯科,事业跟火烧一样!"他接着说,站起来,搂住那个女人,"唉,如果你是男人就好了……"

"再会,亲爱的,你走吧!"

他热烈地吻她,走了。

……在谢肉祭周①,叶尔丹斯卡娅用平板雪橇把阿列克谢从城里拉回来了。他被人痛打一顿,衣服撕破,人事不知了。叶尔丹斯卡娅和尼基塔用研碎的辣根掺上白酒,把阿列克谢的全身擦了许久。他光是哼哼,一句话也不说。

阿尔塔莫诺夫像野兽似的在房间里走来走去,卷起衬衫的衣袖,又放下来,磨着牙。等到阿列克谢苏醒过来,他就摇着拳头,对他嚷起来:

"你说:谁打了你?"

阿列克谢微微睁开一只抱怨而气愤的肿眼,喘着气,唾着血痰,也嘶哑地喊:

"把我打死算了……"

受惊的纳塔利娅大声哭起来。公公对她顿着脚,吆喝道:

"闭嘴!出去!"

阿列克谢双手抱住头,好像要把头揪下来似的,呻吟着。后来他抢出一条胳膊,翻一下身,侧着身子躺着,张开沾着血迹的、呼哧呼哧

---

① 基督教节日,在四旬斋(复活节前四十日的持斋,谓之四旬斋)的前一周。

喘气的嘴,不出声了;床旁边桌子上有一支蜡烛发出摇闪的光,阴影在那伤损的身体上爬来爬去,好像阿列克谢越来越黑,越来越瘦了。他的哥哥们一声不响、垂头丧气地站在弟弟脚旁;父亲在房间里走来走去,也不知是在问谁:

"难道他就不会再活过来了?啊?"

可是过了八天,阿列克谢起床了,咳嗽带痰,咳出血来。他常到浴室去,用桦树枝子敲打自己的身子,喝加胡椒的白酒。他的眼睛里燃着郁闷的、阴暗的火,这倒把他衬托得越发漂亮了。他不肯说出是谁打了他,不过叶尔丹斯卡娅打听出来打他的是斯捷潘·巴尔斯基、两个消防队员、沃罗波诺夫的扫院人(一个莫尔德瓦人)。阿尔塔莫诺夫问阿列克谢是不是这样,他却回答说:

"我不知道。"

"胡说!"

"我没看见。他们从我背后抄过来,拿一件长衫什么的把我的脑袋蒙住了。"

"你总还瞒着一些话没说,"阿尔塔莫诺夫揣测着。阿列克谢用他那双不正常的发亮的眼睛瞧着他的脸,说:

"我大好了。"

"多吃点东西!"阿尔塔莫诺夫劝他,然后自言自语地嘟哝着:"为了这样的事,真该放它一把火,烧烧他们的爪子……"

他越发注意阿列克谢,用一种粗鲁的亲切态度对待他。他让大家都看见他做事多么卖力气,他也并不掩饰自己的目的:他要在孩子们的心里鼓起劳动热情来。

"什么事都要做,任什么工作都不要看不上眼!"他开导着,而且做了许多本来可以不做的事,处处都表现出一种像野兽那样的警觉的灵敏。凭了这种灵敏,他能够准确地断定什么地方的阻力比较顽强,怎样才能比较省力地克服它。

儿媳妇的分娩反常地拖延下去,可是等到纳塔利娅受了两天两夜

的罪,到第三天生下一个女孩的时候,他烦恼地说:

"唉,这有什么用……"

"多谢上帝仁慈,"乌里扬娜庄严地劝告他,"今天是亚麻守护神圣叶连娜的节日①。"

"真的吗?"

他拿起教会的历本,看了一下,像孩子那样快活起来:

"带我上你女儿那儿去!"

他在儿媳妇的胸上放了一副镶宝石的耳环和五枚十卢布的金币,嚷着说:

"收下吧!虽然你没生个小子,可也还是挺好!"

他问彼得:

"嗯,怎么样,你这条鲶鱼,高兴吗?当初你生下来的时候,我可是高兴的!"

彼得战战兢兢地瞧着妻子那张没有血色的、疲劳的、差不多使人认不得的脸。她那对疲倦的眼睛陷进两个黑坑里去,从里面向外张望人和东西,仿佛在回想什么早已忘记的事似的。她的舌头慢慢动着,舔她那咬破了的嘴唇。

"她怎么不说话?"他问丈母娘。

"她嚷够了,"乌里扬娜解释说,把他推出房外去了。

这两天他总听见妻子哭叫,先还可怜她,怕她死掉,后来却被她的喊叫声震得耳朵发聋,对家里的忙乱变得麻木,顾不上害怕,也顾不上可怜了。他光想走到远一点的地方去,免得听见妻子的哭号,可是他要躲也躲不开,那种尖利的声音在他脑子里回响,引起一些非同小可的思想。而且不管他走到哪儿,到处都看见尼基塔,手里拿着斧子或

---

① 基督教会为纪念罗马皇帝康士坦丁一世的母亲叶连娜(约公元244—327年)被尊为圣徒的日子,这是民间对这个教堂节日的称呼。东正教定为每年的五月二十一日(六月三日)。根据当时农民的迷信传说,这天下种的亚麻,纤维长得好。在圣叶连娜节这天生女儿是吉兆。

者铁铲。那个驼子正在把什么东西劈开、砍平,或者在挖坑,用鼹鼠那种没有声音的脚步跑到什么地方去。看起来,好像他是在兜着圈子跑,所以才会到处都遇见他。

"也许,她生不下来了,"彼得对弟弟说。驼子把铁铲插在沙地里,问道:

"收生婆怎么说?"

"她总是安慰人。她答应不会出事。你为什么发抖啊?"

"我牙痛。"

孩子生下来的那天傍晚,他跟尼基塔和吉洪一块儿坐在门廊上,深思地微笑着,说:

"丈母娘把那孩子放在我的臂弯里,我乐得连女儿的分量都没觉出来,差点把她扔到天花板上去。真叫人不容易弄懂:这么一丁点小东西,却引起那么难忍的痛苦……"

吉洪·维亚洛夫搔了搔颧骨,照平素那样平心静气地说:

"凡是人的痛苦都是由小事生出来的。"

"这是什么意思?"尼基塔严厉地问。那个扫院子的仆人打个呵欠,冷淡地回答说:

"喏,不知怎么,就是这样的……"

家里人来叫他们去吃晚饭了。

孩子生得又大又重;可是过了五个月,孩子却因为煤气中毒死了,母亲也跟她一块儿中煤气差点死了。

"哎,这也没什么!"父亲在墓园里安慰彼得,"将来她还会生的。而且现在我们在这儿要有自己的墓地了,这就是说我们深深地扎下根了。四周的东西是你的,脚底下的也是你的;地上的东西是你的,地底下的也是你的,这样人才算是站稳了!"

彼得点头,瞧着他的妻子。她笨拙地弯下腰,瞧着自己脚旁边的小坟堆,尼基塔正用铁锹专心地拍坟堆。她匆匆忙忙用手指头擦掉脸上的眼泪,倒好像担心手指头一挨到红肿的鼻子会烫伤似的;她小声说：

"主啊，主啊……"

阿列克谢在十字架中间转来转去，念墓碑上面的题词。他瘦了，显得年纪大了几岁。他那张不像农民的脸长满黑的汗毛，好像烧焦了，熏黑了。他那双傲慢的眼睛深藏在黑眉毛底下，带着敌意看一切东西。他说话闷声闷气，爱理不理，好像故意吐字不清。人家一追问，他总尖叫一声：

"你听不懂吗？"

接着就骂起来。他对哥哥们的态度有点不客气，带点讥诮。他对纳塔利娅就跟对女工一样的嚷叫。每逢尼基塔责备他说："你不该欺负纳塔莎①！"他就回答：

"我是病人啊。"

"她性子温和。"

"好，那就让她受受吧。"

关于有病这件事，阿列克谢常常提起，而且差不多总是带着点骄傲，倒好像得病是一种优点，使得他比众人高明似的。

他从墓园里出来，跟舅舅一块儿走着，对舅舅说：

"我们应该有我们自己的墓地才对，要不然，死了跟这些人躺在一起也不体面。"

阿尔塔莫诺夫微笑着说：

"我们会造起墓地来的。将来我们什么都要有：教堂啦，墓地啦。我们还要开学校，办医院。你等着吧！"

他们走过瓦塔拉克沙河的桥，桥上站着一个像叫花子一样的人，手扶着栏杆，穿一件土红的破长袍，像是一个因为酗酒而落魄的小文官。他那皮肉松弛的脸上长满白胡子楂儿，长着唇髭的嘴唇努动着，露出残缺的黑牙，湿润的眼睛蒙眬发光。阿尔塔莫诺夫扭开脸去，唾

---

① 纳塔利娅的爱称。

了一口痰,可是发现阿列克谢带着不平常的和蔼态度向那毫无可取的人点了点头,就问他:

"这是什么意思?"

"这个人是钟表匠奥尔洛夫。"

"我知道他叫奥尔洛夫!"

"他头脑聪明,"阿列克谢倔强地说。"他从前受过欺压……"

阿尔塔莫诺夫斜眼看他外甥,沉默了。

夏天来了,干燥而炎热;奥卡河对岸的树林着起火来。白天,地面上浮着辛辣刺鼻的蛋白色烟雾。晚上,光秃的月亮红得难看,星星在烟雾里失去光芒,像一颗颗铜钉帽似的突出来。河水映着浑浊的天空,像是地底下冒出来的一缕冰冷的浓烟。

阿尔塔莫诺夫一家人吃过晚饭,热得直喘,在园子里拣了一块由枫树围成半圆的地方坐下来喝茶。那些树木长得很茂盛,可是在这种烟雾迷蒙的夜晚,树叶交错的蓬松树顶却不能使人感到一点凉意。蟋蟀瞿瞿地叫,独角的黑甲虫嗡嗡地闹,茶炊吱吱地响。纳塔利娅解开外衣上面的钮扣,一言不发地倒茶,她胸口的皮肤现出柔和的颜色,像奶油一样。驼子坐在那儿低着头,削树枝子做鸟笼。彼得默默地用手指头揪着自己的耳垂,轻声说:

"惹得人家不痛快是没有好处的,可是父亲总是惹人家。"

阿列克谢干咳着,往城里那边看,仿佛在等着出什么事似的伸长脖子。

城里传来了怨艾的钟声。

"是警钟吗?是着火了吗?"阿列克谢问,跳起来,把手掌遮在额头上面。

"你怎么了?这是敲钟的人在报时。"

阿列克谢站起来,走了。尼基塔沉默一阵,轻声说:

"他老是觉着要起火似的。"

"他脾气变坏了,"纳塔利娅慎重地说,"他以前多么快活……"

彼得用长者的口气严正地责备弟弟和妻子：

"你们俩用愚蠢的眼光看他；你们的怜悯会惹得他生气的。我们去睡吧，纳塔利娅。"

他们走了。驼子瞧着他们的背影，也站起来，走到凉亭去，坐在门槛上，他晚上就睡在凉亭里的干草上。凉亭在一个高岗上，周围是草地；从那儿望出围墙去，可以看见城里黑压压的一大片房屋。钟楼和消防队的瞭望台高耸起来，守卫着那些房屋。仆人在收拾桌上的杯盘，茶碗叮当地响。织布工人沿着围墙走去，有一个工人拿着拖网，另一个弄响铁桶，还有一个用石头砸出火花来，想弄燃火绒，点上烟斗。狗汪汪地叫，吉洪·维亚洛夫平静的声音在静寂里响起来：

"是谁在走？"

肃静紧紧地绷在地面上像鼓皮一样，就连织布工人脚底下沙土的微弱的沙沙声也显着清楚得刺耳，尼基塔很喜欢这种没有声响的夜晚。这种肃静越是深沉，他就越能把自己全部的想象力集中在纳塔利娅身上，他那双永远带点害怕和惊奇的可爱的眼睛也就越亮。他很容易想出各式各样会使他幸福的事情：比方说，他发现一处最丰厚的宝藏，交给彼得，彼得就把纳塔利娅让给他了；或者比方说，强盗来了，他立下了不起的功劳，于是父亲和哥哥自动把纳塔利娅给他，酬劳他出的力。或者是，瘟疫来了，等到这病过去以后，全家只剩下两个活人：他和纳塔利娅，到那时候他会向她表明她的幸福就藏在他的心里。

天色已经过了午夜，他忽然发觉城里，在那些如同不动的乌云一样的园子里腾起另外一股乌云，飘到那一大片房屋上面，慢慢往深灰色天空的幽暗处升上去。过了一分钟，那块乌云下面现出一片紫红的亮光，他明白这是起火了，就跑到正房去，却看见阿列克谢很快爬上一道梯子，到谷仓的房顶上去了。

"起火了！"尼基塔叫道。弟弟往高处爬着，回答说：

"知道了。这有什么了不得的？"

"哦，原来你在等着起火呐，"驼子想起来了，暗暗吃惊，在院子中央站住。

"哦,就算是等着吧!那又怎么样?天这么干,总是要起火的。"

"应当去叫醒织布工人……"

可是吉洪已经把织布工人叫醒了,他们一个个跑到河边去,快活地喊叫。

"爬到我这儿来,"阿列克谢提议,他已经骑在屋脊上了。驼子听从他的话,爬上去,说:

"可别把纳塔利娅吓坏才好。"

"你就不怕彼得会在你身上再打出一个驼峰来吗?"

"为什么?"尼基塔轻声问,他听见了回答:

"别直着眼睛盯他的老婆了。"

驼子很久答不出一句话来。他觉着他正从房顶滑下来,马上就要掉下去,一头栽在地下了。

"你说什么?你该想一想你说的是什么,"他嘀嘀咕咕地说。

"唉,得了吧,得了吧!我亲眼看见的……你不用害怕,"阿列克谢快活地说,他已经很久没有这样了。他从手心底下望出去,瞧见粗大的火舌摇摇晃晃,扰乱寂静,逼它发出暗哑的呼呼声。他精神抖擞地说:

"这是巴尔斯基家着火。他们院子里有二十大桶焦油。这火烧不到邻居家里去,中间还隔着一个园子呢。"

"我得跑掉,"尼基塔暗想,瞧着远处被大火撕裂的黑暗。那边,在淡红色的夜空里,树木挺立着,像是铁打的一样,玩具似的小人在淡红色的地面上忙碌地奔跑,甚至可以看见他们怎样忙忙乱乱地把又细又长的带钩的杆子插进火里去。

"火烧得真旺,"阿列克谢称赞道。

"我要进修道院去,"驼子暗想。

彼得在院子里睡意矇眬地、愤愤地咆哮,吉洪·维亚洛夫的那些回答他的话懒洋洋地飘浮着。纳塔利娅站在正房的窗前,仿佛嵌在框子里的一张照片一样,正在胸前画十字。

尼基塔坐在房顶上,一直看到起火的地方只剩下一堆火烬为止,火烬散在像黑柱子一样的炉子烟囱周围,跟金子那么发亮。随后他爬下来到了地上,走出门外,不料正好撞在父亲身上;父亲浑身湿透,被烟子熏黑,没有戴帽子,外衣都撕破了。

"你上哪儿去?"父亲非常凶地叫着,把尼基塔推进院子里。他看见房顶上阿列克谢的白身影,就越发凶恶地吩咐道:

"你为什么跑到那上面去?下来。你这傻瓜,应当保重身体才对……"

尼基塔走进园子,在父亲房间窗前的一条长凳子上坐下,不久他就听见父亲砰的一声用力关上门,压低喉咙,可是闷声闷气地说:

"你要毁了你自己吗?你要叫我丢脸吗?啊?我要打死你……"

阿列克谢尖声回答说:

"这是你自己给我出的主意。"

"闭嘴!你该向上帝祷告才对,幸亏那个坏蛋不能说话了……"

尼基塔站起来,轻轻地,可是很快地走进园子角落里的凉亭上去了。

到早晨喝茶的时候,父亲说:

"那是有人放火。放火的人原来是那个醉鬼,钟表匠。他们把他痛打了一顿,他多半死了。据说先前巴尔斯基害过他,而且他对巴尔斯基的儿子斯乔普卡有旧怨。那是件暧昧的事情。"

阿列克谢平心静气地喝牛奶。尼基塔却觉着自己的手发抖,就把它们塞到两个膝头中间,紧紧夹住。父亲留意到他这个动作,就问:

"你为什么发抖?"

"我身体不舒服。"

"你们都不舒服。只有我健康……"

他生气地推开那杯没喝完的茶,走了。

阿尔塔莫诺夫的事业很快招来一大群人;离工厂两俄里远的一个

布满石南的小山坡上,在稀疏的枞树林中间,造起许多又小又矮的小屋,没有院子,没有围墙,远远看上去像是蜂房。在一个不深的山沟里(那原是一条已经干涸的河的河床,那条河的名字大家已经忘记了),阿尔塔莫诺夫为单身的、没有家眷的工人造了一长排木板房,房顶向一边斜下来,房顶上立着三根烟囱,窗子很小,是为了保住房屋里的温暖的。那些窗子把房子衬托得像是一个马厩,工人们就给它起了个名字,叫做"公马宫"。

伊利亚·阿尔塔莫诺夫变得越发喜欢夸耀地嚷叫,不过他没有沾染阔人那种自尊自大的习气,对工人不摆架子,参加他们的婚宴,给他们的孩子做教父,到了假日喜欢跟老织布工人一块儿谈天。他们教他劝农民们在地力疲惫的耕地上和树林里起过火的地方种亚麻,结果证明这办法很好。老织布工人称赞这个谦虚恳切的主人,把他看作走鸿运的农民,教训那些年轻人说:

"学学人家怎样办事业!"

伊利亚·阿尔塔莫诺夫也开导孩子们:

"农民,工人,都比城里人聪明。城里人体质虚弱,脑筋糊涂。他们贪心大,胆子小。他们做出来的事都小里小气,不能经久。城里人什么事也摸不着准确分寸,可是农民总是牢牢地守住实在的东西,不出它的范围,不会一忽儿往东,一忽儿又往西。而且他们心目中的实在的东西也简单:比方说,上帝、粮食、沙皇。他们,那些农民,是十分简单的——你们要倚靠他们。你,彼得,跟工人说起话来干巴巴,而且除了正事,别的话都不谈,这是不妥当的,你也得能够说说闲话才成,应当开开玩笑。快活的人总是比较容易让人了解的。"

"我不会开玩笑,"彼得说,出于习惯拉了拉自己的耳朵。

"那就得学。说句把笑话只用一分钟的工夫,可是能管一个钟头的事。阿列克谢跟工人也处得不好,嚷啊叫的,净挑毛病。"

"他们是滑头,懒汉,"阿列克谢激昂地说。

阿尔塔莫诺夫严厉地喝道:

"你对那些人能懂得多少?"

可是他的胡子里隐隐露出笑意;为了不让人看见他的微笑,他就用手遮住胡子。他想起阿列克谢为了墓园的事怎样跟城里人勇敢地、振振有词地争吵,因为德廖莫夫城的人不愿意让阿尔塔莫诺夫的工人葬在他们的墓园里。阿尔塔莫诺夫不得不向波米亚洛夫买下一大片赤杨树丛,在那儿开辟一个自己的墓园。

"墓园又叫做'做客地'①,"维亚洛夫深思地说,他正在跟尼基塔一块儿砍伐又细又弱的树木。"这个词儿可用得不得当。我们说他是'做客地',然而人们在那儿却永远住下去了。房子和城市才是'做客地'。"

尼基塔看出维亚洛夫工作得轻巧而灵便,这人在劳动中比在那些暧昧的、永远出人意外的话里表现出更多的聪明。他也跟父亲那样,不论做什么工作,很快就会找到阻力最小的地方,总是节省气力,凭巧妙来取胜。不过他们的区别也明显地看得出来:父亲做一切事都热心,可是维亚洛夫工作起来却好像不乐意,好像纯粹是出于赏赐一种恩惠,如同自己知道自己能做出更好的工作的人一样。他讲话也是这样:讲得不多,好像是出于赏光,带点满不在乎的口气,然而意味深长,暗示着:

"我知道的比这多,我所能讲的决不止这一点呢。"

尼基塔总是听出他的话里有所暗示,弄得尼基塔心里对这个人产生了恼恨、害怕和极端不安的好奇心。

"你知道得很多,"他对维亚洛夫说,那个人不慌不忙地回答说:

"这就是我活着的缘故。我就是知道什么,那也没什么坏处,我是为我自己知道的。我知道的事藏在守财奴的箱子里,谁也看不见。你放心好了……"

谁也没有见过吉洪问人家在想什么,他只是用鸟样的、一亮一亮

---

① "墓园"在俄文里是由"做客"转来的。

的眼睛紧盯着人,然后,仿佛吸收到别人的思想似的,出乎意外地说出一些他不应该知道的事。有时候尼基塔巴望着维亚洛夫咬断自己的舌头,或者像砍断手指头那样砍断它才好。他就连砍断手指头,也不合乎常情,他砍掉的不是右手上的手指头,而是左手上的,并且是无名指。父亲、彼得以及所有的人,都认为他愚蠢,可是尼基塔并不认为他是那样。尼基塔心里不断增长着一种混杂的心情:既对吉洪存着好奇心,又害怕这个高颧骨的、不容易理解的农民。后来,他的害怕心理特别强烈起来,因为维亚洛夫有一回跟尼基塔一块儿从树林里回来的时候,忽然说:

"你正在不断地瘦下去。你这个人真怪,应该跟她说明才对。她也许会可怜你呢。好像她心眼儿还挺好的。"

驼子站住了。他吓得心都不跳了,两腿沉得像石头。他慌张地咕哝着说:

"要我说什么?对谁说?"

维亚洛夫看他一眼,往前走去。尼基塔揪住他衬衫衣袖,吉洪却露出鄙视的神情,甩开他的手。

"哼,何必装蒜呢?"

尼基塔从肩膀上卸掉在树林里挖来的桦树,放在地下,往四下里看一眼。他恨不能对准吉洪那张凸凹不平的脸打一拳,恨不能叫他闭住嘴才好。可是那一个瞧着远处,眯细眼睛,平心静气,像平常一样地说:

"就算她心不好吧,那她也能特为你装一回假。娘们儿都是好奇心重的,个个都想试一试别的男人,看看他是不是比糖还甜。讲到我们男人家,我们有多大的贪图呢?一回,两回,也就心满意足了。可是你却在瘦下去。你不妨试一试,跟她讲明,说不定她会答应的。"

尼基塔听出他话里含着亲切的怜悯感情;这对尼基塔来说却是新的、从没领略过的,他的喉咙痛苦得缩紧了,可是他同时又觉得吉洪剥光了他的衣服,使他赤身露体了。

"你净胡思乱想,"他说。

城里的钟响了,召人去做晚祷。吉洪颠了颠自己肩膀上的树木,往前走着,拄着铁锹,咚咚地啞响土地,仍旧心平气和地说:

"你别怕我。要知道,我为你难过。你是招人喜欢的、有趣的人。你们阿尔塔莫诺夫家的人都非常有趣……你尽管是驼子,可是在性格上并不像驼子。"

尼基塔的惊慌化成刺骨的悲伤,弄得他目光模糊,走路跟跟跄跄,像喝醉了酒一样。他想躺在地下,歇一下。他轻声地要求说:

"你不要对外人提起这件事。"

"我说过,这事就跟锁在箱子里一样。"

"忘掉它好了。也不要跟她谈起。"

"我从来不跟她谈话……何必跟她谈这事呢?"

他们一言不发,默默地走到家。驼子的蓝眼睛变得更大、更圆、更哀伤了。他瞧着人的时候,眼光总是掠过人,看到他们的肩膀后面去。他越发沉默寡言,不被人注意了。可是纳塔利娅看出他有点不对劲,就问:

"你为什么这么郁闷?"尼基塔回答说:

"活儿很多,"他说完,赶快走开了。这伤了那女人的心,她已经不是第一回感到:这个小叔子待她已经不及先前那么和气了。她生活得枯燥乏味。四年中间,她生下两个女儿,现在又怀孕了。

"为什么你老是生女孩子,生出她们来有什么用?"公公在她生第二个女孩子的时候嘟哝道。他没有送她东西,却对彼得抱怨说:

"我要的是孙子,不是孙女婿。难道我是为外人创办这个事业的吗?"

公公的每句话都逼得那女人感到自己有罪。他知道丈夫也不满意她。到晚上,她跟丈夫并排躺下,就瞧着窗外遥远的繁星,摩挲肚子,暗自请求着:

"主啊,让我生个儿子吧……"

可是有时候她又恨不能对丈夫和公公大叫一声：

"为了故意扫你们的兴，我偏要生女儿！"

她巴望着做一件惊人的、出乎大家意外的事。她想做一件好事，为了使大家都对她和气些，或者索性做一件坏事，吓一吓他们。然而好事也罢，坏事也罢，她都想不出该怎么做。

她天一亮就起床，下楼到厨房里去，跟厨娘一块儿准备早茶的吃食，跑上楼去喂孩子吃奶，然后给公公、丈夫、小叔子倒茶，再上楼去喂女儿吃奶，随后做活，给大家洗衣服，吃过午饭就带着孩子到园子里去，在那儿坐到喝晚茶的时候。有些伶俐的缠线女工往园子里看，讨好地称赞说女孩子长得美。纳塔利娅笑笑，可是不相信那种称赞，她觉得孩子长得并不好看。

有时候树木中间闪过尼基塔的身影，这是惟一的待她亲热过的人，可是现在每逢她请他坐下来跟她一块儿喝茶，他总是抱愧地回答说：

"对不起，我没有工夫。"

她的脑子里不知不觉地形成了一种痛心的想法：以前驼子待她亲热是假的，他是丈夫派到她这儿来的看守人，监视她跟阿列克谢的。她怕阿列克谢，因为她喜欢他。她知道如果那个漂亮的小叔子需要她，她是没法反抗的。然而他并不需要她，甚至不理她。这就伤了女人的心，惹得她对大胆而活泼的阿列克谢生出了敌意。

到下午五点钟，家人喝茶，到八点钟吃晚饭。然后纳塔利娅给娃娃洗澡，喂奶，服侍娃娃睡下，于是跪在地下祷告很久，然后挨着丈夫躺下来，希望能怀个男胎。如果丈夫需要她，他就躺在床上嘟哝起来：

"行了。来睡吧。"

她就中止祷告，匆匆在胸前画个十字，走到他那儿，温顺地躺下去。有时候（这种时候很少），彼得开玩笑说：

"为什么你祷告那么多话？你不会求什么就有什么的，要不然别人就什么也得不着喽……"

夜晚,她给孩子的哭声惊醒,就喂孩子吃奶,哄孩子睡着,然后走到窗前,久久地瞧着园子,瞧着天空,一句话也不说地想着自己,想着母亲、公公、丈夫,想着在这不知不觉度过去的、并不轻松的一天当中她所经历到的种种事情。白天听惯的声音、女工欢乐的或者悲愁的歌声、工厂里各种敲打声和沙沙声、工厂那像蜜蜂一样的嗡嗡声,现在都听不见了,这是使人觉着奇怪的。白天,那种不间断的、匆忙的嘈杂声一刻也不停,它的回音在各个房间里飘荡,在树叶中间轻轻响着,抚摸窗上的玻璃。这种工作的杂音逼着人们听它,妨碍人们思索。

可是在夜晚的肃静里,在一切活东西都熟睡的沉静中,她想起了尼基塔讲过女人怎样被鞑靼人掳去的可怕的故事,神圣的女隐士和女殉教徒的身世,有时她也想起幸福而快乐的生活的故事,可是她最常想起的却是痛心的事。

公公瞧她的时候如同瞧着空地一样,这样倒还好些;不过有时候他在前堂或者房间里面对面地遇见她,他却老着脸,尖起眼睛打量她,从胸脯看到膝头,厌恶地哼一哼鼻子。

丈夫干巴巴,冷冰冰。她觉得有时候他瞧着她的时候露出一种神情,倒好像她妨碍他看见一件别的藏在她背后的什么东西似的。往往,他脱完衣服,并不立刻躺下,而要在床边坐很久,一只手撑在鸭绒褥子上,一只手拉自己的耳朵,或者揉脸上的胡子,仿佛牙痛似的。他那难看的脸皱起眉头,时而显得怨恨,时而含着愠怒。遇到这种时候纳塔利娅就不敢上床睡觉。他不大说话,要说也只说家务事;关于纳塔利娅所不理解的农民生活和地主生活,他很少谈起,而且越来越少谈到了。冬天,到了节日,在圣诞节和谢肉祭周,他往往带着她坐上雪橇到城里去。那辆雪橇由一匹又大又黑的公马拉着,它生着布满血丝的黄铜色眼睛,气愤地摇头,大声地喷鼻子。纳塔利娅怕这头牲口,而且吉洪·维亚洛夫弄得她越发害怕了,因为他说:

"这是一匹贵族的马。别人要驾御它,它就生气。"

母亲常来。纳塔利娅嫉妒她那种逍遥自在的生活,她眼睛里那种快活的光芒。纳塔利娅发现公公像年轻人那样跟母亲开玩笑,满意地摩挲胡子,欣赏自己的情妇;母亲呢,扭着屁股,像孔雀一样走来走去,毫不害臊地在他面前夸耀自己的美丽。在这种时候纳塔利娅的嫉妒就变得越发强烈,越发痛心。城里人早已知道她跟亲家的关系,严厉地批评她,跟她疏远。本城的体面人物不准自己的女儿,纳塔利娅的女伴,去找纳塔利娅,认为她是一个荡妇的女儿,一个来历不明的外乡农民的儿媳,一个脸色阴沉、架子很大的男人的妻子。做姑娘时候生活里那些小小的欢乐,如今在纳塔利娅看来,显得巨大而灿烂了。

她很痛心地看出来,母亲早先那么直率,现在竟对人耍手段,做假了。她分明怕彼得,为了不让他看出她怕他,就说些逢迎他的话,称赞他办事有才干;她大概也怕阿列克谢的讥诮的眼睛,于是跟他亲热地开玩笑,悄悄跟他说私话,常常送他礼物。在他命名日那天,她送他一个瓷钟,上面有一只山羊和一个用花朵装饰着的女人。这件美丽的、做得精致的东西引起了大家的赞叹。

"这个钟是人家为还我的债给我的,只合三个卢布。这钟老了,不走了,"母亲解释说。"等阿廖沙结婚时候,放在新房里做个摆设好了……"

"我也可以用来做摆设啊,"纳塔利娅不由自主地暗想。

母亲详细地问她家务事,枯燥乏味地教导她说:

"平常日子,桌上不要放餐巾;那些餐巾一用来擦过唇髭,擦过胡子,马上就脏了。"

母亲以前是喜欢尼基塔的,可是现在却撇着嘴瞧他,跟他说话如同跟一个行为不正、使人起疑的管事说话一样。她警告女儿说:

"你要小心,对他不要太亲近,驼子是狡猾的。"

纳塔利娅不止一次想对母亲抱怨丈夫,说他不相信她,派驼子来监视她,然而不知什么缘故她一直没把这话说出口。

可是顶糟的是母亲也担心纳塔利娅不会生男孩子了,就问她晚上跟丈夫的房事。她老着脸皮,毫无顾忌地盘问纳塔利娅,她那双湿润

的眼睛微笑着,眯起来,她那压低的声音呜呜地响。这种追根究底使得纳塔利娅很难堪。她暗自高兴地听见公公问道:

"亲家母啊,要不要套车子?"

"我愿意走着回去。"

"行,我送你回去就是。"

丈夫沉思地说:

"丈母娘是个精明人;她巧妙地抓住了父亲。有她在,他对我们都要和气一点。她应当卖掉房子,搬到我们这儿来住才对。"

"这也不必,"纳塔利娅想说,可又不敢说。她想到母亲有人爱,而且幸福,就越发痛心了。

她坐在朝园子的窗子前面,或者手里拿着活计坐在园子里的时候,常听到吉洪和尼基塔谈话的片断,他们在浴室附近果树林的后边忙碌着。在工厂的轻微的嗡嗡声中传来那个扫院子的仆人沉静的说话声:

"人多了,才会觉着无聊。大家挤在一块儿,就开始无聊了。"

"多么有道理啊,"纳塔利娅想,可是尼基塔的好听的嗓音在训诫说:

"你这是在胡说了。那么,跳圆圈舞呢,打牌呢?没有人,也就没有快乐了。"

"这话也有道理啊。"这个女人惊奇地暗想,她也同意这话。

她看出她四周的人都用深信不疑的口气讲话,各人有各人了解得很透彻的事情。她清楚地看出来:普通的、扎实的字眼,彼此紧密地配合起来,使每个人都表达了各自的一部分深奥的真理,人们就借那些字眼来显出彼此的区别,用它们来装饰自己,玩弄它们,把它们弄得叮当直响,好比他们的金的或银的表链一样。她却没有这类的字眼,她想不出用什么字眼来装扮自己的思想,再者,她那些思想也不容易理清楚,模模糊糊,像是秋天的雾,反而压在她心上,使她变得呆钝。她越来越常常带着悲哀和烦恼暗想:

"我笨,什么也不知道,什么也不懂……"

"熊这个字的意思是'能',它'能'知道'蜜'在哪儿,"吉洪在马林果中喃喃地说。

"正是这样,"纳塔利娅暗想。她打了个哆嗦,想起阿列克谢是怎样把她钟爱的小动物打死的:本来,那头熊养了十三个月,一直在院子里跑来跑去,驯顺而温和,跟狗一样。它钻进厨房,用后腿站起来,要面包吃,轻声地呜呜叫,眨着滑稽的眼睛。它通体都可笑,性子却善良,也能够明白别人的好心。大家都喜欢它,尼基塔照应它,给它梳理一团团浓密蓬乱的毛,牵着它到河里去洗澡。它那么依恋尼基塔,每逢他出门在外,这动物就扬起脸,不安地闻空气,打响鼻,在院子里跑来跑去,闯进账房——它的抚养人的房间,不止一次砸破窗上的玻璃,捣毁窗框子。纳塔利娅喜欢用蘸过糖浆的小麦面包喂它,它自己也学会拿面包块在碗里蘸糖浆吃了。它乐得呜呜地叫,两条毛茸茸的腿稳不住身子,摇摇晃晃,把面包塞进粉红色的、长着尖牙的嘴里,吮着黏糊糊的、粘着糖浆的爪子,然后它那善良的小眼睛幸福地放光,把脑袋塞到纳塔利娅的两个膝头中间,引她来戏弄它。就是跟这可爱的动物讲讲话也是可以的,它已经多少能够听懂了。

可是有一回阿列克谢给它白酒喝,喝醉了的熊就跳跳蹦蹦,翻筋斗,爬到浴室的房顶上去,拆毁烟囱,让砖头滚下来。工人们聚成一大群,瞧着它,哈哈大笑。从这天起,差不多每到假日阿列克谢为了逗大家开心,总要给这头熊喝酒。那动物喝惯了酒,一闻着有酒气味的工人就追上去,看见阿列克谢走过院子,绝不轻易放过,一定向他扑过去。他们用链子把它锁起来,可是它捣毁自己的窝,脖子上带着链子,拖着链子另一头拴着的一根木头,在院子里走来走去,摇爪子、晃脑袋。大家想捉住它,它就抓伤吉洪的腿,推倒青年工人莫罗佐夫,用爪子抓住尼基塔的屁股,伤了他。随后,阿列克谢就带着猎矛跑来了,一个箭步窜上去,把矛头戳进那动物的肚子。纳塔利娅在窗口看见那头熊的后腿一弯,坐下去,扬起前爪,摇动着,仿

218

佛在向四周围那些愤怒呐喊的人们告饶似的。不知什么人为了讨好,拿来一把木匠的锋利的斧子,塞在阿列克谢手里。她那胡子尖尖的小叔子就连跳几步,到熊面前,先砍这个爪子,再砍那个爪子。那头熊大叫一声,把两个被砍伤的爪子按着地,倒下去了,血往左右两边流着,在被踩紧的土地上形成一摊摊深红的血迹。那动物可怜样地哀叫着,放倒头,仿佛等着斧子再来砍它似的。这时候阿列克谢把腿往两下里叉开,抡起斧子,砍进熊的后脑壳,就跟砍木头一样。熊就把嘴塞到自己流出来的那摊血里去,可是斧子嵌进骨头那么深,阿列克谢用脚蹬住毛茸茸的死兽身体,好容易才把斧子从头盖骨里拔出来。这头熊是使人惋惜的,可是纳塔利娅知道这个胆大的、敏捷的、快活的、爱胡闹的小叔子跟一个一无可取的姑娘很要好,而对她纳塔利娅却理也不理,这就更使人惋惜了。

大家都称赞她的小叔子灵活、勇敢,公公拍拍他的肩膀,嚷着说:
"你还能说你有病?嘿……"
尼基塔从院子里跑出去。纳塔利娅哭得那么伤心,惹得她丈夫又惊讶又烦恼地问她:
"咦,要是人家当你的面打死了人,那你又会怎么样呢?"
他像对待小孩子似的吆喝道:
"别哭了,傻瓜!"
她以为他要打她,就忍住眼泪。她想起结婚第一夜跟他在一块儿的情形:那时候他多么亲热,多么腼腆啊。她又想起他至今还没有像一切丈夫打妻子那样打过她,就忍住哭声,说:
"原谅我,我很怜惜那只熊。"
"你应该怜惜的是我,而不是熊,"他轻声回答,态度已经温和下来了。
她还记得她头一回对母亲抱怨丈夫太凶的时候,母亲对她说:
"男人是蜜蜂。对男人来说,我们是花,他是到我们这儿来采蜜的。应当明白这个,应当学会逆来顺受才成,亲爱的。男人掌管一切事情,比我们操心,喏,他们得造教堂啦,开工厂啦。你瞧:你公公在空地上创出了多大的局面……"

伊利亚·阿尔塔莫诺夫越发起劲地忙着把自己的事业发展起来,巩固下来;他似乎已经预感到他的日子不长了。五月间,在尼古拉节①前不久,为第二个厂房买下的蒸汽锅炉已经运来了,是用木船运来的,那船停靠在奥卡河的沙岸边上,那地方正是绿色的瓦塔拉克沙河的沼泽的水懒洋洋流进奥卡河的地方。这就带来了困难的工作:必须沿着沙地把锅炉拖出一百五十俄丈去。到尼古拉节那天,阿尔塔莫诺夫就为工人们摆下丰盛的节宴,有白酒,有家酿的啤酒;院子里摆满桌子,女人们用枞树枝、桦树枝、一束束春天初开的花朵装点饭桌,她们自己也穿得红红绿绿,跟花一样。主人带着家人和几个客人,跟年老的织布工人同坐在一张桌子那儿,跟谈话尖刻的缠线女工毫无顾忌地开玩笑,喝很多酒,巧妙地鼓起大家的兴致,用手分开花白的胡子,兴奋地嚷着:

"喂,伙计们!咱们不是都活着吗?"

他们喜欢他那种气派,这一点他是感到的,他想到自己能够成为这样一个人,不由得高兴,就越发醉了。他神采焕发,光辉夺目,如同这个晴朗的春日,也如同整个大地。大地上华丽地点缀着青草和树叶的嫩绿,飘着桦树和小松树的清香,那些小松树的金色的烛形松球直指蓝天。这年的春天来得早,天气暖,野樱树和紫丁香已经开花了。一切都喜气洋洋,一切都欢天喜地。这一天,就连人们心里一切最好的东西也好像都开了花。

老织布工人鲍里斯·莫罗佐夫是一个矮小衰弱的老人,那张蜡黄的小脸舒适地掩藏在带点绿色的白胡子里。他穿一件白衣服,干干净净,像死尸一样。他站起来,扶着大儿子(一个六十岁光景的男子)的肩头,摇着只有骨头没有肉的手,哇哇地叫:

---

① 基督教节日,在五月九日。

"你们瞧啊,我九十岁了,九十出头了,好家伙!我当过兵,打过普加乔夫①,我自己也在闹瘟疫那年在莫斯科造过反②,对了!我还打过波拿巴③……"

"你爱过谁呀?"阿尔塔莫诺夫对着他的耳朵叫喊。这个织布工人耳朵聋了。

"我爱过两个老婆,另外的人还不算在内。瞧:我有七个儿子,两个女儿,十九个孙子,五个曾孙:这就是我织出来的活儿!他们都在,都跟你一块儿生活,喏,都坐在那儿呐……"

"再生几个吧!"伊利亚喊叫。

"行啊。有三个沙皇和一个女皇死在我前头了④——瞧,我在好几个主人家里做过事,他们都死了,我可还活着!我织出来的麻布不知多少俄里长。你啊,伊利亚·瓦西里耶维奇,是个真正的人。你会长寿的。你算得是个真正的主人,你爱事业,事业也爱你。你不欺负人。你是我们树上的枝子。你往前跑吧!成功,是你的明媒正娶的老婆,不是你的姘头,姘头是撒一忽儿娇,过后就扔下你走掉的!使足气力往前跑吧。祝你硬朗,兄弟,对了!我说,祝你硬朗……"

阿尔塔莫诺夫把他搂在怀里,抱起来,吻他,感动地叫喊着:

"谢谢你,伙计!我要派你做经理……"

人们又叫又喊,哈哈大笑。醉醺醺的老织布工人给高高地举到众人的头上,在空中摇着皮包骨头的手,尖声地嘻嘻笑着,说:

"他什么事都有自己的章法,办什么事都跟别人不同……"

乌里扬娜·拜玛科娃不顾羞耻,擦掉脸上感动的眼泪。

"多么快乐啊,"她的女儿说。母亲擤着鼻涕,回答说:

"他正是这样的人。上帝把他创造出来就是为了给人快乐

---

① 一七七三至一七七五年俄罗斯农民起义的领袖。
② 指一八三〇至一八三一年由瘟疫引起的俄罗斯各地军队的叛变。
③ 指一八一二年拿破仑进犯俄罗斯所引起的战争。
④ 指叶卡捷琳娜二世(女),保罗一世(男),亚历山大一世(男),尼古拉一世(男);他们前后在位时期是自一七六二年起到一八五五年止。

的……"

"学着点,孩子们:应该怎样跟人们相处,"阿尔塔莫诺夫对孩子们嚷着。"瞧着,彼得鲁哈!"

饭后,桌子撤掉,女人们唱起歌来,男人们开始比力气,拔杠子,角斗。阿尔塔莫诺夫到处都去,跳舞啦,角斗啦,这场盛会一直闹到天亮。等到第一线阳光射出来,这七十个工人就由主人领头,合成闹哄哄的一伙,仿佛去抢劫似的到奥卡河去了。他们醉醺醺地唱着歌,打着唿哨,肩膀上扛着粗滚子、槲木杠子、绳子,后面跟着那个老织布工人,在沙地上一瘸一瘸地走着,对尼基塔喃喃地说:

"他一定能把他的事业办成功!对吧?我是看得准的……"

他们顺利地把那呆笨的红色怪物从船上卸到岸上来,那东西活像一头没有脑袋的公牛。他们用绳子把它拴起来,吆喝着,哼哼着,合伙把它架在滚子上,顺着铺在沙地上的木板推去。锅炉摇摇晃晃,往前移动了。尼基塔觉得锅炉是由于人们欢乐的力量才惊奇地张开它那张愚蠢的圆嘴的。父亲醉醺醺,也帮着拉锅炉,紧张地叫喊着:

"慢着点,喂,慢着点!"

随后他用手掌拍着铁怪物的红腰身,连声说:

"走啊,锅炉,走啊!"

临到离工厂不满五十俄丈了,锅炉忽然特别猛烈地摇晃一下,不慌不忙地从前面滚子上溜下来,把它那呆笨的嘴伸进沙土里去了。尼基塔看见它那圆嘴怎样吹起一股灰色的尘土,扬在父亲的脚上。人们愤愤地围住这头沉重的死兽,打算把滚子垫到它底下去,然而他们直到用尽力气,累了,那锅炉却还是固执地戳在沙地里,不肯对他们的努力让步,倒好像陷得越发深了似的。阿尔塔莫诺夫手里拿着杠子,在工人们中间忙来忙去,时时喊叫着:

"伙计们,合起伙来加一把劲!哎嗨……"

锅炉很不乐意地动一动,又笨重地陷下去。尼基塔看见父亲踩着一种反常的步子从那群工人当中走出来,他的脸容也很异样。他把一

只手塞到胡子底下去,捏住自己的喉头,另一只手在半空中摸索,好像瞎子一样。老织布工人跟在他后面一跳一跳地走,不断地嚷道:

"吃点土下去,土……"

尼基塔跑到父亲跟前。父亲打了个呃,吐出一口血来,喷在尼基塔脚旁,闷声闷气地说:

"血。"

他的脸色发灰,眼睛害怕地眨着,下巴颤抖。他那整个魁梧而灵活的身体吓得缩小了。

"你受伤了吗?"尼基塔搀住他的胳膊问。父亲撞在他的身上,推开他,轻声回答说:

"也许吧,血管裂了……"

"我说,吃点土啊……"

"躲开,你走开!"

随后,阿尔塔莫诺夫又大口吐血。他迷惑地喃喃说:

"血还在往上涌。乌里扬娜在哪儿?"

驼子想跑回家去,可是父亲使劲攀住他的肩膀,两只脚在沙地上磨蹭着,垂下头,仿佛在听沙土的沙沙声和碎裂声,这种声音在工人们愤怒的叫喊声中是几乎听不清的。

"这是怎么回事啊?"他问,走回家去,小心地迈着步子,好像走过一条深深的河上面的独木桥似的。拜玛科娃正好站在门廊上跟女儿告别。尼基塔发觉她一看见父亲,她那美丽的脸就古怪地好像车轮那样不住往左右两边转动,脸色惨白了。

"拿冰来,"她叫道,这时候父亲两腿软绵绵地一弯,笨拙地往门廊台阶上一坐,打呃和吐血的次数越发勤了。尼基塔仿佛在梦中一样听见吉洪的声音:

"冰是水;血是不能用水来代替的……"

"应当嚼点土……"

"吉洪,快去请神甫……"

"把他搀起来,扶他到屋里去,"阿列克谢命令道。尼基塔托着父亲的胳膊肘,扶他站起来,可是不知什么人踩在他的脚尖上,用力那么猛,一时间他眼都花了。随后他的眼睛反而更加锐敏,他带着不正常的如饥如渴的心情,把父亲的拥挤的房间里和院子里大家所做的一切事情都记住了。在院子里,吉洪骑着一匹大黑马跑来跑去,没法管住它,那匹马不肯走出大门,老是蹦蹦跳跳,转圈子,生气地扬起脸,追赶人们,大概天空中太阳燃起的耀眼的金光吓坏了它。后来,它总算跳出大门,跑起来,可是一看见那红色的大锅炉,就往旁边一闪,把吉洪扔下来,喷鼻子,摇尾巴,跑回院子来了。

有人叫一声:

"孩子们,跑吧……"

阿列克谢坐在窗台上,捻着黑色的尖胡子。他那凶相的、不像农民的脸越发尖了,脸色发灰,仿佛盖满灰尘似的。他眼也不睬地从人们头上望过去,瞧着床上。床上躺着父亲,嗓音大变地说:

"这是说我做错了。这也是上帝的旨意。孩子们,我要向你们交代几句话:你们要把乌里扬娜看作母亲,听见没有?你,乌利娅①,看在基督面上,帮帮他们的忙……唉!把外人领到房间外面去……"

"你不要说话了,"拜玛科娃拖长音调凄凉地哀叫着,把一块块冰塞进他的嘴里。"这儿没有外人。"

父亲吞着冰,迟疑地叹一口气,说:

"你们不配裁判我的罪,而且也不能怪她。纳塔利娅,我平日待你太凶,不过,你也不要记在心上。孩子们!.彼得鲁哈,阿廖沙,你们要和睦相处。待工人要和气点。那些人都是好人。非常好的人。阿廖沙,你就跟那个姑娘,你心上的人,结婚好了……没关系!"

"爸爸,别离开我们,"彼得请求道,跪下去,可是阿列克谢推一推他的背,小声道:

---

① 乌里扬娜的爱称。

"你说什么呀？我不相信……"

纳塔利娅用一把厨房的刀砍碎冰块，放在铜盆里，咔嚓咔嚓的砍碎声跟铜盆子的叮当声伴随着女人的呜咽声。尼基塔看见她的眼泪滴在冰上。淡黄色的阳光钻进房间里来，镜子里的反光照在墙上，成为不定形的光点，颤抖着，打算在那像夜晚的天空那么蓝的壁纸上涂掉那些穿着红衣服和留着长胡须的中国人。

尼基塔站在父亲脚旁，等父亲想起他来。拜玛科娃时而用梳子梳理伊利亚的浓密而鬈曲的头发，时而用一块餐巾擦掉他嘴角上不断流出来的血、额头上和鬓角上的大颗汗珠。她对着他那变得黯淡的眼睛小声说着什么，说得很热切，就跟祷告一样；他呢，一只手扶住她的肩膀，一只手放在她的膝头上，转动着不灵活的舌头，说出最后的话：

"我知道。求基督保佑你，把我埋在自己的、我们自己的墓园里，不要葬在城里。我不愿意埋在那儿。去他们的……"

然后他带着深重的、沸腾的愁苦心情小声说：

"唉，我错了。主啊，……我错了……"

一个身材高大、背脊伛偻、长着一把基督那样的胡子和一双忧郁的眼睛的教士来了。

"等一等，神甫，"阿尔塔莫诺夫说，又转过脸去对着孩子们：

"孩子们，别分家！要和睦相处。事业是不喜欢反目的。彼得，你年长，你要对一切负责，听见没有？出去吧……"

"还有尼基塔呢，"拜玛科娃提醒伊利亚。

"你们要爱护尼基塔。他在哪儿？去吧。……以后……还有纳塔利娅……"

过了中午，太阳还在天顶仁慈地照耀着，他却由于流血过多而死了。他躺在那儿，略略抬起头，蜡黄的脸上皱着眉头，现出担心的样子，眼睛没有闭紧，好像在沉思地细看那双温顺地叠放在胸口的大手掌似的。

尼基塔觉得全家的人对这个人的死亡与其说感到悲痛和恐慌，不如说感到惊讶。他在每个人身上都感到了这种茫然的惊讶,只有拜玛科娃例外。她一言不发,坐在死人旁边,没有眼泪,好像僵住了,什么也听不见,两只手放在膝头上,目不转睛地盯着那石头般的、装点着白胡子的脸。

彼得挺直了身体走进父亲躺着的房间里,用不妥当的、过分响的嗓音说些多余的话。尼基塔跟一个胖修女轮流换班唱哀怨的诗篇。彼得用疑问的眼光瞧一眼父亲的脸,然后在胸前画十字,站两三分钟,小心地走出去,随后他那矮壮的身影在园子里,院子里,闪来闪去,仿佛在找什么东西似的。

阿列克谢忙碌地跑来跑去,安排葬礼,坐上马车进城,然后从城里回来,跑进房间,问乌里扬娜出殡的规矩,丧宴的规矩。

"等一等,"她说。阿列克谢就走了,冒着汗,疲乏极了。纳塔利娅来了,胆怯而体贴地劝母亲喝点茶,吃点东西。母亲注意地听完她的话,说:

"等一等。"

尼基塔在父亲生前不知道自己爱不爱父亲,他只是怕父亲,不过这种惧怕并没有妨碍他佩服那个人勤奋的劳动,而那个人对他却并不亲热,就连驼背儿子是否还活着,也几乎不在心上。可是现在尼基塔却觉得只有他才是真正深深热爱父亲的人,觉得自己满腔阴暗的哀伤,觉得这个健壮的人的暴亡无情而粗暴地刺痛了他的心。由于这种哀伤和痛心,他觉着呼吸都困难了。他坐在墙角一口箱子上,等着轮到自己去念诗篇,同时暗自背诵诗篇熟悉的词句,往四下里看。温暖的暮色充满这个房间,蜡烛的花朵样的、活泼的淡黄色火苗在房间里摇闪。仿佛施了什么魔法似的,墙上那些胡须很长的中国人用扁担挑着茶叶箱走动起来。壁纸上每一行都有十八个中国人,每两个人一排;有一路爬到天花板上去,有一路在往下爬。油亮的月光照在墙上,在那一圈月光里的中国人,越发活泼而急促地往上下两边爬去。

在诗篇词句的单调的吟诵声中,尼基塔忽然听见了低抑而倔强的说话声：

"可是，难道他就此死了？真的吗，上帝？"

这是乌里扬娜在问。她的声调听起来那么悲凉动人，连修女也停下吟诵，用抱愧的声调说：

"他死了，老大娘。他死了，这是上帝的旨意……"

尼基塔简直受不了，就站起来，脚步很响地走出了房间，他对那个修女生出一种不痛快的深深怨恨。

吉洪坐在大门旁边一张凳子上。他用手指头从一块大木片上掰下一条条小木片，把它们插在沙地里，用脚踹进去，而且踹得那么深，看都看不见了。尼基塔挨着他坐下，默默地瞧着他在工作。这使他想起城里那个神秘可怕的呆子安东努什卡；那是个头发蓬松、脸色发黑的小伙子，有一条腿的膝头往外拧，眼睛圆得像猫头鹰。他常用棍子在沙地上画圆圈，用碎木片和树枝在圆圈当中搭起一些笼子来，可是一搭好什么东西，就立刻用脚把它踩坏，用沙子和尘土把它盖上，同时用鼻音唱着：

　　基督复活了，复活了！
　　马车掉了一个轮子。
　　"布特尔玛"，睡吧，"布斯塔尔玛"，
　　睡吧，基督，睡吧。

"居然会有这样的事，啊？"吉洪说，拍一下脖子，打死了一个蚊子。他把手心在膝头上擦一擦，眼望着河边挂在柳枝上的月亮，然后他的目光停留在胖墩墩的大锅炉上。

"今年蚊子生得早，"他平静地接着说。"是啊，瞧，蚊子倒活着，可是……"

驼子不知怎么有点害怕，不容他说完，就愤愤地提醒他说：

"可是，话说回来，你还是把蚊子打死了。"

227

他慌忙离开扫院子的仆人,可是过几分钟,不知道上哪儿去才好,就又回到父亲的房间里,跟修女换班,开始念诗篇。他只顾把自己的愁苦倾注在诗篇的词句里,却没有听见纳塔利娅是什么时候走进来的。忽然他背后传来了她那低微清脆的说话声。每逢她跟他挨近,他总觉着自己可能说出或者做出什么反常的、也许可怕的事来。就是眼前这时候,他也担心自己会违背本心,说出什么话来。他低下头,耸起驼峰,压低发颤的嗓音,于是诗篇第九章的吟诵声就跟两个女人的呜咽的说话声打成了一片:

"喏,我把他贴身的十字架取下来,将来我就戴在自己身上。"

"妈,亲妈,要知道,我也孤单啊。"

尼基塔又提高声音,想盖过这种含泪的低语声,免得听见,可是他仍旧不能不听。

"主看不过我们的罪恶了……"

"我住在陌生的窝里,孤孤单单……"

"'我往那里去躲避你的灵。我往那里逃躲避你的面。'①"尼基塔使劲唱这夹杂着恐惧和绝望的哀号。他一下子想起那句悲哀的谚语:"没有爱人真发愁,有了爱人愁上愁"。他惶恐地感到纳塔利娅的苦恼倒给他照亮了幸福的希望。

早晨,巴尔斯基和市长亚科夫·日捷伊金坐着四轮马车来了。日捷伊金就是那个眼神空虚的人,浑名叫"没烤熟",长得圆滚滚,真像是用湿的生面团揉出来的。他们看了死人,向他鞠了躬。他俩都战兢兢地、不相信地瞧着那张变黑的脸,分明也对阿尔塔莫诺夫的死亡暗暗吃惊。随后日捷伊金用尖酸刻薄的声调对彼得说:

"听说你们好像打算把你们的父亲葬在自己的墓园里,有这么回事没有?彼得·伊里奇,这对我们,对这个城,是一种侮辱,倒好像你们不愿意跟我们来往,不预备跟我们和睦相处似的,是这么回事

---

① 引自《旧约·诗篇》第一三九篇第七节。

不是?"

阿列克谢咬牙切齿地对哥哥小声说:

"把他们撵走!"

"教母啊,"巴尔斯基哇哇地叫着,向乌里扬娜那边扑过去。"这是怎么回事啊?欺人太甚嘛!"

日捷伊金追问彼得:

"这莫非是教士格列布给你们出的主意?不行,你们得取消这办法,你们的爸爸是本县头一个工厂主,是新事业的创办人,是全城的体面和光彩。就连巡警局长都吃一惊,发问了:难道你们不是正教徒吗?"

他滔滔不绝地说下去,没注意到彼得极力想打断他的话;等到彼得终于说明这是父亲本人的意思,日捷伊金马上就安分了。

"这样办也好,不这样办也好,我们总归要来参加葬礼的。"

大家这才明白他到这儿来不是为了谈他所说的这件事。他向房间里一个墙角走去,巴尔斯基已经把乌里扬娜逼到那儿贴在墙上,正在跟她小声说话,可是日捷伊金还没来得及走到他们跟前,乌里扬娜就已经嚷起来:

"教父,你这个蠢货,走开!"

她的嘴唇和眉毛发抖。她高傲地抬起头,对彼得说:

"这两个人和波米亚洛夫、沃罗波诺夫要求我劝你们弟兄们把工厂卖给他们。如果我肯帮忙,他们还要送一笔钱给我……"

"诸位先生……出去!"阿列克谢指着门说。

日捷伊金嗽嗽喉咙,赔着笑脸,碰一碰巴尔斯基的胳膊肘,带着他往门口走去;拜玛科娃往箱子上一坐,哭着,抱怨说:

"他们打算消灭这个人一生心血留下的纪念哟……"

阿列克谢瞧着阿尔塔莫诺夫的脸,庄严而愤恨地说:

"我情愿倒霉,也绝不做他们那样的人!我宁可打碎我的脑袋。"

"他们居然挑中这种时候来谈生意,"彼得嘟哝道,也斜起眼睛看

229

父亲。

纳塔利娅走到尼基塔跟前,轻声问他说:

"你怎么不说话?"

他感动了,因为人家想到了他,而且他暗自高兴,因为是纳塔利娅想到他的。他压不住高兴的笑容,也轻声说:

"我说什么呢……我跟你……"

可是那个女人已经默默地从他身边走开了。

伊利亚·阿尔塔莫诺夫出殡的时候,全城的上等人差不多都到齐了,巡警局长也来了,那是个又高又瘦的男子,下巴剃光,留着白色连鬓胡子。他尊严地微微跛着腿跟彼得一块儿在沙地上走着,把同样的话向他说了两次:

"亡人经格奥尔吉·拉特斯基公爵大人向我破格推荐过,而他是十足配得上那种推荐的。"

可是过了不久,他又向彼得说:

"抬亡人上坡是件苦差事!"

他说完,就侧着身子挤出人群,抿紧剃光胡子的嘴唇,站在松树的阴影下面,让大群的城里人和工人从他面前走过去,仿佛在检阅士兵一样。

这天天气晴朗,太阳慷慨地大放光芒,照着一块块碧绿的树林和鲜黄的土地上走着的杂色人群。人群在两个沙岗中间慢慢爬上第三个沙岗,那上面已经装点着好几十个十字架了。那些十字架有的直指着蔚蓝的天空,有的被古老弯曲的松树的大枝子遮盖着。沙子像钻石那样闪闪发光,在人们脚底下沙沙地响。教士们的歌声在人们头上回荡,人群后面跟着呆子安东努什卡,磕磕绊绊,蹦蹦跳跳。他那双没有眉毛遮盖着的圆眼睛瞧着自己的脚下,他常常弯下腰去,拾起路上的细枝子,塞进怀里,也尖声唱着:

基督复活了,复活了!

马车掉了一个轮子……

信教的人常打他,不准他唱这个歌。现在巡警局长就摇着手指头吓唬他,嚷道:

"闭嘴,傻子!……"

城里人都不喜欢安东努什卡。他是莫尔德瓦人或者楚瓦什人,因此不可能认为他是个对基督狂信得疯癫的教徒,不过大家都怕他,把他看成预报灾难的人。举行丧宴的时候,他在阿尔塔莫诺夫家的院子里出现了,在丧宴的饭桌中间走来走去,嚷出一些莫名其妙的话:"'库亚特尔','库亚特尔',钟楼上的魔鬼,哎哟,要下雨了,天要潮了,'卡亚马斯'要流黑眼泪啦!"有几个自以为有眼光的人交头接耳说:

"得,这是说阿尔塔莫诺夫家不会交好运喽!"

彼得听见了这种低声的闲话。没过多久,他看见吉洪·维亚洛夫把那个呆子挤到院子墙角里,听见扫院子的仆人平静地追问道:

"'卡亚马斯'是什么意思?你不知道?好。走开!快,快,走吧……"

……一年工夫,像秋天从山上流下来的浑浊洪水似的,很快就过去了。这一年当中没有发生什么特别的事,只是乌里扬娜·拜玛科娃的头发越发白得厉害,太阳穴上露出了老年悲伤的皱纹。阿列克谢很明显地起了变化;他变得温顺多了,和气多了,不过同时他养成了一种使人不愉快的急脾气,不知怎么,总是用快活的笑谈和尖刻的话语催促大家。他对待事业的那种鲁莽态度特别惹得彼得不安,觉着阿列克谢是在玩弄这个工厂,就像他以前玩弄那只后来被他打死的熊一样。他对贵族的日常生活用品的癖好也是奇怪的,除了拜玛科娃送给他的那只钟以外,他的房间里添了种种不必要的然而漂亮的摆设,墙上挂着穿珠刺绣的画,绣着一群姑娘在跳圆圈舞。阿列克谢是节俭的,为什么花钱买这种废物呢?而且他穿起时髦贵重的衣服来了。他把又黑又尖的小胡子剪得整整齐齐,把脸颊剃得光光的,越来越失去朴素的农民本色。彼得觉得这个表弟起了一种很蹊跷、很暧昧的变化,他就不露声色地、不放心地查考他,而且对他越来越不放心了。

彼得对事业是小心谨慎的,他对人也是这样。他养成习惯,走路不慌不忙,悄悄溜到工作地点去,眯起熊一样的眼睛,仿佛担心他一走过去,工作就会从他面前溜掉似的。有时候他为事业操心操得累了,就会觉着自己笼罩在一团特别的、冰冷的、恼人的愁云里;这时候,对他来说,工厂就成了既是石头,又是活生生的野兽,这头野兽趴在那儿,紧贴着地面,投下翅膀一样的阴影,竖起烟囱尾巴,长着一副呆笨而可怕的嘴脸;白天,窗子发亮,好比冰牙;到冬天傍晚,它们就成了铁牙,怒气冲冲,现出火红的颜色。仿佛工厂隐藏着的真正目的不在于织出不知多少俄里长的亚麻布,仿佛它另有一种跟彼得·阿尔塔莫诺夫为难的目的似的。

到父亲周年祭那天,在墓园做过安魂祭以后,一家人聚集在阿列克谢的明亮而华丽的房间里。阿列克谢激动地说:

"父亲嘱咐我们和睦相处。这是应该的,不过因此我们也就跟俘虏似的囚在这儿了。"

尼基塔发觉跟他并排坐着的纳塔利娅打了个哆嗦,惊奇地瞧着小叔子。阿列克谢很温和地接着说下去:

"不过,尽管和睦,我们却不应该妨碍彼此的生活。事业是大家共有的,生活却是各人自己的。不是吗?"

"怎么样呢?"彼得小心地问了一句,眼睛从弟弟头上望过去。

"你们大家都知道我跟奥尔洛娃姑娘在一起生活,现在我想跟她结婚了。你还记得吗,尼基塔,有一回你失足落水,只有她一个人可怜你?"

尼基塔点点头。他几乎还是头一回跟纳塔利娅坐得这么近,这实在好得很,他都不想动一动,说一句话,或者听别人的话了。等到纳塔利娅不知为什么缘故哆嗦一下,胳膊肘轻轻碰到他,他一面微笑,一面瞧着桌子底下她的膝头。

"我是这么想的,她跟我有缘分,"阿列克谢说。"我跟她在一块儿,生活会不同一点。我不想带她回家来,担心你们会跟她合不来。"

乌里扬娜·拜玛科娃把垂下的、充满沉重的悲哀的眼睛抬起来,帮阿列克谢说话。

"我对那姑娘知道得很清楚,她是个少有的做针线活的能手,又能看书写字。父亲是个醉汉,她从很小的年纪起就自己养活自己。只是她性子倔强;也许纳塔利娅会跟她合不来。"

"我跟什么人都合得来,"纳塔利娅委屈地说。可是丈夫斜眼看她一下,对兄弟说:

"这其实是你自己的事。"

阿列克谢扭过身去对拜玛科娃讲话,提议她把房子卖给他:

"你要它有什么用呢?"

彼得给他帮腔,对她说:

"你应当搬来跟我们同住。"

"好,我要去让奥莉加高兴一下了,"阿列克谢说。等他走了,彼得就推了推尼基塔的肩膀,问:

"你怎么了,睡着了?想什么呐?"

"阿列克谢做得很对……"

"真的吗?我们往后看吧。你的想法怎么样,母亲?"

"当然,他跟她结婚是挺好的,不过究竟会过得怎样,那谁知道呢?她是个特别的人。她像是个小蠢货呢。"

"有这样的亲戚,真是多谢多谢,"彼得微笑着说。

"也许我说得不对,"乌里扬娜说,她的眼睛仿佛瞧着一个黑暗的地方,那儿一切东西乱七八糟地在浮动,不容眼睛看清楚似的。

"她是个机灵的人。她父亲的东西很多,于是她把它们藏到我那儿去,免得让父亲拿去买酒喝。那些东西阿廖沙晚上拿到我这儿来,随后我又像送礼似的给了他。这儿的东西都是她的,算是她的嫁妆了。这里面有很贵重的东西。总之,我不很喜欢她,她爱自作主张。"

彼得站在那儿,背对着丈母娘,眼睛瞧着窗外。白头翁正在园子里低声地叫,学世界上一切东西的声音,他想起了吉洪的话:

"我不喜欢白头翁,它像魔鬼。"这个吉洪是个蠢货,因为看得出来他很蠢。

拜玛科娃仍旧那么勉强地轻轻述说着,分明在想别的事。她说起奥莉加·奥尔洛娃的母亲是个地主太太,放荡的女人,还在丈夫生前就跟奥尔洛夫一块儿逃跑,跟他同居了五年。

"他是个手艺人,会做家具,修理钟表,用木头雕肖像,我那儿还藏着一件呢,是一个裸体女人的像;奥莉加认为那刻的是她母亲的像。他俩都爱喝酒。等到丈夫去世,他们就结了婚;就在那年,她喝醉了酒,去洗澡,淹死了……"

"瞧,这就叫做爱情,"纳塔利娅忽然说。这句不得当的话使得乌里扬娜用责备的眼光看了女儿一眼。彼得微笑着说:

"现在讲的不是爱情,是灌酒。"

大家都沉默了。尼基塔瞅着纳塔利娅,看出来她母亲讲的那段故事使她激动起来,她用发颤的手指头捻着桌布的穗子。她那纯朴善良的脸红起来,气呼呼的,使人认不得了。

晚饭后,尼基塔到园子里去,坐在纳塔利娅房间窗前的紫丁香丛中,听见彼得的深思的话从头顶上面飘来:

"阿列克谢倒很灵。他聪明。"

立刻就传来纳塔利娅的刺痛人心的绝叫:

"你们大伙儿都聪明。只有我笨。他说得对:做了俘虏!我在你们这儿就跟做俘虏一样……"

由于害怕,也由于怜悯,尼基塔怔住了,用两只手抓住凳子。一种他不明了的力量要把他抬起来,推他到什么地方去,可是那边,在他上面,他所爱的那个女人的声音越来越响,在他心中挑起热烈的希望。

纳塔利娅正在梳辫子,丈夫的话忽然在她心里燃起了愤怒的火焰。她贴住墙,把手压在背后,那双手恨不能打人,撕东西才好。她给话语堵得透不出气,没有眼泪地干哭着,只顾说她的话,自己也不去听,更不理会惊愕的丈夫的嚷叫。她说她在这个家里是外人,谁也不爱她,她像仆人一样地生活着。

"你不爱我,你对我什么话也不谈,光是像块石头似的压在我身上,就是这么回事!为什么你不爱我呢?难道我不是你的妻子吗?我有哪点儿不好呢,你说说看!瞧,妈妈多么爱你父亲;我的心常常嫉妒得都要裂开了……"

"那你也像那样爱我好了,"彼得提议说,在窗台上坐下,细看躲在墙角暗处的妻子那张变了相的脸。他认定她的话是愚蠢的,可又暗暗吃惊地感到她的痛苦是有根据的,明白这是一种合理的痛苦。这种痛苦最糟的是它有惹出长期口角的危险,惹出新的烦恼和不安的危险。现在就是没有这些,他也已经够烦恼的了。

妻子穿着睡衣的、没胳膊的白身影颤抖着,仿佛化成了水,眼看就要消失似的。纳塔利娅一忽儿小声说话,一忽儿尖声大叫,好像在打秋千,时而飞上去,时而落下来似的。

"喏,你看阿列克谢多么爱自己的女人……再说,谁都容易爱上他,他快活,打扮得跟贵族一样,可是你怎么样呢?你对谁都不亲热,从来也不笑一笑。要是我跟阿列克谢在一块儿,我倒会生活得美满。可是我跟他连一句话也不敢说,你故意派你的驼子来监视我,那个讨厌的狡猾东西……"

尼基塔站起来,低下头,心灰意懒地向园子的深处走去,把碰着他肩膀的树枝用手推开。

彼得也站起来,走到妻子跟前,抓住她头顶上的头发,把她脑袋往后扳过去,直直地瞧着她的眼睛,说:

"跟阿列克谢在一块儿?"他问,声音不高,可是粗。妻子的话使他大吃一惊,弄得他都不可能对她生气,也不想打她了。他越来越清楚地体会到妻子说的是实话:在她,生活是枯燥无味的。他明白这种枯燥无味。可是,总得逼她安静下来才行。为了达到这个目的,他就把

她的后脑壳往墙上一撞,轻声问道:

"你在说什么,傻瓜?啊?跟阿列克谢一块儿?"

"松手,松手,我要喊了……"

他用另一只手掐住她的喉咙,捏紧,妻子的脸马上变紫,嗓音也哑了。

"下贱胚,"彼得说,把她往墙上一推,就走开了。她也从墙边踉踉跄跄走过来,经过他面前,到摇篮那儿去。娃娃早已在啼哭了。彼得觉得妻子仿佛从他身上踩过去了似的。在他眼前,一块深蓝的天空摇摇晃晃,从这边溜到那边;星星跳动着。妻子侧着身子,差不多挨着他坐下。他用不着站起来,只要手一抡,就可以打在她脸上。她的脸呆板,仿佛化成了木头,可是脸蛋上慢慢地、懒洋洋地流下了眼泪。她喂女儿吃奶,眼睛隔着眼泪的玻璃样的薄膜瞧着墙角,没有留意到孩子吃奶很不方便,奶头往横下里戳着,常从孩子嘴唇里溜出来,孩子就哼哼唧唧,对空气吧唧嘴唇,转动脑袋。彼得仿佛做完一场噩梦似的打了个哆嗦,说:

"让她好好吃奶。你也不瞧着!"

"我是家里的一个苍蝇,"纳塔利娅喃喃地说。"一个没有翅膀的苍蝇……"

"话说回来,我也是这样,也是孤孤单单。并没有两个彼得·阿尔塔莫诺夫活在世上啊。"

他隐隐觉得他所说的不是他想说的话,甚至说得有点不真实。可是为了使妻子安静下来,为了使自己摆脱危险,恰好应当说实话,单纯的、明白得无可争论的实话,好让妻子一下子听懂,从此死心塌地,再也不用这些愚蠢的怨诉和眼泪以及这以前她从没犯过的女人习气来搅扰他。他瞧见她漫不经心、笨拙地把女儿放回摇篮里,就说:

"我有那个事业要办!工厂比不得种粮食,种土豆。这是一副担子。可是你有什么要操心的呢?"

他开始严厉而庄重地说着,打算接近那种不可捉摸的实话,可是实话已经溜掉,他的声调听起来几乎可怜了。

"工厂可不简单啊,"他重复地说着,觉着话已经说完,没有可说的了。妻子背对着他,一声不响,站在那儿摇摇篮。吉洪·维亚洛夫那不高的平静的嗓音救了他:

"彼得·伊里奇,喂!"

"什么事?"他走到窗口问道。

"出来,上我这儿来,"扫院子的仆人坚决要求道。

"这个粗人!"彼得嘟哝着,而且责备妻子说:"你瞧见没有?晚上我都不得安静,可是你还要多事……"

没戴帽子、眼睛一亮一亮的吉洪在门廊上迎接他。吉洪对那被月亮明晃晃照着的院子扫了一眼,轻声说:

"我刚刚把尼基塔从绳套里解下来……"

"什么?从哪儿解下来?"

彼得沉甸甸地往门廊的台阶上一坐,仿佛陷进地里去了似的。

"可是你别坐下呀,上他那儿去,他要见你……"

彼得没站起来,小声问:

"他这是怎么了?啊?"

"现在他活过来了。我往他脸上泼了些水。我们去吧……"

吉洪搀着主人的胳膊肘扶他站起来,领他往园子里走去。

"他是在浴室的前堂里上吊的,把绳子套在顶楼的梁上吊下来,就那么……"

彼得站住,又问一遍:

"这是怎么了?他是想念父亲还是怎的?"

扫院子的仆人也站住,说:

"他已经闹到吻她衬衫的地步喽……"

"什么衬衫?你说什么呀?"

彼得用光脚蹭着地,眼睛瞅着扫院子的仆人的狗,它从矮林里钻出来,探问地瞧着他,摇尾巴。他不敢去看弟弟,觉得自己心里空空洞

237

洞,不知道该跟尼基塔说什么好。

"唉,你过日子简直不睁眼睛,"扫院子的仆人嘟哝着。彼得一声不响,等他再说下去。

"就是她的衬衫,纳塔利娅·叶夫谢耶夫娜的衬衫呀,洗干净晾在那儿的。"

"为什么他吻衬衫呢？……站住!"

彼得一脚把狗踢开,暗自想象弟弟的又驼又矮的身材吻着妻子衬衫的那副样子,这实在可笑,逼得他厌恶地啐了一口唾沫。可是马上有一种火烧一样的揣测震动他,使得他耳朵发聋了。他抓住扫院子的仆人的肩膀,摇晃他,咬着牙问:

"他们亲过嘴吗？你瞧见过没有？啊?"

"我是什么都看见的。纳塔利娅·叶夫谢耶夫娜压根儿不知道这些事。"

"你说谎吧?"

"我干吗说谎？我又不希望你给我什么报酬。"

吉洪仿佛抡起斧子,在黑暗里砍出一个缺口,放进一道亮光似的,三言两语就向他主人说明了他弟弟的不幸。彼得明白扫院子的仆人说的是真话,他自己也早就在弟弟那双蓝眼睛的目光里,在他对纳塔利娅的效劳方面,在他对纳塔利娅的琐屑的、不断的操心里,隐隐约约留意到了。

"原来是这么回事,"他小声说,随后又大声说出自己的想法:"我一向没有工夫理会这种事。"

随后他推着吉洪往前走,说:

"我们走吧。"

他不愿意让尼基塔的眼光先落在自己身上。他走进浴室的矮门,还没看清在黑地里的弟弟,就在吉洪的背后用发颤的声音问:

"你干的是什么事呀,尼基塔?"

驼子没有答话。他坐在窗子旁边的长凳上,朦胧的光照着他的肚子和腿,看都看不清。后来彼得才看清尼基塔把驼峰靠在墙上,坐在那儿垂着头。他身上的衬衫从领子一直撕裂到底襟,湿漉漉,贴在凸起的胸前,他的头发也湿了,颧骨上有一颗黑星样的伤口,从那儿流出一道道血,像是那黑星的光芒似的。

"是血吗? 你摔伤啦?"彼得小声问。

"不是的,这是我在忙乱当中给他弄出来的一点小伤口,"吉洪愚蠢地大声回答,走到一旁去了。

走到弟弟面前去是可怕的。彼得拉着自己的耳朵,又抱怨又责备地说着,听见自己的话像是别人说出来的一样:

"这是丢脸的。这是不合上帝旨意的,弟弟,唉……"

"我知道!"尼基塔嗄哑地回答说,嗓音也变了,"我实在忍不下去了。你放我走吧。我要进修道院去。你听见了吗? 我真心诚意地求你……"

他带着嘘嘘的声音咳嗽着,沉默了。

彼得有点感动了,又开始和蔼地轻声责备他。最后他说:

"关于纳塔利娅,当然,这是魔鬼迷了你的心窍……"

"哎呀,吉洪,"尼基塔用悲惨的声调叫起来,痛苦地咳嗽着。"要知道,我请求过你,吉洪,不提这件事! 看在基督面上,至少不要对她说吧! 她会笑,会生气的。不管怎样请你们可怜我才好! 我一定会一辈子为你们向上帝祷告。不要对她说! 永远也不要说。吉洪,唉,这都得怪你,你这个人啊……"

他喃喃地说着,不自然地把头挺直,一动也不动。这也显得可怕。扫院子的仆人说:

"要不是出了这件事,我本来不会说出来。她以后从我嘴里是什么也不会听到的……"

彼得越发感动了,因此他自己倒窘了。他坚定地应许说:

"我凭十字架起誓:她什么也不会知道。"

"那么,谢谢! 不过,我要进修道院去。"

尼基塔沉默了,好像睡着了。

"你痛吗?"哥哥问,没有听到回答,他就又问一遍:

"脖子痛吗?"

"没什么,"尼基塔声音嘶哑地说。"你们,去吧……"

"不要走开,"彼得小声对扫院子的仆人说,走过他面前退到门边去了。

可是等到他走出来,到了园子里,深深地吸进蒙有水汽的土地的甜香温暖的气息,他的温情就立刻在汹涌而来的、不安的思想面前消失了。他在小路上走着,极力设法使脚底下踩着的碎石子不沙沙地响。眼前,正需要那种一点声音也没有的肃静,要不然就没法整理他那些思想。那些思想充满敌意,而且多得吓人,仿佛不是在他脑子里产生的,而是从外面,从夜晚的黑暗中闯进来,像蝙蝠一样在他脑子里闪来闪去。它们一个跟着一个,变换得那么快,弄得彼得都来不及抓住它们,用话语把它们表达出来,他只捉摸到复杂的花样、圈套、扣子缠绕着他,把大家,也就是纳塔利娅、阿列克谢、尼基塔、吉洪都拢在一个乱糟糟的、飞快旋转的圈子里,可是他站在圈子中心,孤零零一个人。他的思想所形成的话语却简单得很:

"应当叫丈母娘快点搬到我们这儿来,让阿列克谢搬出去。应当对纳塔利娅亲热一点。'瞧,这就叫做爱情。'不过,话说回来,他不是因为爱情,而是因为残废,才去上吊的。他进修道院去倒不错。在人间没有他可做的事。这倒好。吉洪是蠢货,他应当早点告诉我才对。"

不过,这都不是那些不可捉摸的和没法形成话语的思想,那些使他惊慌害怕而且逼得他战兢兢地瞧着夜晚的浓重而潮湿的黑暗的思想。远处,在工人居住区里,闷闷不乐的歌声像细流似的蜿蜒而来,微微发出亮光。蚊子嗡嗡地叫。彼得·阿尔塔莫诺夫清楚地感到必须把忧虑赶快消除和扑灭才成。他没有留意自己怎样走到紫丁香花丛,怎样在自己卧室的窗前坐下,把胳膊肘支在膝头上,双手捧住脸,瞧着黑色的土地,坐了很久。他脚下的土地在活动,起泡,仿佛要陷下去似的。

"不过尼基塔征服沙地的本事倒实在惊人。他进了修道院以后,可以在那儿做个园丁。这对他是好的。"

他没有留意到妻子是怎样走来的。一个白色的身影突然出现在他面前,仿佛从地里钻出来的一样,他害怕地跳起来。可是那熟悉的声调使他稍稍定了心:

"看在基督面上原谅我吧,刚才我对你嚷了一阵……"

"哦,没什么,求主原谅你,我自己也嚷来着,"他宽宏大量地说,看到妻子已经来了,暗暗高兴,那他现在就不必找出温和的话来弥补和封住争吵的裂缝了。

他坐下来,纳塔利娅迟疑地跟他并排坐下。不过他仍旧得对她说点安慰的话才行。他就说了:

"我明白你过得枯燥无味。我们家里没有快乐。怎样才能有快乐呢?父亲在工作里找到了快乐。依他看起来事情是这样的:没有一个人单纯是个人,大家都是工人,只有叫花子和老爷除外。大家都为工作活着。在工作以外就看不见有人。"

他讲得很小心,生怕说出多余的话来。他听着自己的声音,发觉自己说起话来像严肃老练的人,像真正的主人。可是他又觉着这些话都是表面的,它们在他的思想上滑过去,并没有揭开他的思想,也没有能力穿透那些思想。他觉着自己坐在一个陷坑的边上,随时都会有个什么人把他推下去,那个人听着他的每句话,凑近他耳朵小声说:

"你说的不是实话。"

多亏这时候妻子把脑袋枕到他的肩膀上来,她小声说:

"要知道,你要跟我一块儿过一辈子的。这你怎么能不懂呢?"

他立刻搂住她,让她贴紧自己,听她热烈地小声说:

"你居然不懂,这就是罪过了。你娶了个姑娘,她给你生儿养女,可是又好像没有你这么一个人似的,你压根儿不把我放在心上。这是

241

罪过,彼佳①。还有谁比我跟你更亲些?谁在你困难的时候怜惜你呢?"

他觉着妻子好像把他举起来,在空中把他翻了个身,弄得他浑身舒服得发软。他周身上下浸透一股使人精神振作起来的凉气,他带着一种近乎感激的心情说:

"我答应他不提那事,可是我办不到了!"

他就把他从扫院子的仆人那儿听来的关于尼基塔的话匆匆忙忙地对她都说出来了。

"他吻你的衬衫,就是晾在园子里的。你瞧,他痴心到了什么地步!你怎么会不知道呢?你怎么会没看出他这种心思呢?"

妻子的肩膀在他胳膊底下猛地颤了一下。

"她可怜他了?"彼得暗想,可是她匆忙地、愤慨地回答说:

"我从来没有见过这样的贪相!呵,这个鬼鬼祟祟的东西!人家说的真不假:驼子心眼坏。"

"她讨厌他了?还是装佯呢?"阿尔塔莫诺夫问自己,而且提醒妻子说:

"他素来待你亲热……"

"哼,那又怎么样?"她顶嘴道。"图伦对我也亲热……"

"哦,不过……图伦是一条狗。"

"那么他也是你派到我这儿来的一条狗,监视我,防着我跟公公和阿列克谢有什么勾搭,我心里全明白!哼,我多么讨厌他,多么恨他……"

事情很明白:纳塔利娅真在恨,真生气了。这从她皮肤的战栗、她那捏着衬衫衣边捻来捻去的手指头的痉挛动作,可以觉出来,不过丈夫觉着这种愤慨过了分,他不相信,就对妻子使出最后一个打击:

"吉洪刚把他从绳套里解下来。他在浴室里躺着呢。"

---

① 彼得的爱称。

妻子瘫软了,从他的臂弯里往下沉,带着显然害怕的口气叫道:

"哎呀……你在说什么呀?主啊……"

"可见她本来在撒谎,"彼得暗自断定。可是她把头往后一仰,仿佛额头上挨了打一样。她气愤地呜咽着,小声说:

"这又会闹出什么事来啊?直到父亲去世,才算把人家那些说坏话的嘴堵上了一点,可是现在人家又要说起坏话来了。啊,主,我们犯了什么罪哟?一个兄弟上了吊,一个兄弟娶了个莫名其妙的家伙,自己的情妇。这都是怎么回事啊?唉,尼基塔·伊里奇!你怎么这样不知羞耻?哼,谢谢吧!多承他对我那么殷勤,没心肝的东西!……"

丈夫轻松地吁一口气,有力地摩挲着妻子的肩膀。

"不要怕,谁都不会知道这件事。吉洪不会说出来的,他是尼基塔的朋友,再说他在我们这儿过得挺满意。尼基塔要进修道院去了……"

"什么时候?"

"我不知道。"

"哦,越快越好!我现在该怎么样对待他呢?"

彼得沉默一忽儿,提议说:

"你去找他,看看他吧……"

可是妻子好像给什么东西扎了一下似的,跳起来,差不多嚷着说:

"哎呀,可别打发我去,我不去!我不愿意去,我害怕……"

"怕什么?"彼得很快地问。

"怕那个上吊的人啊。随你怎么样,我反正不去……我害怕。"

"那么,我们去睡吧!"阿尔塔莫诺夫说,站起来,两条腿站得稳稳的了。"这一天我们也烦恼得够了。"

他跟妻子并排慢慢走着,觉得这一天除了给他带来一些坏事情以外,也带来一些好事情,还觉得他彼得·阿尔塔莫诺夫是一个连他自己也一直不知道的、很聪明很狡猾的人,他刚才巧妙地欺骗了一个不住用阴郁思想搅扰他心灵的人。

"当然,你是我最亲的人,"他对妻子说,"还有谁比你再亲呢?你就这样想好了:你是我最亲的人。那样一想,就会平安无事了。"

过了这一夜,到第十二天头上,朝霞刚升起来,尼基塔·阿尔塔莫诺夫就手拿拐杖,驼峰上背着皮袋子,顺一条松软的、粘了浓重露水而发黑的沙土小路走去,迈步很快,好像急于快点走掉,免得回想家人们送行的情景似的。送行的时候,大家都没有睡足,在紧挨着厨房的饭厅里会齐,规规矩矩坐着,说些敷衍的话。事情很明白:没有一个人有一句贴心的话要跟他说。彼得挺和气,差不多兴高采烈,就跟个刚做完一笔赚钱生意的人一样。他一再说:

"瞧,我们家里就要有自己的祈祷人来为我们的罪过向上帝祷告了……"

纳塔利娅态度冷淡,很专心地倒茶,她那耗子一样的小耳朵明显地红着,仿佛揉皱了似的。她皱着眉头,常常走出房间去。她母亲深思地沉默着,把手指头蘸上唾沫,摸平两鬓的白发,只有阿列克谢跟平常有所不同,激动得很,耸着肩膀问道:

"你怎么会这么决定的,尼基塔?忽然决定的吗?啊?我不懂……"

跟阿列克谢并排坐着的,是一个小小的、生着尖鼻子的姑娘奥尔洛娃。她微微扬起黑眉毛,没有礼貌地用眼睛打量大家。尼基塔不喜欢那双眼睛,它们大得配不上那张脸,尖利得没有一点姑娘气,而且眨得太勤了。

坐在这些人当中是很苦的,尼基塔提心吊胆地不住暗想:

"彼得会一下子都说出来吧?赶快放我走才好……"

彼得首先开始告别。他走过去,抱住弟弟,用颤抖的声调,很响地说:

"好,亲弟弟,再会了……"

拜玛科娃拦住他:

"你怎么了?先得坐一忽儿,沉静一忽儿,然后再祷告,告别。"

所有这些事很快就做完了,彼得又走过去,说:

"原谅我们。关于费用,你写信来,我们马上就送去。不要答应他们做太苦的修行。再见了。多多替我们祷告吧。"

拜玛科娃给他画了十字,在他额头上和脸颊上各吻了三下,不知什么缘故她哭了。阿列克谢紧紧地抱住他,瞧着他的眼睛,说:

"好,愿上帝跟你同在。各人有各人的道路。不过我还是不懂为什么你忽然决定这么办……"

纳塔利娅最后一个走过去,可是没有走到他跟前就站住了,把一只手按在胸口上,深深一鞠躬,轻声说:

"再会,尼基塔·伊里奇……"

她的胸脯仍旧很高,像闺女一样,其实她已经喂过三个孩子了。

嗯,事情就这样完了。不错,还有奥尔洛娃。她伸出一只像木片那么硬的、又热又小的手。挨近了一看,她那张脸越发不顺眼。她愚蠢地问:

"您真要出家吗?"

在院子里跟他告别的有约莫三十个老织布工人。那老态龙钟的、耳聋的鲍里斯·莫罗佐夫摇晃着脑袋,嚷道:

"士兵和修士是世界上头等的仆人,就是这么的!"

尼基塔到墓园里父亲的坟墓前面去告别。他跪在坟前,没有祷告,只是在深思:现在,生活起了多么大的变动啊!等到太阳在他背后升起来,因而坟前被露水洗过的草地上横着一个有棱角的、宽阔的、样子颇像恶狗图伦的身子的阴影的时候,尼基塔就叩下头去,说:

"原谅我,爸爸。"

在早晨那种敏感的沉静里,他的嗓音又粗又哑地响着。沉默了一忽儿,驼子更响地重说一遍:

"原谅我,爸爸。"

随后他就哭了,哀哀地、像女人一样地呜咽着。他因为失去先前那种嘹亮清脆的嗓音而感到不能忍受的惋惜。

245

后来,尼基塔走出墓园有一俄里远,突然看见扫院子的仆人吉洪。他肩膀上扛一把铁锹,腰带里别一把斧子,站在路旁灌木丛中,像个哨兵一样。

"你走了?"他问。

"我走了。你在这儿干什么?"

"我想挖出一棵山梨树来,种在我那看守小屋的窗跟底下。"

他们站了一忽儿,默默地互相打量着,后来吉洪把他那双感伤的眼睛移到一旁去了。

"走吧,我来送你一程。"

他们沉默地走着。吉洪头一个开口说话。

"这么重的露水。这是有害的露水,紧跟着就要天旱,收成不好了。"

"求主保佑不出这种事。"

吉洪含含糊糊说了一句话。

"什么?"尼基塔问,有点害怕;他老是料着这人会说出特别的、搅惑人心的话来。

"我是说,上帝也许会保佑吧。"

不过尼基塔相信这个掘土工人说的是一句不愿意再说一遍的话。

"你怎么样,你不相信上帝的仁慈还是怎么的?"他带着责备的口气问。

"为什么要相信呢?"吉洪心平气和地回答。"现在我们要的是雨。而且对菌子来说,这些露水也是有害的。一个好主人是应当把样样东西都供应得正是时候的。"

尼基塔叹口气,摇摇头。

"你的想法有点不对,吉洪……"

"不,我想得对。我不是用眼睛来思想的。"

他们又默默地走了五十步。尼基塔瞧着脚下,瞧着自己的宽阔的影子。维亚洛夫合着脚步声用手指头敲着斧柄。

"尼基塔·伊里奇,过一年光景我来看你,好不好?"

"来吧。你喜欢东钻钻西看看。"

"这话是实在的。"

他脱下帽子,站住,说:

"好,既是这样,那就再见了,尼基塔·伊里奇!"说完,他搔着颧骨,带着深思的样子补充说:

"我打心里喜欢你。你有一种温和的精神。你父亲有健全的体魄,可是你的发展却在精神方面,心灵方面……"

尼基塔把手杖丢在地下,抖一抖驼峰,把皮袋子背好,默默地抱住他。吉洪使劲抱紧他,坚决地大声说:

"那么,我一定去看你。"

"谢谢你。"

尼基塔走到大路急拐进松树林的地方,回头看了一眼。吉洪把帽子塞在胳肢窝里,身子向前弯,手按住铁锹,站在大路中央,仿佛决定不放任何人走过他身边似的;清晨的微风吹拂着他那难看的脑袋上的头发。

远远看去,吉洪有点像呆子安东努什卡,尼基塔·阿尔塔莫诺夫想起那个谜样的人,就加快步子走去。可是他的耳朵里不住地响着:

> 基督复活了,复活了,
> 马车掉了一个轮子。

二

一直到父亲的九周年忌辰,阿尔塔莫诺夫家才把教堂建筑完工,献给伊利亚先知。这教堂是用了七年时光造成的,这种缓慢要由阿列克谢负责。

"上帝可以等一等,反正他也没有什么可忙的,"他活泼而又很不恭敬地开玩笑说,两次挪用了造教堂用的砖:一次是为了造工厂的第三座厂房,一次是为了造医院。

献神典礼举行之后,阿尔塔莫诺夫一家人在他们的父亲和孩子的坟前做完安魂祭,等到人们从墓园里走散,才不慌不忙地走回家去。他们识趣地让拜玛科娃留在家庭墓地的桦树下的一张长凳上,不去管她。目前,他们还不必急着到什么地方去,为教士、熟人、职员、工人预备的盛宴要到三点钟才开始。

天灰蒙蒙的;天空正像秋天的天空那样阴暗、潮湿的风跟疲倦的马似的发出喷鼻子的声音,摇撼枞树的树顶,显出要下雨的样子。在那棕红色沙土的道路上,有些黑色人影摇摇晃晃,往工厂那边爬去;三座厂房像一个圆圈的三条半径那样排列着,如同痉挛地伸直的红手指头似的抓着土地。

阿列克谢挥着手杖说:

"去世的父亲要是看见我们怎样工作,一定会高兴!"

"他要是知道沙皇被刺①,就该难过了,"彼得不愿意附和弟弟的话,想了想,回答说。

"哼,他是不大喜欢难过的。再说,他也不是靠沙皇的智慧生活的,他是靠自己的智慧。"

阿列克谢站住了,把便帽拉下来一点,瞧那两个女人。他妻子身材矮小而匀称,穿一身朴素的黑衣服,沿着踩软的沙地轻松地迈动脚步,用手绢擦眼镜。她跟丰满的纳塔利娅并排走着,像是一个乡村的女教师。纳塔利娅穿一件黑绸的长衫,肩头和袖口缀着小玻璃珠子,深紫色头巾美丽地盖着蓬松的浅红色头发。

"你的妻子越来越好看了。"

彼得没有说话。

---

① 指沙皇亚历山大二世在一八八一年三月一日被民粹派刺杀。

"尼基塔又没有来参加今年的忌辰。他是生我们的气,还是怎么的?"

遇到潮湿的日子,阿列克谢的胸口和腿就痛。他拄着手杖一瘸一瘸地走着。他一心想消除安魂祭的悲伤印象和这个阴沉的白昼的萧索气象。他性子倔强,要硬逼他哥哥讲话。

"你丈母娘留在墓地里哭呢。她还记着一切往事。她是个好老太太。我已经悄悄吩咐吉洪,叫他在那儿等着,送她回家。她抱怨她气喘,走路困难。"

阿尔塔莫诺夫的长子仿佛出于被迫似的,轻声跟着说了一遍:

"困难。"

"你睡着了?什么困难?"

"应当辞掉吉洪才对,"彼得回答说,眼睛瞧着一旁山冈上耸立着的枞树。

"为什么?"弟弟惊奇地问。"他是个老实规矩的农民,又不偷懒……"

"他是个蠢货,"彼得补充了一句。

女人们走过来了。奥莉加用一种悦耳的、跟她的矮小身材全不相称的响亮声音对丈夫说:

"我正在劝娜塔沙把伊利亚送进学校去,可是她不放心。"

怀孕的纳塔利娅像一只吃饱了的鸭子那样走着,摇摇摆摆地移动两条腿。她用长辈的口气慢腾腾地、带点鼻音地说:

"照我看来,送孩子上学是一种坏风气。如今,叶连娜写起信来,那些话就简直让人看不懂。"

"人人都得念书,念书!"阿列克谢严正地说,脱掉无檐帽,擦着出汗的额头和未老先衰的秃顶。那块秃顶从两鬓向头顶蔓延上去,像两个尖角似的,把他的脸衬得更长了。

纳塔利娅用探问的眼光瞧着丈夫,争论说:

"波米亚洛夫说得对:人有了学问,就变野了。"

"对,"彼得说。

"你们看。如何!"纳塔利娅得意地嚷着,可是丈夫沉思地补充了一句:

"不过还是得念书。"

弟弟和奥莉加笑起来。纳塔利娅就责备他们:

"你们这是怎么了?你们忘了?你们是刚做完安魂祭回来。"

他们就搀着她的胳膊,赶快走去。可是彼得放慢脚步,说:

"我要等母亲。"

那个讨厌的吉洪·维亚洛夫惹得他不痛快。在做安魂祭以前,彼得站在墓园里,远远眺望工厂,自言自语地大声说了一句话,他不是在夸口,只不过把自己所看见的说出来罢了:

"事业发展起来了。"

他立刻听见往日的掘土工人在他背后用平静的口气说:

"事业好比地窖里的霉菌,是凭它自己的力量长起来的。"

彼得一句话也没有跟他说,甚至没有回头看他一眼,可是扫院子的仆人那种明显而无礼的蠢话惹得他生气了。人家辛辛苦苦地工作,供几百个人吃上面包,一天到晚把心思用在这个事业上,而且只顾为事业操心,简直没有工夫顾到自己,感觉到自己,不料忽然来了一个莫名其妙的蠢货,说什么事业是凭自己的力量,而不是靠主人的才智生存的。而且这个家伙老是叽叽咕咕的说什么灵魂啦、罪恶啦等等的。

阿尔塔莫诺夫在路旁一个树身已经被砍掉的松树桩上坐下,拉着自己的耳朵,想起有一回他向奥莉加抱怨说:

"我没有工夫想到自己的灵魂了。"

他听见了古怪的反问:

"难道灵魂不在你身上,是单独生存着的吗?"

他觉得这种话是女人的玩笑,可是奥莉加的鸟一样的脸却是严肃的。她那双发黑的眼睛在眼镜里边亲切地发亮。

"这话我不懂,"他说。

"我也不懂怎么会把灵魂跟人拆开来说,倒好像灵魂是他收养的孤儿似的。"

"我不懂,"彼得又说了一遍,失去跟这女人谈话的兴致了。她很古怪,他不大了解她。不过她那种纯朴的态度仍旧招他喜欢,然而他也有点担心她这种表面上的纯朴包藏着狡猾。

可是他素来不喜欢吉洪·维亚洛夫。单是他那模样就叫人看了不痛快:一张高颧骨的、长着雀斑的脸,一双古怪的眼睛,两个紧贴着头皮、藏在淡红色头发里的耳朵,稀疏的胡子,虽然不快然而有劲的脚步,整个笨拙矮胖的身材。他那种平心静气的样子,也叫人不痛快,似乎还引得人嫉妒。就连他做事毫不马虎的精神也惹人生气。吉洪做事跟机器一样,几乎从不给人留下责备他的把柄,不过就连这也招人讨厌。顶叫人不痛快的是眼看这个人在这家庭里扎下了根,一年比一年深,大概他自己也觉着自己在阿尔塔莫诺夫家的生活里是少不了的一个人了,就跟车轮少不了辐条一样。说来奇怪,孩子们倒喜欢他,狗和马也同样喜欢他。老猎狗图伦用链子拴住,变得很凶恶,不容任何人走近它身边,只有吉洪是例外。非常任性的大儿子伊利亚,听这扫院子仆人的话胜过听父母的话。

为了拔去维亚洛夫这个眼中钉,阿尔塔莫诺夫要调他去做教堂看守人或者守林人。吉洪却不同意地摇着他那沉重的脑袋说:

"这些事我都做不来。要是你嫌我了,那就准我一个月假,让你清静一阵好了。我要到尼基塔·伊里奇那儿去一趟。"

他就是这么说的:让你清静一点。这句话又愚蠢又莽撞,再加上他提起在沼泽对面树林中一个贫苦的修道院里隐居的尼基塔,就在阿尔塔莫诺夫心中勾起了提心吊胆的疑虑:吉洪除了那回把尼基塔从绳套里解下来以后说过的那些事以外,一定另外还知道些什么不体面的事情吧。吉洪似乎在等什么新的灾祸,他眯着眼睛,好像提醒说:

"别碰我,你是需要我的。"

他已经到修道院去过三回了。他背上背着袋子,手里拿着手杖,不慌不忙地上了路,倒好像他在地上行走是出于对土地的恩典似的,而且他无论做什么事好像都是出于恩典。

吉洪回来的时候,人家问到尼基塔,他总是三言两语就回答完了,含含糊糊,老是使人觉得他并没把他所知道的都讲出来。

"他身体好。大家都尊敬他。他对你们的问候,对你们的礼物,嘱咐我代他道谢。"

"他到底说了些什么?"彼得问。

"一个修士有什么可说的?"

"喏,他总说了些话吧?"阿列克谢不耐烦地追问道。

"他说了说上帝。他关心天气,说是雨下得不是时候。他抱怨蚊子,他那儿的蚊子真多。他还问起你们。"

"他怎么说?"

"他关心你们,可怜你们。"

"可怜我们?为什么?"

"因为种种缘故。喏,你们生活得忙忙碌碌,他却安定了,所以他为你们不得安静而可怜你们。"

阿列克谢哈哈大笑,叫道:

"简直是胡说八道!"

吉洪的瞳孔像在溶化,眼睛显得空了。

"话说回来,我不知道他怎么想,我只是把他的话学说一遍罢了。我是个头脑简单的人。"

"对,也真是头脑简单!"阿列克谢讥诮地同意说。"像呆子安东一样。"

微风把芬芳的温暖吹到彼得·阿尔塔莫诺夫身上来,天色亮一点了;云层中有一个蔚蓝的深坑,太阳从那里露出来。彼得瞧一眼太阳,眼花了,就越发深地钻进自己的思想里去了。

尼基塔在修道院里已经存下一千卢布,跟修道院约定他在这一生中每年取用一百八十个卢布,随后他就把父亲死后他应得的一份遗产送给兄弟们了。不知怎么,这件事情有点使人不好受。

"他怎么能拿这来送人呢?"彼得嘟哝说,然而阿列克谢高兴地说:

"他要钱有什么用?把那些寄生虫,修士们,喂饱吗?是啊,他这样决定是很对的。我们有事业,又有子女。"

纳塔利娅甚至感动了。

"他总算没有忘掉他对我们犯下的罪!"她满意地说,用手指头擦掉绯红的脸上的一颗泪珠。"叶连娜的陪嫁钱有着落了。"

弟弟的这个举动在彼得的心上投下了阴影。关于尼基塔出家进修道院这件事,城里人说了些对阿尔塔莫诺夫一家人很不恭敬的坏话。

彼得跟阿列克谢相处得还和睦,不过彼得看出机灵的弟弟把事业中顶轻松的一份工作揽在自己身上:阿列克谢常坐车子到下诺夫戈罗德①去赶集市,每年到莫斯科去两趟。从莫斯科回来,他就热闹地讲起京城企业家怎样发迹的故事。

"他们的日子过得可有气派了,不比贵族差。"

"要像贵族那样过日子是便当的,"彼得话里有话地说,可是他弟弟没听出来,仍旧兴高采烈地说:

"商人造起高楼大厦来了,简直像大教堂!孩子也都受教育了。"

虽然他老得多了,可是青春的朝气回到他身上来了。他那双鹰眼快活得炯炯发光。

"你怎么老是愁眉苦脸的?"他问哥哥,甚至教训他:"事业应当笑着乐着办起来。事业可不喜欢沉闷。"

彼得看出他跟父亲相像,可是他又觉得阿列克谢越来越不易了解了。

"我是病人,"他还是常常这样提醒人家,然而他并不保重身体,喝很多酒,拼命打牌,熬夜,显然跟一些女人有不干不净的关系。在他的生活里什么才是主要的呢?好像既不是他自己,也不是他的家。拜玛科娃的房子早已要大大修理了,可是阿列克谢不放在心上。子女生下

---

① 伏尔加河上游的一个大城,现称高尔基城。

来就弱,活不满五岁就死了,活着的只有米龙,是一个难看的、皮包骨的小男孩,比伊利亚大三岁。阿列克谢和他妻子都染上可笑的贪欲,专门搜罗不需用的东西。他们的房间里堆满各式各样的贵族家具,他俩都喜欢拿来送人。他们送给纳塔利娅一个滑稽的、镶瓷的立柜,送给彼得的岳母一张大皮圈椅和一张漂亮的镶铜的花斑桦木床。奥莉加用小玻璃珠精巧地绣出风景画来,可是丈夫到省城去的时候,还是买些同样的刺绣品带回来给她。

"你也真怪,"彼得收到弟弟的礼物时说,礼物是一张大桌子,有许许多多的抽屉和精致的雕刻,可是阿列克谢用手把桌子一拍,嚷道:

"多漂亮啊!这样的东西将来是不会再有的了。这是莫斯科人都明白的!"

"你还是买银器的好,贵族都有很多银器……"

"容我一点时间,我什么都要买来的!在莫斯科……"

如果相信阿列克谢的话,那么在莫斯科住着的都是些半疯的人。他们与其说是在办事业,不如说是全体一致极力要过贵族生活,因此从贵族那儿买下一切能够买到的东西,从庄园起到茶碗止。

每回到弟弟家里去做客,彼得老是痛心而且嫉妒地觉着那儿比自己家里舒服。这是不容易理解的,就如同他也不理解自己究竟喜欢不喜欢奥莉加一样。她跟纳塔利娅站在一块儿活像一个女仆,不过她对煤油灯却没有那种愚蠢的恐惧,她也不相信煤油是大学生用自杀的人的脂肪熬出来的。她那柔和的嗓音很悦耳,她那双眼睛也好看,眼镜并没有遮住它们和蔼的光辉。不过她一谈到事业和人,就厌烦了,显得孩子气,躲得远远的。这使得别人又奇怪又生气。

"那么,依你看来,没有一个人有过错还是怎么的?"彼得讥诮地问。她回答说:

"有过错的人是有的,不过我不喜欢批评他们。"

彼得不相信她的话。

从她对丈夫的态度看来,仿佛她比他年纪大,而且自认为比他聪

明。阿列克谢倒也并不因此生气,还管她叫姑姑,只是偶尔带点烦恼的口气说:

"别说了,姑姑,我听腻了!我是病人。多宠着我一点也不碍事!"

"我已经把你宠得够了,不能再宠了!"

她就向丈夫微微一笑,像那样的笑容彼得是很希望在自己妻子脸上看到的。纳塔利娅是个标准的妻子,老练的管家婆。她善于腌黄瓜,用醋渍鲜蘑,善于煮果酱,家里的仆人干起活来如同钟里的齿轮那么准确。纳塔利娅毫不厌倦地用平和的爱情爱她丈夫,那种爱情稳固得跟凝结的牛奶一样。她用钱很俭省。

"现在我们在银行里存多少钱了?"她问,而且担忧地说:"你得注意银行可靠不可靠,可别破产了!"

她手里一拿到钱,她那漂亮的脸就变得严肃了,红嘴唇抿得紧紧的,眼睛里现出油亮的、尖利的目光。她清点五颜六色的肮脏钞票时,她那胖手指头就很小心地摸着它们,倒好像生怕它们会跟苍蝇那样从手底下飞掉似的。

"你跟阿列克谢怎样分红利的?"她在床上用爱抚满足了彼得以后,问道。"他没有蒙哄你吗?他呀,可精明了!他跟他老婆都贪财。他们见什么拿什么!见什么拿什么!"

她觉得她四周尽是骗子,她说:

"除了吉洪,我对谁都不相信。"

"这是说,你只相信蠢货,"彼得疲倦地嘟哝着说。

"他虽然蠢,可是有良心。"

彼得头一回带她到下诺夫戈罗德去赶集市,她被那全俄罗斯的市场的巨大规模吓呆了。他就问她:

"怎么样?啊?"

"好得很,"她回答说。"样样东西都有那么多,而且样样东西都比我们那儿便宜。"

后来她开始计算应该买的东西:

"买两普特①肥皂,一箱蜡烛,一袋砂糖,还有方糖……"

她坐在杂技场里,看到男演员出场,就闭上眼睛。

"唉,多不害臊啊,唉,光着大腿!哎呀,看他们这种杂耍对我有好处吗?对我胎里的孩子有好处吗?你不应该领我来看这种可怕的玩意儿,说不定我怀的是个男胎呢!"

在这种时候,彼得·阿尔塔莫诺夫就感到一种愁闷,它好比瓦塔拉克沙河里的发绿的、稠浓的淤泥,要活活的闷死他,在那条河里只有又肥又蠢的鲤鱼才能活的。

纳塔利娅仍旧祷告得很久,很认真,祷告完了就躺到床上去,热心地引她丈夫来享受她那丰满的肉体。她的皮肤发出储藏着一罐罐盐腌和醋渍的小菜、燻鱼、火腿的堆房的气味。彼得已经不止一次,而且越来越常常感到妻子热心得过火,她的爱抚已经耗尽他的元气了。

"躲开,我累了,"他说。

"好,那你睡吧,求上帝保佑你,"妻子温顺地回答说,很快就睡着了,惊奇地拧起眉头,微微笑着,仿佛那双闭着的眼睛看见了什么很好看的、她从来没见过的东西似的。

在这种时候,彼得就特别清楚而又悲哀地感到纳塔利娅不能打动他的心了。他就硬逼自己回想她生头一个儿子的那一天多么可怕。阵痛足足把她折磨了十八个钟头,到第十九个钟头他的丈母娘来了,神情惊慌,含着眼泪,领他走进一个充满古怪而窒闷的气味的房间。他妻子在零乱的床上蜷着身子,那双由于剧烈痛苦而变了样的眼睛爆出来。她披头散发,流着汗水,简直不像她本来的样子了。她用野兽一样的吼叫迎接他:

"彼佳,别了,我要死了。我要生的是个男孩子……彼得,原谅我……"

她的嘴唇咬肿了,几乎不能动。那些话好像不是从嗓子里,而是

---

① 一普特约合中国33市斤。

从肚子里发出来的。肚子大得不像样儿,一直垂到腿上,眼看就要炸开了。颜色发青的脸也肿了。她喘得像是一条疲乏的狗,而且像狗那样把咬坏的肿舌头伸出来;她抓住脑袋上的头发往外揪,想拔下来。她不住地哀号,嗥叫,好像要说服什么人,征服什么人,而那个人又不肯或者不能对她让步似的。她叫着:

"男——孩……"

这天有风,野樱树在窗外摇动,飒飒地响,在窗子玻璃上投下摇抖的阴影。彼得看见影子跳跃,听见沙沙的响声,吓得魂不附体,叫道:

"拉上窗帘!你们没看见吗?"

他吓得逃走了,身后传来妻子的尖叫:

"哎——哎——哟——哟……"

过了一个半钟头,丈母娘又乐又累,话都说不出来了,再一次把他领到妻子的床前去。纳塔利娅用伟大的殉教徒那种亮得使人受不住的眼光迎接他,她那衰弱的、仿佛喝醉的嗓音说:

"我生的是男孩子。儿子。"

他弯下腰去,把脸贴在她肩膀上,喃喃地说:

"哎,母亲,你要知道,我到死也忘不了这一天!是的,谢谢你……"

他还是头一回称呼她"母亲",在这两个字里放进他的全部恐惧和喜悦。她呢,闭上眼睛,用没力气的手摩挲他那沉重的头。

"这是个大力士,"大鼻子的麻脸接生婆抱着孩子给他看,说。她那么骄傲,倒好像孩子是她生的一样。可是彼得没有看儿子,他的眼前老是浮动着妻子像死人一样的脸,那张脸上的两个眼睛成了黑坑。

"她不会死吧?"

"嘿,"麻脸的接生婆快活地大声说,"要是生孩子就会死,那也用不着接生婆了。"

现在这个大力士快满九岁了;这男孩身量高,结实,在那张生着大额头和朝天鼻子的脸上,深蓝色大眼睛严肃地闪闪发光,阿列克谢的母亲和尼基塔都生着这样的眼睛。他出生后过了一年,又一个儿子亚科夫出世了。可是宽额头的伊利亚从五岁起就成了全家顶重要的人物。大家都宠他,他对谁的话也不听,自由自在地生活着,常常弄得自己落进尴尬而危险的局面里,这种事是多得惊人的。他的顽皮差不多总是带点异乎寻常的性质,这在他父亲心里勾起一种近似骄傲的感觉。

有一回彼得看见儿子在车房里,男孩想把车轮安到一个旧木槽上去。

"这是做什么?"

"做轮船。"

"这东西在水里是开不走的。"

"我要叫它开得走!"儿子用祖父那种不服气的口气说。彼得没法说服他相信这种工作不会有效果,可是彼得一面劝他,一面暗想:

"这是他爷爷的性格。"

伊利亚坚定不屈地要达到自己的目的,不过他还是没有能够用那木槽和两个车轮造出轮船来。于是他用黑炭在木槽两边画了两个轮子,把它拖到河边,放进水里,他自己就陷进淤泥里去了。可是他并不害怕,立刻向那些正在洗衣服的女人嚷叫:

"喂,娘儿们!把我拉出来,不然我就要淹死了……"

母亲吩咐人把那木槽劈碎,把伊利亚打了一顿。从那天起他就用他对付两岁的妹妹塔尼娅的那种痛恨的眼光瞪他母亲了。大体说来,他是一个能干的小人儿,老是在刨什么,砍什么,拆什么,修理什么。他父亲看见这种情形,就暗想:

"他将来一定有出息。他会成为一个建设者。"

有时候伊利亚一连好几天不理睬父亲,后来忽然跑到他的办公室里来,爬上他的膝头,下命令说:

"给我讲个故事。"

"我忙着呢,没工夫。"

"我也忙着呢。"

父亲笑了,把文件推到一边去。

"好,听着:从前有些农民……"

"农民的事我都知道。讲个滑稽故事吧。"

父亲却讲不出滑稽故事。

"你去找外婆吧。"

"她今天在打喷嚏。"

"哦,那去找妈妈吧。"

"那她就要给我洗脸了。"

阿尔塔莫诺夫笑了。能够引得他发出好意的、爽快的笑声的,只有他儿子一个人了。

"那我去找吉洪,"伊利亚说,想从父亲膝盖上跳下地来,可是父亲拉住他。

"吉洪会讲些什么?"

"什么都会讲。"

"究竟讲些什么呢?"

"他什么都知道,他在巴拉赫纳住过。那儿的人造平底船啦、小艇啦……"

有一回伊利亚从什么地方掉下来,摔破了脸,母亲一面打他,一面嚷着:

"不准爬到房顶上去,你会摔成残废,变成驼子的!"

儿子气得脸色发紫,并不啼哭,却对母亲威胁说:

"你再打我,我就死给你看!"

母亲把这种恐吓话告诉父亲,他笑着说:

"你别打他了,叫他上我这儿来吧……"

儿子来了,站在门口,把手放在背后。彼得对儿子除了感到好奇和激动的温情以外,别的什么也没有。他问道:

"你为什么说那种吓唬母亲的话?"

"我又不是蠢货,"儿子生气地回答说。

"既然你吓唬人,那怎么会不是蠢货呢?"

"那她打我嘛。吉洪说过,只有蠢货才挨打。"

"吉洪?吉洪他自己才是……"可是不知什么缘故彼得忍住了话,没说出那扫院子的仆人是蠢货。他在房间里走来走去,打量着门口站着的那个人,不知道该说什么好。

"你也打你弟弟亚科夫呀。"

"他是蠢货。他反正不痛,他长得胖。"

"怎么:胖了就该挨打吗?"

"他贪心。"

彼得觉得自己不会教导儿子,而且觉得儿子心里也明白。也许打他一个耳光倒简单得多,有用得多,可是他又不忍心举起手来打那个头发蓬松、可爱得恼人的头。在那对亲切的蓝眼睛凝神望着、有所期待的目光前面,就连想到惩罚都觉得别扭。而且太阳也捣乱,不知怎么,事情总是这样凑巧:伊利亚老是在阳光明亮的日子里淘气得最厉害。彼得一边用老套头的话教训男孩,一边想起当初他自己也听过那些话,可是那些话进不了他的心,也记不住,只勾起烦闷和转眼就过去的恐惧罢了。可是挨打,哪怕是罪有应得,也不容易忘记,这一点也是彼得·阿尔塔莫诺夫知道得很清楚的。

第二个儿子亚科夫身子滚圆,两颊绯红,脸相很像母亲。他常哭,而且仿佛哭了才痛快。他在没流下眼泪以前,先呼哧呼哧地喘气,鼓起腮帮子,用拳头揉眼睛。他胆小,吃得多,而且贪吃,等到胀饱了,要就去睡觉,要就抱怨:

"妈,我没有玩的。"

女儿叶连娜夏天才回家来,她已经变成一位陌生的小姐了。

伊利亚到七岁,开始在教士格列布那儿念书,可是他打听出事务员尼科诺夫的儿子不念"诗篇",而念一本带图画的"国语"书,就对父亲说:

"我不打算念书了,我的舌头痛。"

父亲必得亲切地问他很久,他才解释说:

"巴沙·尼科诺夫学的是本国的,我学的却是外国的。"

不过有时候,不知什么缘故这个很活泼的男孩出了毛病,一连几个钟头独自坐在小山上松树底下,把干松果丢到瓦塔拉克沙河暗绿色的水里。

"他烦闷了,"父亲猜想。

他也一连几个星期,几个月,生活在事业的震耳的嘈杂声中,转来转去,转来转去,突然落进模糊的思想的浓雾里,头昏眼花的包缠在烦闷当中,弄不明白是什么东西使得他头昏眼花:究竟是事业方面的操劳呢,还是由于这种其实很单调的操劳所产生的烦闷。遇到这种日子,他碰见别人,往往就会恨那人,不是恨他斜眼看人,就是恨他不会说话。在今天这个阴沉的日子,也就是因为这个缘故,他才几乎痛恨吉洪·维亚洛夫的。

维亚洛夫搀着丈母娘的胳膊,走过来了,正在说话:

"我们维亚洛夫家人口很多……"

"为什么你不去跟家里人一块儿过活?"彼得走到拜玛科娃跟前,搀着她的胳膊肘,问道。吉洪沉默了,退到一边去。阿尔塔莫诺夫却缠住不放,把那问题又厉声说了一遍。于是,扫院子的仆人眯细没有颜色的眼睛,淡淡地回答说:

"不过现在他们,我家里的那些人,一个也不在了,全完了。"

"什么叫完了?谁完了?"

"我的两个哥哥被派到塞瓦斯托波尔去①,在那儿死了。农民为了争取自由而骚动的时候,大哥跟着人造反去了。我爹也参加了造反。那回强迫老百姓吃土豆②,我爹不肯吃,他们要拿鞭子抽他,他逃了,想躲起来,不料掉在冰窟窿里淹死了。后来我妈改嫁给另一个人,渔夫维亚洛夫,又生了两个,我和弟弟谢尔盖……"

---

① 指一八五三至一八五六年的克里米亚战争期间的塞瓦斯托波尔保卫战。
② 指一八四二年彼尔姆省农民的"土豆暴动"。

"你弟弟在哪儿?"乌里扬娜问,映着哭肿的眼睛。

"他被打死了。"

"你这么说话,就跟念安魂祷告似的。"阿尔塔莫诺夫气愤地说。

"这是因为乌里扬娜·伊凡诺夫娜问起来……她有点心烦,所以我就……"

他没有说完话,弯下腰去,从路上捡起一根枯枝子,丢到一边去。大家沉默了两分钟。

"是谁打死你弟弟的?"阿尔塔莫诺夫忽然问。

"谁打死的? 总是人打死的呗,"吉洪平心静气地说。拜玛科娃喘着气,补了一句:

"闪电也能殛死人……"

……到了仲夏,难受的日子来了。地面上,烟雾迷蒙的淡黄色天空中,有一种郁闷的、酷热的肃静。泥炭田和树林里到处起火。忽然刮来一阵干燥炎热的狂风,凶恶地嘶叫,呼啸,从树上扯下干萎的叶子,卷起去年的红色松针,扬起灰沙的烟雾,赶着这片烟雾沿着地面向前滚去,一路上卷走刨花、麻皮、鸡毛,推着行人往前走,打算从他们身上剥下衣服来,然后隐藏在树林里,把大火吹得越发旺了。

工厂里有许多人害病。阿尔塔莫诺夫在纺锤的嗡嗡声和梭子的沙沙声里听见费力的干咳声,在机器旁边看见无精打采的和气愤的脸,注意到工人动作疲沓。产品数量减少,货物质量明显降低。旷工的天数大大增加,男人放量喝酒,女人带领的孩子生病。快活的木工谢拉菲姆,这个像孩子一样两颊绯红的小老头,屡次做出小棺材来,而且常常给那些活完一辈子的大人用白色枞木板钉成棺材。

"应当请他们吃喝一顿,"阿列克谢坚持说,"叫他们高兴起来,给大家打打气!"

他跟妻子一块儿去赶集的时候,又劝道:

"只要请他们吃喝一顿,他们就会振作起来! 你得相信:快活高兴,消灾治病!"

"那你就办席吧,"彼得吩咐自己的妻子。"做得好一点,丰盛一点。"

纳塔利娅不满意地嘟哝起来,他生气地问:

"什么?"

妻子用围裙边大声擤了擤鼻子,作为抗议,然后回答说:

"听见了。"

宴乐是从简短的祈祷开始的。教士格列布把祈祷主持得很不错。他变得越发干瘦了。他那撕裂的嗓音念着不常说的字眼,听起来很凄凉,倒好像他使出最后一口气来求情似的。害痨病的织布工人的灰脸严厉地皱起眉头,虔诚而麻木。许多女人号啕大哭。不过等到教士抬起哀伤的眼睛瞧着烟雾迷蒙的天空,人们就也学他的样,用恳求的眼神瞧着烟雾里面那暗淡而光秃的太阳,也许以为那个温和的教士在天空看见了一个认得他、正在听他祷告的人。

祈祷过后,女人们把桌子抬到工人居住区的街道上;工人都稳重地坐好,面对着桌子上的木钵,那里面盛着油腻的羊肉面条汤,满到了木钵的边上。每一个木钵周围坐十个人,每张桌子上摆着一桶家酿的浓啤酒和三公升白酒。这很快就把那些垂头丧气、疲惫不堪的人振作起来了。像一顶热帽子那样压在地面上的肃静动摇了,往沼泽里,树林里起火的那边退去。快活的声浪、木匙的敲击、孩子的哄笑、女人的喊叫、青年的谈话,响遍了工人居住区。

这顿酒足饭饱的丰盛午餐吃了三个钟头。年轻人把醉汉分别送回家去以后,就把整齐干净的木工谢拉菲姆团团围住。他那蓝条子花的麻布衬衫和同一种料子的裤子已经洗过不止一次,变成淡蓝了。他那长着尖鼻子、带点醉意、颜色红润的小脸得意地放出光彩。他那双活泼的不像老人的眼睛发亮,不住地眨着。这个快活的棺材匠有一种像天仙那样欢乐的气质,一种轻松的飘飘然的风度,正好跟他的名字[①]

[①] "谢拉菲姆"可意译成"六翼天使"。

吻合。他坐在凳子上,把竖琴放在尖膝盖上,用乌黑的、像辣根那样弯曲的手指头拨弄琴弦,唱起瞎眼乞丐的歌来,而且故意唱得哀伤,带点鼻音:

听着吧,我的人,
我讲个故事给你们开开心,
要想听懂就得动脑筋!

他向姑娘们挤眉弄眼。他的女儿季娜伊达,那个胸部高耸、相貌俊俏、眼神泼辣的缠线女工,也威严地站在她们当中。他更高亢而哀伤地唱下去:

基督坐在光明的天堂,
四周是天空的芬芳凉爽,
旁边的椴树高大而金黄,
他威严地坐在树皮宝座上。
他分发金银财宝,
那玉石贵重得不得了,
这些都赐给富人作为酬劳,
因为那些富人心眼好,
待穷人厚道,
爱穷人如同爱兄弟,
给贫苦饥寒的人都吃饱。

他又对姑娘们睞眼,忽然改变嗓音唱起舞曲来。他女儿就学茨冈的样,把手放在脑后,颤动胸脯,尖声叫着,随着父亲嘹亮的歌声和琴弦的音调跳起舞来。

谁要拿了银子，
大腿就要折掉；
谁要拿了金子，
他就要遭火烧！
谁要拿了珍珠和玛瑙，
那就瞎了眼睛什么也别瞧！……

竖琴的声音和谢拉菲姆的快乐的歌声，被年轻小伙子的呼啸声盖过去了。随后舞蹈的姑娘和女人唱起来：

那些船在海上开得好快，
把送给漂亮姑娘的礼品纷纷运来！

季娜伊达跺着脚，接着尖声唱下去：

帕什卡见了帕拉什卡，
送给她粗席做衬褂，
捷廖什卡见了玛特廖什卡呀，
拿出一副桦木的耳环送给她。

伊利亚·阿尔塔莫诺夫跟巴维尔·尼科诺夫一块儿坐在一堆薄板上。巴维尔是一个精瘦的男孩，显得衰老、有点光秃的脑袋在长脖子上不安地扭动，一双灰色的、胆小的眼睛在灰色的、不健康的脸上贪婪地转动。伊利亚很喜欢那个穿着淡蓝色衣服的小老头，竖琴的弹奏和谢拉菲姆的活泼可笑的歌声听着很愉快，可是忽然跳出这么一个穿红布外衣的女人，转动不停，把一切都破坏了，引起撒野的嗯哨声和杂乱刺耳的歌声。后来，他简直讨厌这个女人了，因为尼科诺夫低声说：

"季娜伊达是个浪女人，跟什么人都相好。她跟你父亲也相好，我亲眼看见他紧紧地搂过她。"

"为什么搂她?"伊利亚迟钝地问。

"咦,你知道嘛!"

伊利亚垂下眼帘。他知道男人为什么搂姑娘。他懊恼自己向朋友问了这么一句话。

"胡说,"他厌恶地说,不去听尼科诺夫的贫嘴贫舌了。这个畏畏缩缩、胆子很小的男孩只凭他的疲沓和他所讲的那些千篇一律、枯燥无味的女工故事,是引不起伊利亚喜爱的,可是尼科诺夫在养鸽子方面很内行,而伊利亚正好喜欢鸽子。他就保护这个没有力气的男孩,免得他受到工人们的孩子的欺负,而且认为这样做是一种快乐。除此以外,尼科诺夫还善于把他看见的事情讲得活灵活现,只不过他看见的都是不愉快的事,而且讲起那些事来跟弟弟亚科夫的口气一样,总好像在抱怨一切人似的。

伊利亚沉默地坐了几分钟,就回家去了。在园子里,人们正在热烘烘的树荫下喝茶,那些树木布满灰尘,变得灰白了。客人围着一张大桌子坐着:有沉静的教士格列布,有机械工程师科普捷夫,他的头发乌黑而且鬈曲,跟茨冈一样,还有那个洗得干干净净的事务员尼科诺夫,他的脸洗得太干净,简直不容易看出是什么模样了。那张脸上有一个露出鼻毛的小鼻子,额头上有一个瘤子,在瘤子和鼻子中间铺开一副笑容,窄细的两道眼缝给重重叠叠的、颤抖的皮肤盖没了。

伊利亚挨着父亲坐下,不相信这个不露笑脸的人会跟那个无耻的缠线女工发生关系。父亲用沉重的手默默地摩挲他的肩膀。大家都热得筋疲力尽,满身大汗,懒得讲话,只有科普捷夫的清脆声音像在冬天清澈的寒夜里一样响着。

"我们该到工人居住区去了吧?"母亲问。

"好,我去穿衣服,"父亲说,从桌子那儿站起来,往正房走去。过了一会儿,伊利亚在他身后追上去,在门廊那儿追到他的身边。

"你有什么事吗?"父亲亲切地问。儿子瞧着他的眼睛,也问:

"你搂过季娜伊达没有？"

伊利亚觉着父亲好像吓了一跳。这倒没有使得伊利亚惊奇，他认为父亲是胆小的人，什么事都怕，因此才不大说话。他常常觉得父亲也怕他，比方说现在就怕他。为了给这害怕的人一点鼓励，他说：

"我不相信，我只是问一声罢了。"

父亲把他推到前厅去，又推着他走过过道，进了自己的房间，紧紧地关上身后的门，随后轻声哼着鼻子，在房间里从这头走到那头，每逢生了气，他才会这样走来走去。

"走过来，"老阿尔塔莫诺夫在桌子旁边站住，说；小阿尔塔莫诺夫就走了过去。

"你说什么？"

"这是巴夫卢什卡①说的，可是我不相信。"

"你不相信？哦。"

彼得面对面地打量着儿子的大额头的脑袋和他那严肃的、并不亲热的脸，一腔愤怒就此消散了。他拉着自己的耳朵，暗自考虑：儿子不相信一个跟他一般大的男孩的愚蠢的闲话，不但不相信，而且显然在用这种不相信来安慰他父亲，这究竟是好还是不好？他想不出该对儿子说些什么话才好，就是有话也不知该怎样说，不过，他根本不想打伊利亚。然而，他总得有点什么举动才成，于是他决定：最简单明了的办法还是打。这当儿他就沉甸甸地举起不太听话的手，把手指头伸进儿子额上的一绺硬发里，揪住，嘟哝着说：

"不要听那蠢货胡说！不要听！"

他推开儿子，吩咐说：

"走。到自己房里去坐着。就在那儿坐着。对了。"

儿子向一边歪着头，而且顶着这颗头往门口走去，仿佛那是别人的头似的。父亲瞧着他，安慰自己：

---

① 巴维尔的爱称。

"他没有哭。我没有打痛他。"

他极力生气地说：

"哼！什么相信不相信！我给你点教训看看。"

可是这并没有扑灭他怜惜儿子、为儿子抱屈的心情，也没有消除他不满意自己的心情。

"这还是我头一回打他，"他想，憎恨地瞧着自己那只毛茸茸的红手。"不过我自己在十岁以前大概总挨过一百次打。"

可是这也不能安慰他。阿尔塔莫诺夫瞧着窗外像是浑水里一滴油似的太阳，听着工人居住区的召唤的闹声，无精打采地走出去看酒宴的情形，在路上对尼科诺夫悄悄说：

"你妻子和前夫所生的儿子对我的伊利亚说了些蠢话……"

"我去打他，"事务员十分情愿地、甚至好像有点满意地提出自己的办法。

"你要叫他少说废话，"彼得补了一句，斜起眼睛瞧一下尼科诺夫的空虚的脸，轻松地想道：

"瞧，这多么简单。"

工人居住区里的人热闹而好意地迎接主人，醉醺醺的笑脸满面光彩，奉承话大声响着。谢拉菲姆穿着新树皮鞋，裹着白色包脚布，像莫尔德瓦人那样系着红带子。他跺着脚，在阿尔塔莫诺夫面前打转儿，唱着赞美歌：

哎呀，这是谁来啦？
这是他亲自来啦！
他带着谁来啦？
他带着太太来啦！

白胡子、长头发、模样像个教士的伊凡·莫罗佐夫，用低音说：
"我们对你很满意。我们很满意。"

另一个老人马马耶夫高兴地叫道：

"阿尔塔莫诺夫一家对待工人很有点贵族气派！"

尼科诺夫用一种大家都听得见的声音对科普捷夫说：

"他们是感恩图报的人，他们知道该尊重他们的恩人！"

"妈妈，人家推我！"亚科夫抱怨着。他穿一件粉红色绸衬衫，圆得跟球一样。母亲用手拉住他，对女人们做出尊严的笑容，哄他说：

"你瞧，那小老头跳舞跳得多好看……"

穿着淡蓝色衣服的木工毫不疲倦地打转儿，蹦蹦跳跳，唱出一句句滑稽的谚语：

喂，脚，跺吧！
跺得越快越好！
树皮鞋比皮靴轻，
娘们儿比姑娘招人疼！

阿尔塔莫诺夫已经不是头一回听见人家奉承他了，他有种种理由不相信这些奉承话是出于真心，可是现在仍旧听得心动。他微笑着说：

"好，行了，多谢！挺不错，我们相处得很和睦。"

他心想：

"可惜伊利亚没有看见大家多么尊敬他父亲。"

他觉着需要做点什么好事安慰一下那些工人。他拉拉自己的耳朵，想了想，说：

"应当把儿童医院再扩大一倍。"

谢拉菲姆把两只胳膊使劲抢开，往旁边一跳。

"听见没有？来啊，给主人喊声乌拉！"

人们喊了声乌拉，音调不齐，然而还算响亮。纳塔利娅给女人们团团围住，感动了，就嗡着鼻子，拖长音调说：

269

"去吧,大婶啊,再拿三桶啤酒来,吉洪会拿给你们的,去吧!"

这越发增添了那些女人的欢乐。尼科诺夫摇头晃脑,感动地说:

"这真称得起是大主教的宴会嘛……"

"妈妈,我热,"亚科夫哀叫着。

这种欢乐却被一个锅炉工人沃尔科夫略略搅乱,破坏了。他生着一把黑胡子和一双跟李子那么大的眼睛,左胳膊上抱着一个精瘦的孩子,那孩子热得昏过去了,身体软绵绵地在胳膊两边耷拉下来,青色皮肤上生着疮。他跑到纳塔利娅跟前,死命地嚷着说:

"这可怎么好?老婆死啦。她活活热死的,唉!瞧,留下这么个孩子,这可怎么好?"

他那疯狂的眼睛里流下好像发黄的眼泪。女人们把那工人从纳塔利娅面前推开,仿佛道歉似的说:

"你别理他。你看得出来,他神志不清了。他老婆是个放荡的女人。她害痨病。他自己身体也不好。"

"把他胳膊上的小孩子接下来,"阿尔塔莫诺夫生气地吩咐说。立刻有几双女人的手向那孩子瘫软的小身体伸过去,可是沃尔科夫高声痛骂,跑掉了。

大体说来,一切都美满,热闹,快活,跟节日应有的情形一样。阿尔塔莫诺夫留意到有许多新工人的脸,他差不多带着骄傲的心情暗想:

"工人多起来了。要是父亲能看见,那多好……"

他妻子忽然惋惜地说:

"你处罚伊利亚也未免不是时候,他没法看见人们对你的爱戴了。"

阿尔塔莫诺夫没有开口,皱起眉头瞧着季娜伊达。她领头带着十个姑娘走来走去,用不好听的、低抑的声调唱着:

他走过我的旁边,

一双瞧着我的眼睛那么甜,

啊,看得出来,

他有心跟我情意绵绵!

"这个野姑娘,"他想,"而且唱的歌也不好。"

他拿出表来看了看,不知什么缘故撒了个谎:

"我要回家去一趟,阿列克谢的电报应当来了。"

他很快地走了,一路上盘算着该跟儿子说什么话好,想出了一些很严厉而又十分亲切的话,可是等到他轻轻推开伊利亚房间的门,所有的话就都忘掉了。儿子跪在一把椅子上,胳膊肘支在窗台上,瞧着烟雾迷蒙的紫红色天空。暗影像棕色的灰尘似的填满这小小的房间。墙上一个大笼子里有一只鸫鸟正在忙忙碌碌;它擦净它的黄嘴,打算睡觉了。

"怎么,你还坐在这儿吗?"

伊利亚吃了一惊,回转头来,不慌不忙地从椅子上爬下来。

"瞧瞧你!听各式各样的废话。"

儿子站在那儿,垂着头。父亲明白他是故意这样,好让父亲想起方才的殴打。

"你为什么低下头?抬起头来。"

伊利亚拧起眉毛,可是没有看他父亲。鸫鸟在横木上跳来跳去,小声打唿哨。

"他生气了,"阿尔塔莫诺夫暗想,在伊利亚的床上坐下,用手指头戳着枕头,说:"不应该听那些胡说八道。"

伊利亚问:

"可是人家要说,我有什么法子呢?"

他那严肃而好听的声音引得父亲高兴了。彼得越发温和、大胆地说下去:

"由人家说去,你不要听好了!你要忘掉它!不管人家在你面前

271

说什么下流话,你都要忘掉。"

"你忘得掉吗?"

"咦,不忘掉怎么成?要是我把听见的都记住,那我成了什么样儿了?"

他不慌不忙地说着,细心地选择比较简单的字眼。他清楚地知道所有这些话都不必要,而且不久他就被那些简单字眼的难懂的深奥意义搅昏了头,于是他叹口气,说:

"走过来。"

伊利亚小心地走过去。父亲用两个膝头夹住他的身子,轻轻地把手心按在他的宽额头上,觉得儿子不肯抬起头来,就生气了。

"你为什么耍脾气?瞧着我。"

伊利亚直直地看着他的眼睛,可是这反而更糟,因为他问:

"你为什么打我?我本来说过我不信巴夫卢什卡的话。"

老阿尔塔莫诺夫一时答不出话来了。他惊奇地看出来:不知由于什么奇迹,儿子跟他站得一般高了,要不是儿子已经长得跟成人一般高,就是他把成人压得跟他一样矮了。

"小小的年纪就受不得一点委屈,"一刹那间,他这么想着。随后他站起来,很快地讲着,极力要跟儿子快点和好。

"我没有打痛你。教训你是应该的。从前我父亲把我打得好苦!母亲也打。马夫啦,管事啦,都打我。德国籍的听差也打。只要是自家人打我,那我还不觉着委屈,要是外人打我,我才伤心。亲人的手总是轻的!"

他在房间里走来走去,从门口走到窗口只跨六步。他一心要赶快结束这场谈话,大概担心儿子再问起什么别的话。

"那些你不该看、不该听的事情,你在这儿实在看够了,也听够了,"他嘟哝着,没看那靠着床框子的儿子。"应该送你上学去了。你应该到省城去。你想上学吗?"

"想。"

"嗯,好吧……"

他想跟儿子亲热一下,可是不知什么作梗,他没有这样做。而且他也想不起当初他的父母伤了他的心以后是不是跟他亲热过。

"好,去吧,去玩吧。不过你不要再跟巴什卡交朋友了。"

"谁都不喜欢他。"

"他也没有什么招人喜欢的地方,那么下流。"

阿尔塔莫诺夫走下楼去,回到自己房间里,站在窗前,想到他跟儿子谈的话很不对劲。"我把他宠坏了。他不怕我。"

从工人居住区那边传来嘈杂的闹声、尖叫声、姑娘的歌唱声、低沉的说话声、手风琴的咿呀声。大门口那边清楚地响着吉洪的话:

"你为什么待在家里啊,孩子?人家在玩乐,你却待在家里?你要去上学?那挺好。俗语说得好:'没学问如同没生下来一样。'唉,你不在,我就要觉着寂寞了,孩子。"

阿尔塔莫诺夫很想大叫一声:

"你说谎,我才会寂寞!哼,他巴结主人的儿子,这个坏蛋,"他怀着恶意暗想。

彼得把儿子送进城里,委托教士格列布的哥哥,一个教员,给伊利亚做好进中学的准备以后,的确感到自己心里空虚,感到家里寂寞了。他觉着那么别扭,不习惯,就好像卧室里神像前面那盏小灯灭了一样。对那盏小灯的淡蓝色火光,彼得已经十分习惯,要是那火光由于什么缘故灭掉,那他就会在漫漫长夜里睡不着觉。

伊利亚在动身以前那么淘气,仿佛故意要给人留下坏印象似的。他对母亲那么粗鲁,把她都气哭了。他把亚科夫的鸟都从笼子里放走,至于那只鸫鸟,原来他答应给亚科夫的,却送给尼科诺夫了。

"你为什么这样淘气?"父亲问道,可是伊利亚不答话,光是歪着头。阿尔塔莫诺夫觉得儿子在作弄他,又打算叫他想起他想忘掉的那件事。真是奇怪,谁也猜不透这个小人儿的心有多么大。

"难道我父亲也为我这么操过心吗?"

回忆坚定地回答他说：他从来也没有感到过他父亲是一个体贴的、亲切的人，只感到他是一个严厉的主人，那人对阿列克谢比对他关心得多。

"那么我是怎么样的一个人呢，比我父亲好吗？"阿尔塔莫诺夫问自己，弄不清楚了。他也不知道自己是好人呢，还是坏人。种种思想不容他安静，总是忽然在不方便的时候出现，在工作的时候搅扰他。事业热闹地发达起来，用成百只眼睛盯住它的主人，要求他经常紧张地注意它，不过只要想起伊利亚的什么事，种种关于事业方面的思想就像腐烂朽坏的线那样断了，必得花很大的力量才能重又把它们拴成紧紧的扣子。他想填满伊利亚走后造成的空虚，就极力关心小儿子，可是他带着愁闷的烦恼心情断定亚科夫不能安慰他。

"爸爸，给我买一只山羊，"亚科夫要求说。他老是要求什么东西。

"为什么要买山羊？"

"我要骑它。"

"你胡想。巫婆才骑山羊。"

"可是叶连娜送给我一本带画的小书，那上面有个好看的小男孩骑着山羊……"

父亲暗想：

"换了是伊利亚，就不会相信这画儿。他现在会缠着我说：给我讲讲巫婆的故事吧。"

他也不喜欢亚科夫欺负了工人的孩子，自己反来告状：

"他们欺负我。"

大儿子也爱闹事，好吵架，可是他即使偶尔在工人居住区里挨了同伴的打，也从来不告谁的状。这个小儿子胆小，懒惰，嘴里老是在吮什么，嚼什么。有时候亚科夫的举动使人不能理解，而且显得心术不正：有一回喝茶时候，母亲给他倒牛奶，她的衣服袖子碰着杯子，把杯子带翻，她被开水烫伤了。

"我刚才已经看见你要碰翻杯子里的水了，"亚科夫夸口说，畅快地微笑着。

"你看见了却不说话,这不好,"父亲说。"瞧,母亲把脚烫伤了。"

亚科夫眼睛一眨一眨,嘴里呼哧呼哧地喘气,一句话也不说,仍旧嚼他的东西。过了几天,父亲听见他在院子里跟人说话,说得上气不接下气:

"我本来看见他要打他的;他悄悄从他后头走过去,走啊走的,走拢了,就给他一下子!"

阿尔塔莫诺夫从窗子里望出去,瞧见儿子摇着拳头,跟那个没出息的巴夫卢什卡·尼科诺夫兴奋地讲话。他把亚科夫叫进来,不准他跟尼科诺夫要好,想对他说点开导的话,可是一瞧见他那淡紫色的眼白和那两个不知怎么非常亮的瞳孔,就叹口气,把儿子推开,说:

"去吧,一对空虚的眼睛……"

亚科夫小心在意地走了,像是在滑溜的地上走似的,胳膊肘紧贴着身子,两只手伸出来,仿佛端着什么不方便的重东西似的。

"他又笨又蠢,"父亲暗自断定。

他那高大的、不爱说话的女儿也有点跟亚科夫一样乏味。她喜欢躺着看书,喝茶时候吃很多果子酱,到吃饭时候带着嫌恶的神情用两个手指头把面包撕成小块,用匙子在汤盆里搅来搅去,好像在汤里找苍蝇似的。她那充血的红嘴唇噘起来,常常用一种不适合姑娘身份的口气对母亲说:

"现在人家都不这样做了。这已经过时了。"

父亲对她说:"怎么样,女学者,你不想去看看人家怎样给你织出做衬衫用的麻布吗?"

她就回答说:"好吧。"

她穿上过节穿的衣服,拿着叔父阿列克谢送给她的阳伞,温顺地跟着父亲走去,注意地提防着别让自己的衣服碰着什么东西。她打了好几次喷嚏;工人向她问好,她就红了脸,一声不响,显出大模大样的神气,脸上没有一点笑容,光是对他们点点头。父亲对她谈起劳动的情形,可是很快就看出来她没有瞧机床,而在瞧地下,他就不说了,觉得很不痛快,女儿对他操心的事业竟是这样漠不关心。等到她走出织布车间,到了院子里,他还是问了一句:

"怎么样?"

"灰尘很大,"她瞧着自己的衣服回答说。

"你没看见多少,"彼得苦笑着说,随后厌烦地嚷起来:

"你干吗老是提起下摆?院子里挺干净,你的下摆又那么短。"

她惊慌地把提着裙子的两个手指头松开,抱愧地说:

"这儿有很大的油气味。"

她那两个手指头特别惹他生气,阿尔塔莫诺夫嘟哝着说:

"你要注意:用两个手指头是拿不到多少东西的!"

有一天,天色阴沉,她躺在长沙发上看书,父亲在她身旁坐下,问她看的是什么书。

"这本书讲的是一个博士的事。"

"哦。那么这是科学书。"

可是他看了一下书,生起气来。

"你干吗撒谎?这是诗啊。难道科学是用诗来写的吗?"

她惊慌而匆忙地讲了书中的故事:上帝答应撒旦①去诱惑一个德国博士②,撒旦就暗中派小鬼到博士那儿去了。阿尔塔莫诺夫拉着自己的耳朵,聚精会神地极力要弄明白这个故事的含义,可是他听到女儿用教导的口气讲着,觉着又可笑又心烦,这就妨碍他理解了。

"这个博士莫非是醉汉?"

他看出来他这一问把叶连娜难倒了,就不再听她解释,生起气来,说:

"乱七八糟。胡说八道。博士是不信魔鬼的。你这本书是打哪儿来的?"

---

① 魔鬼。
② 指浮士德。

"这是机械工程师给我的。"

彼得想起来有时候叶连娜用猫那样的灰色眼睛呆呆地瞧着前面,觉得有警告女儿一下的必要:

"科普捷夫可配不上你,你不要跟他太嘻嘻哈哈的。"

是的,叶连娜和亚科夫比伊利亚乏味,灰色,他越看越清楚了。不过他没有留意到他对儿子的爱使他的心里渐渐滋生了对巴维尔·尼科诺夫的恨。每逢遇见这个虚弱的男孩,他总要想:

"都是因为这个可恶的家伙……"

那男孩引起他生理上的憎恶。尼科诺夫拱起背脊走来走去,脑袋在细脖子上不安地转动;就是在他奔跑的时候,阿尔塔莫诺夫也觉着他像胆小的骗子那样在悄悄溜掉。他工作很重,给继父擦皮鞋啦、刷衣服啦、劈柴火啦、背柴啦、取水啦、从厨房里把泔水桶提出去啦,还要到河边去给弟弟洗尿布。他忙得跟麻雀一样,周身肮脏,破烂,却还用一种狗那样的笑容向大家讨好;他一看见阿尔塔莫诺夫,哪怕离得还远,就向他鞠躬,弯下鹅一样的脖子,脑袋耷拉在胸口上。每逢巴维尔淋着秋雨或冬雨劈柴,用呵气吹暖冻僵的手指头,像鹅那样用一条腿站着,另一条腿缩上去,脚上那只穿大的、满是窟窿的靴子就滑下来,阿尔塔莫诺夫看了反而几乎觉得高兴。这男孩咳嗽着,用发青的手抓住胸脯,整个身体像螺旋似的扭动。

阿尔塔莫诺夫看见这男孩在浴室顶阁上养着两对鸽子,就吩咐吉洪把鸟放掉,监视那个男孩,不准他再爬上顶阁去。

"他会从房顶上掉下来,摔伤的。你瞧,他是个多么瘦弱的孩子。"

有一天傍晚,他走进办公室,看见这个男孩用小刀刮地板,用湿抹布擦掉泼翻的墨水。

"是谁把墨水打翻的?"

"爸爸。"

"不是你吗?"

"说真的,不是我!"

"那为什么你脸上有泪痕呢?"

巴维尔跪在那儿,伸出头去等着挨打,没有回答。这时候阿尔塔莫诺夫瞪起眼睛瞧着他,幸灾乐祸地说:

"这也是你活该倒霉。"

不过,突然,一刹那间,他清醒过来了,胡子里隐隐露出笑意,觉得痛恨这么个不足道的男孩是多么幼稚、可笑。

"唉,我怎么能在这种事情上找乐子!"他仁慈宽大地想,把一枚沉甸甸的五戈比钱币丢在地板上。

"喏,你拿去买块蜜糖饼干吃吧。"

那个男孩十分小心地把又脏又瘦的手指头向钱那边伸过去,仿佛生怕那个铜钱会烫痛他的手似的。

"你的后爹打你吗?"

"打。"

"哦,那有什么关系? 大家都挨过打,"阿尔塔莫诺夫安慰他说。

过了几天,亚科夫来告状,说巴夫卢什卡为了一桩什么事欺负他。老阿尔塔莫诺夫并不相信儿子的话,不过出于习惯,仍旧嘱咐事务员说:

"你该把你妻子和前夫所生的儿子打一顿。"

"我去打就是,"尼科诺夫恭敬地提出保证。

到夏天,伊利亚放假回来了,穿的衣服很特别,头发剪得短短的,额头越发大了。阿尔塔莫诺夫越发不喜欢巴维尔了,因为他儿子仍旧固执地跟这个破破烂烂的病弱孩子要好。伊利亚自己也客气得不正常,对爹妈竟称呼"您"。平时他把手插在衣袋里走来走去,在家里如同做客一样。他戏弄弟弟,一定要把他气哭了才算。他还招姐姐生气,惹得她捞起书来扔到他身上去。总之,他的举动顽皮得很。

"我早就说过!"纳塔利娅对丈夫抱怨说,"大家都说:学问会使人变野。"

阿尔塔莫诺夫没有说话,担忧地注意儿子的行动。他觉得,虽然伊利亚十分顽皮,可是这孩子好像并不高兴,只是故意捣乱罢了。浴室的房顶上又出现了鸽子,咕咕地叫,沿着房脊走来走去。伊利亚和巴维尔并排坐在烟囱旁边,如果不是在赶鸽子,那就一定在很有兴致地谈着什么,而且一谈就是好几个钟头。还在儿子刚回来的头几天里,父亲就要求他说:

"好,说一说你过得怎么样吧。我已经跟你讲了许多,现在该轮到你讲了。"

伊利亚却很简略、很匆忙地讲了些没有趣味的事,说到男学生们怎样耍弄老师。

"为什么耍弄老师?"

"老师惹人讨厌嘛,"伊利亚解释说。

"哦,这好像不合适吧。功课难吗?"

"不难,很容易。"

"你说谎吧?"

"您看我的分数册子好了,"伊利亚耸了耸肩膀说,他的眼睛老是瞧着园子和天空。父亲问:

"你往那儿瞧什么?"

"大鹰。"

老阿尔塔莫诺夫叹了口气。

"好,去吧,去玩吧。看得出来,跟我在一块儿,你觉着没意思。"

剩下自己一个人,他就想起自己小时候每逢父亲跟他讲话,他不是觉着乏味,就是觉着害怕。

"他耍弄老师。这种事,当初教堂诵经士手里拿着皮鞭子教我念书的时候,我的脑子里想都没想到过。现在对孩子们说来,生活似乎好过得多了。"

伊利亚回到城里去以前,提出了要求,这要算是他惟一的要求了:

"爸爸,答应让巴维尔在浴室的顶阁上养鸽子吧……"

父亲没有答应,只是说:

"你总不能让每一个不幸的人都称心吧。"

"这是说，可以了，"儿子断定。"那我去告诉他，好让他高兴一下。"

老阿尔塔莫诺夫怄气了，因为儿子对一个破破烂烂的男孩的快乐倒很关心，至于给他父亲的生活里带点快乐来，他却不关心而且不肯做。儿子走后，他觉得自己对事务员的继子越发恨得深了。现在，事情变得这样：每逢阿尔塔莫诺夫在家，在工厂，或者在城里，因为什么事生了气，那个破烂肮脏的男孩总是自动插进来，让一切气愤集中在他身上，仿佛请阿尔塔莫诺夫把所有的坏思想和恶心情都挂到他脆弱的瘦骨架上去似的。而且这个男孩确实像霉菌那样，像黄昏的阴影那样，越长越大，他好比一个偷偷摸摸的小魔鬼，闪来闪去，越来越常常被他看见。

在交了秋老虎时令的那些天里，有一天天气温和，阿尔塔莫诺夫又累又气，走进园子。天色近黄昏了。淡绿色的天空经大雨冲洗过，又给微风吹得干干净净。疲乏的秋阳正在溶化，晒在人身上不觉着热了。吉洪·维亚洛夫正在园子的一角上忙碌着，用耙子耙落叶，哀伤而柔和的沙沙声在园子里飘过。工厂在树木后面发出抱怨的响声，灰色的烟懒洋洋地染污了清澈的空气。这位主人为了免得看见吉洪，免得跟他说话，就向园子里相反的一角，向浴室那边走去。浴室的门没有关。

"这家伙在里面呢。"

他仔细地往更衣室里看了一眼，瞧见墙角阴影里一张凳子上平躺着他的仇敌的小身子。这孩子歪着头，把腿大大地劈开，正在干那种儿童的罪行[①]。一刹那间，这使得阿尔塔莫诺夫暗暗高兴，可是他马上想起亚科夫和伊利亚，害怕了，就憎恶地怒喝道：

"你在干什么，混蛋？"

巴维尔的胳膊不再颤动了，往旁边一抡。他的整个身体古怪地从

[①] 指手淫。

凳子上爬起来。他张开嘴,轻轻尖叫一声,像个球似的缩成一团,向大人的脚旁边扑过去,想跑出门外。阿尔塔莫诺夫暗暗高兴地飞起右脚,踢在他胸口上,拦住了他。那男孩的骨头嘎吱一响,他微微呻吟一声,就侧着身子倒在地上了。

一时间,阿尔塔莫诺夫觉得:他的脚这一踢,连带把他心头的一堆肮脏的破布,一件他所讨厌的重东西,也踢掉了。可是随后,他瞧了瞧园子里,细细听一听,关上门,弯下腰,声音不大地说:

"好了,起来,走吧!"

那男孩躺在那儿,一条胳膊往前甩出去,一条胳膊压在膝盖底下,一条腿似乎比另一条腿短得多。他好像悄悄地向彼得这边爬过来,他那伸直的胳膊长得不自然,可怕。阿尔塔莫诺夫摇摇晃晃,用手抓住门框,脱下帽子,用帽子的衬布擦掉额头上忽然冒出来的大汗。

"起来吧,我不跟外人说,"他小声说,已经明白自己踢死了孩子,看见孩子的贴着地板的脸颊底下弯弯曲曲流着一道发黑的血。

"我把他踢死了,"彼得心里说。这寥寥几个简单的字却响得震耳朵。阿尔塔莫诺夫把帽子塞在上衣口袋里,在胸前画了十字,呆呆地瞧着那个可怜的蜷曲着的小身体。一个不高明的想法战兢兢地跳动着:

"我就说这是不小心出了事。这是门把他碰伤的。是门。门,这是一扇很重的门啊。"

他回转头一看,就沉甸甸地往凳子上坐下去了,原来他身后站着吉洪,手里拿着扫帚,那双水汪汪的眼睛瞧着尼科诺夫,带着深思的样子搔他那石头一样的颧骨。

"瞧!"阿尔塔莫诺夫大声地开口了,两只手抓住凳子的边。可是吉洪摇着头,打断了他的话:

"这个孱弱的孩子,笨手笨脚。我劝过他多少回,叫他不要爬!"

"什么?"彼得带着恐惧,可是也带着希望问道。

"我跟他说:'你会摔伤的。'你,彼得·伊里奇,也警告过他,记得

281

吗？无论玩什么，都得灵活才成。他昏过去了还是怎么的？"

扫院子的仆人蹲下去，摸摸巴维尔的手和脖子，用一根手指头碰了碰他的脸，然后在围裙上擦擦手指头，弄出沙沙的响声，仿佛在划火柴似的。他说：

"大概他咽气了。他本来就病样儿，要死还不容易？"

吉洪平心静气地说着，动作迟钝，一切都跟平时一样，不过主人不相信他，等他说出威吓的、责备的话来。可是吉洪瞧着天花板上那个挖出来的方洞，听着鸽子咕咕的叫声，又平心静气，简单地说：

"他常爬到门上去，一只脚踩着凳子，一只脚踩着门柄，随后爬到门上，用手抓住那个方洞的边，用胳膊使劲把身子撑上去。可是两条小胳膊没劲，摔下来了，看得出来，胸口正好撞在门角上。"

"这我没看见，"彼得说。自卫的感觉促使他很快地揣测着：

"他在说谎吧？装佯吧？他给我设下圈套，要抓住我吧？再不然，也许这个蠢货真的没猜出来？"

最后这一个揣测比较近情理。吉洪举动呆笨，他摇着头，仿佛正在用脑门子撞什么人似的，叹口气说：

"唉，废物！这样的人何必活在世上哟？我要去跟他妈说一声了，他的后爹大概不会十分伤心，他还嫌这小孩子多余呢。"

阿尔塔莫诺夫很怀疑地听着这个扫院子仆人的话，极力听那些话里有没有假，可是吉洪跟平时一样，用毫无好奇心的人的口气说话。

"听！"他说，动着眉毛，静静地听。院子里不知什么地方，有个女人正在生气地叫着：

"巴什卡！巴什卡——卡……"

吉洪摸摸自己的颧骨。

"你看，巴什卡在这儿呐！准备下眼泪吧……"

"对了，他是蠢货，"阿尔塔莫诺夫断定，从衣袋里拿出帽子来，走到园子里去，仔细打量着窝折的帽檐。

他度过了两三个星期，老是觉着心里有一股阴暗的恐惧的浪头奔

腾着,起伏着,每天都好像会发生什么没法预料的新灾难似的。比方,房门一下子开了,吉洪溜进来,说:

"喏,我当然知道……"

可是外表上,一切都平平顺顺。大家对这男孩的死亡都看得平淡而简单,他们对诞生和埋葬已经看惯,不会动心了。尼科诺夫在自己的黄脖子上系了一条黑色新领带,他那张洗干净的脸上现出谦虚的尊严,倒好像领到了一笔早该得到的奖金似的。那个被踢死的孩子的母亲,生得又高又瘦,脸像马一样,一声不响,也没有眼泪,匆匆忙忙把孩子埋掉了事,至少阿尔塔莫诺夫这样觉得。她不住地理棺材头上镶的纱褶边,移动死人的青色额头上画着圣像的纸片,用手指头把盖在死人眼睛上的红色新铜钱仔细按一按紧,带着快得有点怪的样子在自己胸前不断画十字。彼得看出她的胳膊累得很,在举行安魂祭的时候有两次举不起来,她刚举起来,就又落下去,好像折了一样。

是的,在这方面,一切都很平顺地过去了。尼科诺夫因为得了一笔殡葬补助费,甚至讲了许多道谢的话,惹得人讨厌,其实阿尔塔莫诺夫给的并不多,生怕过分大方会引起吉洪疑心。他仍旧不相信那个扫院子的仆人真像他当时在浴室里所表现的那么笨。如今,浴室已经两次把这人提升到重要地位上来了,弄得他在彼得的生活里越钻越深。这是又奇怪又可怕的。阿尔塔莫诺夫甚至认为应该把浴室放火烧掉,或者拆毁,劈成柴火,反正那屋子已经老了,朽了。应当换个地方,另外盖一个浴室才对。

他尖起眼睛盯着吉洪,却看见这个扫院子的仆人仍旧跟先前一样生活着,仿佛他并不愿意,只是出于赏脸,才违背本心活着罢了。他还是那么不爱说话,对待工人像巡警那样凶,工人也不喜欢他。他对女人尤其粗暴,而且带点厌恶。只有跟纳塔利娅讲话才有点特别,仿佛她不是女主人,而是他的亲戚,是他的姑妈或者姐姐什么的。

"你为什么对吉洪十分和气?"他不止一次追问她,妻子回答说:

"他在我们家里已经扎下根了。"

要是这个扫院子的仆人有朋友,常到什么地方去,那么别人还可以认为他是什么教派的教徒。近年来,各式各样的教派出现了许多。可是除了木工谢拉菲姆以外,吉洪根本就没有朋友。他喜欢上教堂去,祷告也虔诚,不过不知什么缘故,老是难看地张开嘴,仿佛打算大叫一声似的。有时候,阿尔塔莫诺夫瞧着这个扫院子的仆人的一亮一亮的眼睛,就皱起眉头,觉着在这双水汪汪的眼睛里包藏着威胁,恨不得一把抓住这个农民的领子,摇撼他,说:

"好,说出来吧!"

然而吉洪的瞳仁溶化了,流散了。他那高颧骨的脸上那种石头一般的平静给彼得增添了不安。当初呆子安东还活着的时候,不止一次到扫院子的仆人的小屋里来,或者在傍晚的时候跟他并排坐在大门旁边一条长凳上。吉洪常问这个疯子:

"你不要凭空胡说。你想一想,解释一下:'库亚特尔'是什么人?"

"'卡亚马斯',"安东高兴地尖叫着,唱起来:

　　基督复活了,复活了……

"住嘴!"

　　马车掉了一个轮子……

"你问这些干什么?"阿尔塔莫诺夫带着一种他自己也不能理解的烦恼心情问。

"为的是要他把凡人听不懂的话解释一下。"

"那是傻子的话!"

"就是傻子,也应该有傻子的道理啊,"吉洪愚蠢地说。

总之,跟吉洪说话是犯不上的。有一天夜里,狂风怒号,阿尔塔莫诺夫睡不着觉,觉得他的心灵再也经不起那种沉得要命的重负了,就叫醒妻子,对她讲起跟男孩尼科诺夫发生的那件事。纳塔利娅一声不响,睒着睡意惺忪的眼睛,听他讲完,就打着呵欠说:

"可是我把我的梦忘了。"

不过,忽然间她惊醒了。

"唉,我担心亚沙①也许会干那种事!"

"干什么事?"丈夫惊奇地问。等到她确切地对他说明了她所担心的事,他就烦恼地拉着自己的耳朵,暗想:

"我算是白说了。"

这天夜里,在风雪的呼啸和尖叫声中,他深深感到自己的孤独,同时也想出了一种阐明他的凶杀行为,解释他的凶杀行为的理由:他是出于对儿子的爱,对儿子的担忧,才弄死那个堕落的男孩,伊利亚的危险的朋友的。这使得他对那男孩尼科诺夫的暧昧的仇恨有了一种可以了解的理由,这多少使他轻松一点。不过他还是想要完全摆脱这种重负,把它推到别的什么人肩上去。他就派人去把教士格列布请来,打算说出他那不平常的罪恶,不预备等到将来举行忏悔普通罪恶的宗教仪式时再说出来。

傍晚,那个清瘦而伛偻的教士来了,静悄悄地坐在墙角。他老是把他那细长的身子深深地藏在比较黑、比较窄的角落里,好像因为害羞而要躲起来似的。他那穿着又旧又黑的道袍的身子差不多跟圈椅的黑皮面混成一片,分不清了。在昏暗的背景上只隐约显出他的脸,像是一块白斑。他两鬓的头发上,一滴滴正在溶化的雪像玻璃碴一样发亮。他照往常那样用皮包骨的拳头攥着他那稀疏的长胡子。

阿尔塔莫诺夫不敢一开头就谈正事,他先谈到人们正在很快地堕落下去,他们那种懒惰、酗酒、放荡实在使人气愤。这些话谈了一阵就无味了,随后他就一声不响,在房间里走来走去。这时候教士的话从

---

① 亚科夫的爱称。

昏暗的墙角流出来,很像是抱怨。

"现在没有人关心老百姓了,就连他们自己也不习惯关心自己精神上的需要,而且也不会关心了。至于那些受过教育的人……话说回来,我可不敢批评他们。再者我们这儿受过教育的人也很少。您知道,就是这少数人也过不惯普通生活,民间生活。虽然他们巴望很多东西,可都不是主要的东西。他们一心要造反,这就招来了当局的镇压。一般说来,我们这儿,一切似乎都没上正轨。现在,在这种庸人自扰的闹声中只能听见一个声音了,它越喊越响,向世界的良心诉说着,带着威严的力量极力唤醒它,这就是托尔斯泰伯爵的声音。他是哲学家和文学家。这是一个最了不起的人,他的话大胆到莽撞的程度,甚至于……喏,您明白,牵连到正教教会了……"

他讲了许久列夫·托尔斯泰的事,虽然阿尔塔莫诺夫不能完全听懂,可是从昏暗中像静静的小溪那样流出来的教士的叹息声,这个不平常的人隐在昏暗中差不多像神话人物一样的神态,却把阿尔塔莫诺夫的心思岔开了。彼得尽管没有忘记请教士来是为了什么事,然而还是渐渐把心情转换到对教士的怜悯上去了。他知道城里的穷人认为格列布耿直,因为这个教士不贪财,对什么人都和气,在教堂里把礼拜做得很好,做起葬礼来特别动人。所有这些,阿尔塔莫诺夫都认为是理所当然的,做教士的本来就应该这样。至于他对这个教士的怜悯,那是由于城里的教士们和上等人一概厌恶格列布而引起的。不过,精神导师应该严厉,他必须知道而且会说一种特别的、一针见血的话语,必须唤醒人们惧怕罪恶,憎恨罪恶。这样的本事,阿尔塔莫诺夫知道格列布是没有的。他听着格列布那些没有信心的话,那些闪闪烁烁、仿佛生怕得罪人的话,忽然说:

"格列布神甫,我惊动你是为了这样一件事:我通知你我今年不领圣餐[①]了。"

---

① 指不到教堂去忏悔自己的罪恶。

"怎么能这样呢?"教士沉思着问,不等回答就说,"您得对您的良心负责。"

阿尔塔莫诺夫听出格列布说这些话不带感情,就跟扫院子的仆人吉洪说的话一样。教士因为穷,没有穿套鞋来,他那双沉重的农民靴子流下一汪汪溶化的雪水。靴底在那一汪汪雪水里蹭来蹭去。他一直在说话,抱怨,可是并不责备什么人。

"如果注意一下当前的局面,那就只有一件事情还能使人感到安慰:生活里的恶事虽然在生长,却聚在一起,好像为了便于一下子扑灭它似的。依我的观察,事情永远是这样:先是出现一个小小的恶事的轴,然后,在这根轴上,就像在纺线的纺锤上一样,恶事生长起来,越聚越多。如果恶事分散开来,要扑灭它就很难。它们既然合在一起,就可以用正义的剑把它们一下子砍掉了……"

这些话留在阿尔塔莫诺夫的记忆里了,他在这些话里听到一点使人感到安慰的东西。那根轴就是巴维尔,一切阴暗的思想也真的都聚在他身上,他把那些思想都吸去了。这当儿,他又想到他的罪恶有一部分可以公平地归到儿子的名分下去了。他就轻松地吁一口气,邀请教士喝茶。

饭厅里明亮舒适,温暖的空气充满好闻的香气。桌子上,茶炊在滚沸,蒸气发出好意的喷鼻声。丈母娘坐在圈椅上,对四岁的孙女愉快地唱着:

> 闪电女神
> 分发礼品:
> 给使徒彼得
> 夏天的炎热;
> 给圣徒尼古拉
> 掌管海洋湖泊的权柄;
> 给先知伊利亚啊,

金枪一根……

"这是邪教的歌,"教士说,在桌子旁边坐下,抱愧地微笑着。

妻子在卧室里对丈夫说:

"阿列克谢已经回来了,我看见了他。他越发迷上了莫斯科。唉,我生怕……"

今年夏天,纳塔利娅的白脖子上和红喷喷的光滑发亮的脸上长出了红斑,虽然小得像是用针刺出来的一样,却仍旧搅得她心神不安。每星期她必有两次在睡觉以前把一种蜜色的油膏热心地往脸上擦。她坐在镜子前面专心干这件事,裸露的胳膊肘动弹着,衬衫里面那一对圆球样的乳房沉甸甸地摇摆。彼得躺在床上,把手枕在脑袋底下,胡子对着天花板,斜眼瞧他的妻子,发现她活像一架什么机器,她的油膏有煮熟的鲟鱼气味。等到纳塔利娅热诚地小声祷告完了,到床上躺下,顺从她那健康身体的诚恳习惯把自己献给丈夫,他却假装睡着了。

"轴,"他想,"是啊,我就是那纺锤。我一个劲儿转。那么是谁在纺呢?吉洪说:人纺纱,鬼织布。好一个蠢材!"

事业由于阿列克谢的推动,在临河的沙岗上越发宽阔地扩展开来。那些沙岗失去原来的金黄色,云母的银光消失,石英的刺眼的光芒熄灭,沙地踩实了。年年春天,沙岗上野生的杂草长得越发茂盛,也越发碧绿。在小路上,车前子贴紧自己的叶子,牛蒡伸出大耳朵,工厂周围的园子里树木播散着花粉。秋天树叶的腐烂给肥沃的沙地加了肥料。工厂的怨鸣声越发响了,喷出不安和烦恼;成百的纺锤嗡嗡地响,机床小声地呢语,机器整天喘息,喷气,工厂的上空不停地回旋着一片勤劳辛苦的响声。知道自己是这一切的主人,那是愉快的,甚至愉快到了惊奇和骄傲的程度。

可是有时候(这种时候越来越多了)阿尔塔莫诺夫感到疲劳,就会想起自己的童年,那些树木、那条安静清澈的拉季河、辽阔的远方、简单的农民生活。于是他就觉着自己被一双肉眼看不见的、有劲的手抓住,使他旋转不已。一天响到晚的嘈杂声装满他的脑袋,不许它有容纳任何别的思想的余地,只许他想那些跟事业有关的思想;工厂烟囱冒出的缭绕的浓烟把周围一切东西涂黑了,使它们显得沮丧而且烦闷。

碰到这种时候和这种日子,他带着这样的心境,就会特别不喜欢工人;他们好像越来越软弱,失去农民那种坚忍精神,沾染了女人那种爱生气的毛病,动不动就冒火,破口大骂。他们显出一种不节俭、不安分的气质,早先在父亲生前,他们比较爱过家庭生活,比较和睦,不喝那么多的酒,不那么无耻地放荡,可是现在一切都乱了,工人们变得更加活跃,甚至好像更加聪明,可是对工作却马虎多了,彼此关系也恶劣多了。大家都不怀好意、形迹可疑地东张西望,仔细打量。青年变得特别放肆,不恭敬,工厂很快就把青年变得完全不像农民了。

锅炉工人沃尔科夫不得不送进省里的疯人院去。说起来只不过是五年以前的事,他是一个遭了火灾的农民,漂亮而强壮,带着活泼的妻子到工厂里来了。过了一年,他妻子放荡起来,他就打她,弄得她害了痨病,现在是两个人都不在了。工人们很快地趋于灭亡的这类事例,阿尔塔莫诺夫已经见过不少。五年中出过四回命案,两次是由于打架,一次是为了报仇,一次是一个上了岁数的织工因为嫉妒而杀死了一个年轻的缠线女工。他们常常打架,打得头破血流,身受重伤。

所有这些,对阿列克谢来说,分明毫无影响。这个弟弟变得没法理解了。他跟那干干净净、爱开玩笑的木工谢拉菲姆倒是有点相近,那个木工不管做孩子的笛和弓也好,给孩子做棺材也好,都是同样地快活,灵巧。阿列克谢的鹰眼闪出自信的目光,他相信眼前一切都很顺利,将来一切也会顺利。他的墓园里已经有三个小坟堆;只有米龙还稳当固执地活着,这孩子长得难看,好像是用长条的硬骨和软骨胡乱拼成的,浑身吱吱嘎嘎、窸窸窣窣地乱响。他养成习惯,喜欢按响手指的关节,发出很响的啪啪声。到十三岁,他已经戴上眼镜,这使得他那鸟样的长鼻子显着略略短了一点,也使得那双亮得不好看的眼睛黯淡了一点。这个男孩不论走到哪儿,手里总拿着本书,把手指头夹在书里,好像书原就长在手上似的。他对父母说话跟对平辈一样,甚至不是在说话,而是在讲理。他的父母反倒喜欢这样;彼得清楚地感到他侄子不喜欢他,就用同样的态度回报他。

阿列克谢家里,样样事情都不严肃,不庄重;老阿尔塔莫诺夫看出自己的生活和弟弟的差别几乎类似修道院和集市上杂技场的差别。阿列克谢和他妻子在城里没有朋友,然而在他那装满讲究的古老的东西、挤得跟堆房一样的房间里,一到假期,却聚集着许多形迹可疑的人:有镶着金牙的厂医亚科夫列夫,他是一个爱嘲笑的、恶毒的人;有喜欢哇哇叫喊的技师科普捷夫,他是一个醉汉和赌鬼;有米龙的教师,这是一个大学生,巡警局已经不准他继续求学了;还有他的翘鼻子的妻子,抽烟卷,弹六弦琴。另外还有一些乱七八糟的人。他们全都痛骂教士和大官,分明人人都认为自己绝顶聪明。阿尔塔莫诺夫凭他的全身心感觉到这些人都不是真正的人,而且不明白他弟弟身为半个重要的大事业的主人,为什么要跟他们来往。他听着他们喊叫,想起了教士的抱怨:

"他们巴望很多东西,可都不是主要的东西。"

他并不问一问自己主要的东西是什么,在哪儿。他知道主要的东西就是事业。

弟弟喜爱的分明就是那个哇哇叫喊的茨冈科普捷夫。他好像喝醉了酒一样。他有一点精干的样子,甚至还好像挺聪明。他比一切人都爱说话:

"所有这些都是废话,哲学!要紧的是工业!技术!"

可是老阿尔塔莫诺夫疑心科普捷夫是个邪教徒,破坏分子。

"他是个危险的小伙子,"他对弟弟说;阿列克谢却惊奇地说:

"科普捷夫?你在说什么呀?他是个了不起的人,精明强干,跟公牛一样,脑子也聪明!这样的人应该有成千上万才对!"

他微微笑着,补充说:

"要是我有女儿,就会把她嫁给他,像链子一样把他拴在我们的事业上!"

彼得闷闷不乐地从他面前走开了。如果大家没有打牌,彼得总是一个人坐在他喜欢的一把圈椅上,那圈椅又宽又软,像床一样。他瞧着大家,拉着自己的耳朵,不愿意赞同他们任何一个人的话,恨不能跟所有的人都吵一架。他所以想跟他们吵架,不仅因为所有那些人都不理睬他这个事业的头脑人物,而且另外还有别的理由。至于那些理由究竟是什么,他自己也不清楚。他不善于说话,只有偶尔勉强地插一句嘴:

"有一天格列布教士跟我谈起一位伯爵……"

科普捷夫马上对他嚷起来:

"那个伯爵跟您什么相干?跟您什么相干?跟您什么相干?那个伯爵要算是农村俄罗斯的最后叹息声了……"

他嚷着,毫不恭敬地用手指头往彼得这边指点。其余的人听他说完,也变得像那个茨冈,那个无家可归的流浪人一样了。

"一群蠹虫,"彼得暗想,"寄生虫。"

有一回他说:

"俗语说:'事业并不是熊,不会跑进树林去。'这话不对。其实事业正是熊,它何必跑呢?它捉住你,抱紧你。事业就是人的主人啊。"

"瞧,瞧,"科普捷夫嚷着。"哪儿有人说过这种话?谁说过这种话?好家伙,居然说事业是危险的!"

弟弟阿列克谢讥诮地问:

"你怎么了?这想法你是从吉洪那儿听来的吧?"

这使得彼得很生气。回到家里,他对妻子说:

"你看好了叶连娜,那个茨冈科普捷夫正在她周围转来转去。阿列克谢纵容他。叶连娜是块肥肉,那样的人可配不上。给她找一个丈夫吧。"

"此地哪有配得上她的丈夫,"纳塔利娅担忧地说。"要给她找丈夫,得到省城去找。再说,现在还嫌早呢……"

"当心,提防她早给你惹麻烦哟,"阿尔塔莫诺夫微笑着说,这句话引起了妻子的戏谑的笑声。

每逢他好容易在短短的一段时间里,溜出工厂业务的操劳烦恼的窄小圈子,冲到外面来,他就觉着自己又投进一片恼恨别人、不满意自己的浓雾里去了。这当中只有一个明亮的斑点,那就是他对儿子的爱,可是就连这种爱也被尼科诺夫那个孩子的影子所掩盖,或者深深地压在凶杀的重负下面。有时候他瞧着伊利亚,忍不住想说:

"瞧,我为你担忧而做出了什么事啊。"

他的头脑还不够狡猾,还不能掩饰事实,他的担忧是直到凶杀前一秒钟才出现的。可是彼得知道,尽管他担忧的时间很短,却只有这种担忧才能使那次凶杀显得正当。但是他跟伊利亚讲话的时候,甚至不敢提到伊利亚的朋友,生怕一不小心会说出那件罪行,他是希望给那件罪行披上大功劳的外衣的。

他看出儿子成长得很快,不过不知怎么他却在往歪路上成长。伊利亚变得更沉静,对母亲说话温和多了,也不再戏弄亚科夫(他现在也做了中学生),喜欢跟小妹妹塔季扬娜一块儿玩,对叶连娜也只是不怀恶意地嘲笑一下,可是在他所说的一切话里,别人总感到一种专心思考、深思熟虑的冷静。米龙代替了巴维尔·尼科诺夫,两兄弟几乎从不分开,谈起话来没有个完,同时挥动胳膊。他们一块儿坐在园子里凉亭上温功课,看书。伊利亚几乎老不待在家里,只有早晨喝茶时候才露一露面,随后马上赶到城里叔叔家去,要不然就同着米龙和头发蓬松、肤色发黑的戈里茨韦托夫一块到树林里去,这个矮小的、烈性子的男孩,像牛蒡似的长着刺,走路摇摇晃晃,他那双眼睛斜看着人,好像斜眼一样。

"你倒愿意跟那样的小犹太佬相好,"纳塔利娅带着嫌恶的神情对儿子说;彼得·阿尔塔莫诺夫看到儿子那两道像是画出来的眉毛发颤。

"小犹太佬是侮辱人的话,妈妈。您知道,亚历山大是我们的神甫格列布的侄子,可见他是俄罗斯人。在学校里他考第一名……"

母亲看不起地哼了哼鼻子说:

"犹太佬总是爬到高处去的。"

"这您是从哪儿知道的?"儿子不肯让步。"城里有四个犹太人,除了一个药商以外都是穷人。"

"是的,可是他们会养出四十个小犹太来。在沃尔哥罗德城,到处都是犹太佬,在市集上也一样……"

伊利亚带着伤人的固执态度又说一遍:

"犹太佬是坏话。"

这时候母亲涨红脸,用茶匙敲着小碟,叫起来:

"你为什么教训我?我还不知道我该说什么吗?我又不是瞎子,我看得见这个马屁精怎样巴结大家,甚至还巴结吉洪呢。我要说的是他跟小犹太佬一样的和气,可是和气的人是危险的。我从前就认识过这样一个和气的人①……"

"行了!"彼得严厉地插嘴。她几乎要哭出来了,抱怨说:

"这是怎么了,彼得·伊里奇,话都不能说了!"

伊利亚沉默了,皱起眉头;母亲就提醒他:

"要知道你是我生出来的。"

"谢谢了,"伊利亚说,推开空茶碗。父亲斜眼看他一下,微笑着,拉拉自己的耳朵。

他在妻子的话里听出来她怕儿子,就跟她早先怕煤油灯,不久以前怕奥莉加送的一把精致的咖啡壶一样,她老觉着那把咖啡壶要爆炸似的。父亲自己呢,在儿子面前也感到近似母亲对儿子的那种可笑的惧怕心情。这青年是不容易理解的,他们三个人都不容易理解。他们在扫院子的仆人吉洪那儿能找到什么乐趣呢?每到傍晚,他们就跟他

---

① 指尼基塔。

并排坐在大门口,老阿尔塔莫诺夫听见那个农民用教训的口气说:

"就是这样的。少背点,走路就轻松点。至于墙角什么的,你们可不要相信。天上有什么墙角呢?天上又没有墙。"

那些学生笑起来。伊利亚笑声清脆,不长。米龙干笑,尖刻。戈里茨韦托夫笑得不像他们那么畅快,老是坚决地止住笑声,向朋友们肯定说:

"别笑了,这根本不可笑!"

吉洪那些暧昧的话又懒洋洋地响起来:

"你们,孩子们,应当多多地研究人,弄明白人究竟是怎么回事。比方说,这个人注定了要干些什么?他会有什么样的命运呢?喏,这就是你们该好好动一动脑筋的问题。字眼也一样。对字眼得彻底了解。喏,你们常常这个也说,那个也讲,当然讲的都是些挺完整的话。可是说来说去,什么问题也没解决!"

于是吉洪·维亚洛夫又说起彼得所熟悉的那句谚语:

"人纺纱,鬼织布,就这样一直搞下去,没个了结。"

几个青年都哈哈大笑,吉洪也粗声粗气地笑了,叹口气说:

"唉,你们这些书生,半吊子!"

在黄昏的暗影里,孩子们变得比在阳光下小多了,不起眼了。可是吉洪胀大了,铺张开去,说的话比在白天更蠢。

伊利亚常跟吉洪谈话,这更加强了阿尔塔莫诺夫对扫院子的仆人的厌恶,而且使他感到隐隐的危险。他问儿子:

"吉洪有什么地方引起你注意?"

"他是个有趣的人。"

"可是什么地方有趣呢?因为他愚蠢吗?"

伊利亚轻声回答说:

"就是愚蠢也应当加以理解。"

这回答,阿尔塔莫诺夫很满意。

"这是实在的:我们就生活在愚蠢当中嘛。"

可是他忽然想到：

"这是吉洪的话呀！"

儿子在他心里挑起一种特别的希望。每逢他看见伊利亚把手插在衣袋里，轻声吹着口哨，瞧着窗外院子里的工人，或者不慌不忙地在织布车间里走来走去，再不然迈着轻松的步子在工人居住区里溜达着的时候，父亲总是满意地暗想：

"他会成为精明强干的主人的。他办起事业来不会跟我一样：这匹马一套上车子就会往前跑！"

儿子不爱说话，这叫父亲有点伤心。而且儿子即使说话，也说得很短，倒好像预先想好了似的，那样的话是引不起继续谈下去的兴致的。

"他有点冷冰冰，"阿尔塔莫诺夫想，不过他又安慰自己：幸好伊利亚不像那个大喊大叫的贫嘴戈里茨韦托夫，也不像那个疲沓懒散的亚科夫，更不像米龙。米龙正在很快地失去青年的风度，说起话来引经据典，变得目空一切，好比一个知道书本上已经把生活中每一件事都做了严格规定的官僚似的。

几个星期的假期快得抓也抓不住，一转眼就过去，现在孩子们准备动身了。不知怎么，临别的场面竟是这样：纳塔利娅好好地劝了亚科夫一顿，父亲也对伊利亚说了些不是本心想说的话。至于他生活在事业方面的种种单调无味的烦恼里，感到苦闷无聊，好比被一大群嗡嗡叫的蚊子包围着一样，这话怎么说得出口呢？人是不跟孩子讲这类话的。

老阿尔塔莫诺夫一心想经历一桩不像下雪、下雨、泥泞、炎热、尘土那么平凡而不能避免的事，后来他总算找到了，或者自以为找到了。有一回他在本县一个偏僻的密林地带旅行，在路上突然遇到一阵六月的带雹子的暴雨。霹雳的雷声震聋人的耳朵，乌云中现出一道道蓝色的闪电。四下里黑得什么也看不见，雨水沿着林中窄路滔滔地奔流，土地在马蹄下变软，流动起来，稀泥淹过马车轮子，齐到轮轴了。那是

295

很可怕的:蓝色的冷光一刹那间威慑地照亮了正在溶化的、沸腾的土地,于是人可以透过亮晶晶的雨网,看见乌黑的树木在道路两旁潮湿的黑暗里害怕得飞起来,跳起来。那些肉眼看不清的马已经站住,喷鼻子,蹄子踩着水发出呱唧声。胖胖的马车夫亚基姆是个温和的人,他和蔼而胆怯地吆喝着,好让那些马安下心来。雹子使得树林里充满一片冰粒的响声。这场雹子很快就停了,可是紧跟着下起倾盆大雨来,成百万颗沉重的雨点像散弹似的打着树叶,使得黑暗中充满愤怒的哗哗声。

"我们只好把车赶到波波夫家去了,"亚基姆说。

后来,像在梦中一样,阿尔塔莫诺夫穿着别人的衣服,紧紧地裹住身子,动也不敢动,害羞地坐在一个温暖的房间中央桌子旁边,四周是干燥而舒适的朦胧光影。一只镀镍的茶炊呼呼地响,一个瘦高的女人在斟茶,头巾包着淡红色的头发,身上穿着宽松的黑连衣裙。她那苍白的脸上美丽地闪着一对灰色的眼睛。她用柔和的声调,不带一点抱怨,很单纯,很温顺地讲到前不久她丈夫去世了,讲到现在她想卖掉庄园,搬进城里去住,在那儿开办一个中学预修班。

"这是您弟弟给我出的主意。他是一个有趣的人,那么活跃,那么与众不同。"

彼得嫉妒地嗽了嗽喉咙,打量他四周的一切。他年轻时候跟父亲一块儿在省里旅行过,常常到地主家去,然而在那些地方看不出有什么特别,只是在那些人和那些东西面前觉着拘束罢了,可是在这所房子里却没有什么东西使他觉得拘束。这儿有一种亲切和纯正的气息。一盏安着不透光的罩子的大灯洒下乳白色亮光,照着桌上的盘盏和银器,照着一个小女孩的头发乌黑、梳得很光滑的小脑袋。她眼睛上面戴着一个绿罩,面前摊开一个笔记簿,用一管细铅笔描画着,嘴里轻声哼着歌,并不妨碍人家听她母亲平稳的讲话声。房间并不大,放满了家具,所有的东西好像原就是在那儿生出来的,不过各自过着各自的生活,讲着它们各自的历史,就像墙上那三张色彩鲜明的画一样。彼得对面的那张画上有一匹神话里的白马,骄傲地弯着脖子,马鬃长得叫人没法相信,几乎挨到了地。一切都惊人地舒适,恬静。女主人那好听的声音好比从远处飘来的深思的歌声。在这样的环境里人是可以无忧无虑地活上一辈子,一点坏事也不做的。人有了这样的妻子,就会尊敬她,跟她无话不谈。

透过阳台门上半圆的杂色玻璃,可以看见黑色的天空中露出蓝色的闪电,可是已经不再吓人了。

到朝霞升起的时候,阿尔塔莫诺夫坐车走了,同时小心地带走种种印象:那种亲切的恬静,那种舒适,那个造成这种舒适,生着灰色眼睛、态度安详的女人的几乎是梦幻的形象。他坐在马车上,马车滚过一路的水塘,那些水塘毫不偏袒地既映出了金黄的太阳,也映出了一块块乌黑的、被风吹碎的云。他带着悲哀和嫉妒暗想:

"瞧,人家在怎样生活啊。"

不知什么缘故,他没有对妻子说起他新结交的朋友,而且也瞒过阿列克谢。过了几个星期,他到弟弟家里去,却看见波波娃和奥莉加并排坐在长沙发上,这一下子他就十分窘了。弟弟把他推到长沙发那儿去,说:

"瞧,薇拉·尼古拉耶夫娜,这是我哥哥。"

那个女人微笑着,伸出手来,说:

"我们已经认识了。"

"这是怎么回事?"阿列克谢惊奇地叫着。"这是什么时候的事?你怎么没说起过?"

彼得在弟弟的惊叫声中听出一种不好的意味。不知怎么,他的胡子颤动起来;他拉着自己的耳朵回答说:

"我……忘了。"

阿列克谢毫无顾忌地用手指头指着他,叫道:

"你们瞧,他脸红了,不是吗?不行啊,你回答得不高明,跟孩子一样!难道这样一位太太,见了一面就能忘掉吗?你们瞧,他的耳朵发痒了,长大啦!"

波波娃温和而且一点也不伤人地微笑着。

他们用磨砂玻璃的高脚杯子喝着掺了冰的蜂蜜。蜂蜜是那个女人带来送给奥莉加的,它颜色金黄,跟琥珀似的,舒服地刺激着舌头,使得彼得想出了很精辟的话,不过这些话却没处可说,他弟弟正在喊喊喳喳地吵个不停:

"不,薇拉·尼古拉耶夫娜,您不要忙着卖!那庄园应当卖给喜爱安静的人,那是一个休养性灵的地方。可是像我们这班人能给您出什么价钱呢?您那儿没有土地,树林又少,而且现有的一点树林也不好,再说除了野兔以外,谁需要树林呢?"

彼得说:

"您不应该卖。"

"为什么呢?"波波娃问,沉思地喝着蜂蜜,叹口气说:"应该卖。"

彼得不喜欢奥莉加那种注意的眼光,不喜欢她那由于隐忍着微笑而颤抖的嘴唇。他闷闷不乐地喝完蜂蜜,沉默着,没有回答波波娃。

过了两天,阿列克谢在办公室里对他说,他想给波波娃一笔钱作为她的家具的抵押费。

"她的庄园只值七个卢布,[①]可是那些家具……"

"不要给这笔钱,"彼得很坚决地说。

"为什么?我知道家具的行情……"

"不要给。"

"可是为什么呢?"阿列克谢叫道。"我要带一个内行上她那儿去估价。"

彼得不以为然地摇摇头。他很想劝他弟弟打消这个主意,可又找不出反驳的理由,就忽然提议说:

[①] 意为不值钱。

"那我们来平分吧。你出一半钱,我出一半。"

阿列克谢微笑了,直着眼睛瞧他。

"你要开始胡闹啦?"

"嗯,是时候了,"彼得大声说。

"注意:此路不通啊!"弟弟警告说。"我已经试过了,她却像一条鱼①。"

阿尔塔莫诺夫跟波波娃见过两三回面以后,渐渐想她了。他在幻想中把这个女人安置在自己身边,于是他的眼前立刻出现一种生活,不仅外表非常安闲、舒适、美丽,内里也充满愉快的恬静,而且用不着天天看见好几十个怠工的工人。不知为什么,工人老是不满意,时而喊叫,抱怨,时而说谎,极力骗人。他们那种絮絮不休的奉承就跟他们那种不大掩饰的、然而不断增长的敌意一样地惹人生气。想象着一幅跟这一切都没关系的生活的图画,远远躲开那个又红又肥、不断扩张网子的工厂蜘蛛,是轻松愉快的。他在幻想中看见自己像是一只大猫,过得温暖而恬静,女主人喜欢它,很乐意地摩挲它,此外他什么也不需要了。真的什么也不需要了。

如同从前尼科诺夫那个孩子对他来说成为一个黑点,环绕这个黑点聚集了种种沉重而不愉快的思想一样,现在波波娃变成一块磁石,只是它所吸引的都是美好而轻松的思想和心愿。他不肯跟弟弟和一个戴眼镜的狡猾老头儿一起到波波娃的庄园去估她东西的价钱,可是等到阿列克谢办好抵押的事,回来,彼得却提议说:

"把你讲妥的抵押品让给我吧。"

阿列克谢感到一种不愉快的惊奇,追问了很久:为什么要这样办?最后他说:

"你听我说:这样一来,我就不划算了!她是没钱还债的,那些家具却很值钱,你明白吗?你得添点钱才成!"

---

① 意思是"她很冷淡"。

这个买卖成交了,阿列克谢皱起眉头说:

"祝你发财。这是一笔大有好处的生意。"

彼得也觉着自己做了一笔好生意;他给自己买下了一个休息的地方。

"你太太那儿怎么样?我不必提起吧?"弟弟问,眨眨眼睛。

"那是你的事。"

阿列克谢试探地瞧着他,说:

"奥莉加认为你爱上波波娃了。"

"这是我的事。"

"别朝我嚷。到我们这岁数,差不多所有的男人都要荒唐一下的。"

彼得粗鲁而气愤地回答:

"你别管我的事……"

不久他就感到奥莉加跟他讲起话来越发亲切了,可是带点怜悯的口气。这却惹得他不高兴。秋天里有一天傍晚,他在她家里坐着,问她:

"关于波波娃,你丈夫对你胡说了什么话吧?"

她用她那轻巧的手摩挲一下他那毛茸茸的手,说:

"这件事到我这儿就为止了。"

"这件事本来就不会到哪儿去,"阿尔塔莫诺夫说,用拳头敲了一下膝盖。"它就留在我这儿了。这你是不会明白的。你不要跟她提起这件事。"

他对波波娃没有存着什么欲念。在他的幻想里,她在他面前不是以他所爱恋的女人的身份出现,她只是那所亲切舒适的房子和那种美好纯正的生活的不可缺少的补足品罢了。不过,这女人搬进城去以后,他常在阿列克谢家里看见她,而且忽然觉着自己动了情。他看见她站在害病的奥莉加床边,卷起上衣的袖子,对着脸盆弯下腰去,把手巾在水里浸湿。她弯下腰去,又直起腰来,身材非常匀称,乳房小得像姑娘的一样,她有一种使人不能抗拒的诱惑力量。阿尔塔莫诺夫站在门口,沉默着,皱起眉头看她的白胳膊,看她的结实的腿肚子,看她的屁股,忽然,他给一股像热雾一样的欲望包住,甚至觉得她的一双胳膊搂住他的身子了。为了回答她的招呼,他费力地弯了一下脖子①,然后走到窗前,在那儿坐下,喘口气,忧郁地问:

"你怎么了,奥莉加?这可不好……"

这还是头一回,女人对他起了这么强有力的、把人打垮的影响。他甚至害怕了,隐隐感到这有危险,会惹出祸来。他派自己的马车去请医生以后,就立刻顺着大路走回工厂去了。

那是二月底,解冻的天气威胁地暗示着大风雪就要来了。灰蒙蒙的雾笼罩大地,遮蔽天空,把四下里的辽阔空间缩小成倒扣在阿尔塔莫诺夫头上的一只碗,从那只碗里慢慢地洒下潮湿而寒冷的粉末,沉重地落在唇髭和胡子上,妨碍他呼吸。阿尔塔莫诺夫在松软的雪地上走着,觉着心灰意懒,泄了气,如同尼基塔企图自杀的那天晚上和巴维尔·尼科诺夫死于非命的那个时候他的感觉一样。他明白那两回事是同样沉重的,可是这第三回却显得更危险。事情很清楚,他绝没有力量能够使那位夫人成为他的情妇。这时候他已经看出,他对波波娃突然爆发的情欲把他心中所珍爱的东西毁坏,涂黑,把这女人推到普通女人的行列中去了。妻子是怎样一种人,他知道得太清楚了。他没有理由认为情妇会在哪方面比他的妻子高明,而他妻子那种平淡的、尽责的爱抚差不多已经不能打动他的心了。

"你要怎样呢?"他问自己。"想奸淫吗?你有妻子啊。"

每逢有什么东西威胁着他,他就感到一种紧张的渴望,想赶快跨过危险,把它丢在后面,根本不回头去看它一眼。跟那威胁的东西面对面站着,就好比晚上在黑暗里站在春天的松脆的薄冰上,下面临着一条深深的河流一样,这种恐怖他少年时候经历过,现在一想起来还

---

① 意思是"点了个头"。

要浑身发抖呢。

他在沉闷而迷糊的麻木状态里过了几天,后来有一个晚上通宵失眠,第二天一清早走到院子里,却看见用链子拴住的狗图伦躺在雪地上一摊血里。天色还昏暗,血黑得像焦油一样。他用脚踢了踢那毛茸茸的尸体,图伦的龇出牙来的嘴脸也动了一动,用爆出的眼睛瞧着人的脚。阿尔塔莫诺夫打了个哆嗦,推开扫院子仆人的小屋的矮门,站在门口,问:

"谁把狗打死的?"

"我,"吉洪说,用五个张开的手指头托着茶碟。

"为什么打死它?"

"它又咬人了。"

"咬谁了?"

"季娜伊达,谢拉菲姆的女儿。"

彼得沉默了一忽儿,想了想,说:

"可惜这条狗了。"

"可不是? 我把它养大的。可是它见着我都汪汪地叫。要是把人锁在链子上,恐怕连人也会发疯的……"

"不错,"阿尔塔莫诺夫说,很严紧地关上门,走了,心想:

"有时候就连这家伙都会说出有道理的话来。"

他站在院子中央,听工厂的嗡嗡声和喧嚣声。在远远的院角上闪着一块黄斑,那是谢拉菲姆住处窗户里的灯光,那住所是贴着马房墙壁造起来的。阿尔塔莫诺夫走到灯光那儿,向窗子里看了看,季娜伊达只穿一件衬衫坐在桌旁,对着一盏灯,正在用针缝补什么东西。他走进屋里,她没抬起头来,问道:

"为什么又回来了?"

可是她抬起眼来一看,就把活计丢在桌子上,站起来,微笑着,叫了一声:

"哎呀,主啊! 我还当是爸爸呢……"

"你听我说,是你让图伦咬了吗?"

"不是我还是谁!"她说,仿佛在夸口似的。她把一条腿放在椅子上,撩起衬衫的底摆。"您瞧!"

阿尔塔莫诺夫看一眼那条白腿,膝盖下面裹着绷带;他就一直走到姑娘跟前,粗声粗气地问:

"为什么天刚亮,你就满院子跑?为什么?啊?"

她追究地瞧一眼他的脸,立刻会意地微笑了,使劲往灯罩里吹一口气,把灯吹灭,说:

"门得关好。"

过了半个钟头,彼得·阿尔塔莫诺夫不慌不忙地走到工厂去了,感到愉快的瘫软。他拉着自己的耳朵,吐着唾沫,带着惊奇的心情回想那个缠线女工的毫不害臊的爱抚,笑了:他觉得自己很巧妙地欺骗而且蒙蔽了一个什么人……

如同熊闯进蜂房一样,他闯进了工厂姑娘们的放荡生活。那种生活超过了他的耳闻,她们的话语和感情都是那么放肆露骨,一开头就使得他暗暗吃惊。在这种生活里一切都毫无遮拦,用敢做敢当的毫不害羞的形式表现出来。她们在歌曲中所唱的和所哭的也就是这种毫不害羞的生活,季娜伊达和她的伙伴们却管这叫做爱情,而这种爱情是有一种辛辣、苦涩、比酒还醉人的味道的。

阿尔塔莫诺夫知道工厂的职员们管谢拉菲姆那贴着马房墙壁盖起来的小屋叫做"陷阱",他们给季娜伊达起了个诨名叫"抽水机"。木工自己却把自己的住处叫做"修道院"。他坐在火炉旁边的凳子上,老是带着他的竖琴。那竖琴吊在一条从肩膀上搭过去披到脖子背后的绣花毛巾上。他活泼地扬起头发鬈曲的脑袋,绯红的小脸做出怪相,挤眉弄眼,叫道:

"快活一下吧,修女们!彼得·伊里奇,她们真是修女,你看对不对?她们侍奉快乐的魔鬼,我呢,是她们的修道院长,跟神甫一样,达——达——达!丢给我们一个卢布,让生活快活一下吧!"

他收下钱,把它塞在包脚布里,弹着竖琴,抖起精神唱道:

夫人坐在地狱里,
要吃烤熟的冰。
魔鬼拿起拨火棍,
把这蠢材烫了一阵!

"滑稽小调你知道得很多,"主人惊奇地说,小老头就夸口地打趣道:

"筛子!我好比一个筛子,随便你把什么垃圾倒到我身上来,我总能给你筛出歌来。我就是这样的人——筛子!"

他讲起来:

"这是地主老爷教给我的。从前有过一个很了不起的上流人家,库图佐夫家;还有亚普什金①老爷,他是个醉鬼。这位老爷很狡猾,他装穷,肩膀上挎一个筐子,扮成卖零碎东西的,走遍各地,其实他把看见的和听见的都记下来了。他记啊记的,后来就把那些记录呈到沙皇那儿去。他说:陛下,请看,我们的农民在想些什么!沙皇看了一眼,把那些记录读了一遍,心里不好受,就下命令把农奴解放,在莫斯科给亚普什金立了一座铜像。至于亚普什金本人,沙皇却不准别人跟他接近,把他流放到苏兹达利去,听凭他由着性儿喝酒,酒账归官府付。你知道,因为亚普什金写了许多老百姓的私密事,那些事于沙皇不利,需得遮盖起来。亚普什金就在那边,在苏兹达利,醉死了,他写的东西当然都给偷走了。"

---

① 这是指十二月党人、北方协会成员 И·Д·亚库什金(1793—1857)。但这里所讲的他的生平是不可信的。他曾向内务大臣科丘别伊提出了一个将无地农民从农奴制度下解放出来的计划,计划遭到拒绝。后来,亚库什金由于参加一八二五年十二月十四日的起义而被判死刑,随后改为终身苦役。看来,著名民歌搜集家、民粹派作家 П·И·亚库什金(1822—1872)的某些特点也被加在十二月党人亚库什金的身上了。П·И·亚库什金不是死在苏兹达利,而是死在萨马拉。

"你是在说谎,"阿尔塔莫诺夫说。

"我除了对姑娘说谎以外,从来也没对什么人说过谎。说谎可不是我的本行,"老头说。谁也闹不清他是说着玩呢,还是在认真说。

"只有知道真理的人才会说谎,"他说笑道,"我没法说谎,因为我不知道真理。不过,要是你乐意听的话,我也不妨告诉你:真理我见过很多,我作了这样一副对联:真理如同女人,只要年轻就好。"

可是,尽管他不知道真理,他却知道多得数不尽的地主老爷的故事:他们的快乐和不幸,他们的残忍和财富。他讲完这种故事,老是带着明显的遗憾口气补充说:

"嗯,不过他们呢,完了!他们从生活的顶点滑下来了,自己也不明白是怎么滑下来的!他们掉下来了……"

他用手指头在自己头顶上画一个圆圈,然后很快地放下手来,在地上也画么一个圆圈。

"他们胡闹得太厉害了!"他说,眨着眼睛,唱起来:

> 从前有过一些老爷,
> 专门要吃小牛肉。
> 这些老爷吃来吃去啊,
> 把爸爸的产业吃光喽!

谢拉菲姆讲强盗和巫婆的故事,讲农民造反的故事,讲不幸的爱情的故事,还讲起每到晚上火蛇怎样飞到愁闷难解的寡妇屋里去。所有这些,他都讲得那么有趣味,就连他那不受管束的女儿也沉默了,带着孩子气的专心和贪婪听这些故事。

阿尔塔莫诺夫带着厌恶的心情看出季娜伊达兼有轻狂的放荡和精明的实际打算。他不止一回想起巴维尔·尼科诺夫的诽谤,那诽谤变成预言了。

"为什么我选中了她呢?"他问自己。"比她漂亮的姑娘有的是。

要是儿子知道了我跟她的事,那就有我的好看了。"

他还发现季娜伊达和她的女伴把她们这种娱乐简直看作不能逃避的义务,就跟兵士看待兵役一样。有时候他觉得她们也用她们的毫不害羞的生活欺骗自己并且欺骗另外一个什么人似的。他不久就讨厌季娜伊达在金钱方面永无止境的那种贪心、那种勒索了。这在她身上比在谢拉菲姆身上表现得更明显;那个老头把钱都用在"特内里费"甜酒上(不知什么缘故他管那种酒叫做"芜青酒"),用在他爱吃的蒜肠、果冻、奶油面包上。

阿尔塔莫诺夫很喜欢这个轻松有趣的小老头,这个手艺高明的工人。他知道大家也都喜欢谢拉菲姆,工厂里的人都叫他"消愁解闷的人"。彼得认为这个诨名包含的真理比嘲弄多,而且那嘲弄听起来也是温和的。

因此谢拉菲姆跟吉洪交成朋友这件事就越发使人不能理解,越发使人不痛快了。吉洪简直好像故意要加深这种不痛快似的。在维亚洛夫到阿尔塔莫诺夫家里来做事的第二十年上,在他的命名日那天,纳塔利娅决定特别隆重地纪念这个命名日。

"你想想看,他是多么少有的人啊!"她对丈夫说。"二十年来我们没有看见他做过一件坏事。他像一根白蜡烛似的发着光。"

彼得想对这个扫院子的仆人表示一点特别的敬意,就亲自把礼物送去。他走进小屋里,碰见穿得整整齐齐的谢拉菲姆。吉洪站在他身后,低下头,瞧着主人的长筒靴。

"我送给你一只表,拿去吧!太太送给你一件衣料。另外还有钱。"

"钱倒用不着,"吉洪喃喃地说,随后又说:

"谢谢。"

他请主人喝谢拉菲姆送的"特内里费"酒,那个小老头立刻奉承起来:

"彼得·伊里奇,你赏识我们,我们也看重你。我们明白:熊是喜欢蜜的,铁匠是打铁的。对我们来说,地主老爷是熊,你是铁匠。我们看得出来,你的事业很大,很不容易办。"

维亚洛夫本来在用手指头把银表翻来翻去,这时候看着表说:

"对人来说,事业是栏杆,我们扶着它在深渊的边沿上走路。"

"是啊!"谢拉菲姆叫道,不知什么缘故高兴起来。"不错!这是说,要不然人就掉下去了!"

"哼,你们这是胡说,"阿尔塔莫诺夫说。"因为你们不是办事业的人。你们不懂……"

虽然吉洪的话一下子就惹恼了他,他却没有找到充分有力的反驳。吉洪已经不是头一回用那种话来表达自己固执而暧昧的思想了,那种话惹得主人越来越生气。主人一面瞧着扫院子的仆人那个擦了很多油、硬得像石头的脑袋,一面哼着鼻子,拉着耳朵,想找一些驳倒他的话。

"当然,事业是各式各样的,"谢拉菲姆调停地说。"有的不好,有的好……"

"就是刀子好,人的脖子也受不了,"吉洪嘟哝一句。

主人恨不能把这过命名日的人痛骂一顿才好,他好容易才压住这种心意,厉声问道:

"你怎么了?为什么一谈起事业,老是说些蠢话?简直叫人没法明白……"

吉洪瞧着桌子底下,同意道:

"要明白是很难的。"

木工又说:

"彼得·伊里奇,吉洪认为世界上只应该有没害处的事业……"

"等一等,谢拉菲姆,让他自己说。"

这时候吉洪低下头,一动也不动,对主人露出他头顶上一块跟巴掌那么大小的灰色秃顶,叹口气说:

"事业是魔鬼教该隐[1]做的……"

---

[1] 出自《旧约·创世记》第四章第一至第八节。该隐是亚当和夏娃的大儿子,因嫉妒将其弟亚伯杀死,成为人类第一个杀人者。

"他这话可说远了，"谢拉菲姆叫道，用手掌拍自己的膝头。

阿尔塔莫诺夫离开椅子站起来，生气地警告扫院子的仆人：

"你顶好不要说那些你不懂的事。是的。"

他气冲冲地走出小屋，心想应该把吉洪辞掉才对。明天得把他辞掉。哦，不要明天辞，过一个星期再说吧。他走到办公室里，波波娃正在等他。她冷淡地打个招呼，像生人一样，坐在椅子上，用阳伞敲着地板，说是抵押的利息她一下子付不出来。

"这是小事，"彼得轻声说，没有瞧她，随后听见她说：

"要是您不同意延期，那您自有权利拒绝我。"

她气恼地说着这话，又用阳伞敲着地板，走出去，而且快得出乎意外。等他抬头看她，她已经关上身后的门了。

"她生气了，"阿尔塔莫诺夫想。"到底是什么缘故呢？"

过了一个钟头，他坐在奥莉加家里，用帽子拍着长沙发，说：

"你对她说：我不要那笔利息，不要她的钱。这点钱算得了什么？希望她不要烦恼，明白吗？"

奥莉加正在整理一段段华丽的绸子，把桌上的一盒盒小玻璃珠移来移去，沉思地说：

"我倒明白了，她却未必能懂。"

"你要想法说得她懂才好。你懂不懂于我什么相干？"

"多谢多谢，"奥莉加说，眼镜发亮了。这种透过玻璃的笑意引得彼得生气。

"别开玩笑！"他有点粗鲁地说。"我并不希望把我的猪放进她的菜园子里去，我不想干这种事，你不用那么想！"

"唉，你们这些男人啊，"奥莉加叹口气说，怀疑地摇着她那梳得光滑的头。

彼得嚷着：

"你得相信我的话！我知道我在说什么……"

"唉，你真知道吗？"

她带着同情叹气,这是阿尔塔莫诺夫听得出来的。他看见她的眼睛从眼镜里怜悯地、差不多温柔地瞧着他,可是这反而惹他生气。他想对她说句有力的明明白白的话,却又找不到需要的字眼,就瞧着窗台。窗台上,秋海棠的肥厚得像野兽耳朵的叶子中间长着一串串美丽的花朵。

"我替她那个庄园可惜。那是一个了不起的庄园,是啊!况且她又生在那儿……"

"她可是生在梁赞的……"

"反正她在那儿住惯了!在那儿,我的灵魂头一回平静地睡熟了……"

"头一回醒过来,"奥莉加纠正道。

"睡熟也好,醒来也好,对灵魂来说,反正都是一样的……"

他说了许久,所说的话连他自己都不清楚。奥莉加把胳膊肘支在桌子上,听着,等他说完,就说:

"现在你听我说……"

她告诉他说,纳塔利娅已经知道他跟缠线女工的关系,伤心得哭了,抱怨他。可是这并没有打动阿尔塔莫诺夫的心。

"她是个狡猾的女人,"他冷笑道。"她一点也没对我漏出口风说她知道了。她对你抱怨过吗?哦。不过,话说回来,她也并不喜欢你。"

他想了一想,补充说:

"季娜伊达外号叫'抽水机',这很对!她把我里面的脏东西都抽出来了。"

"你说的是下流话,"奥莉加皱起眉头,叹口气。"我记得我跟你说过,你的灵魂是你的养子。就是这样的。彼得,你自己怕自己,就跟怕敌人一样……"

这话触痛了他:

"你对我说话大模大样,难道我是小孩子还是怎么的?你应当想一想:现在我跟你说话,把心都挖给你看了,我跟什么人都没这么说过话。我跟纳塔利娅没有多少话可谈。有时候我真想打她一顿。你呢……唉,你们这些女人啊……"

他戴上帽子,猛然感到说不出的苦闷,走了。他想到自己的妻子。他早已不想她,差不多根本不注意她了,虽然她每天晚上都要向上帝低声祷告,照例在他身旁亲热地躺下。

"她知道那件事,可还爬过来,"他气愤地想。"蠢猪。"

妻子成了一条走熟的小路,彼得顺着这条小路就是瞎了眼睛走,也不会跌跤。他根本没心去想她。不过他想起了丈母娘。她早已全身发肿,坐在圈椅上慢慢地等死,紫红的脸膛肿得很难看,她越来越仇视地瞅着他。那双原先很美丽、现在变得昏花的湿眼睛可怜样地流出眼泪来。她的歪嘴牵动着,失去机能的舌头不出声地挂在嘴外,没有力量说话了。乌里扬娜·拜玛科娃常常用不灵活的左手的手指头把舌头塞进嘴里去。

"这人还有感觉。她真可怜。"

他仍旧得使出很大的意志力量才算中止了他跟季娜伊达的无耻关系。不过等到他刚刚办好这件事,马上就有一些恼人的思想随着关于缠线女工的醉人的回忆一块儿出现了。仿佛另外又生出一个彼得·阿尔塔莫诺夫似的,这第二个人跟第一个人共同生活着,紧跟在第一个人的背后。他觉得这第二个人正在生长起来,渐渐有了形体,凡是他,真正的彼得·阿尔塔莫诺夫,应该办好和必须办好的事情,那个人总要来打搅。有些时候,突然飞来的思潮仿佛从角落里吹来的风那样袭来,那第二个人就巧妙地利用这种时机,凑着他的耳朵说出一些恼人的、辛辣的想法:

"你像马一样地工作,可是,为什么呢?你这一辈子已经不愁吃喝了。现在该轮到你儿子来工作了。你因为爱儿子才弄死了一个男孩。你看中一位太太才放荡起来的。"

在这种思想来过以后,生活往往变得更黯淡、更无聊了。

不知怎么，他竟没有看清伊利亚究竟是在什么时候变成大人的。而且没有引起他注意就过去了的事，也不单是这一桩。他也没理会到纳塔利娅怎样给女儿叶连娜订了婚，后来把她嫁给省城里一个富足的珠宝商人的儿子，一个留着两撇小黑胡子的活泼的青年。除了别的事以外，还有岳母去世，他也没注意到。那是在六月里的一天，正当炎热的中午，快要起风暴的时候，她一口气喘不上来，终于死了。人们还没有来得及把她抬到床上，忽然近处什么地方一声雷响，吓坏了大家。

"把窗子和门关上！"纳塔利娅喊着，把手举到耳朵旁边。母亲的粗大的腿从她手里滑落下去，脚后跟闷闷地敲响地板。

彼得·阿尔塔莫诺夫觉得那个身材高大匀称的人走进办公室来的时候，他甚至没有一眼认出这就是他的儿子，他穿着一套薄薄的灰色衣服，消瘦而发黑的脸上已经生出可以看见的唇髭。亚科夫呢，身材发宽，矮胖，穿着学校制服，模样倒很像父亲。两个儿子有礼貌地问过安，坐下来。

"哎，"父亲在办公室里走来走去，说。"外婆去世了。"

伊利亚没有说话，抽着纸烟。亚科夫用变了嗓音的新声调说：

"幸好这是在假期里，要不然我就回不来了。"

阿尔塔莫诺夫没有理睬小儿子这句不聪明的话，细细看伊利亚的脸。那张脸变化很大，显得坚强了。额头上披着一绺绺比以前越发黑的头发，使得额头不显高了。蓝色的眼睛更显得深了。回想自己从前揪过这个装束大方、神态沉思的男子的头发，不由得使人好笑，而且叫人有点发窘。他甚至不能相信真有过那种事。亚科夫呢，光是长高，光是长大了，却仍旧跟先前那么胖，眼睛也仍旧那么空洞。他那张嘴还是孩子的嘴。

"你长得很快，伊利亚，"父亲说。"好，那就多多注意这个事业，过上三年你来掌舵吧。"

伊利亚摆弄着碰瘪了一个角的烟盒，看一眼父亲的脸，说：

"不，我还要念书。"

"念很久吗？"

"四五年。"

"喝！研究什么呢？"

"历史。"

阿尔塔莫诺夫不喜欢儿子抽烟。再者他抽的烟很次，他很可以抽好一点的烟。他更不喜欢伊利亚想念书的打算，尤其不喜欢他一回到家马上就提起这件事。

他用手指着窗外工厂的房顶，那儿的细烟囱喷出一股股蒸气，从那边传来工作的怨艾的嗡嗡声。他极力使自己的口气缓和，开导说：

"瞧，它在那儿喷气呢，那才是历史！它才是你该研究的。我们的本分是织麻布，历史跟我们不相干。我五十岁了。应该来接我的班了。"

"米龙可以接班，亚科夫也可以。米龙要做工程师了，"伊利亚说，把手伸出窗外，弹掉烟灰。父亲提醒他说：

"米龙是我的侄子，不是儿子。算了，这件事以后再谈吧……"

两个孩子站起来，走出去了。父亲用伤心、惊奇的眼光瞅着他们的背影：这是怎么回事呢，他们跟他就没话可说吗？他们坐了五分钟，其中一个说了句蠢话，带着睡意打呵欠，另一个喷得满房间都是烟，惹得父亲马上烦恼起来。这时候他们已经走进院子，可以听见伊利亚的语声：

"走，我们去看一看河，好不好？"

"不，我累了。一路上车子把我颠得好苦。"

"那条河明天又不会跑掉，可是母亲现在正因为亲人去世而伤心，忙着张罗丧礼呢，"阿尔塔莫诺夫想。

彼得·阿尔塔莫诺夫顺从自己的习惯，遇到不愉快的事就赶紧迎上去，为的是快点推开它，躲开它，因此只给儿子们一个星期的休息时间。他在这段时间里发现伊利亚跟工人谈话的时候称呼"您"，每到晚上总要跟吉洪和谢拉菲姆在大门口并排坐着，跟他们谈上很久。甚至在窗子里都可以听见吉洪怎样用死气沉沉的声调说蠢话：

"对了，对了！像叫花子那样活着，就等于什么也没有地活着。不错，伊利亚·彼得罗维奇，要是没有贪心的话，大家就会样样都齐全了。"

谢拉菲姆格格地笑着说：

"这我知道！这我早就听说了……"

亚科夫的举动倒容易理解得多：他在厂房里跑来跑去，用温柔的眼光瞧女工。他爬到马厩的房顶上去眺望河水，每到中午吃饭时候河里就有女人洗澡。

"这头牛犊，"父亲闷闷不乐地想。"应当吩咐谢拉菲姆监视他，别让他传染上脏病才好……"

星期二那天，天色阴暗，沉闷，没有风。一清早下了大约个钟头的小雨，雨丝稀疏而又懒洋洋地洒在土地上。到中午太阳出来了，不乐意地照着工厂，照着两条河的交叉点，然后藏到灰色的云里，埋在蓬松柔软的云堆里，如同纳塔利娅到晚上把绯红的脸埋在鸭绒枕头里一样。

在喝晚茶以前，阿尔塔莫诺夫问亚科夫：

"你哥哥上哪儿去了？"

"我不知道。刚才他坐在小山上松树底下来着。"

"去叫他来。不，不必去叫了。你们俩相处得怎么样，和睦吗？"

他觉得小儿子好像微笑了一下，然后说：

"没什么，挺和好。"

"哦，究竟怎么样？说实话……"

亚科夫垂下眼帘，想了一想，说：

"我们在思想上不很一致。"

"在什么思想上？"

"一般地说，一切想法都不一致。"

"怎么不一致呢？"

"他总是根据书本来思想。我就简单了,我用脑筋来思想。我凭自己眼见的来思想。"

"哦。"父亲说,没法再详细地问下去了。

他把一件帆布大衣披在肩头上,拿起一根阿列克谢送的圆头手杖(手杖顶上雕着一只银的鸟爪,抓住一个孔雀石的圆球),走出大门,用手掌遮在眼睛上面,眺望河边的小山。那边,树底下,躺着伊利亚,穿着白衬衫。

"今天沙地有点潮。他会着凉的,这么不小心。"

父亲不慌不忙地向儿子那边走去,踩着灰色的小草,发出碎裂的喀吱喀吱声,真心诚意地掂量着自己必须对儿子讲的那些话的分量。儿子趴在地上,背朝着天,正在看一本厚书,用铅笔敲着书页。听见沙沙的脚步声,他就灵活地扭转脖子来看父亲,然后把铅笔夹在书当中,啪的一响合上书本,坐起来,背靠着松树的树干,用亲切的眼光瞅父亲的脸。老阿尔塔莫诺夫喘着气,也在一个光秃秃的、弯得像弓一样的树根上坐下来。

"今天不谈事业,以后有的是工夫呢。我们随便谈谈好了,"他想。

可是伊利亚用胳膊搂住膝盖,轻声说:

"喏,爸爸,我已经决定献身于科学了。"

"献身,"父亲也跟着说。"倒好像教士似的。"

他本来想用开玩笑的口气说这句话,可是听出自己话音阴沉,几乎带着气愤。他不满意自己,就用手杖敲着沙土。随后却马上出了一件没法理解的、不必要的事。伊利亚的蓝眼睛发黑,两道清楚而秀气的眉毛拧在一起,他把额头上的头发甩到后面去,用一种不好的坚持口气说:

"我不预备做工厂主,我没有经营事业的能力……"

"吉洪才说这种话呢,"父亲讥笑着,插了一句嘴。

儿子不理他这句话,开始解释他为什么不想做工厂主,或者,一般地说,为什么不想做任何事业的主人。他讲了许久,有十分钟光景,父亲在他的话里间或也听出一些话好像挺对,甚至跟他那阴郁的思想愉快地互相吻合,可是总的说来,他清楚地听出儿子说的话没道理,孩子气。

"等一等,"他说,把手杖插在儿子脚旁的沙土里。"等一等,事情不是这样的。这是胡说。指挥是必要的。没人指挥,老百姓就活不下去了。至于没有好处,那是谁也不肯工作的。大家素来这样说:'这对我有什么好处呢?'人人都跟着这根轴转。你看,有多少谚语:'人若不要钱,准保成圣贤。'或者:'圣徒祷告,只为钱钞。''机器虽是死物件,也要有油才肯转。'"

他毫不激动地说着,想出种种恰当的谚语,采用它们所包含的道理来给自己的话涂上厚厚的一层油。他很满意,因为他讲得心平气和,在字眼上没碰到困难,很便当地找到了恰当的字。他相信这一回谈话会圆满结束。儿子一声不响,把沙土从这个手心倒到那个手心,从沙土里筛出褐色的松针,再从手心上吹掉它。可是忽然,他也心平气和地说话了:

"这些道理都不能说服我。现在再也不能靠这种道理生活下去了。"

老阿尔塔莫诺夫拄着手杖站起来。儿子没有走来搀他。

"哦。这么说,爸爸说的都不是真理吗?"

"另外还有一种真理。"

"胡说。另外没有。"

于是,父亲拿起手杖朝工厂那边一挥,说:

"喏,真理就在那儿!它是你爷爷创办的,我为它忙了一辈子,现在该轮到你了。就是这么回事。可是你怎么样呢?我们工作,你玩玩乐乐吗?你想倚靠别人的劳动来做正人君子吗?你倒想得不错!历史!你还是丢开历史的好。历史又不是姑娘,你又没法跟它结婚。再说,愚蠢的历史是什么东西?学它有什么用?我可不许你偷懒……"

彼得·阿尔塔莫诺夫觉出自己讲得太气愤,就极力把话说得缓和点：

"我明白，你是想住在莫斯科，那儿快活些，就连阿列克谢也……"

伊利亚拿起书本，吹掉书上的沙土，说：

"请您允许我念书。"

"我不允许！"父亲叫道，把手杖插进沙土里。"你不必再要求了。"

这时候伊利亚也站起来，用发暗的眼睛望着父亲肩膀后面，声音不大地说：

"那么，好吧，我只能不得您的许可去念书了。"

"你敢！"

"总不能禁止人按自己的意思生活下去啊，"伊利亚说，把头一摇。

"人？你是我的儿子，不是人。你能算是什么人？你吃的穿的，全是我的。"

不知怎么，这句话自己就从嘴里跑出来了。这话是不应该说的。父亲缓和语气，带着责备的神情摇摇头，说：

"我为你操了多少心啊，你就这样报答我吗？唉，傻孩子……"

他看见伊利亚脸红了，两只手发抖。儿子想把两只手藏到裤袋里去，可是那双手找不着裤袋。他生怕儿子说出什么不必要的甚至没法挽救的话来，就匆匆忙忙地说：

"我为你还弄死了一个人呢……也许……"

阿尔塔莫诺夫补充了"也许"两个字，是因为他刚把头一句话说出口，马上就省悟过来：这种话也是不该说的，眼前这孩子分明不愿意了解他。

"他马上就要问我弄死什么人了，"他想，赶快走下小山的流沙的斜坡。儿子却对他的后影用震聋人耳朵的声音说：

"您杀死的不止是一个人，那边整个墓园里都是被工厂害死的人。"

阿尔塔莫诺夫站住，回过身去。伊利亚站在那儿，伸出胳膊，用书指着灰色天空下面的那些十字架。流沙在阿尔塔莫诺夫的脚底下沙沙地响,他想起几分钟以前已经听到过一些关于工厂和墓园的气人的话。他一心想遮盖自己的失言,得让儿子忘掉他的话才行。老阿尔塔莫诺夫就挥着手杖,像熊那样很快地向他扑过去,想吓他一吓,嚷道:

"你说什么,混蛋?"

伊利亚闪到树干后面说:

"请您清醒一下!您要干什么?"

父亲抡起手杖来打在树干上。那手杖折成了两截,他把手里拿着的一截向儿子脚旁扔过去,那半根手杖正好斜着戳进沙土,绿色的圆顶向上挺着。彼得·阿尔塔莫诺夫恐吓说:

"我要叫你把厕所打扫干净!"

他很快地走了,脚步踉跄,好像一路滚下山坡似的,觉着自己的思路在伤心和气恼的字眼中间穿来穿去,就跟梭子在乱糟糟的线中间穿来穿去一样。

"我要把他赶走。贫穷会把他逼回来。到那时候他就会把厕所打扫干净了。对,不准胡闹!"他从飞快地旋转着的一团思想中摘出这个短短的思想,同时又隐隐感到自己做得不对,过了火,夸大了自己所受的侮辱。

他走到奥卡河边,在沙土的陡坡上疲倦地坐下,擦掉脸上的汗,瞧着河水。在这条不深的小河里游着一群小鳟鱼,好比许多钢针在把水缝起来。随后,一条鳊鱼带着自以为了不起的样子飘上来,张开鳍,游来游去,然后侧着身子游,红眼睛朝上,瞅着昏蒙蒙的天空,把一个个流动的气泡送到水面上来,像喷着明亮的烟一样。

阿尔塔莫诺夫对鳊鱼摇着手指头威吓着,大声说:

"我要规定你的命运!"

他往四下里看一眼,听出自己的话音空洞。静静流着的河水洗去了愤怒。灰色的、温暖的寂静使人生出充满茫然的惊愕的思想。最叫人惊讶的是自己所喜爱的而且二十年来不断为之操心的儿子,忽然在几分钟里从自己心里溜出去,只留下愤怒的痛苦了。阿尔塔莫诺夫相信,在这整整二十年中,他是毫不疲倦地天天想着儿子一个人的,他是凭着对儿子的希望,对儿子的爱生活下来的,他是一直巴望伊利亚会做出不平凡的事情来的。

"跟火柴一样,燃了一下,就完了!这是怎么回事啊?"

灰色的天空微微泛红。有一个地方显得比较明亮,使人联想到旧衣服上的一块油渍。后来残缺的月亮露出头来了,空气新鲜而潮湿,雾像淡淡的烟一样在河上飘游。

阿尔塔莫诺夫回到家的时候,妻子已经脱掉衣服,把左腿放在右腿滚圆的膝头上,皱起眉毛在剪脚趾甲。她斜起眼睛看了丈夫一眼,问道:

"你把伊利亚打发到哪儿去了?"

"打发到魔鬼那儿去了,"他一面脱衣服,一面回答。

"你老是发脾气,"纳塔利娅叹口气。丈夫不说话,鼻子滋孔滋孔地出气,忙这忙那,故意弄出很大的响声。雨开始抽打窗上的玻璃,园子里飘荡着潮湿的哗哗声。

"伊利亚念了书,变得很高傲。"

"他母亲是个蠢货。"

母亲哼了哼鼻子,在胸前画个十字,到床上去躺下。彼得一面脱衣服,一面津津有味地侮辱她:

"你会干什么?什么也不会。孩子不怕你。你用什么来教育他们?你只会吃饭睡觉。还有,往脸上抹油。"

妻子对着枕头说:

"是谁把他们送去念书的?我早就说过……"

"闭嘴。"

他也不说了,静听雨点越发沉重地落在尼基塔栽的野樱树的叶子上。

"那个驼子倒挑了一条挺好的路走。没有孩子,没有事业。他成了蜜蜂。我可决不养蜜蜂。谁要蜜,谁就自己去采。"

纳塔利娅仿佛躺在冰上一样,小心地翻个身,把胸脯朝上,把温暖的脸贴到丈夫的肩膀上。

"你跟伊利亚相骂起来了?"

他不好意思说起他跟儿子发生的那件事,就嘟哝着说:

"跟孩子是谈不到相骂的,是我骂了他。"

"他坐车进城去了。"

"他会回来的。他没处找饭吃。等他尝着穷的滋味就会回来。你睡吧,别搅我了。"

过了一分钟,他说:

"不要让亚科夫再念书了。"

又过了一分钟:

"后天我要到集市上去。你听见没有?"

"听见了。"

"这到底是怎么回事啊?"阿尔塔莫诺夫暗想,闭着眼睛,可是看见那张额头很大的脸就在眼前,而且想起了伊利亚那双眼睛里射出使人受不了的侮辱的光芒。"他像辞掉工人一样的把父亲丢开了,这个混蛋!他把我当作叫花子似的推开了……"

这次决裂简直快得没法理解,使他暗暗吃惊,倒仿佛伊利亚早已决心脱离家庭似的。可是什么原因促使他这么做呢?阿尔塔莫诺夫回想伊利亚那些泼辣的、斥责的话,心想:

"这是米罗什卡[①]那条猎狗怂恿他做的。至于事业对人有害的话,那是吉洪的思想。傻瓜呀,傻瓜!你听谁的话啊?你还是上学念书的人呢!学着些什么呢?他可怜工人,却不可怜父亲。他就此跑掉,躲到一边发扬他的正义去了。"

想到这儿,他对伊利亚的恼恨越发猛烈了。

---

① 米龙的小名。

"不行,你胡说,你跑不了!"

这当儿他想起了尼基塔,他也跑到一边去,躲到安静的角落里去了。

"大家都把工作推到我的头上,他们自己却跑掉了。"

可是阿尔塔莫诺夫立刻揭穿自己的话,这是不对的,阿列克谢就没有跑掉,他爱事业不下于父亲。这人贪心,而且到了贪得无厌的程度。他处理事情灵敏而简单。彼得回想有一天,工厂里出了一次酒后的斗殴以后,他对弟弟说:

"人都变坏了。"

"这是一目了然的,"阿列克谢同意。

"大家不知为什么一肚子怨气。仿佛大家都用同样怨毒的眼睛看事情似的……"

阿列克谢对这话也同意。他笑着说:

"这话是对的。我记得有一回,那是在你举行婚礼的时候,父亲跟兵士们角力,吉洪也用那样的眼光瞧过父亲。后来他自己也参加角斗。你记得吗?"

"唉,你何必提吉洪呢?他是个废物。"

后来阿列克谢认真地说:

"不知怎么,你常常说起这话:人变坏了,变坏了。可是要知道,这不干我们的事,这是教士和老师的事。此外,该管这事的还有什么人呢?还有各式各样的医生,长官。该由他们来监督人们不要变坏才对,这是他们的货物,你我是买主。大哥,一切东西都要渐渐坏下去的。比方说,你老了,我也老了。不过话说回来,你总不会对姑娘说:姑娘,你别活下去了,因为你会变成老太婆的!"

"真聪明,这个鬼,"老阿尔塔莫诺夫想,"又简单又聪明。"

他听着弟弟那种伶牙俐齿的、装点着种种新的警句的谈吐,暗自嫉妒他的生气蓬勃。随后他又想到尼基塔。父亲原指定驼子做一个给大家消愁解闷的人,可是他纠缠在一件有关女人的蠢事里,走掉了。

老阿尔塔莫诺夫在这雨夜里反复想了许许多多。在他痛苦的沉思中，另外一种陌生的思想像一缕细烟似的钻进来，仿佛黑暗中的雨声在低声诉说这种思想。这思想不容他为自己辩白。

"我在哪方面不对呢？"他仿佛对什么人问着。虽然他找不着解答，可是觉得这问题并不多余。临到天亮，他突然决定坐车到修道院去看弟弟。也许到了那儿，在脱离诱惑和烦恼独自隐居着的人那儿，可以找到一些使人得到安慰的、甚至有决定意义的东西吧。

可是等他坐着一辆由两匹驿马拉着的车子，在乡间道路上颠得很累，快到修道院的时候，他心想：

"这敢情便当——躲在一个角落里不动。是啊，你跑到街上去试试看！黄瓜在地窖里不会坏，可是一见阳光，很快就烂了。"

他已经有四年没看见弟弟了。上一回跟尼基塔的会面是枯燥无味的。当时彼得觉着驼子有点窘，不满意他的光临。弟弟战战兢兢，畏缩，躲闪，倒好像蜗牛缩进了硬壳一样。他发出悻悻不平的声调，不谈上帝，也不谈自己和亲人，只谈修道院的穷困，谈那些到修道院来的信徒，谈一般人的赤贫。他讲得很勉强，分明很费力。彼得要给他钱，他淡淡地轻声说：

"给修道院长吧，我不要。"

看得出来，所有的修士都敬重尼科季姆神甫[①]。修道院长身材高大，骨节棱棱，长一把大胡子，一个耳朵发聋，活像一个穿着道袍的树精。他用黑眼睛的可怕眼光瞧着彼得的脸，用不必要的响亮声音说：

"尼科季姆神甫给我们清苦的修道院增光不少。"

这修道院坐落在不高的小山上，掩藏在一圈铜色松树的茂密树顶下。迎接阿尔塔莫诺夫的是一片日常的、微弱的钟声，这时候的钟声是召人去做晚祷的。看门人身材又高又直，像竿子一样，长着一颗不必要的、孩子样的小头，戴着一顶褪色的、揉皱的圆顶帽，开了大门，结

[①] 即尼基塔。

结巴巴,上气不接下气地嘟哝说:

"欢——欢——欢——欢——迎……"

马上他又带着稀哩呼噜的声音呼出一口气说:

"请——请——请——进……"

蓝灰色的乌云布满半个天空,一动不动地挂在修道院上空,因此四下里一切都给浓重、灰色、窒息的郁闷压紧,连大钟的铜声都不能震动它了。

"这东西一个人搬不动,"客室的仆役抱歉地说。他想从马车里把一口装着送给尼基塔的礼物的箱子拉出来,可是拉不动,就用小小的黑拳头敲了敲那口箱子。

彼得满身灰尘,筋疲力尽,慢慢地走进园子,向弟弟的白色修道室走去,那修道室舒适地掩藏在樱桃树和苹果树中间。他一边走,一边想:他白跑到这儿来了,还是到市集上去的好。树林中那条布满根茎、高低不平的路已经把他所有的忧郁思想摇散,打乱,代替它的是无聊的烦闷以及渴求休息和忘却的愿望。

"要能喝一通酒倒不错,"他想。

他看见弟弟坐在长凳上,背后是半圈小椴树,前面呢,如同一张常见的画上的情形一样,并排坐着十来个信徒:有一个黑胡子的商人,穿着帆布大衣,一只脚上裹着破布,穿着橡皮套靴;还有一个矮胖的老头儿,像是一个阉割派教徒[①]和兑换金钱的商人;还有一个长头发的年轻小伙子,穿着军火衣,高颧骨,长着鱼一样的眼睛;还有德廖莫夫城的面包师穆尔津,是个醉汉和暴徒,站得像柱子一样直,如同盗贼在法庭上受审似的,用嘶哑的声音说:

"不错,上帝离我们很远。"

尼基塔没有看那些人,用小白手杖在踩结实的土地上画着什么,教导说:

---

① 指他脸上没有胡子。

"人越是低贱,上帝离人也就越高,他被我们的罪恶的臭气逼走了。"

"他在安慰他们呢,"老阿尔塔莫诺夫想,暗暗地笑了。

"上帝看得见:我们只有信仰,却没有行动。没有行动的信仰对他来说有什么意义呢?我们的互相帮助在哪儿呢?我们的爱在哪儿呢?我们在祷告里祈求的是什么?祈求的全是些无聊的小事。祷告是必要的,不过……"

他抬起眼睛,停住口,对哥哥细细地瞧了一分钟,上下打量着。他像举起很重的东西似的把手杖慢慢地举起来,仿佛打算用它打人一样。驼子站起来,无力地低下头,给人们画了十字,然而没有祷告,只说:

"瞧,我哥哥来看我了。"

脱尽头发的老人,不客气地睁圆铜色的眼睛瞧着彼得,带着十分郑重的态度在身上画个很大的十字。

"你们去吧,求主保佑你们,"尼基塔补充说。

人们走散了,仿佛畜群走出牧场一样。老人搀着脚上有病的商人的一个胳膊肘,面包师穆尔津搀着他的另一个胳膊肘。

"啊,你好。给我祝福吧。"

尼科季姆神甫抬起一只长胳膊,胳膊上蒙着法衣的像翅膀一样的黑袖子,推开哥哥向他伸过来的那双重叠着的手掌,不带一点高兴的样子,轻声说道:

"我没料到你来。"

他向修道室那边挥一下手杖,在哥哥前面一颠一颠地走着,甩着两条弯曲的腿。一只手放在胸口,按在心脏上。

"你老了。"彼得有点窘地说。

"这就是生活啊。我的腿常痛。我们这地方潮湿。"

尼基塔仿佛越发驼得厉害了。他背上的驼峰和右肩耸起来,把身体弯得更挨近地面,显得更矮更宽了。这个修士好比一个蜘蛛,被人揪掉了脑袋,它就盲目地、歪歪斜斜地在那条小路上,在沙沙响的碎石子上爬着。到了狭小而干净的修道室里,尼科季姆神甫才显得大了一点,可是越发可怕了。他脱掉高统帽,他那半秃的、仿佛揭掉皮的、骨节突出的头顶闪着昏蒙蒙的光,如同死人一样。两鬓上、耳朵背后、后脑壳上,挂下一缕缕不平整的白发。他的脸也露出骨头,颜色像蜡一样,脸上的骨架没有包着多少肉,褪色的眼睛也照不亮他的脸,眼光仿佛集中在皮肉松弛的大鼻子尖上,鼻子底下那两片干瘪的黑嘴唇不出声地动着。嘴越发大了,这深深凹下去的一条缝把脸切成了两半。上嘴唇上像白色的霉一样的毫毛,显得特别阴森难看。

这个修士说话很轻,好像在听什么声音,而且讲得很慢,仿佛好不容易才想起字眼似的。他对一个脸儿胖胖、活像澡堂擦背人的年轻见习修士说:

"茶炊。面包。蜂蜜。"

"你说话声音多么轻啊。"

"我的牙都掉了。"

这个修士靠着桌子在一把涂了白漆的木圈椅上坐下。

"大家都过得很好吗?"

"都过得很好。"

"吉洪也好吗?"

"也好。他还会不好?"

"他有很久没上我这儿来了。"

两个人沉默了。尼基塔动了动胳膊,法衣沙沙地响。这种像蟑螂爬一样的响声越发加重了彼得的烦闷。

"我给你带来了礼物。你吩咐他们把箱子抬来吧。那里面有酒。你们这儿可以喝酒吗?"

弟弟叹口气,回答说:

"我们这儿并不严。我们的日子不好过。自从外人热心地来访问这个修道院以后,就连喝醉的事都有过了。大家都喝酒。有什么办法呢？人间的气息吹来了,毒害了他们。修士也是人啊。"

"我听说有许多人来找你？"

"这是因为他们迷惑了,"修士说。"是的,他们来了。他们四处奔走。他们要找正义,找正人君子。他们要求指导:怎样生活才对？他们生活来生活去,临了……却不会生活了。他们失去耐性了。"

老阿尔塔莫诺夫觉得修士的话惹得他不安,就嘟哝道:

"他们给纵容坏了。农奴制度他们倒受得住,解放了却受不住了！对他们管束太松了。"

尼基塔没有说话。

"当初在贵族地主管治下,人们倒不游手好闲,到处乱跑。"

驼子看他一眼,垂下了眼帘。

他们照这样费力地搜索字眼,谈几句就停顿很久,讲讲说说,到后来见习修士送来了茶炊、芬芳的椴树蜂蜜、热面包,面包还在冒出醉人的热气。他们专心地瞧那生着亚麻色头发的见习修士在地板上笨手笨脚地忙着,终于打开了箱子盖。彼得拿出一罐鲜鱼子酱和两瓶酒放在桌子上。

"波尔特温酒①,"尼基塔念瓶子上的商标。"这是修道院长爱喝的那种酒。他是个聪明人。他懂得许多事。"

"我可就懂得很少,"彼得用闹别扭的口吻承认。

"你应该知道的都知道了,那也就行了,多知道些有什么用呢？比你应该知道的多知道一些,那是有害的。"

修士慎重地叹口气。彼得在他的话里听出一点沉痛的意味。墙角神像前面点着一盏小灯,桌上放着一盏用黄色玻璃做成的、便宜的灯,它们朦胧地照着,尼基塔的法衣在这种昏暗里浑浊而油亮地发光。彼得留意到弟弟带着一点一滴也不肯放过的馋欲喝干杯中的红葡萄酒,就讥诮地暗想:

---

① 一种浓烈的葡萄酒,原产于葡萄牙的波尔图。

325

"他倒尝得出酒的好坏呢。"

每喝完一杯酒,尼基塔就用干瘪的、很白的手指头揪出一块面包心,蘸一蘸蜂蜜,不慌不忙地咀嚼着,他那仿佛被人拔过的、稀疏的白胡子就颤抖起来。这修士还没显出醉意,不过他那对昏暗的眼睛亮了,虽然眼光仍旧集中在鼻尖上。彼得喝酒很小心,不愿意让弟弟看见自己喝醉。他一边喝,一边想:

"他没有问起纳塔利娅。上一回他也没有问起。他不好意思。他什么人也不问。我们是俗人嘛。他呢,跟圣徒一样。许多人都来找他。"

他气冲冲地把胡子在背心上擦出沙沙的响声。他拉着自己的耳朵,说:

"你倒机灵,在这儿一躲。这敢情好。"

"以前倒还好,现在不行了,上这儿来访问的信徒很多。这种接待……"

"接待?"彼得笑着说。"你这口气倒像牙科医生呢。"

"我想搬到更偏僻的地方去,"修士说,小心地往杯子里斟酒。

"也就是说,搬到更安静的地方去,"彼得补了一句,又笑了。修士喝干酒,用破布一样发黑的舌头舔嘴唇,摇一下皮包骨的脑袋,说:

"心里不得安静的人很明显地多起来了。他们想躲起来,想避开烦恼……"

"这我倒没看出来,"彼得反驳道,知道自己说的不是真话。"你才躲起来了,"他想说。

"烦恼像影子似的紧跟在他们后面……"

责备的话在彼得的舌头上自动地生出来。他想争论,甚至想向弟弟大嚷一阵。他想起儿子,就用气愤的声调说:

"他们是自寻苦恼,他们是甘心吃苦!只干自己的事,不卖弄聪明,那就能安安静静地过下去!"

可是弟弟只顾想自己的心事,大概没听见他的话。他忽然抖动一

下他那隆起的身体,仿佛刚刚睡醒似的。法衣像一股黑色的流水似的从他身上往下流,他撇着嘴唇也好像生气似的,很清楚地说:

"他们来了,纷纷要求我:教导我们吧!可是我知道什么呢?我拿什么来教导他们呢?我又不是聪明人。都是修道院长把我编排成那样的。我自己什么也不懂,就像受了不公平的审判似的。他们判决了:你得教导!可是凭什么作出这样的判决来呢?"

"他的话里有话,"老阿尔塔莫诺夫暗想。"他要发牢骚了。"

他明白尼基塔有种种理由抱怨自己的命运,他以前来探望尼基塔的时候就料着他会发牢骚。他拉着自己的耳朵,婉转地劝告弟弟:

"许多人都在抱怨命运,不过这不会有什么结果的。"

"不错,知足的人简直难得看见,"驼子说,眼睛呆望着墙角那盏小灯的火苗。

"去世的父亲早就吩咐你要为别人消愁解闷。那你就做个为人消愁解闷的人吧。"

尼基塔冷笑地撇了撇嘴,然后用手心攥住自己的白胡子,收敛了笑容,继续把话语撒在昏暗中,那些话触动彼得的心弦,引起他的好奇心,同时又使他警觉地提防着有什么危险。

"我们这儿的人极力要叫我和别人都相信我聪明过人。这当然是为了修道院的利益,好吸引人们上这儿来。可是对我来说这是艰巨的任务。大哥,这是件苦差使!我用什么来给人消愁解闷呢?我说:忍一忍吧。可是我看得出来:大家都不高兴再忍下去了。我又说:存着希望吧。可是把希望寄托在什么上面呢?抬出上帝来也安慰不了他们。喏,刚才有个面包师来了……"

"他是我们那儿的人,穆尔津,酒鬼,"老阿尔塔莫诺夫说,想把话岔开,想把什么东西推开。

"他居然把自己看作审判上帝的人,他居然认为上帝不是人世的主人。现在,这种狂气的人很不少。刚才还来了一个没有胡子的人,你注意到没有?那是个心眼恶毒的人,他把全世界的人都看作仇人。

他们跑到这儿来,盘问我。跟他们说什么好呢?他们上这儿来是专门为了搅惑我。"

修士越讲越有劲。彼得想起上几回来探望的时候弟弟是什么样子,这才留意到尼基塔不像先前那么抱愧地眨眼睛了。先前,驼子那种抱愧的感觉倒还使人放心。抱愧的人是没有权利抱怨的。可是现在他抱怨了,说是受到了不公平的审判。老阿尔塔莫诺夫生怕弟弟对他说:

"对我作出判决的就是你!"

他皱起眉头,玩弄表链,搜索自卫的字眼。

"是的,"驼子说,好像对自己所抱怨的事暗暗感到满意似的。"人们越来越纠缠不清,他们的思想越来越狂。前不久,也就是两个星期以前,在我们这儿住着一位学者,年纪还轻,可是好像神不守舍,提心吊胆。修道院长指示我说:'你用你的纯朴去把他感化得坚强起来,'他说,'你去开导他,'他说。不过别人的思想我总是记不住。他,那位学者,把我折磨了好几个钟头,讲了又讲,我连他的话都听不懂,别说他的思想了。他说:'关于魔鬼是我们肉体的主宰这种说法我们是不能承认的。不然的话,我们就变成信奉两个神了,而且侮辱了我们领圣餐时所吃的基督的肉体①:"人若吃这粮,就必永远活着。"②'他还说了些渎神的话:'承认有一个长着犄角的神③也未尝不可,不过希望只有一个神才好,要不然我们就没法活下去了。'他紧自折磨我,我呢,忘了费奥多尔神甫的一切指示,嚷起来:'你的肉体是变种,你的灵魂是毁灭。'事后修道院长骂我:'你怎么会顺嘴说出了那种渎神的昏话?'他说。是的,事情就是这样……"

这故事彼得听着觉得好笑。可是这故事把弟弟衬托得很可怜,老阿尔塔莫诺夫倒略略得到了一点安慰。

---

① 按照基督教的说法,领圣餐时所吃的面包和酒是基督的肉和血。
② 引自《新约·约翰福音》第六章第五十一节。
③ 魔鬼才长着犄角。

"谈上帝是不容易的,"他嘟哝一句。

"真是不容易,"尼科季姆神甫同意,然后沉痛地、闷闷地问:"你还记得吗?父亲教训过我们,说我们是干粗活的工人,这种深奥的道理对我们来说嫌太高了。"

"我记得。"

"是的。费奥多尔神甫教导我说:'你得看书!'我就看书,可是对我来说,书发出含糊不清的闹声,像是遥远的森林。书本解答不了今天的问题。现在出现了种种思想,书本是解决不了的。各处都有新教派。人们讲这讲那,像是在说梦,或者像是隔夜喝醉了酒。比方说,那穆尔津……"

修士喝干红葡萄酒,嚼着面包,把面包心捏成小球,用手指头捻着它在桌面上滚来滚去,接着说:

"费奥多尔神甫说:'一切不幸都是由人的头脑产生的。魔鬼把人的头脑当作恶狗,煽动它,作弄它。这狗就无缘无故向一切东西汪汪地叫。'也许这话是对的,可是要同意这种话,却使人痛心。这儿有一个医生,是个朴实的人,总是很快活,他的想法又不同:人的头脑是小孩,对这小孩来说一切东西都是玩具,一切东西都有趣。这小孩想弄明白这个东西和那个东西是怎么做成的,里面是什么样子。那么,当然,它就把它拆毁了……"

"你说的话恐怕很危险吧,"彼得说。弟弟的话又搅得他不安,使他震动,这种话的奇突和尖刻弄得他惊奇而害怕。他又打算降伏尼基塔,把他压下去。

"这个修士喝醉了,"他极力安慰自己。

修道室里闷得很,有煤烟和灯油的刺鼻气味,这种气味扑灭了彼得的思想。窗子上小小的、乌黑的四方玻璃上现出树木的叶子,一动也不动,仿佛是铁打的一样。弟弟像蜘蛛那样静悄悄地而又顽强地织他的蛛网。

"一切思想都是危险的。特别是那些简单的思想。拿吉洪来说吧。"

"他是个糊涂人。"

"不对,不对!他有头脑,而且思想严肃。起初我甚至不敢跟他说话。想跟他说,却又不敢说!可是父亲去世的时候,吉洪的态度很吸引我。要知道,你并不像我那样爱父亲。这种不公平的死亡没有使得你和阿列克谢痛心,可是吉洪却痛心了。那时候我并不是因为那个修女愚蠢生气,我是生上帝的气,吉洪一下就看出来了。'瞧,'他说,'蚊子倒活着,人却……'"

"你在说胡话!"彼得厉声说道。"你喝得太多了。什么修女不修女的?"

尼基塔固执地说下去:

"吉洪说:如果上帝是人世的主人,那么雨应当下得是时候,对庄稼和人都有益才对。而且并不是所有的火灾都是人造成的;树林起火就是由于闪电。为什么该隐要犯罪?为什么他犯了罪却要我们死?为什么上帝创造各种残废的人?比方说,他为什么要创造驼子?"

"哈哈,原来是这么回事!"彼得暗想,胡子里隐隐露出笑意,觉得弟弟对上帝的抱怨倒使他很安心了。这真好:这个修士总算没有抱怨亲人。

"要了解该隐是困难的。吉洪用这些话作链子,把我拴住了。从父亲去世的那天起,我的烦恼就开了头。我心想:到修道院去,烦恼就没有了。可是不然,我一直带着这种思想活到现在。"

"以前你没有说过这件事……"

"人是不会一下子把什么都说出来的。是的,本来我也许一辈子都不会说出来,可是那些信徒却来搅惑我。我的良心不安了。再说,这是很危险的,万一吉洪的思想忽然在我的话里溜出来,那可怎么好?对了,他是聪明人,不过也许我并不喜欢他。他也想到你,他说:瞧,这个人为孩子辛辛苦苦,可是对他来说,孩子简直是陌生人……"

"这是什么话?"彼得生气地问。"他能懂得什么?"

"他懂得的。他说,事业是个骗局……"

"我也听他这样说过……这个蠢货,应当把他撵走才对。可是,我们家里有许多事他都知道……"

阿尔塔莫诺夫说这话,是想叫尼基塔想起那苦恼的一夜,吉洪怎样把他从绳套上解下来,可是他自己却想起了尼科诺夫那个男孩。修士没有听懂这个暗示。他把杯子送到嘴边,把舌头浸在酒里,然后舔着嘴唇,继续说出像铁一样的字眼:

"好像吉洪也受过什么人的气,他对一切人都躲得远远的,像个破了产的人……"

必须岔开修士的这种思想了。

"你这是怎么了?不相信上帝还是怎么的?"他问,而且暗暗惊奇:他原想狠狠地问他一句,可是不知怎的,结果却不是那样。

"现在还有谁相信上帝,那是很难说的,"修士没有马上回答。"大家都在想,而且想得很多,可就是看不见信仰。如果有了信仰,就用不着再想了。那个说有一个长着犄角的神的学者……"

"不谈这些了,"彼得劝道,回头看了一眼。"这都是出于烦闷无聊,没事可做。应当让大家都套上铁轭才对。"

"不,人总不能两个神都相信啊,"尼科季姆神甫坚持说。

钟楼已经敲第二次钟了,有节奏的响声撞在窗子的黑玻璃上。彼得问:

"你去做礼拜吗?"

"不去。我的腿站不稳。"

"你在这儿为我们祈祷吗?"

修士没有答话。

"喏,我要睡了,我在路上累了。"

尼基塔一言不发,用长胳膊按住圈椅的扶手,小心地支起他那隆起的身子,叫道:

"米佳。米特里!"

他又坐下,抱歉地说:

"对不起,我忘了,我的见习修士回宿舍去睡了。是我把他打发走的。我想自由自在地谈谈,可是这儿的人都爱告密,搬弄是非……"

他不必要地费了很多唇舌向哥哥解说到客室去的路该怎样走;彼得走进黑地里,淋着凉爽而含有尘土的雨,暗自想着:

"这个唠唠叨叨的人还不愿意放我走呢。"

老阿尔塔莫诺夫突然带着熟悉的恐惧心情感到自己又在深深的悬崖边沿上走着,随时都会掉下去。他加紧步子,把手往前伸出去,手指头淋到黑暗的夜色中像粉末一样的雨丝,眼睛一刻也不放松地瞧着远处一盏灯的油亮光点。

"不,"他匆忙地想着,脚步踉跄,"我不需要这些。明天我就走。我不需要这些。出了什么事呢?伊利亚会回来的!不,应该稳定地生活下去。看阿列克谢干得多么有劲。说不定他会把我盖过去呢。"

他极力想阿列克谢,因为他不愿意想到尼基塔,想到吉洪。可是等到他在修道院客室里的硬床上躺下,关于尼基塔和扫院子的仆人的种种郁闷的思想又抓住了他。吉洪到底是个什么样的人呢?他的影子落在四周的一切上,儿子的稚气的话里响着他的字眼,他的思想迷住了弟弟。

"好一个消愁解闷的人!"他想到弟弟,"可是谢拉菲姆,那个简单的木工,倒真会给人消愁解闷呢。"

彼得睡不着觉,蚊子叮他。隔壁有三个人在嘀嘀咕咕讲话,彼得心想那大概是面包师穆尔津、害脚病的商人、相貌像阉人一样的人。

"他们多半在喝酒。"

修道院的守夜人偶尔敲着铁板打更。随后,召人去做晨祷的钟声忽然响了,敲得很急,仿佛误了钟点,着了慌似的。听到这个钟声,彼得倒睡着了。

弟弟来看他的时候,跟昨天的花园里相见的时候一样,仍旧带着那种生疏的和恶意的眼光,斜着眼睛,上上下下打量他。老阿尔塔莫诺夫匆匆洗过脸,穿上衣服,吩咐仆役去叫一匹马来送他到最近的一个驿站去。

"为什么去得这么快呢?"修士问,并不觉着奇怪。"我还以为你要在这儿住一阵呢。"

"那个事业不容我久住。"

他们喝茶。彼得想了很久:该问弟弟什么话才对? 他想起来了:

"那么,你打算离开这儿吗?"

"我是这样打算。可是他们不放我。"

"他们为什么不放呢?"

"我对他们有利。对他们有用。"

"哦。那你预备上哪儿去呢?"

"也许上各处去漂泊。"

"你的腿不是有病吗?"

"就是没有腿,也还是可以走动的,"

"这话是对的,还是可以走动的。"彼得同意说。

他俩沉默了一阵。后来尼基塔说:

"替我问候吉洪。"

"还问候谁呢?"

"问候大家吧。"

"好吧。你为什么不问阿列克谢生活得怎样?"

"何必问呢? 我知道他善于生活。也许我不久就要离开这儿了。"

"冬天你还是不要出门的好。"

"为什么? 冬天也照旧可以走路。"

"对,照旧可以走路的,"彼得又同意了。他拿出钱来送给弟弟。

"给我一点也好,正好拿来修理磨坊。你不去看修道院长了?"

"没工夫了,马预备好了。"

兄弟临别,互相拥抱。搂抱尼基塔是不方便的。他没有给哥哥祝福,他的右手缠在法衣的袖口里了。彼得却认为那只手是故意缠在那

里面的。尼基塔的驼峰顶着彼得的肚子,闷闷地请求说:

"要是昨天我说了什么不该说的话,你要原谅我才好。"

"哎,这有什么关系?我们是弟兄嘛。"

"一个人,每到晚上,想了又想……"

"是的,是的!好,再见吧……"

彼得坐上车子出了修道院大门,回头看去,瞧见弟弟的身子给背后客室的白墙衬托得像是一块石头。

"再见!"他轻声说着,脱下帽子,细雨密密地淋到头上。车子穿过松树林,那儿很静,只有雨珠落在松针上发出玻璃样的丁零丁零声。在车夫座位上,一个修士颠上颠下。马是棕色的,两只耳朵有点光秃。

"说了些什么样的废话呀!"彼得想。"他们怪上帝雨下得不是时候。这完全是出于恶意,出于嫉妒,出于残废。而且这是出于闲散。他们没有操心的事。人没有操心的事就跟狗没有了主人一样。"

彼得往四下里看,打着冷战,发现雨果然下得不是时候,那些扫兴的思想就又像乌云似的笼罩住他。为了摆脱它们,他每到一个驿站都喝一通白酒。

傍晚,远处现出烟雾弥漫的城市,一列喘气的火车横着穿过大路,拉响汽笛,喷出蒸汽,仿佛陷到地底下去似的钻进了一个半圆的洞,不见了。

三

彼得·阿尔塔莫诺夫每逢回想在集市上度过的那些风暴样的日子,总会感到一种战兢兢的近似恐惧的迷惑。他不能相信被记忆所复活的那一切景象是他亲眼看见的。他不能相信自己会在一口石砌的大锅里被煎熬过,那口锅里充满了鼎沸的人声、音乐的狂奏、歌唱和喊叫,以及疯狂的人们那种醉醺醺的欢呼和撕裂人心的惨叫。这一切都是由一个身材魁伟、头发鬈曲、身穿礼服、头戴礼帽的男子酝酿出来、搅拌起来的。他那蓝色的、剃光胡子的脸上嵌着两个像猫头鹰一样的爆眼睛。这个人吧唧着厚嘴唇,先是搂抱阿尔塔莫诺夫,然后推开他,喊着:

"傻瓜,闭嘴!这是俄罗斯的洗礼,你懂得吗?这是在伏尔加和奥卡河流域一年一回的洗礼!"

单看相貌,他像是厨师。如果看装束,他却像一个被人雇去手拿火炬、送富家的死人入墓的那种人。彼得模糊地记得自己跟那人打了一架,后来他们喝着掺了冰激凌的白兰地,那人哭着说:

"听一听俄罗斯灵魂的哭号吧!我父亲是教士,我却是坏蛋!"

他嗓音低沉,像喇叭一样,可又温和。他把一些谁也没有听到过的话语合成一股黑流,灌到所有的人的耳朵里,那些话语不可抗拒地搅动人的心。

"肉体腐败了!"他叫着。"跟魔鬼交战吧!把肮脏的贡品丢给他,丢给那猪猡!要镇压肉体的反叛,彼得!不犯罪就不会忏悔,不忏悔就不能得救。要把灵魂洗干净!我们要洗肉体就上浴室去,不是吗?可是灵魂呢?灵魂也要有浴室啊。给俄罗斯的灵魂,歌唱的灵魂,那伟大而神圣的灵魂,让出地方来吧!"

彼得感动了,也哭着,嘟哝说:

"它,灵魂,是孤儿,是养子。对!它被我们忘掉了。我们不怜惜它。"

所有的人都叫起来:

"对!有理!"

一个生着光秃的头顶、棕红色的胡子、发红的脸和淡紫的耳朵的人,身子发圆,动作敏捷,转来转去跟陀螺一样,像娘们儿那样狂叫:

"斯乔帕——这话对!我崇拜你。我爱你爱得要命。有三样小东西我爱得要命:你,泡菜,真理。关于灵魂的那些话,是真理!"

他也哭了,唱着:

335

用死亡对抗死亡。

彼得用呆子安东的话接着唱下去：

马车掉了一个轮子。

他也觉着喜欢那个穿一身黑衣服的斯乔帕。他入迷地听他喊叫，虽然偶尔有些离奇的话惹得他害怕，不过大多数的话却甜甜地、深深地打动他的心，仿佛在黑暗的、嘈杂的混乱中开了一扇门，通到一个光明恬静的世界里去似的。他特别喜欢"歌唱的灵魂"这说法，这几个字有一种很真切、很悲凉的意味，使他想起这样的一幅景象：在一个炎热的工作日里，德廖莫夫城的一条肮脏的街道上，站着一个老人，身材很高，胡子苍白，瘦得跟死人一样，疲倦地摇着风琴的柄。风琴前面站着一个大约十二岁的女孩，穿着揉皱的淡蓝色衣服，昂起头，闭上眼，用嘶哑的声音吃力地唱着：

我等了许久，
生活里却什么也没有……
我寻求的是安静和自由……

阿尔塔莫诺夫想起了这个姑娘，就对那生着淡紫色耳朵的人嘟哝说：

"歌唱的灵魂！他这话说得对！"

"斯乔帕吗？"棕红胡子的人叫着问道。"斯乔帕什么都懂！他有一把钥匙，能开启一切灵魂！"

棕红胡子的人的脸越发红了，尖叫着：

"斯乔帕，人类的朋友，撒开了闹吧！帕拉季佐夫律师，领我们到一个不能去的洞穴里去！我怎么都行……"

人类的朋友是这群宴乐的工厂主的头目和向导。他带着这群醉醺醺的人不论在什么地方出现,音乐就会狂奏起来,歌声就会响亮起来。那种歌声时而哀愁,把心撕裂,催人泪下,时而放纵,伴着疯狂的舞蹈。那种音乐在听觉的记忆里所留下的,只有大鼓的重浊的捶打声和一管绝望的小笛的尖叫声。每逢缓慢而悲怆的歌声响起来,饭馆的石墙就仿佛从四面逼拢来要闷死人。可是每逢歌咏队唱得活泼而轻狂,穿着五颜六色的衣服的青年男女翩翩起舞的时候,石墙又仿佛被风吹动,往四下里扩张开去似的。歌声猛烈地震撼着,从欢乐转为缠绵的哀伤。有时候彼得·阿尔塔莫诺夫入了迷,心里发烧,简直想做点不平凡的惊人的事情出来,例如杀死个把人,然后在人们面前跪下去,向全世界呼号:

"审判我吧,处死我吧!"

他们到了"转圈"饭店,那是一个疯狂的饭馆,地板和那上面所有的小桌子、人、侍役,一齐慢慢地转动;只有大厅的四角不动。那个大厅挤满了客人,如同枕头装满鸭绒一样,声音嘈杂。圆形地板转动着,使人看出第一个墙角有一群疯狂的吹着铜喇叭的乐师;第二个墙角有一个歌咏队,一群花花绿绿的女人,头上戴着花冠;第三个墙角有杯盘和酒瓶架,映出挂灯的灯光;第四个墙角开一扇门,人们从那道门溜进来,走上转动的圆地板,挥着手,摇摇晃晃,倒在地下,发出震聋耳朵的笑声,后来不知转到什么地方去了。

人类的朋友,一身黑的斯乔帕,对阿尔塔莫诺夫解释道:

"这固然荒唐,可也挺妙!地板下面有几根木头支着,如同张开的手指头托着一个茶碟一样。那几根木头斜插在中央一根圆柱上,圆柱下面平伸着两根木杠,每根木杠上拴两匹马,马一走,地板就转了。简单吧?可是,此中颇有深意呢。彼佳,要记住:什么东西里面都隐藏着深意,嘿!"

他向天花板竖起手指头,手指头上闪着像狼眼一样的淡绿色宝石。有一个商人,宽胸脯,狗脑袋,揪住阿尔塔莫诺夫的袖子,用死人

样的呆眼睛直直地瞧着他,像聋子似的大声问道:

"杜尼娅说什么了?啊?你是谁啊?"

他没等回答,又问旁边另一个人:

"你是谁啊?我对杜尼娅说什么好呀?啊?"

他往椅背上一靠,喷着鼻子说:

"哼哼,鬼东西!"

他凶猛地叫起来:

"上别的地方去!"

后来,他成了马车夫,坐在一辆由两匹灰马拉着的马车的车夫座位上,大声通知所有的行人和一路上遇见的人:

"我们上保拉那儿去!跟我们走!"

他们淋着雨赶路,马车上有五个人,其中有一个趴在阿尔塔莫诺夫的腿上,叽咕着:

"他骗了我,那我也要骗他。他骗我,我骗他……"

在一个像圆面包那样的小山旁边的广场上,马车翻了。彼得摔下来,擦伤了脑袋和胳膊肘。他坐在山脚的潮湿草地上,棕红色胡子和紫耳朵的人往山上清真寺的围墙那边爬过去,吼叫着:

"走开,我要受洗做鞑靼人,我要做穆罕默德的信徒,让我去!"

一身黑的斯乔帕揪住他的腿,把他拉下来,领他到什么地方去了。从小铺里,从商队客店里,跑出来一群波斯人、鞑靼人、布哈拉人。有一个老人,穿着黄长袍,戴着绿色的包头布,摇着手杖威胁彼得说:

"俄国人,恶魔……"

一个脸色发黄的巡警扶彼得站起来,说:

"胡闹是不许可的。"

街头马车过来,马车夫把这些醉汉扶上车坐下,赶着车走了。人类的朋友站在车座前头,把拳头当作传声筒,凑到嘴上,哇哇地嚷着什么。雨停了,可是天空黑得阴森森,这样的天色在没喝醉的时候是从来没有见过的。商队客店那所大房子的上空闪着电光,把黑暗撕出许多火焰的裂口。马车在别坦库尔运河的木桥上经过,马蹄声轰隆隆地响着,吓得人心惊胆战。阿尔塔莫诺夫担心这座桥会塌下去,大家就会落进像焦油一样凝结不动的黑水里,活活地淹死。

阿尔塔莫诺夫在那些破碎的、噩梦般的画面上寻找他自己,发现自己在那群醉得昏头昏脑的人当中成了一个连自己也几乎认不得的人。这个人醉得要死,如饥如渴地巴望着马上会发生一件十分不平常的、顶重大顶畅快的事,使得他或者永远落到无边的烦恼里去,或永远升到同样无边的欢乐中去。

在记忆里成为一个耀眼的斑点的、最可怕的东西,是那女人保拉·梅诺季。他是在一个又大又空、四壁光秃的房间里看见她的。一张桌子占了这房间的三分之一的地方,桌上放着酒瓶、各色的小玻璃酒杯和高脚杯、花瓶、水果、装着鱼子酱的银色小筒、香槟。在座的大约有十个人,其中有红头发的,有秃头的,有头发花白的,他们围桌子坐着,神情焦躁。在几把空椅子当中有一把装饰着花朵。

一身黑的斯乔帕站在房间中央,举起一根头上有金圆球的手杖,像举着蜡烛似的,吩咐说:

"喂,猪猡,等一会儿再吃喝!"

有人闷声闷气地说:

"别汪汪地叫了。"

"闭嘴!"人类的朋友叫道。"我才是发命令的!"

随后,不知什么缘故,屋里忽然黑下来,门外面马上传来咚咚的打鼓声。斯乔帕向门口走去,开了门。一个矮胖的人,肚子上顶着一面鼓,摇摇晃晃地走进来,像只公鹅。他使劲敲鼓:

"咚,咚,咚……"

有五个同样庄重严肃的人,伛着腰,像马那样使劲拉着一架腿上拴着毛巾的大钢琴走进房间里来。乌黑发亮的钢琴盖上躺着一个裸体女人,皮肤白得耀眼,由于光着身体毫不害羞而使人觉着可怕。她躺在那儿,胸脯朝上,把手垫在脑袋底下。她的黑头发散开,跟油漆的黑光溶成一片,像是在钢琴盖里生下了根。她离桌子越近,她的肉体的轮廓就越清楚地显出来,她腋下和肚子上的小撮毫毛也就越发固执地扑进眼帘里来。

小铜轮子吱吱地叫,地板嘎嘎地响,大鼓咚咚地敲。那些拉着这部沉重的战车的人站住,伸直了腰。阿尔塔莫诺夫料着大家会笑出来,那倒容易理解些。可是桌旁所有的人却站起来,沉默地瞧着那女人怎样懒洋洋地离开钢琴盖,站起来。仿佛她刚从梦乡中被人叫醒,身子底下是一块夜色,凝得像石头那么坚固似的。这使人想到了一个什么神话。那女人站着,把又浓又密的头发甩到肩膀后面去,顿着脚,于是像白粉样的斑点就搅动了黑漆的深邃的光泽。人们可以听见她顿脚的时候琴弦嗡嗡地响起来。

另外又有两个人走进来,一个是白发苍苍、戴着眼镜的老太婆,一个是身穿燕尾服的男子。老太婆坐下,一面龇出黄牙,一面揭开琴盖,亮出黑白两色的琴键。穿燕尾服的男子把提琴架在肩膀上,眯细棕色的眼睛,瞄准提琴,用弓子拉起来,于是提琴又尖又细的声音闯进钢琴低缓的声音里面去了。裸体女人像波浪似的直起腰来,摇一下头,让头发披在她那不害臊的耸起的乳房上,遮住它们。她摆动身体,用飘飘然的梦幻声调,夹着点鼻音,慢慢地低声唱起来。

大家沉默着,扬起头瞧她。大家的脸相一模一样,眼睛像是瞎了。那女人不起劲地唱着,仿佛半睡半醒似的。她那两片鲜艳的嘴唇唱出谁也听不懂的字眼,那双油亮的眼睛呆呆地从人们头上望过去。阿尔塔莫诺夫从没想到女人的肉体能够这么匀称,能够美丽得这么吓人。她用手心抚摸胸脯和屁股,不住摇晃她的头,仿佛她的头发在生长,整个身体在生长,变得越发丰满、巨大,遮蔽了一切东西,弄得人除她以外什么也看不见,倒像本来就什么也没有似的。阿尔塔莫诺夫记得很清楚:她始终没有在他心里挑起占有她的欲望,反而吓得他战战兢兢,逼得他的胸膛里生出闷闷的拘束感觉。她使人感到一种像是中了魔一样的恐怖。不过他也记得当时倘或这女人下了命令,那他一定会为她去办一切她要他办的事。他看一看另外那些人，相信他们也会这样。

"他们大家，每个人，都肯去办的。"

他的酒意醒了，很想趁人不注意赶快走掉。他最后下决心这样做了，却忽然听见有人声音相当高地悄悄说：

"泥潭。天然的陷阱。你明白吗？泥潭。"

阿尔塔莫诺夫知道什么叫做"泥潭"。那是沼泽地带的树林里的一种草地，那上面的草长得特别漂亮，像丝绸，特别绿。可是如果走到那上面去，就会陷进深不见底的烂泥里去。不过他仍旧瞧着那个女人，被她赤身露体的那种不可抗拒的征服力量吸引住了。每逢她那有力量的媚眼瞧着他，他就耸动肩膀，弯下脖子，把眼光移到一边去，于是看见那些奇形怪状、半醉半醒的人瞪起眼睛，现出呆呆的惊讶眼神，就像德廖莫夫城的居民瞧见一个油漆匠从教堂房顶上摔下来活活跌死的情形一样。

衣服乌黑、头发鬈曲的斯乔帕坐在窗台上，咧开厚嘴唇，用颤抖的手抚摸额头，仿佛马上就要摔下来，一头栽在地板上似的。不知什么缘故，他把衬衫上解开了扣子的袖头一下子扯下来，丢到墙角去。

女人的动作更快，颤动得更厉害了。她极力扭动，仿佛要从钢琴上跳下来，而又跳不下来似的。她的压低的喊叫声更加瓮声瓮气，更加凶恶了。特别可怕的是看见她那两条腿像波浪样的扭来扭去，她的脑袋急遽地摇摆，她那浓密的头发像翅膀似的在肩膀上扬起来，落到胸脯上和背脊上，好像野兽的毛一样。

忽然音乐声停了，女人跳下来，站在地板上。一身黑的斯乔帕就用一件金黄色长袍包住她，跟她一块儿跑了。人们喊叫，咆哮，拍手，互相拉拉扯扯。仆役们穿一身白，像死人穿着寿衣一样，跑进跑出；小玻璃酒杯和高脚杯碰得叮当地响，人们开始贪馋地喝着，像在热天一样。他们又吃又喝，样子粗俗，很不体面。那些人低下脑袋凑着桌子，看上去几乎叫人恶心。这使人联想到一群猪凑着食槽吃东西的样子。

341

随后来了一群茨冈,他们刺耳地唱着歌,跳着舞,大家就拿起黄瓜和餐巾向他们丢过去,他们跑出去了。紧跟着,斯乔帕赶来一群闹吵吵的女人代替了那些茨冈。其中有一个矮小而丰满、穿着红衣服的女人,往彼得的膝头上一坐,把一杯香槟酒举到他的唇边,然后当的一响跟他碰了碰杯,提议说:

"红头发汉子,咱们来为米佳的健康干一杯!"

她身子像飞蛾那么轻,她名叫帕舒塔。她很熟练地弹着六弦琴,动人地唱着:

> 我梦见了早晨,
> 那样的蓝,那样纯净……

她那清脆的嗓音特别悲凉地唱着下面这两句:

> 我梦见我的青春,
> 一去不回,失去了踪影……

阿尔塔莫诺夫像父辈那样慈祥地摸着她的头,安慰她:

"不要愁闷了!你还年轻呢,不用害怕……"

到晚上,他搂着她,紧紧闭上眼睛,为的是更清楚地看见另一个女人,保拉·梅诺季。

遇到难得清醒的时候,他才大大吃惊地看出来这个放荡的帕舒塔花了他那么多的钱,多到了可笑的程度,于是他想:

"真是一个吃麦子的飞蛾!"

使他暗暗吃惊的是这些集市上的女人那么善于敲竹杠,却又把她们在毫不害羞的、醉醺醺的夜晚挣来的钱那么胡乱花掉。人家告诉他说:那个身材高大的狗脸男子是一个很有钱的皮货商人,在保拉·梅诺季身上花了成万的卢布,她每赤身露体一回,他总要给她三千卢布。

另一个生着淡紫色耳朵的男子竟把一百卢布的钞票放到蜡烛上去烧着了点雪茄烟,还把成卷的钞票往女人胸前的衣服里面塞。

"拿去吧,德国女人,我有的是。"

他把所有的女人都叫做德国女人。阿尔塔莫诺夫在每一个女人身上都看出那个一头浓发的保拉的毫不掩饰的无耻作风。他觉得所有的女人,蠢笨的也好,狡猾的也好,拘谨的也好,放浪的也好,都对他怀着敌意。甚至回想到妻子的时候,他也觉着她怀着隐隐的敌意。

"这些飞蛾,"他想,瞅着那一群花花绿绿、年轻美丽的女人。回忆使她们很生动、很清楚地复活了。

他不能理解这是怎么回事,怎么会这样。人们辛苦工作,带上事业的镣铐,不问外事,一心只要尽量多攒一些钱,可是后来呢,却把钱烧掉,把它大把地丢在荡妇的脚旁,这是为什么呢?再者,这些人都是有身份、有地位的人,结了婚,养了子女,而且都是大工厂的主人啊。

"如果父亲在世,大概也会这样玩乐吧,"他几乎有把握地这样想着。他并不把自己看作这种生活和这种宴乐的参与者,却看作偶然的、无意的旁观者。不过,这种想法比酒更有力地使他陶醉,也只有酒才能扑灭它。他在梦魇般的宴乐中过了三个星期,直到阿列克谢来了,才清醒过来。

老阿尔塔莫诺夫躺在地板上,身子底下垫一床又薄又硬的褥子,身旁摆着一桶冰、几瓶克瓦斯、一碟洒了很多辣根粉的酸白菜。帕舒塔摊开四肢睡在长沙发上,咧开嘴,像纳塔利娅那样拧起眉毛,一条腿耷拉下来,那条腿白白净净,点缀着青筋,脚趾甲像鱼鳞一样。窗外,全俄罗斯规模的闹市像成千的野兽张开了贪婪的嘴似的吼叫着。

阿尔塔莫诺夫醉得脑袋里嗡嗡地响,中了酒毒的身体一阵阵酸痛,他正在郁闷地回想昨天晚上的种种事情和娱乐,这时候阿列克谢忽然出现了,仿佛从墙外钻进来的一样。阿列克谢拄着手杖,一瘸一

瘸地走过来,发话了:

"怎么,你垮了,躺下了? 昨天我找了你一天一夜,到今天早晨却连我自己也玩上了。"

他立刻把仆役叫来,吩咐拿柠檬水、白兰地、冰来。他一颠一颠地走到长沙发那儿,拍了拍帕舒塔的肩膀:

"起来,小姐!"

那位小姐没有马上睁开眼睛,只嘟哝说:

"滚你的。躲开我。"

"你才应该滚呐,"阿列克谢并不生气地说,攀住她的肩膀,把她扶起来坐好,摇了摇她的身子,指着门说:

"走!"

"别惹她,"彼得说;弟弟笑了笑,安慰他说:

"没关系;我们一叫她,她就会来的!"

"哼,魔鬼,"女人说,已经乖乖地穿起衣服来了。

阿列克谢像医生那样吩咐说:

"起来,彼得。脱掉衬衫,用冰擦身子!"

帕舒塔从地板上捡起压扁的帽子,把它戴在乱蓬蓬的脑袋上,可是她照一照长沙发上边的镜子,说:

"好漂亮的皇后!"

然后她把帽子往长沙发底下的地板上一丢,打了个很长的呵欠,说:

"那么,再见啦,米佳[①]! 记住,我住在西曼斯基旅馆十三号房间。"

彼得怜惜她了。他没有从地板上起来,只对弟弟说:

"给她点钱。"

"给多少?"

"喏……五十吧。"

[①] 彼得的爱称应是彼佳。

"嘿！好多。"

阿列克谢往女人手里塞了一张钞票，送她出去，严紧地关上门。

"你给得太小气了，"彼得不服气地说。"她昨天买一顶帽子，花的钱比这还多呢。"

阿列克谢在一把圈椅上坐下，把两只手重叠起来放在手杖顶上，把下巴放在手背上，干巴巴地、像上司一样地问：

"你这是在干什么？"

"我在喝酒，"老阿尔塔莫诺夫赌气地回答，站起来，用冰擦身子，咔咔地咳嗽。

"要喝就喝，先生，就是别喝昏了头！结果你怎么样呢？"

"我怎么样呢？"

阿列克谢走到他面前，瞧着他，如同瞧着生人一样，带着点啦啦的声音轻声问道：

"你忘了？人家已经把你告下了，你打了一位律师的脸，还把一个巡警推到运河里去了……"

他举出一桩桩事情，讲了很久，老阿尔塔莫诺夫不由得暗想：

"他在胡说。他是要吓唬我。"

他问：

"什么律师？胡诌嘛。"

"不是胡诌，是那个穿一身黑的。他叫什么名字来着？"

"先前我倒是跟他打过一架，"彼得说，清醒过来了，可是弟弟越发严厉地说下去：

"你为什么骂那些体面的人？而且为什么骂家里人？"

"我？"

"你啊，就是你！你骂老婆，骂吉洪，也骂我，还提起一个什么男孩子，哭了一场。你还喊什么亚伯拉罕，以撒，公羊[①]！这是什么意思？"

---

① 典出《旧约·创世记》。神要试验亚伯拉罕，命他献出爱子以撒做献神的祭品，临到亚伯拉罕要杀儿子的时候，神止住了他。他就取了附近一只公羊作为代替品。

恐惧燃烧着彼得,他一屁股坐在凳子上了。

"我不知道。我喝醉了。"

"这不成为理由!"阿列克谢几乎嚷起来,他一颠一颠的像是骑着一匹跛脚的马。"这里头必是另有缘故。'醒着放在脑子里的,醉了才放在舌头上。'就是这么回事!家里的事不应该拿到酒店里去嚷。为什么嚷亚伯拉罕啦,祭品啦,还有别的废话?要知道,你糟蹋了我们的事业,你败坏了我的名声。你怎么了?好像到了澡堂里似的,脱光了衣服!① 幸好在你胡闹的时候我的朋友洛克捷夫在场,想出办法用白兰地把你灌得人事不知,打电报把我叫来。他一五一十都对我说了。他说,起初大家还只是笑,后来可就静下来听这个人在喊些什么了。"

"大家都喊的,"彼得嘟哝着,泄了气,听了弟弟的话又恢复了醉意。可是弟弟差不多不出声地说下去:

"大家只嚷一件事,你呢,什么都嚷出来了!多亏洛克捷夫想出办法,把大家都灌得烂醉。也许他们都忘了。不过要知道,我们的事业是有政治性的:今天洛克捷夫是朋友,可是明天也许成为凶恶的敌人。"

彼得坐在椅子上,后脑壳紧贴着墙。墙壁浸透街上的沸腾的闹声,颤抖着。彼得一句话也不说,巴望这种颤抖扑灭他头脑里醉醺醺的混乱,赶走恐惧。弟弟所说的事,他一件也想不起来了。听弟弟用法官的口气、长辈的口气讲话,是很痛心的。他提心吊胆地等着阿列克谢再说出别的事来。

"你怎么了?"阿列克谢问,一直颠来颠去。"你本来说你到尼基塔那儿去……"

"我是去过他那儿。"

"我也去过。他们回电报说你不在那儿,当然,我就坐马车赶去了。大家都吓坏了。要知道,我们是生活在人间,说不定会有人害死

---

① 意思是"把心里的话都说出来了"。

346

你呢。"

"必是有什么糊涂心思在我心里冒上来了,"彼得惭愧地轻声承认道。

"因此你就该把那糊涂心思掏出来给大家看吗?你要明白:你败坏了我们事业的名声!你怎么会有过什么祭品呢?你是什么人,你是波斯人吗?你还跟一个小男孩打过什么交道?那到底是个什么样的孩子呢?"

彼得用两只手摩挲脑袋上的头发和胡子,从手指头缝里回答说:

"伊利亚,……这都是因为他……"

他慢慢地,迟疑地,仿佛在黑暗里摸着一条小路走似的,开始对阿列克谢讲起他跟伊利亚的争吵。他用不着讲很久,弟弟就放心了,大声说:

"呸!原来是这么回事啊,这没什么!洛克捷夫却照亚细亚方式来理解这件事①,认为这里头有问题了。你说的是伊利亚吗?唉,哥哥,请你原谅我直说,这件事可不高明。商人子弟应当样样都学,对生活各方面都精通才对,可是你呢,……"

他振振有词地讲了很久,说到商人的孩子应当作工程师、文官、武将。震聋耳朵的喧嚣声从窗子里钻进来,马车向戏院驶去,小贩吆喝着卖清凉饮料和冰激凌,巴西人在运河水里打下木桩、用铁和玻璃建筑起来的凉亭里响起了雷鸣样的音乐声,吵得人特别受不了。鼓的咚咚声使人联想到保拉·梅诺季。

"必是有什么糊涂心思在我心里冒上来了,"老阿尔塔莫诺夫又说一遍,摸着耳朵,另一只手把白兰地倒在柠檬水的杯子里。弟弟从他手里夺过瓶子,警告他说:

"注意,你又要喝醉了。比方,拿我的米龙来说,他要做工程师,那就做吧。他想出国,那就请吧!这是有利的,并不是损失啊。你要明

---

① "亚细亚方式"指残暴方式,这儿暗指凶杀。

347

白:我们这个阶层是国家的主要力量……"

彼得却什么也不想明白。他没有听弟弟那些有声有色的话,只在暗想:眼前这个人,不知用了什么方法,竟获得了那些比他阔绰、大概也比他聪明、并且经营着全国规模生意的人的尊敬和友谊。另一个弟弟呢,躲在修道院里,也取得了圣徒和正人君子的名望,只有他彼得,却听凭命运折磨。这是为什么?为什么呢?

"你骂那些体面人荒淫,这可不对!"阿列克谢说,口气已经有点缓和,带点笼络意味了。"这不是由于有荒淫的心意,这是因为精力过剩。那个律师是个骗子,可是他看事正确,头脑聪明!当然,他们是有年纪的人,甚至是老人了,却还胡闹,跟小孩子一样。不过话说回来,就是小孩子胡闹,也是由于精力的增长。而且还得考虑到我们的女人平淡无味,跟她们一块儿过实在无聊!我倒不是说我的奥莉加,她是特别的!有这样一种女人,既糊涂而又聪明,虽然长着眼睛,却好像看不见坏事;奥莉加就是这样的女人。要惹她生气是办不到的,她看不见坏事,也不相信有坏事。关于纳塔利娅,就不能这么说了,你在大家面前说到她的那句话倒是对的:家庭的机器!"

"我说过这话吗?"彼得闷闷不乐地问道。

"洛克捷夫自己不见得会诌出这种话来。"

彼得还想问弟弟许多事,可是又不敢对他提起那些阿列克谢也许已经忘掉的事。他对弟弟生出了一种又仇视又嫉妒的心情。

"这个魔鬼,越来越聪明了……"他暗想。

他看出弟弟有一种急急忙忙、仿佛后面有鞭子抽着的神态,并且显出狐狸那样的机警。他那双鹰眼、在颤抖的上嘴唇里面发亮的金牙、雄赳赳的翘起来的白唇髭、一把利落的小胡子,十个鸟爪样会抓东西的手指头,都惹得人不痛快。特别使人讨厌的是他右手的食指,老是在空中画奇妙的图案。那件短小的铁青颜色上衣使得阿列克谢活像一个给别人办案子的刁讼师。

他忽然希望阿列克谢走掉才好。

"我得睡一觉了，"他说，闭上了眼睛。

"这话有道理，"弟弟同意。"你今天哪儿也别去了。"

"他把我当作小孩似的教训我，"彼得生气地暗想，把弟弟送出去。他走到墙角脸盆架那儿，站住，看见一个人站在他旁边，没有声息地活动着，长得像他自己，头发乱得不像样，一脸的皱纹，眼睛惊慌地瞪出来。这人正用发红的手摩挲潮湿的胡子和布满毫毛的胸膛。他有好几秒钟不能相信这就是他在长沙发上边那个镜子里的面影。后来他苦笑一下，又拿起一块冰来擦脸，擦脖子，擦胸膛。

"我要雇辆马车进城去，"他决定，穿上衣服，可是他把胳膊伸进衣袖里的时候，又把衣服往椅子上一丢，用手指头使劲按了按电铃的骨头按钮。

"拿茶来，煮得浓一点！"他吩咐仆役。"拿点咸菜来。还有白兰地。"

他从窗子里望出去。店铺的大门已经关上，街上人来人往，他们在炎热的黑暗中变得矮小，贴近碎石路了。戏院门口的蛋白色挂灯嗞嗞地响。附近什么地方有些女人在唱歌。

"蛾子。"

"我可以进来打扫吗？"他听见背后有人说话，就猛地扭回身去。门口站着一个独眼的老太婆，手里拿着擦地板的刷子和抹布。他一句话也没说，走到门外过道里，不料撞上一个戴黑眼镜和黑帽子的人；这人正在凑着一个拉开的门缝说话：

"是的，是的，就是这些了！"

一切都不顺心，逼得人思索，逼得人在这句话里探索隐藏的含义。后来，老阿尔塔莫诺夫在一个圆桌旁边坐下，面前有一个小茶炊嘘嘘地叫，头顶上一盏灯的玻璃轻轻地响着，仿佛不知什么人的一只看不见的手在轻轻地摇它似的。他的记忆里闪过发酒疯的人们的奇形怪状的模样、歌词、弟弟的训话的片断、偶然见过的什么人的亮晶晶的眼睛，不过他的脑袋里仍旧又空又黑。他觉得有一道细小而颤抖的光射

349

进这黑暗,人们像细碎的灰尘似的在那道光里跳舞,转动。这使他没法思索别的很重要的事。

他喝着浓浓的热茶,灌下白兰地,嘴里烧得发热,可是他并没有觉着喝醉,只是不安又回来了,他想上什么地方去。他按了按铃。来了一个人,雾蒙蒙的浮动着,没有脸,没有头发,像是一根装着骨头圆顶的手杖。

"给我把绿色的甜酒拿来,万卡。绿色的,懂了吗?"

"是,老爷。那种又香又烈的酒。"

"你是万卡吗?"

"不是的,老爷。我是康士坦丁。"

"好,走吧。"

仆役把甜酒拿来了,阿尔塔莫诺夫问:

"你当过兵吗?"

"没有,老爷。"

"你说起话来倒像当兵的一样。"

"职务相近,都得服从。"

阿尔塔莫诺夫想了一想,给他一个卢布,劝他:

"你不必服从。让那些人都滚他妈的,你自己去卖冰激凌好了。就是这么的!"

甜酒粘得像是糖浆,辣得像是阿摩尼亚水。喝了它,脑袋里倒轻松多了,清楚多了,一切都好像凝结,稳定下来了。当脑袋里进行这种凝结和稳定的过程的时候,街上也静得多了,一切都定了形,化成轻柔的闹声,飘到遥远的什么地方去,留下一片寂静。

"应当服从?"阿尔塔莫诺夫思忖。"服从谁呢? 我是主人,可不是仆人。我到底是不是主人呢?"

可是一切思虑忽然中断,消灭,被恐惧吓走了。阿尔塔莫诺夫忽然看见那个妨碍他像阿列克谢那样,像别的活跃的人那样轻松而精明地活下去的人就在自己面前,这个妨碍他的人长着四方脸膛,一把大胡子,坐在他对面茶炊那边。他默默地坐着,用左手的手指头抓住胡子,用手心托着脸。他那么悲伤地瞧着彼得·阿尔塔莫诺夫,好像就要跟他离别一样,同时又好像可怜他,不知为了什么在责备他。这人瞧着他,哭了,从发红的眼皮下面淌下热辣辣的眼泪。有一只大苍蝇在胡子边上和左眼附近走动。它就像在死人脸上一样的爬来爬去,后来爬到鬓角上,在眉毛上面停住,瞧着眼睛里面。

"怎么着,坏蛋?"阿尔塔莫诺夫问自己的敌人。那敌人不动,也不答话,光是动了动嘴唇。

"你哭了吗?"彼得·阿尔塔莫诺夫幸灾乐祸地叫起来。"你这混蛋,把我搅得乱七八糟,你自己倒哭了吗?可怜自己了?哼哼……"

他从桌上拿起酒瓶,抡开胳膊,往那略略光秃的脑壳上砸过去。

随着砸碎的镜子的哗啷声以及从翻倒的桌子上落下地的茶炊和碗盏的乒乓声,来了一些人。人数不多,可是每个人都分成两个,浮动着。独眼的老太婆弯下腰拾起茶炊,同时又站直了身体。

阿尔塔莫诺夫坐在地板上,听到了抱怨的声音:

"三更半夜的,大家都睡了。"

"一面镜子给砸碎了。"

"您要知道,这不像样子……"

阿尔塔莫诺夫张开胳膊,游到什么地方去,哼哼着:

"苍蝇……"

到第二天黄昏,阿列克谢匆匆忙忙快步跑来,如同医生看病人或者车夫看马那样仔细打量着哥哥,用一把小小的刷子理着唇髭,说:

"你浮肿得反常了。照这样子回家是不行的!再者,你在此地倒也许可以帮我一点忙。胡子得剪一剪了,彼得。你另外还得买双靴子穿,你脚上那双是马车夫的!"

老阿尔塔莫诺夫闭紧嘴巴,乖乖地跟着弟弟走到理发师那儿去。阿列克谢严厉而准确地说明胡子和头发应当剪短多少。在鞋店里,他亲自给彼得挑了一双靴子。这以后,彼得照一照镜子,发现自己简直像个店员了,然而靴面夹痛他的脚。可是他也没说话,暗自承认弟弟做得对:无论剪发和换鞋,都是必要的。总之,他得把自己引上正轨,把玩乐留下来的、压在心上沉重得可以感受到的那一切暧昧而郁闷的东西,统统忘掉才成。

可是,尽管头脑里充满云雾,尽管中毒而瘫软的身体十分疲惫,他瞅着弟弟仍旧生出越来越复杂的感情:既嫉妒又尊敬,暗存着讥诮,可又带着敌意。这个匆匆忙忙的人,精瘦,手里拿着手杖,眼光锐敏,如同一团火那样又发光又冒烟,把办事业当作赌博,燃烧着永不知足的贪欲。在集市上一个最上等饭馆的雅室里,彼得跟他一块儿陪着一伙有名的商人用早饭和午饭,他带着不小的惊奇看见阿列克谢一举一动像是小丑,极力逗那些富翁发笑,开心,不过那些富翁倒好像并不注意他的插科打诨,分明喜欢他,尊敬他,注意地听他那些如同喜鹊一样喊喊喳喳的话。

身材魁伟、胡子浓密的纺织厂主科莫洛夫摇着胡萝卜颜色的手指头威胁阿列克谢,转动着一双牛眼睛,津津有味地吧唧着嘴唇,不过说话声音却和气:

"你真灵,阿廖沙,真诡,简直是一只狐狸!你赚了我……"

"叶尔莫莱·依凡诺维奇!"阿列克谢得意地叫着。"这是竞争,对不对?"

"对。不要打呵欠,而要打出王牌爱司去!"

"叶尔莫莱·伊凡诺维奇,我正在学!"

科莫洛夫同意说:

"应该学。"

"诸位先生!"阿列克谢说,仍旧得意,不过带着点讨好的口气了。他摇了摇叉子。"我的儿子米龙是个聪明孩子,将来要做工程师。他说,从前在叙拉古城①有一个顶顶有名的学者②,他向皇上建议:只要

---

① 位于地中海西西里岛东南岸。
② 指古希腊学者阿基米得(公元前287—前212年),他发现杠杆定律和阿基米得定律。

给我一个支点,我就可以把整个地球转来转去给你看!"

"嘿,你这个灰肚皮①……"

"他真这么说的,把地球转来转去!诸位先生!我们这班人可是已经有支点了,那就是卢布!我们用不着能把地球翻身的圣贤,我们自己就有这本事。我们只要一样东西:另一种官吏!诸位先生!贵族衰落了,他们不能成为我们的障碍了,不过我们的官吏应当是我们自己的人,所有的官都应该由我们商人当中的人来做,这样他们才能了解我们的事业。就是这么的!"

那些白发苍苍或是头顶光秃的、或是肥头胖脑的人快活地同意说:

"对,你这个灰肚皮!"

一个独眼的、尖鼻子的瘦老头,票据贴现商洛谢夫,有礼貌地嘿嘿笑着,说:

"阿列克谢·伊里奇的脑子好比耗子。他什么都知道:他闻得出哪儿有油,哪儿没有!他见着好东西就一个劲儿地啃!为他的健康干一杯!"

大家都举起高脚杯,阿列克谢高兴地跟大家碰杯。洛谢夫用孩子样的手拍一拍科莫洛夫粗壮的肩膀,说:

"我们这班人当中出了聪明人!"

"本来就有嘛!"科莫洛夫骄傲地回答。"我父亲出身码头工人,后来却成了一个大人物……"

"听说你父亲是杀了一个亚美尼亚的富翁才发家的,"洛谢夫笑了笑说,那个大胡子的纺织厂主像公羊似的哈哈笑着,回答说:

"胡说!我们那些人是因为愚蠢才这么说:谁要是走了运,谁就一定犯过罪!再者,关于你,库兹马,也流传着一种不好听的闲话呢……"

---

① 狼的肚皮上生灰色的毛。

"是啊,就是关于我,也有闲话哟,"洛谢夫肯定道,叹口气。"'流言像苍蝇'一样,唉!"

老阿尔塔莫诺夫听着,喉咙里卡卡地咳着,吃下很多东西,极力少喝酒,郁闷地感到自己在这些人当中像是另外一种动物。他知道他们这些人本来都是农民。他在他们身上看出一种强盗的气概,一种神话的气息,使人生出敬意,而且跟他父亲很相像。当然,倘或父亲在世,他也会跟他们一块儿办事业,一块儿玩乐的,大概他也会放荡,把钱当刨花那样烧掉吧。是的,对这些人来说,钱就是刨花,他们不知疲倦地、尽心竭力地刨着整个土地,刨着农村,彼此之间也互相刨着。

可是弟弟跟这些大人物却有所不同。尽管彼得对弟弟怀着敌意,不过有时候他却觉得阿列克谢比他们还要机灵,聪明,甚至更危险些。

"诸位先生!"阿列克谢仿佛着了魔似的激烈地嚷着。"你们想想看,我们有多么无穷无尽的劳动力啊,有成百万上千万的农民啊!农民又是工人,又是顾客。什么地方有这么多农民?哪儿都没有!我们用不着德国人,用不着外国人,我们自己都能办!"

"对!"那些带着酒意、嗓门很大的人同意他的话。

他说到外国商品的入口税有提高的必要,说到地主的土地应该予以收购,说到贵族银行的害处[①]。他什么都知道,使老阿尔塔莫诺夫吃惊的是他所说的一切话那些人都欣然同意。

"尼基塔说得不错,阿列克谢善于生活,"他带着嫉妒的心情想。

阿列克谢尽管身体单薄,也还是放荡。他大概有一个经常的、早已就有的情妇。她是莫斯科人,办了一个歌女的合唱团,这女人长得丰满,体面,嗓音发甜,眼睛明亮。听说她已经四十岁了,可是单从她乳白色的脸和白里透红的皮肤来看,她还不到三十岁。

"阿廖申卡[②],我的鹰,"她说,露出狐狸样的尖牙。她拥抱阿列克

[①] 指一八八五年建立的国立贵族土地银行。其目的是通过向贵族提供长期土地贷款以巩固地主的地产。

[②] 阿列克谢的爱称。

谢就跟母亲抱孩子一样。

她一定知道阿列克谢并不讨厌她那合唱团里的歌女;她当然看见的。不过她跟弟弟相处得还是很和睦。彼得不止一回听见阿列克谢跟她商量人事方面和事业方面的种种问题。这使他暗暗惊奇,使他想起了父亲和乌里扬娜·拜玛科娃。

"这个魔鬼,"他看着弟弟,暗想。

就连他的胡闹也带点特别巧妙的性质。有一个胖丑角,德国人迈尔,在杂技场里耍一只猪;它穿着长礼服,戴着大礼帽,套着酒瓶一样的靴子,用后腿走路,样子颇像商人。这逗得看客很开心,就连商人也都笑起来,然而阿列克谢的态度却不同,他怄了气,游说自己的一伙朋友,劝他们把猪偷出来。他们就买通饲养动物的人,把猪偷出来,这群商人请巴尔巴坚科饭店最高明的厨师用各色作料把猪肉烧好,得意洋洋地吃起来。彼得·阿尔塔莫诺夫隐约听说那个丑角伤心得上吊了①。他在集市上看见阿列克谢所做的一切事情都在他心里勾起很惊慌的思想。

"他是骗子。没有良心。说不定他会毁了我,而他自己还不知道。他毁掉人倒不是出于贪心,而只是玩得入迷罢了。"

这种危险的感觉使得他的酒意醒过来,神志清楚了。他就一个人动身回家,阿列克谢乘车到莫斯科去了。那是九月间,起了风,空气潮湿,阿尔塔莫诺夫坐着马车向德廖莫夫城驶去。小铃铛叮当叮当地响,马蹄踩着烂泥地唧咕唧咕地响,驿马精神抖擞地穿过不高的枞树林,树木好比严肃的队伍,一动也不动地保卫着又窄又长的泥泞道路。天空布满密云,像是灰色的生面团,他那醉醺醺的脑子里也是那样灰色,沉闷。阿尔塔莫诺夫好像把一个很亲近的、然而毕竟使他厌恶的人下了葬。那个人死了固然使人歉然,不过知道以后再也不会遇见他,却也痛快。这人不会再用种种暧昧的要求、无言的责备以及妨碍

---

① 这件事发生在八十年代,经包包雷金写下来。发表在《俄罗斯信使报》上。——作者注

他像真正的活人那样活下去的种种东西来搅扰他了。

"应当好好办事业,就是这么的!"他说服自己。"大家都是靠了办事业活下去的。对了。"

他十分卖力气地办起这个事业来。这当儿正交秋老虎的时令,晴朗的白昼安静地过去,接着来的是忧郁而明亮的月夜。

老阿尔塔莫诺夫常在秋天黎明时珍珠色的朦胧中醒来,听工厂里催人上班的汽笛声。过半个钟头,那边开始传来骚乱不安的嗡嗡声,说话声,含混而有力的、听惯了的工作声。从天亮起直到暮色很深止,农民和农妇在仓库那儿交卸亚麻,吵嚷不停。瓦塔拉克沙河岸上,由人数众多的莫罗佐夫家族中的一分子开的小饭馆里,响起醉醺醺的歌声,手风琴尖叫着。院子里,那笨重的、像机器一样刻板的、待人严厉的吉洪·维亚洛夫,手里时而拿着扫帚,时而拿着铁锹,时而拿着斧子,走来走去。他不慌不忙地扫地,锄土,砍树,呵斥农民和工人。穿着天蓝色衣服,永远干干净净的谢拉菲姆,则晃来晃去。家里,纳塔利娅也跟机器那样操作着,丈夫从集市上带给她的丰厚礼物使她很满意,而更使她满意的是他那种沉默平稳的安静。一切都顺顺当当,仿佛从此天下太平了似的。工厂、工人、甚至马,都在工作,仿佛鼓足了劲,会永久做下去似的。岁月如同被风追逐的白云,很快就过去,一年年连绵不断地消失了。

老阿尔塔莫诺夫像公牛那样低着头,在厂房里和院子里走来走去,穿过工人居住区的街道,吓得小孩纷纷走散。他不论走到哪儿都会生出一种古怪的新感触:他在这个大事业里差不多成了一个多余的人,像是一个旁观者。有一件事倒使人愉快:他看见亚科夫对这事业很在行,而且好像很喜爱。亚科夫的行动不但岔开了他的心思,使他不再想到大儿子,甚至使他跟伊利亚妥协了。

"你这个学者,没有你,我也行。你自管去念书吧。"

亚科夫长得福福泰泰,脸颊绯红,一双眼睛很好看,微笑的时候像肥皂泡似的现出各种颜色。他总是把滚圆的身体庄严地挺直,虽然从近处看上去,他奇怪得像只鸽子,不过远远看上去倒也像个精明强干的主人。女工们对他媚笑,他就跟她们叽叽咕咕地说几句,色迷迷地眯细眼睛,或者好像侧着身子似的从她们身旁绕过去,这时候他那装模作样的庄重神气就掩不住他那种如同小公鸡一样的兴奋了。他的父亲拉着自己的耳朵,暗暗好笑,心想:

"要是叫你看见保拉,还不知道会怎么样呢,小傻瓜……"

他满意地看见亚科夫在叔叔家里总是不参加米龙和他那蓬头散发、坐立不安的朋友戈里茨韦托夫的无休无止的争论。米龙已经变得完全不像商人的儿子了。他精瘦,生一个大鼻子,戴着眼镜,穿着短外衣,配着金黄色纽扣,肩膀上绣着什么花字,使人联想到调解法官。他坐着也好,走路也好,总是挺直身体,像兵士一样。他说话口气高傲自大。虽然彼得明白侄子说的话总是有道理,可还是不喜欢他。

"嗯,老兄,这是软弱哲学,"他用教训的口气说,张开胳膊,把两只手插在上衣的口袋里。"这是由软弱,由无能产生出来的想法。"

老阿尔塔莫诺夫觉得戈里茨韦托夫讲的话也不坏,不蠢。他长得矮小,黑衬衫外面套一件大学生制服,难看地敞着怀。他蓬头散发,眼睛鼓起来,仿佛有几夜没睡觉了似的,脸又尖又黑,长着面疱。他总是嚷叫,谁的话也不听,不住摆手,骂米龙道:

"就算您会达到目的:太阳听见您的工厂的汽笛声就升到天上来,烟雾弥漫的白昼听见机器的召唤就从沼泽里、树林里爬出来,可是您拿人怎么办呢?"

米龙拧起眉峰,皱着眉,把眼镜往上扶了扶,干巴巴、慢腾腾地又说一遍:

"这是软弱哲学,这是诗!这是要贫嘴,诡辩,我的朋友。生活是战斗,抒情诗、歇斯底里,在这儿是不中用的,甚至是可笑的……"

这两个争论者的话是那么不平常,就跟夹在灰鸽子中间的白鸽子似的。老阿尔塔莫诺夫暗想:

"对了,事情就是这样:新的鸟唱新的歌。"

他们争论的要点,他不大清楚。他瞧一眼亚科夫,满意地看见儿子在摩平上嘴唇上的淡淡的毫毛,想掩盖他讥诮的笑容。

"嗯,"彼得暗想。"如果伊利亚在这儿,不知道他会说些什么?"

戈里茨韦托夫嚷道:

"把土地和人用铁链锁住以后,把人变成机器的奴隶以后……"

米龙摇着大鼻子,对他说:

"你所操心的人,是懒汉。要是他们明天还不明白他们的得救在于工业的发展,那他们就完蛋了……"

"谁的话是真理呢?谁的话正确呢?"彼得·阿尔塔莫诺夫揣摸着。

戈里茨韦托夫比侄子还要惹他讨厌。这人有点脆弱,不可靠,他分明怕什么东西,所以才喊叫,他像醉汉似的不讲礼貌,比主人先坐到饭桌边上去,急急忙忙地拿刀子摸叉子,吃得很快,不像样子,时而烫了嘴,时而呛得直咳嗽,他也跟阿列克谢那样有一种蹦蹦跳跳的、不必要的、而且似乎恶毒的气派。他那双发红的眼睛的黑瞳仁好像看不见东西似的呆瞪着。他见了彼得·阿尔塔莫诺夫,一句话也不说地点点头,不客气地对他伸出一只粗糙的热手,很快就缩回去了。归根结蒂,这是一个没有用处的人,很难理解米龙到底在哪方面看中了他。

"你啊,斯乔帕,吃吧,别说了,"奥莉加劝他。他哇哇地回答说:

"不行,人家在这儿散布害死人的异端邪说呐!"

彼得惊奇地发现阿列克谢默默地注意听那两个大学生的争论。阿列克谢偶尔给儿子帮一帮腔:

"对!有了力量,就能掌大权;而力量是在工业里的,就是说……"

奥莉加的两鬓放射出许多条细皱纹,鼻子上压着一副很厚的没镜框的眼镜,鼻尖发红,吃完饭或者喝完茶以后就到窗边刺绣架那儿,用特别鲜艳的小玻璃珠子,默默地、一心一意地、不停地穿成花。彼得觉得在弟弟家里比在自己家里舒服。弟弟家里有趣得多,而且永远可以喝到好酒。

跟亚科夫一路回家的时候，父亲问他：

"你明白他们为什么事吵架吗？"

"明白，"儿子简短地回答。

老阿尔塔莫诺夫为了在儿子面前遮盖自己的无知，就厉声追问：

"那么他们为什么吵架？"

亚科夫答起话来总是勉强，简短，不过倒也容易听懂。依他说来，米龙是说：俄罗斯应当照整个欧洲那种方式生活，戈里茨韦托夫却相信俄罗斯有自己的道路。听到这儿，老阿尔塔莫诺夫觉得必须叫儿子知道他父亲在这方面也有自己的看法了，就婉转地说：

"要是外国人生活得比我们好，那他们就不会钻到我们这儿来……"

然而，这是阿列克谢的思想，他自己的思想却没有出现。阿尔塔莫诺夫痛心地皱起眉头。儿子仿佛为了加深这种痛心似的，说：

"不卖弄聪明，不说那些废话，人也还是能活下去……"

老阿尔塔莫诺夫嘟哝一句：

"对了，没有那些也能活下去……"

他越来越常常经历到这类小小的难堪和惊奇所产生的震动。这类震动把他推到一边去，硬叫他处在旁观者的地位上，只能看着一切，思索一切。四周的一切不知不觉地、可是很快地变动着。到处，不论是在言谈里还是在行动里，一种新的、不安定的情绪顽强地抬头了，有一天喝完茶以后，奥莉加说：

"真理就在于灵魂充实，无所需求。"

"是的，"彼得同意。

可是米龙的眼镜闪着光，他开口教训母亲说：

"这不是真理，而是死亡。真理是在工作中，在行动中的。"

他带着一张卷成圆筒的厚纸走出去以后，彼得就对奥莉加说：

"你的儿子对你很不客气。"

"你这话根本不对。"

"我自己看见的,他多么不客气!"

"他比我聪明,"奥莉加说。"要知道,我没受过教育,我常常说些蠢话。一般地说,孩子都比我们聪明。"

阿尔塔莫诺夫不相信这种话,他笑着回答说:

"对了,你说的也真是蠢话。你看,老人比我们聪明得多,老人说:'儿子带来的烦恼真是多,女儿带来的加倍多。'你明白了?"

她说孩子聪明,那些话很伤他的心,她当然是有意指着伊利亚说的。他知道阿列克谢用钱接济伊利亚,米龙跟伊利亚通信,可是他碍于面子,从没问过伊利亚在哪儿生活,怎样生活。倒是奥莉加自己往往趁着谈别的事,顺便巧妙地讲到这件事,顾全了他的面子。他从她嘴里知道伊利亚先是由于某种缘故跑到阿尔汉格尔斯克去住,现在却在国外生活了。

"好,随他去生活吧。等他有一天聪明起来,就会明白自己的愚蠢。"

有时候他想到伊利亚,觉着儿子的固执很奇怪;四周围一切人都聪明起来了,那他伊利亚为什么迟迟地不能聪明起来呢?

他在弟弟家里常遇到波波娃,她带着女儿。她仍旧那么美,那么忧郁沉静,对他也仍旧疏远。她不大跟他讲话,就是讲话,那口气也像从前他自己觉得无端冤屈了伊利亚的时候对儿子讲话的那种口气一样。有她在座,他觉着拘束。每逢他安静下来的时候,波波娃的影子就在他面前升起来,可是这在他心里除了引起暗暗惊奇的感觉以外,引不起别的心情了。是啊,这么一个人,中了自己的意,自己老是想她,然而却弄不明白为什么需要她,而且就连跟她谈话也如同跟又聋又哑的人谈话一样的不可能。

对了,一切都变了。连工人也变得越来越任性,凶恶,害痨病的也多起来了。女人越来越爱嚷叫。工人居住区的嘈杂声也更加不安定,到了傍晚甚至好像那边有一群狼在嗥叫,就连街上飞扬的沙土也仿佛在生气地咆哮。

工人当中显然可以看出一种不安心工作的空气，一种出外漂泊的热望。青年工人往往并没有受谁的气，也没有受什么委屈，却忽然走进办公室里来，声明辞活不干了。

"你们上哪儿去？"彼得问。

"去看看别处的情形怎样。"

"他们发了什么疯啊？"老阿尔塔莫诺夫问弟弟，阿列克谢狡猾地皱皱眉尖，笑笑，说是到处的工人都不稳定。

"我们的工人还算好的，还算太平的呢，在彼得堡呀……我们那些官吏和大臣都不合需要……"

他接着说下去，他的话是那么大胆，荒唐，招得哥哥阴郁地教训他说：

"这是胡说！夺取沙皇的政权只对贵族有利，因为贵族现在穷了。我们就是没有政权也阔起来了。你父亲到节日才穿涂焦油的靴子，你呢，经常穿外国皮鞋，系绸领带。我们应当作沙皇的工人，不应当作他的猪。沙皇是橡树，给我们金橡果的就是他。"

阿列克谢听着，笑笑，这越发惹人生气。老阿尔塔莫诺夫发觉一般说来人们笑得太多了。他们这种新习惯反而显出他们并不高兴，而且愚蠢。另一方面，他们没有一个人及得上那个总也不死的小老头儿，木工谢拉菲姆，他是那样善于说笑，善于给人安慰和快乐。

阿尔塔莫诺夫跟这个善于消愁解闷的人很要好。烦闷无聊又时常来袭击他，使他生出熬都熬不住的要喝酒的热望。到弟弟家里去开怀畅饮是不好意思的，那儿老是有些生人在座，他特别不愿意在波波娃面前露出醉相。逢到这样的日子，在家里，纳塔利娅总是哀伤地低下头，闷闷的不说话。要是她骂一顿倒也好了，那他自己也可以骂她。可是照现在这样，她却像个遭了抢的人似的，不但引不起他的愤怒，反而使他生出一种近似怜悯她的感情；阿尔塔莫诺夫就到谢拉菲姆那儿去了。

"我想喝酒，老头儿！"

快乐的木工微笑着，赞成说：

"这是平平常常的事,就跟夏天的阳光一样!这是说你累了,乏了。好,好,喝点酒打打气吧!你的事业可不小,决不像是脸上的一颗痣!"

他给主人留着种种滋味特别的香酒和果酒,从各个角落里拿出各种颜色的酒瓶,夸口说:

"这些酒是由我出主意,教一个助祭的老婆做出来的。她是寡妇,风骚的娘们儿!喏,尝一尝吧。这是用桦树的花苞和春天的雨水泡出来的。怎么样?"

他在桌旁坐下,慢慢地喝着他自己的"芜菁酒",唠唠叨叨说:

"是的,是这样的,助祭的老婆做出来的!她是个倒霉透了的娘们儿。她结交的爱人全都是贼。她没有爱人又过不下去,她的血管里流着沸腾的血呢……"

"对了,我在集市上就见过一个那样的女人,"阿尔塔莫诺夫回忆说。

"当然啦!"谢拉菲姆连忙肯定说。"那儿有全世界顶上等的货色。我知道!"

不论什么人,什么事,谢拉菲姆都知道。他津津有味地讲起职员和工人的家庭私事。他不论讲什么事,一律用亲热的口气,讲到他自己女儿的时候就跟讲素不相识的人一样。

"她倒安定下来了,这个小滑头。如今她跟装配工人谢多夫一块儿过了,过得还不错,你瞧!是啊,不管哪个人,总会找着自己的窝儿的。"

坐在谢拉菲姆的小房间里是很舒服的,这儿干干净净,充满刨花的树脂气味,笼罩在温暖的昏暗中,墙上的铁灯那微弱的亮光也没有干扰这种昏暗。

阿尔塔莫诺夫喝了点酒,开始抱怨人们,木工就安慰他。

"这不要紧,这样也好!人们纷纷逃走,这当然是问题!一个人,躺啊躺的,想来想去,一下子爬起来,走了!那就随他去吧!你不要气闷,你要相信人。你相信自己吗?"

彼得·阿尔塔莫诺夫没有说话,暗暗思忖自己相信不相信自己。可是谢拉菲姆的活泼的声调送出一个个字眼,安慰地唱道:

"你不要管人家怎么样,不要管人家是好是坏,那是靠不住的:昨天好,今天就坏了。彼得·伊里奇,我是什么都见过的,好的坏的,嘿,我见过的好多哟!以前我看见一样东西:嘿,它真好!可是现在它却完了。我还是原来那个我,它却没有了,像风中的灰尘似的给刮走了。然而我还是我!那么话说回来,我是什么呢?我只不过是众人当中的一个苍蝇罢了,谁都看不见我。可是你……"

谢拉菲姆意味深长地举起一个手指头,没说下去。

对阿尔塔莫诺夫来说,听他讲话有双重快乐。他的话的确给人安慰,的确引人高兴。不过同时阿尔塔莫诺夫又清楚地看出这个小老头儿是在闹着玩,信口胡说。这些话不是出于真心,而是照着为人消愁解闷的本分说出口的。他看透了谢拉菲姆的把戏,暗自想着:

"这个老滑头,真有两下子!是啊,尼基塔就没有这种本事。"

他想起了生平见过的各种消愁解闷的人:集市上那些不要脸的女人、马戏班里的丑角、卖艺的、变戏法的、耍各种野兽的,歌手、乐师、一身黑的斯乔帕,"人类的朋友"。弟弟阿列克谢跟这些人也有点相像。这种气质,吉洪·维亚洛夫却一点也没有。就连保拉·梅诺季也一点都没有。

他醉了,对谢拉菲姆说:

"你在说谎,老鬼!"

木工用手巴掌拍着自己的尖膝盖,很认真地说:

"不,不!你想啊:既然我不知道真理,我怎么能说谎呢?我跟你说的是真心话:我并不知道真理。那么我怎么能胡诌呢?"

"既是那样,那就什么也别说!"

"莫非我是哑巴吗?"老谢拉菲姆和气地问,他那绯红的小脸被笑容照亮了。"我是个老头儿了,"他说,"我活完了这短短的一世,始终不知道真理。该由年轻人去找真理了,他们戴眼镜也就是为了这个。米龙·阿列克谢伊奇就戴眼镜。嗯,那他就什么都看得透,来龙去脉都摸得清了。"

老阿尔塔莫诺夫听到木工不喜欢米龙,心里很痛快。后来他笑起来了,因为谢拉菲姆弹响竖琴的琴弦,激昂地唱道:

> 一只啄木鸟在工厂里走来走去,
> 戴着明亮的眼镜看了个仔细,
> 他说这儿只有我聪明绝顶,
> 余下的人都傻里傻气!

"对!"阿尔塔莫诺夫赞成说。

木工也有了醉意,他那小小的、干净的脚踏着拍子,又唱道:

> 既不是猛隼,也不是猫头鹰,
> 见了小鸟就啄一阵,
> 这是阿列克谢·伊里奇,
> 上帝跟前得宠的人!

老阿尔塔莫诺夫也喜欢这个歌。随后谢拉菲姆老着脸皮唱起亚科夫来:

> 亚沙①搂住玛莎,
> 迷迷糊糊,什么都不知道啦……

他们就这样玩乐,有时候直闹到天明。于是吉洪·维亚洛夫来敲

---

① 亚科夫的爱称。

门,如果主人已经睡熟,就叫醒他,冷淡地说:

"该回家了,马上就要拉汽笛了。工人会看见您,那不大好!"

阿尔塔莫诺夫叫道:

"什么不大好?我是主人!"

可是,他还是听从扫院子的仆人的话,沉重地摇晃着身子走了,到家以后倒头就睡,有时候一觉睡到傍晚,夜里又坐在谢拉菲姆家里了。

快活的木工在工作的时候死了。他正给独眼的医士莫罗佐夫的淹死的儿子做棺材,忽然倒在地下死了。阿尔塔莫诺夫起意送老人入墓,就走进被工人挤得很满的教堂,听红头发的神甫亚历山大严肃地做礼拜。亚历山大已经代替温和的格列布的职位。格列布忽然因故被逐出教门,不知到什么地方去了。在教堂里,由工厂学校的教师格列科夫——一个长得像猫的男子组织起来的唱诗班,唱得很好听。教堂里有许多年轻人。

"今天是星期日,"阿尔塔莫诺夫暗自解释人多的原因。

那个不大的、很轻的棺材也由年轻织布工人抬着。比较庄重的工人不肯抬,在一旁走动。棺材后面跟着季娜伊达,愁眉苦脸,可是没有眼泪,穿着不成体统的花外衣。跟她并排走着的是肩膀很宽、衣服干净的装配工人谢多夫。旁边是吉洪·维亚洛夫,他沉重地踩着沙地。太阳照得明晃晃的,唱诗人嘹亮地齐声唱着。在这种出殡的场面中,奇怪的是缺乏悲伤。

"这个丧事办得很体面,"阿尔塔莫诺夫擦着脸上的汗,说;吉洪站住,瞧着脚下,想了想,然后说:

"他人缘好。他会弹会唱,那个姑娘……"

他举起手在空中画了个圈,像是摇手摇风琴的柄。

"过去老人带着她沿街走来走去,他摇手摇风琴,小姑娘唱歌……给人消愁解闷。"

他用不恭敬的、惹得阿尔塔莫诺夫不痛快的严厉眼光看主人一眼,补充说:

"他把人弄得迷迷糊糊。他没欺负过什么人，不过还是活得不正派。"

"什么正派不正派！"主人讥诮他。"你简直让这些思想像链条似的给锁住了。留神，别像图伦那样发了疯……"

阿尔塔莫诺夫猛地从扫院子的仆人面前扭转身去，回家去了。

时候还早，还没到中午，可是天气已经很热，路上的沙土和蓝色的空气越来越热。到傍晚，太阳把山蒸发出白云，它们在天边慢慢往东游去，空气越发闷人了。阿尔塔莫诺夫在园子里溜达一阵，走出大门。吉洪在用焦油涂门上的合页，那些合页淋过春雨，生了锈，每逢开门关门的时候就吱哩吱哩地尖叫。

"今天是假日，你为什么涂合页？"阿尔塔莫诺夫懒洋洋地问，在凳子上坐下。吉洪用眼白斜着看他一眼，低声说：

"谢拉菲姆对人有害处。"

"有什么害处？"

在回答阿尔塔莫诺夫的时候，奇怪的话像黑蟑螂似的爬出来了：

"他记性好，记住了很多事。凡是他看见的，他都记住了。可是他能看见些什么呢？无非是坏事啦、俗事啦、无聊事啦。他跟大家讲的就是这些。他弄得人心思很乱。这我是亲眼看见的。"

他用刷子插进合页的底部，接着说下去，口气越发怨恨了：

"应当消除人的记性。坏事往往是从人的记性来的。应当这样：一批人活了一世，死掉，于是所有他们的坏事、所有他们的愚蠢，就都跟他们一块儿消灭。另一批人再生出来，坏事一点也记不得，只记住了好事。是啊，我也给记性害苦了。我老了，需要安静了。可是哪儿有安静的地方？只有在忘却一切的时候才会有安静……"

吉洪还从来没有一口气说过这么多的话，也从没说得这么恼人过。他那些话跟往常一样的愚蠢，可是这回不知什么缘故阿尔塔莫诺夫觉着特别不中听。阿尔塔莫诺夫打量着扫院子的仆人的乱蓬蓬的胡子，他那水汪汪的、模糊的瞳孔，他那石头一样的额头上的密纹，暗暗惊奇这个人长得越来越丑了。皱纹深得反常,活像靴筒上的褶子,高颧骨的脸苍老得像是剥掉一层皮,显出浮石的灰白颜色,鼻子跟海绵那样松软。

"他衰老了,"阿尔塔莫诺夫暗想,觉着很痛快。"他变得贫嘴了。他不能再做工,应当辞掉他。我赏他一笔钱好了。"

吉洪一只手拿着焦油刷子,一只手提着焦油桶,走到他跟前,用刷子指着颜色深红得像生牛肉一样的工厂厂房,嘟哝说:

"你该听一听他们在那边说些什么才对。那个穿得漂漂亮亮的大少爷谢多夫啦,那个独眼的莫罗佐夫啦,他的兄弟扎哈尔卡啦,还有季娜伊达,他们干脆说:凡是由别人的手办起来的事业就是有害的事业,应当把它消灭才对……"

"这倒好像是你的想法呢,"主人讥诮地说。

"我?"吉洪否定地摇摇头,"不,不是我的想法。我不同意这种怪想法。我主张每个人只为自己工作,那就会天下太平,什么坏事都没有了。可是他们说:样样东西都是我们做出来的,我们才是主人!你看,彼得·伊里奇,这话说得对:样样东西都是他们做出来的!他们把你像马似的套在这个事业上,你就把车拉到平坦的大路上,可是现在……"

阿尔塔莫诺夫庄严地嗽一嗽喉咙,站起来,把手插进衣袋里,眼光从吉洪的头上掠过去,瞧着白云,开口说话了,尽管话有点乱,口气却是坚决的:

"你听着,我当然知道你在我这儿过了一辈子,这是不错的!不过现在你老了,你已经难于……"

"可是谢拉菲姆倒赞成这种话,"吉洪说,分明没听见主人的话。

"等一等!你该休息了……"

"大家都该休息了。可不是!"

"别忙……你这人的脾气真是难缠……"

吉洪·维亚洛夫听到解雇的消息,并不觉着奇怪。他沉静地嘟哝着说：

"哦，也好……"

"当然，我会赏你一笔钱，"阿尔塔莫诺夫应许说，吉洪的镇静弄得他有点慌张。吉洪含含糊糊地回了一句，用焦油擦自己的扑满灰尘的靴子，于是阿尔塔莫诺夫极力沉着地说：

"那么，我们就分手了！"

"好吧，"扫院子的仆人回答说。

阿尔塔莫诺夫走到河岸上去，希望那边凉快一点。那边，在松树下面，在他先前跟伊利亚吵架的地方，谢拉菲姆用桦树的白枝子特为他做了一把像宝座一样的椅子。在那儿，可以清楚地看见整个工厂、他的家、院子、工人居住区、教堂、墓园。工厂医院和学校的大窗子像冰那样发亮。矮小的人像梭子似的在地上川流不息，织出了这个事业的长得看不见头的布。还有些更小的人在工人居住区的沙地上跑来跑去。教堂坐落在赤杨的灰色树干中间，它的围墙旁边有一群玩具一样的山羊在吃草。这是由年老的织布工人鲍里斯的孙子，也就是独眼的医士莫罗佐夫养着的，因为工厂的女人要买许多的羊奶给孩子喝。医院后面有一块光秃秃的四方土地，用栏杆圈起来，有些小小的人穿着黄色长袍和白色睡帽[①]在那里溜达，看上去像是疯子。工厂四周繁殖了许多鸟：麦雀啦、乌鸦啦、寒鸦啦等等的。喜鹊清脆地叫着，匆忙地从这儿飞到那儿，亮出丝绸一样的白肚子。灰色的鸽子在地上走来走去。瓦塔拉克沙河的河岸上那家小饭馆附近，鸟儿特别多。有些运亚麻来的农民在那儿歇脚。

不过，在最近这段时期，这个大企业在阿尔塔莫诺夫心里再也引不起愉快，引不起骄傲了，它反而成了他的各种痛心事的泉源。他痛心地看见弟弟、侄子、他们四周的各式各样的人，怎样喊叫，挥胳膊，就跟集市上的茨冈一样，他们争吵着，却不理他，这事业里的头一个人

---

① 指病人。

物。就是在谈到工厂的时候,他们也忘掉他。每逢他提醒他们,要他们注意他,这些人也只是沉默地听他说话,倒好像同意他的话似的,可是等到真做起来,那就不论大事或小事,他们只按自己的意思去做。这情形在很早以前,还在他们不顾他的意思,硬在工厂里造发电站的时候就开始了。老阿尔塔莫诺夫很快就信服了:这样做是既有利而又没有危险的,可是他还是忘不了他所受的侮辱。小小的难堪是很多的,而且它们越来越加多,也越来越尖锐了。

侄子的态度特别放肆,讨厌。他已经毕业,穿着一种不是俄罗斯式的皮外衣,从金边眼镜起直到黄皮鞋止,周身发亮。他眯起眼睛,皱起眉头,说:

"这陈旧了,伯父。时代不同了,伯父。"

米龙似乎害怕时间,就跟听差怕严厉的主人一样。不过他所怕的只有这一件,在其余一切事情方面他却蛮横得叫人受不了。有一回他甚至说:

"您要明白,伯父,俄罗斯再也不能带着您跟您那一类的人生活下去了。"

这使得阿尔塔莫诺夫大吃一惊,弄得他简直没法问一声这是为什么。他憋着气,走了,有好几个星期没到弟弟家里去,在工厂遇见米龙也不跟他说话。

米龙准备娶薇拉·波波娃的女儿。她长得跟头发花白、态度冰冷的母亲一样高,一样苗条。这个姑娘也跟大家一样喜欢做出讨厌的笑容。她直着脖子,睁着一双不害臊的、大概什么也不相信的大眼睛,用倔强的眼光打量一切,从牙缝里嘘嘘地吹着歌,像苍蝇那样嗡嗡地响,一天到晚在画布上乱涂,画出颜色鲜艳的画儿来。她的草帽用带子拴在脖子上,永远吊在背后,她的头发也是草帽那种颜色,衣服穿得很不规矩,裙子下面露出一双腿,差不多连膝盖也露出来了。

那个游手好闲的戈里茨韦托夫也惹人讨厌。他跟燕子那样飞来飞去,忽然出现,忽然不见了,随后又忽然出现了,不管见着什么人,总跟凶恶的小狗似的扑上去，反复喊着他那套话：

"您想把有丰富的高尚精神的俄罗斯变成没有灵魂的美利坚，您给人们安下了陷阱……"

在这种喊叫声中，阿尔塔莫诺夫有时候倒也听出一点道理来，不过更常常听见的却是一种跟吉洪·维亚洛夫的蠢话相近的说法，不过另一方面，他也从没见过哪两个人的区别能有这个像被火烫伤似的、急躁的、跳跃不停的人和那个呆笨的、对一切都冷冷淡淡的吉洪中间的区别那么大。戈里茨韦托夫跑到伊丽莎白·波波娃跟前，对她叫道：

"您，有灵魂的人，为什么一声不响啊？"

她微微一笑。她的脸容高傲，呆板，只用那双秋天的灰色眼睛笑着。老阿尔塔莫诺夫听见一句从没听见过的、莫名其妙的话。

"这是浪漫主义的垂死挣扎，"米龙说，用一块麂皮仔细地擦他眼镜的镜片。

阿列克谢常跑到莫斯科去。亚科夫发胖了，总是稳重地躲在一边，很少说话，不过每逢说话大概总说得很好：他的话老是惹恼米龙和戈里茨韦托夫。亚科夫留了鞑靼人那样的大胡子。随着红胡子的生长，亚科夫的喜爱讥笑的习惯也越来越明显。听他懒洋洋地对那些机灵人说话是很有意思的。

"你们一心爬高，早晚要弄得骑虎难下哟！还是生活得简单一点的好。"

伊丽莎白·波波娃忽然动身到莫斯科去了，而且在那儿跟戈里茨韦托夫结了婚。老阿尔塔莫诺夫觉着很可笑，而且看出亚科夫也觉着很可笑。米龙憋了一肚子的气，遮盖不住。他拈着尖尖的、不像商人的胡子，从那胡子里吐出干巴巴的一串话，分明装假地说：

"像斯捷潘·戈里茨韦托夫这样的人，是一种正在灭亡的种族。像他和他那类没用的人，世界上哪儿也没有过。"

亚科夫火上加油说：

"不过,有一个这样的人倒从你鼻子底下把你爱上的一块肥肉巧妙地拐走了呢!"

米龙耸耸肩膀,回答说:

"我可不是浪漫主义者。"

"什么?这是什么样的人?"老阿尔塔莫诺夫问。米龙就照法官宣读判决书那样咬清字音地说:

"谁也不懂什么叫做浪漫主义者,您也不懂,伯父。这是一种用来增添美丽的东西,好比秃头上的假发,再不然就是用来表示慎重的东西,好比骗子的假胡子。"

"哈哈,这一下子可夹痛他的鼻子喽,"老阿尔塔莫诺夫痛快地暗想。

这种小小的痛快事,略微冲淡了他从那些机灵人那儿经历到的许多痛心事。那些人已经把这个事业越来越紧地抓在他们强有力的手心里,把他推到一边去,使他孤孤单单了。不过在这种孤单里,他倒也找着了而且想出了一种哀伤而又愉快的东西。孤单使他认识了一个新的、然而已经隐约认识的人,认识了另一种模样、另一种性格的彼得·阿尔塔莫诺夫。

这是个好人,受到很大的委屈。生活对他不公平,如同后娘对待前娘的儿子一样。他一开始生活就做父亲的顺从的、沉默的仆人。父亲并没有赐给他什么快乐,只给他一个愚蠢无味的妻子,在他肩膀上放下一个巨大而沉重的事业。不错,妻子爱他,而且他跟她相处的头一年还过得不错,可是现在呢,他知道就连放荡的缠线女工季娜伊达都能爱得更有味些,更热烈些。至于集市上那些灵活而疯狂的女人,那还是不去回想的好。他妻子一辈子担惊害怕:先是怕阿列克谢、煤油灯,后来怕电灯;每逢电灯亮了,纳塔利娅就跳开,在胸前画十字。她在集市上留声机店里弄得他很窘。

"哎呀,不要,别买了!"她请求道。"也许这东西里头有个被诅咒的人在叫吧,他的灵魂藏在里头呐!"

现在她怕米龙、亚科夫列夫医生、自己的女儿塔季扬娜。她胖得不得了,整天吃东西。尼基塔弟弟几乎为她上吊死了。子女不尊敬她。有一回她催亚科夫结婚,儿子就挖苦地劝她:

"妈,你顶好还是吃点什么吧。"

她温顺而没把握地回答说:

"可是我好像不想吃了。"

可是她又吃起来了。

父亲对亚科夫说:

"你为什么挖苦母亲?你确实到结婚的时候了!"

"我还没到用家庭来累赘自己的时候呢,"亚科夫老练地回答说。

"为什么你们都怕时间?"父亲气恼地说。儿子没有答话,耸了耸肩膀。

他也说:

"爸爸,您不懂。"

他是用温和的口气说这话的,可是归根结蒂,父亲总不可能比儿子知道得少。人不是着眼于未来生活着,而是凭借过去生活着的,所有的人都是这样生活的啊。

讨人喜欢的大儿子走了,下落不明。父亲因为爱他而干了一件不愿再回想的事。

大女儿叶连娜长成一个宽脸膛、大屁股的女人,被富裕生活和醉鬼丈夫宠着,完全成了一个陌生人。她偶尔回来探亲,总是穿着华丽的衣服,手指头上戴许多戒指。她身上金链子和金坠子玎玲珰琅地响。她把长柄眼镜架在一双满足的眼睛上看人,说起话来有气无力:

"你们这儿的气味多不好闻啊。满屋子是腐烂的气味,好臭哟。你们该盖一所新房子才对。这年月谁还挨着工厂住家呀!"

阿尔塔莫诺夫偶尔听见她对母亲说:

"爸爸还是那个样子吗?跟他一块儿过日子一定多么没意思啊!我那个男人固然是醉汉,爱胡闹,不过总还高高兴兴呀。"

她有一种特别恼人的洁癖。她临到在椅子上坐下,先要拿手绢掸一掸椅子,手绢上的香水气那么浓,简直弄得人要打喷嚏;她对家里一切东西的那种毫无礼貌的、伤人的嫌弃态度,在阿尔塔莫诺夫心里勾起一种欲望,一心要找个机会为女儿惹他生气的种种事情向她报复一下。他索性只穿一身衬衣衬裤,套上长袍,不系腰带,光脚穿着套鞋,当着她的面在屋里,甚至在院子里走来走去,吃饭时候大声嚼东西,打嗝,跟巴什基尔人一样。女儿气得问道:

"这是怎么啦,爸爸?"

他正好巴望她生气。

"对不起,太太!"他说。"我本来就是乡下人嘛。"

他就越发大声咀嚼,死命地打嗝。

女儿上国外去过,于是到了傍晚就用懒洋洋的、圆润的嗓音跟母亲讲起种种无聊的事:在某某城里,女人用抹了肥皂的刷子洗房子的外墙。在另一个城里,不论冬夏总是有雾,街灯成天点着,可是仍旧什么也看不见;在巴黎,到处都卖现成的衣服,还有一个塔,高极了,站在上面可以看见海洋对岸的城市。

叶连娜总是跟妹妹塔季扬娜吵架,甚至相骂。塔季扬娜长得瘦伶伶的,皮肤发黑,常为自己长得不漂亮而生气。她有些地方使人联想到教堂诵经士①;那一定是因为她的短辫子、扁胸脯、发蓝的鼻子。她住在姐姐家里。不知什么缘故她没有能够念完中学。她怕耗子,同意米龙的见解,认为沙皇政权应当加以限制,前不久还学会了抽烟。她每到夏天就回到工厂来,对母亲如同对女仆一样嚷叫,跟父亲说起话来冷冷淡淡,成天看书,到傍晚进城去看叔叔,随后由镶着金牙的医生亚科夫列夫送回家来。到夜里,她由于姑娘家的那种苦闷而睡不着觉,用拖鞋打墙上的蚊子,听起来仿佛在开枪一样。

四周的一切都变得生疏,嘈杂,愚蠢得气人,从米龙的放肆的话起

---

① 这是教堂的低级职员,在这儿借喻"寒酸"。

直到锅炉工人瓦西卡的毫无意义的小调止,都是这样。瓦西卡是个瘸腿的农民,胯骨不正,蓬头散发,脑袋像是擦地板用的墩布。每到假日,瓦西卡就来向厨娘献殷勤,站在厨房窗根底下,拉着手风琴,闭上眼睛,放开嗓门唱着:

　　如今啊,
　　你养成我的倒霉习惯!
　　天天啊,
　　我想看见你的小鼻子小脸!

　　奥莉加已经很久不提起伊利亚了。可是那个新的彼得·阿尔塔莫诺夫,那个一肚子委屈的人,倒越来越常常想起大儿子。大概伊利亚已经因为秉性固执而受到应得的惩罚,这从阿列克谢家里对伊利亚态度的转变就可以看出来。有一天傍晚,老阿尔塔莫诺夫来到阿列克谢家里,正在前厅脱大衣,却听见从莫斯科回来的米龙说:
　　"伊利亚是那种专凭书本上的知识来看生活的人,连牛和马也分不清。"
　　"你胡说,"阿尔塔莫诺夫暗想,不过在侄子的敌意的评语里倒也得到一点安慰。
　　阿列克谢问:
　　"他跟戈里茨韦托夫一党吗?"
　　"他加入的那个党比这还要坏,"米龙回答。
　　老阿尔塔莫诺夫一面走进房间,一面心里恐吓他们说:
　　"你们等着就是,他一回来就会拿点颜色出来给你们看看的……"
　　米龙立刻改口谈起莫斯科来,愤愤地抱怨政府混乱。随后纳塔利娅带着小儿子一块来了。米龙谈起办一个纸厂的必要,很久以来他一直谈这件事,弄得他们都讨厌了。
　　"伯父,我们的钱白白地放在那儿不动,"他说。纳塔利娅涨得满

脸通红,连耳朵都红起来了,她哇哇叫着反驳道:

"哪儿有钱放着不动?谁有钱啊?"

阿尔塔莫诺夫忽然让一种烦闷无聊的感觉包围住,仿佛他面前大敞着一道门,通到一个房间里,那儿样样东西都是他所熟悉、他所讨厌的,因此房间里像是空的一样。这种突如其来的、仿佛生理上的烦闷,从身外什么地方扑来,像是一团雾,堵聋他的耳朵,迷瞎他的眼睛,引起疲乏的感觉和种种关于疾病和死亡的可怕思想。

"我讨厌你们了,"他说。"我什么时候才能躲开你们,休息下来哟!"

亚科夫嘟哝道:

"现有的吵闹纷扰已经够受了……"

纳塔利娅嚷着说:

"工人已经多到了这步田地,弄得人没有地方可走了!到处都是酗酒,说下流话……"

阿尔塔莫诺夫走到窗前。园子里站着吉洪·维亚洛夫,抬起头,伸出手指头指点苹果树给一个小姑娘看。

"嘿,简直是亚当①嘛,"彼得想,倒把烦闷无聊的感觉抖掉了。这种遥远的思想难得像耗子似的跑过他的面前。它们的意外来临总使得他暗自庆幸,他甚至喜爱它们,因为它们不会搅得他心神不定,它们只闪一闪就不见了,从此完事了。

对了,还有吉洪这件事。彼得·阿尔塔莫诺夫回想他看见弟弟把这个扫院子的仆人带到他面前来的时候,简直难堪极了。吉洪已经出外一年多,不知到什么地方去了,后来忽然出现,带来一个不愉快的消息,说是尼基塔已经脱离修道院,去向不明。彼得相信这老头儿知道尼基塔在哪儿,只因为喜欢惹人不痛快,才不肯说出来。为了这个人,老阿尔塔莫诺夫跟弟弟大吵一顿,然而阿列克谢振振有词地分辩说:

---

① 出自《旧约·创世记》第二章第七至十五节。亚当是上帝创造的第一个人,神把他安置在伊甸园里,叫他担任修理和看守的职务。

"你想想看：一个人为我们工作了一辈子，我们却把他一脚踢开。喏，这样做对吗？"

彼得知道这不对，不过对他来说，更糟的是吉洪就此又要在家里住下了。他妻子也跟阿列克谢站在一边，这在她好像还是生平第一次。她带着一种对她来说很不平常的坚决口气说：

"这不对，彼得·伊里奇。就是你打我，我也要说这不对！"

他们两个人和奥莉加都来劝他，劝到他心平气和为止。可是那个一肚子委屈的人得意地说：

"怎么样？谁也不把你的心意当成法律吧……你看见没有？"

老阿尔塔莫诺夫觉得那个一肚子委屈的人越来越让人看得见和摸得到了。彼得小心地把沉重的身体拖到山坡上，松树底下，在圈椅上坐下，想着这个人，从心里可怜他。创造出这么一个身世不幸、不被人理解、不受人尊重、然而又很好的人，是既畅快又辛酸的。这个人很容易就被创造出来了，用不着什么材料，就跟遇到炎热的白昼，在沼泽的蓝色上空自然而然会出现白蒙蒙的烟雾一样。

这个人瞧着工厂和四周一切成长起来的东西，挑拨说：

"不要这些玩意儿，换一个样子，也照样可以生活啊。"

工厂主阿尔塔莫诺夫反驳他说：

"这是吉洪的想法。"

"这话教士格列布也说过，戈里茨韦托夫也说过，另外还有许多人也这样说。对了，人像苍蝇似的在蜘蛛网里挣扎。"

"省事的生活是没有的，"工厂主勉强反驳说。

有时候，在同一个人身上活着的这两个人的无言的争辩变得特别激烈，那个一肚子委屈的人竟翻脸无情，差不多叫起来：

"当初你在集市上喝醉酒，当众承认说你牺牲了儿子，就跟亚伯拉罕牺牲了以撒一样，可是上帝没有给你公羊，却把尼科诺夫那男孩塞给你了。你还记得吧？这话是实在的，实在的！那时候你反倒因为这个，因为真理，用酒瓶子砸我。唉，你把我砸碎了，打死了！你把我作了牺牲。这牺牲是为了谁呢,为了谁呢?为了尼基塔说过的那个有犄角的上帝吗?为他吗?唉,你啊……"

在这么恶狠狠地争吵着的时候,工厂主,老阿尔塔莫诺夫就闭紧眼睛,为的是忍住羞耻的、愤怒的、辛酸的眼泪。可是眼泪阻挡不住,流出来了,他就用手心把它从脸上、胡子上擦去,随后搓着两只手的手心,直到泪水干掉。他呆呆地瞅着自己那双浮肿的、紫红的手。这以后,他就对着酒瓶的瓶口,大口大口地喝红葡萄酒。

不过,尽管这个一肚子委屈的人逼得他流下伤心的眼泪,老阿尔塔莫诺夫却觉得这个人可爱,缺少不得,如同澡堂里也缺少不得擦背人一样:那种擦背人总是用一把柔软的、不烫也不凉的、涂了香肥皂沫的桦树皮刷子擦背上的皮肤,擦那块自己的手够不到、因此也抓挠不到的地方。

……忽然从远远的西伯利亚那边,有一只结实的拳头举起来,打在俄罗斯身上。[①]

阿列克谢挥动着报纸,不停地跳动,叫道:

"抢劫!掠夺!"他对天花板举起鸟爪一样的手,使劲动着手指头,喊喊喳喳地说:

"我们要打败他们……我们要打败他们……"

镶着金牙的医生把手插在衣袋里,站在那儿,靠着火炉的温热的瓷砖,嘟哝说:

"说不定他们会打败我们呢。"

这个身材魁伟、生着赤铜色须发的人当然又笑了。不管谈到什么,他总是笑。就是在谈到疾病和死亡的时候,他也会露出他讲起打牌输钱时露出的那种微笑。老阿尔塔莫诺夫瞧着他就跟瞧着外国人一样:外国人遇到没法理解的生人,才会窘得这么笑。阿尔塔莫诺夫不喜欢他,也不相信他,每逢自己有病,总是去找城里的医生——那个

[①] 指一九〇四年爆发的俄日战争。

不爱说话的德国人克龙治病。

米龙心神恍惚地摸着胡子,皱起眉头,仿佛头痛似的。他像仙鹤一样从这个墙角走到那个墙角,开导人家:

"讲到这件事,本来应该先跟英国结成联盟才对……"

"可是到底是怎么回事呢?"老阿尔塔莫诺夫追问,然而不管精明的弟弟也好,聪明的侄子也好,都不能对他说清楚为什么这场战事会忽然爆发。他暗自高兴地瞅着这些无所不知、自信心强的人的慌张。弟弟显得特别可笑,他的举动那么莫名其妙,弄得人简直会以为这场意料不到的战事首先打击到的就是他阿列克谢·阿尔塔莫诺夫,妨碍他去做一件很重大的事似的。

一个举着十字架的宗教行列走过全城。留着胡子的商人们带着尊贵的和虔诚的神情,用沉重的脚踩着落在地上的大雪,像一大群牛似的跟着矮胖的、穿着金丝法衣的教士走着。他们举着神像,打着旗子。城里各教堂组成的联合唱诗班响亮而动人地唱着:

"主——主啊,救救你——你的黎民……"

像勒令一样的祈祷词,从许多圆嘴巴里飞出来,成为白色蒸汽,在歌者的眉毛上唇髭上结成了霜,落在唱得不合板眼的商人的胡子上。唱得特别刺耳、特别卖劲、也特别不合拍子的,是市长沃罗波诺夫,车商的儿子。他身材矮胖,两颊绯红,生一双珍珠母纽扣颜色的眼睛。他从父亲那儿不但继承了财产,还继承了对阿尔塔莫诺夫一家人的难解难消的仇视。

阿尔塔莫诺夫一家一共七个人,一块儿走着。领头的是腿有点瘸的阿列克谢,臂弯里挽着妻子,身后跟着亚科夫和他母亲、他妹妹塔季扬娜,再后是米龙和医生。殿尾的是老阿尔塔莫诺夫,穿着软皮靴走着。

"瞧瞧我们这个国家,"米龙低声说。

"这是力量的检阅,"医生回答。

米龙摘掉眼镜,用手绢擦它。医生补了一句说:

"你等着瞧吧:他们会煽起大火来的!"

"哼,这种湿材料不会很快就着起火来的……"

"不要说了,"老阿尔塔莫诺夫对侄子说。侄子斜眼看他一眼,先用手指头摸到长鼻子,然后把眼镜戴上去。

"主啊,救——救你的黎民!"沃罗波诺夫用加重的口气大声要求道,带着唏哩唏哩的尖声念"黎民"那两个字,然后像狼一样扭回身去,瞧着市民们,不知什么缘故向他们挥动海狸皮的帽子。

波米亚洛夫的女儿四十岁了,可是娇嫩,圆胖,胸脯高耸起来。她唱得又好又响。她已经三次守寡,在全城那些过着声名狼藉的淫荡生活的人们当中要数第一名。彼得·阿尔塔莫诺夫听见她低声劝纳塔利娅说:

"教母,你应该打发你丈夫去打仗,他那个样儿真可怕,敌人见了他准会逃之夭夭呢。"

然后她问亚科夫:

"教子,你为什么还不结婚啊,小公鸡?"

老阿尔塔莫诺夫摇一摇头,那些话像苍蝇一样妨碍他思索重要的问题。他走到一旁去,在人行道上放慢脚步走着,让人群的洪流走到他前面去,这群人今天被松软洁白的雪衬托着,显得特别黑。人们不住地走着,喷出热气来,像滚沸的茶炊一样。

薇拉·波波娃也来了,在她的女学生前面领头走着,脸容跟石头一样死板,雪花在她的白头发上闪光。她那没戴帽子、头发浓密的脑袋向他点一下,她的凝着霜的白睫毛就颤一颤。阿尔塔莫诺夫怜惜她:

"傻瓜。何苦养这么一群鸭子。"

剪短头发的脑袋合成一股长长的浪头,滚过去。这是城里两个学校的男学生。有半个连的兵士像一架沉重的灰色机器似的前进,领队的是全城有名的、冷心肠的中尉马夫林:从春天涨水起直到秋天下霜止,他天天在奥卡河里洗澡,而且,大家都知道,他靠波米亚洛娃的钱过活，跟她保持着不合法的关系。

宪兵军官涅斯捷连科像一只吃饱了的鹅一样，大摇大摆地走着，这人留着两撇中国式的小胡子。他那害病的妻子挽着她哥哥日捷伊金的胳膊，她哥哥是去世的市长的儿子，皮革厂的厂主。关于日捷伊金，据说他虽然跟修女们胡搞，却读过七百本书，擅长打小鼓，甚至私下里把这种技术传授给兵士们。

随后，肥胖的斯捷潘·巴尔斯基带着醉醺醺的女婿和斜眼的女儿坐着雪橇过去了，然后地位卑下的人们，合成黑压压的一群，走了很久，其中有市民，有皮革工人，有织布工人，有造车工人，有叫花子，还有些谁也不需要的、跟耗子一样的老太婆。雪花懒洋洋地洒在没戴帽子的脑袋上，远处传来沃罗波诺夫的坚决要求的喊声：

"主啊，救救你的黎民……"

"上帝要这些人有什么用呢？真叫人想不通，"阿尔塔莫诺夫暗想。他不喜欢这些城里人。除了事务上的熟人以外，他在城里几乎没有什么联系。他知道城里人也不喜欢他，认为他骄傲、凶恶，然而很敬重阿列克谢，因为他热衷于修饰这座城，因为他出钱修大街，沿广场四周种上椴树，在奥卡河岸边开辟一个公园，修建林荫路。他们怕米龙，甚至怕亚科夫，认为他们贪得无厌，把周围的一切东西都抓到手心里去了。

阿尔塔莫诺夫打量着沉思的人们的缓慢行列，皱起眉头。很多不认得的脸和更多的各种颜色的眼睛一律带着敌意瞧他。

在阿列克谢的家门口，吉洪对他一鞠躬。阿尔塔莫诺夫问：

"我们打仗了，老头儿？"

吉洪没有说话，举起沉重的手用熟悉的动作摸他的颧骨。阿尔塔莫诺夫生平第一次带着对这个人的信任的口气问他：

"你怎样看法呢？"

"这是瞎胡闹，"维亚洛夫马上回答，好像本来就等着这一问似的。

"照你看来，什么都是胡闹，"阿尔塔莫诺夫含糊地说。

"不是这样吗？我们是狗吗？我们又不是畜生。"

阿尔塔莫诺夫冒着细碎的小雪向前走去。雪越下越密,已经差不多完全遮蔽远处的人群,把他们掩没在白色的树顶和房顶中间了。

现在,自从那个善于给人消愁解闷的谢拉菲姆死后,老阿尔塔莫诺夫就常常到守寡的助祭太太泰西娅·帕拉克利托娃家里去散心了。这个女人的年纪摸不准,长得瘦瘦的,像个小姑娘,又像黑毛的母山羊。她是个文静的人,永远同意他的一切见解：

"是这样的,亲爱的!"她说。"对了,对了,亲爱的,对了!"

阿尔塔莫诺夫喝很多酒,不过醉得很慢。他懊恼那些纠缠不清的沉闷思想那么久都不能在泰西娅的可口的烈酒里溶解、沉没。初有醉意的时候并不愉快,醉意使得彼得心中那些关于自己、关于别人的思想越发尖刻、揪心,给整个生活涂上沼泽般阴森的绿色,使它的活动具备了沸腾般的速度。阿尔塔莫诺夫觉得这种沸腾卷住他,旋转他,马上就要把他抛到一个什么边沿的外面去了。他把牙齿磨得嘎吱嘎吱地响,听他自己心里的阴暗的风暴,看着它,随后对助祭太太喊道:

"喂,为什么你一声不响？讲一讲你知道的事吧!"

那个女人就像母山羊似的跳到他的膝头上坐下。她非常轻,非常温暖。她在自己面前摊开一本肉眼看不见的书,念着:

"波米亚洛娃不要中尉马夫林了,他打牌又输了三百二十个卢布。她想拿借据出来逼他还钱,她手里有他的借据。至于那个宪兵军官把妻子留在此地,那是因为他在城里有一个情妇,倒不是因为妻子有病……"

"这些都无聊,"阿尔塔莫诺夫说。

"是无聊,亲爱的,多么无聊呀!"

她所讲的城里人的无聊事把阿尔塔莫诺夫的思想搅乱,岔开,推到一边去,同时肯定他对那些乏味的罪人,城里人的敌意是正当的,而且加强了他的敌意。于是原先那些思想就消散,紧跟着浮起集市上热闹的酒宴画面,顺着一个圆圈转来转去,疯狂的人们跑来跑去,带着贪心瞪起醉醺醺的、然而永远不满足的眼睛,点燃钞票,什么也不顾惜,一味放纵凶猛疯狂的肉欲,贪恋那个身材高大、毫不害臊的赤身露体、在黑色背景上白得耀眼的女人……

彼得·阿尔塔莫诺夫一声不响地喝下各种颜色的酒,嚼着粘嘴的、带点酸味的菌子,整个喝醉的身体感觉到:世界上最可爱的、强大得可怕而且也真实得可怕的东西,就潜藏在集市上那个为金钱而赤身露体,同时许多有地位的人因她而丧失金钱、羞耻、健康的无耻女人身上。不过整个生活给他留下来的却只有这么一个黑色母山羊了。

"脱光衣服,"他嚷道。"跳舞!"

"没有音乐,我怎样跳舞呢?"助祭太太解开衣服说。"把猎户诺斯科夫叫来吧,他手风琴拉得很好……"

在这种娱乐中,时间不知不觉过去了。在岁月浑浊的激流中偶尔跳出一件完全不能理解的事,例如冬天来了传言,说是彼得堡的工人打算捣毁皇宫,打死沙皇。[①]

吉洪·维亚洛夫嘟哝道:

"他们还要拆掉教堂呢。可不是!人又不是铁打的。"

到夏天,人们纷纷传说:有一只俄罗斯的兵舰在俄罗斯的海洋里航行,却开炮轰击城市。[②] 吉洪·维亚洛夫说:

"怎么会不这样呢?他们已经打惯仗了。"

城里又走过一个举着神像的行列,沃罗波诺夫穿一件土红色的礼服,举着沙皇的肖像,要求说:

"主啊,救救你——你的黎民!"

这一回他喊得越发响,甚至越发凶了,不过在"你——你的"求救声中却流露出忧虑来了。

日捷伊金两手拿着一管双铳枪,喝得醉醺醺,帽子也没戴,紫色的秃顶发亮,在他的制革工人前面走着,一个劲儿地吵闹,嚷道:

[①] 指一九〇五年一月九日彼得堡的工人斗争事件。
[②] 指一九〇五年六月十四日黑海舰队中的"波将金号"铁甲舰的起义。

"哥儿们,别把俄罗斯送给犹太人!俄罗斯是谁的?咱们的!"

"咱们的,"制革工人齐声喊着。他们也喝醉了,在路上遇见了他们的仇人,织布工人,打起架来,他们用棍子打亚科夫列夫医生,把老药剂师扔到奥卡河里。日捷伊金在城里追赶药剂师的儿子,追了很久,两次在他后面开枪,可是没有打中,弹片反而伤了裁缝布鲁斯科夫的后背。

工厂停工了。青年工人不顾米龙和别的乖觉的人的劝阻,也不顾女人的喊叫和哭泣,还是卷起衬衫的衣袖,赶进城里去了。

工厂空了,没有人影,仿佛迎着大风皱起了眉头。风也造反,呼号,尖叫,洒下带冰碴的雨,把黏雪粘在烟囱上,然后又把雪吹掉,把烟囱洗干净。

老阿尔塔莫诺夫坐在窗前,呆望着男男女女的黑色身影像蚂蚁那样跑出城来或者跑进城去;就是隔着玻璃他也听得见喊叫声,仿佛人们挺快活似的。门口有一个手风琴滋拉滋拉地响,瘸腿的锅炉工人瓦西卡·克罗托夫在一群工人当中唱着:

> 大地上人群密集:
> 原来在跟日本人打仗!
> 他们打我们的颧骨,
> 我们却对他们摇圣像!

风从城里带来一种悻悻不平的嗡嗡声,好像那边有个大茶炊装满整整一个湖泊的水,正在滚沸似的。阿列克谢的马车走进院子里来了,车夫座位上坐着独眼的医士莫罗佐夫。奥莉加裹着披巾,跳下车来。阿尔塔莫诺夫吃一惊,忘了腿痛,跳起来,去迎接她。

"出了什么事啦?"

她浑身发抖像母鸡一样,说:

"那些制革工人把我们的窗子打破了……"

阿尔塔莫诺夫给她让出路来，笑了笑，嘟哝道：

"哼，瞧……这都是他们胡说八道闹出来的！他们只会骂我，现在呢，出了这样的事！是啊，沙皇……"

忽然他听见了愤怒而响亮的回答，这在奥莉加却是反常的：

"算了！你那个沙皇是个不正直的人！"

"你倒好像是很了解沙皇似的，"他狼狈地说，伸手去摸自己的耳朵。

这个戴眼镜的小老太婆素来文文静静，一向不批评什么人，因此她的愤怒使他暗暗惊奇。她的话显得多余，可怜，好像公牛踩到耗子尾巴，既没有看见耗子，也不怜惜它，那耗子只能吱吱地哀叫一样，不过那些话还是带着点惊人的诚恳意味。阿尔塔莫诺夫在自己的圈椅上坐下，沉思起来。

他很久以来，已经有好几个星期，没有跟奥莉加见面了，因为他跟她儿子吵过架，不愿意见他的面。那还是夏天刚过完的时候，彼得·阿尔塔莫诺夫正两腿浮肿，躺在床上，忽然沃罗波诺夫满头大汗，带着庄严的脸色来找他，吧唧着蓝色的厚嘴唇，请他在一封打给沙皇的电报上签个名，电报上请求沙皇不要把政权让给任何人。这位市长的大胆献策使得阿尔塔莫诺夫很奇怪，可是他还是在那张纸上签了名，相信这会惹得弟弟和米龙不痛快，沃罗波诺夫大概也会受到彼得堡的严厉申斥：你这个厚嘴唇的傻瓜，不必乱钻，管闲事，不必这么往高处爬！

沃罗波诺夫把那张纸放在礼服衣袋里，扣好所有的纽扣，开始抱怨阿列克谢、米龙、医生，抱怨一切甘受犹太人的鼓动、出于无知或者出于私心而反对沙皇的人。老阿尔塔莫诺夫几乎心满意足地听他抱怨，而且随声附和，直到沃罗波诺夫的蓝嘴唇恶毒地讲起薇拉·波波娃，他才严厉地说：

"薇拉·尼古拉耶夫娜跟这不相干。"

"这话怎么讲：不相干？我们可知道……"

"你什么也不知道。"

"你们要惹祸上身的,"市长威吓说,走了。

可是到傍晚,侄子和女儿却都像狗似的向阿尔塔莫诺夫扑过来了,汪汪地叫着,一点也不顾到他已经这么大的年纪。

"您干的是什么事啊,爸爸?"塔季扬娜喊着,一双发疯的眼睛在她的丑脸上跳动。亚科夫站在窗前,用手指头敲窗上的玻璃。阿尔塔莫诺夫觉得连儿子都不赞成他。米龙尖刻地问:

"您看过电报上写的是什么吗?"

"没看!"阿尔塔莫诺夫说。"我没看,不过我知道:那上头写着不要让狗崽子们由着性儿干!"

他看见米龙和塔季扬娜生气,反而觉着痛快,只是亚科夫的沉默却使他不安。他相信儿子的办事才干,揣摸着自己做的事必是违背了他的利益。可是他又碍于面子,不愿意引亚科夫来参加这场争论,问一问他是怎样看法。他躺在那儿,反驳他们,大叫大嚷,可是米龙摇着鼻子唠唠叨叨地说:

"您要明白:沙皇给一帮骗子包围了,应当有些正直的人去替换他们才成……"

阿尔塔莫诺夫知道米龙自己就想做那种正直的人,他父亲到莫斯科去奔走就是为了托人给米龙在国会里谋个议员的位子。想到这个像仙鹤一样的侄子居然跟沙皇接近,那是又可笑又危险的。忽然,阿列克谢跑进来了,披头散发,敞开胸前的衣服,一颠一颠地跳着,连珠炮似的说:

"你干的是什么事,糊涂人?"

他像对待职员那样地嚷叫。

"滚开!"老阿尔塔莫诺夫咆哮说。"你们要教训我?全给我滚!出去!……"

他忽然大发脾气,连他自己也吓了一跳。

现在,他坐在墙角,听奥莉加不带恶意地讲城里的骚动,想起了那场争吵,极力想弄明白究竟谁对:是他呢,还是另外那些人?

385

奥莉加方才那种幼稚而气愤的话特别搅得他心神不定。现在她已经安静下来,甚至动情地说:

"我们的织布工人都是可爱的人!他们多么起劲地赶走了沃罗波诺夫的工人和制革工人啊。他们现在留在那儿,保护我们的房子呢……"

可是纳塔利娅很害怕,生气地叫苦说:

"乱子是从你们家闹起的。你们是活该!什么事都是你们惹出来的。"

米龙来了,没顾到打招呼,一味在房间里走来走去,踩着弹簧样的步子,恐吓说:

"这些沃罗波诺夫和日捷伊金之流,既然教老百姓造反,那就早晚要大吃苦头。对他们来说,这件事是不会白白过去的,早晚要有报应的!讲到教人造反,伊利亚·彼得罗维奇·阿尔塔莫诺夫的那班朋友已经够卖力气了,要是这些人也来教……"

老阿尔塔莫诺夫一直没有开口。

自从沃罗波诺夫的请愿电报惹起一回争吵以后,他已经斩钉截铁、没有挽回余地地厌恶米龙,不过他也看见工厂已经完全落在这个人的掌心里了。米龙经营事业倒很有办法,很有把握,工人们听他的话,再不然就怕他。这些工人比城里的工人老实。

风停了,埋在漫天大雪里面了。密密麻麻的雪片,沉重而笔直地落下来,给窗子挂上白色窗帘,使得院子里的东西都看不见了。谁也不理老阿尔塔莫诺夫。他觉得除去妻子以外,大家都认为他是罪魁祸首,不管造反也好,天气坏也好,沙皇无能也好,都怪他不对。

"亚沙在哪儿?"母亲担忧地问。"我是说亚沙上哪儿去了?"

米龙嫌恶地皱了皱鼻子,眼睛没看伯母,说:

"他大概在城里,躲在他的鸡笼里。"

"什么?躲在哪儿?"纳塔利娅惊慌地喃喃道。

阿尔塔莫诺夫暗想:

"这个傻瓜,她多半还不知道亚科夫有了情妇呢。"

忽然他沉着地说:

"嗯,听我说:你们要怎样生活就怎样生活吧!想干什么就干什么好了。对了。说真的,我不懂了。我老了。这……这是魔鬼搞出来的把戏。一个人活啊活的,到头来竟什么也不懂了……"

四

亚科夫·阿尔塔莫诺夫舒服安逸地活到二十六岁,没有遭遇过什么特别不愉快的事,可是后来,喜欢过安逸生活的人们的对头——时间,却和亚科夫玩起一种纠缠不清而且不光明的把戏来了。事情是在四月里的一个晚上开始的,离那次使得有耐性的人民为之震惊的暴动,已经有三年了。

亚科夫躺在长沙发上抽烟,享受一种排除所有欲望的满足感觉。他把这种感觉看得比生活里的什么东西都贵重,正是在这种感觉里他才看见了生活的全部意义。不管是吃过一顿可口的饭以后,还是占有一个女人以后,总会同样愉快地产生这种心满意足的感觉。

一个体态丰满而匀称的女人站在房中央一张桌子旁边,瞧着咖啡壶下面酒精灯的旺盛的淡紫色火苗出神。她赤裸的胳膊和带着稚气的脸被透过红罩子的灯光照着,现出火候正好的馅饼皮的颜色。蓬松的黑发美丽地披在脖子和肩膀上。波利娜在赤裸的身体外面套一件金黄色的布哈拉式长袍,脚上穿一双绿色细山羊皮拖鞋。她有一种很轻松愉快的、不是俄罗斯人所有的气派。她那张脸像是未成年的男孩的小脸,很可爱。她嘴唇厚实,一双活泼的眼睛圆得像是樱桃。就连眼前,亚科夫已经从她那儿得到满足以后,她也还是招他喜欢。当然,她比他认识的一切姑娘和妇人都好得没法比,要不是她性情愚蠢,那就要算是十全十美了。

"我不想喝咖啡,小橘子,"亚科夫隔着烟卷浓重的烟幕说。波利娜没有看他，问了一句：

"那么我呢？"

"我不知道你想不想喝，"亚科夫回答，懒洋洋地打个呵欠。

"不，你知道，"那个女人刚听完他的话，马上摇着脑袋，尖起嗓子说。亚科夫听了一忽儿她那带刺的、扎人的话，就坐起来，把烟卷丢在地板上，穿上皮鞋，叹口气说：

"我真不懂，你为什么养成了老是破坏人家好心情的习惯，你得明白：在父亲去世以前我是没法结婚的……"

听到这话，波利娜跟往常一样把他大骂一顿：

"当然啦，你啊，这个蜘蛛，只有好心情才要紧！我知道：为了好心情，你会情愿把我卖给鞑靼旧货贩子的，没错儿！你啊，是个没廉耻的人……"

亚科夫特别不喜欢她叫他蜘蛛。在温存的时候，她给他另起一个有趣的名字："咸菜"。他觉得至少今天她总可以不吵嘴了：只不过两个钟头以前，他刚给过她一百个卢布啊。

"你哇哇地喊一阵也是白费，"他心平气和地警告她，戴上帽子，伸出手去，"再见！"

"猪猡！你又把烟头扔在地板上了……"

街上刮着潮湿的风，云的影子在地上爬，仿佛打算擦干泥塘似的。月亮露出头来，泥塘里的水盖着一层薄冰，像铜那样发亮。这一年，冬天固执地不肯给春天让位。昨天晚上还下了一场大雪。

亚科夫·阿尔塔莫诺夫不慌不忙地走着，双手插在衣袋里，把沉重的手杖夹在胳肢窝底下，想到人们愚蠢得多么没法解释，多么古怪。可爱的小傻瓜波利娜要怎么样呢？她生活得很安逸，没有一点烦恼，得着不少的馈赠，穿得很漂亮，一个月花百把个卢布，而且亚科夫知道，也感觉到，她喜欢他。那么，还要怎样呢？为什么她要结婚呢？

"愚蠢得就跟掉在果酱罐里的耗子一样，"他用他所喜爱的、他自己编出来的一句口头禅下了结论。他觉得生活是简单的，它对人，除了人已经有的以外,并不额外要求什么。实际上,这是明明白白的:所有的人都追求同样一个目标,那就是充分的安乐。白天的纷扰只是夜晚的寂静的不大愉快的前奏罢了:到了晚上,人就可以单独跟一个女人在一块儿,随后被她的温存弄得酥软舒服,于是睡上一觉,连梦也不做。真正重要而又实在的东西都在这儿了。人所以愚蠢,就因为他们差不多都暗中,或者公开地,自以为比他亚科夫聪明。他们想出许多不必要的心思。也许他们这样做是由于一种盲目的习惯吧,总之,每个人都想跟别人有所不同,生怕在众人当中默默无闻,生怕看不见自己。

伊利亚就愚蠢,因为他还在中学念书的时候就已经被书本迷住,如今又不知在什么地方夹在社会主义者当中鬼混。早先亚科夫受过他很多的气,可是现在呢,他不久以前不得不把一笔钱汇到西伯利亚的一个地方去给伊利亚用。母亲愚蠢得虽然可笑,却叫人受不了。至于愚蠢得更叫人受不了、更厉害的,要算是阴沉的父亲,那头老熊了。他跟什么人都处不好,总是醉醺醺,肮里肮脏。那个跳来跳去、忙忙碌碌的阿列克谢叔叔是可笑的,他一心想钻进国会,因此看大批的报纸,跟城里所有的人都假意要好,而且拉拢工厂里的工人,像个老荡妇一样。愚蠢得特别使人可气而可怕的,是大鼻子的啄木鸟米龙。他自以为是俄罗斯的独一无二、聪明绝顶的人,仿佛认定将来会做国务大臣,而且现在就已经毫不遮盖地表现出只有他一个人才知道事情该怎么办,大家该怎么想了。他也极力对工人讨好,给他们布置各种娱乐,组织足球队,成立图书室。他打算用胡萝卜去笼络狼呢。

工人织出极好的麻布,却穿得破破烂烂,住在肮脏的地方,不断地灌酒。总括说来,他们也被一种特别的愚蠢迷住了。他们满不在乎地表现出那种愚蠢,甚至失去了每个农民应有的那种单纯而又精打细算的狡狯。关于工人,亚科夫·阿尔塔莫诺夫不得不比别的事情多分一点心,因为他每天跟他们打交道,而且很久以前,还在他年轻的时候,他们就已经激起他的敌意,那时候他有不少次跟年轻的织布工人为了姑娘起过厉害的冲突，直到今天他的有些情敌看来也还没有忘记旧怨。他还没长胡子的时候，就有两回，在晚上，人家把石头扔到他身上来。那时候，母亲为了遮盖丑事和平息女人的吵闹，不止一回拿出钱来疏通，当时她还可笑地劝他：

"你干的是什么事呀，像个公鸡似的！应该等着结婚才对，要不然索性只姘一个女人，跟她过下去也好！不然的话人家会把你告到你爹那儿去，那他就会像对付伊利亚那样把你赶走！……"

在动荡不安的那两三年当中，亚科夫没有发现工厂里有什么特别危险的迹象，可是米龙的话啦、阿列克谢叔叔的忧虑的叹息啦、报纸啦（讲到报纸，小阿尔塔莫诺夫是不爱看的，可是报纸却带着讨厌的殷勤以及毫不遮盖的、幸灾乐祸的恐吓口气叙述工人运动，刊载国会里工人代表们的演说），所有这些都使得亚科夫对工厂里的工人生出敌意，还由于不能不倚赖他们而感到痛心。他觉着他倒也已经学会了巧妙地遮盖他这种心绪的方法：或者对他们的要求做一点小小的让步，或者赔个笑脸，开开玩笑。不过大体说来，局面还算不坏，只是偶尔有一种困窘的心情忽然抓住他，使他觉着别扭，倒好像他亚科夫厂主是在这些为他工作的人们的家里做客，住得太久，惹得他们不痛快了，他们厌烦地沉默着，瞧着他，仿佛想说：

"你怎么还不走啊？是时候了！"

每逢他有这种感触，他总生出隐隐的预兆：工厂里必定隐藏着一种对他说来、对他个人说来十分危险的东西，肉眼看不见，暗中却在燃烧，冒烟。

亚科夫相信人是简单的，而且人觉得最可贵的东西也就是简单，任什么烦恼的思想都不是由人自己想出来，也不是人本来就有的。那些乌烟瘴气的思想原在人的外界什么地方存在着，人一感染到它，就会变得无从理解，惹得别人惊慌不安了。还是不要知道那种有害的思想，不要惊动它的好。不过，尽管亚科夫恨这种思想，却又感到它确实在自己外面存在着，而且看见它不但没有解开普遍的愚蠢的死扣子，反而把他在生活里所喜爱的那些简单明了的东西搅乱了。

依他看来,在他认识的一切人当中,最聪明的要算是老头儿吉洪·维亚诺夫了。亚科夫冷眼瞧着他安详的待人态度,他那仿佛出于恩赐的劳动,不由得羡慕这个扫院子的仆人。吉洪就连睡觉的样子也很妙,他总是把耳朵贴着枕头,或者贴着地,仿佛在听什么似的。

他问扫院子的仆人:

"你睡觉时候做梦吗?"

"凭什么做梦?我又不是娘们儿,"吉洪说。亚科夫在他的话里听出一种充沛的、坚定的、不屈不挠的力量。

"这都是娘们儿的梦,"小阿尔塔莫诺夫在阿列克谢叔叔家里听见争吵和议论,就这样想,暗暗好笑。

大体说来,他觉得思考很费力。每逢他想什么事,他的动作就呆笨,仿佛背着一件很大的重东西似的,低下头,瞧着地下。这天晚上他从波利娜家里出来,就是这样走路的,因此他没有留意到一个灰色的、矮矬的人不知从什么地方钻出来,走到他面前,高高抡起了一条胳膊。亚科夫赶紧弯着一个膝头跪下去,马上从大衣口袋里抽出手枪,抵住进攻的人的腿,放了一枪。枪声发闷,微弱,可是那人往后一退,肩膀碰着围墙,连声哼哼着,顺着围墙溜下来,倒在地下了。

直到这时候,亚科夫才觉着害怕得要命,他害怕得要喊都喊不出来了。他想站起来,可是手发抖,腿不听使唤。离他两步远,那个没戴帽子、露出一头鬈发的人,在地上扭动着,也打算站起来。

"我要开枪打死你,混蛋,"亚科夫嘎哑地说,伸出拿着枪的手。那个人扭过宽脸膛来对着他,嘟哝了一句:

"您已经开过一枪了……"

亚科夫一听,知道这人是谁,也惊讶地小声说:

"诺斯科夫吗?嘿,坏包!原来是你?"

亚科夫的恐惧立刻换成一种近似高兴的心情。这样的心情所以会产生,不只是因为知道自己已经幸运地打退了袭击,而且因为这进犯的人原来不像亚科夫所想的那样是工厂的工人,而是外人。这人是诺斯科夫,猎户,会拉手风琴,常在婚礼上演奏。他是个单身汉,寄居在助祭太太帕拉克利托娃家里。在这个晚上以前,城里还没有人说过他什么不好的话。

"原来你在干这个?"亚科夫说,站起来,往四下里看。四周静悄悄的,只有风摇着围墙上面的树枝。

"我在干什么?"诺斯科夫忽然大声问。"我本来是想开玩笑,吓吓您的,没有别的意思!您呢,却马上砰的一枪!您瞧着吧,您干了这种事,人家是不会夸奖您的!其实刚才我自己也在害怕……"

"哦,原来是这样的吗?"阿尔塔莫诺夫用胜利者的口气讥诮说。"好,起来,找巡警去。"

"我走不动,您把我打残废了。"

诺斯科夫捡起帽子,看着帽子的衬里,补了一句:

"我也不怕巡警。"

"好,我们到那儿再看吧。起来!"

"我不怕,"诺斯科夫又说。"您怎么能证明这是我要打您,而不是您由于害怕才开枪打我呢?这是第一点!"

"哦。那么第二点呢?"亚科夫问,冷笑一下,可是看到诺斯科夫这么镇静,又有点奇怪。

"的确有第二点。我是个对您有用处的人。"

"这是奇谈!这真是古今的奇谈!"

亚科夫忽然气起来,举起手枪对准拉手风琴的人的脸,威吓说:

"我一下子把你的脑袋打碎!"

诺斯科夫抬起眼睛,然后又低下眼睛瞧着帽子的衬里,委婉地说:

"您别闹出事来。尽管您阔绰,您也证明不出什么。我说过我本来只是想开开玩笑罢了。我认得您的父亲,还给他拉过很多回手风琴。"

他猛一下把帽子扣在脑袋上,低下头去,咬着牙哼哼着,卷起一条裤腿,随后从衣袋里拿出一块手绢,开始绑那条在膝盖上面受了伤的腿。他不住地嘟哝着什么,声音含混,不过亚科夫并没听他讲话,他又被这失手的强盗的古怪态度弄得满心惶惑了。

亚科夫用一种对他来说颇不平常的敏捷思忖着:当然,应该把诺斯科夫撇在围墙这儿,自己进城去,叫来更夫守住这个受伤的人,然后到巡警局去报告他拦路行劫的事。以后,案子进行审问,诺斯科夫就会讲出父亲怎样在助祭太太家里喝酒行乐。说不定他有些朋友也是这类暴徒,他们也许会伺机报仇吧。不过,就这样放掉这个人,不让他受到惩罚也不行……

夜越发冷了。那只拿着枪的手冻得发痛。这儿离巡警局很远,那儿的人当然都睡熟了。亚科夫生气地哼鼻子,不知道该怎样决定才好,暗暗惋惜那一枪没有打死这个身量矮矬、仿佛一辈子骑在圆桶上似的生着两条罗圈腿的家伙。他忽然听见诺斯科夫说出一些出乎他的意外、使他暗暗吃惊的话:

"我干脆告诉您吧,不过这可是个秘密,"诺斯科夫说,始终在忙着弄他那条腿。"我在这儿住着是为了对您有用处,为了监视您的工人。我刚才说我想吓唬您,其实是故意那么说说的,实际上我应该收拾的是另外一个人,我却看错了……"

"鬼东西,"亚科夫说。"到底是怎么回事呢?"

"是的,就是这的……您不知道,助祭太太家的浴室里有些社会党人聚会,他们念书,而且又说要造反了。"

"胡说,"亚科夫小声说,可是相信他的话了。"不过,是些什么人呢?谁在那儿聚会?"

"这我不能说。等他们被捕了,您就会明白。"

诺斯科夫抓住围墙的木板,站起来,请求说:

"把手杖给我,没有它我走不了路了……"

亚科夫低下头,捡起手杖,递给他,往四下里看一眼,小声问:

"可是那时候你为什么,你为什么扑过来打我?"

"我不是要打您。我看错了。我要打的不是您,是另外一个人。这些事您不必深究了。这是误会。您很快就会看出我说的是实话。应当给我点钱,好医一医腿。就是这么回事……"

诺斯科夫扶着围墙,用手杖撑着身子,挪动罗圈腿慢慢走去。他离开菜园,向郊区的黑房子那边走去。他一边走,一边好像在赶散浮云的寒冷的阴影,可是他走出十步路以后,轻声招呼说:

"亚科夫·彼得罗维奇!"

亚科夫很快地走到他那儿,诺斯科夫说:

"今天这件事,不要跟外人说,一点口风也别漏出去!要不然……您自己明白的。"

他拄着手杖,往前走去,撇下亚科夫一个人发怔。他应该马上想很多事情,而且现在得立刻解答一个问题:他做得对不对?如果诺斯科夫是在监视社会党人,那他当然是有用的,甚至是缺少不得的人。不过,万一他是说谎,骗人,为了争取时间,随后再为自己的失败,为那一枪,报仇呢?他说他看错了,他想吓唬人,那是说谎。这很明白。莫非他被工人买通了来暗杀我吗?在工厂的织布工人中间,有一大群暴徒、蛮汉,不过讲到他们当中有社会党人,那却不容易想象。前不久,有些最稳重的工人,例如谢多夫、克里库诺夫、马斯洛夫以及别的人,还亲自要求办公室解雇一个最不听管教的蛮汉呢。是啊,诺斯科夫一定是骗人。要不要把这件事告诉米龙呢?

亚科夫不能想象要是跟米龙讲起诺斯科夫的事,结果会怎样。不过,当然,那位堂兄会像法官一样详细盘问他,还会怪他在哪些方面不对,而且一定会这样那样地讥笑他。如果诺斯科夫是暗探的话,米龙大概知道。话说回来,事情还是没有完全弄清楚,到底是谁做错了呢:是诺斯科夫呢,还是他亚科夫?诺斯科夫说:

"您很快就会看出我说的是实话。"

他瞅着猎户的后影,直到那个人在夜影里消失了为止。看起来,仿佛一切都很简单,容易理解:诺斯科夫怀着明显的抢劫目的来袭击他,亚科夫就对他放了一枪,可是随后却发生了一件复杂得恼人的、噩梦般的事情。诺斯科夫沿着围墙走路的那种样子很特别,跟在他后面的破碎的影子也特别浓。这还是亚科夫头一回看见影子这么沉重地跟在人的背后磨蹭着。

小阿尔塔莫诺夫给种种思想困住,疲乏得很,决定索性一声不响,等着看以后会怎样。关于诺斯科夫的种种想法始终没有离开过他,他皱起眉头,觉着浑身不舒服,每到吃饭时候,工人走出厂房,他就站在办公室窗前,打量他们,极力揣测:他们哪一个是社会党人呢?难道是锅炉工人瓦西卡,那个脸挺脏、瘸着腿、在木工谢拉菲姆那儿学会了顺口编出讥诮的歌词的家伙?

过几天,小阿尔塔莫诺夫正在遛一头很久没走动过的马,却在树林边上看见宪兵涅斯捷连科,穿着瑞典式的扣领短外衣和长筒靴,手里拿着枪,腰上挂着一个装满飞禽的猎袋。涅斯捷连科站在那儿,脸对树林,背对大路,低着头,把手举到脸那儿,正在点一根烟卷。太阳照着他那短外衣的背上的棕色皮子,仿佛那背是铁打的一样。亚科夫立刻决定该怎么办才对,就骑马到他跟前,匆匆忙忙打招呼:

"我不知道您在此地!"

"我来三天了。老兄,我的内人病得很重,是的!"

涅斯捷连科报告这个可悲的消息的时候,却显得很活泼,而且立刻用手拍拍猎袋,补了一句:

"我啊,瞧!不坏吧,嗯?"

"您认得猎户诺斯科夫吧?"亚科夫低声问。由于惊讶,那个军官的两道淡红色眉毛往上一扬,他的中国式小胡子微微动着。他拈了拈一边的胡子,眯起眼睛,瞧着天空。所有这些都在亚科夫心里引起了揣测:"他要说谎了。可是他怎样说呢?"

"诺斯科夫?这是什么人呀?"

"一个猎户。鬈头发,罗圈腿……"

"是吗?好像在树林里见过这样一个人似的。他拿着一管糟糕的枪……不过,怎么样呢?"

这时候军官带着探问的神情定睛瞧着亚科夫的脸,灰色眼睛的瞳仁中心闪着一点亮晶晶的火花。亚科夫很快地对他讲出诺斯科夫的事。涅斯捷连科听他讲话,眼睛瞧着地下,用枪柄把一个松果砸进地里去,听完以后,没有抬起眼睛来,问道:

"为什么您不报告巡警呢?老兄,这是他的事,而且您有责任报告。"

"我说过了:他好像是暗中监视工人的,那就是您的事了……"

"哦,"宪兵说,把烟卷在枪身上按灭,又眯起眼睛直直地瞧着亚科夫的脸,委婉地讲出一些不大听得懂的话。照他说来,亚科夫做得不合法,不该把试图抢劫的事瞒过巡警局,不过现在再去报案,却嫌迟了。

"要是您当时把他揪到巡警局去,那么案情就清楚了!不过就是那样,也不见得会完全清楚。可是现在您怎么能证明他要打您呢?他受伤了吗?喏!人也可能因为害怕而开枪打人啊……比方说,一时害怕,没留神就开了枪……"

亚科夫觉得涅斯捷连科在耍滑头,把事情搅乱,甚至好像要吓唬亚科夫,要叫他亚科夫或者军官自己躲开这件事。当军官讲到人可能因为害怕而开枪的时候,亚科夫的怀疑就确定下来了:

"他是在说谎。"

"是啊,老兄。这个蠢货居然说出自己是暗探,那他当然要倒霉的。我们要去问问他知道点什么事。"

军官把手放在亚科夫的肩膀上,说:

"听我说,请您向我担保:这件事只我们两个人知道,不外传。这是为您的利益着想,您明白吗?那么:一言为定?"

"当然。行。"

"这件事您不要对您叔叔讲,也不要对米龙·阿列克谢耶维奇讲。您真的还没对他们讲过吗?嗯,挺好。听凭这件事按它自己的内在逻辑去发展吧。千万不要对外人漏出口风！行吗？只算是猎户自己打伤了自己,跟您毫不相干。"

亚科夫微笑:跟他讲话的人变了样,换成一个温和而快乐的人了。

"再见,"他说。"请您记住,一言为定！"

小阿尔塔莫诺夫略略放了心,走回家去。到傍晚,叔叔要他到省城去,他高高兴兴地去了,可是过了八天回来以后,正在叔叔家里吃饭,却又带着新的忧虑听米龙讲道:

"涅斯捷连科原来不像我所想的那样是个懒汉,他在城里抓了三个人:教师莫杰斯托夫和另外两个什么人。"

"我们这儿呢?"亚科夫问。

"在我们这儿抓走了谢多夫、克里库诺夫、阿布拉莫夫,还有另外五个比较年轻的。虽然这是由省城的宪兵来逮捕的,可是这一定是涅斯捷连科干出来的事。这样看来,他妻子害病倒于我们有明显的好处。是的,他并不傻。他也怕人家打碎他的脑袋呢……"

"现在不兴暗杀人了,"叔叔说。

"哼,"米龙说。"对了！城里还抓了另外一个人,猎户……"

"是诺斯科夫吗?"亚科夫战兢兢地轻声问了一句。

"不知道。他住在助祭太太家里。而那些革命党人就在她家的浴室里开会。可是,你知道,你父亲就在她家里,跟她一块儿玩乐。这真巧得很,可也未免不像话……"

"是啊,"阿列克谢摇着秃头说。"拿他有什么办法呢?"

亚科夫两眼发黑,再也听不见叔叔和堂兄在说些什么了。他想:诺斯科夫被捕了,可见他也是社会党人,不是强盗,可见他是由工人打发来殴打或者害死厂主的,而他亚科夫还把那些工人看作最稳重、最本分的人呢！谢多夫永远穿得整整齐齐,年纪已经不轻了。克里库诺夫是个很有礼貌的、快活的装配工人。愉快的阿布拉莫夫爱唱歌,是个手艺很好的工人。谁能够设想这些人也是他的敌人呢?

他还觉得只过了这样几天,叔叔家里却变得越发闹哄哄、乱糟糟了。镶着金牙的医生亚科夫列夫不管什么时候讲起什么人和什么事从来也不说好话,总是用冷漠的眼光远远地瞧着大家,冷笑,现在变得越发惹人注意了。他翻起报纸来发出一种带点威胁的沙沙声。

"是的,"他说,金牙发亮,"我们动起来了,醒过来了!人们变得像是偷懒的仆人,听说主人突然出乎意外地要回来,怕主人辞掉他们,就提心吊胆地赶紧打扫,擦抹,想把没人管的房子收拾整齐。"

"您说话总是意义不明,大夫,"米龙说,皱起眉头。"这是您的无政府主义,怀疑主义在作怪……"

可是医生讲得更响,他的话变得更长了,搅得亚科夫惊惶不安。看起来,好像大家都怕着什么,都在用灾难互相恐吓,煽起彼此的恐惧似的。人甚至可以这样想:这些人所害怕的恰好就是他们自己做出来的事,他们自己的思想和话语。亚科夫从这一点就看出普遍的愚蠢正在增长,至于他自己生活中的恐惧,却不是空想出来,而是十足真实的,他全身的皮肤都感到自己的脖子上套着一个绳索,虽然肉眼看不见,它却越收越紧,拉着他去迎接没法避免的大灾难。

过了两个月光景,他的恐惧越发加重了,因为诺斯科夫又在城里出现,而且阿布拉莫夫也到工厂里来了,又黄又瘦,胡子剃得精光。

"您肯收留我这个老头儿吗?"他问,微笑着。亚科夫不敢拒绝他。

"怎么样,监狱里很苦吗?"他问。阿布拉莫夫仍旧带着笑容回答:

"挤得很!要不是伤寒来帮狱官的忙,我不知道还有什么空地方能安插下犯人!"

"是的,"亚科夫瞧着织布工人走出去,暗想,"你笑嘻嘻的,可是我知道你心里在想什么……"

就在当天傍晚,米龙不顾亚科夫的面子为阿布拉莫夫的事跟他大闹一场,几乎对他嚷叫,甚至顿脚,倒好像他是听差一样:

"你疯了?"他叫着,气得鼻子都红了,"明天务必把他辞掉……"

过了几天,有一天早晨,他到奥卡河去洗澡,马夫林中尉和涅斯捷连科过来了。他们坐着小船,船上撑着许多钓竿,像是长了胡子。冷

心肠的中尉随意点一点头,一声不响,算是跟亚科夫打了招呼,马上就把船摇到河中心去了。可是涅斯捷连科脱掉衣服,轻声说:

"您不该不收留阿布拉莫夫。很可惜,我没有事先关照您一声。"

"这是米龙的主意,"小阿尔塔莫诺夫叽咕了一句,觉着军官说话带着浓烈的酒气。

"是吗?"涅斯捷连科问。"这事不由您做主?"

"对了。"

"可惜了。这家伙有用处。他可以做内线,钓饵。"

军官赤身露体,在阳光下现出金黄颜色,皮肤像鲤鱼的鳞那样发亮;他用同谋者的眼光瞧着亚科夫,又问:

"您看见您的朋友没有?那个猎户?"

涅斯捷连科像一个对自己很满意的人那样轻声笑着。

"您知道什么缘故逼得他扑到您身上来吗?原来他想买一管枪,双铳的。这全是出于嗜好,老兄。人是由嗜好支配着的,对了!他,这个猎户,以后会大有用处,因为多亏他把您看错,现在我已经把他抓紧了……"

"怎么会是看错呢,您不是已经说过……"

"是看错了,先生,是看错了!"军官固执地反复说着,在赤裸的胸膛上画个十字,蹚着水,像马那样迈开步子,走到河里去了。

"叫鬼把你们都逮了去才好,"亚科夫闷闷地想。

忽然,死亡来了,仿佛一个闹哄哄的房间猛地关上了门。

午夜,母亲叫醒亚科夫,哭着说:

"快起来!吉洪跑来,说是阿列克谢叔叔下世了!"

亚科夫跳起来,喃喃地说:

"怎么会有这种事!他连病也没有生啊……"

父亲走进门来,摇摇晃晃,呼哧呼哧地喘气。

"吉洪,"他嘟哝起来。"吉洪在哪儿,哪儿就别想有好事!瞧,亚科夫,不是吗?忽然……"

他光着脚,睡衣外面披一件长袍,拉着自己的耳朵,往四下里瞧,仿佛闯进一个不认得的地方似的。他哼着:

"哼……"

"怎么会有这种事呢?"亚科夫简直闹糊涂了。

"没有行忏悔礼就死了,"母亲说,她长得像一个大面袋。

他们坐上半篷的四轮马车,去了。亚科夫坐在车夫座位上,看前面吉洪骑在马背上颠上颠下,他旁边的道路上铺着影子,跳动着,仿佛想钻进地里去似的。

奥莉加在院子里迎接他们。她从车房走到门口,又从那儿走回来。她穿着睡衣,系一条白裙子,在月光底下显得发蓝,透明,因此,看到她的身体在院里光秃的卵石地上印下浓黑的影子,反而使人觉着奇怪。

"我的生活就此完了,"她小声说。黑狗库丘姆一刻也不放松地跟在她后面。

厨房窗前的凳子上坐着米龙,弯下腰。他一只手里的烟卷正在冒烟,另一只手拿着眼镜,摇晃着,镜片闪光,细金丝在空中发亮。米龙不戴眼镜,鼻子显得更大了。亚科夫没有说话,挨着他坐下。父亲站在院子中央,瞧着敞开的窗子里面,像是叫花子等施舍似的。奥莉加瞧着天空,提高喉咙对纳塔利娅说:

"当时我没理会……忽然,他的肩膀变得僵冷,他的嘴张开了。这个亲人,他都没有来得及跟我说一句临终的遗言哟。昨天他抱怨过,说是他心口痛。"

奥莉加安静地说着,她的话好像也投下了阴影似的。

米龙丢掉熄灭的烟卷,把头顶住亚科夫的肩膀,小声哀叫着:

"你不知道他有多么好哟……"

"怎么办呢?"亚科夫回答,找不出别的话说。对婶婶也需要说几句话才对,可是说什么呢?他沉默着,瞧着地下,用鞋在地上擦着。

父亲嗽了嗽喉咙,小心地走进房里,亚科夫踮起脚尖,也跟他走进去。叔叔躺在那儿,用被单盖着,下巴上绑一块手绢,手绢在头上打了个结,像是翘起两根犄角,大脚趾绷紧被单,好像想穿透它似的。月亮已经溶掉半边,明亮地照进窗子里来。丝窗帘微微颤动。库丘姆在院子里吠了一阵,老阿尔塔莫诺夫仿佛为了回答它似的,在胸前画个大大的十字,用不必要的响亮声音说:

"他活得轻松,死得爽快……"

亚科夫从窗子里看见,院子里现在跟婶婶并排走着的是薇拉·波波娃,她穿一身黑,像修道女似的。奥莉加又提高喉咙说:

"他在睡乡中去世了……"

"不要胡闹!"维亚洛夫轻声嚷着,他正用一团团干草擦马,摇动脑袋,不让马嘴咬到他的耳朵。老阿尔塔莫诺夫也看一眼窗外,嘟哝着:

"这蠢货,嚷起来了。他什么也不懂……"

"这时候,什么话也不该说,"亚科夫想,走到门廊上去,看那穿黑衣服和白衣服的两个女人的影子怎样擦掉石头上的尘土,卵石地变得越发亮了。母亲跟吉洪小声说话,他同意地点头,马也同意地点头,马的眼睛像铜块似的发亮。父亲从屋里走出来,母亲对他说:

"应当给尼基塔·伊里奇打个电报去才对,吉洪知道他住在哪儿。"

"吉洪知道!"父亲生气地跟着说。"你打个电报去吧,米龙。"

米龙站起来,走出去,肩膀却撞在门框上了,他就用手心摸了摸门框。

"伊利亚那儿,也打个电报去,"老阿尔塔莫诺夫对他的背影说。从嵌在墙上的黑石洞里,米龙回答说:

"伊利亚不能来。"

"要知道,我跟他一块儿过了三十年呐,"奥莉加说,仿佛自己也觉着自己说的话奇怪似的。"而且还在结婚以前,我就跟他相好了四年。现在,我可怎么办呢?"

父亲走到亚科夫跟前。

"伊利亚在哪儿？"

"不知道。"

"你撒谎吧？"

"现在不是谈伊利亚的时候，爸爸。"

亚科夫列夫匆匆地走进院子里来，问：

"他在卧室里吗？"

"傻瓜，"亚科夫想。"是啊，他活不回来了。"

他因为没有办法让这种扫兴的时光赶快过去而觉着气闷。四周的一切都沉重，不必要，例如那些人、他们的话、那匹在月光下像青铜那样发亮的红毛马、那条沉默的哀伤着的黑毛狗。他觉得奥莉加婶婶在夸耀她跟丈夫过得多么好；母亲在院子的一个墙角里假意哇哇地哭；父亲的眼睛发呆，脸容死板；一切都比应有的情形更糟，更沉闷。

阿列克谢叔叔在墓园里下葬那天，临到棺材已经放进墓穴，人们已经拿一把把黄沙土撒在上面，尼基塔叔叔才来。

"又来了一个叔叔，"亚科夫想，打量着这个修士的凸凸凹凹的身子。修士靠着桦树的树干站着，那桦树就是他自己栽的。

"你来晚了，"父亲走到弟弟跟前，擦掉脸上的眼泪，说。修士像乌龟那样把头缩到驼峰的夹缝里去。他的模样像叫花子，法衣被阳光晒褪了色，高统帽现出旧铁桶的颜色。高筒靴的后跟踩歪了。他那扑满尘土的脸浮肿，他睁着昏花的眼睛瞧墓穴四周那些人的后背，用很轻的声音对父亲讲话，稀疏的白胡子颤动着。亚科夫皱起眉头往四下里看，有好几十只眼睛正在好奇地看那个修士。人们瞧着这个残废的弟弟和富足人家的叔叔，大概在等着看会不会闹出什么丢丑的事来。亚科夫知道城里人都相信阿尔塔莫诺夫家的人把这驼子藏到修道院里去，是为了吞没父亲死后驼子应得的一份财产。

身量矮胖、性情温和的教士，尼古拉神甫，用男高音劝奥莉加：

"不要用叹息和眼泪侮辱我们的主，上帝，因为这是他的意志……"

可是奥莉加提高喉咙回答说：

"不过我没有哭啊，没有抱怨啊！"

她双手发抖，用奇怪的颤巍巍的动作摸自己的裙子，想把浸透泪水、缩成一小团的手绢藏到衣袋里去。

吉洪·维亚洛夫熟练地帮着墓园的看守人填平墓穴。米龙站在墓穴旁边，挺直身体，像是变成了一根木头；驼背的修士用凄凉的声调对纳塔利娅轻声说：

"哎呀，你变成什么样子了，都叫人认不得了！"随后他用手指头戳一下自己胸前的肉峰，不贴题而且不必要地补充说：

"我呢，人家是不会认不得的。这是你的孩子亚科夫吧？还有那个高个子，是阿列克谢的孩子米龙吗？啊，啊！好，我们走吧，我们走吧……"

亚科夫留在墓园里没走。刚才他看见诺斯科夫在那群工人里出现了一阵，这个猎户跟瘸腿的锅炉工人瓦西卡并排走着，经过他的面前。他路过的时候，用不怀好意的和探问的眼光直直地瞧了亚科夫一眼。这个人在想什么呢？当然，对一个向他开过枪、几乎把他打死的人，他是不会有什么好想法的。

吉洪走过来，用手掌掸掉外衣上的沙土，说：

"瞧，阿列克谢·伊里奇生前干得多么起劲，可是到头来……尼基塔·伊里奇也衰弱了……"

"有一个……"亚科夫忽然说，马上又止住自己的话。

"什么？"

"工人们因为叔叔去世而难过了。"

"可不是！"

"有一个诺斯科夫，是个猎户，"亚科夫又开口了。"我要跟你讲一讲他……"

"就是一匹马死了，大家也要为它难过的，"吉洪深思地说。"阿列克谢·伊里奇匆匆忙忙干了一辈子，而且匆匆忙忙地死了，仿佛碰在什么东西上撞伤了似的。他在死的前一天还对我说……"

亚科夫沉默下来,明白他的话吉洪听不进。他所以决定跟吉洪谈一谈诺斯科夫,是因为必须对人谈谈这个猎户。这个人的影子压在亚科夫的心上,比眼前这种种事情还要使他气闷。昨天在城里,这个生着两条罗圈腿和一张像兵士那样死板的脸的人,一下子从街角那边钻出来,走到他面前,脱下帽子,瞧着帽子的衬里,说:

"您还欠着我一点小小的债务呢,您答应过给我钱治腿的。再说,您的叔叔去世了,您也不妨出点钱叫人为他祷告一下,让他的灵魂安息。我呢,刚好有个机会可以买一架挺好的手风琴来给您的老太爷解解闷儿……"

亚科夫呆呆地瞧着这个人,没有说话。随后诺斯科夫用开导的口气不放松地说下去:

"而且我是多么出力地为您的利益反对俄罗斯的敌人啊……"

"要多少钱?"亚科夫问。

诺斯科夫迟疑一下,回答说:

"三十五个卢布。"

亚科夫拿出钱来给他,又气又怕,赶快走开了。"他把我当傻瓜看待,他以为我怕他,这混蛋!好,你等着瞧吧……"

现在,亚科夫慢慢走回家去,只想着一件事:怎样才能摆脱这个人,无疑,这人会把他当牛似的牵到斧子底下去的。

热闹的丧事办起来没有尽头地拖下去了。人们兴高采烈,吩咐助祭卡尔采夫和唱诗班为亡人唱"永恒的悼念"。日捷伊金喝酒过了量,摇着叉子,用威胁的声调不成体统地唱着:

> 战士想起过去的年华,
> 想起在战场上他们怎样一同厮杀……

斯捷潘·巴尔斯基把他那像鸭绒枕头一样柔软的身体塞进马车

里,大声称赞说:

"啊,彼得·伊里奇,真的,你爱你弟弟!这样的丧宴叫人很久都忘不了!"

亚科夫听见喝得很醉的父亲阴沉而讥诮地回答说:

"你很快就会把什么都忘掉的,你的肚子很快就会炸开喽。"

日捷伊金、巴尔斯基、沃罗波诺夫和另外几个全城尊敬的人物是父亲不顾米龙的本意,自己做主请来的,米龙分明在为这事生闷气。他在丧宴上至多只坐了半个钟头,就站起来,像仙鹤那样迈开步子走了。奥莉加婶婶也趁大家没留意跟在他后面走了。修士显然讨厌那些半醉的人纷纷问他修道院的生活情形,随后也走了。父亲一举一动好像故意要得罪一切人似的,在丧宴结束以前,亚科夫随时担心父亲跟城里人会忽然吵起架来。

母亲看出波波娃对奥莉加婶婶挺殷勤,觉着没面子,就气冲冲地坐上车回家去了,可是不知什么缘故,父亲却起意要在阿列克谢叔叔的书房里过夜。依亚科夫看来,所有这些都是出于荒谬的任性,不必要,弄得他心里更乱了。他在长沙发上躺了大约两个钟头,想睡又睡不着,索性走到院子里去。他看见厨房窗前的长凳上并排坐着吉洪和修士的黑身影,那修士看上去很奇怪,像是一架拆毁的机器。修士没有戴高帽,露出秃头,显得更矮更宽了;他那张仿佛生了霉的脸像是小孩的脸,他手里拿着一个玻璃杯,在他身旁的凳子上摆着一瓶克瓦斯。

"这是谁来啦?"尼基塔轻声地问,自己立刻回答说:"这是亚沙。跟老头子一块儿坐一忽儿吧,亚沙!"

他对着月亮举起杯子,瞧杯子里的浑浊的液体。月亮藏在钟楼后面,给钟楼裹上雾蒙蒙的银光,使它在温暖而黑暗的夜色中古怪地挺身立起来。钟楼的上空停着云朵,像是胡乱缝在蓝色丝绒上的肮脏的碎布。阿列克谢生前喜爱的、肥头大耳的母狗库丘姆心事重重地在院子里走来走去,闻着土地。它一面走,一面闻,忽然抬起头来对着天空送上一阵低抑的、询问的尖叫声。

405

"嘘,库丘姆,"吉洪低声说。

狗走过来,把它的肥头塞到吉洪的两个膝盖中间,呜呜地诉说着什么。

"它也觉出来了,"亚科夫说。大家都没答理他,可是他很想说话,为的是免得思索。

"我是说它通灵性,"他坚持着又说一遍。扫院子的仆人轻声回答说:

"可不是!"

"在苏兹达利,修道院里的狗凭气味就能认出贼来,"修士回想着。

"你们本来在谈什么吧?"亚科夫问。修士喝下一点克瓦斯,用法衣的袖口擦干嘴巴,讲起来,因为没有牙齿而声音发喘,仿佛他在走下楼梯似的:

"刚才吉洪说:人们又想要造反了。看样子也像!大家都那么心事重重嘛……"

"这个事业把他们折磨得好苦,"吉洪插嘴,一面玩弄狗的耳朵。

"把狗赶走,"亚科夫吩咐说,"它身上有跳蚤。"

扫院子的仆人把狗爪子从膝头上推开,用脚把狗推到一边去。它就夹着尾巴,坐下来,烦闷地叫了两声。这三个人瞧着它,其中一个偶然想到:说不定吉洪和修士对这条孤苦伶仃的狗远比对埋在地下的狗主人更加怜惜吧。

"将来是会发生暴动的,"亚科夫说,小心地瞧着院子里的黑墙角。"吉洪,你还记得谢多夫和他的同伴们被捕了吗?"

"可不是!"

修士从法衣的口袋里拿出一个小铁盒,在那里面捏出一撮鼻烟,闻一闻,告诉侄子说:

"喏,我闻鼻烟了。这东西对于眼睛有好处,我的眼力差了。"

他打个喷嚏,接着说:

"就连乡下也在捉拿人……"

"如今到处都有暗探,"亚科夫说,极力把话说得简单。

"他们盯住每一个人。"

吉洪嘟哝说:

"要是不盯,那就什么也看不出来。"

亚科夫迟疑不决地转动舌头,由于夜寒或者由于害怕而蜷起身子,差不多不出声地说:

"我们这儿就有。关于猎户诺斯科夫就有些不好的传说……似乎是他把谢多夫和城里的那些人告下的。"

"嘿,这蠢货,"过一会儿吉洪搭腔了,他正在向狗伸出手去,不过立刻又把手放下来,落在膝头上。亚科夫觉着自己的话白说了,落进空虚里面去了,可是不知什么缘故又警告吉洪说:

"只是你不要对人谈起诺斯科夫。"

"我为什么要谈呢?他跟我没关系。再说,也没有一个可以谈谈的人了。谁也不信谁的话。"

"不错,"修士说,"信念少了。在战后我跟伤兵们谈过话,这才看出来:连兵也不相信战争了!铁,亚沙,到处都是铁,机器!机器在工作,机器在唱歌,在说话!要过这种铁工厂式的生活,需要有另外一种人,铁打的人。很多人明白这一点,我就遇见过这样的人。他们说:'我们要叫你们这些软骨头知道一下厉害!'可是另外有些人却觉着委屈。如果人来指挥一切,他们倒能习惯,现在由铁来指挥一切,他们就觉着伤心了。斧子、锤子,一切能够拿在手里的东西,他们都能习惯,然而现在换了一种东西,有一百普特重,可又是活的。"

吉洪嗽了嗽喉咙,笑了,这可是亚科夫觉着生疏、从来没有听见过的。随后吉洪说:

"车子跑到马前头去了。嘿,魔鬼!"

"很多人在生气,"修士说下去,声音很低。"三年来我走遍各处,亲眼看见:嘿,大家是怎样的生气啊!只是他们的气生得不是地方。他们互相生气,其实他们自己都有罪,有的是由于聪明,有的是由于愚蠢。这是教士格列布对我说的,说得很好!"

"那个教士还活着吗?"吉洪问。

"他已经不是教士了,"尼基塔回答。"他已经被开除了,如今他在乡下集市上卖书。"

"他是个好教士,"吉洪说。"以前我常到他那儿去忏悔。他很好。不过他是因为穷才做教士的,其实并不相信上帝,我这样想。"

"不,他相信基督。各人是按各人的方式相信的。"

"所以才会天下大乱嘛,"吉洪坚定地说,又不正常地笑了:"他们想得太多了……"

老阿尔塔莫诺夫没一点声息地走出来,站在门廊上,穿着睡衣,光着脚,瞧着苍白的天空,对窗前的几个人说:

"我睡不着。狗捣乱。你们也在那儿叽叽喳喳地说个不停……"

狗坐在院子中央,竖起耳朵,一面尖叫,一面瞧着敞开的黑窗洞,多半是在等主人叫它。

"你呢,吉洪,老是唠叨你那一套!"阿尔塔莫诺夫说。"喏,亚科夫,你看:农民碰上一个思想,就好比狼落了网。是啊,你哥哥也是这样。尼基塔,你知道伊利亚的事吗?"

"听说了。"

"对了。我把他赶走了。他骑上别人的马跑了,可是跑到哪儿去了呢?当然,并不是每个人都能像他那样丢开万贯家财,去过莫名其妙的日子的……"

"那个侍奉上帝的人阿列克谢[①]也是那样的,"尼基塔轻轻地提醒道。

老阿尔塔莫诺夫把手举到鬓角那儿,不言语了。他走进园子,对亚科夫说:

"给我把被子和枕头拿到凉亭上来,我也许就在那儿睡了。"

---

① 指十三世纪俄罗斯的大主教,出身于莫斯科的贵族人家。

他身体笨重,穿一身白衣服,头发蓬松,脸容深褐色而浮肿,看上去近乎可怕。

"你,尼基塔,关于机器,说了些废话,"他在院子中央站住,说。"机器方面的事,你懂什么? 你的事是谈上帝。机器并没有什么妨害……"

吉洪不恭敬地、固执地打断他的话:

"有了机器,生活就贵多了,也嘈杂多了。"

老阿尔塔莫诺夫对他摆一摆手,慢慢走进园子,可是亚科夫拿着枕头在他前面走着,气愤而烦闷地想:

"父亲啦、叔叔啦,都是我的亲人,可是他们对于我有什么好处呢? 他们帮不上我的忙。"

父亲没有邀弟弟住到自己家里来,修士就在奥莉加婶婶家里安顿下,住在顶楼上,而且预先对她申明说:

"我住不久,我很快就要走的……"

他默默地生活着,要是不喊他下楼,他就不出房门。他常在园子里各处走动,剪掉树上的干枝子,或者在地上像乌龟那样爬着拔掉杂草。他满脸皱纹,身子干瘦,跟人说起话来声音低微,仿佛在讲什么重大的秘密似的。他不大乐意上教堂去,推托身体不好,可是在家里也不大祷告。他不喜欢谈上帝,固执地避免这类的谈话。

亚科夫看见修士跟奥莉加处得很和睦,不爱说话的薇拉·波波娃也尊敬他。就连米龙,虽然在父亲死后变得越发跋扈,死硬,在工厂里大权独揽像长辈似的,对亚科夫像对职员一样常常嚷叫,可是听着伯父讲起在各处游历的事,讲起人们的故事的时候,也居然不皱眉头。

修士看到纳塔利娅的红红的胖脸,也跟看着一切东西和一切人那样的亲切,可是跟她谈话却比跟别人谈得少。再者,她自己也渐渐忘记该怎样说话,只会呼吸了。她迟钝的眼睛发呆,混浊的眼光也只是偶尔才亮一亮,例如为丈夫身体操心的时候就会现出忧虑的眼神,在米龙面前就会现出恐惧的眼神,看见矮胖而结实的亚科夫又会现出钟

409

爱的欢喜眼神。不知什么缘故，修士跟吉洪相处得并不融洽，他们互相埋怨，虽然没有吵架，可是两人在路上碰见，却各走各的路，就跟两个瞎子一样。

叔叔那凸凸凹凹、穿一身黑衣服的身子给亚科夫的生活多添了一层阴影，修士的模样常在他心里唤起沉重的预兆，叔叔那张憔悴的黑脸逼他想到死亡。亚科夫是站在关心自己的高处来看待家里发生的一切事情的，可是为自己操心的事固然不断增加，家里的新烦恼也越来越多了。在恋爱方面富有经验的男子的那种敏感，向他提示说，波利娜对他逐渐冷淡了，而且冷心肠的中尉马夫林证实了亚科夫的怀疑。现在中尉跟他见面，光是随便用手指头碰碰帽子，眯起眼睛，仿佛眺望一个遥远的、很小的东西了。以前他却殷勤，客气，每逢在本城俱乐部里向亚科夫借钱打牌，或者央求亚科夫允许他延期还清赌账的时候，他不止一回用称赞的口气说：

"阿尔塔莫诺夫，您的体形正好做炮兵。"

要不然他就说点别的也很中听的话。他这种略带粗鲁的善意倒也使得亚科夫很满意。这个军官仿佛是用橡胶做成的，他不怕寒冷，手脚灵活，力气很大，无疑，包藏着什么也不怕的胆量，这些都使得全城的人暗暗惊叹。他用冷酷的圆眼睛瞧人们的脸，用命令的口吻，略带嘶哑地说：

"我是个冷心肠的人，受不了夸大其词。"

有一回马夫林打牌，跟邮政局长德罗诺夫吵起嘴来。邮政局长是个有病的老人，然而阴险毒辣，全城的人都怕他，马夫林却对他说：

"我不会夸大其词，不过您确实是个老蠢货！"

亚科夫·阿尔塔莫诺夫疑心中尉是情敌，怕跟他起冲突，可是他根本没有把波利娜让给马夫林的意思，那个女人越来越招他喜欢了。他已经不止一回警告她说：

"留神，要是我看见你跟马夫林有什么牵连，我可要收拾你！"

除此以外，猎户诺斯科夫在他心头引起的惊慌也在增长。他总是埋伏在城郊瓦塔拉克沙河小桥旁边等他,突然从地里钻出来,眼睛瞧着自己帽子的衬里,好像讨债似的涎着脸要钱。

这有点古怪,有点不妙,因为猎户总是在同一个地点出现,从荨麻和牛蒡丛中,从两棵弯曲的柳树下面的茂盛的野草当中走出来。大约两年以前,这地方原是菜园主人潘菲尔的一所房子。不知什么人把菜园主人害死了,把房子烧毁,柳树也给烧坏了。地上的黏土跟焦炭和灰烬混在一起,被城里来的游客踩紧了。在残存的砖地基上立着一个炉子,竖着一根烟囱。到明亮的月夜,烟囱上空不高的地方就有些淡绿的星星在颤抖。诺斯科夫不慌不忙从烟囱后面走出来,弄得荨麻沙沙地响,慢慢脱掉头上的帽子,叽叽咕咕说:

"我要报答您了。您那边又出现了一帮人……"

"那帮人不干我的事,"亚科夫生气地说。他在诺斯科夫的回答里听出了露骨的无耻:

"当然,不是您组织起来的,不过这件事跟您有关系。"

"可惜那时候我没有一枪打死他,"亚科夫第十次惋惜着,拿出钱来给那暗探,说:

"你要注意:小心点!"

"我知道。"

"不要连累我。"

"那哪儿会?您放心好了。"

"是啊,当然,他把我看成傻瓜,"亚科夫想。

亚科夫·阿尔塔莫诺夫一方面明白诺斯科夫是个有用的人,一方面又相信这个生着罗圈腿和扁脸的家伙不会不对他报那一枪之仇。他一定要报仇的。他会恐吓工人,或者就用亚科夫给他的钱买通工人,叫他们来害死他。亚科夫已经觉着近来工人用更加注意、更加气愤的眼光看他了。

米龙越来越常讲起工人暴动不是为了改善生活,而是因为他们从外界接受了一种荒谬的糊涂观念:银行、工厂,总之,国家的全部经济命脉,都应该由他们来掌管。他谈到这些,就挺起身子,伸直腰,在房间里迈开长腿走来走去,扭动脖子,把一根手指头塞到衣领里去,其实他的脖子很细,衬衫领子又十分肥大。

"这甚至已经算不得社会主义了,鬼才知道是什么玩意儿!你的亲哥哥正好就是拥护这种空想的人。我们那个由许多老乌鸦组成的政府……"

亚科夫知道米龙说这些话是为了叫听讲人和他自己相信他有权到国会里去占一个席位,可是堂兄的这种气愤的演说仍旧在亚科夫心中留下心惊肉跳的痕迹,使他越发体会到在成百的工人当中他个人是怎样的毫无保障。后来,他甚至体验到一种近似害怕的心情:有一天早晨他给工厂院子里的喊叫声和怒吼声惊醒,从枕头上抬起头来,看见沿着仓库的平滑的白墙有一群乱糟糟的人影奔跑,他们蹦蹦跳跳,抡着胳膊,似乎推着仓库那所房子在地面上滑动起来似的。他忽然出一身大汗,暗自思忖,不出声地叫着:

"造反了……"

那一团流动的人影,不知什么缘故比真人还要可怕,不过很快就消失了。亚科夫这才明白过来:原来工厂门口发生的是星期一照例有的一场斗殴。每逢过了假日,工人差不多总要打架。不过那些呼号着的黑影的可怕的奔跑却留在他的记忆里了。总之,整个生活已经动荡不安到了这种地步,就连看报都成了不愉快的事,他无心看报了。简单明朗的气氛消散了,不愉快的生活乘虚而入,新人不断地出现。

妹妹塔季扬娜忽然从沃尔哥罗德带着她的未婚夫一块儿来了。那是一个身子有点干瘦、头发发红、戴着工程师制帽的男子。他矫健,腿快,很快活,比塔季扬娜小两岁,不久全家的人都学她的榜样叫他米佳了。他弹六弦琴,唱歌。有一个歌他唱得特别勤,依亚科夫听来,那对妹妹是侮辱,而且确实惹得母亲很生气。

我的妻子入了坟墓。

啊,我们的主,
求你收留这个女奴
在天堂居住!

然而妹妹并不生气。她跟大家一样觉着这人有趣,就连母亲也常用温柔的口气对他说:

"啊,你这个金丝雀!你吃点什么吧,小丑!"

米佳能像鸽子那样没完没了地吃东西。老阿尔塔莫诺夫用惊奇的眼睛瞧着他,跟瞧见了梦境一样。他眯着眼睛,问道:

"照这种情形看来,你一定能喝酒。你喝酒吗?"

"能喝,"女婿回答说,到吃晚饭时候,果然显出他的酒量也不小。他各处都去过:到过伏尔加,到过乌拉尔,到过克里米亚,到过高加索。他知道无数诙谐的俏皮话、故事、可笑的字眼。看样子,他好像是从一个快活的、无忧无虑的国度里跑来的。

"生活是美人儿!"他说。他马上落进这个事业的转动不停的圈子。工人都喜欢他,青年工人哈哈地笑,老年织布工人亲切地点头,就连米龙听着他那些妙趣横生的话,也常用舌头舔掉自己薄嘴唇上的笑意。现在,他正在工厂的院子里跟米龙并排向第五座厂房走去,这座厂房如同一个红砖的爪子的第五个脚趾头,还刚刚抓紧地面。厂房四周完全被建筑架包围着,木工们在建筑架的踏板上忙忙碌碌,他们的银白的斧子一闪一闪地发光。米龙的眼镜的镜片和金边也发亮,他把手平伸出去,那样子很像五个戈比一张的古画上的将军。米佳不住点头,也挥着胳膊,仿佛把什么东西丢在地上似的。

亚科夫在办公室的窗子里瞅着他们。他喜欢妹婿,跟他在一块儿觉着很快活,会忘掉许多愁闷的事。亚科夫甚至嫉妒这人的性格,可又对他存着一种奇怪的不信任心情,仿佛这人住不久,到明天就会走了,而且明天他就会说出他自己原是演员,理发师,或者他会一下子走掉,跟来的时候一样奇突。另外他还有一个优点,看来他并不贪心,没

413

有问过塔季扬娜的陪嫁钱有多少,虽然这里头倒许藏着塔季扬娜的一种诡心计也未可知。可是父亲在酒醒的时候总要嘟哝说:

"哼,我给这么一个红毛家伙做了牛马……"

米龙也结婚了。

"请容许我向你们引见我的妻子,"他从莫斯科回来的时候,带来一个蓝眼睛、胖乎乎、头发鬈曲、偏着脑袋的洋娃娃,说。他妻子处处都只有玩具那么大小,可是这个玩具的轮廓好像制造得特别清楚,这就使得她在亚科夫眼睛里更不像是一个有血有肉的女人,而近似塑在阿列克谢叔叔喜爱的一架钟上的小瓷人了。那个小瓷人的脑袋被打掉过,后来又粘上去,可是微微偏了一点。那架钟放在一面镜子下面的小几上,那个小立像偏过头去不看人,却看着镜子。米龙说他妻子名叫安娜,年纪十八岁,可是有一件事却没说:他从她那儿得到陪嫁钱二十五万卢布,她是一个纸厂老板的独生女儿。

"看看人家怎样结了婚,"父亲用他的红眼睛瞧着亚科夫,嘟哝说,"你呢,却勾搭上一个鬼才知道的女人。而伊利亚又像垃圾似的从家里给扫出去了。"

父亲走路艰难,笨重地摇晃着他那松软无力的身体。依亚科夫看来,父亲好像恨这个身体,故意要让人看见他那衰老肉体的使人噁心的丑相似的。他穿着睡衣,披一件长袍,腰带也不系,光着脚穿一双拖鞋,露出肥胖的胸膛,就像早先在女儿叶连娜面前走来走去,为了气她的时候一样。有时候他到办公室里来,坐上很久,搅扰亚科夫,埋怨说:他已经把全部力量用在工厂和孩子身上,一辈子像马似的套在这个事业的像石头一样的车辕上,操够了心,却没有尝着过一点点欢乐。

儿子听着,一声不响,看出父亲一发牢骚,倒得了安慰。他把自己吹得胀起来,变得像钟楼那么高大:早晨,太阳在看到人们的房屋以前总先瞧见钟楼,到晚上太阳下山,让位给黑夜的时候也总是最后跟它告别。不过从这些牢骚里亚科夫也为自己得出了有益的结论:像父亲那样生活是毫无意义的。

而且他总是看见父亲在发够牢骚以后心痒难熬,一刻也不消停地巴望着把别人侮辱一番,奚落一番才好。他就去找他的老太婆,她正坐在面临园子的窗子前面,把一双没有用处的手放在膝头上,空洞的眼睛瞅着一个地方发呆。他就挨着她坐下,挖苦她:

"你在想什么呐?虽然身子那么胖,可是没人注意你。孩子们压根儿不把你放在眼里。塔季扬娜跟厨娘说话都比跟你说话和气多呢。叶连娜也忘了你,不来了,对不对?看起来,她一定又勾搭上新姘头喽。伊利亚呢,他上哪儿去啦?"

可是嘲弄妻子是乏味的。她那紫红的脸很快就布满泪痕,看上去仿佛眼泪不止是从她的眼睛里流出来,还从脸颊上那鼓起来的、绷紧的皮肤上的一切毛孔里流出来,从松软的双层下巴里钻出来,从耳朵旁边什么地方渗出来似的。

"哼,你开了闸啦,"老头儿厌恶地嘟哝着,对她像对烟子似的摆一摆手,走开了。不行,她没有趣味。

他倒不挖苦亚科夫,不过儿子总是觉得父亲用一种含有侮辱意味的怜悯眼光瞧他。有时候,父亲叹口气说:

"唉,你这眼睛空洞的人……"

米龙不是嘲弄的对象,父亲分明怵怵悃悃地躲着他。亚科夫觉得这是可以理解的。不管工厂里的人也好,家里的人也好(从他母亲和他那像瓷人一样的妻子起,直到开大门的男孩格里什卡止),大家都怕米龙。每逢米龙在院子里走过,四周的寂静好像就是他的长影子创造出来的一样。

讥笑火红头发的女婿也得不到什么满足,他自己就善于嘲笑他自己。显然,他宁可在别人打他以前先自己打自己。塔季扬娜怀了孕,肚子很大,自尊自大地努起嘴唇,午饭后躺下来,在同一段时间里看三本书,然后出去散步。丈夫跟着她跑来跑去像鬈毛狗一样。

老阿尔塔莫诺夫吩咐套上车子,进城去嘲笑弟弟和吉洪。亚科夫不止一次听见他怎样干这种事。

"怎么样,戴修士帽的大学生,不信上帝了吗?"他缠住修士说。

尼基塔动了动他的驼峰,用长手的手掌使劲摩挲他的尖膝盖,凄凉地轻声说:

"唉,你不应该问这话……"

"怎么不应该?你戴错帽子了,你戴的这顶帽子是假的。你周身的衣服也是假的。你算是什么修士呢?"

"这是我灵魂方面的事。"

"而且你闻鼻烟。不行啊,你错过了时机,你错了。当初你本来应该娶个穷姑娘,没爹没娘的女孩子。她会带着感激的心给你生儿养女,那你现在就会跟我一样做爷爷了。可是那当儿你居然做出……你还记得吗?"

修士像大乌龟似的慢慢爬走了。彼得·伊里奇·阿尔塔莫诺夫就去找奥莉加,告诉她阿列克谢生前在集市上如何喝酒行乐。可是这也没有使得他开心。那个小老太婆在丈夫死后沾染一种坐立不定的毛病,她老是走来走去,搬动家具,把东西从这个地方移到那个地方,常瞧窗户外面。她走路时候脑袋不动。虽然她鼻子上架着厚镜片的眼镜,她却靠了摸索过日子,用手杖在地板上戳来戳去,向前伸出右手去东摸西摸。她听完老头儿的恶意的故事,笑一笑,回答说:

"随你爱说什么,都由你。阿廖沙是个什么样的人,我知道得很清楚,在这方面,任什么坏话也插不进来,任什么好话也添不上光彩了。"

"他倒说了你一句正确的话:你只用一个眼睛看事。"

"我的两个眼睛几乎都看不见了,"奥莉加说。"我眼力差了,昨天一时眼花把他喜爱的一个瓷杯子打碎了。"

老阿尔塔莫诺夫打算嘲弄吉洪·维亚洛夫,可是这也困难。吉洪从不生气,他眼睛望着一边,咳嗽喉咙,简短而镇静地答话。

"你活得很久了,"阿尔塔莫诺夫说,吉洪合情合理地回答说:

"有的人活得还要久。"

"可是你为什么活着呢,嗯?你说!"

"大家都活着嘛。"

"不错,然而并不是每一个人都一辈子打扫院子,清除垃圾的……"

吉洪却有他自己的想法。

"既生下来了,喏,那就得活到死,"他说,可是阿尔塔莫诺夫没听他的话,接着说下去:

"你拿着笤帚过了一辈子。你没有老婆,没有孩子,一点烦心的事也没有。这是为什么?当初我父亲早就给过你别的差事干,你却不肯,推掉了。你这种固执是什么意思?"

"现在问这话已经嫌迟了,彼得·伊里奇,"吉洪瞧着一边,回答说。

阿尔塔莫诺夫生气了,不放松地讥诮说:

"你瞧,在你这一辈子当中有多少人发了财。所有的人都喜欢让自己过得轻松一点,多攒点钱……"

"他们攒来攒去,却把魔鬼攒来了,"吉洪说,把"魔鬼"两个字念得特别响。

亚科夫料着父亲要冒火,骂吉洪,可是老头儿一声不响,含含糊糊地嘟哝了一句什么话,就躲开扫院子的仆人,走了。那个扫院子的仆人虽然已经失去血色,秃了顶,皮肤变成跟黏土一样的颜色,可是他还不肯向老年的进攻让步,身体仍旧结实,甚至变得有点好看了,讲起话来越发神气十足,口气也越发带着教训意味。亚科夫觉着吉洪在说话和举动上倒比父亲更有"主人气概"。

亚科夫自己越来越清楚地看出自己在亲人当中,在家庭里成了个多余的人。在这个家庭里惟一愉快的人却是个外人,米佳·隆吉诺夫。他觉得米佳既不愚蠢,也不聪明。这两种评价对他都用不上,他显得与众不同。他的重要由米龙对他的态度肯定下来了。米龙冷酷、专横,对什么人都下命令,跟米佳相处得却和睦,虽然也常起争论,然而从不吵翻。就是争论,米龙也总小心在意。家里一天到晚响着各种音调的呼唤声：

"米佳！"塔季扬娜叫道。

"米佳在哪儿啊？"母亲问。就连父亲也从窗子里探出头去，叫道：

"米特里，吃午饭了！"

米佳像狐狸似的在工厂里跑着，滑稽的话语和快活的笑谑像毛茸茸的尾巴似的把米龙对待工人和职员的那种干巴巴的、使人难堪的严峻态度巧妙地扫空了。他管工人叫做朋友。

"老朋友，不是这样的！"他对神情尊严、长着一把大胡子的木工工头说，从衣袋里拿出一本红皮面的手册，或者用铅笔在板子上画个图样，问：

"瞧见没有？不是这样吗？喏，不是应该这样吗？不就是这样吗？这不就成了吗？"

"对，"工头同意道。"我们总是照习惯，用老法子……"

"不行，亲爱的朋友，应该习惯新法子才对。这样好处大！"

工头同意道：

"对。"

米佳对待事业的这种活泼的游戏态度很像阿列克谢叔叔，不过在他身上却看不出厂主的贪心。他那种快活的诙谐作风倒很容易使人想起木工谢拉菲姆。父亲也看出了这一点。有一天吃晚饭时候，米佳把饭桌上的沉郁气氛扫空了，驱散了以后，父亲就微笑着，嘟哝了一句：

"喏，我们这儿从前也有过一个消愁解闷的人叫谢拉菲姆。……对了！"

有一回父亲跟米龙照往常那样起了冲突以后，亚科夫听见米佳对米龙说：

"可怕、可恶和可怜的化合物，这纯粹是俄罗斯的化学！"

他立刻又安慰说：

"不过，这也没什么！这很快就会过去，消灭的。我们会耳目清净的……"

有一个假日的黄昏,大家坐在园子里喝茶,父亲抱怨说:

"我活了这一辈子也没有过着假日!"女婿立刻像花炮似的飞起来,洒下如同金黄色砂粒一样的活泼字眼:

"这是您的错处,可不能怪别人!假日是人自己给自己创造出来的。生活是美人儿,她要求馈赠啦、娱乐啦、各种游戏啦。生活应当过得痛快才对。每天都可以找到些乐子啊。"

他说了很久,说得很妙,仿佛在吹小笛似的,所有桌旁的人都沉默了。事情永远这样:大家听他讲话,仿佛都睡着了似的。亚科夫也体会到他的话语的魅力,他觉着那些话里有真正的真理,可是他又想问米佳:

"那你为什么跟一个又难看又愚蠢的姑娘结婚呢?"

亚科夫看出他对妻子的态度有点虚伪,有点过分的殷勤,有点故意引人注目的操心。依亚科夫看来,仿佛妹妹也感到这种虚伪了,她生活得忧郁,不大说话,很容易生气,反倒常跟米龙津津有味地谈政治,不常跟快活的丈夫谈话。她除了政治以外是没话可谈的。

有时候亚科夫认为米佳·隆吉诺夫不是从快活的、无忧无虑的国度里来的,而是本来生活在一个乏味的黑坑里面,后来跳出来,碰到一些他不认得的新人,因为终于碰到了他们而高兴起来,就在他们面前跳舞,说笑,看到他们人数众多而感动,有点惊讶。正是在他这种惊讶里,亚科夫看出有点愚蠢,只有到了玩具店里的男孩,只有那种聪明的、能够一眼看出哪种玩具最好的男孩,才会这样惊讶。

在家里和工厂里的一切人当中,只有两个人肯定的不喜欢塔季扬娜的丈夫:尼基塔叔叔和吉洪·维亚洛夫。亚科夫问吉洪对米佳的看法怎样,扫院子的仆人平心静气地回答说:

"他靠不住。"

"怎么呢?"

"他像苍蝇。不管什么垃圾堆,他都要去落一下。"

亚科夫固执地追问了许久,可是那一个却不能把话说得更明白些：

"你自己看得出来,亚科夫·彼得罗维奇,"他说。"你一看就明白:这个人正在想出种种花招来。"

修士叔叔讲的话差不多也一样。

"他扬起一股股灰尘,"他叹口气,说。"这样的人我见过许多:贫嘴贫舌。他们把人弄得糊里糊涂。他们自己也让字眼搅昏了。你对他说'豌豆',他却对你说'吃肉',哼……对了,对了。"

这个温和的残废人讲得这么有气,甚至带着完全不合他性格的恶意,听起来是奇怪的。而且吉洪和叔叔对塔季扬娜的丈夫的评价完全一致,这就更使人觉得奇怪了,因为两个老人相处得并不和睦,彼此存着明显的、然而无言的敌意,几乎互相躲着,从不交谈。亚科夫在这两个老人身上又一次看见他所讨厌的、人类的愚蠢:这些明天就要被死亡抓走的人何必还不和睦呢?

尼基塔叔叔就要死了。亚科夫觉着父亲简直是在极力促成他的死亡。差不多每次见面,他都要跟他为难,用种种责难折磨他:

"你瞧,我在人间像头牛似的活了一辈子,你呢,却活得像一只猫。大家都极力把你的生活弄得温暖一点,舒服一点,甚至好像没有看见你是个驼子。大家都认为我坏,可是我哪点儿坏呢?我一辈子……"

修士把脑袋垂到胸前的肉峰上面,咳嗽着,要求说:

"你不要生气了。"

亚科夫对父亲,对他那裸露的、像用肥皂做成的、仿佛长了霉那样布满花白的毫毛的胸脯,感到厌恶,这种厌恶也妨碍亚科夫生活下去。而且这种心情很难掩藏、遮盖。有的时候他不得不提醒自己:

"他是我父亲。我是他生下来的啊。"

不过这种想法既不能把父亲衬托得顺眼些,也不能扑灭亚科夫对他的厌恶,甚至这想法本身就有点使人痛心、难堪。父亲差不多天天坐车进城,倒仿佛专门为了看修士怎样死掉似的。老阿尔塔莫诺夫呼哧呼哧地喘着气，吃力地爬上顶楼，在修士的床边坐下，用发红的、布满血丝的眼睛盯着他。尼基塔一声不响，咳嗽着，用锡一样呆钝的眼光瞧着天花板。他的手闲不住，老是拉扯法衣，掸掉法衣上谁也看不见的东西。有时候他咳得直喘，爬下床来。

"你不成了？"哥哥问。

尼基塔用手扶着哥哥的肩膀、床架、椅背，勉强走到窗口。法衣穿在他身上好比帆挂在折断的桅杆上一样。他坐在窗前，张着嘴，瞧着下面，瞧着园子，瞧着远方，瞧着像直立的鬃毛一样的黑树林。

"哦，你休息一下吧，"哥哥说，拉着松软的耳垂，走下楼去，通知奥莉加说：

"他不成了。他很快就要……"

一个胖修士，马尔达里神甫，坐着车来了，主张把尼基塔送到修道院去，照规矩他得在那儿死，而且得在那儿下葬。可是驼子拦阻奥莉加说：

"你们等我死了，再把我运到那儿去吧……"

他有三次用凄凉的声调要求说：

"棺材盖要做得高一点，免得压住我。千万别忘记！"

他是在战事①爆发的前四天去世的，他在去世的前夜才请求通知修道院：

"让他们来把我运去吧，我等不到他们来就会去世了。"

在他去世的那天早晨，亚科夫扶着父亲走上顶楼，父亲在胸前画了十字，瞅着弟弟的发黑的、疲惫的脸，半睁半闭的眼睛，凹下去的嘴。尼基塔用不自然的响亮声音说：

"原谅我。"

"咦，你这是什么话？为什么呢？"彼得·阿尔塔莫诺夫嘟哝说。

"为了我的放肆……"

---

① 指一九一四年八月一日开始的第一次世界大战。

"原谅我,"老阿尔塔莫诺夫说。"有时候我上这儿来跟你开玩笑……"

"上帝不会责难开玩笑的,"修士小声肯定说。哥哥沉默一忽儿,问道:

"哦,现在你怎样想呢?……往哪儿想呢?"

"我忘了,"修士打断哥哥的话,匆匆地说。"请你,亚沙,对吉洪说一声,叫他把凉亭旁边的小枫树锯掉,那棵小枫树长不大了,长不大了……"

亚科夫听着这种过分清楚的声音,看着胸膛上那堆骨头不像人样地挺起来如同箱子角一样,觉得受不了。总之,这一堆披着黑衣服、手里拿着旧式铜十字架、一动也不动的骨头,没有留下一点人的样子。叔叔是可怜的,可是亚科夫仍旧不由自主地暗想:为什么要有这样的规矩,让老人以及凡是家里的亲人都当着大家的面死掉呢?

父亲等了一阵,看弟弟还有什么话说没有,然后挽着亚科夫的胳膊,沉默地低着头走了。他到了楼下,说:

"他要死了。"

"是吗?"米龙说。他坐在桌旁,一大张报纸遮住半个身体。他问了一句,没有让眼睛离开报纸,可是后来把报纸扔在桌子上,对坐在墙角的妻子说:

"我说对了!你来看嘛!"

他那圆胖的妻子滚到桌子这边来。坐在窗前的母亲惊慌地问:

"真的吗,米龙,真的要打仗了吗?"

"喂,那是阿尔塔莫诺夫家的第二位长辈啊,"彼得大声提醒说。

"当然,那是胡说,"米龙对妻子说,要不然就是对亚科夫说,因为亚科夫也弯下腰来凑着报纸,读着使人不安的电讯,暗自思忖这件事在哪方面威胁到他。老阿尔塔莫诺夫摆了摆手,走到院子里去,那儿太阳把卵石路晒得很烫,热气透过丝绒靴子的软底。窗子里飘出来米龙那些干巴巴的、含着教训意味的说话声,亚科夫站在窗前,手里拿着报纸,看见父亲摇着紫红的拳头,不知是在威吓谁。

到第三天一清早,修士们来了,他们一共来了七个人,高矮肥瘦各不相同,在亚科夫看来却好像毫无分别,就跟初生的婴儿一样。其中只有一个是例外,他长得最高最瘦,胡子最多最密,声调又响亮又快活,既不合修士身份,也不合当前这件丧事的气氛。他在大家前面走着,手里拿着一个黑色大十字架。他好像没有脸:头是秃的,鼻子渗到两边脸蛋里去了,在秃头和胡子中间有两个小小的黑坑,除此以外他脸上就什么也没有了。他走起路来迈腿很慢,好像眼睛瞎了。他用三种音调唱着:

"神圣的上帝啊,"——很低,差不多跟低音一样;

"神圣而强大,"——高一点,近似男中音了;

"神圣而不朽的主,怜恤我们吧!"——尖得刺耳,惹得小孩子跑到前面去,惊奇地往他的胡子里看,原来那里面藏着一张谁也看不见的、发出三种音调的嘴呢。

殡葬的行列从街上走到广场上,不料广场上挤满市民,后备兵、马夫林中尉手下的兵士,人丛中央还站着少数长官和教士。冷心肠的中尉穿得整整齐齐,像一尊石像似的站在他的兵士前面,太阳照着他。戴着圆锥形高统帽的教士和助祭也站在那儿,像是镏金的偶像。他们在太阳光下正在溶化,消解。袈裟的亮光也照着马夫林中尉。在读经台前面,有一个胖军官,脑袋像用铁皮包着一样,跳来跳去,挥动着帽子。

唱出三个音调的修士摇着黑十字架,在人墙前面站住,用低音说:

"让路!"

可是人们并没给他让路,却给副巡警局长埃克的瘦长的栗色马让出路来。这人来到修士面前,在街上横过马来,挥动白手套,用责备的、报怨的口气嚷道:

"你们上哪儿去呀?你们怎么了,难道没有看见吗?往后退!"

修士举起十字架,唱起来:

"神圣的上——上帝……"

"乌——拉!"军官嚷着,广场上所有的人用几千条喉咙大喊大叫的呐喊:

"乌——拉……"

埃克踩着脚镫,略略欠起身子,也嚷道:

"彼得·伊里奇,劳驾,抄小路走吧!绕点路!米龙·阿列克谢耶维奇,我求求您!这儿正闹得热火朝天,你们怎么这样?"

老阿尔塔莫诺夫站在灵柩前头,由妻子和亚科夫搀着,上下打量埃克的死板的脸,闷闷不乐地对抬棺材的修士们说:

"神甫们,拐弯吧……"

他忽然哭了,补了一句:

"看样子,我是最后一回下命令了……"

这一切,亚科夫觉得很不体面,甚至有点可笑,可是等到他们转弯走进波利娜住着的小巷子,他却看见波利娜迎着殡葬行列很快地走来,穿着白衣服,打着一把粉红的阳伞,在耸起的、绷紧的胸脯上匆匆画个十字。

"她是去欣赏马夫林的派头,"他立刻思忖着,被灰尘和激怒堵得透不出气来。修士们却走得快起来,黑胡子修士唱得声音比较低,敷衍了事。唱诗班索性一声也不唱了。在城外屠宰场大门对面停着一辆古怪的大车,铺着黑呢子,由一对杂色的马拉着;人们把棺材放在大车上,安灵祭开始了。可是铜乐器的庄严的鸣奏声从远处街道上吹来,仿佛从好些烟囱里传来一样。乐队奏着"求主保佑沙皇"。三个教堂一齐响起了钟声,喊叫声像灰尘、像浓烟一样传来:

"乌——拉——拉!"

亚科夫觉得好像听见马夫林中尉在发命令:

"立——正!"

殡葬以后,亚科夫还得回到婶婶家里去。他在丧宴席上坐了很久,听父亲生气地抱怨说:

"是哪个混蛋吩咐把马车停在屠宰场对面的,啊?"

"是巡警,是巡警,"米佳安慰说,随后解释一番:"您要知道,那是不方便的:人家那边掀起国民的热潮,咱们这儿却弄来一部运灵的柩车!那不相称啊……"

米龙舔掉嘴唇上的笑意,跟亚科夫列夫医生说起话来,遇到不愉快的沉闷日子,人们就特别容易注意到那个医生。

"不过如果我们一齐学《银公爵》①里的米契卡的榜样用肚子压上去……归根结蒂,世上的一切要靠数量的对比来决定……"

"要靠技术来决定,"医生反驳说。

"技术?嗯,不错……不过……"

一直到傍晚九点多钟,亚科夫才算抽身离开这种冗长乏味的琐事,跑到波利娜那儿去。他感到惊慌,这是他以前从来没有体验过的。他预感到一定会出一件不平常的事。果然出事了。

"哎呀,"当亚科夫走过院子,跨进厨房的时候,波利娜的厨娘说。她说完,就在炉子旁边一个凳子上沉重地坐了下去。

"拉皮条的,贱货,"亚科夫回答说,在房间的门前站住,听见了清楚的军人脚步声和熟悉的军人口气:

"那么,您应当想一想:究竟这样好呢,还是不这样好……请您好好想一想!"

"他说话还称呼'您',"亚科夫想道。"可能还没出什么事吧。"

不过,等到他推开门,站在门口,就立刻相信已经出事了:冷心肠的中尉严厉地拧起眉头,站在房中央,军服敞开了怀,双手插在衣袋里,露出军服里面的吊裤带,有一根吊裤带已经从裤子纽扣上脱落下来了;波利娜坐在躺椅上,一条腿架在另一条腿上,有一条腿上的长袜子螺旋似的掉下来,她那双活泼的眼睛圆得出奇,脸涨得绯红,红得发紫了。

---

① 阿·康·托尔斯泰的一部中篇小说。

"怎——怎么样？"冷心肠的中尉问。这一问彻底肯定了亚科夫的一切疑心。他走上前去，把帽子扔在椅子上，用一种连自己都没听见过的、断断续续的声音说：

"我去送殡来着……刚参加过丧宴……"

"是吗？"中尉用主人的口气反问道。波利娜使劲地抽烟，弄得烟卷发出啪的一声爆响。她吐着烟雾说话了，不过并没有用负疚的口气，只是随随便便地说：

"伊波利特·谢尔盖耶维奇劝我去做护士……"

"做护士？哦，"亚科夫说，冷笑一声。这时候冷心肠的中尉向他跟前走来，清楚地问道：

"这一笑是什么意思？请您放明白点：我不喜欢虚张声势！我受不了！"

在这两三分钟里，亚科夫觉着一股由痛心和愤慨合成的热流穿过他的全身，在他心里留下一种郁闷的、几乎悲痛的感觉。这个娇小的女人对他来说是那么不能缺少，好比他肢体的任何一部分，他不能容许别人把她从他手里抢走。由于这种感觉，愤怒又回到他身上来了。他周身发凉，站住，把手插在衣袋里。

"你别走过来！"他警告中尉，觉着自己的眼睛爆出来，痛得很。

"这——这是为什么？"中尉问，仍旧往前走。他那种把一个字说两遍的讨厌习惯素来就是亚科夫不喜欢的，眼下越发气得他发疯。他打算从衣袋里抽出手来，同时叫道：

"我要打死你！"

马夫林中尉一把抓住他的手，使劲掐紧他的手腕，手枪就在衣袋里放了闷闷的一枪，随后亚科夫的手从衣袋里被拉出来，胳膊十分酸痛，好像胳膊肘那儿断了似的。中尉从他的手里夺过手枪来，丢在圈椅上，说：

"没打中！"

"亚沙，亚沙！"阿尔塔莫诺夫听见波利娜用相当高的声音低语道。

"伊波利特·谢尔盖耶维奇！先生们！你们疯啦？这是何苦啊？这不是闹乱子嘛！这是何苦哟！"

"好——好哇，"冷心肠的中尉大喝一声，抓住亚科夫的胡子，往下拉，逼亚科夫向他鞠躬。"告——告饶吧，蠢货！"

他把一个字说两遍，声音拖长，每说一个字就把亚科夫的胡子往下一拉，然后轻轻打一下他的下巴，逼他抬起头来。

"啊呀，多么丢脸呀，啊呀！"波利娜轻声说，抓住中尉的胳膊肘。

亚科夫右手动不得，就咬紧牙，用左手去推中尉；他呻吟着，脸上流下屈辱的眼泪。

"不准你碰我！"中尉喊了一声，把他一下子推开，弄得他一屁股坐在圈椅上，正好坐在那把手枪上。这时候亚科夫用双手蒙住脸，遮盖了眼泪，昏昏沉沉，半死不活，虽然脑袋里嗡嗡地响，却隐隐听见波利娜喊道：

"我的天，这多么不体面！你们居然干出这种事，你们！闹出了什么样的乱子啊！这是何苦呢？"

"滚开，小姐！"中尉用铁的声调说。"喏，给您一个卢布，算是取乐的钱，这——这点钱足够了！我受不了虚张声势，不过我要说，您是最平常的娘们儿……"

中尉用沉重的脚咚咚响地踩着地板，走了，砰的一声关上门，震得挂灯的玻璃发出轻微的颤动声，惹得波利娜发出一声短促的尖叫。亚科夫两腿发软，勉强站起来。他的腿往下弯，周身发抖，像冻坏了似的。房中央，灯底下，站着波利娜，张开嘴，呼呼地喘气，瞧着自己手里那张脏钞票。

"猪猡，"亚科夫说。"你为什么做出这种事来？以前你还说过……应当打死你才对……"

那个女人看他一眼，把钞票丢在地板上，声音嘶哑，拖长音调，惊讶地说：

"好一个混蛋……"

她在圈椅上坐下去,弯下腰,两只手捧住头。亚科夫伸出拳头打一下她的肩膀,叫道:

"走开!让我拿枪……"

她没有动,仍旧惊奇地问道:

"那么你爱我?"

"我恨你!"

"胡说!现在你爱我!"

她很快地扑到他身上去,弄得亚科夫简直来不及推开她。她搂住他的脖子,带着死命缠住不放的气势,用咬人一样的热吻烫他,热气喷到他眼睛里,他嘴里。她小声说着:

"你胡说,你爱我,你爱我。我呢,也爱你!你啊,我的软绵绵的咸菜……"

咸菜是她爱用的亲切称呼,只有在她特别兴奋的时候才说出这两个字。这两个字永远使亚科夫陶醉得仿佛浑身发软,生出一种温柔的蛮劲。这一回也正是这样;他揉搓她,掐她,吻她,喘吁吁地数落着:

"坏东西。害人精。难道你不知道……"

过了一个钟头,他坐在躺椅上,她躺在他的膝头上。他摇着她,惊奇地暗想:

"这件事过去得多么快啊!……"

她懒洋洋地说:

"我本来生了气,要丢开你了。你老是忙你自己的事,什么送殡啦等等的,我却寂寞无聊。再说我也不知道你爱不爱我。现在你会爱得更深了,因为你嫉妒了。既然有了嫉妒……"

"我们应该离开这儿才对,"亚科夫疲乏地说。

"对了。到巴黎去吧。我会说法国话。"

他们没有点灯,房间里又黑又闷;虽然时间已经迟了,过了半夜,然而街上还有后备兵和女人的嚷叫声。

"现在没法到外国去,那边在打仗,"亚科夫想起来。"这种仗有什么打头哟……"

那个女人又开始说自己的心思：

"只有狗相爱才不嫉妒。你看，所有的戏啦、小说啦，都描写嫉妒……"

亚科夫笑一笑，打了个冷战，说：

"幸亏那一枪开得好，本来子弹可能打进我的大腿，可是你看，只在裤子上打穿一个小窟窿。"

波利娜把手指头塞进小窟窿里，忽然抽抽搭搭地哭了，用平静而强烈的愤怒口气说：

"哼，可惜你没有一枪打中他！要是打穿他那紧绷绷的橡皮肚子就好了！"

"别说了！"亚科夫说，使劲摇她。可是她磨着牙，用嘶嘶的声音，仍旧气愤地说下去：

"坏蛋！他骂得我好苦！你们都是些什么样的人啊……你们一点也不懂女人的心！"

然后，她咧开肿起的嘴唇，露出狐狸一样的、咬紧的牙齿，说完她的话：

"要知道，如果女人变了心，那完全不等于说她已经不爱你了！"

"我叫你别说了，你就不要再说了！"亚科夫喊道，紧紧搂住她，弄得她哼哼着说：

"哎哟，我觉得出你爱我哟！亚沙，我的咸菜……"

临到天亮了，他才从她家里走出来，脚步轻松，觉得自己像是一个在一场危险的赌博中赢到一件贵重东西的人。他灵魂里的平静的畅快感觉，在他临动身的时候越发强烈了，因为他向波利娜要那管被她藏起来的手枪，可是她不愿意给他，亚科夫只好说明他没有手枪不敢走路。他把诺斯科夫的那件事对她讲了一遍。波利娜的惊慌使他很高兴，她的激动使他相信她真的疼他，爱他。她惊叫起来，合起手掌，开始责备他说：

429

"为什么这件事你早先没有告诉我?"

随后她不安地深思着,说:

"当然,这很有趣,原来他是个暗探!喏,比方说,你读过福尔摩斯吗?不过,在我们这儿,大概暗探也是坏蛋吧?"

"当然,"亚科夫肯定说。

她把手枪给他的时候,想断定他放枪准不准,就劝亚科夫对那没有生火的炉子里放一枪,因此亚科夫只得趴下来,肚子贴着地板。她也趴下来。亚科夫放了一枪,炉子里的灰烬猛然向他们扑过来;波利娜啊呀一声,滚到一边去了,然后抬起手掌,轻轻说:

"瞧!"

在涂过漆的地板上有一个斜着的小窟窿,钻得很深。

"怎么想得到这个小窟窿就是死亡!"波利娜说,叹口气,皱起两道像是画出来的细眉毛。

亚科夫从没见过她有这样可爱,也从没感到过她跟自己有那么亲密。他讲到诺斯科夫的时候,她的眼睛像小孩子那样惊奇地瞧着,她那少女样的机警的脸上已经没有一点气愤的神情了。

"她并不觉着自己有罪,"亚科夫惊奇地想,这在他反倒是愉快的事。

她送亚科夫走的时候,摩挲着他的胡子,说:

"唉,亚沙,亚沙!想不到会有这样的事!哎,这件事严重吗?唉,我的天……可是那家伙真混蛋!"

她把手指头捏成一个拳头,摇着,气冲冲的,抱怨说:

"天呐,这么多的混蛋!"

可是,忽然,她抓住亚科夫的手,深思地皱起眉头,轻声说:

"等一等,等一等!这儿有一位小姐……嗯,当然啦!"

她满脸笑容,在亚科夫胸前画个十字,放他走了,说:

"去吧,咸菜!"

早晨凉爽,有露水。清早的微风吹拂着,淡绿的珍珠色天空弥漫着苹果的香气。

"当然,她是因为赌气才跟人通奸的。等父亲一死,我马上就跟她结婚,"他宽宏大量地想,这当儿他想起了善于消愁解闷的谢拉菲姆的可笑的话:

"每个姑娘都像淹在水里的人,一心想抓住一根稻草!那么趁这机会抓住她好了!"

他一想到冷心肠的中尉就心里发慌:他不像稻草,他火气大,大概会玩伤人的把戏。不过这个中尉大概会被派去打仗的。亚科夫·阿尔塔莫诺夫甚至在想到诺斯科夫的时候,也比较心平气和了,不过他仍旧怀疑地往四下里看,仔细地听,手在衣袋里捏紧了手枪扳机:诺斯科夫常常就是在这时候埋伏着等亚科夫的。

可是过了两个星期,对那猎户的恐惧又像有毒的浓烟那样包围住阿尔塔莫诺夫了。星期日那天,亚科夫去察看一个从沃波罗诺夫手里买下来、为采伐木料用的树林,却碰见了诺斯科夫。那猎户从灌木丛中挤过来,腰上挂着捕兽的夹子,背上背着猎物袋。

"您真运气,我们又见面了,"他说,走过来,脱掉鸭舌帽。他照军人那样戴帽子,把帽边扣到右边眉毛上面,脱帽子时候不是用手去拿帽檐,而是去拿帽顶。

对他那两句古怪的、使人隐隐感到威胁的问候,亚科夫没有回答,只是咬紧牙,手在衣袋里使劲握紧手枪。诺斯科夫也沉默了一分钟,用手指头挖开帽子的衬里,不看亚科夫。

"怎么样?"阿尔塔莫诺夫问。诺斯科夫抬起狗一样的眼睛,伸手摩挲他那直立着的硬头发,清楚地说:

"您的爱人,也就是说,佩拉格娅·安德烈耶夫娜,跟教士斯拉德科佩夫采夫的女儿认识,您该告诉她,叫她不要跟她来往。"

"为什么?"

"就是这么的……"

随后,猎户听着城里的钟声,补充说:

"我出主意是出于一片好心,我为您好。那么您赏给我……"

他瞧着天空,说出数目来:

"三十五个卢布吧……"

"我该开枪打死他,这条狗!"亚科夫·阿尔塔莫诺夫想,数出钱来。

猎户收下钞票,没戴帽子,回转身,拐着两条罗圈腿,钻进灌木丛中去了,铁夹子碰出叮当的响声。亚科夫觉得这个人越发叫人讨厌得受不了。

"诺斯科夫!"他轻声招呼了一下。等到那个人站住,让小枞树的矮枝子遮住半个身子,亚科夫就向他提议说:

"你丢掉这个差使吧!"

"为什么?"诺斯科夫问,向前探出头来,阿尔塔莫诺夫似乎看见诺斯科夫空虚的眼睛里闪着一种惧怕的或者很恶毒的亮光。

"这是危险的差使,"亚科夫解释说。

"只要会干就成,"诺斯科夫说,他眼睛里的亮光熄灭了。"对没有本事的人来说,什么差使都是危险的。"

"那就随你了。"

"您说的话可是违背您的利益的。"

"在仇恨当中还谈得到什么利益呢?"亚科夫嘟哝了一句,后悔跟这个暗探交谈了。

"他居然跟我讲起道理来了,这蠢材!……"亚科夫想。

可是诺斯科夫用教训的口气说:

"没有仇恨就没法生活。各人有各人的仇恨、各人的需要。再见!"

他回转身,背对着亚科夫,走进茂密的绿枞林里去了。亚科夫听着他窸窸窣窣地推开细弱的枝子,听着干枝子发出脆裂的响声,赶快回到林间小路上去,那儿有一辆套着一匹马的四轮马车正在等他。他坐上车,进城找波利娜去了。

"嘿,这个坏蛋!"波利娜带着差不多高兴的口气惊讶地说。"他已经知道她常上我这儿来吗?你瞧,他倒真有两下子呢!"

"为什么你跟那样的人来往?"亚科夫生气地责备她,可是她也生气了,抓住胸前的黄纱披巾,絮絮叨叨地说:

"第一,为了你,我不得不这样做!第二,怎么样,要我养猫,养狗,养马夫林吗?我一个人坐在这儿,如同坐牢一样,找不着一个人可以一块儿上街走走。她呢,倒还有趣,她给我小说和杂志看;她对政治有兴趣,什么都跟我谈。原先我跟她一块儿在波波娃的中学里念过书,后来我们吵了架……"

她用手指头戳他的肩膀,说得越发有气了:

"你当是做个鬼鬼祟祟的姘妇是件容易事吗?斯拉德科佩夫采娃说,姘妇好比胶皮套鞋,有了烂泥才用得着,你瞧!她跟你们的医生有恋爱关系,他俩却不瞒住这件事。你呢,把我藏起来,倒好像我是什么烂疮似的。你不好意思带我见人,仿佛我瞎了一只眼,或者驼了背一样,可是我一点也不残废啊……"

"等一等,"亚科夫说,"我会跟你结婚的!我是认真说的,虽然你是一只猪……"

"我们两个还不定谁是猪呢!"她叫着,像小孩一样哈哈大笑起来,反复地说:"猪啦,屋啦,我都说不利落了!我的咸菜哟……你这个小亲亲,你真没有私心!要是换了别人,这件事就不会提了。要知道,这个暗探对你很有用处呢……"

跟往常一样,亚科夫从她家里心平气和地出来。过了七天,一清早,那个矮身量、麻子脸、钩鼻子的记时员叶拉金来报告说,黎明时分纺织工人们拿着网子去捉鱼,纺织工人莫尔德维诺夫由于打算把沉到水底去的猎户诺斯科夫救起来,自己也几乎淹死,现在躺在医院里了。亚科夫一面坐在那儿听那带点鼻音的报告,一面把腿伸直,为的是把手深深地藏到裤袋里去,他的手发抖。

"他们把他淹死了,"他思忖着,想起脾气温和的莫尔德维诺夫和他那张像女人一样的秀气的脸,再也不能相信这个人会下手害死人。

"这个意外倒是件喜事,"他暗想,轻松地叹口气。波利娜也同意这个意外是喜事。

"当然,这样顶好,"她说,严肃地皱起眉头,"因为如果另外换个方法把他弄死,那倒弄得满城风雨了。"

不过她又惋惜地说:

"要是捉住他,逼他招供出来,再把他绞死或者枪决,那就有意思多了。你读过……"

"你在说废话了,波莉卡,"亚科夫打断她的话。

安静地过了几天,亚科夫坐车到沃尔哥罗德去了。等到他回来,米龙担忧地皱起眉头,说:

"我们这儿又出了一件讨厌的事,埃克奉省里的训令调查那个猎户是在什么情形下淹死的。他们逮捕了莫尔德维诺夫、基里亚科夫,还有锅炉工人克罗托夫,那个滑稽的小丑,总之,凡是跟猎户一块儿去捉鱼的人一概被捕了。莫尔德维诺夫脸上有伤痕,耳朵扯破了。看起来,这里面似乎有点政治的味道呢……当然,我指的不是那个扯破的耳朵……"

他在钢琴旁边站住,用一根手指头摇晃夹鼻眼镜,眯起眼睛瞅墙角。他穿着揉皱的瑞典式上衣,棕色的裤子,高到膝头的、扑满灰尘的长靴,看上去活像一个火车司机。他那颧骨很高、胡子剃光的脸和剪短的上髭使人联想到军人。不管他说什么,也不管他怎么说,他那很少活动的脸几乎一点变化也没有。

"这是蠢透了的时代!"他沉思地说。"你看,大家又卷进一场新的战争里去了。我们像往常一样,是为了让眼睛不看自己的愚蠢才去打仗的。要我们跟愚蠢作战,我们却办不到,也没有那个力量。可是目前我们的全部问题却在我们国家的内部。在一个农民的国家里,工人的政党梦想夺取政权。参加这个政党的有商人的儿子伊利亚·阿尔塔莫诺夫,而商人这个阶级却注定要完成国家在工业和技术方面全部欧化的伟大事业。真是荒唐中的荒唐！背叛本阶级的利益应当像刑事罪那样受到惩办才对,实际上那是背叛国家……像戈里茨韦托夫之流的知识分子,我是了解的,他跟什么都没有联系,没有一个地方可以安身,因为他庸庸碌碌,丧失劳动能力,只会看书和说话,总之,我发现俄罗斯的革命活动是那些庸碌无能的人的惟一职业……"

亚科夫觉得堂兄说话的时候似乎看见面前有一大群人挤满了房间。他的眼睛越眯越细,最后索性闭上了。亚科夫不再听他演讲,暗自想自己的心事。调查诺斯科夫身亡一案会怎样结束呢？这对他亚科夫会有什么影响呢？

米龙的妻子怀了孕,像个五屉柜,这时候走进房间里来。她瞧着米龙,用疲倦的语声说：

"去,换衣服去！"

米龙乖乖地把夹鼻眼镜戴在鼻子上,走了。

过了一个月光景,所有被捕的人都放出来了。米龙用一种不容反驳的口吻对亚科夫厉声说道：

"把那些人都辞掉。"

亚科夫早已不知不觉地习惯了听从堂兄的干巴巴的命令。这样倒也方便,免得自己对工厂里的事情负责了,不过他仍旧说：

"应当把锅炉工人留下来。"

"为什么？"

"他是个快活人。他做工很久了。他逗大家开心。"

"是吗？那么,也好,留下他吧。"

随后,米龙舔了舔嘴唇,说：

"丑角的确有用处。"

有一个短短的时期亚科夫觉得局面大体说来还算太平。战争困住了人们,大家变得比较沉思,比较安静了。不过他习惯了经历不愉快的事,因此预感到他的麻烦事不会就此完结,隐隐约约料着新的麻烦事还要来的。这真也用不着等很久,涅斯捷连科又在城里出现了,他胳膊上挽着一个高高的女人,长得很像薇拉·波波娃;他在街上遇见亚科夫,还离得很远就盯牢了他,等到走近了,就打个招呼,问道:

"您能不能过一个钟头上我那边去一趟?我就住在丈人家里。您要知道,我的妻子快要死了。因此我请求您不要在前门拉铃,那会搅得病人不安,您从后院进来好了。再见!"

那一个钟头很沉闷,长得反常。等到亚科夫·阿尔塔莫诺夫在一个摆满书橱的房间里一张椅子上疲倦地坐下,涅斯捷连科好像在听什么声音似的,轻声说:

"喏,我们的朋友给人干掉了。这是毫无疑问的,虽然还没有得到证实。这件事做得很巧妙,这是可以称赞一句的。现在有一件事情要问您:您的心上人佩拉格娅·纳扎罗娃跟前几天在沃尔哥罗德被捕的一个女孩子斯拉德科佩采娃认识。是不是?"

"我不知道,"亚科夫说,立刻出了一身汗。宪兵把手举到鼻子那儿,仔细看手指头,很平静地说:

"您知道的。"

"好像她们认识吧。"

"说的就是嘛。"

"他要怎么样?"亚科夫暗想,皱起眉头打量那张布满红色细血管的、灰白的扁平脸,宽鼻子,没有光彩的眼睛,从那双眼睛里好像滴出浓重的烦闷,散出一股刺鼻的酒气似的。

"我不是代表官方,而是凭朋友的身份跟您谈话。我为您好,我关心您的事业的利益,"亚科夫听那有点嘶哑的声调说着。"喏,您明白这是怎么一回事,我亲爱的射击手!"宪兵笑了笑,沉默一下,解释说:

"我说射击手,是因为我知道您另外有一回使用您的防身武器却没有得手。闲话不提了,您明白,事情是这样的:那女孩子斯拉德科佩采娃跟您的心上人纳扎罗娃认识。现在,您想一想吧:猎户诺斯科夫的活动的性质,除去您和我以外,谁也不可能知道。我跟那些人是毫不相识的。诺斯科夫呢,虽然疲沓,可也不傻……"

涅斯捷连科瞧着桌子底下叹口气说：

"什么事都长不了。剩下来，只有您了……"

亚科夫·阿尔塔莫诺夫觉得军官嘴里吐出来的不是话，而是肉眼看不见的细绳套，勒住他的脖子，收得那么紧，弄得他胸口发凉，心脏不跳了。四周一切东西摇摇晃晃，连声吼叫，像是冬天的暴风雪。可是涅斯捷连科分明故意慢腾腾地说：

"我想，而且我几乎相信：您说话必是略微大意了一点，对不对？您想想看吧！"

"没有，"亚科夫小声说，生怕他的嗓音露出破绽来。

"真的吗？"军官问，用红色手指头拈着唇髭。

"没有，"亚科夫又说，摇摇头。

"这就怪了。怪得很呢。不过，这也还是可以补救的。事情是这样：应当找一个同样的、于您有利的人来接替诺斯科夫才成。将来会有一个姓米纳耶夫的人来找您，您就收他做工人，好不好？"

"好，"亚科夫说。

"这就行了。事情办妥了。我求您留神点吧！对女人可不要提起，千万不要提起！一个字也不要提。您明白吗？"

"他仿佛在对小孩子，对傻瓜说话似的，"亚科夫想。

然后宪兵讲到快到秋天鸟儿要往南飞了，讲起战争和他妻子的病，讲到现在他妹妹在照料他妻子。

"不过，应当为最坏的局面做好准备，"涅斯捷连科说，拉住自己的唇髭，一直把它扯到他的厚厚的耳垂那儿去，这样一来就把他的上嘴唇牵上去，露出了嘴里的黄板牙。

"我得跑掉才成，"亚科夫想，"他会把我拖进混水里去的。我得离开这个地方。"

"叫鬼把你们统统逮了去才好，"他在奥卡河岸上走着，暗想，"你们对我有什么用处？有什么用处呢？"

预报秋天来临的细雨，懒洋洋地洒在地上，河里的黄水盖满了麻点。在温暖得使人要呕的空气里包藏着一种越发加深亚科夫·阿尔塔莫诺夫沮丧的东西。难道人就不能躲开这些不必要的、毫无意义的惊恐,安逸而简单地生活下去吗?

可是,一个月跟着一个月,如同冬天暴风雪中的大车队那样沉重地往前移动,载满了使人非常恐慌的事情。

莫罗佐夫家的一个子弟扎哈尔从战场上回来了,胸前佩着圣乔治十字章,脑袋被炮火烧焦,留下红色伤疤和秃顶。他的一个耳朵没有了,右边的眉毛只剩下一道红色伤痕,下面藏着一只压碎了的死眼睛,另一只眼睛却严厉而专注地瞧着外界。他立刻跟锅炉工人克罗托夫交成朋友。为人消愁解闷的谢拉菲姆的瘸腿学生就弹着琴唱起来:

哎,风吹雨打,
我在战壕里趴下。
我这个傻瓜呀,
帮着欧洲人厮杀!

亚科夫问莫罗佐夫:

"怎么样,扎哈尔,我们打得不行吗?"

"我们什么也没有,怎么打得好仗,"织布工人回答说。他的嗓音又响又泼辣,在他的话里可以听出锅炉工人歌声中那种满不在乎的无礼意味。

"我们没有主人,亚科夫·彼得罗维奇,"他直对着主人的脸说。"掌权的都是些骗子。"

这个人和锅炉工人瓦西卡不知怎么特别显眼,好比秋夜的黑暗中点亮的两盏路灯。每逢塔季扬娜的快活的丈夫穿上裤裆肥得可笑、颜色污浊得跟扎哈尔的军大衣一样的裤子,锅炉工人就瞧着他,唱起来:

瞧,蠢货的裤子就是这个样儿!

那区别谁都可以一眼看明白：

有的人头脑在生长，

有的人屁股大起来。

使亚科夫吃惊的是妹夫听了这种嘲弄并不生气，反而哈哈笑起来，分明鼓励锅炉工人自管乱唱下去。工人也笑。特别是遇到扎哈尔·莫罗佐夫牵着一条卷毛小狗走到院子里来，那条狗威武地翘起毛茸茸的尾巴，弯在背脊上，尾巴尖上用一块树皮拴着一个发白的圣乔治十字章，摇摇晃晃，工人看了都哈哈大笑。米龙看不惯这种胡闹，于是扎哈尔被巡警抓去了，小狗让吉洪·维亚洛夫带走了。

城里街道上，有许多瘸腿的、瞎眼的、缺胳膊的以及各种残废的人，穿着军大衣走来走去，把四周的一切东西都染上他们军衣的那种像脓疮一样的颜色。这是肢体残缺的伤兵由城里的女士们领着出来散步。那些女士是由又瘦又细像扫帚般的薇拉·波波娃组织起来的。她甚至想把波利娜也吸收进来做这工作，可是波利娜见了亚科夫，摇着头叫起来，抱怨说：

"啊呀，不行，我办不到！这简直不像样子！你瞧，亚沙，他们都年轻，强壮，可又都成了残废，冒出那么一股气味来。我可办不到！你听我说，咱们走吧！"

"上哪儿去？"亚科夫沮丧地问。他看出来他的女人变得越来越容易激动，抽很多很多的烟，冒出一股辛辣的烧焦气味。而且一般说来，一切城里的、特别是工厂里的女人，都变得脾气大了，叽叽咕咕，哼鼻子，抱怨物价高涨。她们的丈夫呢，嘴里吹着口哨，要求增加工资，可是他们的工作却越来越差。一到傍晚，工人居住区里总是闹哄哄，大吵大嚷，那声音从来没有这么响亮过，这么气愤过。

在工人当中，常常闪过稳重的装配工人米纳耶夫，这人年纪大约三十岁，黑脸膛，大鼻子，像是犹太人。亚科夫战兢兢地躲开他，极力不去看装配工人的眼光。那装配工人用黑眼睛呆呆地瞧着一切人，仿佛忘了什么事,想不起来似的。

父亲像一堆肮脏的破烂那样在院子里飘来飘去,他那双有病的脚几乎挪不动了。现在,他的宽肩膀上披着一件旅行穿的磨掉了毛的狐皮大衣。他拦住工人,厉声问道:

"你上哪儿去?"

工人回答他以后,他就摆一摆手,嘟哝说:

"好,去吧。懒汉。臭虫,你们靠我的血活着!"

他那淡紫色的、浮肿的脸厌恶地颤抖着,下嘴唇耷拉下来。亚科夫总是在众人面前替父亲难为情。妹妹塔季扬娜成天沙沙地翻报纸,也不知在怕些什么,怕得耳朵老是发红。米龙像鸟似的飞到省城去,飞到莫斯科去,飞到彼得堡去,回来以后,就穿着那双宽后跟的美国皮鞋嘎登嘎登地走着,幸灾乐祸地讲到一个醉醺醺的、放荡的农民①像蚂蟥似的缠住了沙皇。

"我不相信真有这样一个农民,"眼睛已经半瞎的奥莉加固执地说,她跟儿媳妇并排坐在长沙发上,她的两岁的孙子普拉东在长沙发上玩着,叫着,"这是故意想出来做个例子告诫人的……"

"这真了不起!"塔季扬娜的快乐的丈夫大声喊道。"这真惊人!农村在报仇! 不是吗?"

他高兴地搓着他那双生满红褐色毫毛的胖手。只有他一个人很有把握地等着欢乐的日子。

"我的天!"塔季扬娜懊恼地叫起来。"你有什么可高兴的? 我真不懂!"

米佳惊奇地张开嘴,哇哇地叫着:

"怎——怎么着? 你不懂? 那你就好好地弄懂吧! 农村正在为以往遭到的一切痛苦报仇! 整个农村化成了这样一个农民,在他身上生出一种毁灭一切的毒汁……"

---

① 指格里戈里·拉斯普京(1872—1916),原是农民出身,年轻时做过偷马贼,后得到沙皇尼古拉二世的宠信,左右朝政。

"容我插句嘴!"米龙皱着眉头说。"前不久您还是另一种说法呢……"

可是米佳差不多像发了疯一样,上气不接下气,用热烈的低语声说:

"这人是一个象征,不单单是个农民!三年以前他们还举行盛会庆祝皇朝三百年纪念,可是现在……"

"这都是废话,"米龙尖刻地说。亚科夫列夫医生照例在冷笑,可是亚科夫·阿尔塔莫诺夫暗想:这些话要是让宪兵涅斯捷连科知道……

"你们为什么说这些话呢?"他问道。"有什么道理呢?"

于是他劝道:

"别说了!"

他发现连米龙也非常心神不定,担惊害怕,这特别使得亚科夫慌张。说到头来,所有的人当中只有米佳一个人还是跟原来一样,仍旧像陀螺那样转来转去,插科打诨,一到傍晚就弹着六弦琴唱起来:

我的妻子进了坟墓……

可是塔季扬娜已经不喜欢他的小调了。

"呸,这种歌我听腻了!"她说,走开找她那些孩子去了。

米佳善于安定工人的心。他劝米龙到乡下去买面粉、麦子、豌豆、土豆,照原价卖给工人,只加一点运费和耗损费。这使得工人很满意,不过亚科夫渐渐看清楚工人对这快活的人倒比对米龙更相信些,而且亚科夫瞧见米龙越来越常常跟塔季扬娜的丈夫吵嘴了。

"您要随风倒吗?"米龙清清楚楚地问,毫不遮盖他的恶意。米佳呢,微笑着,回答说:

"人民的意志……人民的权利嘛……"

"我要请教:您究竟是什么人?"米龙叫起来。

"你们别再嚷了,"老阿尔塔莫诺夫嘟哝说,可是亚科夫在父亲昏花的眼睛里看见了满意的火花。老头看见女婿和侄子吵架,很痛快。他听见塔季扬娜的愤慨的尖叫,总是微笑,听见母亲的胆怯的请求,也微笑。她说:

"塔尼娅,给我再斟一小杯……"

一切新事情都那么使人惊恐,它们好像是忽然跳出来的,跟过去的事没有一点联系。忽然,眼睛已经完全瞎掉的婶婶奥莉加得了感冒,过了两天就死了。她死后没有几天,仿佛晴天打了个霹雳似的,城里和工厂里纷纷嚷着:沙皇退位了。①

"现在怎么着,要成立共和国吗?"亚科夫问堂兄,堂兄正在高兴地把鼻子伸到报纸上去。

"当然,成立共和国!"米龙回答,对桌子伛下腰去。他为了支住身子就用手掌按着摊开的报纸,可是用力过猛,报纸绷紧,忽然嚓的一声裂开了。亚科夫觉得这是个不吉利的兆头,然而米龙伸直了腰,脸色有点特别,用变了嗓音的、吵吵嚷嚷的、然而和蔼的声调说:

"俄罗斯的大病要好了,就要面目一新了。就是这么回事,老弟!"

他张开胳膊,好像打算拥抱亚科夫,不过立刻放下一条胳膊,另外一条胳膊还是向前伸着,然后举起来,把夹鼻眼镜端一端正,又伸出去,好像扬旗一样。他说明天傍晚他要到莫斯科去。

米佳也抡着胳膊,就跟受了冻的马车夫一样。他叫道:

"现在什么都顺心了。现在人民终于把早已憋在心里的强有力的话说出来了!"

米龙不再跟他争论。他深思地微笑着,舔他的嘴唇。亚科夫看见事情果然是这样:一切都挺好,人人都高兴,米佳站在门廊上对聚集在院子里的工人讲话,述说彼得堡正在发生些什么事情。工人高喊乌拉,随后抓住米佳的胳膊和腿,把他丢到半空中去。米佳缩成一团,成

---

① 指一九一七年二月俄国资产阶级民主革命。

了一个大球,飞起很高。他们也把米龙扔上去,他在空中却好像散了架,胳膊和腿纷纷掉下来似的。米佳的四周围着一群老工人,体格魁伟、身强力壮的织布工人格拉西姆·沃伊诺夫对着他的脸嚷道:

"米特里·帕夫洛夫,你是个随和的人,随和,你懂吗?伙伴们,给他喊一声乌拉!"

大家喊乌拉。锅炉工人瓦西卡踩着舞步,闪着略为光秃的头顶,仿佛喝醉了似的叫着:

> 啊,那是沙皇的宝座,
> 大家坐得离它好远哟!
> 等到走近前去一看啊,
> 原来那上面坐着一只乌鸦!

"再来一个,瓦夏!"大家鼓励他。

他们也打算把亚科夫扔上去,可是他跑掉了,躲在家里,暗自相信工人一旦把他扔上去,就不会再伸出手接住他,那他就要落在地上摔碎了。傍晚,他坐在办公室里,听见院子里窗子底下有吉洪的声音:

"你为什么要把小狗带走?你把它卖给我吧。我会把它养成一条好狗。"

"嘿,老头儿,难道现在是训练狗的时候吗?"扎哈尔·莫罗佐夫回答说。

"可是你要它有什么用呢?卖给我吧,拿一个卢布去,行不行?"

"算了吧。"

亚科夫把头伸出窗外,说:

"沙皇的事,吉洪,你知道吗?"

"我知道,"老头儿回答,瞧着房角,轻轻地打了声呼啸。

"他们把沙皇推翻了!"

吉洪弯下腰,把靴腰拉起来,对着地下说:

"他们闹起来了。这正好应了安东的那句话:马车掉了一个轮子!……"

他挺起腰来,走到房角去,低声叫着:

"图伦,图伦……"

一个个星期欢欢喜喜、吵吵嚷嚷、像圆圈舞那样的转过去了。米龙啦、塔季扬娜啦、医生啦,甚至一切人,彼此之间都和气多了。从城里来了一些面生的人,把装配工人米纳耶夫带走了。随后来了春天,阳光普照,天气暖和。

"听我说,咸菜,"波利娜说,"我仍旧不懂:这到底是怎么回事啊?沙皇不理朝政了,所有的兵士阵亡了或者残废了。巡警被人赶散,由一些什么平民来发命令了。那么现在该怎么生活呢?随便哪个魔鬼都可以想干什么就干什么了。那当然,日捷伊金不会让我过太平日子了。不单是他,就是别的那些向我献过殷勤、碰过钉子的人也都会不容我消停了。既然天下大乱,那我就不打算、也不能再在这儿住下去。我要住到一个谁也不认得我的地方去!再说,真要是成了事,也就是说,革命了,自由了,那当然是为了让每一个人都能照自己的心意过活啊!"

波利娜说得越来越性急,话也越来越多。亚科夫觉得她的话有些驳不倒的地方,就安慰她说:

"稍微等一等吧,局面会平定下来的,那时候……"

可是他已经不相信四周的骚乱会平息下去,他看见工厂里的嘈杂声一天天地热闹起来,越来越吓人了。凡是害怕惯了的人,永远找得到恐惧的理由,亚科夫开始害怕起扎哈尔·莫罗佐夫的被火燎过的脑袋了。扎哈尔像皇上那样走来走去,工人跟着他好像一群公羊跟着看羊狗一样。米佳也像养驯的喜鹊一样在他四周飞来飞去。实际上,莫罗佐夫也真像是一只学会用后腿走路的大狗,他头上烧焦的皮肤一定有点裂开了,有时候他用米佳送给他的一块原是塔季扬娜洗澡用的软毛巾包上脑袋,像缠头的帕子一样。那个大脑袋压住扎哈尔,使得他身材显矮；他大模大样地走着，活像矮胖的副巡警局长埃克，他把大手指头塞在破军裤上的皮带里边，活动着其余的手指头，像鱼鳍划动似的。他叫道：

"同志们，守秩序！"

他在审问三个偷麻布的青年工人。他用满院子都听得见的响亮声音问那些贼：

"你们知道你们在偷谁的东西吗？"

随后他自己回答说：

"你们在偷自己的东西，偷我们大家的东西！难道现在还可以偷东西吗，你们这些狗崽子？"

他吩咐把贼打一顿，就有两个工人很爽快地用柳枝子把他们抽了一顿，锅炉工人瓦西卡踩着舞步，发疯似的唱起来：

瞧啊，如今的寄生虫怎样挨打！
瞧啊，我们的法官多么公平守法！……

他住了口，嘟哝了一句什么，摊开手，忽然喊道：

主啊，救救你的黎民！

米佳喊道：

"好——哇！"

米佳穿着银灰色裤子跑来跑去，皮帽子推到后脑勺上，红褐色的脸上闪着汗珠，眼睛里射出陶醉的、欢喜的绿光。昨天晚上他跟妻子大吵一架。亚科夫听见他们房间那扇面朝园子的窗子里先是飘来相当响的低语声，随后飞来塔季扬娜的忍不住的尖叫声：

"您是小丑！您是不要脸的人！您的信仰？叫花子根本没有信仰。这是撒谎！一个月以前你那些信念……算了！明天我要进城找姐姐去……对,我带着孩子一块儿走……"

这并没有使得亚科夫惊奇,他早已看出火红头发的米佳变得越来越讨厌了,不过有一件事却使得亚科夫惊奇,甚至有点骄傲:头一个发现这个长着火红头发的人不可靠的正是他自己。就连前不久还如同喜欢公鸡一样喜欢米佳的母亲,现在也嘟哝起来了:

"这是怎么回事,他变得多么爱顶嘴,跟犹太佬一样!瞧,白养活他了……"

米佳喊道:

"一切事情都妙极了!生活是美人儿,是机灵的娘们儿!不过,关于狼和山羊可以和平共居的荒唐话,应该丢掉才对,塔季扬娜·彼得罗夫娜!如今再说这种鬼话已经嫌迟喽!"

米龙恶狠狠、干巴巴地问他:

"可是明天您还会说什么呢?"

"生活叫我说什么,我就说什么!对了!喂,还有什么要问的吗?"

他的妻子和米龙小心地从米佳身旁绕过去,仿佛米佳沾了一身煤烟似的。可是过几天,米佳搬到城里去了,随身带走了他自己的财产:三大捆书和一筐子衬衫。

亚科夫看出到处都是火灾样的、乱糟糟的纷扰,所有的人都冒出明显的愚蠢的烟,还没有一点迹象说明这种疯魔的日子有将近结束的样子。

"好,"他对波利娜说,"我决定了:我们走!我们先去莫斯科,到了那儿再考虑一下……"

"到底决定了!"女人高兴地说,搂住他,吻他。

七月的傍晚,园子里充满淡红的昏光,窗子里飘进被雨泡软、被太阳晒暖的土地的浓郁气味。黄昏是那么美,然而忧郁。

亚科夫从自己的脖子上拿开波利娜的热乎乎的湿胳膊,沉思地说:

"把胸脯盖上……总之,穿上衣服吧!我们应当认真地谈谈这个问题了。"

她从他膝头上跳到地板上,跳两步跑到床边,裹上一件长袍,正正经经地挨着他坐下。

"你明白吗,"亚科夫说,用手心擦着脸颊上的胡子,弄得胡子发出窸窸窣窣的声音。"应当想一想,找出一个安安静静的地方,安安静静的国家才好。在那儿,人可以不必了解什么事,也用不着为不相干的事操心。对了!"

"当然,"波利娜说。

"一切准备都应当作得周到。米龙说火车里挤满了逃兵。我们应当装成穷人……"

"只是你随身要多带点钱。"

"嗯,不错,那是当然。我动身的时候要让我家里人不知道我上哪儿去。我假装到沃尔哥罗去,你明白吗?"

"可是你为什么要瞒着他们呢?"波利娜惊奇而怀疑地问。

究竟为什么缘故,他自己也不知道。这想法是刚刚在他心头出现的,不过他觉得这是个好主意。

"嗯,你知道,父亲啦、米龙啦,会提出种种问题来问我……这都是不必要的。钱莫斯科有,我在那儿可以拿到很大一笔钱……"

"只是,快一点才好!"波利娜要求道。"你看:这儿没法生活下去了。样样东西都涨价,什么都卖缺了。说不定还会闹抢案,因为,不然的话大家怎么活下去呢?"

她回头看了门口一眼,小声说:

"就说厨娘吧,以前倒很和气,现在却放肆起来,老好像喝醉了似的。她可能趁我睡熟了干掉我,因为既然天下大乱,她为什么不可以干掉个把人呢?昨天我听见她跟一个什么人悄悄说话。我的天呐!我心想:来了!不过我轻轻地把门推开一条缝,却看见她一个人跪在那儿叽叽咕咕说什么!真可怕!"

"别说了,"亚科夫拦住她那惊恐的细语的急流。"我先走……"

447

"不行,"她高声说,用拳头捶一下自己的膝盖。"我先走!你把钱交给我……"

"你怎么了,不相信我吗?"那个男人委屈地、气愤地问。他听到了她斩钉截铁的回答:

"我是不相信。我为人老老实实,我干脆对你说:不相信!如今人家连对沙皇都背叛了,对什么都背叛了,难道还能够相信人吗?你相信谁呢?"

她讲得很有说服力量,从她那敞着怀的长袍衣襟里露出来的胸脯更有说服力量。亚科夫·阿尔塔莫诺夫对她让步了。他们决定让她明天收拾行李,先动身到沃尔哥罗德去,在那儿等他。

到第二天,亚科夫开始诉说胃痛、头痛,这些话是完全信得过的。近几个月来他瘦多了,无精打采,心神恍惚,他那对彩色的眼睛黯淡无光了。过了八天,他坐马车从城里到火车站去。他安静地在那条坎坷的大路边上坐着马车往前走,路上的石子已经翻出来,散布在一个个深坑中间,深坑里面有干透的泥土像驼背一样的隆起着,布满裂口。亚科夫的后面也留下了这样一段破碎毁坏的生活。他的前面呢,天空的烟云中央有一个柔软的洞穴,那里面露出一个昏暗的太阳,像一个白花花的斑点。

过了一个月,米龙·阿尔塔莫诺夫从莫斯科回来,低下头,瞧着自己的手心,对塔季扬娜说:

"我不能不报告你一个可悲的消息:我在莫斯科的时候,那个跟亚科夫同居的庸俗的年轻女人来找我,说是有些人——话说回来,这年月什么样的人没有啊?——说是有些人把亚科夫痛打一顿,从火车车厢里扔出去了……"

"哎呀!"塔季扬娜叫着,打算离开椅子站起来。

"那是在火车开着的时候。他挨过两天两夜就去世了,埋在佩图什卡火车站旁边的乡村墓园里。"

塔季扬娜一言不发,用手绢按在自己的眼睛上,她的尖肩膀在颤动,黑衣服好像要从肩膀上滑下来,这个长脖子的瘦女人仿佛正在溶化似的。

米龙把夹鼻眼镜摆一摆正,把手指头的关节按得咔咔地响,搓搓手,静听那孤零零的一口钟召人去做晚祷的声音,然后在房间里走来走去,说:

"你何必哭呢?我们背地里说一句,他是一个完全没有用处的人。而且他蠢得不像话,原谅我这样说!当然,可怜也是可怜的。对了。"

"我的天,"塔季扬娜说,映着发红的眼皮,用手指头蘸点唾沫,润一润眉毛。

"那个野心勃勃的女人,"米龙说,把手插在裤袋里,"很笨地装成一个伤心的寡妇,可又穿得未免花哨。事情很明白:她从亚科夫手里抢去了不少钱。她说她已经写信到我们这儿来了。"

塔季扬娜否定地摇一摇头。

"没有写信来吗?我早就料着是这样。我想,用不着跟你的父母谈起这件事,就让他们以为亚科夫还活着好了。对不对?"

"是的,这样好些,"塔季扬娜同意。

"反正伯父也似乎头脑不清了,不过伯母知道了倒会大哭一场的……"

塔季扬娜摇了摇头,说。

"我们大家都快要死于非命的。"

"也许吧,要是我们还留在此地的话。不过我马上要把妻子儿女送走了。我劝你也走,免得等到扎哈尔·莫罗佐夫……我想这样吧:我们对那两个老人索性什么也不要说了。嗯,原谅我,我要回家去了,我妻子不舒服……"

他向堂妹伸出长胳膊,握一握她的手,走了。他临走还说:

"现在出门困难得不得了,路上的情形乱七八糟!"

老阿尔塔莫诺夫半睡半醒地生活着,慢慢地陷进越来越深的梦乡。夜间和大部分的白天,他都躺在床上。余下的时间他就坐在对着窗子的一把圈椅上,窗外是一片空旷的蓝天,有时候涂上一点云。镜子里照出一个胖老头,脸肿着,眼睛肿着,白胡子纠结在一起。阿尔塔莫诺夫瞧着自己的脸,暗想:

"好一只蚊子。"

他的妻子走来,伛下腰凑近他,拉拉他的衣服,悲声说道:

"你该出门一趟,你该治一治病……"

"你走开,"阿尔塔莫诺夫懒洋洋地说。"走开,你这匹马。我讨厌你。让我安静一下。"

等到剩下自己一个人,他就静听人们怎样快乐地在院子里、园子里和其他地方吵嚷。工厂里却没有声音。

那个往常的交谈者,那个受到亏待、常用思想的尖针扎得阿尔塔莫诺夫活跃起来的人,不见了,死亡了。这倒也好。老人觉得思索费劲了,而且不想思索了,再者他早已知道思索没有用处,因为什么事都是想不明白的。那许多人,亚科夫啦、塔季扬娜啦、女婿啦,都上哪儿去了?

有时候他问妻子:

"伊利亚回来没有?"

"没有。"

"还没有?"

"没有。"

"那么亚科夫呢?"

"亚科夫也不在。"

"哦。他们玩乐去了,那米罗什卡就要把这事业吸干喽。"

"你不要想这些事了,"纳塔利娅劝道。

"走开。"

她就走到墙角去,在那儿坐下,用昏花的眼睛瞧着这个跟她相处了一辈子、只剩下人模样的人。她的头在抖动,手在发颤,像是骨节脱了臼。她消瘦了,溶化了,跟牛油烛一样。

有时候(不过这种时候越来越多了),彼得·阿尔塔莫诺夫给家里一种不能理解的纷扰惊醒过来:原来有些不相识的人出现了。他瞅着他们,极力要听明白他们嘈杂的昏话,后来听见妻子哀叫道:

"天呐,这是怎么了?为什么呀?要知道他是主人啊,我们是主人啊!哎,让我把他带走吧,他得去看病才成,他得进城!对了,让我把他带走吧……"

"她打算把我藏起来。可是为什么要藏起来呢?"阿尔塔莫诺夫暗想。"她是傻瓜。她做了一辈子的傻瓜。亚科夫就像她。别人也都是那样。伊利亚可就像我。是啊,他一回来,就会把事情弄得有条有理了……"

天下雨了,下雪了,冰发出爆裂的声音,暴风雪咆哮着,呼啸着。

一种难受的饥饿感觉把阿尔塔莫诺夫从这种半睡半醒的状态里甩出来。他看见自己在园子里的凉亭上,透过凉亭的玻璃可以看见潮湿的树枝中间露出发红的、矮得奇怪的天空,仿佛天空就挂在树梢后面,人一伸手就可以够到它似的。

"我饿了,"他说;没有人答理他。

园子里弥漫着淡蓝的灰色烟雾。凉亭前面,站着两匹马,一匹是灰色的,一匹是黑色的,彼此把脑袋靠在对方的脖子上。在它们后面的一条长凳上,坐着一个穿白衬衫的人,正在解开一大捆绳子。

"纳塔利娅,你听见没有?给我点东西吃……"

以前每逢他从昏睡中醒来,叫他妻子,她立刻就来了,她总在附近什么地方等着。今天她却不在。

"难道她?……"阿尔塔莫诺夫想,他的头脑开始清楚了。"再不然,她病了吗?"

他微微抬起头。透过浴室门旁的一丛灌木,有一个什么东西在闪闪发亮,后来他才看出那是一管枪上的刺刀,那枪挂在一个穿着淡绿色军服的兵士背上。那兵士隐在灌木丛中,看不太清。院子里有人叫道:

"你们怎么了,同志们?开玩笑吗?难道可以这样养马吗?就是养猪也不能这样!而且为什么不把秣草收拾起来,却让雨淋湿?你打算到浴室里去禁闭一下吗?"

穿白衬衫的人把膝头上的绳子丢在地下,站起来,小声对旁边的一个兵说:

"他好像是打天上掉下来的,见他的鬼!"

"现在指挥员比从前多起来了,"那个兵回答。

"是谁派他们这些魔鬼做指挥员的?"

"那是他们自己派自己的。老兄,现在什么事都是自动做出来的,就跟老太婆的神话里的情形一样。"

那个人走到两匹马跟前,抓住马鬃。老阿尔塔莫诺夫尽量提高喉咙嚷着:

"喂,把我老婆叫来!"

"闭嘴吧,老头儿,"他们回答他。"嘿,你还要找老婆呐……"

两匹马牵走了。阿尔塔莫诺夫伸出手心摸着脸和胡子。他用冷冰冰的手指头摸耳朵,往四下里看。他躺在凉亭里一堵没有窗户、没有玻璃的墙旁边;这凉亭正在苹果树底下,苹果树上的红苹果一簇簇地挂下来,跟山梨一样。他躺在一个很硬的地方,盖着一件他自己穿旧的狐皮大衣,身上穿一件冬天的厚衣服。可是他不觉得暖和。这叫人想不通:为什么他待在这儿呢?也许家里正在举行节日前的大扫除吧?那么是什么节日呢?为什么园子里有马,浴室旁边有兵?而且是谁在院子里嚷:"同志,您是个糊涂的娃娃!怎么?大家累了?现在就累了,那还嫌早呐!别胡闹了……"

远处有许多人喊叫,可是那喊叫声却震得他耳朵发聋,脑袋里嗡嗡地响。他的腿好像没有了,从膝盖往下,他的腿不能动了。墙上画着一棵苹果树,那是油漆工人万卡·卢金画的。他是个贼,后来偷教堂里的东西,坐了牢,死了。

有一个身材很宽、戴着毛茸茸的帽子的人走进凉亭里来。他带来冷冰冰的阴影和浓烈的焦油气味。

"是吉洪吗？"

"可不是！……"

吉洪这种没好气的回答也震耳朵。这个扫院子的老仆人张开胳膊，像在嘎吱嘎吱响的地板上游泳似的。

"这是谁在嚷？"

"扎哈尔·莫罗佐夫。"

"可是兵上这儿来干什么？"

"打仗呗。"

沉默一会儿，阿尔塔莫诺夫问：

"敌人打到这儿来啦？"

"这个仗打的就是你，彼得·伊里奇……"

主人厉声说道：

"你这老蠢货，不要开玩笑，我可不是你的同志！"

他听见了沉静的回答：

"这是最后一回战事了，以后大家再也不要打仗了。而且现在大家都是同志了。讲到蠢货，我也实在是个老蠢货。"

这很清楚：吉洪在冷嘲热讽。这时候他不顾礼节，竟在主人脚旁坐下来，而且没脱帽子。院子里有个略为嘎哑的尖嗓音在发命令：

"八点钟以后街上不准有行人！"

"我的妻子在哪儿？"阿尔塔莫诺夫问。

"她出去找面包了。"

"这是怎么回事，找面包？"

"不找怎么着？面包又不是砖头，会在地上摆着。"

园子里的昏暗越发浓了，蓝了。有一个兵在浴室旁边打呵欠，吼了一声。他变得完全看不清了，只有刺刀还在闪光，像水里的鱼一样。阿尔塔莫诺夫有许多话要问吉洪，可是没说出口：吉洪的话反正是听不懂的。再者，那些问题好像在蹦跳，搅混，不容人弄明白究竟其中哪一个最重要。而且他饿得慌。

吉洪嘟哝道：

"我是蠢货,不过我知道真理却比谁都早。你看,世道怎样翻了个身。我早就说过:你们所有的人都要吃苦头的! 现在果然这样了。他们像用抹布擦掉灰尘那样把你们擦掉了。他们像扫刨花似的把你们扫光了。事情就是这样的,彼得·伊里奇。对了。魔鬼在刨,你却帮他的忙。这都是为了什么呢? 你们一个劲儿地犯罪,犯罪,数都数不清了! 我瞧着这些,心想:真怪! 什么时候才有个结局呢? 好,现在你们的结局来了。眼前这种种的事像铅一样灌到你们的头上来了……马车掉了一个轮子……"

"他在说梦话,"阿尔塔莫诺夫暗想,不过还是忍不住问道:

"为什么我待在这儿?"

"人家把你从家里轰出来了。"

"米龙呢?"

"所有的人都给轰出来了。"

"那么……亚科夫呢?"

"他早已不在这儿了。"

"伊利亚在哪儿?"

"听说跟这些人在一块儿。一定是这样的。就因为他跟他们在一块儿,你才活得到现在,要不然……"

"他在说梦话,"彼得·阿尔塔莫诺夫有把握断定,于是不言语了,心想:"这个糟老头子,活得昏了头。早就料到他会这个样子的。"

细小而昏暗的星星散布在天空,以前好像没有过这样的星星。它们也从来没有这么多过。

吉洪取下帽子,把它攥在手里,又嘟哝说:

"所有你们那些狡猾的愚蠢都报应到你们头上来了。做个叫花子都比你们轻松多呢。"

忽然他换了一种口气问:

"你还记得那个小男孩,事务员的小男孩吗?"

"啊?那又怎么样?"

彼得·阿尔塔莫诺夫弄不明白突如其来的这一问是为了吓唬他呢,还是为了使他吃一惊。不过他立刻就明白了,因为吉洪马上说:

"你把他弄死了,就跟扎哈尔弄死那条小狗一样。可是你为什么弄死他?"

阿尔塔莫诺夫恍然大悟:吉洪终于还是把他告发了,所以现在他这个病人被捕了。然而这并不使他很害怕,反而为吉洪的不近人情的愚蠢愤慨。他用胳膊肘支起身子,微微抬起头来,觉得嘴巴发干,舌头发苦,带着责备和讥笑,轻声说:

"你这是胡说!而且一切罪行都有时限,时效!你错过一切时限了。对了!再说,你昏了头。你忘了当时你看见了什么,说了些什么……"

"可我说了些什么呢?"老人打断他的话。"当然,我没有亲眼看见,不过我心里有数!我当时那么说是要看一看你会怎么办。我当时说的是假话,你呢,暗暗高兴,抓住了那些假话。我看着,看着,等着,等着。……你们所有的人都是一个样儿。阿列克谢·伊里奇挑唆自己的岳丈,那个醉汉,去放火烧巴尔斯基的饭馆,被你父亲猜透了,就设法把醉汉打死了事。尼基塔·伊里奇知道这件事,他也有看破一切事情的眼力。他本来不想提起这件事,可是因为恨你,才对我说了。我说:'你是修士,你应该忘记这些,我该记住。'你们的所作所为,把他吓坏了。你们逼得他上吊,后来又逼得他进修道院,还说什么'为我们祷告'!可是对他来说,为你们祷告是可怕的事,他不敢!因此他才丧失了上帝……"

看样子,吉洪好像可以一直讲到世界末日。他深思地轻声讲着,仿佛并没有什么恶意。他在迟暮的温暖而浓重的暗影中,差不多使人看不见了。他那种声音粗哑的话语使人联想到夜间蟑螂爬来爬去的沙沙声,却并没有使得阿尔塔莫诺夫害怕,只是那些话的分量压住他,使他惊讶得张口结舌。他越来越相信这个不能理解的人昏了头。这时候那人长叹一声,好像从肩上卸下了重担,继续用原来那种单调的声音把不必要的往事翻出来：

"你们阿尔塔莫诺夫家的人弄得我也丧失了信仰。尼基塔·伊里奇因为你们而连带打消了我的信仰，他自己不信上帝了，我也不信上帝了……你们呢，既不信上帝，也不信魔鬼。你们家里挂着神像是骗人的。可你们到底信什么呢？简直叫人弄不懂。倒仿佛你们信着点什么似的。其实你们是骗子。你们靠了欺骗过活。现在什么都清楚了：你们的衣服剥光，真面目露出来了……"

阿尔塔莫诺夫费劲地挪动身体，把一双重得很的腿丢在地板上，可是脚底的皮肤并没有觉出地板来，老头以为腿离开他的身子，掉了，身子悬在半空中。这吓坏了他，他就双手抓住吉洪的肩膀。

"你要干什么？"扫院子的仆人问，粗鲁地抖掉他的手。"别碰我。你没有力量，你掐不死我。当初你父亲倒是有力量，可是都用在耀武扬威上了。我刚才说：你们弄得我失去了信仰；现在我简直不知道我死的时候会是什么样子。这都因为我老是瞧着你们这些魔鬼……"

阿尔塔莫诺夫非常饿，而且他的腿把他吓坏了。

"难道我要死了？我还没有满七十五岁呐。天啊……"他想。

他又试着躺下去，可是没有力气举起腿来。于是他吩咐吉洪说：

"帮一帮忙，抬起我的腿！"

吉洪把旧日主人发僵的腿放在长凳上，吐口唾沫，又坐下来，把手伸进帽子里去，他手里有个什么东西发亮。阿尔塔莫诺夫仔细一看：那是一根针，原来吉洪正在黑暗中缝他的帽子呢，这就证实了他的糊涂。在他头上有一只灰色的蛾子飞来飞去。园子里，半空中，伸展着三条黄色光带，不知什么人的声音远远地，然而清楚地说：

"同志们，我们是绝不后退的，将来也不会……"

吉洪的语音盖过了这个声音：

"还有你的父亲。他打死了我的哥哥。"

"你胡说！"阿尔塔莫诺夫不由自主地说，可是立刻又问："什么时候？"

"喏,就是在那个时候……"

"为什么你老说谎,糊涂虫?"阿尔塔莫诺夫忽然生起气来,觉着饥饿在吸吮他,把他耗干了。"你要怎么着?你是我的良心吗?我的审判官吗?为什么你三十多年来从不提起这些事?"

"我确实没有提过。这是说我在想!"

"积攒仇恨吗?……好,去,上巡警那儿去告密吧。"

"现在没有巡警了。"

"你对他们说:喏,他供我一辈子吃喝,现在你们审判他吧!你一定已经这样告发过了!你要怎么样,嗯?逼我?吓唬我?要我给你钱?嗯?"

"你现在没钱。你什么也没有了。你本来就什么也没有。讲到做你的审判官,我才没有那份兴致呢。我是我自己的审判官。"

"那你凭什么吓唬我,你这昏了头的家伙?"

可是吉洪似乎并没有吓唬谁,这是阿尔塔莫诺夫自己也隐隐感到的。吉洪嘟哝说:

"现在是所有的该隐一齐完蛋了。不过为什么要打死我哥哥呢?"

"什么哥哥不哥哥的,你都是胡说!"

两个老人越说越快,互相打岔。

"我胡说?我那时候跟他在一块儿……"

"跟谁在一块儿?"

"跟我哥哥在一块儿。你父亲打死我哥哥的时候,我跑了。你父亲送掉了他的命。为什么他要送掉别人的命?"

"你现在说已经迟了……"

"哼,现在人家推翻你们,打倒你们,弄得你们没有一点保障了。我呢,还是跟以前一样站在一边稳稳不动……"

"你成了疯子……"

阿尔塔莫诺夫觉得这个往日的掘土工人把他逼到一个角落里去,一个坑里去,那地方样样东西都看不清,不能理解,可怕。他固执地一口咬定说：

"你迟了。你胡说，你没有哥哥，像你这样的人什么也没有……"

"我有良心。"

"把我儿子伊利亚弄糊涂的就是你！"

"其实倒是你们阿尔塔莫诺夫家的人才把我弄糊涂了。尼基塔·伊里奇搅动了我的心！"

"他却说你搅动了他的心！"

"我有好几回想打死你父亲。我差点用铁锹打碎他的脑袋……你们都狡猾……"

"你自己才狡猾……"

"还有谢拉菲姆。他也弄得我糊涂了：他什么人也没得罪过，可是生活得不正派。这是怎么回事呢？到处都是狡猾……"

"谁在走路？上哪——哪儿去？"黑暗里有人生气而大声地嚷道，"可恶，不是告诉过您到八点钟以后就不要出来走动吗？"

吉洪站起来，向门口走去，从门口消失在黑暗里了。阿尔塔莫诺夫又激动，又饥饿，又疲倦，十分难受，看见有一个又宽又黑的东西很快地穿过园子里那三道油亮的光，飞来了。他闭上眼睛，这时候静等着发生一件绝顶可怕的事。

"弄到了吗？"吉洪问一个什么人。

"喏，只有这点！"

这是妻子的声调。她上哪儿去了？为什么她撇下他跟那个老头儿在一起？

阿尔塔莫诺夫睁开眼睛，用胳膊肘支起身子，瞧着门口，那儿有两个黑人影堵住了门。他忽然想起他一生一世思索着的一个问题：他的生活这么沉重而杂乱，充满那么些幻灭，究竟该怪谁，由谁来负责？现在一切都明明白白了。

妻子走到他跟前，弯下腰来，小声说：

"嘿，谢天谢地……"

"喏,吉洪,她就是那个得负一切责任的人!"阿尔塔莫诺夫坚决地说,轻松地吁口气。"她贪心,她逼我,对了!"

他得意地吼起来:

"就因为她,弟弟尼基塔才倒霉的!你自己也知道,对了……"

阿尔塔莫诺夫透不过气来了。奇怪的是他看见妻子并不生气,也不害怕,更不流泪。她用发抖的手摩挲他的头发,担忧而又温柔地小声说:

"小点声吧,别嚷了,这儿那些人都很凶呢……"

"给我点吃的……"

妻子往他的手里塞了一条黄瓜和一块沉甸甸的面包。黄瓜是热的,可是面包粘手指头,像生面团一样。

阿尔塔莫诺夫奇怪地说:

"这是什么东西?这是给我的?就只有这点?"

"看在上帝面上,小点声吧,"纳塔利娅小声说,"要知道,什么都没有了!兵士们也吃这个……"

"到头来你就给我吃这个?我活了一辈子,成天担惊害怕,临了你就给我吃这个?"

他手里掂着那块面包,嘴里嘟嘟哝哝,心里体会到必是出了什么难于忍受的、使人十分痛心的事,而且在这件事上就连纳塔利娅也不能负责。

他把面包往门口一丢,闷闷地、然而坚定地说:

"我不要。"

吉洪拾起面包来,嘟哝了一句:吹一吹那块面包。纳塔利娅又把它塞到丈夫手里,轻轻说:

"吃吧,吃吧,别生气了……"

阿尔塔莫诺夫推开她的手,闭紧眼睛,咬着牙,带着激烈的愤懑口吻又说一遍:

"我不要。走开。"

苏联记游

陆桂荣　蒋望明　译

一九二八年五月,高尔基侨居国外六年后回到苏联,七月动身到各地作长途旅行,一九二九年作了第二次旅行,足迹几乎遍及全国。他访问了第一个五年计划的重点建设工程,参观了工厂、农庄、油田、劳动教养院、儿童之家、夏令营等等新兴的设施,出席共青团各种集会和晚会,广泛地接触了工人、农民、青年和少年儿童,亲眼见到了建设新生活的新人和他们在生活中表现出来的创造力。他把这一切印象写成一系列反映新俄罗斯面貌的优美的特写,发表在一九二九年《我们的成就》杂志一至六期上,用过《旧地重游》、《在祖国大地上》等题名。汇集成册时总题名为《苏联记游》。

高尔基在这部特写集中,写出了新旧俄罗斯的极其鲜明的对照。他以朴素动人的文字描写苏维埃现实中新人的形象和思想感情,歌颂社会主义劳动的雄伟气魄,青年人蓬勃成长的情景和在建设中勇敢的创造精神。他对苏维埃的欣欣向荣的新气象表现出由衷的喜悦,对旧社会遗留下来的残渣表现出无比的厌恶。

本书译自《高尔基三十卷集》第十七卷。

一

　　我去过巴库两次,这已是一八九二年和一八九七年①的事了。油田在我记忆里留下了可怕的印象。它像一幅出于天才之手的、阴森森的地狱图。这幅画超过了我所熟悉的、使人感到恐怖的、一切离奇的虚构,超过了那些忍耐和温顺的鼓吹者用魔鬼、沸腾的油锅、地狱里的"永火"来恐吓人们的所有企图。我这么说并无笑谑之意,这印象着实使人毛骨悚然。

　　在我初去巴库的前几天,油田发生了一场大火②。蓝天下,井塔上方凝集着黑色烟云,它沉重、浓密得出奇,仿佛在空中升起了几俄亩的黑土。当我和我的伙伴费多尔·阿法纳西耶夫③顺着渗透石油的、油腻腻的沙路一步一步走去,走近黑城④,并且看到一座座井塔顶刺入烟云时,不由得产生了这样的感觉:大地上方组成了另一个大地,它好像是人们居住的大地的第二层,而这第二层大地在扩展着,很快将会以永恒的黑暗盖住天空。我看到从一个井塔里向烟云喷射着黑色的污浊物,仿佛大地在呕吐,它一面把自己的内脏吐出来,一面使其上方的油烟顶盖向四处扩展。此刻,我的这种荒唐的想象更加增强,更加牢固了。

　　路边,一辆运送伤员的马车陷进了很深的沙坑里,车子被黑色的

---

① 高尔基第二次访问巴库的时间实为一八九八年六月。
② 一八九二年十月十五日,巴拉汉内油田的汽锅爆炸,烧毁了油管和井塔。高尔基在这里可能是指的这次事故。
③ 外高加索铁路车间的机械工,自一八九二年起从事革命工作。
④ 旧巴库的工人区。

石油和红色的血迹弄脏了,一个轮轴也被折断。车里躺着一个人,他光着一只脚,皮肤青得很不正常,另一只脚穿的靴子被压坏了,湿淋淋的,从靴子里往沙土上淌着浓重的、暗色的血滴。车夫长着一头红发,系着皮围身,躺在沙地上,正用皮带和一块龌龊的木板把轮轴绑起来。卫生员坐在坑坑洼洼的铁桶上,把沙子撒在大褂上一块块被鲜血浸湿的地方。阿法纳西耶夫问他:

"压死了?"

"走你的路吧,不关你的事。"

满身石油的工人们在阳光下闪闪发亮,他们好像一群蚂蚁,有的赶过我们向前走去,有的向我们迎面走来。一辆四轮马车,套着两匹非常瘦弱的灰马,也超过了我们。车里半躺着一个人,他身穿白色西服,闭着两只眼睛。在他旁边颠簸着另一个人,蓄着山羊胡子,戴着墨镜,制帽上带有帽徽,膝盖上搁着一根黄色的手杖。约莫有二十来个的一群工人拦住了马车,他们摘下帽子,挥着手,一齐说道:

"行行好吧!怎么能这样呢?我们办不到呀!饶了我们吧!"

那个帽子上有徽章的人欠了欠身子,喊道:

"回去!谁让你们这么做的?往回走!"

车夫抽了马一鞭,车子晃动起来,车轮陷进沙土,仿佛陷进了面团里。工人们闪开来,跟在车子后面。他们默默地戴上帽子,彼此也不看一眼。所有的人都像在石油里洗了个澡似的,连他们的脸部也抹上了黑色的石油。他们不放我们进油里,还用拳头吓唬我们。

我们在那儿转游了大约两三个小时,从远处张望着杂乱无章的、肮脏的井塔。在那边发出扑通扑通的水声,就像一块块石头掉进水里似的。在浑浊的、灼热的空气里回荡着闷声闷气的咝咝声。十来个光脊梁的工人拽着绳索,在地上拖着一块用铁链捆住的、厚厚的装甲钢板,忧郁地喊着:

"吭唷!吭唷!"

大颗大颗的黑色雨点落到他们的身上。井塔喷出粗粗的黑柱,柱头顶着浓密的、含油的空气,形成一顶蘑菇帽。虽然从这帽中流出一股股石油,它似乎在溶化,但是体积并没有缩小。在井塔之间奔忙着的工人们个子小得出奇,显得怪可怜的。在这一切之中有一种可怕的、非现实的或者已经过于现实的、变得不可想象的东西存在。费佳①·阿法纳西耶夫啐了一口唾沫,说道:

"我就是活活饿死,也决不上这儿来做工!"

……过了五年②,我同《里海报》③的一位编辑来到油田;他事先答应把一切情况详细告诉我,但是我们一到苏拉汉内④,他就把我介绍给一个高个儿的人,他自己却溜掉了。

"请看吧,"高个儿愁眉苦脸地对我说,并且更阴沉地加了一句:"这儿没有任何有趣的东西。"

从清早到黑夜,我整天漫步在油田里,处于神经错乱的状态之中。天气异常闷热,使人憋气、咳嗽,我感到自己像中了毒一样。我在林立的溅满石油的井塔之间瞎走。在这些井塔之间,我见到一个个黑中带绿色的油池,它们像是无底深渊。不论是大地,还是地面上的一切东西和人们,都溅满和渗透了深色的石油;到处都是有些发绿的水洼,它们像是溃烂的伤口;沙子在脚下不是沙沙作响,而是发出吧嗒吧嗒的声音。从井塔内部发出的也是这种吧嗒吧嗒的"捞油"⑤的吮吸声,醉醺醺的空气里充斥着这嘈杂的声响。钻井机轧轧作响,铁在锤子的敲击下轰鸣。工人们到处乱哄哄地奔忙着,其中有突厥人,俄罗斯人,还有波斯人。他们用铁铲在潮湿的沙地上挖掘开采场、沟渠,把长长的铁筒、铁杆、沉重的钢板从一个地方拖到另一个地方。到处都是乱堆着的大批弯弯曲曲的断铁条,蜿蜒散开在地上的断铁索,从沙子里戳出的一段段碎铁筒——这儿那儿都是铁,仿佛是飓风把铁吹断,摊满

---

① 费多尔的爱称。
② 实际上过了六年,于一八九八年高尔基才再次访问巴库。
③ 资产阶级社会政治和文学报纸(1881—1919)。
④ 巴库油田区,现为奥尔忠尼启则区。
⑤ 用吸油管从钻井中取油的一种旧方法。

465

一地似的。

工人们给人的印象是似醉非醉；他们气愤地、毫无目的地相互叫嚷着，我似乎觉得他们的动作不稳。有个很脏的大胖子冲到我跟前，嘶哑地大声嚷着：

"你这个魔鬼，干吗把吸油管……"

但是，他看到我并不是他要指责的那个人，便骂骂咧咧地向前跑去，在我的记忆里留下了一个生疏的字眼——吸油管。

在杂乱的井塔之间，紧贴着地面的是一座座又长又矮的工人宿舍。这些房子是用棕黄色和灰色的、未经加工的石块仓猝砌成的，很像史前期人类的住所。我从未见过人的住所周围有这么多各式各样的脏物和垃圾，有这么多被打掉玻璃的窗户，像洞穴一样的房间里是这么样的简陋、贫穷。窗台上没有一盆花，房子周围没有一块草地、一棵树、一簇灌木。孩子们用双脚在水洼里踩着那有些发绿的、油腻腻的黏液，有的三五成群，忧郁地坐在门口，彼此依偎着；有的在平顶屋檐上玩着碎铁块、碎木片。瞧着这些半裸体的孩子，令人胆战心惊。孩子们也像周围所有的东西一样，完全被石油染污了。到处闪现着他们肮脏的小脸蛋，使人想起那篇叙述野人捉拿小孩的悲惨童话和古代地理学家斯特拉波写的一个故事①，传说马其顿王亚历山大为了试验石油的燃烧性能，下令把石油浇在一个男孩身上，并点起火来焚烧他。

木匠们砍着圆木，结实的斧子闪闪发亮，他们又在建造一座钻探塔。一个黑胡须的汉子顺着井架子爬上去，他没穿衬衫，光着脚。他用牙齿咬住绳子的一端，双手抓住井架的边缘，笨手笨脚地、艰难地向上爬着，越爬越高；地面上，在黄绿色的污水洼里站着一个小老头，他手里拿着一捆绳子，把它捯开来，像放风筝似的。

---

① 斯特拉波（约前63年—约后20年），古代希腊地理学家和历史学家。他在《地理学》一书中写道："……亚历山大为了试验，下令在澡堂里把石油浇在一个奴隶身上，随后把一盏点燃着的油灯拿到跟前。火焰马上在奴隶身上燃烧，他几乎被烧死，要是周围的人们不往他身上浇大量的水，便无法灭火，也无法救他。"

"别爬得太高了,"他向黑胡子喊了一句,后者用沉厚的嗓音,响亮而又认真地回答说:

"别担心。"

这些话也留在我的记忆中,也许是由于周围的一切充满着使人忧郁的恼怒,所有的人都异乎寻常地容易冲动的缘故吧。不过,这种印象可能是书本给我的:不知在什么地方我看到过,石油具有麻醉剂的性能。

在一个作业区里,在几座最密集的井塔边约有二百个人在拼命地干活。一个膀粗腰圆的高个儿年轻人在指挥他们,他身穿白大褂,头戴绣花小圆帽,满身像漆匠溅上油漆似的溅遍了石油。他挥舞着一双长胳膊,一刻也没有闭上过那张毛茸茸的嘴巴,他歇斯底里地大声叫嚷,骂骂咧咧的,每句话里都带着脏字儿。他推着工人们的背脊、脖子,拳打脚踢,又抓住一个人的肩膀,像摔猫似的把他摔到地上。

"弯!"他尖声喊叫,接着大骂一通。"放!"随后又骂一阵。"搬!"

我看不见那些挤成一团、呼号着的人们在做什么,但我觉得,他们的大多数什么事也没干,也在骂骂咧咧,相互推推撞撞,弓着身,目光越过站在前面的人们的肩膀,向正在"弯着"、"搬着"什么东西的人群中心探望着。所有这些人似乎都被可能发生的灾难吓得丢魂失魄,并在尽力设法防止这场灾难的降临似的。从远处看,油田的景象和油田上工作的场面给人一种奇特的印象:仿佛一帮黑黢黢的敌人攻进了木头城,现在正在掠夺、摧毁这座城市。我愣愣地来到田野,抱着一种无政府主义的愿望:想要放把火将这些浸透地里的黑油的木制锥形物烧掉,不但要让露天开采场上深橄榄色的油泥池着火,而且要让地层下的石油通通着火、烧尽,我还要把苏拉汉内、巴拉汉内、罗曼内①,把整整这一口煎熬着千百万疲惫不堪的工人的脏锅炸掉、毁掉。

---

① 巴拉汉内、罗曼内是旧巴库的近郊区,现在是改建的、设备完善的工人村。

翌日早晨,我站在纵帆船的船尾上,以同样的憎恶感望着这座城市。它更像城市的废墟,更像被毁灭的死城邦贝①的照片;在这座城市里,灰色的大石堆之间,耸立起一座不同于一般形状的黑色古堡的塔楼②,可是在那儿见不到一块草地、一棵树木,洒满石油、没有铺砌的街道的沙地呈现出一片铁锈色。城市里没有淡水,因此有的人只得用水车到一百俄里以外的地方去运水来供应富人,穷人只得食用淡化的海水。艳阳照耀着这座异常凄凉的城市。紧刮着强风,城市上空尘土飞扬。拥挤不堪的平顶住房似乎已被太阳晒干,并且正在纷纷撒落成灰烬。岸上矮小的人形也变得越来越小,正在变干、燃烧,很快也将化为灰尘。

清晨,我同阿塞拜疆油田副主任鲁米亚采夫③从火车站径直乘车到这个油田去。鲁米亚采夫是在地下工作中培育出来的工人之一。这批工人后来在前线,同白匪的搏斗中受过锻炼,也在敌人的后方工作过,还曾经落到所谓"文明与自由"捍卫者的"仁慈的"手中。这些仁慈之手用麻绳把鲁米亚采夫的头颅骨缠住后,用紧绳杆绞麻绳,一直绞到他的头颅骨裂了缝才罢休。我听到过多少关于这类拷问的故事啊!真是成千上万……

我们缓缓地行驶。鲁米亚采夫同志用庄重而平静的语调叙述着过去的事情:

"在叶列茨城,马蒙托夫命令把城里最漂亮的姑娘集中起来;先让军官们奸污,随后把她们交给哥萨克骑兵们,等到他们把姑娘受用完了之后,再由这些哥萨克兵把她们的发辫系在马尾巴上,拖到松树河里淹死。

"白匪们在基兹利亚尔把红军的重伤员从二层楼的窗户里扔出

---

① 邦贝是那坡利近郊古城。公元七九年时被维苏威火山喷出的火山灰掩没。
② 指位于巴库城堡东侧,耸立在石油工作者大街上的少女塔。
③ K·A·鲁米亚采夫(1891—1928),曾积极参加争取阿塞拜疆苏维埃政权的斗争。自一九二六年起任阿塞拜疆石油联合企业办公厅副主任之职。

去,把轻伤员的衣服剥光,强迫他们把被杀害的同志运到城外的沟壑里。正逢寒冬。幸存下来的人也惨遭屠杀。"

这些故事听起来是那么简单和平静,仿佛这一切事情发生在一百年前,而不是发生在十年前。我听着听着,想起了另一位同志讲的事儿,这是一个非常有教益的故事:

"我曾三次落到白匪手里。马伊马耶夫斯基①下令把我绞死,虽然我已被打得遍体鳞伤,但我还是跑掉了,因此没有绞成。我还受到波克罗夫斯基将军②的款待,他真是个衣冠禽兽!他们把我打得那么狠,以为我已被打死了,我才得以逃生。在萨马拉城郊我又遭了殃,被狠狠地打了一顿。那时我同解送我的四个士兵一起逃到自己人那儿,这四个人真是好伙伴!"

他叹了口气说道:

"人跟禽兽都一样了!不消说,要是我们的伙伴使起性子来,那你就得当心点儿!可是我们毕竟是讲阶级仇恨的人,至于我们个人的仇恨……"

他想了想,找到了词儿:

"是不会持久的。所以我们个人是没有什么仇好报的。请注意,正像伊里奇说的那样,我们可是'打碎了他们的瓶瓶罐罐',他们就得为这个,为这些瓶瓶罐罐报仇。有时,我们会遇到这样的情况,比如说,在过去的仇人领导下工作。这也没有什么!"

他又沉默片刻,莞尔一笑,用臂肘捅了我一下。

"同志,您虽然不是工人,可是您能正确理解,劳动是怎么一回事,这是值得敬佩的。劳动把人们很好地联合起来,当然,联合起来的人们是真诚的,他们相信我们的事业和相信我们会取得胜利。我所说的劳动是为未来、为我们国家的劳动。它吸引着人们,并且赋予人们以巨大的力量。主要的是这种劳动从内部团结人。你看,就是这

---

① В·З·马伊马耶夫斯基,白卫军将领,指挥从鲁甘斯克向南一带活动的步兵师团。
② В·Л·波克罗夫斯基,白卫军将领,指挥邓尼金的骑兵军团。

样……"

他突然活跃起来,带着善意的微笑,很有条理地往下讲:

"我现在正同我的一个私人仇敌在共事。一九一九年时,他用手枪柄戳我的脑袋。在他眼皮底下,人们用枪炮的通条抽打我,打得我皮开肉绽。可现在他却是我的领导,我和他一起工作,就像架在同一辆车上的两匹马似的配合得很好,我们还成了朋友!人家甚至不能相信我们曾经是仇人,想起这件事就感到不好意思。我为他而难过,而他在我面前感到惭愧。不过,有时我们还是回忆回忆,因为这对于青年是有教育意义的。他紧紧地靠拢我们。他是个聪明人,受过教育,更主要的是他精力旺盛,确实有两下,顶得上十个棒小伙子。他也受过磨炼,让子弹穿透过。真是个出色的年轻人。"

我听完这个不寻常的故事之后,思忖起来:

"'为未来'的劳动,消灭宿敌之间私仇的劳动是一种在创造新文化的过程中团结他们的劳动。对青年作家说来,这真是一个非常好的题材。"

我们已经在油田的区域里行驶。我环顾四周,不消说,什么也认不得了。油田一望无垠,它大大地扩展了,真令人惊讶!但更使人惊叹的是四周一片静寂。在我预料又会看到几百个被石油染脏、神经异常激动的人们的地方,碰见的人很少,即使见到的,也大多是建筑工人:泥瓦工、木工、钳工。他们在各处竖立铁柱、搭脚手架、搅拌水泥,造着像五角堡垒似的建筑物。在那油田的一望无际的场地上匍匐着一根根铁拉带,它们的连接处叮当作响。井塔比以前少多了,但是,到处摇晃着笨拙的"拜神婆"①,几乎是在无声无息地从地层深处吸出石油。小木棚子里,一组传动装置在平面上旋转,向四面八方伸展着长长的铁爪,活像个蜘蛛网。棚子门旁,一个润滑工躺在长凳上打盹儿。他穿着蓝色短上衣和蓝色灯笼裤,是个上了年纪的突厥人。哪儿也看

---

① 指侵入深处的压缩抽油器,摇杆机床。作者根据机器开动时一弯一弯像拜神一样的动作戏称它为"拜神婆"。

不到浑身上下洒满黑油的工人，哪儿也不见那些像史前期的简陋住所，那些打掉了窗玻璃的、又肮脏又矮小的工人宿舍。再也看不到半裸体的儿童和怒气冲冲的妇女，听不到头头们歇斯底里的呵斥和号叫声，只有铁拉带发出哗哗啦啦和吱吱呀呀的声响，"拜神婆"向大地鞠着躬。这种无人操作的工作能立时使人产生一种信心：在不久的将来，人们在各个领域里将学会合理地使用自己的劳动。

非常明显，鲁米亚采夫和这儿所有的人都努力掩饰着对自己取得的成就所应有的自豪感。大家真心实意地注意到不要影响客人的观感，也不打算向我这个客人提示任何东西。他们没有忘记这样说：

"这都是在我们来以前就有的。这也是过去就有的，我们在这里只是增添了锅炉的数量。这是个老厂，在这里，我们只是装设了一些新的置冷器。"

这些可能不是置冷器，而是其他什么设备。我从来不当时记录我的所见所闻，而依靠我的视觉记忆，总之，依靠自己的记忆力。

我越在油田上走来走去，看到在这巨大的面积上，工人的数量比过去少很多时，我越发感到惊奇。这里，钢铁、石头和混凝土替代了木制井架。无论朝哪里看，到处都是蓄油池、用弧形管子连接在一起的铁塔，到处都是兴建起的石墙。无论在哪儿也没有我所预料会见到的那种神经质的、疯狂的无谓奔忙，那些被石油浸染的、疲惫不堪和叫叫嚷嚷的人们，以及那一大堆一大堆的废铁。这里给人的印象是：正在进行着宏伟的建设，安详和有信心地建造一项耐久的工程；不过，在我们工业技术神话般地迅速发展的时代里已经不能讲"永世耐久"这类词了。

露天，一排锅炉疯狂地鸣叫着，把一个体积约有两三节车厢那么大的铁箱烧热。铁箱上绕着管子，箱顶上还隆起一排弯弯曲曲的管子。

"箱里在炼石油，"有人向我解释。"从箱子的那一边您会看到我们炼出的东西。"

我从那一边看到一股股有色的(从金红色直到几乎是无色)石油。

这些石油像溪水一样往外流,有一个人照看着。他是那样沉稳,自在,穿着一件白大褂,仿佛是位医生。看管锅炉的有三个工人。这真是一座奇特的工厂。

我非常想询问一个很久以来一直深深激动我的问题:

"工人感到自己是主人翁吗?在什么样的程度上感觉到自己是主人翁呢?"

我不信自己的印象,所以既向工人们提出过这个问题,也向领导工人群众、同工人群众并肩前进以及跟着工人群众的人们就这一问题请教过。他们根据自身的立场,作了相应的答复:有肯定的,有模棱两可的,也有否定的;不消说,他们每个人都有自己主观上的真理。但是我知道,在我们中间,不相信自己工作好的工匠是很少的;干着自己不很重要的工作,同时又清楚地意识到自己的工作在革新生活的劳动总潮流中的意义的人,也为数不太多;此外,还有不少倦于自己所做工作的人,还有不少失望的人。后面这些人刚过完星期一,似乎马上就期待着又来个星期日,而把其间的五个劳动日从他们生活中永远勾掉。因此,我到巴库之前,对我的提问所作出的各种不同的答复没有给我个人的观感增加什么,也没有减去什么。很自然,我还想提出这个问题,但是我没有来得及,没有找到时间做这件事,而终于等来了一个机会,它以事实向我作了答复。依我看来,这回答是很客观的。

当我们参观新的油厂时,突然间,沉重的热空气在我们上方轻声地,但是深深地叹息了一声,空气里仿佛有什么东西炸裂了;在一组管子、铁塔、蓄油池的上方飞起一团蜷曲的黑灰色的云烟,从工厂飞过道路。

"哎,汽油,"在我身后有个人喊叫起来。

瞬息间,离我们四五个人约二十步远的地方出现了一幅我永远不会忘却的图景:在死角里,在石墙、铁塔、蒸发汽油的管组设备和接收汽油的白色蓄油池之间,熊熊地燃烧着一股白得出奇的、几乎是无色

的火焰;约有十五个工人(突厥人和俄罗斯人)往火里钻去,俯身在火上,用个什么东西把它盖住;一个白胡子的突厥人指挥着:

"给毡子,给!快——快!"

我从未见过人们那么勇猛地去扑灭火焰,他们是那样地无所畏惧,蔑视烫伤的疼痛。在这件齐心的、敏捷的工作中有某种我所理解不到的东西。滚滚火焰向蓄油池扑去,当时在池里储存了几千普特的汽油,这是人们后来告诉我的。

工人们扑灭火焰,像在做一件非常熟悉、习惯的事情那样。他们脸上只有关注的神色,丝毫没有恐惧感,也没有通常在救火场上那种无济于事的瞎忙。一个蓝头发的突厥人把毡子放在红褐色的水沟里蘸湿,一双灵活而有劲的手又匆忙从他手里把毡子取走,毡子被迅速传递到着火的地方,盖在火上。

"毡子够啦,足够啦,"有个人喊道。火焰还没有熄灭,于是这个突厥人便亲自跑到火跟前,用毡子把火盖住,仿佛用网罩住一只鸟似的。

"看你再来劲!看你再来劲,"他一面喊着,一面用双脚踩着毡子。从毡子底下冒出的白色火苗燎着他的脚。有个工人说道:

"折断了,掉了下来……打坏了排水小管子,冒出了火星……"

一辆像只大红桶的汽车猛冲过来,以惊人的速度打开水笼带,立刻往火上喷出一股红褐色的泡沫。穿着讲究的、头戴铜盔的消防人员认真地叫喊着:

"小伙子们,走开,别碍事!"

我仔油地观察着。我一生中见到过许多次火灾,每次总是引起一种乱糟糟的瞎忙乱。我得重复说一遍:工人们向火扑去时,像离弦之箭,他们灭火的时候,个个灵活麻利;他们具有德国人的镇静,干事互不妨碍,没有多余的喧嚣和喊叫。所有这一切既使我感到新鲜,又使我非常惊讶。火也是默默无声的,只有当它碰到红褐色的甘草泡沫时,当那宛如稠密的花边的泡沫压着它时,它才发出咝咝的声音。在十二分钟内,火被完全扑灭了。

……我们停留在比比-埃巴特①。为了把石油产地从水中解放出来,人们从里海划出一大块海面。用石砌的堤坝围成一个平静的水池。池中果敢地、高高地耸立着一座座钻井的井架。井架里的钢钻在转动,钻着海底,发出轧轧的声响。功率强大的抽水机把池里的浑浊的绿水抽出,注入被人们猛闯弄得焦急不安的海中。有两股像是生了气、开了锅的水流,不断地流到海里,每股水流都有十俄寸的圆木那么粗。在这些不十分"有诗意"的水流的喧闹声中,人们给我讲述了一个有关工程师的神话般的故事。他好像叫做波托茨基②,双目已完全失明,但是他非常熟悉比比-埃巴特这块地方,甚至能在地图上无误地指出工程的所在地,以及应该开始新的工程地点。

马达突突作响,工人们时不时地喊叫着,水在发出哗哗声。在远方,在海湾后面,灰蒙蒙的山上也竖立着一些新建的采油塔,地底下最珍贵的油脂像一条黑色的丝绒带从其中的一座井塔里向着下面的大海伸展出去。

我在第聂伯河建筑工地上,在莫斯科,在这里已经见过不少神奇的东西;人们到处都一样,用钢铁来体现幻想,幻想在变成强大的现实,它说明人类智慧的伟大,说明在不久的将来,欧洲的工人阶级也会感觉到自己是大地上一切瑰宝的惟一合法的占有者,并将像在苏联那样开始为自己而劳动……

在存放各种材料的大仓库里,我见到一个拄着拐杖,有些跛脚的人。

"这是谁?"我问道。

"是我们的工程师。是个好小伙子。他的腿疼,他本应躺着休息,

---

① 位于里海的比比-埃巴特海湾和帕塔姆达尔山之间。比比-埃巴特海湾的被填平部分成为伊里奇港口。
② И·Н·波托茨基(1879—1932),石油专业工程师。他为海底石油钻井的钻探原理和创造海中油田奠定了基础,一九三一年荣获列宁勋章。

可是他……"

这种对于宝贵的工作人员健康的关切,使我想起了弗拉基米尔·伊里奇。在工人阶级劳动着的、同时确立自己强大地位的这块富饶的土地上,他的形象经常出现在人们的记忆里。人们谈到他和问起他时,就好像他曾经在这儿待过,并且还会再来似的。从朱利法-巴库铁路线上的特林山起,人们都想要塑造一座"国家的奠基人"弗·列宁的头像。在阿塞拜疆油田的工人村里人们分外地怀念他。要是他能看到这些情景,他会感到多大的快乐呀……我又回忆起看望列宁时的情景:那是在击溃尤·登尼奇的几天之后①,当我到他那里,他紧紧地握了一下我的手,高兴得眼睛里闪着光,笑着说:

"工人们把这个将军痛揍了一顿吧?可是说实话,我当时还认为我们对付不了呢!"

列宁要是在这里,就能看到工人们"已经对付了"比对付将军袭击金属工人的都城更为困难和更为复杂的事情。

……在苏联,为工人建造住房的所有经验中,我认为最成功的是阿塞拜疆油田的经验。巴库的工人新村造得很漂亮。工人新村大概已经不止一百处了②,因为仅在以拉辛为名的新村里,我就数出五十多处来,而在苏拉汉内、巴拉汉内、罗曼内等地方的数量不比这里的少。当你见到工人新村时,首先想到的就是"这些小城镇是由聪明人建造起来的"。从远处看,拉辛村像一座兵营:灰色的土地上一座座小小的平房仿佛是士兵住的帐篷,只要你在村里待一待,就会深感到每一幢房子都有独特的出色的式样,而所有的房屋的总和,便是一座别具一格的漂亮的城市的雏形。几乎每幢房子都具有自己的建筑特色,多样的形式把工人新村点缀得非常漂亮。每幢房屋都有一座朝着庭前花圃的凉台,花圃里已经栽有树木,盛开着鲜花。一条条宽阔的水泥路,一个个儿童游戏场,自来水设备、排水设备——一切都是为着使工人

---

① 指一九一九年末在莫斯科与列宁的会见。
② 此处数字显然有误。高尔基大概想说,他在拉辛村里看到许多设备完善的新房子。

们生活在有文化的环境里而建设的。在明亮、舒适的房间里用煤气炉子取暖,厨房里也用煤气烧饭,非常经济。所有的设备都十分有用、十分灵巧。在油田上还保留着两三处旧的工人宿舍,为的是使孩子们看到,从前,资本家主子们让他们的父辈住在多么龌龊的洞穴里。工人新村中建造的住所都是平房,大概是为了使人们少受狂风祸害的缘故;自古以来,巴库地区就是以狂风出名的。在每个村落里,突厥人的家庭和俄罗斯人的家庭互为比邻,孩子们也一起受教育。此情此景不由得使人产生一种希望:再过二十年,就不会再有突厥人和俄罗斯人之分,而只有以全世界工人皆兄弟的思想紧密团结在一起的人们了。

罗曼·罗兰曾称呼由列宁的学生们所实现的列宁思想为"我们世纪最必要的事业"。是啊,不论苏联的敌人说些什么,然而苏联的工人阶级已勇敢地开始,并很好地继续着这种事业。巴库是工人在建设自己的国家和创造新文化的过程中取得成就的无可争辩的、极好的证明。这就是我的印象。过了约两周的时间,在索尔莫沃有一位老工人,显然是列宁的好学生,对这件事下了个很好的定义:

"在生产上,我们这些人必须全力以赴,以显示自己是比资产阶级更聪明、更有才干的主人。我们如能显示出这点,便意味着我们的事业已经成功。"

一八九二年,在梯弗里斯,住着瓦·瓦·弗列罗夫斯基-别尔维①。他是我国有关工人问题的第一部著作《俄国工人阶级的状况》的作者,是以《社会科学入门》为题目的,有关全人类文化史的独创性的试作的作者,也是短篇小说《斯乔莎的高论》、《加拉霍夫》的作者。他还写过许多其他书籍。他以自己的渊博的知识,以及听取他人意见时的那种不顾情面的不容异见,使我们这些青年大为震惊。就在这位卓越人士那里,我目睹了这样的场面:一位突厥族政论家(他姓什么我已忘了)

---

① H·弗列罗夫斯基其笔名为瓦西里·瓦西里耶维奇·别尔维(1829—1918),俄国经济学家和社会学家。为参加解放运动多次被捕入狱。

给我们青年讲述巴库这座城市的历史。他讲得很有趣,很动听。我记得他把巴库叫做"巴库伊埃",并且作了如下的解释:"巴德"在波斯语中是城市的意思,"库"是风的意思,因此巴库即风城之意。

弗列罗夫斯基不喜欢大家当着他的面不听他的讲话,而去听别人的。于是他,这位把过去写成具有特色的历史的作者竟然用埋怨的口吻对突厥人说:

"所有这一切都是无稽之谈!应该学习,并且教育别人忘掉过去。"

"我不能忘掉您刚才说过的话,可是这些话已经成为过去的了,"突厥人很客气地回答他,并且问道:"我要是忘掉了昨天自己是什么样和我父亲是什么人,那我怎能了解今天的自己呢?"

他们争论起来了。弗列罗夫斯基同平时一样不能容忍不同意见,并且有些粗暴;对手却用非常顺溜的词句,像朗诵诗似的回答他。这一场面,尤其是突厥人的话语,我都记得清清楚楚,仿佛是在昨天见到和听到的。

也许年轻的读者们不喜欢我这样经常地翻老账?不过,我是有意这么做的。我认为年轻人对于过去不够了解,对于父辈的苦难而英勇的生活不清楚,也不知道父辈在用组织起来的意志推翻和摧毁旧制度之前,是在什么样的条件下工作的。

我知道,在我的记忆里,"旧东西"装得过多了。但是,任何东西我都不会忘记,也不认为有忘记它们的必要。脏得可怕的油田、墨绿色的石油水洼,成千上万的、全身溅满石油且受其毒害的工人,工人宿舍屋顶上的肮脏的儿童,背着沉重的货物、腰背弯得非常厉害的波斯人——"阿姆巴尔"①,巴库沿岸街上的装卸工,所有这一切都历历在目;我还清楚地记得,城市街头的乞丐和儿童,他们怎样以非常惊讶和赞叹的眼光,目送着豪华的马车,还有那穿着白色服装的异常漂亮的

---

① 阿拉伯语:装卸工。

男男女女。他们在车子上晃晃悠悠的,闭着眼,或是眯缝着眼,逆风驶向某个地方。"沙皇节日"那天,中心街道①的所有房屋上飘扬着旗帜,犹如牧人的鞭子哗哗地拍打着;在某个地方,鸣响着军乐吹奏声。令人吃惊的风力驱使行人紧贴着房屋的墙根;顺风而行的,风迫使他们奔跑;逆风而行的,风使他们不时地停住脚,吹得他们弯腰折背;在风的袭击下,马鬃都竖立起来了;而那些企图赶过风速的马,风则向前梳理着它们的鬃毛,使它的嘴脸像怪物一样。在十字路口,带着白手套的警察的魁梧的身躯在摇晃着,这些警察帮助着风驱散一群群麻雀似的、穿着破衣烂衫、光着脊梁的小男孩。风势非常猛烈且不调和,四周的一切也同样地决不调和:沿岸一带,是豪华的高楼大厦,与它们相对立的是市区突厥人居住的弯曲狭窄的街道上半坍塌的住房;这边是许多衣衫褴褛的乞丐,那边是穿得暖和、穿得讲究的、难以相处的人们;这边是从头到足裹在深色衣衫里的、脸不外露的女人,那边是穿着鲜艳服装或者白色衣裳的、长得像马一样魁梧、丰衣足食的女人。还有无数群眼睛发炎、既肮脏又瘦弱的儿童。

如今很难认出巴库了,从前,巴库市"鞑靼区"②里有许多乱七八糟的、见了令人忧郁的房屋,像是地震之后的一堆废墟,现在留下的很少了。市里铺砌了新的、阔宽的街道,树木长大了,绿荫使得灰色的石砌楼房活跃起来;海滨林荫道上栽植的花木蓬蓬勃勃,有轨电车叮叮当当地行驶着,有些车厢上画满了东方人所喜爱的鲜艳彩画。大街上已看不见穿着像黑口袋似的、蒙头盖脑的长衫的女人们的阴沉沉的身影,也看不见乞丐了;无论在哪里都看不见无耻的奢华靡费和赤贫之间的令人羞辱的对比。到处都有许多茁壮快乐的儿童,我无法分辨他们中间谁是突厥人,谁是俄罗斯人。甚至连那座黑色的克兹-卡利亚斯基古塔③似乎也变年轻了,并且不像以前那样使城市受到压抑,相

---

① 中心街道叫做尼古拉大街,现今是共产主义大街。
② 市里的高原地区,横七竖八地盖满了灰色的平房。此处是城市贫民居住的地方。
③ 即少女塔。

反,它那独特的形式,它那被风吹和因油田的烟熏而变得闪闪发亮的、砌造得奇妙的建筑物,反而装点了这座城市。每天晚上,在某个公共场所的露天舞台上都有出色的交响乐队在演奏,海滨公园里也有音乐,常常可以听到突厥人唱的优美歌曲。有个毅力非凡的人热心地、专心致志地领导着巴库的文化工作,他似乎已经积劳成疾,累出了肺病。人们的热情在燃烧,越烧越旺,点起了通向新生活的引路明灯。

夜里,我从准备建造植物园的山①上眺望巴库,城里、比比-埃巴特和油田正在进行夜间作业,只见灯火辉煌一片光亮,令人震惊。在这个夜晚以前,我想象不出比从沃梅罗山上眺望那坡利的夜景更美的景色了。那座古城和它的港口灯火密布,映在海湾的水中宛如一颗颗巨大的宝石,放射出奇光异彩。然而,巴库的灯光照得更富丽更稠密,也像那坡利湾一样,在里海的那面黑色的镜子里反映出千万盏海岸上的灯光。

有两次,我的内心被人们向往新生活的那股激情和他们那火焰般的热烈场面所深深感动。第一次是在莫斯科雇农讲习所的结业典礼上。那里有一百四十名雇农修完了普通教育班的课程,即将奔向各个村落。他们以我从未感到过的惊人的力量唱起了《国际歌》。我虽然听到过成千上万的人唱《国际歌》,而且唱得很出色,但这是早有坚定信念的人们的歌唱,而这一百四十个雇农却唱出了标志着刚刚全心全意接受新的信仰的战士们的信念之歌。这初次结合为一体的、一百四十颗心的颂歌,以雷霆万钧之力响彻云霄。

但是,在巴库的突厥人的文化节日②里,我得到了更加深刻得多的印象。

我瞧着这些人,听着他们的话语,简直不能相信,就在不久以前,俄罗斯官吏为了巩固沙皇政权,竟能挑起这些人和亚美尼亚人之间的导致流血的仇恨。我万万不能相信当时我还曾揭露过专制制度的这

---

① 海滨公园西南方的一座山,现今是基洛夫中央文化休息公园的所在地。
② 此处指一九二八年七月二十二日,在共和国文化宫召开的纪念阿塞拜疆新文字诞生六周年的隆重庆典,高尔基在大会上发了言。从前把阿塞拜疆人称为突厥人。

种罪行。当时,统治者一面煽动起各民族之间的敌意,一面怂恿大屠杀的教唆者的卑鄙做法。现在我看到的却是:只有劳动人民才能创造的自由之风吹拂起来了,过去的噩梦已经消逝,仿佛不曾有过;现在,突厥人的学校里常常有亚美尼亚人在任教,阿塞拜疆的农民们在亚美尼亚绮丽的山坡上放牧着自己的牲畜,苏联劳动人民已组织起来,正在凝结成一股创造的力量。

在人数众多的工人通讯员和新进文坛的作家的大会①上……正像在各处召开的这种会议上一样,在巴库我也确信青年们有广泛的、多种多样的兴趣,确信他们有努力钻研的精神和对知识的渴求。有人递给我一个字条,提了一个问题:"作家该知道人类的全部历史呢,还是只需知道本民族的历史?"我读完字条后,人群中许多人笑了起来,有一个红军战士,好像是个突厥人,高声说道:

"这个问题毫无意义。作家应该知道一切。"

从最有特色的字条里,我选了二十来张保存起来,字条上的问题是:

"您对我们的报纸怎么看?我们许多人觉得它们既沉闷又难懂。""报纸损坏语言的说法对不对?""为什么科普读物出版得这样少?""罗蒙诺索夫是不是一位真正伟大的学者?是哪门学科的学者?""经济学家和哲学家波格丹诺夫②是位医生并用输血疗法来治病,真有这么一回事吗?""为什么我们没有欧洲文学史的书籍,有的只是些老掉牙的版本?""拉伯雷③的作品译成俄文了吗?""意大利的国民教育掌握在什么人的手里?""您为什么喜欢阿纳托尔·法朗士④?"

---

① 一九二八年七月二十二日,高尔基和巴库的作家以及工人通讯员进行了座谈。
② A·A·波格丹诺夫(1873—1928),俄国革命活动家,医生,哲学家和经济学家。他的哲学观点(经验一元论)曾受列宁的批判。自一九二六年起任莫斯科输血疗法研究所所长。一九二八年,他在自己身上进行试验时殉职。
③ 弗朗索瓦·拉伯雷(1494—1553),十六世纪法国著名小说家,文艺复兴时期欧洲著名的人文主义作家。
④ 阿纳托尔·法朗士(1844—1924),法国著名小说家,文学评论家,进步的社会活动家。

不消说，还有这样幼稚的问题："谁是第一个确定有上帝的人？""诗人柯尔卓夫懂不懂语法？""我们的侨民承认决斗，这是真的吗？""沙皇尼古拉一世是士兵的儿子，是否真有其事？""可不可从《布洛克高斯和艾弗隆辞典》①里学到些东西？"这类可笑的问题真不少。字条像夜间的蛾子扑灯那样纷纷飞到桌子上来。

油田的这场大火和工人们镇静而顺利地与自然力量作斗争的情景深深地触动着我，使我感慨万千。我怀着这种心绪离开了巴库；离开时，我喜悦地意识到：我看到了真正的工人当家做主的城市，正像在所有的城市里，在苏联的全部土地上，在整个世界上，工人本该是主人翁那样。

在去"多阳台的梯弗里斯"的一路上，所有的车站几乎都是重新建造起来的。在旧站房堆积着大堆大堆爆破过和砸碎的石头。这种坚决、彻底的炸毁工作，迫使人们想象到一头巨大的怪物——庞大的水牛，它的眼睛瞎了，由于害怕黑暗而颤抖着，径直走来，在路上遇见车站、水塔，便用双角顶、双蹄踩，把它们向上抛去，把它们捣毁。

我曾经去过梯弗里斯，从那时候起，它的变化不大，然而它的郊区纳弗特鲁格和季杜贝却发展得很快。阿弗拉巴尔②变得更宽广，更干净了。在我来这里的那个时代，它被称作城市的"亚细亚区"。著名的穆什泰德林园③扩展了，周围建筑得非常好。高加索博物馆④也扩大了，增加了两倍。我仅仅参观了动物学部分。应该说，无论从直观的角度或美观的角度来看，这一部分都布置得非常标准。各厅之间用大块玻璃隔开，每个部分的后墙上都由修养不差的画家画上了彩色的风景画，厅内以风景画为背景，巧妙地陈列着植物群和动物群。所有这

---

① 俄国最大的百科辞典之一，自一八九〇年至一九〇七年，由布洛克高斯-艾弗隆出版股份公司在彼得堡出版。
② 纳弗特鲁格、季杜贝和阿弗拉巴尔均为旧梯弗里斯的区域。
③ 库拉河左岸上奥尔忠尼启则文化休息公园的旧称。
④ 高加索博物馆建于一八五二年。一九二三年扩建成格鲁吉亚国家博物馆。

一切综合在一起,使人十分明确地了解到:在什么样的环境里生活着为数众多的、各种各样的高加索野兽。在博物馆里,陈列着那只三四年前不知从什么地方来到高加索的老虎①的标本,这只老虎曾经引起过不少惊恐,后来好像是在梯弗里斯附近被打死的。它是只非常庞大的野兽,巨爪利牙,但是在它那两只玻璃眼睛里却有一种困惑莫解的、甚至可笑的神情,似乎它在濒临死亡时曾经想道:

"这可上当了!"

在梯弗里斯,正如在苏联别处一样,也在大批地建造房屋。可爱而浪漫的格鲁吉亚人民热爱自己美丽的国家,热爱它的美酒和奇妙的歌曲。他们很活泼,喜欢热闹。妇女们很少参加公众的会议,这一点非常突出,也很令人惊奇。

使我奇怪的是在革命博物馆②里竟然没有格鲁吉亚人参加民粹派和民意党运动的资料、格鲁吉亚义勇队参加波斯革命的资料,也缺少格鲁吉亚人在西伯利亚过流放生活的资料。在姆茨赫塔,在建造于四世纪的宏伟的教堂③里,主堂上的壁画不见了,这幅壁画上画的是十二个圣徒,有两个人高,气魄雄伟。这里的人们告诉我,这幅最古老的、壮丽的壁画是由几个神甫用石灰涂掉的。一些内容幼稚的水彩壁画也被抹掉了,这些壁画描绘了罗马的一个格鲁吉亚血统的军人的故事:基督的衣裳被瓜分时,他也得到了一部分,之后便回到自己的家乡伊别里亚;所有死的东西一碰到基督的衣服就活了起来。维·米·瓦斯涅佐夫于一九〇三年④在欣赏主堂上的绘画和这些水彩壁画时,高兴得流下了眼泪。然而使画家兴高采烈的是,我们的现实提供了许许

---

① 格鲁吉亚地区很少有老虎出现。这只老虎于一九二二年,在离梯弗里斯不远的列洛比村里被击毙。
② 建于一九二四年,自一九三八年起成为苏共中央马列主义研究院格鲁吉亚分院的一部分。
③ 现教堂建于十一世纪(1010—1029),它包括了建于五世纪的教堂残迹。
④ 维·米·瓦斯涅佐夫(1848—1926),俄国画家。此处,作者记错了时间。不是一九〇三年而是一九〇〇年。

多多新的材料,当然,古物仍须保护,使其免遭破坏,这是为了让孩子们看到:他们的父辈是在什么样的野蛮压迫和迷信桎梏下生活的。

功率强大的泽莫-阿弗恰利水电站,以及它的位于库拉河中间岩石上的弗·伊·列宁的大型纪念像①,建造得非常壮丽。一个青铜铸造的、身穿西服上衣的人,第一次地表现出了真正宏伟的气概;这座纪念像使人忘却古典主义的雕塑传统。依我看,艺术家非常成功地再造了伊里奇的,也就是大家所熟知的有气魄的手势——他,列宁,指着汹涌澎湃的库拉河流的有力的手势。

在科焦雷②,梯弗里斯一个富翁的别墅里,设立了少先营、休养所、儿童之家③。在那里,大概有一千多名儿童。科焦雷的锦旗迎风招展,乐队的铜乐器闪闪发亮,一派欢庆的景象。那里好像正在召开女教师代表大会。我们听到她们出色地演唱了格鲁吉亚的民歌,听了约有两三个小时。有两位姑娘演唱的技巧特别高超,一位有着淡黄色的头发,一双快乐的大眼睛,她嗓音优美,声音洪亮,是个很有才华的人;她的女伴和她一样,也是个熟练的和不知疲倦的歌手。女教师们出自内心地好客,她们的纯朴,她们为自己民族的、动人心弦的优美歌曲而感到的自豪,这一切都十分感人。在花园里、在小丘上、在古树枝下、在宛如丝带的阳光网中的一群群姑娘和孩子,使我想起了波斯小型精细画的抒情美来。

此后,在一座林园里,我同工人通讯员们进行了一次极其有趣的座谈④;在梯弗里斯这里,谈到"自我批评"问题时,大家便热烈地争论起来。有一位工人通讯员坚决赞成无情地揭露政权的错误和政府机关的缺点。他好像是个铁路员工,中年人,相貌像武夫,说话很大胆。

---

① 列宁纪念像是由雕塑家 И·Д·沙德尔(1887—1941)设计的。水电站和纪念像于一九二八年落成。
② 科焦雷是梯弗里斯附近的别墅区。一九二八年七月,在这里开办了教师预备班。
③ 在科焦雷为孤儿建立了标准的"儿童镇"。高尔基于一九二八年七月二十四日在那里进行了访问。
④ 座谈会于一九二八年七月二十七日,在夏季建筑者俱乐部召开。

他深知新旧之间错综复杂的情况。想必他一生饱经风霜,很有见解,对人们也很了解,从他的每句话里,都能使人感觉到这一切。他说:

"主要的是,应该使青年们看到一切,了解一切;看到我们彼此不是姑息养奸,不是无原则地讲仁慈才好。"

人群中有人反驳他:

"你先教教我,我该怎么办,等你教会了以后再骂人吧。"

"人家教了您十年,可是您给青年们树的是什么样的榜样呢?您是怎样生活的呢?"

他的话不多,但是非常热烈,他讲了生活中的各种各样的怪现象。

"在哪儿能找到新事物呢?在哪儿?"他带着挑剔的口吻叫喊着。

该我讲了,我顺便说道:

"请您考虑考虑,为了向人们讲述,并且证明他们是怎样的坏,我们花费了多少脑汁、多少精力。您想象一下,要是把所有这些精力用来向人们说明他们好的一面,那将会怎样呢?"

"怎么?"他问。"喂,请您重复一下议论精力的话吧!"

于是,我又说了一遍。他听完以后摇了摇头,面带讪笑,又说了起来:

"我们喜欢彼此挑毛拣刺,甚至高兴这样做,的确是这么回事。当然,这很愚蠢!但是,同志,这个问题还没有解决:怎样学习更有成效?从反面吸取教训得益大呢,还是正面教育得益大?您给工人通讯员的书信[1]我读过了,嗯,不管您怎样认为,毕竟还是不能令人信服。不,我们应当无情地……"

可是在我背后,有人急促地、兴奋地、低声说:

"他常骂老婆。在他骂的时候,他老婆一直没有开口,后来突然问他:'难道在这四年的生活里,你在我身上没有找到一点儿好的地方,没有看到一点儿优点吗?'他后来对我这样说:'她的这番话简直使我

---

[1] 即《马·高尔基致工人、农民通讯员书信集》,一九二八年在莫斯科出版。

张口结舌,活见鬼!我住嘴了,后来我感到可笑,甚至不好意思起来……'"

人群中有人喊道:

"高尔基同志,您给我们写本关于好和坏的书吧……"

老天没有赐予我演说家的才能,每当我阅读我的公开演讲的速记记录时,便羞愧地确信这些讲话毫无条理。像今天这样的座谈,每个人都畅所欲言,这对我说来是一件新事物,这些谈话使我得益不浅,我从中学到很多东西。观察到无数张不同的脸部表情的变化,无数双不同的眼神的变幻,看到在这些眼睛里怎样闪烁着同情或者怀疑的目光,显露出友好的微笑或者讥讽的嘲笑,有时候还燃起敌意的火焰,这是一种巨大而深切的享受。亲眼看到而且确信人们已重新开始生活,以新的方式来思考和感觉,这使我欣喜若狂。每当从人们在生动而真诚的话里流露出明显的兴趣,并且让你知道你是一个有用的、有益的人时,你对这点便更加坚信不疑了。人们积累了许多新的东西,但是他们还没有来得及把自己的感情和思想用自己的语言十分鲜明和确切地表达出来。

在格鲁吉亚作家们的富丽堂皇的大楼[①]里,我们座谈了有关出版《我们的成就》杂志和民族文学选集的问题。这次座谈没有给我留下固定的印象。一个青年作家[②]的提心吊胆的发言是这次座谈中惹人注目的一个时刻,他用这样的话开了头:

"高尔基要把我们引到死路上。"

我愿意这样想:这种怀疑的,甚至敌对的反应,也许完全是因为沙皇旧政权对"少数民族"的文化粗暴压制所引起的。然而,甚至连伏尔加沿岸那些几年前才有文字的小部落的民族,今天都已经用本族语言出版报纸和书籍,建立民族博物馆、音乐厅了。在它们如此自由和迅速发展文化的这个时代里,听到这种古老迟到的回声,毕竟令人感到

[①] 一九二八年七月二十四日晚上,高尔基和格鲁吉亚的作家们在艺术宫进行了座谈。
[②] 指作家 И·И·米齐什维利,其原名为西尔比拉泽(1894—1937)。

奇怪。我面前摆着一本集子《哈萨克-吉尔吉斯歌曲一千首》，歌词都配有乐谱，它们的旋律极其独特，这是未来的莫扎特们、贝多芬们、萧邦们、穆索尔斯基们和格里格们的丰富资料。从各个地方：从泽梁人、布里亚特人、楚瓦什人、马里人以及其他民族那里，对未来的天才的音乐家们说来，到处都像溪水般倾泻出异常优美的曲调。我听过А·И·扎戈尔斯卡娅①是怎样演唱这些少数民族的歌曲的。她在柏林演唱的几场音乐会获得了巨大的成就。当你听着这位才华不凡的女子的歌唱时，不消说，你考虑到的不仅是未来的音乐，而且是国家的前途。在这个国家里，语言不同的全部劳动人民都将学会相互尊重，并且在生活中表现出他们自古以来所积累的一切美德。应该这样做，将来也一定会做到的。否则，我们大家又要回到像野兽一样彼此敌视，犯血腥罪行的老路上去……

……在迪利然②的山谷中，有个同志小声地说：
"土耳其人在这里杀死了许多亚美尼亚人。"
"得了，干吗要在这样美丽的景色中想起这件事呢，"有人回答他。
是啊，这里的景色非常绮丽。群山似乎以动物的爱恋和柔情环抱和保护着山谷。在一千五百米的高空，空气异常透明，仿佛涂上一层蔚蓝的、发出柔和的光辉的色彩。柔和是这山谷给人的最深刻的印象。深谷里一片园林，郁郁葱葱，房屋似乎在绿色的波浪里向戈克恰湖③轻轻漂去。外高加索南部地区以千变万化和丰富多彩的美景使人惊讶，这个山谷则是这一带最优美的山谷之一。但是，只要追溯不久以前的往事，这回忆就会像一团无法消除的暗影落到山谷的美景上。人们指给我看：

---

① А·И·扎戈尔斯卡娅(1895—1965)，俄罗斯民歌和苏联其他各民族民歌演唱家。一九二七年七月曾在柏林演出。
② 迪利然在一九二八年时，还是个村落，现在已是区的中心城市。
③ 今塞凡湖。

"就是这个狭谷。土耳其人把六千来名亚美尼亚人(其中有许多妇女和儿童)赶到这里,统统杀害了……"

这富有抒情美的迪利然山谷最不该作为回忆极其可怕的血腥罪行的情景之处了。但记忆已不受意愿的支配,它使十九世纪末和二十世纪初的亚美尼亚的悲惨历史①重现在人们脑际,君士坦丁堡的屠杀②,萨孙惨案③,"残暴的屠夫"④,"文明"欧洲的基督教徒们对待消灭他们的"信基督的兄弟们"所持的可憎的漠不关心的态度,专制政府掠夺亚美尼亚教会财产的恬不知耻的行为⑤,近年来土耳其入侵的惨状⑥,统统浮现在眼前。不过,我还很难立即回忆起这个有毅力的民族所经历的全部悲剧。

那些"人道主义者",幻想家,以贪婪、嫉妒、奴役和无耻地消灭人民群众为基础的所谓"文化"的保护者先生们,以惊人的速度和狡猾把这一类事实忘得干干净净。这种"完全浸在血泊和污秽中的文化"的保护者们的谎言和伪善竟达到了显然丧失理智的地步,达到了罚不足以诛罪的地步。

……我们驶过亚美尼亚的农村,看着这些村落,便会忘记你是生活在二十世纪的第二个四分之一世纪里,生活在存在着亿万富翁、百万富翁的时代里,极度豪华和技术惊人发展的时代里。那些矮小的、用未经加工的石块搭成的房屋既没有烟囱也没有窗户,零乱地紧贴在

---

① 亚美尼亚在十六世纪即为土耳其和波斯所瓜分。十九世纪二十年代,亚美尼亚东部虽然脱离波斯,与沙皇俄国合并,但仍受外族的压迫。
② 指一八九四年土耳其苏丹阿布杜勒·贾米德派兵镇压亚美尼亚人民对外族压迫的反抗。
③ 一九〇四年,萨孙地区农民起义抗暴,土耳其军队前往镇压,毁村庄四十二座,屠杀农民七千余人。
④ 亚美尼亚人对土耳其苏丹阿布杜勒·贾米德的称谓。
⑤ 一九〇三年六月十二日,指沙皇尼古拉二世一九〇三年六月签署没收亚美尼亚教会财产的法令。
⑥ 一九一四年末,土耳其苏丹政府以战争需要为借口,将十六岁到五十二岁的亚美尼亚男性征召入伍,然后加以秘密屠杀。仅在一九一五至一九一六年间,以各种罪名遭土耳其军屠杀的亚美尼亚人即达一百万左右。

森严的土地上,几乎与地面区别不开。这些房屋比阿塞拜疆油田的旧的工人宿舍更不像人住的地方,连莫兹多克草原上的羊圈都造得比它们像样些。亚美尼亚人的这些令人触目惊心的、凄凉的村庄,坐落在光秃的土地上,这个很坏的地区。看到这些村落不禁令人感到耻辱和羞愧。在它们附近,有些地方竖出玉米的圆锥花序,东一块西一块的大麦田像瓦灰色的斑点。偶尔出现几个光着脊梁的孩子,还有穿着深色衣衫的妇女,她们被力所不及的劳动弄得疲惫不堪。在藏有死火山的光秃的山间,每逢严冬季节,住在这些史前期的房屋里的人们,想必非常寒冷而孤寂。在这高地上,冬季持续得很长,常常有严寒的天气。当你心中暗自把这样的农村同纽约、伦敦、巴黎、柏林并列在一起时,就能特别清楚地看出现代文明的罪恶谎言,就能特别理解它的保护者对苏联的仇恨,也能很好地理解另一种仇恨,这种仇恨要消灭一切仇视劳动人民的人。

……戈克恰湖像一面蓝色的大明镜,一望无际,又如一块蓝天降到人间,落在群山之中。它的面积差不多有一千三百九十五平方公里,湛蓝色的湖水蓝得异乎寻常。戈克恰湖盛产鱼类,尤其是鲑鱼。有人告诉我,把这种鱼冷冻起来后,很快就运往巴黎。

临湖有一个俄罗斯人的大村庄[①],村子里住着身材高大的妇女,蓄着大胡子的庄稼汉,养得很好很结实的、淡褐色头发的儿童。这里的居民非常健康,但是大多数人的眼睛透明得出奇,并且蒙眬欲睡,我见过瑞士山里的牧人有这样的眼睛。于是我想,这是生活在超越时间和现实的人们的眼睛。

有一个戈克恰湖畔的土人,肩宽体匀,胡须苍白而稠密,背着双手站在那儿瞧着汽车,好像在追忆:是否曾经见过这样的大车。

"上埃里万去吗?"他用低沉的嗓音问道。

"是的。"

[①] 叶连诺弗卡村。该村是十九世纪四十年代由沙皇政府迁移到亚美尼亚的莫罗勘农民教徒所建。

"埃里万可远着呢，"他告诉说，接着不慌不忙地走开了。

村子里的木房建造得很结实。虽然周围的土地上没有树林，群山几乎全是火山岩构成的，但有人告诉我，在这些山中却有着十分柔软的和合适的建筑用材。其中一座房屋里设有鱼类学研究站，人们在这里研究湖内水生物的生活。他们正在进行一项有趣的试验：把从拉多加湖运来的一千五百万条鸦巴沙淡水鲑鱼的鱼苗①放进戈克恰湖的碧水中，并且信心百倍地等待着这些鸦巴沙鱼来适应这个海拔接近两千米的大湖里的生活。是啊，在苏联国土的所有地方，到处都在进行大胆的、具有伟大意义的试验，建设着新生活。当你驶近埃里万时，首先引人注目的就是这种建设。

这是一座灰色的石城，它背靠着银色顶峰的阴沉的阿拉拉特巨山。粉红的云彩像一顶宽边帽似的盖着城市。从远处看，这座城市给我的印象是：它处于建筑脚手架的包围之中，脚手架上的工人们的小如蚂蚁的身影，似乎直接用《圣经》里讲的山中巨石在建造新的大厦。产生这种印象的原因是：建筑是在城郊进行的，你只能透过脚手架来观看这座城市。城里的建筑不像从远处望去感到的那么多。亚美尼亚很贫穷，它多次受到敌人铁蹄的蹂躏，金子神的信徒们十分巧妙地煽起的、野兽一般疯狂的仇恨和对血的贪婪使它多次破产。所谓金子神，这个黄色的魔鬼，就是资本主义。

是啊，亚美尼亚是很贫穷。但是，现在已经有非常出色的电力站②装点着埃里万。清花厂、油厂和肥皂厂都用它的电力来开工，城市里灯火辉煌，正在高效率地兴建工人住房，有两幢大楼已经住进了居民。到处都使人感觉到聪明的主人在大胆地创造。全城沸腾的生活有如盛大节日前夕时的景象。

博物馆③组织得很好，拟定了一个要做许多旨在迅速改变城市面

---

① 适应生长在塞凡湖的鸦巴沙鱼和淡水鲑是现今主要的渔业产品。
② 指第一座埃里万水力发电站。它于一九二六年五月十六日开始发电。
③ 指亚美尼亚国家博物馆。它于一九二二年十一月七日开放。

貌的工作计划,在亚美尼亚的全境正在进行地质勘探工作。在阿拉拉特山附近已经发现极其丰富的火山凝灰岩的矿藏。这个发现无疑会使亚美尼亚人在发展故乡的工业和文化方面得到重要的资源。那坡利和那坡利湾沿海一带的所有的城市都是用这种材料建成的,但是,阿拉拉特山的凝灰岩比维苏佛石更结实,将钉子锲进凝灰岩也不会使岩石碎裂,可是要把它切开却很容易,几乎像切肥皂一样。在开采场上可以把凝灰岩切成圆柱、窗框和门框的装饰面板、突梁、飞檐,也可以按照建筑师的要求,把它切成任何大小的立方体。凝灰岩的矿藏量有几亿吨。这种资源的开发工作已经开始,正在铺设一条通向外高加索铁路的专用线。人们认为,这种凝灰岩将会比砖便宜,还可以运到北高加索地区和缺乏建筑材料的乌克兰去。亚美尼亚的火山底层大概还会将其他的资源赐予当地人民。在从埃里万回到梯弗里斯的路上,我们还见到黑曜岩——火山玻璃露出了地面。

　　晚上,开过群众大会之后,埃里万的青年们在城市的花园里表演了萨孙地区的亚美尼亚舞蹈,它富有独创性,很优美,是一种非常出色的舞蹈。我不是舞蹈艺术的鉴识家,对芭蕾舞更淡漠,我把有特色的舞蹈视为轻盈而快乐的体操运动,我对狐步舞虽不厌恶,但认为这种"舞蹈"的服装是多余的,想必束缚着舞蹈者的自由。这种舞蹈者也可以称作不知羞耻的人,虽然在自然界中,不消说,有更无耻的生物,例如:苍蝇、公鸡和母鸡、山羊、小狗。

　　萨孙地区的亚美尼亚人的舞蹈并不以奇特巧妙和千姿百态来博得人们的赞叹,而且舞蹈者也不力求这样做。在这种舞蹈里另有一种更有意义和更深刻的东西。两个穿着色彩鲜艳的民族服装的乐师走上露天舞台,他们两人一个敲着大鼓,一个吹着尖细刺耳的笛子;随他们之后,飘然出现二十个男子融为一体的五彩缤纷、闪闪发亮、使人目眩的身躯。他们的手在背后互相牵着,肩并肩地走来,他们是一个统一体,由一股一致的、节奏感非常强的动力驱动着。他们时而围成一个圈、时而转成一个螺旋体,时而展开成一条直线,时而又组成各式各样的曲线；完美的节奏，动作轻盈而从容的身段，越发加强了统一整齐与和谐的、令人陶醉的幻觉。你很难辨别出个别的舞蹈者来，见到的是出现在你面前的一排漂亮的晃动着的面孔，见到的是他们的微笑，闪亮的眼睛，这些眼睛顿时间似乎多了起来，可是过了一忽儿又少了起来；你几乎捉摸不住每一个人各自的面貌特征，仿佛总有一张脸在同您讲话，对您微笑。这是一张神奇人物的脸，他的内心世界是非常丰富的。笛子起劲地吹着，然而它的高音已经不使人感到刺耳了；有节奏的鼓声响亮而很柔和。除了这种音乐，你还看到另一种音乐——一个柔韧的人体的异常优美的动作的音乐，这个人体在鲜艳服装的五光十色的波浪里嬉戏着。忽而，那多头的身躯的动作急剧加速，变成金色的和虹霓色般的旋风，在这一瞬息间，我以为舞蹈者的锁链会断裂成单个的环节，然而，在这旋风中他们保持了动作的一致的平稳，增大和加深了力量与团结的印象。我从未见过，也想象不到许多人能这么紧密团结，完全融合在同一个动作里的情景。毫无疑义，在这种大概很古老的舞蹈里蕴藏着某种象征性的东西，但是我还没能看出它是什么：是祭司们的宗教舞蹈呢，还是军人们的舞蹈？我觉得在这舞中有某种和古里人的威武的舞蹈①共同的地方，我记不起它叫做什么了，是"彼尔胡利"或是"霍鲁利"。然而在这舞蹈里没有任何地方（哪怕是一丁点儿）像鞭身教徒疯狂的"跳神"或者像"转来转去的苦行僧"的歇斯底里的抽搐，有人说，我们的教派分子"高加索跳跃者"从他们那里也传染上了歇斯底里症。萨孙地区亚美尼亚人的舞蹈大概是军人的凯旋舞。

妇女们穿着东方式的鲜艳华丽的衣服，她们的舞蹈同样很优美，令人神往，而且也很有特色。她们在舞蹈里表演着怎样梳头、擦粉抹胭脂、喂鸟、纺纱，她们的富有高度节奏感的动作和袅娜优美的舞姿，也使我们大家沉醉。她们的舞蹈彼此不同，每个人都有自己的姿态，

---

① 该地区的亚美尼亚人围着圆圈跳的集体舞（并非萨孙地区的舞蹈）和格鲁吉亚的古里民族的"彼尔胡利"舞的确有许多共同的地方。

本来是很难保持时间上的统一性和动作上的节奏性的,然而却保持得非常完美。后来,她们跳起了滑稽的跛子舞,每一个人都像折断了大腿似的。她们的可笑的动作虽然已经接近丑态的边缘,可是她们的和谐和娇媚却令人震惊。

离开埃里万的一路上,我想道:"我们的时代产生了多少的天才,清爽的革命暴风雨使多少美丽的东西得以复苏啊!"

我们返回时走的是另一条路,沿着更富饶、更肥沃的盆地,经过教派分子——"跳跃派"的村庄①。这些没有教堂的、富裕的大村庄和这些像戈克恰湖畔的居民一样有着蒙眬惺忪的眼睛,体格魁梧,蓄着大胡子的人,给人一种奇怪的印象。有人告诉我,土耳其入侵者放过了这些"跳跃派",没有让他们受害。这些教派分子得以保护是由于他们除了自己的公社和个人家业的利益之外,对一切都采取消极的冷漠态度。

当然,他们认为自己是大地上惟一信奉"真正的宗教"的人。一九〇三年②,他们中间有个叫做什么扎哈里·尼欣科夫或者尼孔诺夫的人,曾倨傲地让画家维·米·瓦斯涅佐夫、阿列克辛大夫和我相信他的说法:

"我们的宗教是最古老的,它还是大卫王开创的呢,你们记得他是怎样在约柜前'快活地跳着'③的吗?这就是宗教的由来……"

他的伙伴,一个高个子的干瘪老头儿,生有一双墨绿色的玻璃似

---

① 由于沙皇政府的迫害,莫罗勘教派的首领们被驱逐出俄罗斯中部地带。十九世纪四十年代教派分子随其首领来到亚美尼亚。根据这派的教义,耶稣第二次来到人间,应在阿拉拉特山附近召集莫罗勘教徒,因此他们就散居在阿拉拉特山地区。一八五二年,莫罗勘教派发生危机,从中分出"跳跃派",他们为了使信教者入迷,在集会时又蹦又跳,故有此称。
② 应是一九〇〇年。
③ 根据《圣经》传说,约柜是犹太人民的主要圣物,它是一只包金的木箱,里面装着石刻的古代经文,盛天降食物的器皿和摩西的哥哥——第一祭司长亚伦的神杖。传说当时在把约柜从宇宙搬到耶路撒冷的仪式上,大卫王兴高采烈地使上全力在上帝面前跳跃。

的眼睛;他抚摸着自己尖尖的膝盖,摇晃着身子,低沉地说道:

"扎哈里,你算了吧,莫斯科的先生们对这个可不感兴趣。"

但是,扎哈里还是不停地说着。大夫的嘲笑激怒了他,而画家的浓厚的兴趣大概使他很满意。画家几乎像天主教传教士探询野蛮人那样询问他,然而,扎哈里的举止并不像个野蛮人,而像一个讲道师。

"为什么要跳?"他教导瓦斯涅佐夫说。"因为从前有位先知,他知道基督是从他的膝盖里生出来的①,就是这么回事!希腊人也知道神圣的舞蹈,可不是现在的希腊人,而是古代的希腊人,美丽的海伦的王国②的希腊人,那时他们就住在这黑海沿岸,在他们居住的皮聪达岬③那个地方,发现有教堂的遗迹。他们也是这样跳跃,高高兴兴地喊着:'伊凡,两个……'"

"埃万,埃沃耶④,"瓦斯涅佐夫更正道,但是扎哈里心急地继续说:

"希腊人不会讲地道的俄语,他们发音不正确,把 Ш,Ж 音发成 C,З 音,我是知道这些希腊人的。伊凡——这就是先行者⑤,而两个呢,这意味着,随他之后有另一个人要来,嗯,至于第二个人是谁,你自己去领悟吧……"

阿列克辛大夫毫无礼貌地哈哈大笑起来,瓦斯涅佐夫像扎哈里一样也发急了,这使老头儿大为生气,他挺直身子并且坚决地命令说:

"咱们走!在这儿没有什么好胡扯的。"

这些人是到高加索总督这里来上诉他们受到的某种压迫的。他

---

① 根据《圣经》传说,基督是从大卫王的后代的膝盖里生出来的。
② 在扎哈里的言谈中夹杂着《圣经》传说和古希腊的神话。海伦是希腊神话中著名的美女,是从鹅蛋里出生的,墨涅拉俄斯的王后。
③ 黑海岸的一个海岬,在阿布哈兹苏维埃共和国境内。考古发掘中,在这里发现了宏伟的要塞工事、古楼、有镶嵌细木地板的柱廊形大厅的遗迹还有十世纪至十二世纪的基督教教堂的壁画的遗迹。
④ 古代希腊人在跳宗教舞时的呼喊声。——作者注
⑤ 扎哈里指的是施洗约翰,或者《圣经》传说中预言基督将要降世的先知。

们同我们住在一个旅馆里,这个老头儿以为那仪表堂堂的大夫是个从彼得堡来的重要官员,而瓦斯涅佐夫是个穿着"民服"出来旅行的宗教界人士。他还教给扎哈里该怎样同他们谈话。我们的同路者,安·巴·契诃夫感到疲乏了,没有参加这次谈话。晚上,我们喝茶时,当瓦斯涅佐夫遗憾地把"跳跃派"的事讲给他听时,他起初默默地暗中窃笑,后来突然同画家的情绪相反,生气地说:

"我们的教派活动是由于闲得无聊搞出来的。教派分子是一些饱食终日的乡下人,他们活得很无聊,便想在农村里充当神甫的角色,因为神甫生活得很愉快。只有普鲁加温①一个人认为教派是一种文明现象。您认识普鲁加温吗?"

"不认识,"瓦斯涅佐夫回答道。

"他蓄着胡子,但是很像奶妈。"

我写作时想起了Α·Ｃ·普鲁加温,就在作品的某处运用了这个非常精确的比喻②,虽然这个比喻很不寻常。我给"尼日戈罗德报"写了一篇有关与"跳跃派"的谈话的报道,但是书刊检查官把排样勾掉了,还写上如下的话:

　　此文暗中鼓吹宗教邪说。不准登载。萨莫伊洛维奇。

……我在格鲁吉亚军用大道上通行,已是第四次了③。除了卡兹别克站上的参观团员们的招待所外,我对一切都是熟悉的。一列参观团的队伍无穷无尽地伸展着,有千百个健康快乐的人在走着,他们中间有青少年、姑娘、共青团员和大学生。这些人想知道地质学、岩石学、历史学、人种志学,想知道一切,但他们对知识的获取,似乎操之过

---

① 普鲁加温(1850—1920),是《下层的分裂运动和上层的分裂运动》、《俄国人民生活中的分裂运动和教派活动》等书的作者。
② 此处可能指高尔基在《克里姆·萨姆金的一生》中刻画的一个文学家的形象。
③ 第一次是在一八九一年秋季,第二次在一八九八年,第三次在一九〇〇年,第四次在一九二八年七月二十八日,第五次在一九二九年九月九日。

急。问得太多,就会欠思考,而且也记不住。父辈使这些人成为国家的真正的主人翁,这些人必须记住,要珍惜祖国的一山一石。

在青年们面前从来还没有开辟过使其能全面认识自己祖国的如此宽阔和自由的道路。他们可以下到地球硬壳底下的矿井,可以登上终年积雪的山峰;创造一切生活必需品的所有的工厂大门是为青年们敞开的;学习吧,武装自己吧!大自然蕴藏着尚未被我们所利用的丰富的能量,没有比大自然和人们的意志与智慧所创造的现实更大更全的大学了。

……从弗拉基高加索到斯大林格勒的一路上,是一片无垠的平原。它的荒凉景象使人难受,使人恼怒。人们战无不胜的劳动却不能使土地变得肥沃,这是不应该有的现象,是完全不应该的!芬兰的岩石地和沼泽地,勃兰登堡的沙土地很有说服力地告诉我们:当人们想要使土地为人类效劳时,就连不毛之地也不例外。

在我们的时代里,当在人们面前广阔地展开了为自己,为自身利益而劳动,为创造一个完全消除懦夫、懒汉、强盗和寄生虫的劳动国家而工作的可能性时,必须尽量地经常向人们提醒这种创造奇迹的意志的力量和劳动的力量。

我认为劳动人民最大的缺点之一就在于:他们不知道自己在大地上做了多少好事,在争取自身生存的斗争中取得了多么伟大的胜利,由于他们不了解这一点,他们的多数人工作得还不好,不够自觉,没精打采。当然,这不是他们的过错,而应该怪罪那些使他们愚昧无知、并且十分无耻地低估他们改造大地的神奇劳动的人。还应该把一本最重要的教科书——《劳动史》列入学校的书目中,这是一本人类同自然斗争的美好而悲壮的历史,记载着人类发明和发现的历史,人类战胜自然的自发力量的胜利的历史。

……宽阔的伏尔加河切断了荒漠地。这条我从孩提时就熟悉的河流不像以前那样热闹,也许正因为如此,我觉得它更宽阔更雄壮。

河里的水仿佛更干净了,看不见霓虹色的石油斑迹。已经没有在后面拖着四五艘甚至六艘木制"石油驳船"的"船队"的蒸汽拖轮了。现在的拖轮一艘接着一艘,每艘拖着一只载重量达九千吨以上的钢铁驳船。也没有"自行浮运"的木筏了,现在它们不像以前那样摞成四层,而是摞成七八层,也由拖船拉着前进。这对我说来是新的。但是巨大的内燃机船还和从前一样,像白色的天鹅似的向上游或下游驶去,船上同样地干净、舒适,只不过一切都比较简朴,虽然乘客照旧被分成三等,但是他们中间已经没有"老爷"了。码头上的装卸工都穿着工作服,戴着荷兰海员的宽边帽。

"现在的装卸工是些无其不有的人,"一个戴眼镜的、三等舱的乘客说道。"我们那里有两个修道士当装卸工,后来有一个钟表匠,还有一个是马戏团来的。"

"常有的事,"一个中年以上的妇女证实说,她的脖子上围着块红头巾,手里拿着报纸。"我们的一位教师在萨马拉码头上做了两年工,还是个宗教界人士。他夏天做工,冬天教书,是个出色的人物。会给牲口治病,通晓养蜂业、园艺。庄稼人劝他好久:'算了吧,你就整年住在村子里吧,别贪财了!'"

"他同意了吗?"

"同意了。"

"装卸工的工资怎么样?"

"他们还抱怨呢。"

站在舷梯旁的小老头说道:

"人们要是不抱怨,也就得不到抚爱呢。"

然而,马上有一个年纪较大的水手参加议论。

"可是抱怨谁呢?我们自己是主人,干的是自己的事。有什么好抱怨的⋯⋯"

在码头的尾部,在等候向下游开的汽轮的拥挤的人群中,有个宽肩的大个儿老头,脸刮得光光的,下巴上有条天然的凹纹,身穿帆布大

衣,头戴亚麻布的尖顶帽。他正在大发议论:

"要我说,饥荒不是因为干旱造成的,而是由于恐惧造成的!战争使人们吓破了胆,因此他们什么都不愿意干了,这就是造成饥荒的原因……"

"是这样吗?有过干旱吗?"有个人朝他嚷嚷着。

"嗯,有过呀!可是更糟的还是捷克人①……"

"你跟他说说吧!"

"就说说吧!你安分地活着吧,一切都会有的。你生产不出什么,我帮助你。人家教你什么来着?"

"你帮——助,"一个红头发的、穿一件磨损了的皮上衣的人,带着讽刺的口吻,拉长声音说。

老头抓起背囊,推开交谈的人们,走到码头的一角去了。

"公民们,你们不要笑他,他有点儿怪。闹饥荒的时候,他曾是个大活动家,连美国人也尊敬他。是个真正有民族精神的人,虽然是老爷出身,但是个破落户,有过一些土地,约五十来俄亩。他自己和小儿子一起劳动,大儿子死在战场上。捷克人把他的小儿子绞死了,把他的房子烧掉了,他的老伴身体不好,躺在房子里,连这老太婆也给烧死了。他本人也挨过打,因此他的神经就不大正常,爱胡说八道。"

讲这件事的是一个阔脸盘的大胡子,他穿着蓝色的新上衣,腰带上系着一把斧子,斧刃套在皮套里,他坐在一堆麻袋上,脚边放着一只细木工的工具箱。我从没见过俄国的工匠把工具放得这样整整齐齐,把斧子装在套里,也没有见过水手洗脸时用牙刷刷牙,也没有见过在伏尔加河上航行过三十六年的船长②坐在自己的汽轮的"红角"里,和上面、下面的船员们共同关心西方的政治和文化生活的种种问题。红角的"容积"未必比普通的单座舱大,一些人坐在伙

---

① 一九一八年,协约国(俄、法、英)利用在俄国境内的捷克军团(由战俘和从奥地利军队中自愿投奔到俄国的人员组成的)反对苏维埃政权。
② 此处指"乌里茨基号"客轮的船长 В·В·卡扎科夫。

伴的膝盖上，大部分人都站着；这一群全是身体结实的小伙子，他们争先恐后地提出几十个各种各样的问题：有关英国人口增长的情况，英国在埃及的地位，意大利的法西斯主义和匈牙利的法西斯主义有什么区别；而从甲板上有人朝"红角"的门里喊道："在欧洲，一千个男人有多少个女人？我们这里呢？为什么上我们这里，到伏尔加河来旅游的外国人很少呢？"

我记得非常清楚，在我青少年时代，这类问题不会使伏尔加河汽轮上的司炉、水手和甲板上的乘客感兴趣的。

不知怎的，连俄国生活中一些不可避免的可笑的东西又变新鲜了，不过，它们的丑态并无所减轻。三等舱里有个五十岁左右的虚胖女人，脸上像撒了面粉似的，穿一件黑色衣裙，系着头巾，向我提出请求说：

"恩人，请您帮助伊利奥多尔神父回到我们这儿来吧！"

由于我脑子里充满了一种与这毫无相干的印象，没有立即猜到这位"神父"是谁。

"恩人，您怎么能忘了为我们而无辜受苦受难的修士司祭伊利奥多尔呢？我们都知道，您曾经帮助他逃到国外[①]，使他免遭沙皇和拉斯普京[②]的主教们的迫害……"

她拉长着声调，像"唱哀歌"似的用常见的"怜悯"和诉怨的习惯说着话，这种习惯是几十年来的不断实践所养成的；这种声调，可说是"古俄罗斯的"，不仅被老年农妇所掌握，九十年代，自由党人就用这种声调在俄罗斯省作诉怨的讲演，向居民们证明必须要有宪法。

乘客们一面好奇地端详着伊利奥多尔的崇拜者，一面善意地、宽容地嘲笑她。一个上了年纪的妇女刚刚睡醒，她一边梳着花白的头

---

① 一九一四年七月，修士司祭伊利奥多尔（谢尔盖·特鲁凡诺夫，生于1880年）在芬兰向高尔基介绍了揭露沙皇宫廷和 Г·拉斯普京的文件。高尔基受 А·С·普鲁加温之托，在 Ф·Ф·林杰（社会民主党党员）的帮助下，安排他逃往国外。

② Г·Е·拉斯普京(1872—1916)，沙皇尼古拉二世的宠臣，干预国家大事。

发,奇怪地问道:

"女公民,您干吗需要伊利奥多尔呢?"

我确实接受了Ａ·Ｃ·普鲁加温的请求,在林杰同志的帮助下,安排了修士司祭经过芬兰的国界到斯德哥尔摩去,他逃到那里以后,写了一本有关拉斯普京的书,书名叫做《神圣的魔鬼》。但是,在我还没有来得及讲述我所知道的这个人的事情时,有个人已抢在我头里说道:

"老奶奶,别管了,"他说。"情况糟透了。你的伊利奥多尔在旅馆里当看门人,还拉皮条呢。"

他说完话,往地板上啐了口唾沫,便走开了。在他身后响起了一个年轻人的抗议的声音:

"没人请您在甲板上吐痰,而是相反,不准吐痰!"

"对不起。"

穿黑衣的女人"哭诉"起来:

"我不相信有这件事,神甫和知识分子都诬蔑他。没有我们,他的灵魂会感到寂寞;我们没有宗教领袖、没有神甫,日子也不好过呀。"

我注意到了,二十个目睹这一情景的人中没有一个人粗暴地、令人屈辱地取笑这个妇女,大家都善意地笑着。只有一个人从上铺上抱怨了两声:

"神甫,——神甫,咳……"

……这是个美好的、"欢天喜地"的日子,甚至太阳仿佛也爱夸耀地照亮着伏尔加河绮丽的两岸。一座座大大小小的村庄明显地发展起来了,到处可以见到新造的木顶房屋,有些地方整整一排都是新房。这个村庄大概着过火。其实,在这条雄伟的大河的富饶的两岸,即使在以前也很难见到草房,正像很难见到穿家织麻布衣、原色粗呢外套和草鞋的庄稼人一样。在码头上,也像在顿河地区和北高加索的铁路车站上一样,常常可以看到一群穿着同样颜色和同样图案的布衣裙的妇女们,显然,这意味着一大批货到了乡下。几乎在每个码头上,都时隐时现地闪动着女共青团员们的红头巾、少先队员们的红领巾和一群群背着背囊的参观者,这使人想起德国的"候鸟"①组织来,它是研究本国的一个广泛的青年组织。

……喀山。下诺夫戈罗德城。在这些城市里,我的那么多的回忆复苏了,但我现在不准备来谈它们。

索尔莫沃。我童年时代,当我继父在索尔莫沃工厂工作②的那个时候,他大概用半价从工人手里收购工厂小铺的取货单据,工厂当局用这些单据代替货币来支付工钱,用这种方法来苛扣工资。我小的时候,曾坚信索尔莫沃工厂制造食糖、香肠、葡萄干、茶叶、面包干、面粉,总而言之,制造一切可以食用的东西。后来我在索尔莫沃耽了十五六年,希望能找到一个工作,不消说,人们并没有收我,我只能从远处望着工厂。我不喜欢一大堆被烟云笼罩的龌龊的厂房,还有那些像手指头一样参差不齐的肮脏的石砌烟囱,以及铁器的轰隆声、咯吱声、叮当声、轧轧声、刺耳的尖叫声。我去过一趟工厂,结果同厂里的半大孩子们打了一架,以我的逃跑结束了这次访问。好像在一八九〇年,我的朋友阿金·切金,他是个民粹派宣传员,和叶戈尔·巴拉姆津,也是个民粹派,但他已经倾向于马克思主义了。他们尝试过把我弄进工厂当记工员,但是没有成功。一八九六年,我同一批来采访全俄展览会的外国记者参观了工厂的各个车间③。然而使我感兴趣的并不是工厂的工作和工人,而是"索尔莫沃"当局的代表向外国人所讲的话。他说的是法语,声音很响,但是在非常喧闹的嘈杂声中,我听不见他的声音,况且我也不懂法语。然而根据这个人使劲地用手往脸上和颈上擦汗

---

① 德国资产阶级的青年组织,一九〇一年,由卡尔·菲舍尔创立。成员们到山里、森林里旅行,推行民间歌舞,访问不同的地区,熟悉它们的文化等等。
② 高尔基的继父E·B·马克西莫夫于一八七六年末至一八七七年初在索尔莫沃的工厂里当出纳员。
③ 一八九六年,高尔基以《敖德萨新闻报》和《尼日戈罗德报》的记者身份参加了全俄工业和艺术展览会。

的姿势,我相信他讲得很有意思。我向一位"笔友"(好像是《草原地区》①的撰稿人)问道:

"他讲些什么?"

"他在埋怨工人。"

在轰隆声中,我们从我所没有见过的机器之间,从黑黢黢的人们之间继续走去;周围的一切都在颤抖着、旋转着、移动着,仿佛整个工厂和它下面的土地都在顺着伏尔加河向下游游去。

"这回他又讲了些什么?"

"他在埋怨工人。"

雨点抽打着屋顶,在轧钢车间里,灼热的红蛇弯弯曲曲地,迅速地在地上爬着,雨点从打碎的玻璃窗里淋进来,一到地板上便咝咝作响。我第三次提出同样的问题,得到的回答是:

"他在称赞法国工人。"

虽然穿堂风在吹散热气,寒冷的倾盆秋雨溅进窗来,然而厂房里还是热得难熬;一座座厂房之间流着黑色的污水,黑压压的人们龇着牙,在奔跑;暴雨像扫帚似的,又把他们扫进厂房门里,扫进烟雾腾腾的炎热之中。外国人竖起大衣领子,默默无声地迈着步,脸上的表情忧郁得几乎使人可怜起他们来。后来,他们和《新时代》②的代表到负责人那儿进餐去了,我们四个外省人则下了小饭铺。

我记得非常清楚,同一群冷漠的外国人在一起,顺着一个个车间走马观花,这使我感到很不自在,我不善于当个"旁观者"。就是现在,在尼日尼城附近,在从伏尔加河上的巴拉赫纳到奥卡河上的拉斯佳宾的一个大三角上的所有工厂里,这种不自在的感觉一直压抑着我和使我感到拘束。这一带地区蓬勃发展起了许多宏伟的工厂,如"革命动力"厂、"红色埃特纳"厂、"超级厂"、巴拉赫纳市外的制磷厂和出色的造纸厂,等等。在几千个埋头于要求注意力高度集中的重体力劳动的

---

① 从一八九三年起至一九〇五年止,在鄂木斯克发行的社会政治和文学性质的报纸。
② 自一八六八至一九一七年在彼得堡出版的反动报纸。

人们中间"走马观花",即使是带着要描写这个游览的目的,从道义上说,也是不合适的。走马观花不等于熟悉生产。因此,我认为我无权谈论我所到过的新的工厂。巨大的、漂亮的工厂呀,工人们在它们宽敞的车间里劳动大概是很舒适的。

我在索尔莫沃工厂几个小时的走马观花中见到了什么呢?我觉得这个工厂的车间比一八九六年时更挤了。机床一台挨着一台,工人们几乎彼此相碰。依我这个没有经验的人的看法,高温车间里缺乏某些能减轻工人们非常沉重的劳动的机械设备。我看到一根用于一万吨载重量的海上纵帆船的、大概有几吨重的曲轴烧得几乎白热化了。当我看到工人们把它从熔铁炉里取出来,输送到汽锤底下时,在我眼前出现一幅费城的巴尔德温工厂和纽约附近的造船厂操作的图景。把索尔莫沃工人们的劳动条件和我二十二年前所见到的美国工人的劳动情景相比,令人感到忧郁而屈辱。

也许我对某些事物还不理解,是我错了,也许我最好不要谈论这些事情。当然,我也没有忘记,在技术方面俄国工人们从过去的主人那里得到的遗产是非常糟糕的。我知道索尔莫沃工厂是"劳动的老手",他们已经把高温车间搬到新的地方,在工厂里,一万八千个创造力的体现者很快会感到宽敞而又舒适。这些都对,但是,我对劳动、对工人仍旧有我自己的态度,假如是我错了,有人会指出来的,而我还是应该说出自己的想法。我所见到的文化宫、劳动宫,这些巨大而建造得非常出色的大厦大概不止十座了,工人阶级最有权利为此感到自豪,把它们看作自己的文化成就之一。不消说,这些琼楼玉宇价值连城。但我觉得,要是把这千百万巨款用于扩大工厂,改善劳动条件,保护健康,从社会角度来看更明智些。不久以前,H·A·谢马什科[①]同志发出"与人体的衰老作斗争"的号召,他说得完全正确:

"应该更多地为社会主义建设效劳,做更多有益的事。为了这个

---

① H·A·谢马什科(1874—1949),苏联第一任保健人民委员。

目标,首先应该组织自己的劳动。善于正确地工作,这就是说使劳动带来最大的效益——尤其是在我们劳动国家里,这是有文化的一个基本特征。在正确组织劳动方面所取得的成就应被视为文化革命道路上的基本成就。"

这是无可争辩的。作为青年们的劳动教师的、老一辈的熟练工人,尤其应该明白这个道理。

我重复一下:劳动宫和文化宫十分富丽堂皇,我并不是要向这类"宫殿宣战",这些宫殿是工人们的要塞。然而工人阶级是一种应该珍惜自己的力量,历史赋予这力量以建设"新世界"的任务,这股力量曾以自己的鲜血为极大的代价,赢得了创造这个世界的权利。

在数量上,这股力量还不大,而反对它的是整个私有者的"旧世界"。为了顶住这一大群敌对者的进攻,工人还应该有结实的身体,应该首先关心减轻自己在各类工厂、矿井中的苦役般的和英勇的劳动。每一个有觉悟的工人革命家必须明白,他的生命越长,对于他的阶级就越有好处,他作为"新世界"的建设者和青年的教育者的工作就越有成效。不应该忘记,私有者的个人主义像烟一样,像炭气一样渗透到各个地方,我们的农民国家在冒烟,非常遗憾,冒得越来越浓。

我称工人的劳动为英勇的劳动。劳动的情况到处都是如此。不过,我在索尔莫沃所见到的劳动要算最好的了。这里地方狭窄,劳动条件简陋,但是没有影响工作人员的工作,他们几乎赤手空拳在建造航海的纵帆船[①];这里甚至没有干这种工作的起重机,工人们用"自己的力量",在《伏尔加船夫曲》的歌声中,把巨大、沉重的东西从一个地方搬到另一个地方。文化宫和《伏尔加船夫曲》之间,同志们,存在着某种既可笑又可悲的东西。

当我在航海纵帆船的铁甲板上漫步时,我的感觉正是这样。索尔莫沃工人们的忍耐和天才使我大为震惊。我走着走着,一面夸奖他

[①] 一九二八年八月八日,高尔基访问了索尔莫沃造船厂,参观了已经建成的"列宁号"和"工会红色国际号"海船。

们，一面想道：

"同志们，你们做这样的工作，能长久地坚持下去吗？"

就在附近，离此地有二十俄里远的地方，有一家巴拉赫纳造纸厂①。我要用壮丽的诗句，像歌颂人类智慧的一件美好的创造物那样来赞美它。

在那里，人们做出了榜样：指出智慧、计算和想象怎样一面迫使其他的力量来工作，一面使人力得到解放，他们只需照管和操纵机器就行了。工人阶级应该力争去达到的目的正是：把大自然中的自发的和狂暴的力量变成自己的有理智的奴仆，把自己的体力解放出来，以便更广泛更深入地发挥自己作为大地及其宝藏的主宰者的智慧。

在巴拉赫纳造纸厂里，原木从伏尔加河岸的水中自动运到锯子底下，不用人工锯开的木头又自动爬进圆筒，在筒里经水洗、去皮，又继续顺着斜槽爬上一百呎的高处，再从那儿掉下来，形成一堆堆角锥形的东西，这些东西又自动地进入机器，由机器把它们磨成浆状物，木浆流到另一台机器的毡子上，而从这台机器里出来的大卷大卷的纸张便直接被运送到货车的站台上。

所有这一切是如此惊人地简单和聪明。我再重复一下，应该用诗句来描写这样的工厂，像歌颂人类智慧的胜利一样。摆着一台巨大的、约有七十米长的生产纸张成品的机器的大厅，非常宽敞、明亮，很像一个舞厅。工厂的所有部门也都光线十分充足，地方非常宽敞，很清洁、合乎卫生。很明显，工人们已经为自己这种新的生产事业而感到自豪，并且理解它的深刻的教育意义。我看到了工人阶级为自己准备的光明的未来，我怀着这样的心情离开了这家工厂。

在索尔莫沃—拉斯佳宾诺—巴拉赫纳这一三角上，到处都在兴建工人新村。与此同时，也在建造一些个人住宅，漂亮的小房子，正面有三四扇窗户，有雕花的装饰面板，有旋制的小圆柱和其他各种各样的、

---

① 一九二八年八月九日，高尔基参观了巴拉赫纳造纸厂。

曾经使祖辈和曾祖辈们十分羡慕的"漂亮的装饰"。"旧世界"的沼泽土壤还在显示自己的力量。人们还不相信,私有财产是生活中一切不幸、一切丑恶、一切罪行的根源,也是世世代代压迫人的,而现在仍然压迫人的根源。

我不信这个瘟疫会长久存在下去,不信工人阶级会容许把枷锁重新套在自己的脖子上。我在一家工厂的院子里听到一位年轻的工人同志的讲话,他好像叫做济诺维耶夫①。我听着他的讲话便思考起来:

"这个人不会受到引诱,不会为自己建造个人窝!这个人是'新世界'的真正建设者。"

我见到过许许多多像他那样的人,听到过他们的讲话,我知道这样的人有成千上万。

我衷心欢迎建设新世界的同志们!

二

我从库尔斯克讲起,这是二十世纪初被叫做"死硬派"②的骑士们的大窝巢。这些死硬派中的一员、国家杜马的黑帮分子马尔柯夫第二③的先人叶弗根尼·马尔柯夫④在他所写的长篇小说《库尔斯克边界上的守卫者》⑤、《黑土田野》和写得不坏的自传体中篇小说《少爷》中,卖力地称颂库尔斯克的骑士们。叶弗根尼·马尔柯夫在著名的

---

① 一九二八年八月九日,高尔基参观"革命动力"厂时,听到了翻砂工济诺维耶夫同志的讲话。
② 大地主和反动派的代表人物被称为死硬派(见《列宁全集》第17卷,第426页,人民出版社,1954年)。
③ 尼古拉·叶弗根尼耶维奇·马尔柯夫(1866—?),第三、第四届杜马的极右分子,大地主,侨居国外的白俄分子。
④ 叶弗根尼·利沃维奇·马尔柯夫(1835—1903),俄罗斯作家,批评家和人种学家。
⑤ 这部长篇小说是叶弗根尼·马尔柯夫的兄弟 В·Л·马尔柯夫所写,于一八七四年在莫斯科出版。作者在小说里称颂了十七世纪的库尔斯克贵族们,当时库尔斯克是俄罗斯南部边界的城市。

《新时代报》上撰文，更加卖力地维护贵族们的封建权利。总之，这个库尔斯克人在俄国历史上起了卡比托林小山之鹅①的作用，他惊恐地咯咯叫着，向沙皇专制政权预报它和贵族的共同的敌对力量正在紧逼攻来。

一八九一年的一天，我在库尔斯克的一条街道上，看见一个威风凛凛、身穿腰部带褶的茧绸外衣、头戴白帽子的先生在打一位穿绿衣裙的肥胖的女士的耳光；这位女士站在那儿，背脊紧贴在花园的栅栏上，她用戴着手套的双手抓住栅栏，每挨一下揍，便不吭不哼地摇晃一下身子。这位穿茧绸衫的先生也是不吭不哼地打着她，甚至仿佛不大愿意打似的。他的一只脚踩着女士的宽边帽，靴子尖伸进帽子里，就像伸进套鞋似的。当时，有个警察怀疑我的身份证的真实性，正把我带到分局去，我便问他：

"这究竟是怎么回事？"

"不关你的事，"警察回答道。可是走了几步，他解释说：

"他是调解法官。"

接着羡慕地叹了一口气。

居民们的视线透过盆花，从窗户里小心地向外张望着。在一家低矮的独宅的台阶上，站着一个身材高大、梳一条辫子的姑娘，她的头发有些发红。她在舔着嘴唇。这是一个静寂的、"富有诗意"的傍晚。远方，在车站后面，一轮红日降落下来，仿佛要落到货车的站台上似的。

一九〇五年的一个夜晚，在库尔斯克的大街上，走着一群醉汉，他们手牵着手，大约有五十个人，走在中间的是两个穿白色制服的军官。他们一部分人瞎唱着一些快活的歌曲，另一部分人想要唱《上帝呀，保佑沙皇吧》。这群醉汉的后面，有两个人扶着一个穿睡衣和睡鞋的人，

---

① 公元前三九〇年，罗马被高卢人（法兰西古代居民）侵占。只有一支不大的罗马人的队伍隐藏在一座很难攀登的卡比托林小山上。据传说，高卢人发现了一条通向山顶的秘密小道，于是他们在夜里进攻卡比托林山。卫兵在睡觉，献给女神朱诺的鹅听到簌簌声后，就咯咯地叫了起来，被叫醒的卫兵粉碎了高卢人的进犯。

后者痛苦地大声号叫、哭泣。旅馆的仆役沉思地说道：

"他们送志愿军上战场去。昨天,他们把药店里的玻璃柜都打掉了……"他沉默片刻后补充说：

"我们这儿甚至有些外来人也在胡闹。我想,这都是出于无聊。"

在那些年代里,库尔斯克是个很干净、很舒适的小城市,约有五万居民,他们都是些饱食终日、无所事事的人,就仿佛全是些贵族似的。城市里充斥着令人发闷的脂肪气味,店铺里塞满了香肠、火腿,街上却没有儿童。也许因为这样,城市显得特别冷清而无聊。

现在,库尔斯克给人的印象是一个衰败的城市。路面被撞坏,被雨水冲坏;矮小的房子年久失修,破烂不堪。所有的房屋都显得忧郁、孤寂、非倒塌不可的样子。向里面望不大清楚的窗户,歪斜的门框和围墙——一切都是破旧而可怜的。特别引人注目的是破烂的木料建筑物。院子里长满了密密麻麻的杂草：荨麻、牛蒡叶、酸模等。生长着所有这些破烂东西的大地是干涸的,地面都裂开了,满是深深的皱纹,好像它永远也只能是一块不毛之地。不由地令人想起："库尔斯克城于九世纪为维亚迪奇人所建。"[①]国内战争没有给这个城市带来很大的惊恐和不安。

"不论是那些人还是咱们的人在附近射击时,都没有造成严重的损害,"女居民中的一人对我说道。大概"咱们的人"对她来说是胜利者,不管胜利者是什么人,她对他们的目的和信仰是不感兴趣的。

在所有这些破烂东西的上方和二十座教堂的所有钟楼的上方,耸立着一座高达六十俄丈的透花的铁塔。这是著名的自学成才的天文学家Ф·А·谢苗诺夫[②]的外孙А·Г·乌菲姆采夫[③]所建的风力发动机和发动机的"平衡器"。乌菲姆采夫还是个年轻人,却是位老发明

---

① 此处大概是高尔基转述了布洛克高斯和艾弗隆百科辞典的"库尔斯克"的条目。
② Ф·А·谢苗诺夫(1794—1860),俄国天文学家。他写了有关预测月蚀和日蚀的著名论著。
③ А·Г·乌菲姆采夫(1880—1936),苏联发明家。他的有关利用风力的著作具有特殊意义。

家:一八九八年,他年方十七就已经用自己的构造方法设计出炸弹,试着爆炸库尔斯克的圣母的"有灵"圣像了。炸弹虽然爆炸,圣像还是完整无缺,这是因为僧侣们已经得到了这次企图爆炸的消息。发明家被关进牢狱,后来被流放到谢米巴拉丁斯克省,在那里继续从事各项不同的发明工作。列奥尼德·安德列耶夫把他塑造成自己的剧本《萨瓦》中的主人公。

现在,乌菲姆采夫在自己的铁塔周围转来转去,急促地说道:

"主要的任务就是要用技术来为农村服务。"

他的话立即激起了反响:

"没有这一点我们到达不了社会主义。伊里奇的遗嘱……"

省委的一位同志①提起伊里奇的遗嘱来。这个人有着一副在沙皇时代的身份证上定为"相貌一般"的面孔。在那些身份证上记载着眼睛的颜色,但有关眼睛从来没有写过"聪明"的字样。

周围的一切很平常,我从童年时代起就很熟悉:在两所陈旧的、四面歪斜的木料小独宅之间有一个狭窄的院子,院子两侧的半坍塌的棚子使它显得更窄了,院里杂草丛生,堆满了碎砖和各种废物。约在五十年前,在这样的小院子里,最便于孩子们玩"捉迷藏"的游戏,大人们在小屋里则过着舒适的、逃避现实的生活。但是现在,人们却在这裂缝累累的棚子里锻造、弯折、焊接着铁;一台风力发动机的铁骨架从垃圾和杂草中高高地耸入天空,这台风力发动机应该向农村提供为照明、磨坊、榨油作坊、碾米厂所需的电力。

"要是全面地用技术为农村服务的话,"乌菲姆采夫重复说道。

在衰落、古老的城市里,年轻的诗人们歌颂着:

现代的步伐多么整齐。②

---

① 高尔基在省工会委员会文化局局长 К·Ф·普龙斯基的陪同下,访问了库尔斯克。

② 奥莉加·洛杰的诗作。高尔基引用时有所改动。

其中有一个人唱道：

> 在那小树林里
> 青草、杨叶声淅淅；
> 切莫带来毒电气！
> 任凭杉树怒火冲冲，
> 可是在那树墩旁边
> 定叫发电机响声隆隆……①

一位年轻的女诗人写道：

> ……我们国家的建设热火朝天，
> 每块砖瓦都是浪漫的诗篇，
> 我们的幻想得以实现，
> 在迈向世界春天的道路上，
> 啊，时光的步伐多么矫健……②

在苏联报刊上和转载国内报刊资料的侨民报刊上刊登了许多有关流浪儿的可怕的报道。我从童年时代就知道一些有关流落街头的儿童的生活。一八九一年至一八九二年，我在丰衣足食的顿河流域、乌克兰和库班等地区，见过无数从饥饿中被拯救出来的儿童。我想，许多儿童早在那些年代里就永远憎恨饱食终日的人了。总之，我对过去是非常了解的。和我通信的一些不了解过去、不满意现状的人和我辩论时，往往忘记我的这个情况。我对旧俄沙皇时代的"少年罪犯教养院"，有着十分沉痛的回忆。我的一些同伴被关进了下戈罗德的教养院。一个是有钱的包工头的儿子伊凡·斯米尔诺夫，他是个天资过

---

① 奥莉加·洛杰的诗作。高尔基引用时有所改动。
② 高尔基引自 M·科兹洛夫斯基所写的长诗《林中发电机》，也有所改动。

人的小家伙,能用树根雕出十分出色的小人和动物的形状。后母对伊凡虐待得很厉害,导致他用凿子戳伤了她。为了这件事,父亲把他送进了"教养院"。另一个"教养院的学生"是洗衣女工的儿子鲍里斯·祖博夫,这个孩子在七岁时跟一个十二岁的中学生学会了写字和读书,他用苹果、饼干和鸽子当学费付给老师,所有这些东西都是偷来的。因为他偷窃,果园的看守们、面包师们打他,母亲也揍他。他骨瘦如柴,虚弱无力,说话的声音闷声闷气,好像胸腔里什么东西也没有似的。在十一岁的时候,他几乎阅读了儒勒·凡尔纳[1]、库柏[2]、马因·里德[3]的全部"经典"作品。我自己读了这些书后,确信鲍里斯在向伙伴们讲述书的内容时,增加了许多自己的东西,这些书经他一讲好像更有趣了。十三岁的祖博夫开始"写作歌曲",但是很快他就被关进了教养院,并且死在那里。"教养院的学生们"说,祖博夫是被一个教孩子们学手艺的鞋匠用拳头打死的。我曾经帮助斯米尔诺夫逃出教养院,在这件事上给我出主意的人,现在喀山大学的教授 И·А·卡尔季科夫斯基大概还记得当时的情况。斯米尔诺夫逃成了,但是过了几天,他又被抓住,关进了教养院。他们先把他痛打了一顿,随后撕下他的头皮,把他的耳朵也扯破了。不久后,他纵火烧了木工作坊,再一次逃跑,就这样"失踪"了。他们还把一个纯朴的男孩亚霍托夫关进教养院,好像仅仅是因为他体质虚弱,不能做工;他的父亲是教堂唱诗班歌手,因撬锁窃盗被判罪。我亲眼看到许多很有天赋的儿童丧了命。我觉得,即使我再活上六十年,我也忘不了他们。这些儿童的不幸遭遇,是我对于往事的最不愉快的记忆之一,给我留下了这样的印象:所有这些孩子都是天禀非常聪颖的儿童,恰恰是这种天禀成为他们丧命的原因。

---

[1] 凡尔纳(1828—1905),法国著名科学幻想小说家。
[2] 库柏(1789—1851),美国小说家。写有小说三十多部。作者以描写惊险场面和自然景物见称。
[3] 马因·里德(1818—1883),英国惊险小说作家。

很自然,使我极端激动的一个问题是:苏维埃政权能为成千上万失去父母的"流浪儿",为从西部省份逃难来的孩子,为国内战争和一九二一至一九二二年饥荒所留下的孤儿,为过惯了流浪生活、被花花世界所诱惑而腐化堕落、无家可归的儿童做些什么呢?我最初见到流浪儿是在莫斯科"防治所"①。民警在街头对他们见一个抓一个,把他们统统送到这里来。他们来的时候,衣衫褴褛得难以想象,小脸上一层污垢和烟尘;神情十分忧郁、恼怒,看上去像有病的样子,被城市残酷无情的生活折磨得痛苦极了。但过了一两个小时后,见到他们就会更加惊奇了。他们梳洗得干干净净,穿着清洁的衣衫,身体结实健康,仿佛是用铜铸成似的,自由自在地在"防治所"的作坊里走来走去,好奇地,但又不十分信任地端详着同伴们的活计,这些同伴已经是相当熟练的木匠、钳工、铁匠、鞋匠了。几乎所有的孩子看上去都很健康,身体结实,肌肉发达。

"情况就是这样,"防治所的所长②说,这是一个中年以上的妇女,看来以前当过中学教师。"有病的孩子很少,大部分的疾病是皮肤病:有干性湿疹、疥疮、脓疮;其次是胃病。结核、瘰疬腺病、佝偻病不多,性病和梅毒极其罕见。原因是:体力差的孩子在儿童院里很容易强壮起来;主要的原因是:城市的'流浪儿'已经从街头被收罗到劳动教养院去了,现在这些流浪儿很多是从农村和县城来的。往往经过这样一个过程:穷人家的小孩,常常也有富人家的孩子,受到同伴来信的诱惑,跑到城里来了。譬如说,比他早跑出来的牧童,在这儿找到了工作,在一家作坊里做工;他懂得了劳动技能的意义,正在学习文化;每逢节日,参加见习旅行,参观动物园,看电影。他对这一切兴奋满意,于是给农村的伙伴们添枝加叶地详细叙述自己的生活,绘声绘色地夸张、吹嘘一番。孩子们在农村阅览室里所看到的杂志上的图画,红军战士、休假工人们所讲的故事也都证实了他的信件。引诱力越来

---

① 一九二八年六月十八日高尔基访问了莫斯科国民教育局的儿童收容所。
② 塔季扬娜·瓦西里耶芙娜·塔拉索娃。

大,于是农村的孩子就来到了莫斯科,当民警领他到我们这里来之前,他不得不在街头熬过不少艰难的日子。我们提问:'你为什么离开了农村?'常常得到这样的答复:'那儿太无聊。'这种现象多得使我们不得不把孩子们送回农村。"

我觉得这位所长不是那种被工作"吸引住"的,"专心致力于工作"的人,而是一个善于组织工作的人,一个在指挥工作,展开工作时并不是束手无策的人。在几百名已经学会"自由思想"和同样自由行动的、像煮开了锅似的好吵好闹的孩子中间,一个人是很容易不知所措的。街头每天都送来十来个小无政府主义者,当然,他们对那些已经服从或者准备服从劳动纪律的人有些刺激作用。为了能使这支不安分的大军遵守秩序,必须非常镇定,会掌握分寸,而最主要的是对孩子们的热爱。这一点所长是有的。从孩子们对所长的态度上可以感觉到这一点。她非常清楚地知道,为了使一个孩子尽快走上自觉遵守纪律的道路,应该怎样管教他。

在一大群活泼的小人儿中间有个"高度近视"的诗人[1],"高度近视"这个字眼用的是直接原意,是指肉体上的近视眼,而不含任何寓意,不像许多害近视眼病的诗人那样,他们没有读好的书里的词句,把现实描绘得模糊不清。这位诗人大约已有十七岁了,他本来好像是一个牧人的助手。依我看,他的诗写得很有意思,非常有朝气。他们给我介绍了一个年约十五岁的男孩,他头发蓬乱竖立,有一副尖削的脸庞,尖尖的鼻子,睁得大大的眼睛。我问他:"你为什么离开了农村?"他回答说:"我的父亲是个富农。"我没有见到闷闷不乐的孩子。大家都在忙于工作。只有刚来不久的孩子在院子里嬉戏和奔跑,在体操器械旁玩闹,瞧着一帮正在干活的男孩,这些男孩在为演出作准备,努力给布景上色。

防治所设在军医院的楼房里,它在这座有着小窗户、长走廊的巨大

---

[1] 这位诗人名叫万尼亚·格列科夫。他送给高尔基的诗集保存在高尔基档案馆。

的旧楼里占用了两层。走廊里光线暗淡、空气潮湿,踩坏的木制地板刚刚洗过。孩子们的寝室里和学习室里都很简陋,但很干净和舒适。他们用宣传画和自己画的图画装点着灰色的墙壁。在一间过去的军医院"病房"里设有"大自然生灵之角"。孩子们在这里养着飞禽、白鼠、家兔、豚鼠、游蛇、蜥蜴。木工作坊生产家具,他们做的活动饭桌非常好,每一张出售价为二十五个卢布。钳工作坊和锻工作坊制造高级床,也出售。防治所给我的总的印象是:它是一个非常聪明和正经的组织。

当然,我知道有许多人按他们的"高见",很希望我见到这个机构是龌龊和黑暗的,我所见到的孩子们是有病的、郁郁不乐的,或者是流氓。不,我不能让"机械公民们"①再一次徘谤苏联工农政权的无耻欲望得到满足。

此后,过了几天,我在尼古洛-乌格列什斯基修道院见到了一千三百名"流浪儿"②。这就是一九二七年秋在兹韦尼戈罗德闹得非常凶的那些孩子;白俄报刊幸灾乐祸地把这场胡闹夸大为"孩子与军队的流血冲突"。应该说,"夸大的理由"是存在的,如果他们想找到理由的话,这理由到处都有。这件事是由于流浪儿们惊人的才干和勇敢所引起的。这些小家伙们不了解布森纳③、马因·里德、库柏的著作,然而有许多孩子曾有机会亲自经历那么多惊险的事情,将来我们大概会从他们中间看几个自己的马因·里德和埃马尔④的。

会集在静悄悄的兹韦尼戈罗德的一千三百名大胆的孩子不从事劳动,决定向小市民的城镇的无聊生活宣战。他们不知从哪里弄到相当多的火药,用自来水管做了许多枪。一天夜间,城里响起了枪声。

---

① 见高尔基的论文:《致苏联的"机械公民们"。给记者的答复》《再论"机械公民们"》。机械公民指敌视苏维埃政权的人。
② 一九二八年七月二日,高尔基访问了这所劳动教养院。它设立在尼古洛-乌格列什斯基修道院里,该修道院是俄国最古的修道院之一,位于莫斯科西南方,莫斯科河左岸。由德米特里·顿斯科伊所建。
③ 路易·亨利·布森纳(1847—1910),法国作家。晚年写惊险小说。
④ 居·埃马尔(1818—1883,真名奥·格卢),法国惊险小说作家。

没有流血,但是有几个少年战士烧伤了,居民们也受了惊,不消说,窗户玻璃也受些损失。

我在尼古洛-乌格列什斯基修道院里也见到了"起义者"的全部大军怎样当"俘虏"的。一部分孩子为自己做鞋,另一部分孩子做床,有些人在厨房里和面包房里劳动,大多数人在积极帮助木工和泥瓦工把修道院的一所所客房改建为钳工作坊和制造木器的场所。他们供应材料,清除垃圾,修筑花台,在修道院的公园里挖渠,努力找到可以排除池水的孔眼。在修道院的几座教堂周围,欢快的喧闹声此起彼伏。约有五十个男孩在"雕塑"工作室工作,由一位从判决前羁押所请来的年轻艺术家指导他们,这位艺术家好像因盗用公款而在羁押所里关押过。当然,他的教学工作是有报酬的,还给他缩短了三分之一的禁闭期限。孩子们做烟灰缸,塑造各种小型雕像、列夫·托尔斯泰的肖像,所有这些雕塑都染上鲜艳的色彩,并且已经在教养院的合作社商店里销售。有一个十六岁左右的,不知名的小伙子[①],他的脸非常像费多尔·夏里亚宾[②]年轻时的模样。他在花园里,修道院的一面墙壁旁,用铁丝做了一个非常大的笼子,把它称作"生物园"。笼子里有几只小喜鹊、瞎眼的小猫头鹰、一只刺猬和一只大蛤蟆。他给蛤蟆起了个"银行家"的名字。这个小伙子是个幻想家,固执的幻想家和爱说话的人。显而易见,他是那种任何事都会做,但是任何事也做不到头的人。我觉得在他身上孕育着各种天才的萌芽,每一种天才都要把他吸引到自己这边来,它们彼此妨碍着。

"刚要开始好好地学习,头脑里钻进了别的东西,"他像"拉西洋景的人"那样,说话很押韵。在他淡黄色的脸上呈现着一种真挚的、快乐的疑惑神情。

---

① М·Е·科利措夫(陪同高尔基访问流浪儿者)讲道,公社里有个外号叫"夏里亚宾"的孩子是个飞禽、蜥蜴,以及其他动物的爱好者,他做了一个四平方俄尺大小的笼子。高尔基答应给他寄来有关兽类的书籍,还为他张罗捕兽器(见1928年7月8日的《真理报》)。

② 夏里亚宾(1873—1938),俄罗斯大歌唱家。

有一个黑头发的男孩,他脸庞很小,两颊的皮肤没有光泽,眼睛乌黑的,体形很匀称。他大概熟悉另一种生活。瞬息间写成了一首很好的诗,并且送给了我。后来我才发现这些诗不是他的作品①,而是已经发表过的。

到处闪现着"小懒蛋"的身影,他是个会作态的十一岁的孩子,但是已经"流浪了"四年左右。他刚从短途旅行回来。他躲在车厢下面到了塔什干,又打回转。他长得矮小结实,圆圆的脑袋,整个人很像一个两普特重的秤砣。在那张有着丰满的嘴唇,稚气十足的脸上闪耀着一双好看的、聪明的眼睛。瞧,他微微摆动着身子,双手插在兜里,像个花花公子似的在林荫道上走着,溜溜达达,顺着花园的小路,正朝教养院院长的单人房间的台阶走来。院长本人坐在台阶上,还有我,我的旅伴——我的儿子和秘书②也坐在那里。

"小懒蛋"一面走,一面唱着《亲娘怎样送别我》③。他仿佛全神贯注在歌唱上,以至在十步远的地方都没有看到台阶上的人们。

"'小懒蛋',你上哪儿去?"

孩子马上站住脚,随后向前迈了一步,主动地伸出一只肮脏的手。

他的每一个动作,每一个姿势,每一句话,他那走遍全城、风尘仆仆的圆圆脸蛋上的表情都使人觉得他是个演员,他已经知道自己的价值并且陶醉于自己同人们、同生活的游戏。

"怎么样,又快要跑了吧?"

"现在可不了,以名誉保证这是真话!""小懒蛋"认真地说,还叹着气:"往哪儿呢?到处都去过了。"

"西伯利亚你也去过了?"

"西伯利亚我没有去过,这是确实的。"

---

① 献给高尔基的诗和登在教养院墙报上的诗是Л.马里安的作品(见1928年7月8日的《真理报》)。
② 高尔基的儿子,М·А·彼什科夫;秘书,П·П·克留奇科夫。
③ 当时的流行歌曲。Д·别德内依作词,Д·С·瓦西里耶夫作曲。

"去过海参崴吗?"

"海参崴在什么地方?"

"你不知道吧?"

"小懒蛋"稍稍眯起一只眼,思索片刻。

"我知道,在中国人的附近!"

"你唱点什么,行吗?"

"可以。"

这个孩子摆出一副演员的姿势站着:挺着胸脯,左腿向前迈出,脑袋抬得高高的。他有一副漂亮的、洪亮的中音嗓子,他也很会唱,津津有味地唱着,他知道自己唱得很好。但是他调打得太高,大概很快就会唱不上去的。

巴库教养院的院长(我已忘了他的姓名了),还有哈尔科夫附近,库里亚热地区的教养院的组织者安·谢·马卡连科,所有这些"流离失所现象的消灭者"都不是想入非非的幻想家,应该说是一种新型的教育家;这些人对孩子们有着火焰般炽烈的爱。我觉得,首先这些人在孩子们面前很好地意识到和感觉到自己的责任。我们时代的无数悲剧是在不可调和的阶级矛盾的土壤上产生出来的,如今,这些悲剧很有说服力地向孩子们说明了父辈所犯的血腥的错误的历史。这应该激起父辈对孩子们的责任感,该是这样做的时候了!

新型的教育家已经在文学中有所反映。在奥格涅夫所写的《科斯佳·里亚布采夫的日记》一书中,甚至在很有才能的Л·科佩洛娃的有些恐怖的短篇小说《吐火巨怪》中也有这种教育家的形影。

我们的旧文学,从波米亚洛夫斯基到契诃夫,画出了一大批暴虐的教师、冷漠的官吏和"套中人"的肖像。旧文学给我们展示出佩列东诺夫[①]的可怕的形象、奴隶即"小鬼"的精彩的典型。在旧的文艺作品和回忆录作品里,正像现实中一样,也很少或只是偶尔提到这样一个

---

① 是Ф·索洛古布所著的长篇小说《小鬼》中的人物。

教师,他喜爱自己的学生,并且懂得今日的儿童将是明天生活的建设者,明天,他们将要检查父辈的工作,将会无情地揭露他们的全部错误,揭露他们的口是心非、懦怯、贪婪和懒惰。

我有幸在苏联见到了在极端艰苦的条件下工作的男女教师们,他们在工作中倾注着艺术家的激情和热忱。

一八九一年夏天,我曾经到过库里亚热修道院,在那儿我同当时的著名人士约翰·克龙什塔茨基交谈过。然而,这次当我同这座修道院的四百个主人——过去的"流浪儿"和"社会上的危险分子"、我未曾见过面的朋友们,在这儿住到第三个昼夜时,才记起从前我曾经到过此地。据我的记忆,这座修道院过去是以雷若夫斯基、佩索钦斯基命名的。一八九一年时,它很富裕,并且很有名,"显灵"的圣母像吸引着许多朝拜者;修道院的四周有一片不大的树林,其中一部分辟为公园;在坚固的墙后耸立着两座殿宇和许多各式各样的建筑物,在小山的峭壁下,夏季殿宇的后面,有一座小教堂。这座教堂里的泉水上方摆着一帧圣像,这是修道院里招徕游客的地方。在国内战争年代里,农民们把公园里的草木和那片小树林砍伐掉了,泉水也干涸了,小教堂被抢劫一空,修道院的墙壁被拆毁,只留下了笨重的钟楼和它下面的大门;夏季殿宇的屋顶拆掉了,变成了一座两层楼的楼房①,里面设有俱乐部、会议厅、供二百个人用饭的食堂和女教养员的寝室。在古老的冬季殿宇里逢时过节还做弥撒,大约有二三十个来自附近农村和田庄的老头和老太太在里面祈祷。这座殿宇对学员们很碍事,他们瞧着它,叹着气说:

"嘿,要是把它拨给我们该多好啊,我们可以利用它当食堂,要不然吃早饭、中饭、晚饭都得分成两批,每批两百人,我们白白浪费掉许

---

① 这座楼房保存了下来。入口处的纪念牌牌上写道:"一九二八年七月九日阿列克谢·马克西莫维奇·高尔基在这里的俱乐部给安·谢·马卡连科的学生们作报告"。第二层楼里有马卡连科陈列馆。

多时间。"

他们曾经试图夺取这座殿宇：在节日前的夜间，他们从钟楼上卸下所有的小钟，把它们安放在神殿的讲经台上，还弄出许多各式各样的奇迹来，但是，从城里来的领导严禁他们搞这些名堂。

我同这个教养院的孩子们通过四年信，注意到他们的书写和语法如何在逐渐变化，他们的社会知识如何在增长，他们对现实的认识如何在扩展，他们如何从小无政府主义者、流浪者、小偷、小妓女改变成为很好的劳动者。

这个教养院存在七年之久，有四年是在波尔塔瓦省过的[①]。在这七年的时间里，从教养院出来了几十个人，他们有上工农速成中学、农艺学校和军校的，也有上其他教养院的，然而他们已经是孩子们的"教员"了。缺额很快地由侦缉局送来的或由民警从街头领来的孩子们补充，有不少流浪儿是自愿来到这里的；学员的总数从未少于四百人次。去年十月，一个名叫 H·杰尼先科的学员代表全体"队长"给我写信说：

"要是您知道，您走后我们这里的一切起着怎么样的变化，该有多好呀！我们许多老学员已经走上了独立生活的道路：有的奔向生产岗位，有的进入工农速成中学和工厂技术学校。原来的孩子留下的非常少了，都是些新来的。当然，同新生相处好要比和那些已经习惯于劳动和集体生活的人来要困难得多。老生离院后教养院的纪律开始松弛。但是，我们这部分留下的老生不应该容许这种情况，我们决不容许这样下去。现在，我们教养院里的全部教学改组了，重新组织了七年制学校，为超龄生办了习艺学校。他们对学习的愿望不太强烈，但是四百个人中毕竟没有一个人不进学校大门的。"

现在，教养院里有六十二个共青团员，其中有几个人在哈尔科夫学习，有一个已经是医疗系二年级的学生。然而，他们都住在这里，从

[①] 该院成立于一九二〇年八月二十五日，位于离波尔塔瓦六公里远的特里贝地方，一九二一年三月命名为高尔基教养院，一九二六年五月迁至库里亚热。

教养院到市里有八俄里的路程。他们全体还参加伙伴们的日常工作。

四百个人分成二十四个队:木工队、钳工队、农田和菜园工作队、放牧队、养猪队、拖拉机手队、卫生队、巡逻队、鞋匠队等。教养院的产业:(如果我没有搞错的话)有四十三公顷耕地和菜园地,二十七公顷森林,不少奶牛、马匹,七十口良种猪,农民们非常愿意买它们,还有农业机器,两台拖拉机,自己的照明站。木工们在生产炸药工厂的订货——一万二千只木箱。

教养院的全部家业和它整个生活程序实际上掌握在二十四个选任的工作队的队长手里。他们掌管所有仓库的钥匙,他们自己制订工作计划,领导工作,并且本人必须同全体队员一样积极参加劳动。队长委员会决定种种问题,如接收或者不接收自愿上门的孩子,审判马虎从事的同伴、纪律和"传统"的破坏者。教养院院长安·谢·马卡连科在学员队列的前面向被认为有过失的人宣布队长委员会的决定:批评或者罚做额外的劳动,对于犯有比较严重错误的或者屡犯错误的,如懒惰、极力逃避繁重的劳动、侮辱同志,总之,各种各样破坏集体利益的行为,则把犯错误的学员开除出教养院。然而,这种情况是极其罕见的,队长委员会的每一个成员都很清楚地记得自己在外面的生活,有过失的人也记得这一点,"流浪儿"一致不喜欢的机构——儿童院的生活威胁着他。

教养院的一条传统规则是:"不准跟自己的姑娘们搞男女关系"。他们严格遵守这条规则。自教养院成立以来,只破坏过一次,这件事以悲剧而告终——把婴儿弄死了。年轻的母亲把新生儿藏在床底下,他在那里闷死了,她自己经法院审判受到"隔离四年"的惩处,但是被交给教养院担保,随传随到。后来,她好像嫁给了婴儿的父亲。另一条规则是:当侦缉局送来男孩或者女孩时,严禁盘问:他是干什么的?他是怎样生活的?为什么落到了刑事侦缉局的手里?要是"新生"自己讲述自己的事,大家不要听他的;要是他夸耀自己的功绩,大家不要信他的,要讥笑他。这样做对新来的孩子总是起很好的作用。大家对

他说:

"你看:这儿不是监牢,这儿的主人是我们,像你一样的这些人。同我们一起生活、学习、工作吧,要是将来你不喜欢,你就走。"

他很快就会确信这一切都是真的,便很容易合群了。在教养院存在的七年里,好像"溜号的"不到十个人。

"队长"之一 Д[①] 进教养院时十三岁,现在十七岁了。从十五岁起,他就指挥有五十个人的一个队,大多数人的年龄比他大。人家告诉我,他是一个好同志,是个非常严格和公正的队长。他在自传里写道:

"我曾是个共青团员,染上了无政府主义的习气,为此而被开除了。""我喜欢生活,但更喜欢音乐和书籍。""我非常喜欢音乐。"

学员们根据他的倡议送给我一件非常好的礼物:二百八十四个人写了自传送给我[②]。他,Д,是位诗人,用乌克兰语写抒情诗。诗人学员有好几个[③]。他们出版一种非常好的画报,叫做《光明》,这份刊物由三个人编辑,画插图的 Ч·[④] 也是"队长",无疑是个多才多艺和严肃认真的人,但是他对待自己的才能却抱着不轻易相信和小心谨慎的态度。

他是从波兰逃亡出来的,从八岁起就开始过流浪生活。在雅罗斯拉夫尔的儿童教养院里待过,但是从那里逃了出来,在电车上当扒手。后来,他到一个牙科医生那儿工作,在他那里"迷上了读书和绘画"。但是,"街头又吸引了他",他从牙科医生那里抓了"几枚沙皇时期的金币"逃跑了。他把这些金币完全花在购买书籍、纸张和颜料上。他

---

① Д——彼得洛·德罗兹久克。
② 一九二八年七月八日,高尔基访问该校时,学员们送给他一本集子,集子里有二百六十四篇自传,三十三幅照片。有的自传是用乌克兰文写的,有的自传里有学员们的诗作。
③ 在集子里写诗的有:韦肖洛夫谢苗·卡拉巴林、利特维诺夫、B·达尼洛夫、瓦西里·卡扎科夫、尼古拉·邦达连科等。
④ Ч·——亚历山大·乔普。

到航行在白海的船上当司炉的助手,但是,"由于视力不好,不得不离海上岸"。他在伯绍拉,在伊日马河两岸的泽梁人中间当"征收实物税的指导员",学习泽梁人的语言,住在萨莫耶德人的家里;他乘着狗拉的雪橇翻过乌拉尔山脊到奥布多尔斯克,后来流落到阿尔汉格尔斯克;在那里行窃,在穷人住的小店里混日子;后来开始写招牌画布景。他一面从事造型艺术的工作,同时准备七年制学校的功课。后来他伪造证件,上了维亚特卡工艺技术学校。"考试名列前茅,写生画和素描被公认为是天才之作,但是我不相信这一点"。同学们把他选进了学生会,让他领导文化工作。冬天,寒假期间,他被捕了,"为这些证件倒了霉,在感化院坐到第二年开春"。就是在那里他也没有停止读书,也领导文化工作。后来,他当了《北方真理报》的采访员。

他在讲述这一切时没有自夸,当然,也丝毫没有打算唤起别人的同情。不,他讲述得很简单,是这样:他先在沼泽地上行走,后来走进森林,迷了路,又走上一条乡间土道,因为是沙地,走起来很艰难。

要将ч·的全部经历叙述出来,需要很长的时间。目前这部传记就以他自愿来到库里亚热的教养院作为结束,他住在那里,积极地工作、学习,教育小孩子们。他说:"我仍然要做一个人,仍然喜爱读书和绘画。"这是个漂亮的、身材匀称的青年,他脸上有一种骄傲的神情,戴着眼镜,说起话来很简短、沉着。他对待年幼的学员非常关心,对待和他年龄相似的同伴非常和气。也许这是因为在他的经历里有过这样一件事:在阿尔汉格尔斯克,他结识了一个小伙子,也是个画家,并且是个酷爱文学的人,名叫瓦西卡。但是没能同他一起生活多久,就自缢了,在胸前别上一张小纸:"我欠女房东八个戈比,要是有了钱,请偿还。"

毫无疑义,ч·是个非常有才能的青年,我想,现在他已经不会再遭殃了。他的传记并不独特,在我所读过的和人家向我所讲的传记中,大多是这一类的。

"流浪儿"是从哪里来的呢？这是一些西部省份的"难民们"的子女,被战争的旋风刮到了俄国各地,还有是在国内战争,瘟疫和饥荒期间的死亡者留下的孤儿。先天不足的和受不住街头种种引诱的儿童显然都已经死亡了,留下的只有完全能够自卫、能够为生存而斗争的壮实的孩子。只要劳动纪律订得合适,并且不使他们的自尊感受到凌辱,那么,任何工作他们都愿意干,劳动纪律也很容易服从;他们愿意学习,并且学得很好。他们懂得集体劳动的意义,懂得它的利益。我想说,生活虽然是严酷的,然而它能使强者得到很好的教育和锻炼,能使这些儿童成为具有集体主义"精神"的人。然而在同时,他们之中几乎每一个人都有自己的个性,而且这种个性已经表现得相当鲜明。他们之中的每一个人都有"自己的面貌"。库里亚热劳动教养院的学员们给人一个奇怪的印象:他们都是些有"良好教养"的人。在他们对待"年幼的孩子们",对待刚刚投奔来的和被押送来的新生的态度上表现得尤其明显。小孩子们立即受到这些在流浪街头时显得有些可怕的半大孩子的周全的照顾,感到十分惊讶。要知道正是这样的半大孩子过去曾经打过他们,剥削过他们,教他们偷窃、喝伏特加,还教过他们干许许多多的坏事。有一个"年幼的孩子"本是个小牧童,他在工读学校的乐队里吹笛子,吹得很出色,他只花了五个月的功夫就学会了。瞧他怎样用生铁色的、光着的脚掌打拍子是非常有趣的。他对我说:

　　"我到这里来的时候,可吓坏了;我想:哎呀呀,这儿他们有多少呵!他们要是突然揍起你来,你可挣脱不掉啦!可是,他们连一个手指都没碰过人。"

　　我在他们中间,感到十分轻松和自在,可是我是一个不善于和孩子们谈话的人,总是担心:可别对他们说些多余的话啊。这种担忧使我话都说不顺口了。然而,库里亚热教养院的孩子们并没有引起我的这种担忧。其实我并不需要向他们讲什么,他们自己都是些能说会道的人,而且一个个都有可讲的事情。

　　他们之间,当然包括"女孩子"在内,培养起了很好的同志感情。

在教养院里有五十多个女学员。其中有个年约十六,快活的红头发姑娘,她有一双聪明的眼睛。她向我讲着自己读过的书籍时,突然沉思地说道:

"瞧,我现在同您在讲话,可是我当过两年娼妓。"

姑娘在讲这些令人震惊的话时,就好像回忆起了一场噩梦似的,乍听到她的这番话,就觉得它们仿佛只是在一篇生动的故事里加入了一个突如其来的不需要的"插入句"。

姑娘们和小伙子一样健康,一样"有教养",竭尽全力,热情地工作,这种热情甚至使繁重的活儿也成了快乐的游戏。她们是教养院的"女主人",也分成几队,也有自己的"队长"。她们洗涤、缝补,还在田里、菜院子里干活。教养院的食堂和寝室都很洁净,虽然不"富丽",很平常,但是很舒适。姑娘们自己动手用一条条翠绿的树枝、一束束野花、一簇簇芬芳馥郁的干草装饰着屋角和墙壁。到处都能使人感觉到她们热爱劳动和力求美化四百个孩子的生活。

是谁把这许许多多被生活如此残酷地侮辱和折磨过的孩子改造和重新教育得令人不敢认的呢?安·谢·马卡连科是教养院的组织者和校长。这是一位无可争辩的、很有才干的教育家。教养院的学员们真心实意地爱他,并且以一种自豪的口吻讲起他,就好像是他们自己创造了他似的。他的外表很严肃,说话不多,四十多岁,有一个大鼻子,一双聪明而锐利的眼睛,他长得像个军人和"有思想"的乡村教师。他的嗓子嘶哑,说话的声音听起来有时沙沙的,有时像患了感冒;他的动作缓慢,但他什么都来得及做,什么也逃不过他的眼睛,他对每一个学员了如指掌,只用三言两语就把他勾勒得一清二楚,宛如给他的性格拍了一张快照。他大概习惯于顺便地、不被人注意地抚爱一下孩子,对他们每个人说上一句亲切的话,笑一笑,抚摸一下头发理得短短的脑袋。

在队长会议上,队长们认真地讨论教养院的工作进程和伙食问题,彼此指出各队工作上的缺点、各种疏忽和错误,而安东·马卡连科却像个局外人似的,仅仅偶尔在他们的谈话间插入三言两语,几乎总是些批评性的话,但是他是以一个年长的伙伴的身份说这些话的。大家全神贯注地听着他的话,并且毫无拘束地和他争论,仿佛同第二十五个伙伴在争论似的。他被这二十四个伙伴公认为比他们大家更为聪明,更有经验。

他把军校里的某种东西运用到教养院的日常生活中来,这引起了他和乌克兰国民教育局的意见分歧。早晨六点钟,教养院的院子里便响起"起床"号,早饭后七点钟,又响起一阵号角声,学员们在院子中间排成方阵,方阵中央是教养院的旗帜,旗手两旁各站着一名持枪的学员同志。马卡连科在队伍前面简短地向孩子们报告当天要完成的工作任务,假若有人犯了某种错误,就宣布队长委员会所决定的处分。然后,队长们各自把自己的队伍带去上工。孩子们都喜欢这一整套的"仪式"。

教养院在向订货工厂的代表交出五车皮的木箱时,举行的仪式更庄严,甚至很隆重。教养院乐队的奏乐声响彻云霄。大家发表讲话,有人讲到劳动创造文化的伟大意义,有人讲到只有通过自由的、集体的劳动人们才能过上合理的生活,只有废除私有制,才能使人们成为朋友和兄弟,才能消灭生活中的一切痛苦、一切悲剧。瞧着这一排排可爱的、严肃的小脸,瞧着这四百双不同颜色的眼睛正在自豪地、微笑地望着一辆辆沉重地装载着木工学员们所做的木箱的大车时的情景,你不能不深深地激动。四百个胸膛齐声发出雄壮的、自豪的欢呼声。安·谢·马卡连科善于用一种平静的潜在力量向孩子们讲述劳动,这比所有漂亮的词句更易懂和更动听。依我的观点,他为自己所教育的学员们的传记写了一篇短短的前言,从前言中的如下片断就能很好地看出他的为人:

"当我发表第一百篇学员的传记时,我领悟到自己正在读一本我曾经读过的最令人震惊的书籍。这是一本集中描写儿童的痛苦的书,是用那么纯朴、那么无情的语言写成的。在每一行里我都感觉到这些故事并不希望唤起任何人的怜悯,并不希望唤起任何的印象,这是被遗弃的孤苦伶仃的孩子在简单而真诚地叙述自己的生平。他们已经习惯于不指望得到任何同情,他们已经习惯于只遇到敌对的势力,也习惯于在这种境遇中泰然自若。当然,这是我们时代的可怕的悲剧,但是,只有我们认为这是悲剧,对于高尔基教养院的学员们说来,这里并没有什么悲剧,在他们看来,这是他们同世界之间的正常关系。

"这悲剧对于我来说大概要比对于其他任何人更富有内容。八年期间,我的职责使我不仅看到了被抛弃到阴沟里的儿童们的难以想象的痛苦,而且看到了这些儿童在精神上失常的丑态。我无权只限于对他们表示同情和怜悯。我早已明白,为了拯救他们,我必须毫不动摇地严格要求他们,对他们要严厉,自己要坚强。我必须以一种哲学家的态度来对待他们的痛苦,正像他们自己对待自己那样。

"我的悲剧就在这里,当我读这些记事时,尤其感觉到这一点。这应该是我们大家的悲剧,我们无权回避它。而那些竭力使自己陶醉在温情脉脉的怜悯和想给孩子们带来快乐的甜蜜愿望的人,实质上只不过是用孩子们的大量的痛苦(其实对这些人说来是无足轻重的痛苦)来遮盖自己的伪善行径而已。"

除了在库里亚热的教养院外,我在哈尔科夫近郊还参观了以费·埃·捷尔任斯基命名的教养院①。这教养院只有一百名或者一百二十名儿童。显然,建立这所教养院是为了让大家看看为"违法者"、"社会危险分子"开办的理想的儿童劳动教养院应该是什么样子的。这所教养院设在一座专门为它建造的、正面有十九扇窗户的楼房里,它占用两层。教养院有三个作坊——木工作坊、制鞋作坊和钳工机械作坊,这里安装了最新式的机器,有各种各样的工具。室内有很好的通风装置,窗户很大,阳光十分充足。孩子们穿着合适的工作服,寝室很宽敞,床上用具都很好,有澡盆和淋浴,学习室里窗明几净,还有会议

---

① 这所教养院建于一九二七年十二月二十九日,马卡连科被任命为院长。后来,教养院发展成工厂,出产苏联"费德"名牌照相机。

厅、藏书丰富的图书馆,许多教具,到处都光亮、干净。所有这一切都很典范,像是"做样子"的,甚至连孩子也像是挑选出来"做样子"的,一个个都那么健壮。这种机构的组织者在这所教养院里可以学到许多东西。教养院有一个条件很好的附属国营农场,每到夏季,孩子们便到田间劳动。

另外还有城郊的巴库教养院,它能容纳五百名儿童。它的两幢楼房建造在干燥的灰色土地上,位于被太阳晒焦的山冈之间。这所教养院建立不久,正处在组织期间,但是孩子们已经幻想着他们将怎样建造动物园了。烈日炎炎下晒得黝黑的小家伙们像蚂蚁干活似的紧张而快活地工作着。教养院的领导人是一个像安·谢·马卡连科那样热爱自己事业的人。

总而言之,我见过两千五百来名"流浪儿",这是在我有生之年里最深刻的印象之一。这些活泼的、健康的、埋头于严肃劳动的孩子定能锻炼成非常坚定和有特色的人们。

我每到一所教养院便不由自主地回忆起一九二二年夏季在赫林斯多尔弗所见到的"战争时期"的德国儿童来。那里好像有一千多名病孩,他们患着佝偻病、瘰疬腺病、结核病和近视眼病。好天气时,他们从早到晚在浴场的沙子上玩耍,洗海水澡。被收容的孩子的年龄是从六岁到十二岁,但是很难猜出他们之中谁是八岁,谁是十二岁。他们所有的人都受过饥饿的折磨,都受过"代用食品"的毒害,都传染上了各种疾病。他们之中有许多人很像又矮又小的老头子。在这为了父辈的罪孽而无辜受苦的一代人中,那些戴墨镜的或者戴度数很高的"老头眼镜"的孩子们给人以特别悲惨的印象。

恶徒们为了满足自己对权力与金钱的欲望,发动了罪恶滔天的欧洲战争,成百上千个郁郁寡欢地在浴场的沙子上玩耍的孩子正是他们的尖锐的谴责者。当食不果腹的孩子们疲惫不堪吃着自己那份发苦的面包,离他们不远的地方,威廉·霍亨索伦的一个孩子却非常高兴地在打着网球;海滨浴场上,一些身材高大的胖女人——

投机商①的姘妇(她们是同投机商们一起吸人血而变得肥头大耳的),正穿着游泳衣,蹬着两普特重的大脚,在跳狐步舞。

人是文化的创造者,他也是文化的宗旨。真正有文化的人的基本品质,就应该是意识到他对继承人和他的事业的继续者,即对孩子们所负的责任。惊奇的是,这种意识是多么地薄弱。

我记得很清楚,革命前的中学的教学体系,伊洛瓦伊斯基②的最愚蠢的俄国历史教科书,菲拉列特③的教义问答,希腊文是怎样使"有文化的"父亲们感到气愤的。我也非常清楚地知道,正是这些父亲们使自己的孩子遭受不幸,使他们歇斯底里大发作,导致两起自杀事件,这都是因为孩子们无法克服希腊文的困难和学不好伊洛瓦伊斯基和菲拉列特的胡说八道的东西所造成的。

在"先锋公社"④(顺便提一下,费多尔·格拉特科夫⑤很好地描写了这个公社),我对公社的组织者洛兹尼茨基⑥说:

"您这儿的孩子多好啊!"

"这是因为他们没住在家里,"他马上回答,而公社社员中有个人补充说:

"你们是在写文章和讲话时,谈论新人,而我们是在实践中尝试着帮助他们成长……"

---

① 指第一次世界大战期间,投机倒把,大发横财的商人。
② Д·И·伊洛瓦伊斯基(1832—1920),俄国贵族帝制派史学家和政论家,革命前中小学官方教科书作者。
③ 莫斯科总主教 В·М·德罗兹多夫(1782—1867),神学正式教科书《教义详解》的编者。
④ "先锋公社"建于一九二二年五月三日,由退伍的红军战士,巴桑尼村及附近田庄的居民所组成,自一九三五年改组成农业合作社。高尔基于一九二八年七月十三日访问了"先锋公社"。
⑤ 费·格拉特科夫:《先锋公社》,苏联国家出版社,一九二八年,定价八戈比。——作者注
⑥ 伊凡·伊格纳季耶维奇·洛兹尼茨基(1891—1942),苏共党员,领导公社有八年之久。

这句补充的话听起来够挖苦的,并且好像是在挑战,要辩论一番似的。在洛兹尼茨基的言谈中,我感到:儿童的社会教育对他说来是深思熟虑过的、已经确定了的实际事业。他,洛兹尼茨基,是个中等身材的人,有一副"普通农民"的外貌,由于太阳的曝晒,草原上的风吹和对自己小天地的操心而变得非常干瘦。没有修面的脸上一双大概相当锐利的眼睛闪耀着金属般的光芒。很明显,客人们的到来并不使他十分高兴,他已经习惯于生活在自己的天地里,对于远方的来客很少感兴趣。是的,连他的所有的伙伴似乎也都把客人当作懒汉来加以欣赏。洛兹尼茨基说的话简明扼要,有求实的精神,他显然不注意用语言来说服人,然而他非常善于给大家观看公社的家业。看来他早已不习惯用"我"字,他只用"我们"这个字眼。在几个小时内他仅有两次幽默地笑了笑:

"我们不知道农民喝可可是可耻的,就为这件事在《共青团真理报》上有人责怪我们[①]。真没道理:伏特加让喝,可可就喝不得!是不是这样?"

他笑了一下,像一阵快活的轻风掠过他那没有修剃的面孔。还有一次是他在回答我的问题时笑了笑,当时我问他:据说附近各个村庄的农民希望把自己的产业也改组成公社的样子,好像有不少的人还递了申请书,这是真的吗?

"怎么——您不信?要不要把证件拿出来看看?"

从他嘴里说出的"证件"这个词,对于喜欢证件的人们说来,听上去是很不愉快的。我记得,有证件的人就是用这种骄傲的口吻和警察说话。这个"普通农民"领导着一百六十名公社社员,他们有七百六十公顷左右的土地,一九二七年公社的总周转额超出八十万卢布。他们出售了三万普特的粮食。

"只有像我们这样做,社会主义才能在农村扎根并且得到巩固,"

[①] 指 C·巴兰诺夫的文章《我们不仅要相信,而且要核实》,此文载于一九二八年五月六日出版的《共青团真理报》。

他安详平静、深信不疑地说。"农民——他首先是个讲实际的人,他很清楚地看到集体劳动的好处。当然,我们公社的事业还远远不是完善的,农民可是很会算账。这里是干旱地区,"洛兹尼茨基叹着气。"要是有水利灌溉就好了……要是这个德聂伯河工程能给我们引来水就好了……据报道,在什么地方找到了许多肥料?"

他让我们看完机械间的工作情况和电力站后,又回到了这个话题上。

"农村妇女大概比庄稼汉更能感觉到公社的好处。她们看到我们的妇女生活得比较轻松,比较自由,还有这里的孩子们……喏,这里的孩子你们都亲眼见到了。"

我见到了。大约二十个养得胖胖的婴儿和一岁的孩子睡在公共的寝室里。在这光线不强,很是凉爽的房间里没有一只苍蝇。有一位值班的母亲看护着孩子们睡觉。她穿着白大褂,走动时悄然无声。她很年轻,二十岁左右。就在这所农舍里,有一间供两三岁的小社员居住的、明亮而洁净的屋子,家具是按照他们的身材做的,这里还有玩具桌子、玩具椅子。

"挤极了,"女教师和公社的文化工作领导同志发着牢骚。

"是的,我们住得很挤,"洛兹尼茨基承认。"应该建造学校。但是没有木材。我们的学校太差了,可是我们需要的是模范的学校。我们这儿的一切都应该是模范的。这些人,我们的官僚……却不明白这一点!"

洛兹尼茨基怒气冲冲,把正在抽搐的结实的双手藏在背后,并且发出轻微的咯咯声。

后来,我们在公社的食堂里吃饭,两道菜:美味的红甜菜汤和煎牛肉,收我们每人十六个戈比。

"我们的水非常糟糕,"洛兹尼茨基和着机械间的电动机所发出的低沉的声音说道。机械间里正在为农民生产耙子,修理农业机器。打铁坊里,锤子一阵阵地敲击着。附近某处猪在叫,公社办成了"腌猪肉工厂"。由又矮又长的农舍所组成的四合院里,一群学龄儿童热闹地开着会,他们都是那么可爱,那么结实,被太阳晒得黑黑的孩子。他们已经对我讲过自己丰富多彩的生活,把自己对公社事业的知识和参加公社的工作稍稍夸耀了一番。他们中间有个孩子以主人翁的姿态指着农舍,非常认真地说:

"我们要改建这些农舍!"

另一个笑着说:

"这本来是马厩,而现在住着人,你们认不出是马厩了吧?"

在这崭新的小国家里逗留的几个小时好像生活在梦境里一样。我想起了一本古书,这是遭受市侩们的迫害、死于一八四八年的革命家和无神论者约翰·茨绍克所写的《黄金制造者》。我约在十五岁时读了这本书,读完这本书之后我也有几天像生活在梦境里似的。

当你回顾以往,就会看到,现在的生活是多么令人惊奇地远离过去,是怎样越来越迅速地奔向未来。我觉得洛兹尼茨基是我早已认识的人。四十年前,在那俄罗斯无穷无尽的、错综复杂的道路上我遇见过像他一样的人们。这是一些离开了土地,离开了家庭,离开了白白耗费他们精力的贫穷的家业的人,这是一些对颠扑不破的真理的执拗的探求者。为了追求真理,他们从国家的一方走到另一方,从沃洛格达走到外高加索,从斯摩棱斯克走到西伯利亚。这些人闷闷不乐,怀疑心重,眼光不十分敏锐,有时因为自己的探求得不到结果而愤恨万分,常常由于失去"到达真理"的一切希望而变得十分狂暴。在这四十年里,他们大概都已经不在人间,在自己的道路上累得精疲力竭,提前衰老,碰得粉身碎骨了。我对他们并不感到惋惜,他们是一些无用的人。

生活就把像洛兹尼茨基那样的人们推到这些人的位子上来,这些人找到了真理,掌握了真理,像对爱子那样珍惜地培育着真理,使它在虚弱的状况中得以健全,他们好像自己的祖先在半开化的部落中,在密林里建造市镇和城堡那样来建立真理。

洛兹尼茨基是一个像被烧死在火堆上的共产主义者扬·胡斯①那样的异教徒,他们的不同处仅在于洛兹尼茨基和同他相似的人们亲自点燃起火堆,要把在几个世纪的惨酷生活中所积累的全世界奴隶们的心灵中的一切东西通通烧尽。

我们又乘汽车,经过一个个村庄,行驶了四个小时之久,行程达一百一十七公里。从前,我曾在这个平坦的、荒凉的地区徒步行走过②。现在,当我在城市和乡村几乎是紧紧挨在一起的地方住过一个时期之后,我觉得这些草原地区更为荒凉了。我应该提醒自己,这感觉并不准确,不然这种荒无人烟的印象会越来越深。辽阔、平坦的原野向四面八方伸展出去,一直伸展到地平线,平原上的庄稼已收割,因此有些地方光秃秃的。不过,这种光秃的地方并不多,大部分地方是茂密的向日葵和大片老玉米,绿油油的丰满的玉米夹杂着金光烁烁的毛蓬蓬的葵花,有如给草原大地穿上一件厚重、华丽的毛皮外衣。

我们的一辆非常旧的汽车不慌不忙、摇摇摆摆地行驶着,从旁边观看,它大概像只甲虫,就像在光秃秃的草原上爬得很远的那两台拖拉机似的。

"那里是国营农场,"一位向导说道,另一位纠正他:

"那是集体农庄。"

这另一位是"从查波罗什来的同志"。是个非常谦虚的人,他没有"与众不同的特征";这种外貌如此"一般"的人,我曾在乌克兰地主的大农场的雇农中经常遇见过。然而他有非凡的丰富的记忆和令人惊异的乡土知识。

"就要遇到一片沙子地了,大概有两公顷的面积,"他预先告诉司机,"同志,您退回来,从左边绕。那里不全是沙子,但是,是一条很不好走的路。在这个小山沟里,土匪杀了许多人。"他讲得那么平常,好

---

① 扬·胡斯(1369—1415),捷克伟大的爱国主义者,宗教改革家。
② 一八九一年七月底,高尔基从鲁别亚出发,经曼热列亚、新布拉格、叶卡捷琳诺斯拉夫、亚历山大罗夫斯克(查波罗什)去梯弗里斯。

像在叙家常似的。

"后来,他们分赃不匀,便互相残杀起来。马赫诺①在这一带到处流窜。在整个地区,光是桥就给炸毁了二十八座。你们看见了吗?在这条路线的旁边还乱堆着许多烂铁。这狗崽子是个害人精!他让多少人破产、堕落啊!嗯,当然也有人靠他发财的……"

他长得矮壮结实,是个"能活很久的人"。他安详地眯起眼睛,望着荒漠的远方,没有愤慨地叙述着:

"这是块流血的地方。在这里杀死了许多人,不过,这些人自己也没有怜惜过别人的血。"

"现在呢,大家生活得聪明些了吗?"

"这个——是这样,"他说道。但是,沉默片刻之后,继续说:"对于自己说来,是聪明了些,可对于生活,我可不这么说。瞧,这条路。难道这能算做路吗?只是让马受罪。他们自己不愿意修路,他们说,城市应该为他们做一切的事情,'公家管'。他们还不明白,聪明只用在自己身上是没有好处的,并且这么活是可耻的……"

他大概是属于那些"有远见的人",他们清楚地看到,通向未来的道路是多么艰难,但是他们并不因为艰难而停步不前。

一大群牲畜正在草地上吃草。天气十分炎热,到处都是尘土。在荒凉的土地上缓缓升起一个村庄,它七零八落地摊在土地上,面积之大,可以容纳一个不大的县城。在这宽阔得很不合理的大街上,还可以建造"一排"白色的农舍,街道长达两俄里左右。这条街白白地占去了多少土地呀?广场上,一座大房子的屋顶上面竖立着一些无线电桅杆。约有十五所农舍的房顶盖的不是稻草,不是芦苇,而是白瓦。对我说来,这也像农村中有无线电一样新鲜。在院子里和房屋旁边的园地上放着一些红色的机器,某处有一架脱粒机正在忙碌地工作着,发出笃笃的声响。"井"边停着两辆装满薄木板的大车,一个身量高大的

---

① Н·И·马赫诺(1889—1934),苏联国内战争时期,乌克兰南部地区反革命头目之一,一九二一年逃往罗马尼亚。

年轻小伙子在喂马：把一大块黑麦面包塞进它的嘴里。一个蓄着大胡子的人肚皮朝地趴在另一辆大车的阴影里，在他前面摆着一只笼子，笼里有只大白公鸡。到处都在晾晒土砖。普通的"男男""女女"把手放在眼睛上方望着挤满人的汽车，有几条狗追赶着汽车，一个有副"警察"相貌的人把棍子扔向狗群，挥动着双臂，喊叫着。喊叫没必要，狗不会咬汽车的。一群孩子从田野走进村来，所有的孩子都很小，不满十岁，他们中间有个浅火红头发的姑娘，显然是位教师。村后约有十五个妇女用双脚和着黏土，一个身子长长的瘦骨嶙峋的老头儿在劈土坯。农村正在建设。

"这个村庄过去是个土匪窝，"这位同志说，接着向司机建议："向右开，可以少走六俄里，而且道路也不比这条坏……"

又展现着一片草原，过了四十分钟左右，从土地上又升起一座巨大的村庄。这里有小桥流水，但是水很脏，这条小河很容易跳跃过去。在小桥旁边的河岸上，一大堆粪肥在冒烟，那里还躺着一具狗的尸体，粪堆和尸体上面聚着一群苍蝇。三个五六岁的小孩子就在这里的青烟中玩耍。这是一幅非常熟悉的图景。在篱笆下面和院子里长满了密密麻麻的杂草，秋风将会把它们的种子吹遍田野。一个醉汉东倒西歪、跌跌撞撞地走着，他腋下夹着一个大圆面包，腰间束着一条新绳子，绳的一端拖在地上，像条蛇似的。

我们停下来喝啤酒。马上聚拢了一群居民，他们都不大像农民，全都穿着城市里穿的上衣和靴子。其中有一个人，是我们早就非常熟悉的农村小丑和滑稽家的"典型"，开始扮演习惯的角色。他那沾上灰尘的眼睛里流露着挖苦的讥笑，用快活的声音说道："一些人乘汽车，喝啤酒；而另一些人呢，赶着犁耕地，并且没有东西可喝的。"

"难道您昨天把所有的莫斯科烧酒都喝光了？"一个半大孩子问道，接着躲到一个大肚皮的人的背后去了。这个人脸上长着密密麻麻的硬胡须，让人看起来，不由自主地会这样想：他的全身，从肩膀到脚跟也都长满了这种像针似的灰色硬毛。他喝得酩酊大醉,还没有清醒过来,那双充血的小眼睛失去理智地、直瞪瞪地望着前方,大概什么也看不见。群众听着滑稽家讲的笑话,并不感到有趣,而这个滑稽家已经温和地取笑着,明显地硬要一瓶啤酒。

"别捣乱了,"一个头发蓬乱的高个子很不客气地对他说,接着向我的一个旅伴问一些有关种子和冬麦地的事。通过破篱笆我看到邻近的一座院子,农舍的一堵墙边,有三个人靠近桌子坐着,他们面前的一只大瓦盘里放着煎蛋,一瓶伏特加;谢顶的老头儿在切面包,而他的邻座(一个黑胡子的男子,满身烟黑和油垢)正把一个约莫七岁的小男孩按倒在自己的膝盖上,用一双黑手胳肢他;男孩像小猪一样尖叫着,他喊道:

"放开我,城里人来了,——哎哟!"

滑稽家垂头丧气,并且议论起来:

"我们知道,事情是人做的。至于事情造就人?我们就不知道这个啦!"

在我们周围的人群中没有一个妇女,就是在街道上所碰见的妇女也没有男人那么多,她们大概都在工作。那个男孩从黑胡子的手中挣脱出来,跑到一边去,狠狠骂他:

"铁鬼!"

"我可不带你上拖拉机了,"黑胡子威吓着。

我们在这个大村庄的宽阔的街道上行驶。广场很大,容纳一旅士兵足足有余。广场的中央有一座难看的教堂,从它的蓝色的圆顶直到地面是白色的墙壁。这座教堂好像一个戴着绸料"帽子"的,肥胖的老鸨婆。间或出现隐约可见的、白瓦顶的、洁净的小农舍,一片伸展到四面八方的草原,草原上满是金色的向日葵花和茂密翠绿的玉米。

"这里的秋播作物种得很好,"这位同志解释道。

汽车在一条宛如灰色带子的道路上兜圈子,它嘶哑的呼哧声压过了说话的声音,它力求跑出草原的圈子,好像一直只是在圆场上奔驰似的。我们常常越过铁路线,在桥梁底下穿行,几乎在每座桥梁旁边都堆着炸坏的钢铁。铁路路基的斜坡上长满了杂草。我想起了德国的十分平整的田地,田间的作物青一色,没有寄生的植物。我的思绪总是回到遥远的过去,仿佛在一个处于四十五度的斜坡上的球体面上滚动。球的下半部是我的少年时代和青年时代,上半部是现代的孩子们。

在莫斯科,在庆祝第五十六中校庆的纪念会上①,一个十四岁的男孩和一个比他大不了一岁的女孩先后讲了话。男孩讲的是"论目前时局和教育的任务",女孩讲的是"科学的意义"。很明显,这两个题目不仅被演说家"背熟"了,而且深入到了孩子们的意识中。其所以说"很明显",是因为孩子们是用自己的语言来表达它们的。男孩讲了(也许对他本人说来,这是出乎意外的)我所没有听见过的,使我大为震惊的话:

"我们的父亲和母亲朋友们,我们的同志们!"

他像一个有经验的演说家那样,讲得很流利,富有幽默感,甚至很动听;女孩子讲话时的感情很紧张,也是用自己的语言讲知识同偏见和迷信的斗争,讲"科学的勇士"。

"嗯,这两个人是非常有才华的,"我想道。

后来,我在各种不同的会议上听到不止十个这样的少先队演说家的讲话。他们每个人都习惯用"时刻准备着"的口号。在这准备继续父亲"朋友"们的解放事业和建设新的生活方式的事业的决心中,不消说,我所听到的要比五十年代好心肠的青年们的"终生不渝的誓言"和所有爱民者的漂亮话有更大的意义和更多的力量。这已经不是"从上面来的仁慈",不是推理得来的人道主义,而是从土壤中,从生命的源泉里培育出的创造力。

---

① 一九二八年六月十三日,高尔基访问了第五十六中学。

特维尔的少先队员、十来个男孩子和女孩子来访问我①。房间又小又挤。三个人坐在椅子上，其余的坐在地板上。我马上注意到他们的举止落落大方，孩子们意识到自己是真正独立自主的人，具有同成年人交谈的习惯，善于提出问题。他们大概坐了有一个半到两个钟头的时间，叙述了自己的学习、游览、"业余文娱活动"，详细问了意大利的情况和我在莫斯科的观感。他们走后，给我留下的印象是：来了一个成年人，他很有意思、快活、非常想知道一切、了解一切。

"孩子们，我们一定要学习多种语言，"一位姑娘说道。"既然我们是第三国际的人，就一定要这么做，"她严肃地补充了一句，而她的年龄大概也不过十五岁。他们走后，我不能不想起，我在他们这样的年龄时，甚至没有他们的十分之一的知识。我又一次地回忆起那些我亲眼看到的夭折的，非常有才能的儿童——这是我记忆中一个最阴沉的斑痕。

在莫斯科郊区某处的少先队员公社②中，在一座两层楼的旧房子里，孩子们自豪地领我观看他们的家业，参观他们洁净的小房间；他们兴高采烈地向我叙述法国少先队员到他们公社来做客的情况，有个叫做列昂的小法国人不愿意回国，躲开自己的同胞，痛哭流涕，一再请求把他留在俄国。公社的房间的墙壁上贴着五颜六色的宣传画、图表和孩子们画的各种不同的英雄题材的图画。

"嗯，这些画画得不好也不坏，"有一个少先队员正确地评论了这些图画。是的，画得"不好也不坏"。其中一幅画上，橙黄色的云彩的形状像几个法国甜面包，青蓝色的树木像油漆刷笔，然而，云彩之间的斑斑蓝天，金色的沙土，画面上所有的东西加在一起，色彩显得非常和谐。经常是这样：凡是我见到孩子的地方，到处都闪烁着他们的才华的火花。

---

① 大概指一九二八年六月十三日高尔基和特维尔的青少年们的会见。
② 一九二八年六月一日，高尔基访问了莫斯科市罗戈日斯科-西蒙诺夫区的第一少先队员公社。

孩子们为我表演"活报"，这是一连串用明快而优美的诗句写成的小型剧本，诗剧的作者是一位公认的诗人①，我记不起是谁了。"活报"剧中的"社论"由一个女少先队员表演，她非常出色地朗诵了关于农村文化工作的必要性的诗。接着，一群姑娘活泼地表演了一篇论述托儿所的好处的文章。其中一个姑娘扮演农村妇女的角色，这个妇女不理解对儿童可能进行社会教育，表演中，姑娘显示出无可争辩的喜剧才能。下一个歌唱剧叙述了结核病的传染性，就这样演出了全部"活报"，其中有愉快的"小品文栏"、滑稽的"新闻栏"。所有这些演出都是在钢琴的伴奏声中进行的，这样做的目的，是为了使孩子们能不知不觉地以极大的热情对待现实的需求，学会自觉地对待自己的伟大祖国的生活。

少先队员们给我表演了有趣的诗朗诵："十个十月"。用矛和盾武装起来的"十月们"戴着红军战士的球顶尖盔，从第一个到第十个，一个跟一个地出场，个子一个比一个大。孩子们非常善于齐声朗诵，他们的一举一动都有音乐伴奏，姿态优美、轻盈、自由。他们很健康、快活，专心专意做着他们所做的一切。

我在莫斯科、乌克兰、高加索、伏尔加流域见到过千百个少先队员。他们给我留下美好的印象。在五个月期间，孩子们只有一次使我想起了旧俄罗斯。这是在莫罗佐夫卡村②的一条街道上，有一个十岁左右的男孩在走路，另一个年龄和他相同的孩子坐在台阶上，他们谈了起来。他们的对话是我们非常熟悉的、非常古老的，几乎是有寓意的：

"米沙，你上哪儿？"

"我不上哪儿，你上哪儿呢？"

---

① 根据公社过去的学员、现今的诗人 A·菲拉托夫所提供的材料：莫斯科艺术剧院的功勋演员 A·Б·苏哈廖夫从各种诗集、短小的喜剧、小说改编的剧本中取材，编写"活报"。经常运用 A·扎罗夫、A·别济缅斯基，特别是杰·别德内依的诗作。

② 高尔基于一九二八年六月二十五日到莫罗佐夫卡休息和工作五天。

"我也不上哪儿。"

"那么,咱们一起走吧。"

他们似乎记起了,表演了小儿书里的老笑话,于是,沉默而缓慢地向田野走去。

少先队员们清楚地知道,他们需要到什么地方去。

完全不用争辩,在我们苏联这十年期间,对儿童的责任感得到了很大的发扬。五岁以下的儿童的死亡率的降低,六岁至十二岁和十二岁至十五岁间的儿童的良好的健康状况,这些事实都最好地说明了这一点。我们也不能否认另一个事实:虽然城市的住房很挤,可是儿童们的日常生活条件大大地改善了。他们从出生的最初日子起就得到合理的照顾。托儿所、幼儿园、体操、游览,这一切当然应该产生,而且正在产生良好的效果。有时候你会感觉到,儿童们发育得和他们的年龄不相称。然而,只有在这样的时刻,当你回忆单调的过去,忘却源源不绝的"生活的新印象"时,才会产生这种感觉。

有组织地和有权利地参加社会节日,这对儿童们的智力和想象所起的作用,当然比强迫参加教堂的祈祷仪式、捧着十字架、圣像等的宗教行列和"沙皇节日"时的阅兵仪式对"过去的儿童"起的作用要大得多。祖父母们曾经讲给父亲和母亲们——"过去的儿童"听的奇迹被真正的、能看得见的奇迹所替代,孩子看到了这些真正的奇迹,并且知道这些奇迹是他父亲所创造的。是父亲们在城市的广场上,在住宅、农村俱乐部、农村阅览室里安装了无线电扩音器。是父亲们驾驶着他们自己制造的机器在空中飞行。孩子们知道这一切,他们到过飞机厂、汽车厂、电力站。

一切激发儿童的思想和想象的东西,并非是某种神秘力量做出来的,而是现在抚摸着自己的"十月儿童"①或者少先队员的脑袋的那只沉重而可爱的手所创造的。在学校里,人们明白地告诉他——"十月

---

① 苏联过去七岁至十一岁的少先队的预备队员。

儿童"：一切奇迹是怎样的简单，父亲们是怎样慢慢地、艰苦地学会创造它们的。当天际鸣响着飞机，再听有关"飞毯"的故事就乏味了，当孩子们知道，并且看到父亲们把童话中的全部幻想都付诸实现，父亲们非常认真地准备飞向月球时，"飞靴"就像"小海船"在水下的航行和"月球旅行"①一样，再也不能使人惊奇了。父亲讲述红军的英勇战斗时，能够讲得比祖母或者祖父讲述童话里的大力士的功勋更为有趣；还能够讲述自己当游击队员时的功勋，在这些功勋里，奇妙的东西并不比任何一个可怕的童话里的要少。展现在孩子们面前的现实，并不是一堆错综复杂、混乱不堪地交织在一起的不可理解的现象和相互矛盾的事实，而是父亲们的显而易见的工作过程，他们一面打破过时的现实，一面创造着新的现实，在这新的现实中，孩子们将会生活得更加自由和顺利。

我并不反对童话中的幻想，这些童话也是人类的美好的、优质的创造物，正像我们看到的那样，其中有许多童话预料到了现实，甚至为无产阶级的事业而做出的大无畏的、奋不顾身的、令人惊异的功勋在童话中也有所预示，这些功勋记载在描写一九一八至一九二一年阶级斗争的书籍中。不，我并不反对旧的英勇的幻想童话，我赞成创造新的童话，那些童话应该把人从一个不自由的苦力或者麻木不仁的工匠再教育成为自由的、积极的、创造新文化的艺术家。

在创造文化的道路上有一个个人安宁的泥坑。很明显，有些父亲已经陷进了这个泥坑，甘愿去当市侩们的俘虏，他们从前为反对市侩曾经舍己忘身地、英勇地斗争过。

凡是明白这种放弃已经夺得的阵地的全部危险性的父亲们，如果他们不愿意让"父与子"不和的无聊的市侩悲剧重演，不愿意让新的国内战争的悲剧再度发生的话，就应该牢牢记住自己对于孩子们的责任。

---

① 指凡尔纳的小说《水底两万里》和《从地球到月球》。

三

一九一七年，在彼得格勒"现代派"马戏场附近的一次群众大会结束以后，有一群不同身份的人也在街头集会。他们中间多半是小市民。他们对演说者的发言感到震惊和扫兴。此外，还有不少妇女——"家庭女仆"。一百五十来个人里三层外三层，紧紧围成一个圈子，圈子中间有十个士兵，他们气哼哼地在叱骂一个伙伴。那人个子高大，蓄着一把大胡子，头戴钢盔，尖溜溜的肩膀上挎着一支步枪。相貌长得平平常常，是个扁脸，宽宽的鼻子朝两颊摊开，蓝色的眼睛向外鼓起，钢盔戴在这张脸上，显得有点滑稽。他的右手缠着一条脏绷带，但手心露在外面，手指头动来动去，不停地在胸前抓挠着破烂的军大衣。

当几个人异口同声地冲他嚷嚷时，他闭口不说话，左手紧按着胡子。而当大家静下来的时候，他一面用手摸着枪托，一面清晰地、一本正经地、慢条斯理地说：

"怎么说呢，我自己是个农民，我只知道工人比庄稼人更懂得自己的利益。工人也不像农民那样怜惜自己……"

一个面颊通红的大块头女人推开士兵，朝他走过来说：

"你这个开—小—差的！还有你们——全是开小—差的！……"

他像赶苍蝇似的把她赶开了，用思想家的口气继续说：

"庄稼人造反，到头来只会下跪求饶。可是工人宁肯坐牢，宁肯流放到西伯利亚去。一九〇五年，这里就有成千上万的工人被杀害，至于整个俄国，整个西伯利亚，就更没法计算了。"

他好像用胡子塞住了嘴似的，不出声了，直到那些恶狠狠的人嚷够为止。随后才接着说：

"请别见怪，工人嘛，聪明些，跟着他们布尔什维克走……"

那十个人又冲他嚷起来，他又不言语了。不一会儿，他又抬高嗓门，硬着头皮继续往下说：

"纯粹瞎说八道。德国兵也是兵,兵是没钱收买兵的……"

这时,有人附和他说:

"说得对……"

"至于对布尔什维克的讨论,也是瞎说八道。人们所以瞎说八道,是因为他们不理解,那些布尔什维克怎么可以违背自己的利益去劝说工人、农民把政权夺到自己的手里。这是从来没有过的事情,所以不理解,也不相信。他们呀,够不幸的……"

"你胡说,不幸的不是他们,是我们!"一个身遭不幸的人喊道。

"他们说得对呀。可不是吗:我们自己是自己的敌人,"士兵用手心拍拍枪托,说。"枪,这东西,兴许是我女婿造的,他在图拉①造枪厂做工。我叔叔兴许是替图拉采的铁。就是这么回事。你们瞧着吧,兴许要像一九〇五年那样,命令咱们去枪杀老百姓。这到底是为什么呢?"

他挺起身子,把钢盔推到后脑勺,用手擦掉额头上的汗珠子。

"为了维护我们的愚昧和贫困,为这个!同德国兵打了三年仗,有什么好处呢?你们懂得这个吗?"

有的人嘴里骂骂咧咧,有的人一声不响地走开了。可是他,视而不见,听而不闻,两眼望着前面,嗓门变得越来越粗重,口气变得越来越肯定地说:

"我看,布尔什维克说得对:应当杜绝无辜流血和残害百姓这种肮脏的勾当。除了他们,没有一个人能这么劝我们,尽管大家同我们说话都变得和气了。要杜绝肮脏的勾当,只有我们工人群众才能做到。我不讲了。就这些。应当明白,我们不是贵族老爷的奴才,我们是养活他们的人。要我们去杀害自己的骨肉同胞,办不到。"

接着,士兵压低声音,咿咿唔唔地又说了起来。他挺起胸脯,挥舞着一只手,他周围的圈子变大了。我问他:从哪儿来?

---

① 俄罗斯一个州的中心城市。

"你问这个做什么?"他用力跺跺脚,粗暴地回答说。"我呀,就是从这个地球上来的,知道吗? 是当兵的,参加过俄日战争,这场仗现在还在打,可我不想再打了。他们把我唤醒了,我明白过来了。戴呢帽子的先生,老实对你讲:我们一定要把这个地球抓在自己的手里,一定要这么做! 把地球上的一切统统改变过来……"

"变得跟西瓜一样圆,"一个戴便帽的先生打诨地说了一句。

"会的!"士兵斩钉截铁地说。

"能把山挖平吗?"

"怎么不能? 要是碍事,也能把它挖平。"

"河也能倒流吗?"

"要它倒流,就能倒流。老爷,你笑什么?"

一个身子敦实、圆脸盘、小黑胡子的人在冷笑。

士兵一把揪住他的肩膀,使劲搡了搡他的身子,冲他说:

"赶明儿等老百姓明白过来,做给你这个混账东西瞧瞧,到时候叫你点头哈腰。"

士兵推开那个戴便帽的先生,迈着铿锵有力的步子走出稀疏的人群。

回到家里,我把这个情景追记下来,就成了现在这个样子。我把它收藏起来,准备用在我那部早已经构思好的作品的结尾。这个士兵作为我那部作品的结尾是非常宝贵和非常重要的。他体现了一代新人的觉醒,他要创造新的生活,新的历史。在我祭祷过去的时候,他应该唱男低音。假如他还活着,没有在国内战争中牺牲的话,那么他在我们这个伟大的时代,也许正在从事着平凡的工作。

在第聂伯水电站的建筑工地上,我想起了他。我在那里逗留了三天,他的形象缠绕不去,仿佛在问:

"怎么样,我讲得对不对呀?"

对,他讲得很对。在第聂伯河水电站的建筑工地上,劳动人民的意志和智慧在改变大地的形态和面貌。

千百个工人用电钻钻透第聂伯河两岸的岩石,用液化气炸开古老的岩层;另外有十几个人把几十万立方米的岩土从这边运到那边;挖土机的铁牙啃着大地,大地在那个为自己建设着新生活的"集体人"的手底下,轻得像一把灰。当你看到一个普普通通的工人,一个小人物,多么勇敢而又轻易地对付着大地的时候,当你看到大地又多么乖乖地屈服于他的智慧和力量的时候,你就会觉得,关于"神山勇士"征服不了"地心引力"的古老童话不免太幼稚可笑了。这个童话曾经用它的绝对神秘论,把那些喜欢宣扬大自然的神秘力量,说人类无法征服它的人们吓倒了。他们心安理得地畏缩起来。

第聂伯河两岸用钢铁一般的拦河坝紧紧夹住,河水在怒吼。但是在咯咯的钻孔声中,在铁锤敲铁的震撼声中,在工人们的叫喊声中,在这强大的声响"原料"中,它那汹涌的拍打铁坝和岩石的声音就听不见了。我似乎觉得,人们就要把所有这些声响"原料"谱写出和谐的乐曲,创作出一组雄壮的交响乐。

电钻的钻头钻进岩石,空气里充满奇怪的干燥的声音,从老远的地方听起来,就像一把大提琴上的许多根低音琴弦同时弹奏出来的声音。美国式打桩机发出响亮的打"桩"声。这使我不由地想起亚历山大·布洛克的话来:"文化是音乐的节奏"。"音乐的精神从此同取代旧事物的新运动结合起来"[①]。

在这里观察人们大刀阔斧的工作时,总使人联想到过去,这对于正确评价现在是大有好处的。

在炸开的峭壁之间,一个个子敦实、满身灰土的小伙子正在用力钻石头,他的双手和肩膀一个劲儿地在剧烈颤动。我像一个小小孩儿似的打了个战栗,这不仅是由于我接触到了一种闪电般的力量,而且还因为这个来自斯摩棱斯克省的十九岁的青年农民竟然能掌握这么大的力量。看来,这个人还要度过半个世纪最有趣的生活,从事半个

---

① 引自苏联诗人亚历山大·布洛克的《人道主义的破产》,引文不确切。

世纪的工作。我当然很羡慕他,同时也为他高兴。我高兴,是很自然的,因为我不仅用个人的岁数计算时间,而且我不能忘记自己的生活是在松明和脂油烛光下开始的。我还清楚地记得,一八九六年,当第一辆有轨电车在下诺夫戈罗德大街上行驶的时候,一群跟他现在一般大的小伙子,也是斯摩棱斯克挖土工人,一见到这"鬼车",竟然吓得撒腿就逃。

我无法描写第聂伯河水电站整个工程的全景。我在那里逗留了三天,要想充分反映这项宏伟的工程,三天工夫是远远不够的。那里有很多很多的东西是我有生以来头一次看到的,至于我在四十年前所见到的,而现在已经绝迹的东西,更是不计其数了。那时,我曾经在第聂伯河岸霍尔季查岛①对面的暖石上过夜。晚上,我常常跟一个门诺派②教徒谈天说地,人们把他当成"圣徒"介绍给我。

"如今像您这样走南闯北的人多得很,"这位"圣徒"对我说。在他所有的言谈里,这句话说得最正确。他身材矮小、干瘦,深受人们爱戴,可他却讨厌,甚至鄙视他们。

我想,那个时候还没有发明出灵巧而又听使唤的美国式打桩机。这种机器现在能够把铁"桩"打进汹涌澎湃的第聂伯河岩石河底。从前,费奥多西亚港③用"手工"打桩机打桩。那个时候,没有挖土机,挖土机的铁勺在挖土和挖小石子的时候,就跟舀水那么轻而易举。这台机器正在挖水闸。一个皮肤黝黑、满身油污的人非常灵巧地操纵着机器,这个人才是真正的圣徒呢。一架偌大的抽水机从深深的基坑里把水抽出来,管子张着圆圆的嘴巴将水灌入第聂伯河里。当你看到这一股股粗粗的水柱时,你会觉得这不像是从河里抽出来的水,而像是从地球里抽出来的筋。当数百个人剥下地球厚厚的石壳时,你会看到这

---

① 四十年前高尔基曾到过此地。
② 十六世纪三十年代在德国北部所形成的一个教派,属新教再浸礼派,得名于创始者荷兰人门诺·西蒙斯。
③ 乌克兰一城市,黑海港口。

块不毛之地的的确确掌握在人的手里了。

从早到晚,第聂伯河水电站建筑工地的爆破声响个不停。我的视觉记忆力是不错的。经过几个小时的爆破,我看到两岸的轮廓发生了那么大的变化,心里真感到奇怪。再就是,岩石是用液化气爆破的,这同样使人奇怪,不仅奇怪,而且觉得很兴奋。

一八八七年在喀山,根据"亚历山大主教圣季莫费依第十四条清规",我曾经受到教会——"宗教"——法庭的一个叫马斯洛夫的修士祭司,神甫,教堂大祭司的审讯。

我被判处"补赎"①,用什么方式,我不记得了,好像是在费奥多罗夫修道院祷告四十个夜晚。我不服法庭的判决。于是,修士祭司,这个长着一双绿眼睛的小老头,便露出一副凶相,一口咬定我是贼,说我想偷我的浊世主人——沙皇的性命和我的天国之父——上帝的灵魂,说我要把他出卖给上帝的死对头——撒旦。我说,我认为只有我自己才是我的生命和我的灵魂的惟一合法的主人。这时,修士祭司大喝一声:

"住嘴,好狂妄!你那狂言顶什么用?顶屁用!宗教的律令像石头一样硬!"

当我看到空气浓缩成冰冷的,但又像熔化了的金属那样炽热的液体,轻易地爆破古老而坚硬的岩石时,不由想起了这个修士祭司的话。

我眼睁睁地看见一大块山岩被爆破了。如果我没有记错的话,这块山岩叫做"壮士"。我们站在离它有二百步远的地方,它发出几声低沉的叹息,抖了抖"身子",腾起一团白色的尘雾,刹那间又神速地消散了。这时,山岩显得更宽更矮了,但是,整个形状没有发生明显的变化,只是裂缝更多、更深了。使我奇怪的是,连一块小石头子都没有看到飞起来。

"也不需要这样,"一位建筑工程师解释说。"何必白白消耗能量

---

① 教会用语,即"惩罚",分斋戒、长期祈祷等。

呢？我们把炸药用到药量的最大限度，使全部药量用在爆破岩层的内部，这样，就丝毫不会引起岩石迸裂的强烈爆炸。"

我很欣赏这种经济的爆破方法。要是能够把它从技术领域搬到社会学中去，那该多好。比如说，小市民习气，它虽然在经济上爆破了，但由于"强烈"爆炸的作用而四处飞溅开去，又渗透到我们的现实生活里。

夜晚，河面上和两岸远处，闪烁着蓝色的灯光。第聂伯河水拍打着它们柔如绸缎的倒影。但是在黑色的浪涛中它们依然发着光，仿佛风卷乌云时露出来的一块块蓝天。我站在二层楼的阳台上，欣赏着弯弯曲曲的石岸旁那奇妙的波光灯影。波光在水中荡漾，妙趣横生，酷似古代的楔形文字，真想把它捧起来读一读。

"来年春天，这座楼房顶上将要有十一公尺深的水，"那位工程师平静地说。

我默自想着：现在这所房子比河水高出十公尺。

"这儿要挖成一个湖，一直到那两盏灯那边，看得见吗？"

我看见了。这两盏灯很远，在光秃秃的灰色山冈中间。

"在上游——大桥那头。"

这座横跨河面的大桥少说也有二十米高，但他们对我说，它也将埋入深深的水底。不可思议的是，这一片山冈竟能变成这么大这么深的湖泊。

我不由想起《圣经》里的一句预言："高山将变成河流"①。显然，这里就已经预见到了二十世纪劳动技能的发展。

"在古代，这么大的奇迹，传说是上帝创造的，"我说。"那时候，建筑师是数不上的。现在我们必须按照自己的新的方式去改造一切。"

接着，工程师说："这座架在空中的，像花边一般精致的大桥被马

---

① 出自《旧约·创世记》第七章第十九节。原经文是："水势在地上极其浩大，天下的高山都淹没了。"高尔基在此处只引了个大意。

赫诺匪徒炸毁了。"

"炸得不高明,是从桥中心炸的。其实应该从岸边炸桥根,这样,整个桥才能崩塌,沉到第聂伯河底里去。"

这个毛头毛脑的家伙要是知道别人带着极端轻蔑的口气说他不会炸桥,他一定会受不了的。

"本来我们打算把这座桥移到土西铁路去,可是把它折下来再运过去,划不来,比在那里修建一座新桥还要费钱。这么一想,也只好作罢了。"

天鹅绒一般温暖柔媚的夜色,蓝盈盈的灯光,相映成趣。在朦胧的夜色里,第聂伯河浪涛滚滚,汹涌奔流,仿佛要在人们征服它、使它为自己造福之前,快快流进大海。周围的一切像神话一般迷人。通过河水落差的力量所产生的蓝色灯光,奇异无比。和我站在一起的壮士也是神话般的人物。他在改变大地的面貌,他的表情是那样平静,他确信知识和劳动是不可战胜的力量。

工程师要去休息了,我也下了那座房子所在的沙岗,沿着泥泞的道路朝河边走去。从第聂伯河上游用筏子运下来的圆木堆旁,集聚着五六个人。从朦胧的夜色中传来一阵含糊不清的说话声,像潺潺的溪水。

"俗话说,第聂伯河是一种肆无忌惮的自发势力,这就是说,在它要流进大海的时候,就是铜墙铁壁也阻挡不住,怎么也阻挡不住。咱们等到春汛就知道了……"

我知道,说这话的是一个吃饱饭甩闲话的小老汉。他衣冠楚楚,像教堂里的诵经士。早晨,他走到我的跟前,满脸赔笑,假情假意地问我还记不记得那个做"8"字形甜面包的面包师库夫希诺夫。过后,一天里我能在好几个地方三番五次地见到他幽灵般的身影。他是那些老顽固派里的一个,这些人往往把自己不理解的事情一概说成是愚昧无知和有害无益的。我一边慢慢地朝前走去,一边听着他那拿腔作势的训导:

"条条河流归大海,人类的生活也要渐渐地跨进未来的广阔天地,是的……"

那个神奇的,但是并不那么俏皮的小伙子还活着,不过已经见老多了。他在婚礼上还为安灵祷告过呢。

奇怪的是:在我们正肩负着真正伟大使命的时代,居然还有能同这帮老头子产生共鸣的年轻人。

俯瞰第聂伯河水电站建设工程,一眼就能看到,人们正在为征服倔强的河流竭尽全力。不过你马上会产生一种感觉,似乎第聂伯河已经被征服,以为大功告成。这里建起了一座全是石头房子的市镇,镇上开办了工厂式的饭馆、学校、剧院,到处贴满了亚历山大剧院演员尤里耶夫巡回演出的海报。在新兴的喜气洋洋的城市里,健壮的孩童们在宽阔的街道上奔跑,佩戴红臂章、红领巾的共青团员们和少先队员们熙来攘往。

敞亮的食堂里,有一个人坐在角落里,他跟前的桌子上铺着洁白的桌布,摆着花盆。他一面吃饭,一面看报。从头到脚,蒙着一身尘土,火红的头发上也蒙上了一层厚厚的灰尘。他的衬衫领子敞开着,露出雪白的脖子和胸脯。他匆匆忙忙地吃着饭,别看他的眼睛没看菜盘子,只顾读着一旁的报纸,可是他能用叉子准确无误地叉起肉块来。他边读边笑边点头,忽然间又皱起眉头,把脸俯到报纸上。有两个高个子女清洁工裹着白头巾,在一旁望着他,嘴里嘀嘀咕咕:人长得挺帅。

那小伙子真来气,他不知不觉地把叉子戳到盘子里,一块肉滑到桌布上,再用叉子把它戳起来,桌布上留下了一块油渍。这时,小伙子的脸刷地红了,他转脸一看,只见两个女工在笑,他的脸一下红到耳朵根,面带愧色地把两手一摊,也笑了。

"乱套了,"他对这两个清洁女工说。

这当然是小事一桩。但是我看了很高兴。依我看,这桩小事说明人们对于公共财产所抱的一种新的正确的态度。

我讲自己讲得太多了吧?是的,是这样。可是不这样又怎么办?

我是新旧斗争的见证人。我在历史法庭上，面对劳动青年提出我的证词。他们对万恶的过去了解得很少，所以往往太不珍惜今天，对今天估计不足。

我当然知道，有许多青年参观团去参观第聂伯河水电站。但是，我也看到，有些人离这座宏伟的工程不过几十俄里远，他们不但不去参观，就连这项工程是怎么一回事，干什么用的，对乌克兰将具有多大的意义，一概不知道。

青年们本来应该感受到劳动过程是多么富有诗意，但是他们的这种感受还不那么深刻。在社会主义的苏联，劳动着的人们已经不是唯主人之命是从的奴隶，这里是自由的人们在为他们自己而劳动。如果说，过去的工人不懂得劳动的意义；如果说，过去只有少数人发财致富，而劳动人民则赤贫如洗，那么今天，你可知道，这种关系已经发生了根本的变化。工人创造的一切都是为了他们自己，是为了明天。

甚至从前，在从事强制的、往往使人感到无聊的劳动中，工人照样能够，而且善于把劳动当作极大的乐趣，把它叫做"创造的热情"。这在他们从事一切活动的时候，不论制作食具、家具，生产服装、机器，还是写书作画，都能够表现出来。人只有在劳动中，也只能在劳动中才能变得伟大，他越热爱劳动，就变得越高大，他的工作也就越出色，效率也就越高。

有一种"与大自然融合"、热衷于大自然的色调和线条的诗章，这是消极地受视觉和抽象思维支配的诗章。它使人舒适，给人宁静。它的价值仅在于此。而这种价值还是值得怀疑的。这种诗章只有那些与世无争、静观生活的人需要，他们超然物外，站在历史潮流的岸边。

但是，还有一种诗章，那是用人类意志的力量征服大自然的诗章，是用理智和想象力丰富生活的诗章，是可歌可泣的壮丽诗章。它鼓舞着人们的意志，激励人们去干一番事业。这是反对现实生活中顽梗不化、因循守旧势力的斗士们的诗章，是社会新生活、新思想的创造者所需要的诗章。

四

  我们乘坐的是从彼得罗扎沃茨克到凯姆的列车。列车驶过两三个小站,就停了下来。这时,车窗下面闪过一群孩子的身影,他们穿着各种不同式样的服装。领队的是位个子不高的姑娘。她生气勃勃,满面春风,扑闪着一双聪明的眼睛。

  "咦,他人呢?怎么不露面呀?"她急不迭地小声嚷嚷道。姑娘长得轻巧,像个小皮球,一蹦一跳,使劲儿朝窗子里看。她是在打听我。原来这姑娘是北方边区少年先锋队代表团的"辅导员"。他们是到穆尔曼斯克出席少先队"代表会"的。晚上,全体代表,十二个十分可爱的孩子来到我们的车厢,给我们表演了三个来钟头的"活报剧"、噪声音乐,还有唱歌、朗诵。所有的节目都很精彩,演得兴致勃勃,很"入角色",没有半点"做作"。特别是那个十三岁的小姑娘,才华出众,过去她是个流落街头的"孤儿"。她具有出色的辨音力,技巧也已经相当熟练,是乐队里的吉他手。小伙伴们很倾慕她,看得出她的演奏也使大家满意。敲鼓的是个小男孩,瘦瘦的个儿,满头鬈发,像犹太人。打三角铁的大概是卡累利阿人。少先队员里还有卡累利阿小姑娘。我所以对民族的不同感兴趣,只是为了想说明,孩子们对这些显然没有兴趣,对于他们来说,已经没有芬兰人、犹太人、鞑靼人之分了。

  这就是小鸡雏有值得许许多多的老公鸡和老母鸡学习的地方!

  孩子们唱的歌子中有许多编得很巧妙,带有自我批评的情调,一针见血地讽刺惰性、批评了忽视少先队工作和任务的态度。通过这些歌子可以清楚地看到孩子们的社会嗅觉是多么的敏锐,瞬息万变的生活多么接近他们的情感和理智,他们的知识面又是多么广泛,还有一些歌子是鞭挞成年人的,许多成年人听了也许会很不愉快。

  孩子们的节目多得演不完,他们已经精疲力尽,不能再给我们一一表演了。这时,便开始了友好的交谈。我的同行向孩子们打听他们的生活和社会工作情况。我一面听,心里一面想:孩子们对国家的政治、文化生活竟然有这么广泛的兴趣。我产生这个想法,当然并不是由于这次同少先队员们的偶然相遇。

我这里保存着苏联各个城市和乡村儿童们寄来的许许多多信件。他们中间有小学生,少先队员,还有过去的"流浪儿"和"孤儿"。给我写信的虽然多半是些七岁到十六岁的孩子,但是所有这些信件都很有价值,全是具有社会意义的重要文献。我觉得,十月革命前的孩子是不可能对文学家产生真正的浓厚的兴趣的。当然,我并不认为自己在现代作家里是惟一引起孩子们那样密切(再说一遍,那样密切)注意的人。其他作家也同样会收到孩子们许多的来信。这些书信无可辩驳地说明新文化的发展已经深入到孩子们的意识里。这些信件对于父辈们照样有着极重大的教育意义,所以我建议文学家同志们把它们加工整理成特写,加以发表。

孩子们对政治、文化生活的广泛兴趣明显地一年比一年增长,他们提出的问题也越来越复杂。如果对那些小读者的来信要一一答复,我已经感到精力不济。再说,我没有那种能用明白易懂的语言跟孩子们交谈的本领,也缺乏他们那种在提出各种各样的复杂问题时的聪明劲儿。

我感到伤脑筋的是,对于过去的情况应该使孩子们了解到什么程度的问题。我们的祖祖辈辈受尽了丑恶的、不人道的庸俗社会制度的压迫,父辈们为造福子孙后代而奋起反抗。这一切应不应该都让孩子们了解呢?过去有许多事情,今天连我这个行将就木的人也情愿把它忘得一干二净。有一点非常妨碍我和孩子们交谈,这就是:我相信世上需要的是具有另外一种经历、另外一种知识的人,而不是像我这样一个知识庞杂、身世凄凉的人。我认为,现在孩子们的思想跟他们的父辈不同。我觉得,通过孩子们的大量信件和我对孩子们的观察,可以这样说:他们中间的集体主义感情有着明显、迅速的发展。这种感情是以他们对集体劳动成效的认识为基础的。孩子们成长为集体主义者,这是我们当今的一个伟大成绩。我认为这是不容置辩的事实,它将在现实生活中发扬光大。社会主义的敌人也许会说:在集体主义势力的影响下,个性的发展受到了阻碍和压抑。这种陈词滥调对于那些精神上的盲人来说自然还没有失去它的意义,但在明眼人看来,事情很清楚。集体使人具有完全另外一种个性心理,使人变得更积极、更坚定、更具有行动的决心,决心用集体的意志去建设生活。

那个少先队的辅导员坐在我的旅伴身旁,她皱皱眉头,对我说:
"您喝酒了吧?当心开除出党。"

一个老成持重、沉默寡言、前额凸起的人闪了闪他那浅蓝色的眼睛,小声插了一句:
"要是我啊,凡是喝酒的,一律开除出党。"

在穆尔曼斯克,有人跟我讲过另外一个差不多跟他相似的人。他的父亲是个酒徒。儿子不喜欢他这一点,就在家里设了个"醒酒室"。他不知从哪儿买来了嗜酒有害的图片和宣传画,把它们贴在墙上,还买来了一本小册子,教训起老子来。老子就狠狠地揍了他一顿,把册子和图片撕得粉碎。但是这个小战士不依不饶,重新设起了"醒酒室",结果又挨了父亲一顿毒打,全部东西被扯得精光。这样反反复复,有十一次。直到第十二次,儿子胜利了,父亲终于醒悟过来。他对儿子说:
"得啦,得啦!我不喝了。"

听说,他果真不喝了。这我相信。好事哪有不信的呢?连巴黎白卫分子的《新闻报》都从《消息报》上转载了这样的事实:

儿女教育父辈

数日前中午时分,萨拉托夫大批儿童前往第二十五磨粉厂游行示威,示威者共达四百人。他们在工厂大门上招贴宣传画:"今日正午,反酗酒红色战斗队向第二十五磨粉厂展开速决战"。工人们拥向大门,开始同示威者和平谈判。儿童示威者的参谋长简明扼要地宣布说:"我们反对酗酒的爸爸。我们要求得到一个学习功课的条件。把喝酒的钱用来多买些书籍,主张关闭酒馆"。

在这篇报导上方还刊登着另外一篇报导：

牙刷的胜利

下捷维茨克市的小学生经同学校牙科医生谈话之后，作出如下决定："必须让家长给我们每一个学生买一把牙刷，家长自己也须天天刷牙"。学生们通过两周坚持不懈的斗争，农村各户都购买了牙刷。可是怎么使用牙刷呢？

为此，学校专门举行了一次刷牙"总排练"。教室里打来温水，拿来牙粉，在老师的监督下学生们学刷牙，放学回家再给家里人示范。

向读者报导苏联的这些真情实况，对《新闻报》编辑部来说，是一反常态的事情。他们从我们的自我批评中搜集消极现象。但同时我们可以看到，即便是劳动人民的敌人，有时候（当然这种情况很少）也看到苏维埃生活中的积极因素。看来，是他们"不得已"才这样做的，也许还因为他们过多地发表下面这类报导而感到腻味了：

少年杀人犯

上星期三夜里，沃斯克列松有一个名叫巴丽的老妇惨遭杀害。警察局费了五天时间，到四月七日晚上才把犯人捉拿归案。其中的一名凶手十五岁，另一名十四岁。杀死老人的是那年纪较大的，名叫卢伊·埃尔耶，在迪埃培的舞厅当过侍童。小的叫埃米尔·列古恩，当过"涂抹工"。昨日，两名罪犯被押送到沃斯克列松，在巴丽老妇屋内，由司法当局主持，令其交代作案经过。盛怒的群众把老妇房屋团团围住。警察费尽气力才使少年罪犯免遭殴打。泪流满面的列古恩交代了他和同谋杀害老妇的详细经过。这是一起蓄谋已久的凶杀案。作案计划非常周密。星期二晚上九点钟，二少年潜入园内。因个子矮小，将园内一张小铁桌搁到墙边，爬桌越窗入室。之后开始抢劫财物。烛光惊醒了老妇。此时，埃尔耶抄起一根铁棍，砸破了老妇的脑壳。罪犯担心老妇未被打死，继续用铁棍乱打乱砸，直到脑浆迸裂，血肉模糊为止。凶手未找到现款,只从抽屉里掠走十二法郎。

这并不是什么"奇闻"。在"文明"的欧洲和美国,各阶层的少年犯罪率与日俱增。我国少年犯罪率必然下降,事实上也正在下降。理所当然,不足骄傲。然而值得自豪的是:孩子们积极主动地参加父母的文化工作。遗憾得很,远远不是所有的爸爸和妈妈都能懂得、理解、珍重自己孩子的帮助;更有甚者,竟有一些父亲因为自己的儿女变得越来越聪明,并且决心积极地投身到自己力所能及的新生活的建设中去,反而常常殴打他们。骨子里,这些父亲依然害着一种世代相传的顽症,而且经常发作,像野兽似的眷恋自己的巢穴,眷恋"家庭——私有财产和国家的基础"。而在那种有阶级的国家里,劳动人民被迫处于奴隶地位,统治者对每一个人进行着残酷的剥削,使工人和农民在肉体上迅速退化。

"在千百万苏联儿童面前,开辟了一条通向真正的新世界的康庄大道"。这句话是一个难得的、没有因为敌视苏维埃国家而瞎了眼的外国人说的。他应该再加上一句:苏维埃社会主义共和国的工农子弟自觉地沿着这条大道勇往直前,这是父辈们所望尘莫及的。恐怕不能说这是言过其实吧。

这是我国现实生活中最了不起的一个现象,也是一大"工作成绩",它还没有为我们充分理解和重视。五年前,孩子们还不可能像现在这样踊跃、这样声势浩大地参加苏维埃的选举工作。可是今年召开了非常有趣的"儿童通讯员"代表大会。此外,还有农村儿童为施行养畜新方法、防止农田荒芜所做的工作,以及小学生们在实际宣传农作物新技术方面所做的平常而"细小的"、但又极其重要的工作。这里,还应当包括儿童们为反对父亲酗酒而举行的游行示威。

这一系列行动使我想起了天才作家斯蒂芬·茨威格[①]的一句非常

[①] 斯蒂芬·茨威格(1881—1942),奥地利作家。

聪明的话来：

"忠实地保护创造力的大自然，几乎总是在暗示儿童们憎恶父辈的嗜好。"

这话说得很尖锐，似乎同遗传学不大合拍，然而字里行间却包含着一种严酷的真理。

我没有能赶上穆尔曼斯克召开的北方边区少先队代表大会，但是曾经以来宾的身份出席过他们的游艺会。我同他们坐在一起，观赏新世界少年儿童的节目，大饱了眼福。游艺会上，我看到了帕尔金同志的演出。这是个很出色的朗诵演员，只是"斯"、"什"这两个音发得不那么清楚。别看他只有十一岁，但显然已经是一位颇有名气的演员了。当他走到幕前脚灯光下的时候，全场响起一片掌声，受到五百来名少先队员和所有成年人的欢迎。他长得虎头虎脑，目光炯炯有神。他朗诵了一首我所不熟悉的雨果的英雄诗，还朗诵了《公社社员的墙》，挺像那么回事，显然，是个好苗子。不过，我说的不是这个，使我纳闷的是：一个十一岁的孩子，对革命事业怎么会有那么深刻和强力的感奋呢？简直不可思议。这是我们时代的小小奇迹，一个确确实实受到了革命精神鼓舞的人。你永远不会忘掉他，当然，他也不会销声匿迹的。他是一个钳工的儿子。上台表演的还有一个瘦小的、非常灵巧的小姑娘。她最多也只有十一二岁。她稍稍侧过身子，站在观众的面前，两眼斜视，闪着热情奔放的光芒。她朗诵得也很不错。总之，表演的人很多，我在路上认识的那一群代表也上台作了表演。过去的流浪儿西玛，不仅翩翩善舞，而且还是一名优秀的导演。她导演了一出短戏，参加演出的有各个民族的人，每族两名。这出戏演得很有趣。不过，遗憾的是，有一个地方我没有看懂：究竟说的是诺亚方舟[①]还是共产国际？

[①] 《旧约·创世记》里所说，大洪水时诺亚为了救他的家人和许多动物而造的大木船。

大厅里挤得水泄不通,充满欢乐的气氛,但秩序依旧井然:每当有人上台表演,全场顿时鸦雀无声。最后,我所认识的那群孩子出场了。他们拿着吉他、三弦琴、鼓和三角铁,演奏了一组非常辛辣的音乐小品。

他们的辅导员柳芭问:

"我们给彼得罗扎沃茨克某某代表团演奏些什么呢?"

乐队给一个代表团演奏了《瓦尼亚,你白白走了一趟》[①],给另一个代表团演奏了《我想吃干树皮》,给第三个代表团演奏了《睡吧,我的好宝贝》[②],等等。显然,少先队员和观众知道是怎么回事,当乐队用精确挑选的曲调来回答柳芭的问题时,全场哄堂大笑了。当乐队奏完几段葬歌时,大家又乐了。最后,柳芭问道:

"我们说些什么来向同志们和公民们告别呢?"

这时,少年乐队在一片掌声中开始演奏《最后的今天》[③]。这一个个节目精彩极了,使我对劳动人民的美好前程更加充满了信心。"连昔日的顽石都能使之复活"的记忆使我想起了另一个时代,另一些表演和娱乐。这一切早已成为久远的过去,已经不复存在了!

我能够想象得到这些少先队员们,这些农民子弟在农村开展着各种各样的巨大工作,他们的生活是不容易的。三月间在莫斯科召开的儿童通讯员代表大会上,大会负责人问孩子们:

"你们有时候是不是同家长争论呢?"

孩子们几乎异口同声地回答说。

"是的,是的!"

这个,我也知道。有的孩子看来是由于自尊心,或者不愿意在伙伴面前损害家长的名誉,所以不"外扬家丑"。他们中间也有人把自己感到苦恼的事情写信告诉给那些离他们有"十万八千里"的人。他们

---

① 选自《别洛泽尔斯克边区童话与民歌集》。
② 即莱蒙托夫的《哥萨克摇篮曲》。
③ 选自《斯拉夫歌集》。

之所以写信告诉远方的人,大概是因为这个人不会泄露机密吧。其中有一个这样的孩子,他在信里这样写道:"要是父亲再撕我的书,我就出走,去当流浪儿。"

在儿童通讯员代表大会上,孩子们提出他们在工作中的困难:村苏维埃不支持或者很少支持他们。"谁也不愿意支持少先队"。"没有书看",即便有书,也"少得很"。"我们请求党支部帮助我们利用校园种植作物,支部不管,只好把校园租借出去"。"共青团员也不肯帮助"。"优秀辅导员很缺少"。"没有开会的地方"。"没有地方演戏"。"派来一个女共青团员担任辅导员,工作不积极",诸如此类的申述不一而足。

在目前这种条件下,他们在做些什么呢?"我们在监视着,不许私自酿酒"。"我们填写了六百张选票,还画了宣传画,挨家挨户分发请帖,大人去参加选举,我们就留下来看小孩儿"。"播种运动之前,我们用学校的经费购买农业书刊,宣传推广"。"把这些书刊读给不认字的农民听"。"教给他们清谷和种子消毒的方法"。"在自己校园里种植蔓菁、白菜等其他蔬菜,收入达三百卢布"。"我们在校园里种上蔓菁,长势喜人,每个有半普特重,拿到展览会上,得到了三十二卢布的奖金。我们把这些钱用来给大家买了书籍"。"一些村子里,儿童养禽,把成年人联合到养禽协会里去了"。"我们组织了森林侦察员协会"。农村任何一个角落都少不了少先队员的锐利眼睛和一双勤快的手。

代表大会上,儿童通讯员强调了消灭臭虫和蟑螂的必要性,讲到了农家的清洁卫生,还讲到了必须教会他们使用好农业机械,必须在《少先队真理报》和《友好儿童》开辟医学顾问栏、音乐文化栏,登载有关养兔和养蜂的文章以及开设外语讲座等等。最后,还提出了一个要求:"刊载一些关于老作家的文章,因为我们都要学习他们。我们需要把老作家同新作家进行比较"。建议"登载一些有关对人类生活有一定贡献的重要人物和学者的文章"。

一个儿童通讯员说：

"我们那里有一个小伙子，他当过少先队员，还参加过共青团，但后来他被剥夺了公民权，开除了团籍。他给我们中队写煽动性文章，说少先队员的坏话。他还纠合一帮富农来写文章攻击少先队员们，在少先队员中搞宣传破坏活动。结果，连少先队内部也开始说自己的人不中用。他对少先队员这么说：我们不需要少年先锋队，要它干什么？从前没有它，不是很好嘛！团支部注意到了我们的情况，选派普特丽娜担任辅导员。她人很好，很积极，把工作抓上去了。团支部对我们给予多方支持，包括经费。我们购买了戏装，设立了少先队图书馆。可后来，却开除了普特丽娜的团籍，解除了她的辅导员职务。我们没有发现她有什么问题。少先队员们反对开除她的团籍。从此中队开始涣散了。"

接着，在代表大会上提出了被剥夺公民权的人的问题。对于这个问题，儿童通讯员们是这样解决的：

"在我们这里，被剥夺公民权的人和其他学生一样参加活动，因为这些人并没有过错。他们的父亲在旧社会曾经当过警察，这难道能怪罪他们吗？也有神甫的子女，难道这也是他们的过错吗？这就是摆在我们面前的问题。你得想办法让父亲挣脱开神甫的紧箍，让他也站在我们这边，过一段时期，你们也就会得到公民权了。就这样，有两个神甫已经完全退了出来。其中的一个靠薪水过活，另一个则说：我会缝靴子，就靠这个过活吧。看，我们是怎么在学生中进行宣传的。有人说，那里在进行反苏维埃、反人民的煽动，破坏少先队的活动，这不符合事实。目前，我们组织起了反宗教小组，争取把那些了解实际生活的人统统吸收到这个组织里来。被剥夺公民权的孩子和我们大家一道儿活动。他们的父亲当过警察，但他们自己并没有一点儿罪过。"另一个儿童通讯员响应道：

"我听到这里有一种说法：不能让被剥夺公民权的孩子参加活动。同学们，据说，假如让他们参加活动，就会产生反作用——使少先队变成敌人的少先队。还说这是显而易见的,只要少先队员一撂挑儿,或者同少先队一作对的话。如果是这样,那就得把他清洗出队。我们那里,所有被剥夺公民权的孩子都是少先队员。我们感兴趣的不是开除他们,而是教育他们,使他们不再步父辈的后尘,而是按照政策,走我们的路,使他们成为积极的少先队员和工作人员,从而消灭富农或其他反苏维埃政权的敌人。"

接着,第三个人说道:

"刚才发言的同学在向右爬了(笑声)。说被剥夺公民权的人的孩子没有过错,这当然是右倾。应当使他们意识到他们同父辈是不一样的,这固然不错,但少先队所做的工作,说什么也不应该交给他们去干。如果让他们参加所有的活动,那就是右倾。我们这里有一个共青团员说,被剥夺选举权的那些人的孩子没有过错,党员们便认为这种说法是右倾主义。同学们,苹果落地的时候,是不会离开苹果树太远的。如果父亲是被剥夺选举权的,那么,他就不会有贫农那种情绪,他就只能有许多其他的杂念。在我们学校里有效仿老子的学生,也有一些学生不听他们老子的。"

由此可见,农村少先队员在进行着名目繁多的文化工作。他们不愧为一支建设新生活的生力军。

有一个口号,也应该列入五年计划的许多口号中去,这就是:"必须更多地关心儿童和青少年一代!"

五　索洛威茨[①]劳动改造营

近日来,苏联各地在放映关于索洛威茨岛的影片。我是在参观索洛威茨劳动改造营以后,在列宁格勒看到这部电影的。这部片子是一九二六年拍摄的,已经老了。在我们这个一日千里的时代,甚至于昨

[①] 索洛威茨群岛(白海的群岛),位于奥涅加湾入口处。

天发生的事情也会变成久远的过去。

这部影片平常而单调得就连岛上独特的秀丽景色也都不能给人一个印象。北国风光那和谐、奇妙而又明朗的色调，是难以用言语描写的，这与南国风光艳丽夺目的浓郁色调迥然不同；风卷着波涛的、晦暗冰冷的大海那凄迷的景象也是无法用笔墨来形容的。海上有一群树木葱茏的山丘，一座修道院的城堡掩映其中。从老远的海上望去，城堡像个玩具。从海上看，岛上的土地也像汹涌的波涛，它仿佛在把树林极力托向天空和太阳。可是从近处看，它又好像是由神话里的勇士们建筑而成，墙壁和塔楼是用五颜六色的、几十吨重的巨石砌成。

从谢基尔山往下看，全岛景色尽收眼底，显得格外迷人。树木层层叠叠，一片葱茏，中间布满了数百个小湖泊，蓝光闪闪，像一面面镜子。在这平静无波、清澈见底的湖面上映照出树木的倒影。海岛四周烟波浩渺。大地从凄凉的渺无人烟的大海里争得一块地盘，不断地从事自己伟大的事业——创造"生命"。海鸥在海上飞翔，栖息在城堡塔楼的屋顶上，时而发出几声鸣叫。

在《索洛威茨修道院院史》一书里，该书作者，修道院长麦列季饶有趣味地介绍了那座山为什么叫谢基尔山。"高僧格尔曼"和"圣僧萨伏瓦吉"是这个岛上的首批居民。一四二九年，"这两名上帝的使者在山旁举行了修道院奠基仪式，为自己建起了隐居的房舍"。"有一个卡累梁人（也就是卡累利阿人）拖家带口，在小修道室附近的一个地方定居下来。由于他眼红索洛威茨岛上的土地，一心想把它据为己有，两个天使便变成翩翩少年，狠狠地惩罚了他的妻子。由于他们夫妇的这个意图违犯了上帝的意旨，天使勒令他们离开索洛威茨岛。他们立刻遵命离开了那里。这个奇闻在附近居民中间流传开了，人们惊恐万状，从那以后，没有一个人敢在索洛威茨岛居住。"

在我们这个时代，一切奇闻轶事的政治经济含义揭示得非常简单明了。这个传奇尽管也有使人费解的地方，但所包含的意思同样很清楚。比如说：不知道为什么那"两个变成翩翩少年的天使"要惩罚卡累利阿人的妻子,而不惩罚他本人。索洛威茨博物馆里收藏着一幅圣像,圣像上用各种色彩把麦利季修士大祭司的故事表现了出来。只要仔细看一看这幅圣像,就能看得出,十五世纪的天使对于鞭笞技巧还是门外汉:他们用树条抽打卡累利阿女人的背部,这比古代传统规定的位置要上得多,显然打得不是地方。由于这幅画的画家在幼年时代经常扮演挨鞭打的角色,他有责任告诉鞭笞者:要是用树条抽打背部的话,会疼得多,因为背部的骨头紧挨着皮肤表面,知觉特别灵敏。而臀部的骨头,大自然把它深深地藏在肉里,就连从不惜力的、有经验的鞭笞者也不容易触及骨头。在这一点上,大自然未卜先知,表现出了它少有的仁慈。于是,有个鞭笞专家,看来是觉得人的屁股的确具有惊人的忍受力,自己没有能耐抽到屁股的骨头,就想出了一句俗话:"任你打吧,到头来会疼得你自己哎哟哎哟叫唤!"

我总是跟那些想了解索洛威茨修道院的政治生活史的人提到这本书。这本书写得华而不实,令人作呕,作者不像是用墨水写的,而像是用长明灯里的油掺上糖浆写的。读来不由使人想起一句名言:"金玉其外,败絮其中"。

一八七五年,这所修道院的财产估计价值达一千万卢布。朝圣者的义务劳动使僧团每年的纯收入达到五万卢布。僧侣们只在阿尔汉格尔斯克购买粮食,其他一切必需品靠信徒们的劳动得来。每年运往岛上的食品能供应三万来人。一个夏天,修道院要接纳两万五千名朝圣者。再有,在两岛之间,用朝圣者的劳动还修建了约两俄里长的石堤——工程可不小啊!尽管如此,僧侣们还抱怨收入减少了,说什么:"人们给上帝的捐助越来越少了,他们不顾自己的灵魂,只顾肚皮,只怕受穷。可是过去无论怎么盲目信教,都不在乎受穷"。

据瓦西利·涅米罗维奇-丹钦科写的《索洛威茨岛》一书里所说,他们在一八七五年就是这样抱怨的。一八九六年,其中又有两个僧侣在一次全俄展览会上向阿尔汉格尔斯克铁路建筑师萨瓦·马蒙托夫诉苦,马蒙托夫听着有气,劝他们把修道院的钱拿出来造海船,他说:

"不然,养活你们,像养活公山羊,既不能剪毛,也不给产奶。"

修道院从它建立的那天起,就成为守旧思想的温床。这种思想非常愚昧而普遍,是保守的宗教黑暗势力的实质和市侩阶层的全部政治精华:"文化人万万要不得。大老粗是干活儿的人,能供养他人,可文化人只能制造混乱,是破坏一切秩序的带头人"。那些所谓"正教、专制、人民"三位一体的偶像崇拜者正是发扬了这种思想,从亚历山大一世起一直发扬到胜利者君士坦丁①时代,甚至在我们这样一个时代,小市民出身的新马赫主义者和无政府主义者在敌视资产阶级文化的叫嚣声中极端仇恨"文化人"。每年,在俄罗斯各个村庄和县城,有成千上万的朝圣者传播这种思想。

关于索洛威茨修道院僧侣的文化水平,下列事实就可以雄辩地说明:尽管五百年以来收藏了极为丰富的历史文献,然而却没有一个僧侣能够写出一部像样的说明该修道院与英国、瑞典的关系的历史和它参与宗教"分裂运动"的历史等等。最珍贵的文献,由于怕被"老鼠吃掉",已经移交给喀山宗教学院了。

现在,僧侣们在岛上仍然过着"雇佣人员"的生活。他们织渔网,捕捞索洛威茨岛有名的鲱鱼。他们那里有五十多个人,"照样"过着"与世隔绝"的生活,干起活儿来慢条斯理,平时,在教堂里做祷告。在罪孽深重的岛上居民中间,几乎看不见他们,只是偶尔出现黑色的身影,看上去像远古的影子,长长的道袍使他更像个影子。当你看到这种身影时,你不禁会联想起许许多多的修道院和千千万万阴沉的、身穿黑色道袍的东正教徒——"罪恶世界的保护者"。他们害怕上帝,不怜惜世人,用一块面包换取无家可归的流浪汉的劳动力,换取那些受尽痛苦生活折磨而变得麻木不仁和身不由己的"誓愿巡礼"的村妇的温柔。这对于修道院来说,又何乐不为呢。僧侣的劳动和祷告丝毫不妨碍他们去补充薄伽丘的《十日谈》。我在哪儿也没有像在修道院里

---

① 君士坦丁·巴甫洛维奇(1779—1831),亚历山大一世的兄弟。

听到那么些腻味、猥亵的"调情科学"的故事。在其他方面，我国的僧侣庸碌无能到了使人吃惊的地步。可是，罗马的天主教则不然，他们给人类提供了许多伟大的作家、科学家和哲学家，如：托马斯·莫尔①、康帕内拉②、拉伯雷、孟德尔③、普里斯特列④，还出了一些组织家，如：伊格纳蒂·罗耀拉⑤、多米尼克⑥、萨伏纳罗拉⑦、阿西兹·法兰西士⑧，更不用说，他们的传教士相当能干，在全世界开展了极其灵活而广泛的宣传。我国农民阶级的"寄生虫"——黑衣队伍则一事无成。

从凯姆到索洛威茨岛的轮船上，我问一个僧侣：

"生活怎么样？"

"感谢上帝，不错。"

"修道院长对你们怎么样？"

"他要我们大家干活。我们都不闲着。"

他沉默了一会儿，补充道：

"不干活，连小虫儿也活不下去。"

我以为他要说："连小鸟"也活不下去呢。轮船上空海鸥在飞翔。人在大海上想得出小虫儿来，真奇怪。

这个修道士喝了不少酒，可话不多。从他的答话里，听得出来乡下人的谨小慎微和对世俗人的绝对的不信任。他瘦骨嶙峋，面色如土，蓄着稀疏的灰白大胡子，暗淡无光的眼睛深陷在皱纹里，当两眼从皱纹里望着大海、甲板的时候，就好像从一条缝隙里看东西似的。大概他从青年时代就是这么眯着眼睛看尘世的，好比从一个小窟窿眼儿

---

① 托马斯·莫尔(1478—1535)，英国空想社会主义者。
② 康帕内拉(1568—1639)，意大利空想共产主义者，《太阳城》一书的作者。
③ 孟德尔(1822—1884)，奥地利神甫。
④ 普里斯特列(1737—1804)，英国作家。
⑤ 伊格纳蒂·罗耀拉(1491—1556)，西班牙人，一五四○年成立的耶稣会的创始人。
⑥ 胡·多米尼克(1170—1221)，十三世纪反动僧团多米尼克派的创始人。
⑦ 吉罗拉莫·萨伏纳罗拉(1452—1498)，意大利宣教士，佛罗伦萨的宗教政治改革家。
⑧ 阿西兹·法兰西士(1182—1226)，圣芳济派的创始人。

里看世界,觉得世界又昏暗又渺小。从海岛上看,世界是辽阔无边的,在这个世界上可以平平安安,无忧无虑地生活。

我问修道士:"你对上帝的信仰动摇不动摇?"

他转过身子去,想了想,说道:

"为什么?海枯石烂,此心不变!这是我们得到的教导。这没有错儿。"

"可人们不再信神了。"

他又想了想,说了一声:

"人们是一回事,修道士又是一回事。"

这使我想起卢勃内城①隐修士阿法纳西修道院的一个修士。人们把他看成智叟,甚至是"先知"。他个子高大,身子肥胖,面孔浮肿,软得像枕头,黄乎乎的大鼻子,肥厚的嘴唇,流着口水,鼓起一双难看的乌溜溜的眼睛,露出一副伪善的神态,但笑得倒不傻。据说,他得了一种病,经常发作。每当发作的时候,就说一些未卜先知的话,可是,在面包房里,一个见习修道士曾经对我说:这个预言家害的是狂饮病。犯病的时候,大家就把他藏在面包房后面的小贮藏室里。他教我说:

"你啊,少发问。当有人问你什么的时候,先别忙着回答,要想一想。不是想问的是什么,而要想为什么问。捉摸出来以后,你就明白该怎么回答了。"

我在轮船上认识的那个修道士,有人请他吃早点。他吃了香肠、火腿,吃得很香,还喝了点儿伏特加。这时,他的情绪不错。浑浊的眼睛里,闪耀着快活的微笑。然而他不夸夸其谈。

他叹了口气,唠叨着:"所有的人都是人!还有什么好说的?没有什么好说的!就这样。"

从索洛威茨回凯姆的路上,我又认识了一个修道士,他长得比上一个胖、富态、精神。他的眼睛很小,像野猪眼睛。见女人他就"直勾

---

① 在乌克兰波尔塔瓦省。

564

勾"地盯着看,一下就让人看出他是个宁在花下死的色鬼。他每月收入六十个卢布,是个技术娴熟的建筑师:他把岛上的几个湖泊同运河联结起来,这样,汽艇在运河上可以自由航行,运送木材。他还领导过修道院城堡里面的建筑物的修复工作。这些建筑物大概是在一九二三年被烧毁的,那是白卫军的走狗干的。这个修道士自称精通建筑工程,比任何一个有学问的工程师都高强,所以他不喜欢工程师。

他唠叨着:"他们净碍事,测量起来没有个完。看来,他们不相信自己。"

这是个嗜酒成癖的家伙,已经年过六十了,可是前不久,他说还想结婚。结果"僧团"威胁他说:"不让进教堂的大门"。他怕被赶出教堂,所以就打定主意,说什么也不让"套车驾马",也就只好"搭驿车"了。

我提出关于"僧团"、"上帝"这类微妙的问题,他打着捉摸不定的手势,眨巴着眼睛,含糊其辞地回答说:

"院长干院长的事,我干我的事,"他小声说,"院长是了解我的。"

院长很宽待他,看得出来很器重他的工作。这种宽待带有几分讽刺意味,但并不使建筑师难堪,再说他也未必能觉察到这一点。

吃饭的时候,他喝了个一醉方休,喝得身上发烧,只好脱去肥大的灰色短外套,我看到他背上那印花布的衬衣上披着一块正方形天鹅绒"披肩",上面用丝线绣着一个十字架、一根长杖、一支长矛,还有几个连体字:

"我身带主耶稣的五伤。"

人们给修道士拍照的时候,他虽然喝醉了,但是还想竭力做出一副英雄姿势,可是没有做好。

索洛威茨修道院的修道士喜欢喝酒,有两个文件可以证明这一点:

谨呈国家政治保安总部索洛威茨局局长

吾等为原索洛威茨修道院修道士,鉴于耶稣圣三占礼即将到来,根据基督教与教会的旧规,十二节日不可无酒,故恳请贵局恩准拨付伏特加二十公

斤,以便吾等祭祀使用。如蒙批准,不胜感谢。特此敬呈
局长大人

原索洛威茨修道院修道士特列耶菲洛夫、波列扎耶夫、米苏科夫、涅基佩洛夫、卡济岑、切尔帕诺夫、萨福诺夫、卡丘林、萨莫伊洛夫、涅姆诺诺夫、别洛泽罗夫等同叩。

一九二九年六月二十二日

谨呈索洛威茨局局长

兹因耶稣圣三占礼即将到来,敬请贵局批准由仓库拨发少量酒类。明日六月二十三日,为耶稣圣三占礼第十二天,依照教会圣规,必须用酒,共需八公斤,务请赐下。特此敬呈
局长大人

原索洛威茨修道院修道士А·Н·科加涅夫、Г·Д·别尔斯捷夫、М·А·洛帕科夫、阿基马·波什尼科夫等同叩。

列名人:修道士安托尼、米赫·洛帕科夫、修道士格拉西。

六月二十二日

在一个风和日丽的日子里。北国的太阳照射在劳动改造营的营房上,格外灿烂。营房前面铺设着一条条沙土小路,长着一排墨绿的云杉,还有许多花坛,上面敷着一层草土。营房是新盖的,木头结构,很宽敞。室内窗户高大,阳光充足,空气流通。正赶上干活的时间,看不到几个人。这里,大部分是"危害社会"的青年,中、老年人不多。青年人无拘无束,打打闹闹。

在一所营房的台阶上,站着一位仪表堂堂的老人。他长着一张清瘦的"苏兹达尔人"的脸,蓄着一把整齐的大胡子,身穿一件单薄的灰上衣、条纹裤子、翻领衫,系着一条深色领带。皮鞋擦得锃亮。看上去,他像个"钟表匠",又像服饰用品商店的老板,总而言之,像个"清白"人。

我小声问：

"是造假钱的吧？"

"不是。"

"是搞经济情报的？"

"是惯偷。从十二岁上开始的，现在六十三了。再过几个月就刑满了。"

老头儿对我们以礼相待，大模大样地把我和我的儿子打量了一番。我同他认识以后，就问他：刑满后打算干什么？

他津津乐道而又直截了当地回答说："我有我的命运，我有我的谋生手段。"

他那双灰乎乎、冷冰冰的、圆得像猛禽一样的眼睛毫无顾忌而又锐利地打量着我、我的儿子和我的秘书。他那笔挺的腰板、瘦削的身子显得匀称而结实。

"您在这里吃得消吗？"

"吃得消。我这把年纪不适合干重活儿了。"

他狡猾地笑了笑，继续说道：

"犯了错误，得受罚呀！罪有应得……跟这帮子青年囚犯在一起，日子不好过。不自由，有人守着他们，连个说话的人都没有。全是些小不拉子。至于我，不瞒您说，是大家伙。您也许还记得，早在战争前，报纸上报导过一起关于莫斯科市长列因鲍特家被盗的新闻。这是我干的。还有银行业主贾姆加罗夫、塔季谢夫伯爵家被盗……都是我干的……"

他笑了笑，捋了捋大胡子，继续追忆他那"往日玩世不恭的冒险行为、成功后的轰动一时和名声大震"。

"我是在列因鲍特家落的网。他穿着睡衣一骨碌从床上跳下来，手里握着手枪，蹲在安乐椅后面，一边叫唤，一边拿着手枪在空中乱戳，可是没有开枪！可能是没有打开保险，也可能是别的什么原因，总之没有开枪！可想而知，人们一听到喊声，就都赶来了……"

他叹了口气，皱了皱眉头，但立时又舒眉展眼了。

"看他的模样怪可笑的:先躲起来,再叫唤。还算是个军人,市长呢。当然,这是意料不到的事儿。哪一个遇到这种事情不害怕!"他用训导人的口气补充说……

"你可知道在波尔雪沃①有个大家伙……"

老汉一听,身子挺得更直,像是长了一截。他脸上长满褐色斑点。他沉默了一会儿,目瞪口呆、一声不作,两手紧贴裤兜,摸索着,像在擦手掌。显然,他不敢相信,他大吃了一惊。后来,他拉长脸,两颊发白,嘶哑着声音,干咳了几声咬牙切齿地说:

"他娘的,怕死鬼!投案了?他娘的,狗东西!该用刀子把这条狗的肚皮捅开来!该把这坏家伙给绞死!他娘的……"

我走开了。在我的记忆里留下了两个凶恶、冰冷的眼珠、布满红丝的眼白和飞沫四溅的嘴巴。这个人在作案的五十个年头里使多少儿童变成了小偷,甚至杀人犯,又把多少人推进了监狱啊!

我坐在营房里,看钟表已是午夜时分,但我不敢相信。因为周围很亮,大地的白昼色调还没有暗淡下来,灰白色的天空看不到一颗星星。这里的白夜比在列宁格勒更玄妙,更奇观,天空也更高,离大海和海岛更远。

营房宽阔的大门敞开着,床铺上方飘忽着一阵阵微带咸味的清风,它吹来森林的香气。人们多半已经入睡了,只有十三四个人聚集在一个角落里……

小伙子们的经历千篇一律:战争和饥饿,"难民"和孤儿,再就是流落街头、遇上了像钻到莫斯科市长家里去"找点活儿干"而落网的那个老贼一类的青年教唆犯。我问坐在我跟前的几个青年:

"你们在这里吃得消吗?"

"够戗。"

---

① 国家政治保安总局的一个劳动改造营的所在地,建于一九二五年。

"照直说——太苦啦!"另一个要他们说。

大家直截了当地诉着苦,但众说纷纭,你一言我一语地互相"纠正"着。

"反正不是坐牢房!"

大家异口同声说:

"那——当然啦!"

接着,意见又"一致不起来"了。

"采泥炭这活儿太苦了。"

"那口粮多呀……"

"我们按规章干八个小时活。"

"秋季伐木太费劲儿了。"

"现在都把盗窃犯打发去采泥炭了。"

"还教他们识字呢。"

一个看来像不大好学的人唉声叹气地说:

"也不管人家愿不愿意,都得学!"

这话立刻引起了反响。

"如今糊涂虫要不得啦!"

看样子,他们都是二三十岁的人。自甘堕落的人很少。当然也有阳奉阴违、溜须拍马的。不过大多数人给我的印象是健康向上的,他们诚心诚意地愿意改过自新,掌握"技能"。有个清瘦的高颧骨青年长着一张黝黑的老头儿样的面孔,我问他多大了:

"十八岁,"他用出人意外的响亮的声音回答说。他旁边那个圆脸盘、好开玩笑的小伙子抢先说:

"他从八岁起就赌钱。"

看得出来,许多人已经同旧我决裂,不爱提起自己的过去。即便说到自己,也像谈论另外一个上当受骗的人似的。几乎每一个人在谈话里都带有"黑话",有时听不明白他们在说什么,有时一语双关。但是像在任何时候和任何场合一样,常常冒出几句格言来。在我的背后就有人小声争论：

"少不了挨打……"

"谁打呢？自己人的手。"

"还不是：工农的……"

"也是的……对自己人的手来说——也太狠了点。"

"不是自己人的手又是谁的呢？"

响起了一个活泼的声音：

"细皮嫩肉——更高贵。"

旁边的人嚷道：

"小伙子们，唱一个！"

于是大家唱起了"我是……"。这支歌唱的是一个小偷一生都喝酒，到死还把酒杯拿在手里。歌儿唱得不好听，而且妨碍谈话。他们又试着跳舞，舞跳得也不好看。坐在我旁边的是个身子骨结实、肌肉发达的小伙子。他抱歉似的说：

"我们这里有会跳舞的，不过他们都睡下了！"

我问他喜不喜欢读书，喜欢读什么书。他说，这儿图书室里有意思的书不多。还是在"外边"的时候，他读过马克·吐温的书。

"这是个最了不起的作家！"

一个矮墩墩的、看上去眼神长得不蠢的小伙子夸赞狄更斯和杰克·伦敦。他后面有一个人赞赏雨果。归根到底，他们认为外国作家要比俄国作家写得好，写得有意思。这话我早就熟悉了：四十年前，也是在这样的场合，我不止一次地听到过；在一生中，这样的评价我从"普通人"嘴里听到过上百次了。他们倾向于那种颂扬意志，激发意志，唤起人们以积极的态度对待生活的文艺思潮，在我看来这是完全可以理解的，也是很自然的。遗憾的是，我们的文学家捕捉不到群众的这种心声，群众要求激发他们的意志，这无论从历史的角度，还是从生物学的角度来说，都是理所当然的，且不说在他们的要求中实际上只包含着一种模糊不清的意识，他们还只能模模糊糊地意识到推翻旧制度的必要性。小伙子们继续谈论着书。其中一个人欣赏马明-西比利亚克的《乌拉尔短篇小说集》和《三个终点》；另一个人，长长的脸庞，马一样的牙齿，他说，最了不起的作家是契诃夫。一个面色阴沉的宽肩膀小伙子说，他"只知道读历史书"。

"这是为什么呢？"

"了解人们过去是怎么生活的，现在又是怎么生活的，这多有意思。我比哪一位作家知道得都多。"

他说完，就从牙缝里啐了口唾沫。

交谈是在小伙子们生动活泼的话语声中进行的……他们最关心的一个问题是，能不能把他们送到波尔雪沃去，能不能让他们在那里学习"劳动技能"。喧嚷声吵醒了睡着了的人们。他们从床上爬起来，揉着眼睛，打着哈欠，朝我们走来了。这时，大家又试着唱起歌来。

这再次使我感觉到，在我国正经历着一个很有趣的过程：现实生活中的英雄业绩，促使它的对立物——抒情诗的产生。但是在我们这个严峻的史诗般的时代里，用以抒发感情的话语似乎给人一种不合时宜的感觉。所以作词的就采取一种独特的相当巧妙的手法：他们利用旧歌谱，把蓄意歪曲的、使人发笑的歌词搁到抒情的曲调中去：

姑娘，你为何夜间游荡，
你不怕鬼神出来？

或者：

她用金色的发辫，
拍打着波浪。

或者：

一手握军刀，
一手拿步枪，
嘴里把歌儿唱。

所有这类极端荒唐可笑的歌词似乎是对抒情诗歌的嘲弄,但实际上,使用这种手法,就可以使抒情诗歌保留在音乐中。你掩盖不住谢尔盖·叶赛宁,也不能把他从现实生活中一笔勾销。他表达着千百万人的呻吟和哀号,他是新旧之间不可调和的斗争的鲜明而又充满激情的象征。

一个外号叫"小口径"的年轻人中断了我们在营房的谈话。他相当优美的身影很灵活地从人群里钻出来,彬彬有礼地打了个招呼,递给我一张折成四叠的纸片,说什么他"要将功补过"。可是小伙子们的叫嚷声压倒了他的声音：

"他是奸细！"

"他不是我们营房的。"

"他反对苏维埃政权。"

一个粗重低沉的声音气冲冲地喊了一句,听来有点可笑：

"这号人净败坏我们的名声！"

喧嚷声越来越大,我都怀疑是不是小伙子们在"逗弄"我。但是根据讲话口气和面部表情,看得出他们确确实实在鄙视这个不足挂齿的小人。我旁边那个满脸麻子的小伙子絮叨着：

"虽然我们是小偷,可是不去干那种事情。"

"胡说,我们也干！"

"活见鬼,那是跟自己人！反正不是出卖祖国。"

那个小伙子一声不吭。他眯缝着眼睛,不动声色地望着大家。瞧他的模样,只觉得大家不过是在瞎嚷嚷,不会轻易动手来打自己；同时我看到,大家固然鄙视他,但并不憎恨他。不过,大家非常讨厌他,这是显而易见的。

"他常来煽动我们。"

"他当我们是傻瓜呢。"

不知是哪一个贴着我的耳朵说：

"他自己招认了,为什么波兰人派他来。"

他对我说：

"对,我是交代了自己的罪行……喏,请看吧。我保证老老实实做人。我吃过那么多的苦头……"

不知怎的,他扰乱了大家,引起了混乱,我在吵嚷声中读着他给我的那张纸头。

申 请 书

一九二七年十月二十一日,克里沃洛格特别法庭根据乌克兰刑法典第五十四条第六款,判处我剥夺自由十年。在法庭上,我坦白承认了自己的罪行。我所犯的罪行是由于年幼无知,一九一九年,我在国内战争年代丧了父母,后来就加入红军机枪队某部充当机枪装弹手,同年又当了彼得留拉匪军的俘虏,多亏年轻,才免以一死。一九二〇年初,彼得留拉匪军撤往波兰,由于我被一个叫勃什么的中尉收为义子,所以随同撤退。一九二四年初,他们先后把我安排在一所波兰学校和华沙市一所叫"乌彼宗教学校"的收容所。一九二五年,我被送进航空学校。可是祖国对于我有着更大的吸引力。我想公开回国,可是没有得到许可,因此不得不接受委派给我的任务。

我自愿甘结,今后决不再犯,决心重新做人,如有半点违犯,请求根据我的甘结,处以极刑(枪决)。同时,请根据我的甘结,将我从索洛威茨遣回红军莫斯科部队。现在,我向中央执行委员会和国家政治保安局委员会保证：我将以最大的积极性投入工作。

我老老实实承认,我犯了滔天大罪。但我懂得,我在波兰接受的是什么教育。这种教育与今天我在苏维埃现实生活中所能受到的教育是背道而驰的。同时,我也懂得,在感化院和劳动改造营,包括在劳动公团所给予我的一切教育。我还年轻,我犯了罪,那是因为年幼无知。务乞批准上述请求,将我遣往红军部队,我对战术略有研究,其他方面我将努力学习。是否有当,请上级定夺。

索洛威茨劳动改造营劳动队犯人学员
一九二九年六月二十一日

据说,这家伙接受的"任务"是:打进共青团,伪装坚持中央的路线,研究矿业和林业。他钻进了共青团,不久就"落网"了。

我们离开营房时,已经是深夜三点来钟。奇怪的天色使人感到不安。天上没有星星,也没有月亮,好像连天都不存在了似的,地球也像是脱离了自己的轨道,呆然不动地悬挂在浑浊、阴郁的宇宙那无边无际的太空之中。西边海面上空飘游着一层稀薄的云彩,仿佛一团烟云。海鸥发出歇斯底里的叫声。

有一句俗话:"贫穷能使人沉沦,也能使人升华。"我没有机会也没有时间去了解大部分青年刑事犯是从什么样的高度跌到这个海岛上来的,但这个高度想来是不小。在"岛民"中间,多半是文化较低的人,还有不少是缺乏文化的人。所有这些人在过去都是不学好的人,他们在童年和少年时代都是由于国内战争、饥饿、"流落街头"而陷进无政府主义的泥坑的。这些人都是由诸如那个灰溜溜的、衣冠整齐的、炫耀自己在市长、银行业主、伯爵府邸"干活儿"的老头子一类的家伙教唆出来的。

我在青少年时代,这样的人见得多啦。他们是变好还是变坏了呢?从过去到现在的四十年里所产生的印象来看,很难回答这个问题。但依我看,是变坏了。说他们变坏了,只是因为距今四十年前,小市民阶层还不曾贩卖过可卡因和其他麻醉剂。从前也不曾有过上面所说的那些使青年变坏的因素,而这些因素是资产阶级文化"迅猛"发展的结果。

无疑,假如用陀思妥耶夫斯基的眼光从"死屋"里看他们,或者用雅库博维奇-梅利申[①]的眼光从"被遗弃者的世界"来看他们,他们好

---

① 雅库博维奇-梅利申(1860—1911),俄国诗人。

像是变坏了。他们同"被欺凌与被侮辱的"人之间很少有相似的地方。他们中间，大多数人可以使人确信：他们明白了一个基本道理，就是不能照老样子去生活。我细心观察了一下当今的"社会危险分子"，不能不看到：对于他们，改邪归正是多么艰难，但是他们懂得自己必须成为对社会有用的人。不言而喻，这是他们这些社会危险分子现在所处环境的影响。

一个当过强盗的人说：

"过去也有这么多土地和可耕地，可就是脑子不开窍。现在呢，人们在这个寒冷的海岛上，跟在暖和的地方一样过着好日子。"

"修道士在这地方住了五百年……"

"何止是修道士？还有蚊子呢。"

那个当过强盗的在这里赶马车，把两匹马照料得好好的。其实他并不是什么"强盗"，只不过是他在赶"高级马车"的时候，"拉"过强盗。这样的高级马车夫在岛上有好几个。他们都操着自己的旧业。

"我们是专门赶车和照料马的，"其中的一个说道。

"一路"看到的当然要比道听途说的多。跟过去作个比较，你会领悟到很多东西。我还缺少向人们，特别是向那些"被命运逼得走投无路"的人们刨根问底的能耐。他们不主动谈自己的情况，我也只好沉默。还有一点妨碍着我，那就是我觉得这些"被逼者"中的每一个人多多少少怀着"当年"的"我"所有过的感情。重温这个"我"，固然有教益，但毕竟总是一件令人不愉快的事情。

砖瓦厂的《墙报》上，编辑们指给我看一篇写得不错的笑话：

"听说高尔基到我们这里来了。"

"是判了十年吧？"

我想，世界上所有的海洋没有一个岛屿还能使我住上十年。这个海岛的严峻风貌，并不使人对它的居民产生徒然的怜悯，倒是能激起人们为创造新生活而更努力、更顽强地工作的一种迫不及待的强烈愿望。在这一小块被灰蒙蒙的寒冷的大海从大陆切开的土地上，树木丛生，圆石遍地，银色的湖泊星罗棋布。这里，有数千人正在进行整顿工作，建立规模巨大的、多种多样的经济。我似乎觉得，有许多被强制来到这里的居民愿意说：

"即便在这里，我们也要好好干。"

当然，也可能有少数人的激情是用来自我安慰的，他们的激情压倒了坚定的信心。但就多数人来说，毕竟是以劳动为荣的。从制革厂厂长身上，就可以看到这一点。他过去当过犯人，刑满以后，作为编外雇佣人员留在岛上工作。

"在皮革加工上，我们落后于欧洲，但是我们的半成品要好一些。"他说。并夸奖工人们："将来都能成为能工巧匠！"

我在穆尔曼斯克听到说，我国在生产细软羊皮革上也是"落后"的，我国出口半成品，正如阿斯特拉罕出口鱼鳔一样。

一些人刑满释放以后留在岛上，他们同自己的工作结下了不解之缘。他们不知疲倦，"凭着一颗良心"在工作。我看，特别出色的要数岛上那个农园和实验站主任。他对索洛威茨能够做到粮食自给这一点充满信心。他照管希宾实验站"抗冻"小麦的试验工作，还想在岛上播种三百公顷"抗冻"小麦，同帕拉金[①]教授保持通讯联系。他种植黄瓜，养植玫瑰，研究植物虫害，像飞鸟一样迅速奔走在海岛上。四个钟头之内我在三个地方遇见了他，这三个地方相隔很远。他领我参观养马场、良种大乳牛群、熏猪肉场、牛奶场。我头一次看到打扫得如此干净的马厩和牛棚，这里完全嗅不到一般厩栏里的难闻气味。列宁格勒的牛奶场比这里脏得多。

"我们喂了五百匹马，还不够。小猪和油料全卖给大陆。牲畜现在也能供给足够的肥料，"主任对我说。看来，他是那种"着了迷"的人物，相信科学的力量是不可战胜的，就像从前的卢特·贝尔班克[②]和我们现在杰出的米丘林一样。

[①] 帕拉金（1885—1972），苏联生物化学家。
[②] 贝尔班克（1849—1926），美国育种家。

"没有不好的土地,只有不好的农艺师,"他说。你听了,会相信这话是千真万确的。

说到这里,我不由地想起在苏联土地上另一个尽头,阿斯特拉罕附近,另外有一个农艺师,他曾愤慨而又兴奋地对我说:

"我们经营土地仍然像野人一样,又浪费又粗暴。您想象不到,由于农民耕作方法简陋,大大损耗了土壤的肥力。您要知道,这是国家灾难啊!总之,太糟糕了!城市的垃圾、几十万吨磷肥完全不去利用,这么值钱的东西白白毁在臭水坑里。您懂吗?几十万吨磷肥,啊?这可是从地里取出来的,应该把它还给土地,您懂吗?"

他的慷慨陈词使我清楚地感觉到这样一点:这是个有才干的优秀工作者。像他这样的人,我接触过好几个。这都是些思想坚定而健康的青年,是我国最优秀的文化生力军。他们从事着伟大的事业,他们的工作大有重视和全力支持的必要。

当他们讲到"有利作物"的发展,讲到茶叶花、洋麻、丝瓜的栽培,讲到在阿斯特拉罕州和乌克兰的棉花种植、讲到养蚕业的时候,他们高涨的情绪很有感染力。

阿斯特拉罕实验站站长是个被太阳晒得黝黑的人,他很讨厌妨碍工作的来访者。他带着得意的笑容介绍农民争相栽培洋麻的情况。

"争先恐后!农民变得聪明了。已经播种了一千来公顷。"

苏联农艺师要做大量的工作,农民对于农艺师的工作和知识的需求迅速增长。当你听到从事实际工作的青年农艺师能够关心科学,你会感到吃惊的。看得出来,他们是很关心科学的。我之所以敢这样说,是因为听到他们议论过弗·伊·韦尔纳茨基[①]的《地球化学》。

现在,我来讲一讲,有一位农艺师是怎么使我难堪的。这是在索伦托[②]。我正在清扫通向海湾的甬道,有一个面色红润、衣着整洁的浅

[①] 弗·伊·韦尔纳茨基(1863—1945),苏联科学家。
[②] 意大利城市,疗养地。

色头发青年向我走了过来。我以为他是挪威人,要不就是瑞典人,或者丹麦人。我是想让笔墨工作稍稍休息一下,才拿起铁锹、铁耙的,所以见到他不很热情。但他讲起俄语来,显然这是商务代表处的职员,是来休假旅行的。可是,我又猜错了。他是乌克兰人,在库班种植葡萄,是派出国研究欧洲的葡萄种植业的,他到过来因①和摩泽尔②,到过香槟③和波尔多④,考察了托斯卡纳⑤,现在又来到了南方。我自然而然地向他提出了这么一个问题:你对意大利的葡萄种植业有什么高见?那青年在回答我这个问题时,吃惊地发表了一番言词激烈的见地,狠狠地嘲讽了意大利的葡萄种植业。他最后作出了一个像圆球一样简单的结论:在意大利谈不上任何葡萄种植业。

"这里能使人感到惊奇的只有葡萄藤的耐力和肥沃的土壤,而种葡萄的农民都是不开化的人。"他大致说了这么一些话。这跟我的粗浅观察是一致的。尽管如此,我依然觉得这位青年人未免太狂妄了,而且狂妄到了有点可笑的程度。

"您多大啦?"我问。

"二十六岁。"

"您从事这门工作多久啦?"

"四个年头了。"

"您大概知道吧,这里的葡萄种植业已经有两千来年的历史了。"

"那算什么!这里老早就种小麦了,不是也不行吗?"他叹了一口气,说,脸都有些红起来了。接着,他提出了一个问题,使我大吃一惊:

"您当我是年轻火气大吗?不是的。您不知道我已经发表了几篇德文著作,要是您感兴趣的话,我就寄来给您看看……"

果真,他给我寄来了,有人替我译成了俄文,我了解到了专家们对

---

① 法国地名,盛产葡萄。
② 法国地名,盛产葡萄。
③ 法国地名,盛产上等葡萄酒,即香槟酒。
④ 法国城市,酿酒业中心。
⑤ 意大利地名,盛产葡萄。

他这些著作的评价。我对他的冷落和不信任使我感到怪不好意思的。可是,谁叫他长得这么年轻呢?

言归正传。继续来讲索洛威茨岛。我要讲讲褐狐、北极狐和黑貂养殖场主任。他过去也是犯人,也是个"对事业着了迷"的人。他爱这些动物达到了感人的地步。他不但自己喜欢它们,还要强迫别人也欣赏:"哪里,您看,多漂亮!"

甚至像褐狐这么狡猾奸诈的野兽他也能使它驯服。褐狐爬上他的膝头、肩膀,从他手里取走食物。当人们走近它的笼子时,它也不把狐崽藏起来,也不把它们赶进洞去。无论是褐狐悄没声的、神经过敏似的快动作,还是在它机警、紧张、灵巧地照料兴旺的后代时那般神速动作,都能使人惊叹不已。笨头笨脑的、短腿圆耳的北极狐显得沉稳些,它比褐狐更像野兽,眼睛长得也不如褐狐的聪明。

养殖场设在另外一个岛上,到那里需要乘船,在深湾(岛屿之间的海湾)的灰蓝、冰冷的水面上走一个多小时。划船的是两个土匪,坐在船尾上的是个杀人犯,坐在船头上的是个伪造纸币的。看上去,这两个土匪的性格都很抑郁。杀人犯是个大块头,留着大胡子,厚嘴唇,他半张着嘴,满口糟牙,眼神呆滞得出奇,好像有眼无珠似的。伪造纸币的那个人是瘦个子、尖鼻子,他仿佛在赶马,一个劲儿地小声嗒嗒着嘴,使人觉得他好像夜间骑马走过森林,害怕任何声音,甚至都不敢大声吧嗒一下嘴似的。他生着一副善良人的面孔,但是给人以一种"目空一切"的感觉。

养殖场像一座城市,一排排的铁丝网辟成"街道",笼子里有小房,小房有许多洞穴一样的进出口。每个笼子里设有野兽所习惯的"环境"、树木和枯枝落叶。并不是所有的野兽都怕人,只有几只褐狐把它们的狐崽赶进小屋洞穴里去。一只母黑貂,有人把它的小崽抱走以后,它就在笼子里疯狂地乱窜,它躲在枯枝堆里,伸出难看的锥形脑袋,打着响鼻,龇着梭鱼一般的尖牙。

"是很野的动物,"主任带着喜爱的口吻说道。接着他又自豪地说:"您瞧,它下了小崽! 这还是头一遭。美国人还没有从黑貂那里得到过后代呢。"

他给小貂喂鱼吃,还往几只小貂嘴里灌汤药,它们吞下药之后,摇晃摇晃小脑袋,像皮球似的蹦着跳着。看得出,这引起了妈妈们的不安。

主任介绍野兽的习性和公兽的脾气。

"您瞧,现在我们把公貂和这头母貂放到一起,公貂对母貂很冷淡。瞧,它对这头母貂的女邻居倒感兴趣,尽管女邻居没有这只母貂的个头大。这很像人,啊?"

他小声笑了。我不禁想起叔本华[①]的话来:假如"小个子男人爱上大个子女人",显然,大个子的应当去爱小个子的。跟主任在一起的还有一位女兽医,两名到这里来实习养兽业的女大学生、工人和无所不在的摄影师。这些人加上主任的妻子和另外一名工人,就是这个岛上的全部居民。我们喝着茶,话题又回到了大岛上来。天气很冷。海上吹来寒风,顽皮地驱赶着海浪拍打船舷。一只海鸥在我头顶上空飞翔。有时从水上飞起几只野鸭,飞不多远又沉沉地掉到水上,像插上了石头翅膀似的。

我旁边坐着一个布尔什维克出身的老革命家派头的人。我几乎了解他的全部经历和工作。我不由地想对他表示我对这一类人的敬意和我个人对他的好感。对于这种"感情的表露",他也许会感到莫名其妙,把它看成是多余的,甚至是一种可笑的多情善感。

牛奶场主任是一个老神甫,大概是大祭司。他身材高大,仪表堂堂,持重地介绍着分离机、酪素、乳糖、碱金属盐。在他留着大胡子的脸上那灰白色的眉毛下面,闪动着凝聚的目光,好像老早就同人们离得很远,看不清他们的模样似的。

---

① 叔本华(1788—1860),德国非理性主义哲学家。

在宽敞的屋子里,似乎显得格外干净和凉爽。透过橱窗玻璃,可以看到格板上摆着许多试管、小瓶子、一些金属小器具。这个"实验室"旁边,隔成一条小过道,这里摆着一套冷藏设备,里面搁着冰,冰上放着一大块一大块奶油和一坛子一坛子的乳渣。

"这是一天的收入,"神甫说,他把重音落在"收入"两个字上。他就住在实验室旁边的一间小屋子里。屋子里有不少圣像,点着长明灯,桌子上放着几本旧版宗教书,靠墙摆着一张床。总的看来,这是一间典型的小修道室。

"这是个百事通,工作得不错,"有人对我说。

关于养马场主任,我也听到过同样的反映。他当过高尔察克白匪军官。他领着我们看马,兴头十足而又不厌其详地向我们介绍每一匹马,就好像要让人们都去感谢它们长得如此这般的美似的。

"您当然不是骑兵啰,"他非常遗憾地对一个来访者说。显然,他是说:"不幸的人,您当然不能懂得马是怎么回事!"

后来,他领我们去看一头体重达四百三十二公斤的骟猪。这东西长得很丑,而且极端的自负。场里人为这种猪的重量和繁殖小猪的能力而感到骄傲。这里的猪,跟别处的一样。瞧它们那模样,悠闲自得。不过,它们照样还是哼哼着。

手工业作坊里,有三十来个人在制作各式各样的小匣子和小盒子。修道士们的老手艺,像制作"树皮篮"、"小食柜"、带有花边似的、桦树皮下面衬托着五颜六色的箔片的雕花桦皮玩具等等显然已经被遗忘了。这很可惜。那些喜爱"俄罗斯民间粗犷而出色的艺术"的外国人一定会"争先恐后"地购买这些玩意,正像他们购买帕列赫①匠师、过去的"圣像画家"的精美艺术品之类的东西一样。用箔片和桦皮制作玩具,可以让妇女去干,这是非常"精细"的活儿。

小机车又是呼啸,又是喘息,还噗噗地冒着气,在窄轨道上拖运木

---

① 伊凡诺沃州的区中心。著名的俄罗斯民间艺术中心,以制作漆画著称。

材、泥炭和枕木。人们正在铺设新铁路。他们在挖土方,打圆石,搅混凝土,砍树木。发电站房顶上,有一根管子发出咝咝的声音。雄赳赳的消防队骑上兀立了很久的马儿,让它们"遛遛"腿。

广阔的林间旷地里在开采泥炭,身强力壮的小伙子们穿着粗麻布衬衫、高筒靴子,动作敏捷地一锹锹地把大块带油的黏泥装进一架机器里。机器把黏泥压成一条粗粗的带子吐出来,人们再把它砍成一段一段,装到手推车里运走,然后再码在地上,一切进行得"井然有序"。有人对我说:

"您可留心看看工人的靴子!"

我留心看了看。靴子固然很脏,但人们对我介绍说,这是用不透水的皮子做成的。为了证实这一点,一个工人脱下一只靴子,裹脚布果真是干的。据说是先把皮子放到炼焦油剩下来的水里浸透,皮子吸收水里的焦油残粒,因而比较结实,而且不透潮。

"是自己想出来的办法!"

"军用鞋之类的能不能也采用这个办法?"

"不晓得,没有试过!我们有很多的东西,在一个地方使用,而在其他地方就不试作。我们对于我国各种各样的工作,对于各条劳动战线的发明成就了解很少。"

在泥炭开采场上,有不少穿着灰罩衫的妇女在劳动。在离炼泥炭不远的地方,也有妇女在翻干草。她们的衣着打扮"各显神通",穿得五颜六色,相当花哨,使人产生一种非常奇怪的感觉。我看着她们,不由想起了列斯科夫[①]的《收割干草的故事》。

女宿舍是一座二层楼房。看样子,是从前修道院的招待所。管理员就是那个曾经名噪一时的法国漫画家卡兰·达什家里的一个女人。达什的一个弟弟当过"下诺夫戈罗德志愿舰队"的船只调度,他的妹妹好像在"亚历山大剧院"[②]当过演员,三弟当过下戈罗德的巴拉诺夫省

[①] 列斯科夫(1831—1895),俄国作家。
[②] 现今的列宁格勒普希金剧院。

长家的厨师,由于他煎乌鸡的手艺高明,先后被任命为警察所所长和警察局副局长。

女管理员领我们参观女宿舍,每间房子摆了四张到六张床铺,每张床铺收拾得"独具一格",有自己做的被褥和枕头。墙上挂着照片和风景画片,窗台上摆着花盆,不给人以"刻板"的感觉。这一切丝毫不像是监狱,房间里居住的,似乎是沉船上来的女乘客。

楼上大概集中住着做"文化工作"的女人:她们在剧院,博物馆工作过。据说,多半是反革命,此外,也有因间谍罪被判刑的。

除了受处分的共产党员以外,岛上再没有别的党派的人了,社会革命党人和孟什维克被送到别处去了。岛上的居民绝大部分是刑事犯罪分子,而"政治犯"则是属于思想情绪上的反革命分子、"保皇党"、革命前的"黑帮分子"。他们中间有白色恐怖的拥护者、"经济间谍"、"危险分子",总而言之,都是那些被历史正义之手"从田间铲除"的"莠草"。

待在楼上房间里没出去的女人不多,只有五六个,其余的可能都干活儿去了。楼下人很多,从她们的衣着和居住情况来看,她们"普通些"。其中有一个胖乎乎、大眼睛的年轻妇女一看到女管理员,就恶狠狠地喊道:

"该死的,你又来啦!同志,这是怎么回事,为什么你们把知识分子放在我们上面?这是怎么回事……"

从她深色的眼睛里,泪水夺眶而出。一个长鼻子、灰面孔的中年妇女用轻蔑的口吻劝慰她说:

"你瞎闹什么,碍你什么事儿?应该高兴才是……"说罢,她对我们解释道:

"她有精神病,期满了,今儿回家,所以在闹……"

年轻妇女说着说着,从脸上拂掉泪珠,破涕为笑了。她的胳膊肘下那雪白的皮肤上露出一个花纹复杂的绝对不信教的刺字。

"您这是什么?"

"嘿,看不见还是怎么!刺的记号,"她一面笑,一面娇滴滴地说。她忽儿笑忽儿哭,变得这么快,使人不得不怀疑她倒是真笑还是真哭。长鼻子女人带着讨好的口气说明:

"她是有点儿傻,可人好,心眼好……"

"她因为什么关在这里?"我身后有一个人小声问。没等长鼻子女人回答,一个高个子女人就出现在她的身边。女人骨瘦如柴,白头巾一直裹到眉睫上,这条白头巾特别明显地衬托着她那双又黑又圆的眼睛。

"对这个,我们不感兴趣,"她也小声回答说。"谁都有自己的烙印,在上面打呀,打呀,至于为什么?除了上帝,谁也不知道……"

这时,年轻妇女插嘴说:

"你不知道,为什么把你的尾巴夹住?你不知道?"她带着讽刺的口吻问。

我们大家走出屋子。走廊里有一个身量又高又胖的女人认我是她的同乡,她年纪四十出头,胖脸膛上长着一双白铁颜色的眼睛。

"您大概听说过我们,"她说出一个我不熟悉的姓来,"我们在诺夫戈罗德也是有名气的人家!您可知道有这么一句俗话:'兴许是留心到了,海鸥从哪儿飞走?'"

顷刻间,她冷冷一笑,眨巴眨巴眼睛,好像集市上的女商贩,嘴尖舌快地说:

"判我到这里来坐十年牢,老天爷真开玩笑!说是我在一九一八年出卖过工人,窝藏过宪兵,可这不是真的,都不是真的,是坏蛋诬陷的!有什么法子呢,只好受着……"

"您在这儿吃得消吗?"

"哪儿也不容易,"她谨慎地回答,接着又说了一遍:"老天爷真开玩笑!它在考验我的耐力。我身体倒还硬朗,也想得开……"

她说着,一面习惯地从白铁色的眼睛里射出锐利的目光,冷冷地打量着人,就像是在寻找射击的靶子……无论是她的外貌还是眼神,都使我想起许多这样的人来。在下戈罗德区法院的被告席上,就曾经坐着这么一个女人。我的老板当她的"官费辩护人"。庭长问她：

"这么说，您不承认在您的姘夫掐死您的侄子时，您是坐在您侄子的脚头的？"

"法官老爷，大人！我的姘夫他诬陷我，所以他死了，当然是良心把他折磨成的！这个案子里除了他，别人都是没有罪的，我在教堂里做夜祷来着。"

"经查明，您侄子是在夜祷之后被掐死的。九点钟的时候，有人看到他还活着。"

被告画了个十字，叹了声气，说：

"不要冤枉一个孤苦伶仃的女人啊，大人！哪有一边祷告上帝，一边掐死人的？"

然而，这个孤苦伶仃的女人恰恰就是这么干的：她祷告了上帝，回到家里，就帮她姘夫，这个商店的掌柜，掐死了自己那个正在上中学的侄子。侄子的死使这个"孤苦伶仃"的女人得到了一笔可观的遗产。当掌柜被捕之后，她给他往监牢里送油炸包子，包子里塞进了一种毒药。掌柜吃下去以后，就死了。但是他在死之前，已详细交代了罪行。法庭上还宣读了他这样一句供词：

"我掐，她祷告。"

我们来到剧院听音乐会。剧院设在城堡里，看来是在"教堂大厅"的基础上扩建的，可以容纳七百来人，自然是挤得"水泄不通"。这些"社会危险"分子也跟其他观众一样，渴望看到演出，如果不说"更热烈"的话，至少也是同样热烈地感谢演员们。

音乐会相当有意思，而且丰富多彩。虽然"交响乐团"的规模并不大，但是演奏非常协调。他们演奏了《塞维尔的理发师》的序曲，一个提琴手演奏了温尼雅夫斯基的《玛祖卡舞曲》、拉赫马尼诺夫的《春潮》；他们还演唱了《丑角》中的《序曲》、俄罗斯民歌，跳了《乘马牧童舞》和《古怪滑稽舞》，表演得都很不错；有一个人在手风琴和钢琴的伴奏下，非常出色地朗诵了扎罗夫的《手风琴》。使人赞叹不已的是，由五个男人和一个女人组织的杂技团的表演。他们表演的"特技"，即使在演技很不错的杂技团里也是见不到的。幕间休息的时候，在"休息室"里，有一个乐器齐全的管乐队非常出色地演奏了罗西尼、凡尔第的曲子和贝多芬的《爱格蒙特》的序曲。指挥无疑是一位非常天才的人。当然，他们都是"犯人"。做过舞台工作和上台表演过的人看来不在少数。我不知道，他们是不是经常举行像我这一次出席的这么大规模的音乐会。海报上写着："第一剧院"节目，显然"第二剧院"是演话剧的，要不，就是有两个剧院。

我没有看话剧。但是我看到了《十二月党人》、《决裂》的剧照。演出看来很有意思，采用极左的手法。台上摆满了各种各样的"布景结构"。总之，一切的一切同最好的剧院一样。在那样的剧院里有时不是表演艺术，而是向观众做一些乌七八糟的动作。

索洛威茨岛的城堡内，除了剧院，还有几所学校、一个藏书相当丰富的图书室以及一所由维诺格拉多夫组织得很出色的博物馆。维诺格拉多夫过去也是个犯人，他写过《索洛威茨迷宫》以及关于古代多神教的神秘残余等有趣的调查报告。博物馆向人们展现了索洛威茨修道院的历史和《索洛威茨特殊营》多种经济的全貌。岛上进行着地志研究工作，出版杂志，还出版过报纸，不过暂时停刊了。

海岛不是监狱，不过，想要从岛上逃走自然是不行的，尽管逃亡国外的白俄以《从索洛威茨岛逃走》为标题在报纸上发表文章。有一篇这样的文章写道："逃跑者逃出劳动场二十六公里……"海岛只有二十四公里长，十六公里宽，逃出劳动场二十六公里是完全不可能的。甚至连一个侨居国外的白俄也懂得，假如逃出二十六公里的话，逃跑者就会落进奥涅加湾或者大海里。大家都知道，只有"醉鬼不怕水"，再说，即使是这句话，也不能从字面上去理解。海湾宽达六十四公里，踩着海浪徒步走过去也是不可能的事。

如果说"逃走"的话，说得更确切些，那是"出差"而"走"。这种可能性也极小,而且几乎总是办不到的。他们在大陆上所干的工作也多半是清扫树林、砍伐木材、疏干沼地,为移民到荒凉的但是非常富饶的边区来而创造条件等等。犯人学员在彼此监督之下进行工作。在从凯姆到穆尔曼斯克的路上,我曾经见到过这样一个看守人。我们乘坐的列车在离车站老远的地方就停了下来,因为前面的桥被河水冲塌,正在修理。旅客下了火车,朝沼地树林边缘走去,他们很快堆起一堆干枝,一个长得像弗·加·柯罗连科的鬈毛胡子的人把一个烟盒点燃,塞到干枝下面,操着一口伏尔加河上游的口音说:

"来吧,让我们来把天烤干!"

一团黑天鹅绒似的浓烟向潮湿的天空袅袅上升。一下就说明,此人在一生中点过不少次篝火。人们围坐在篝火旁,有的坐在大石头上,有的坐在七倒八歪的枕木上。这时,有一个人走过来,问道:

"烤蚊子哪?"

很明显"普通"俄罗斯人是看书读报的。他对于时事了如指掌。世界对于他来说更开阔更清晰了。在开阔的世界里,他开始觉得自己是一个巨人。他问道:

"意大利怎么样?"

我们聊开了,聊得很有意思。这时,从树林里又走出来一个人,拿着一支步枪,穿着军大衣,但不太像红军战士,衣着不那么整齐,动作也不那么敏捷、利索。军大衣是旧的,扣子敞开着,里边穿着一件上衣,腰上束着皮带。帽子皱皱巴巴。他持枪的姿势像个猎人,挟在胳肢窝里,枪口朝下。他的脸色发黑,好像很久没有洗脸了,他锁着眉头,像是很懊丧很疲倦的样子。他讨了一支烟,接过之后,说:

"我的烟掉进水里去了。唉,这地方池沼太多了!"

"你是什么地方人?"

"沃罗涅日人。"

"你们那里气候干燥。"

那人坐在石头上,把枪夹在膝头间,一边抽烟,一边沉思地望着篝

火,勉强而又枯燥地问:

"路上你们没有见到两个人吗?"

"见到的人比两个还要多得多呢!"那个点篝火的能手打诨说。横道栅管理员是个矮小敦实的人,他满脸胡子,嘴上叼着个小烟斗。他关切地解释道:

"是这么回事:他的两个犯友离开了劳动场。这一带,在森林里面都是索洛威茨岛上的犯人在干活,他也是。现在他得负责任啦……"

"负责任的该是我上司,"那个持枪的人气冲冲地插了一句。

"不过,他们准会回来的,还没有一个不回来的呢!在这个森林里是走不久的,蚊子咬得你吃不消,也没有吃的,连浆果都没有;再说,移民流刑犯也不喜欢逛逛荡荡的人……"

"经常有人开小差吗?"有人问持枪的人。

"常有,"他叹了口气说,转而冷冷一笑。"您知道,森林里的生活怪瘆的,可在这里劳动的人多半是从城市里来的,在森林里过不惯。"

横道栅管理员很健谈,他跟那个在这里安家立业的奥地利战俘在讲些什么。武装看守人把烟头扔进火堆里,接着说:

"常有,这帮子鬼东西在林子里瞎窜,真蠢!要是乏了,躺在一个地方睡着了,睡到收工时间还醒不过来,等到一觉醒来,周围静得没有一点声音,天也黑了,多瘆人哪!只好走呀走呀,越走越害怕……"

有一个人出主意说:

"得吹号。"

"能吹它一夜?"

"那就敲钟……"

那人的脸越笑越开,像是偷着洗过了脸。现在他的脸显得温和了,深色的眼睛看起人来也变得柔和和没有顾虑了。

"开小差处分严吗?"有人问他。

"反正没便宜吃。"

"既然相信你,你总得争口气嘛,"管理员插嘴说。而那个胡子长得像柯罗连科的人叹了一口气说：

"还是脑子太糊涂。"

"唉,真糊涂!"一个手里抱着小孩儿的女人加以肯定说。

"反正得不到便宜吃,"持枪的人重复了一句,一面站起来,迈着沉重的步子朝车站那边走去。

"他们得下保证,"管理员说。"教育他们:大家要对每一个人负责。"

"就得这样!"满脸胡子的人附和道。

列车停了足足有两个钟头。篝火旁边的人来来往往,但几乎没有一个人不说上点有意思的话来。

资产阶级的科学认为,犯罪行为是法律所禁止的活动,是通过直接对抗或者通过种种逃避服从法律意志的办法来破坏法律意志的一种活动。然而少数专横的市侩阶层指挥着多数人,也就是劳动人民。无论过去还是现在,这些少数人都不能够制定出对一切人都平等的法律,他们不能够破坏自己政权的利益,过去不能够,现在也不能够,那是因为法律主要的、基本的关心与保护对象是"私有财产的神圣制度",即保护和巩固市侩的阶级国家赖以建立的基础。

为了掩盖这个矛盾,资产阶级科学甚至企图论证和确立极端无耻的所谓"先天犯罪"的学说,这个学说可以使资产阶级的法庭更加残酷地迫害和彻底消灭"私有权"的破坏者。这种企图的根据在于市侩阶层对待那些为了活命而不得不去偷窃他们一块面包、一件衬衣、一条裤子的穷人的残酷无情的态度。

我说这些并不是"为了开开玩笑",而是因为无论过去还是现在,破坏"勿偷窃"一诫要比破坏"勿杀人"一诫的次数多得多,因为小偷小摸无论过去还是现在,始终是最普遍的"反社会的罪行",进而,众所周知,资产阶级的惩罚手段——监狱就会把小偷培养成强盗。

关于先天犯罪的学说,已经为仗义执言的(主要是俄国的)刑法学家们所驳倒和推翻。但在市侩社会的"精神生活"中,也就是说,在他们的阶级本能中,照样坚持不变地把罪犯当成本性上的、不可救药的社会敌人。欧洲国家的监狱继续成为培养职业犯法者的初等和高等学校,这些职业犯法者是恫吓市侩的"能手",为市侩阶层所痛恨。前不久,在德国的一个省城法庭上,有一个检察官曾经称他们是"社会之狼"。

当然,我不否认,有些笃信神教的野兽一边在杀人,一边在祷告。在那些把百姓的生命当成儿戏的国家里,专横的、占有统治地位的市侩阶级为所欲为地屠杀成千上万的工人和农民,他们一面唱着赞美歌"主啊,拯救忠于你的人们吧",一面却把工农百姓送上国际战场,在那些国家里,市侩阶级这些野兽的存在完全是合法的。

社会主义的苏联认为:"罪犯"是阶级社会的产物。"犯罪现象"是在私有财产的腐朽的基础上产生的社会弊病。假如能消灭产生这种弊病的条件,比如:古老的、腐朽的、阶级社会的经济基础,即私有财产制,这种弊病是不难消灭的。

俄罗斯苏维埃联邦社会主义共和国人民委员会决定最近五年内取消刑事犯监狱,并尽可能在广泛自由的条件下对"犯法者"只采取劳动教育的方法。

在这方面,我国进行了极有意思的试验,它已经产生了无可争辩的良好效果。"索洛威茨劳动营"不是陀思妥耶夫斯基所描写的《死屋》,因为"劳动营"进行着生活、文化和劳动教育。这也不是雅库博维奇-梅尔申所描写的"被遗弃者的世界",因为这里是由工人领导劳动人民的生活,而在不久前,在市侩专政的国家里,这些人也曾经是"被遗弃者"。工人对待"犯法者"不可能像他对待他的本能的阶级敌人那样不得不采取严酷无情的手段。因为工人懂得,这些本能的阶级敌人是无法造就的。而敌人也竭力使工人相信这一点。"犯法者"假如是工人自己阶级的人,即工人和农民,工人不难把他们改造过来。

我们应该把"索洛威茨劳动营"看成进入像波尔雪沃劳动公团那样的高等学校的预备学校。我觉得,那些应该了解它的工作和教育成绩的人，对它还不大熟悉。假如欧洲任何一个"文明"国家敢于进行像这个劳动营所进行的这种试验，假如他们那里，这种试验能够得到像我们所得到的成绩，那么，这个"文明"国家一定会把它当作具有极深刻的社会教育价值的成就，当作他们在"改造犯人心理"方面的成绩来大吹大擂一通。

我们不知道是出于谦逊，还是由于其他不足引以为荣的原因，总而言之，甚至当我们看到自己的成就、文字写下自己的成就的时候，我们都不善于把它写出来。我根据编辑《我们的成就》杂志的经验，可以完全肯定地说明这种无能。

比如，波尔雪沃劳动公团的工作，这种事实需要全面细致的观察和研究，恕我直言，需要科学的研究。"流浪儿"劳动公团也需要这种研究。这些公团对于过去所造成的无政府主义的人们的心理也都在进行根本的改造；把社会危险分子逐渐变成对社会有益的人，把职业"犯法者"变成掌握技能的工人和有觉悟的革命者。

这个过程也许可能，而且应该扩大和加速。布特尔基、塔干基以及其他这种类型的学校的期限，也许能缩短吧？

波尔雪沃劳动公团从索洛威茨劳动营和监狱得到劳动力。索洛威茨，我已经说过，把经济组织得很妥善，它是波尔雪沃这个高等学校的预备学校。

我认为，结论是清楚的：像索洛威茨这样的劳动营和波尔雪沃这样的劳动公团都是必要的。正是通过这种方式，国家才能迅速地达到自己的一个目标：废除监狱。

这里，我顺便讲一讲波尔雪沃劳动公团经济发展的情况。一九二八年，我在那里看到一所平房针织厂。一九二九年，这个工厂的厂房又增盖了一层楼，这里装置着最新式的机床。一九二八年，这里的冰刀厂刚打地基，一九二九年，就建成了一座设备完善、宽敞明亮、通风良好的单层厂房。这个工厂除了生产国家所需要的大量冰刀外，还制造小口径步枪。过去这两样东西全靠外国进口。只花了一年的时间，便盖起了一座相当不错的四层楼房,这是劳动公团的学员宿舍。目前,还在修建四栋同样的楼房。

　　劳动公团正在修建存放本团产品的仓库,所用的是自己的材料。这种材料是他们用刨花和"天然盐水"的产物——硷湖泥混在一起,压制而成的,是一种耐火建筑材料,已经用它盖起好几所住宅了。在公团,还在兴建俱乐部、剧院、图书馆。还修了一条铁路支线通到公团。此外,还做了许多事情。当你看到在十二个月里竟能做出这么多的事情,你会骄傲地想到:

　　"这就是那些市侩们恨不得要在监牢里百般加以折磨的人的力量所干的。"